I0592747

Pericolo Mortale

'Occhialino e penna d'oca, e via nella mia portantina —— il 1700 impazza!'

Lucinda Brant scrive romanzi e mistery ambientati nell'era georgiana, famosi per la loro arguzia, l'atmosfera drammatica e il lieto fine. Ha una laurea in storia e scienze politiche ottenuta all'Australian National Universiry e una specializzazione post-laurea in scienza dell'educazione della Bond University, che le ha anche assegnato la medaglia Frank Surman.

Nobile Satiro, il suo primo romanzo, ha ottenuto il premio Random House/Woman's Day Romantic Fiction di 10.000 $ ed è stato per due volte finalista del Romance Writers' of Australia Romantic Book of the Year.

Tutti i suoi libri hanno ottenuto riconoscimenti e premi e sono diventati bestseller mondiali.

Lucinda vive in quella che chiama 'la sua tana di scrittrice' le cui pareti sono ricoperte da libri che coprono tutti gli aspetti del diciottesimo secolo, collezionati in oltre 40 anni... il suo paradiso. È felice quando i lettori la contattano (e risponderà!).

lucindabrant@gmail.com | lucindabrant.com

pinterest.com/lucindabrant | twitter.com/lucindabrant

facebook.com/lucindabrantbooks | youtube.com/lucindabrantauthor

MIRELLA BANFI

QUANDO NON STO LEGGENDO, passo il tempo libero traducendo i libri che mi sono piaciuti, per dare anche ad altri la possibilità di leggerli in italiano. I vostri commenti sono importanti, mandatemi un messaggio a:

mirella.banfi@gmail.com

Pericolo Mortale

UN GIALLO STORICO GEORGIANO
I GIALLI DI ALEC HALSEY, TERZO VOLUME

Lucinda Brant

TRADUZIONE DI MIRELLA BANFI

A Sprigleaf Book
Pubblicata da Sprigleaf Pty Ltd

Eccetto brevi citazioni incluse in articoli o recensioni, nessuna parte di questo libro può essere riprodotta in forma elettronica o a stampa senza la preventiva autorizzazione dell'editore. Questa è un'opera di fantasia; i nomi, i personaggi, i luoghi e gli avvenimenti sono il prodotto della fantasia dell'autore e sono usati in modo fittizio.

Pericolo Mortale
Copyright © 2018, 2020 Lucinda Brant
Originale inglese: Deadly Peril
Traduzione italiana di Mirella Banfi
Revisione a cura di Marina Calcagni
Copertina e fotografia: Larry Rostant
Modello in copertina: Dan Cook
Progettazione artistica e formattazione: Sprigleaf
Tutti i diritti riservati

Il disegno della foglia trilobata è un marchio di fabbrica appartenente a Sprigleaf Pty Ltd. La silhouette della coppia georgiana è un marchio di fabbrica appartenente a Lucinda Brant

Disponibile come e-book, audiolibri e nelle edizioni in lingua straniera.

ISBN 978-0-9873752-3-0

10 9 8 7 6 5 4 3 2 (s) 1

per mio fratello

Craig

UNO

CASTELLO DI HERZFELD, PRINCIPATO DI MIDANICH (FRISIA ORIENTALE), TARDO AUTUNNO 1763

LA STANZA DA LETTO ERA BUIA E SENZ'ARIA. L'ODORE DI URINA stantia, catarro sanguinolento e medicinali pervadeva tutto. Un solo candelabro, sul comodino, gettava una fioca luce giallognola sul copri-letto ricamato. Sarebbe stato necessario regolare gli stoppini ma nessuno si era premurato di chiamare un servitore. Erano tutti concen-trati sulla persona nel grande letto con l'imponente testiera intagliata, dove tutti i margravi di Midanich venivano a morire.

Leopold Maxim Herzfeld stava esalando gli ultimi respiri. Raggrin-zito e debole, era appoggiato a morbidi cuscini di piume. Una camicia da notte bianca, con pizzo prezioso ai polsi e al collo, copriva la carne devastata e nascondeva le vene collassate in entrambe le braccia. Lo avevano salassato tante volte che le gonfie sanguisughe non riuscivano nemmeno più a succhiare. Era cosciente solo a tratti, il respiro raschiante, gorgogliante, la testa gettata all'indietro e la bocca aperta, mentre cercava di immettere aria nei polmoni pieni d'acqua attraverso la gola secca come un deserto.

Un servitore devoto aveva tolto al suo padrone il berretto da notte di seta e aveva sistemato al suo posto una magnifica parrucca, con le ciocche fluenti impomatate, incipriate e arricciate, come si confaceva all'importanza di chi la indossava. In vita, un simile artificio alla moda si addiceva ai forti lineamenti del margravio Leopold. In quelle sue ultime ore, la parrucca era una volgare forma di vanità. Serviva solo a sottolineare lo stato in cui si era ridotta la sua salute da quando era tornato al castello di Herzfeld, sei mesi prima e perché persistessero i sussurri che parlavano di veleno.

Mille candele illuminavano la cappella del castello, dove si pregava giorno e notte. Devoti membri della corte andavano e venivano, affollando i banchi. Alcuni restavano per ore, in ginocchio, a pregare per un miracolo, che il margravio Leopold guarisse. Se non ce l'avesse fatta, era probabile che ci sarebbe stata una guerra civile, dopo una decade di guerra che aveva visto la nazione occupata prima da un nemico e poi da un alleato, una decade che aveva visto la rovina sia della terra sia dei suoi abitanti.

Altri membri della corte, che non desideravano lasciare il futuro nelle mani di Dio, ritenevano più prudente, politicamente, attardarsi nella magnifica anticamera, piena di marmi e mobili dorati, fuori dagli appartamenti reali. Si raggruppavano secondo le loro fazioni e discutevano bisbigliando con furia, per decidere se avrebbero sostenuto uno o l'altro dei principi, o se sarebbero rimasti neutrali allo scoppiare della guerra civile. Nessuno poteva permettersi di lasciare l'anticamera, perché non solo temevano di essere traditi dai loro amici, durante la loro assenza, ma anche perché sapevano che i loro movimenti erano attentamente controllati dalle guardie allineate lungo le pareti della grande stanza e da quelle che stavano sull'attenti davanti alla porta della camera.

Parecchi nervosi cortigiani si erano sdraiati su brande improvvisate e mandavano avanti e indietro i lacchè a cercare cibo e bevande e a svuotare i pitali. Scribacchiavano messaggi per tenere aggiornate le mogli, le amanti e le figlie che camminavano avanti e indietro nei loro appartamenti all'interno del complesso del castello, pronte a fuggire nelle loro residenze di campagna, con tutti i loro beni, senza preavviso. Alcuni avevano deciso di intraprendere il drastico passo di passare la frontiera e andare nell'Hannover, l'unica scelta che restava loro se volevano mantenere la testa attaccata al collo.

Anche i dignitari stranieri e i burocrati entravano e uscivano dall'anticamera, chiedendo notizie. Nessuno poteva dir loro qualcosa, quindi uscivano di nuovo, e mandavano i loro sottoposti a mescolarsi con la folla imparruccata mentre loro scrivevano rapporti indirizzati ai loro superiori per avere istruzioni: sostenere il principe Ernst, avvicinare il principe Viktor o andarsene in tutta fretta finché le frontiere e i porti del paese erano ancora aperti.

La morte del margravio era una conclusione scontata. E avrebbe dovuto esserlo anche il successore. Il figlio succedeva al padre, come accadeva da tredici generazioni. Il principe Ernst era il figlio maggiore del margravio. Eppure c'era chi avrebbe preferito che fosse il più carismatico principe Viktor a prendere il posto del padre. Ma il fratellastro minore del principe Ernst era escluso dalla successione a causa della sua nascita comune. Il secondo matrimonio del margravio era stato morganatico.

La guerra dei sette anni aveva cambiato tutto. Il principato di Midanich era stato sconfitto dai francesi e poi occupato dagli inglesi. C'erano stati caos, guerra e spargimento di sangue ovunque. La fine della guerra aveva significato la cessazione delle battaglie, ma non la fine delle difficoltà per i sudditi del margravio. E più lontano, oltre le frontiere, si stavano ridefinendo e riscrivendo alleanze politiche ed economiche, e non a favore di Midanich. Molti, a corte, volevano una rottura completa con il vecchio ordine, cui apparteneva il principe Ernst, e stavano rischiando la vita scommettendo sul cambiamento. Dal suo palazzo nel sud del paese, il margravio Leopold aveva ascoltato le voci che chiedevano cambiamenti e dato ascolto anche ai cortigiani che raccomandavano lo *status quo*. Poi era andato a nord, al castello di Herzfeld, dov'era stazionato il principe Ernst come capo dell'esercito di Midanich, aveva attraversato il ponte levatoio ed era entrato nella piazza principale con il suo *entourage* tra le acclamazioni del popolo stanco della guerra, gli inchini ossequiosi dei cortigiani e le braccia aperte in segno di benvenuto del figlio maggiore.

Il principe Ernst, che aveva combattuto valorosamente durante la guerra, era stato insignito in una cerimonia pubblica della più alta onorificenza militare del paese, il Minotauro di Midanich, una stella e una giarrettiera attribuite molto raramente. Era stata l'ultima volta che il margravio si era visto in pubblico. Non aveva più messo piede fuori dalle mura fortificate del castello. Pochi mesi dopo, il diciassettesimo Herzfeld a regnare in una linea ininterrotta di padre in figlio, stava morendo.

Il medico di corte non aveva idea di che cosa avesse causato la malattia del margravio, ma era certo che fosse fatale. Eppure il margravio si aggrappava ostinatamente alla vita, e i suoi sfoghi intermittenti, carichi di terrore, indicavano che la sua mente stava lottando con un conflitto interno che solo lui conosceva. Il medico diceva che stava delirando. Il prete, che stava purgando la sua anima dalle colpe. Suo figlio era d'accordo con entrambi. Ma nessuno sapeva che cosa lo stesse tormentando.

Quando il capitano della guardia aveva riferito che gli abitanti del castello erano sempre più irrequieti nell'attesa di notizie sul loro sovrano, e che le voci su un avvelenamento si facevano di giorno in giorno più forti, il principe Ernst aveva ordinato di schierare un altro distaccamento di truppe nel castello. Ciò che accadeva fuori dalle spesse mura del castello di Herzfeld non contava, almeno per il momento.

Il ciambellano di corte si era appellato al principe Ernst perché facesse leggere un proclama, qualunque cosa, almeno ai cortigiani nell'anticamera, anche se solo per placare l'inquietudine crescente. Il principe Ernst aveva detto che la corte poteva aspettare; la morte sarebbe sopraggiunta ben presto.

Quando il medico personale del margravio dichiarò che la morte era imminente, il principe fece sgombrare la stanza da tutti i suoi occupanti. Il margravio avrebbe passato i suoi ultimi momenti terreni con la sola famiglia presente.

Arrivato alla porta, il ciambellano si guardò alle spalle, per dare un'ultima occhiata al margravio, che aveva fedelmente servito per tre decadi. Ciò che vide lo fece voltare e fermare. Non perché il suo padrone fosse irriconoscibile in quella figura scheletrica coperta dalla pelle sottile e giallastra, ma perché il margravio Leopold aveva raccolto tutte le poche forze rimastegli per alzare un braccio e puntare un dito verso di lui. Allarmato, il ciambellano si affrettò a tornare indietro, nella penombra, solo per sentire il capitano sibilare: «Lasciate perdere, signor barone. Non ragiona.»

Il ciambellano lo ignorò. Andò ai piedi del letto, con il capitano alle calcagna. Il margravio alzò a fatica la testa dai cuscini, lo fissò, come se volesse che il suo fedele servitore gli leggesse nella mente. Il ciambellano si spostò, avvicinandosi ancora.

«Vi prego…» Piagnucolò il margravio, guardando il ciambellano, ignorando suo figlio che gli aveva preso la mano. «Non… lasciatemi… Non… *con lei*.»

«Vostra altezza, resterò, ovviamente, se è quello che desiderate.»

«Sta delirando, Haderslev. Non sa che cosa sta dicendo» disse stancamente il principe Ernst, poi si rivolse al capitano della guardia. «Westover! Portatelo fuori di qui. Lo sta solo facendo agitare.»

«Certo, vostra altezza» rispose il capitano Westover, afferrando Haderslev per la spalla. «Signor barone, è ora di uscire.»

«Sua altezza vuole che resti» replicò il ciambellano, liberandosi dalla stretta del capitano per avvicinarsi al letto. «Quindi resterò!»

«Non preoccupatevi, padre. Lei non è qui» sussurrò rassicurante il principe Ernst a suo padre.

«Io non…» Mormorò il margravio agitato e ricadde tra i cuscini. «Ernst. Non… permetterle…»

«Vi ho fatto una promessa.»

Il margravio chiuse gli occhi, ma la sua agitazione non diminuì. «Questo… non *la* fermerà… Lei… mi odia. Odia Viktor… *tutti noi*.»

Il principe Ernst si accorse che il ciambellano e il capitano erano dietro di lui e si guardò intorno in fretta. «La mia matrigna» dichiarò, come se glielo avessero chiesto. Guardò il capitano Westover. «La contessa Rosine è agli arresti domiciliari, vero?»

«Come avete ordinato, altezza» gli assicurò il capitano. «Non può ricevere visite e nessuno entra o esce senza il vostro permesso.»

Il principe Ernst annuì. «E mio fratello?»

Prima che il capitano potesse rispondere, il margravio aprì gli occhi e voltò la testa sul cuscino per fissare suo figlio a occhi sgranati, esclamando: «Controllala, Ernst, non permetterle di... dominarti.» Emise un gemito di dolore e di frustrazione e richiuse gli occhi. «Oh, Dio, fai finire questo tormento!»

«State calmo, padre» rispose il principe, stringendogli la mano. Guardò di nuovo il capitano e il ciambellano. Aveva gli occhi pieni di lacrime. «Per l'amor del cielo. Permetteteci di passare questi ultimi momenti da soli!»

Entrambi gli uomini impallidirono e si inchinarono. Con un cenno della testa, si ritrassero entrambi nell'ombra, verso la porta. La stanza era così buia che solo il clic della serratura permise al principe Ernst di capire che entrambi i cortigiani erano usciti. Sapeva anche che la sorella gemella era lì, appostata nell'oscurità, in attesa, ad aspettare che gli altri uscissero prima di mostrarsi, prima di mostrare chi era il più forte dei due. Il principe Ernst, il grande condottiero senza paura, vittorioso in battaglia, era un debole davanti alle astuzie femminili di Johanna.

La principessa Johanna emerse dall'oscurità e si chinò sopra il padre che l'aveva bandita dalla corte, dalla società e l'aveva tenuta virtualmente prigioniera in quella fortezza per oltre dieci anni. Lo guardò agitarsi nel grande letto alla debole luce giallastra delle candele e gli batté gentilmente la mano sottile.

«Padre, sono qui» sussurrò, baciandolo e poi passandogli una mano fresca sulla fronte calda e sudata. «Sono Johanna, padre. Il vostro caro uccellino è scappato dalla sua gabbia per salvarvi. Padre...?»

Il margravio sbatté gli occhi e cercò il figlio. Ma era Johanna che lo fissava con un sorriso amorevole. Fu talmente sopraffatto che cominciò a piangere. E quando Johanna gli baciò nuovamente la fronte, mormorando parole tenere, il suo fragile corpo fu scosso da grandi, silenziosi, singulti dolorosi. Johanna gli rimise le braccia sotto le coperte e tolse gentilmente uno dei cuscini da sotto la testa, assicurandosi di non disturbare l'elaborata parrucca, in modo che la testa giacesse piatta sul letto.

«È ora, padre» disse.

Il margravio scosse la testa, ma era così debole e, con il corpo ora avvolto dalle lenzuola, non poteva fare nulla. Il residuo di volontà di vivere che era riuscito a raccogliere per implorare il ciambellano era svanito. Eppure, aveva ancora la voce, per sottile che fosse.

«Ernst!» implorò, cercando il figlio nell'ombra. «Sei qui?» Ma quando il figlio non rispose, si appellò a sua figlia, anche se sapeva che era inutile. Doveva cercare di arrivare alla sua mente... quello che ne era rimasto. «Johanna. Ascolta tuo pa...»

«Non lo faccio per me ma per Ernst, caro padre» disse con calma la principessa Johanna, coprendo la faccia del margravio con il cuscino e tenendolo fermo finché il padre non rimase completamente immobile. «Voi lo capite, vero, padre? Per Ernst.»

Fu il principe Ernst a rimuovere cautamente il cuscino, vedendo il padre, piccolo e fragile nel grande letto, con la bocca aperta e la magnifica parrucca incipriata tutta di traverso che gli copriva un occhio. Ansimò per il colpo, senza riuscire a credere che il padre non respirasse più. Avvicinò l'orecchio alla sua bocca, gli toccò la guancia e poi la fronte. Ma sapeva, aveva capito che era morto appena lo aveva guardato.

Il margravio Leopold Maxim Herzfeld, che aveva governato il piccolo principato di Midanich per trentacinque anni, era morto. Assassinato nei suoi ultimi momenti di vita. Il principe Ernst, l'eroe militare decorato dell'ultima guerra, governatore del castello di Herzfeld e figlio maggiore di Leopold Maxim, gli sarebbe succeduto come margravio e avrebbe governato Midanich.

E sua sorella, la principessa Johanna, avrebbe governato lui.

Scoppiò in lacrime.

DUE

Il capitano del corpo di guardia del castello e il ciambellano di corte avevano seguito i medici, uscendo dalla camera buia, per permettere al loro monarca di restare da solo con la sua famiglia, ed erano usciti nella luce e nell'atmosfera claustrofobica dell'anticamera affollata.

Un gruppetto di nobili si fece avanti, aspettando con ansia un annuncio. Ma l'ondata si placò quando, a un cenno del loro capitano, le guardie appostate lungo le pareti fecero un passo avanti, baionetta in canna. I cortigiani arretrarono e si ammucchiarono in mezzo alla stanza, circondati dalle guardie del corpo personali del loro margravio, chiedendosi, con paura crescente, se li avrebbero massacrati tutti in quell'istante.

Dal gruppetto uscì il console britannico, che si avvicinò tranquillamente al ciambellano di corte, che si era voltato a parlare con i tre medici che restavano accanto alla porta chiusa, si inchinò e disse in francese: «Scusatemi, *monsieur le Baron*, ma ho qualcosa che vi potrà interessare.»

«Non ora, *monsieur Luytens*» ordinò il capitano Westover. «Tutti gli appuntamenti ufficiali sono sospesi. Il barone Haderslev ha cose più importanti di cui occuparsi. Allontanatevi e continuate a fare i vostri affari!»

«Affari?» Quella parola aveva toccato un nervo scoperto del console. «Tutto quello che avevo mi è stato tolto quando è stata dichiarata la pace. Non ho più *affari* da fare.»

«Allora fareste bene a tornare a Emden per recuperare quello che potete e mettere ordine in casa vostra. Forse avete bisogno di cambiare aria... l'Inghilterra...?»

«Recuperare *che cosa*?» sbuffò Luytens. «E non sono un inglese!» Alzò una mano, sconfortato.

Quell'azione fece fare un ulteriore passo avanti a parecchie delle guardie. Il capitano Westover fece segno ai suoi uomini di fermarsi. Ispezionò la stanza e si fermò per un attimo a guardare diversi nobili importanti che gli erano stati segnalati come sostenitori del principe Viktor; li avrebbe fatti sparire appena avessero annunciato che il margravio era morto. Un piccolo distaccamento dei suoi uomini li aspettava in corridoio. Ma, comunque, nessuno avrebbe lasciato la fortezza, vivo, se non per suo ordine.

«Sua Altezza aveva promesso la restituzione e voglio...»

«Pazzo! Guardatevi attorno» sibilò il capitano. «Vedete forse una situazione normale? Vi avverto. Non godete dell'immunità diplomatica o di una qualunque protezione, quindi sarete veramente fortunato se riuscirete a tornare a Emden.»

«Ehi, Luytens. Possiamo aspettare» si sentì dire con calma da una voce maschile, in inglese.

Il capitano Westover non capiva l'inglese, ma riconobbe immediatamente il tono superiore e l'aspetto di uno straniero, uno che capiva il francese e che senza dubbio lo parlava anche. Il gentiluomo che era passato davanti a uno dei suoi soldati e si era avvicinato a loro, lo aveva fatto con una sicurezza e una nonchalance che esibivano solo i ricchi e i titolati, e nessuno lo faceva altrettanto bene del nobile turista inglese. Sotto il cappotto di lana fine, lo straniero era vestito di broccato di seta, la sua parrucca era fresca di cipria e Westover era sicuro che nelle fibbie delle scarpe nere di pelle fossero incastonati diamanti veri. Nel complesso, c'era una freschezza in tutta la sua notevole persona che non solo diceva che viaggiava con un valletto, ma con un intero seguito di servitori. Westover si chiese con quale accusa avrebbe potuto imprigionarlo e appropriarsi dei suoi beni. Non vedeva l'ora che arrivasse la guerra civile.

«Siete stato pazzo a portar qua il vostro amico inglese, *Herr Luytens*» continuò Westover in tedesco, sicuro che il turista inglese almeno non conoscesse quella lingua. «Lo avete messo in grave pericolo.»

«Sir Cosmo, vi presento il capitano Westover, capo delle guardie di palazzo» disse in francese Jacob Luytens, ignorando l'avvertimento del capitano. «La persona con cui volete parlare è lì alla vostra destra. L'uomo piccolo con la veste di broccato dorato sopra la marsina. È il barone Haderslev. Il ciambellano del margravio.»

«Non è il momento migliore per consegnare una lettera, mi pare» rispose sir Cosmo Mahon, con il mento affondato nella cravatta di lino, facendo un cenno al capitano. «Forse il buon capitano, qui, potrebbe consegnarla e noi ce ne potremmo andare.»

«Avevate detto che lord Cobham ha insistito perché la lettera fosse consegnata personalmente al margravio» ribatté Jacob Luytens, continuando a parlare in francese, «e visto che adesso sembra impossibile, la persona più indicata è il ciambellano di corte. Lui farà in modo che la lettera arrivi al margravio-eletto, il principe Ernst. Poi potrete scrivere a sua signoria, con la coscienza tranquilla, di aver fatto quello che voleva.»

«Probabilmente non è così importante» disse sir Cosmo, con un'occhiata circolare alla cavernosa stanza opulenta e alla calca di gentiluomini in carne, dai vestiti sobri, sorvegliati dalle guardie.

Il console aveva detto che questi uomini erano i nobili più importanti del paese, ma con le loro giacche di tessuto di lana nera e marrone e le scarpe disadorne, per non parlare delle loro espressioni cupe, sembravano al massimo un gruppo di commercianti. E nemmeno tanto amichevoli! Lo facevano sentire troppo agghindato, e le guardie, con le loro eleganti uniformi blu e gialle e gli elmetti di ottone luccicante gli davano la nausea. Era sicuro che se qualcuno avesse fatto una mossa sbagliata, avrebbero sguainato le spade e ne sarebbe seguita una carneficina. Prima avesse consegnato il plico diplomatico, prima sarebbe potuto tornare al porto, alla goletta che lo aspettava per portare lui ed Emily a Copenaghen. Sicuramente Emily si stava chiedendo dove fosse finito.

«Solo un prolisso trattato commerciale, immagino» continuò. «Sa solo Dio che razza di commercio abbiamo con…»

«Truppe.» Lo interruppe il capitano Westover.

«Truppe? Importiamo truppe… *da qui*?» Era una novità per sir Cosmo. «Per che cosa? Voglio dire… I soldati sono una-una merce?»

Il capitano pensò che sir Cosmo era un idiota ingenuo, ma mantenne invariato il tono della voce e i modi, anche se non riuscì a nascondere una piccola smorfia sarcastica.

«All'Inghilterra servono soldati per combattere le sue guerre e per tenere al sicuro dai suoi nemici i nostri vicini, l'elettorato di Hannover del suo re. Ci vogliono un mucchio di uomini. L'esercito mercenario di Midanich è il migliore al mondo. Se n'è assicurato il margravio Leopold.»

«Davvero?» rispose sir Cosmo, sperando di sembrare debitamente interessato.

Non lo era. Non gli interessavano i soldati, le guerre o i combattimenti. Forse perché non si era mai dovuto preoccupare di un'invasione. L'ultima battaglia combattuta sul suolo inglese risaliva a quasi vent'anni prima e contro un esercito giacobita raffazzonato e in ritirata, se ricordava bene dai tempi di Eton. Quindi l'ultimo posto in cui desiderava essere era accanto a un branco di soldati professionisti stranieri ben addestrati.

Il modo in cui lo stava guardando il capitano era inquietante e non era solo il capitano che lo stava fissando. Si rese conto di colpo di essere diventato l'uomo più interessante nella stanza, senza dubbio perché aveva attirato l'attenzione del capitano e non c'era molto altro che aiutasse a passare il tempo. Si passò il mignolo tra le pieghe della cravatta, sentendo un calore pizzicante sotto la parrucca sotto tutti quegli occhi. Si diede dello stupido per aver creduto a lord Cobham, che Midanich era sulla strada per la Danimarca, come se non fosse più complicato che fare una scappata alla caffetteria sulla via di casa. Quando pensava al viaggio per mare da Emden, con la nave che seguiva la costa, attenta a evitare la fila di isole, le onde agitate del Mare del Nord, e il continuo rollio, si sentiva di nuovo la bile in gola.

«Come ho detto, consegniamo la lettera al buon capitano» suggerì sir Cosmo. «Lui saprà quand'è il momento migliore per passarla al ciambellano. Dopo tutto, viste le circostanze…»

«Suggerimento eccellente» confermò il capitano Westover. «Permettetemi di darvene uno anch'io. Andatevene il più presto possibile. E non intendo solo dal castello. Dal paese. Andatevene prima che sia troppo tardi. Spero siate arrivato per mare.»

Sir Cosmo annuì, deglutendo nervosamente. «Sì. Siamo in viaggio per Copenaghen.»

Il capitano Westover sorrise, e non era un sorriso piacevole. «Allora siete quasi arrivati.» Tese la mano guantata, aspettando che sir Cosmo gli consegnasse il plico diplomatico senza altre discussioni.

Sir Cosmo non voleva altro e si frugò nella profonda tasca interna del cappotto. Ma prima che potesse consegnare il *portefeuille* di pelle rossa, Luytens glielo prese e con una tale ferocia che sir Cosmo restò a bocca aperta, indietreggiando istintivamente di un passo. Il console poi prese per un braccio il capitano, con un occhio attento ai soldati, e si allontanò un po' con lui per non farsi sentire, non da sir Cosmo, ma dai nobili di Midanich, dato che parlava il loro natio tedesco.

«Non ho portato fin qua l'inglese solo perché potesse consegnare il plico al vostro padrone» confessò Luytens, porgendogli il *portefeuille* «Nient'altro che noiosi documenti commerciali; lord Cobham è un borioso seccatore. Questo tizio,» aggiunse, facendo un cenno con la testa in direzione di sir Cosmo, «vale una fortuna, per voi e per me.»

Possiamo approfittarne entrambi, ma vale molto, molto di più per il vostro padrone...»

«Per Haderslev?»

«No, per il nostro futuro margravio, il principe Ernst.»

Westover lo guardò sorpreso, poi diede un'occhiata a sir Cosmo che stava fissando il soffitto riccamente ornato usando l'occhialino. Fece un verso incredulo.

«A meno che non abbia una fortuna sulla sua nave, state sprecando il fiato e il mio tempo!»

«Ricordate l'ultimo ambasciatore inglese? Prima della guerra. Un tizio con il naso a patata, di nome Parsons. Lui si è fatto espellere; il suo segretario è rimasto.»

«Che cosa rappresenta Parsons per Sua Altezza?»

«Non Parsons. Il segretario.»

«Arrivate al sodo, Luytens!»

«Il fatto è che il segretario dell'ambasciatore era diventato amico del principe... *molto* amico. Erano inseparabili. È il motivo per cui Parsons è stato espulso. Al principe non piaceva dover condividere con lui il tempo del suo segretario...»

Westover scrollò le spalle, disinteressato. «Allora? Parsons dovrebbe ritenersi fortunato di essersela cavata così a buon mercato. Che importanza ha?»

Jacob Luytens represse il desiderio di sospirare con impazienza e spiegò.

«È stato il principe a presentare il segretario a sua sorella, contro i desideri del margravio, e a quanto pare è stato questo perverso *ménage à trois* che ha portato la principessa e il segretario inglese...»

«Zitto! Non un'altra parola!» ringhiò Westover, e tirò il console in fondo alla stanza prendendolo per il polsino. «Sua Altezza non è ancora freddo nel suo letto; il principe è sul punto di essere dichiarato margravio al suo posto, e voi avete la-la *stoltezza* di riportare alla luce un episodio che ci costerebbe la vita, se mai il principe dovesse sapere che ne stiamo discutendo.»

Luytens non riuscì a nascondere la sua eccitazione. Quasi sibilò.

«Ah! Allora *sapete* tutto del segretario inglese e della principessa!»

«Ne so abbastanza da non parlarne apertamente! A che gioco state giocando, Luytens? Se non foste sposato con mia cugina, vi avrei già fatto buttar giù da un parapetto.»

«Non siate così precipitoso con la vostra condanna, Westover. Ho trovato il modo di permettervi di ottenere la gratitudine eterna del principe. Potremmo guadagnare molto di più di quello che abbiamo perso durante la guerra. Ve lo assicuro. Ma dovete agire, e agire in fretta. Dovete trattenere qui il mio amico inglese.»

Il capitano guardò sir Cosmo Mahon, che ora stava fissando il quadrante del suo orologio da taschino come se fosse in ritardo per un precedente appuntamento, e fece una smorfia. Quello straniero sembrava un grosso sciocco.

«Trattenerlo? Per che cosa?»

«Non importa per che cosa. Trattenetelo. Inventatevi un motivo.» Luytens sogghignò. «Il fatto è che sir Cosmo Mahon è il miglior amico del già menzionato segretario inglese. E c'è una donna che viaggia con lui, una certa signorina St. Neots, che lo sta aspettando a bordo della nave in questo momento. Da quello che ho capito, è l'innamorata del segretario inglese. Quindi abbiamo il mezzo…»

Il capitano Westover riunì le sopracciglia nere e diritte sopra il lungo naso. «Il mezzo…?»

«Sir Cosmo e la signorina St. Neots. Sono loro il mezzo.» Quando il capitano continuò a sembrare perplesso, Luytens aggiunse, come parlando a un bambino: «Se li tratterrete, se li obbligherete a restare qui…»

«Arrestarli, volete dire!»

Il console britannico annuì. «Come volete. Se li arresterete, dovranno salvarli, no? E chi potrà farlo meglio dell'inglese del quale la principessa si era infatuata? Scriverò ai miei capi a Londra, chiedendo il loro aiuto. Una lettera da parte di sir Cosmo aggiungerà valore alla richiesta che torni.»

Negli occhi del capitano si accese una luce. «Far tornare l'inglese per salvare sir Cosmo?»

«Sì. Vorrà tornare. E, inoltre, non avrà scelta se il suo governo glielo ordinerà.»

«E il principe?»

«Sarà il margravio Ernst, e voi potrete offrirgli l'inglese come vorrete. Sua Altezza vi sarà eternamente grato e, in cambio, voi mi dovrete un favore. Penso che sia uno scambio equo, non credete?»

Westover gettò indietro la testa esplodendo in una grande risata, e diede un pugno amichevole sul braccio al console inglese. «Siete un demonio astuto, Luytens! Mi piace. Il vostro piano mi piace proprio!»

«Westover! Per l'amor del cielo! Non è il momento di essere allegri.» Era il barone Haderslev, affiancato da due soldati. «Perché ve ne state lì a scherzare quando è il momento di fare qualcosa? Il principe Ernst ha chiesto il prete! *Il prete*! E il caro margravio… ha tirato il suo ultimo respiro. Che riposi in pace. E questa gentaglia non se ne andrà finché non avrà visto il suo corpo. *Fate* qualcosa!»

La porta della camera si spalancò e, nell'attesa, la folla di nobili aveva esaurito la pazienza. Aveva superato la linea di soldati, cui non era stato dato l'ordine di puntare le baionette e che quindi stavano facendo del loro meglio per arginare la marea con la forza bruta. Ma la pura forza del numero permise ai nobili di attraversare la fila e avanzare *en masse* nella camera. Ognuno di loro voleva essere il primo a vedere con i propri occhi che il loro beneamato monarca era veramente morto. E salvarsi la pelle offrendo la propria completa lealtà al margravio-eletto. E mentre i curiosi e leali sostenitori del principe Ernst si affrettavano ad avanzare, gli incerti e i nobili che si erano schierati dalla parte del principe Viktor arretrarono lentamente, sperando di riuscire a scivolare fuori dalla stanza non visti e perdersi nella folla. Una volta fuori dalla visuale dei soldati, si misero a correre.

Un gesto della mano di Westover e i suoi uomini seppero che cosa dovevano fare. Si divisero, alcuni entrarono nella camera per proteggere il corpo del margravio e il margravio-eletto, altri per radunare i nobili che avevano scelto di fuggire. Altri ancora andarono ad informare i loro colleghi, in caserma e negli alloggi a volta nei sotterranei, e fuori lungo i parapetti e ai cancelli, che il castello doveva essere sigillato, che nessuno doveva uscire.

In mezzo a quel trambusto, sir Cosmo rimase fermo immobile, senza sapere che cosa fare o dove andare. Si rivolse a Luytens, come una nave guarda un faro, perché gli fornisse una via di uscita sicura in mezzo a tutto quel caos, senza sapere che proprio in quel momento Luytens lo stava tradendo e mandando alla deriva.

Mentre attraversava la stanza per andare nella camera del margravio, Westover abbaiò a due dei suoi uomini l'ordine di arrestare sir Cosmo: quell'inglese ora era un prigioniero, e di gettarlo in cella.

Luytens lo seguì, parlando alle sue spalle: «Non è un criminale comune...»

«Non è più responsabilità vostra, *Herr Luytens*. Manderò alcuni dei miei uomini a prendere la ragazza. Non ci possono essere molte donne inglesi al molo.» Westover voltò la testa. «E l'altro inglese, quello che era il segretario qui? Siete sicuro che verrà?»

«Sì, per loro. Mi giocherei la testa.»

«Bene, è l'incentivo che vi serve per assicurarvi che venga.»

Il barone Haderslev, che si era precipitato davanti al capitano, ora si fermò sulla soglia ad aspettarlo. Aveva riconosciuto il console britannico e si chiedeva che cosa volesse Luytens. Quell'uomo era inaffidabile. Anche se sua madre era nativa di Midanich e suo padre olandese, lui non era né l'uno né l'altro, e certamente non era inglese, e questo significava che non provava lealtà per nessuno, eccetto che per se stesso. Il barone non aveva mai conosciuto un individuo più infido. Smise di rimuginare quando fu distratto da urla in una lingua straniera. Sentì il nome di Luytens ma il resto della tirata era incomprensibile. Era un gentiluomo alto e ben pasciuto con la giacca ben tagliata e la parrucca incipriata che si appellava al console britannico mentre veniva trascinato via dalla stanza da due dei soldati di Westover.

«Che succede, Westover?» chiese Haderslev. «Chi era quell'uomo? Perché è qui *Herr Luytens*?»

«Il gentiluomo in arresto è un viaggiatore inglese. Sarà molto utile, a noi e al nostro nuovo margravio.»

Il barone Haderslev era interessato ma scettico. «Al principe Ernst? Come?»

«Perché, mio caro barone, ci permetterà di ottenere quello che il principe e la principessa bramano da molto, molto tempo.»

«Cioè?»

«Vendicarsi dell'inglese, Alec Halsey.»

TRE

LONDRA, INGHILTERRA, INVERNO, 1763

ALEC HALSEY E SUO ZIO ERANO TORNATI A LONDRA DA BATH E avevano trovato un biglietto da Olivia, la duchessa di Romney-St. Neots, che chiedeva che la avvertissero appena avessero messo piede nella casa di Alec a St. James Place. Ma zio e nipote concordarono di aspettare fino al mattino seguente. Erano stanchi del viaggio, coperti di polvere e fango per aver cavalcato con un tempo inclemente, ed era tardi. Entrambi sapevano qual era il dramma che li aspettava il giorno dopo, quindi, con un reciproco cenno d'intesa, si ritirarono nei rispettivi appartamenti per fare il bagno e far passare la stanchezza dormendo.

La mattina seguente, però, mentre facevano colazione con le uova alla coque, pane e burro con la marmellata e sorseggiavano il caffè, nessuno dei due si sentiva molto rinvigorito per la buona notte di sonno.

«È la preoccupazione» disse Plantagenet Halsey, spingendo da parte il piatto. «Non riesco a dormire con la mente che rimugina tutte le possibilità, reali o immaginarie, di quello che sta succedendo ai quei due ragazzi e al loro seguito. Ci sentiremo tutti meglio quando potremo *fare* qualcosa al riguardo.»

«Sì» rispose Alec, immerso nei suoi pensieri mentre affettava una mela. «Quello che non capisco è perché Cosmo ed Emily fossero a Midanich. Non era nel loro itinerario e non è una destinazione abituale, anche per quelli che viaggiano verso i regni settentrionali di Norvegia e Svezia, o addirittura fino a San Pietroburgo. In effetti è un posto isolato, in tutti i sensi. Il paesaggio è scialbo, piatto, senza niente di interessante, costantemente soggetto a inondazioni perché è sotto il livello del mare, e c'è *sempre* un vento molto forte che soffia dal Mare del Nord. E quanto alla politica della corte...» Alec deglutì. «Basti dire che dopo il mio ritorno, e con la guerra, nessun inglese ha oltrepassato i suoi confini. Non è un posto adatto ai turisti. Si deve avere una ragione precisa per andarci.»

«Il tuo secondo o terzo incarico era a Midanich, vero?»

«Incarico?» Alec sbuffò ridendo a quella parola. Offrì a suo zio alcune fette di mela. «Era il mio secondo incarico. Ma non era lì che avevo chiesto di andare. Sono stato *relegato* lì. Avevo chiesto di andare in uno stato italiano, e lord Cobham ha pensato bene di mandarmi in un principato tedesco, e come segretario di sir Gilbert Parsons, il diplomatico più pignolo del corpo. Non ha mai scritto o dettato un rapporto o una lettera in tutto il tempo in cui sono stato il suo sotto-posto che non mi abbia poi fatto riscrivere almeno due volte!»

Plantagenet Halsey masticò la fetta di mela. «Forse Mahon e la signorina St. Neots sono finiti a Midanich per errore. Hai sempre detto che Mahon non ha alcun senso d'orientamento.»

Alec ridacchiò. «Sì, è una possibilità. Dopo tutto avrebbero dovuto essere in viaggio verso Berna, che è nella direzione opposta. Sarebbero in Svizzera, ora, se Selina... Se la signora Jamison-Lewis... Se...» Alec guardò suo zio, che lo stava fissando. «Se non avesse abortito a Parigi.»

«Non puoi incolpare lei» replicò quietamente il vecchio. «Ma tu...»

«Zio, io...»

«... lo fai.»

Alec mise da parte il coltellino dal manico d'avorio. «Non *incolpo* lei. Gli aborti spontanei sono un fatto della vita. È solo...»

«Selina ha fatto quello che doveva per sopravvivere all'inferno di quel matrimonio con un pazzo lunatico. Di conseguenza, teme di non poter più avere figli.»

Alec era sbalordito. «Si è confidata con voi?»

Plantagenet Halsey fece spallucce e prese un'altra fetta di mela. «Mi è solo capitato di essere lì quando ha abbassato la guardia... È crollata quando ha visto Miranda e il suo bambino. Capita, quando si tiene un neonato tra le braccia.» Scoppiò in una risata. «Ricordo quando ho tenuto te in braccio per la prima volta...»

«Zio, non è quello che Selina ha fatto durante il suo matrimonio che mi preoccupa. Dio sa che le perdonerei tutto, perfino l'omicidio, quando si tratta di quel mostro di suo marito. È solo che non ha rite-nuto di potermi confidare quello che era successo a Parigi. Ha perso il nostro bambino. Non il suo, il *nostro*. Avevo il diritto di saperlo.»

Invece l'ho scoperto nel contesto più pubblico possibile. È stato un colpo. Ero sgomento. Penso di esserlo ancora.»

«Oserei dire che stava cercando di risparmiarti il...»

«... dispiacere?»

«Sì, e anche altri particolari...»

«Altri particolari?»

«Ho già detto troppo» rispose bruscamente il vecchio. «Non tocca a me parlarne. Quello che so è che Selina pensa che incolpi lei.»

«Non è assolutamente quello che penso!» esclamò Alec. La frustrazione per l'evasività di suo zio rese duro il tono della sua voce. «Dovrebbe conoscermi meglio!»

«Beh, ragazzo mio, hai uno strano modo di dimostrarglielo. Te ne sei andato da Bath senza dirle una parola gentile. Ovvio che pensi che dia la colpa a lei.»

Alec spinse indietro la sedia e andò alla console a prendere la caffettiera d'argento tenuta in caldo sull'apposito supporto. Gli diede un momento per riprendersi, calmarsi e distogliere i suoi pensieri da Selina, anche se solo per un po'. Versò il caffè nella tazza di suo zio e nella propria, prima di rimettere l'urna sopra la candela e tornare al tavolo, poi aggiunse, freddamente: «Non voglio discuterne adesso. È stupido ed egoista da parte mia fare il sentimentale per qualcosa che avrebbe potuto essere e che non sarà.» Guardò il vecchio dall'altra parte del tavolo, dicendo gentilmente: «E, sembra, potrebbe non succedere mai. Anche se ritengo eccessivamente drammatica la sua reazione... Vi ho detto che Tam passerà due settimane ospite dei Cleveley?» disse, cambiando bruscamente argomento, dato che suo zio lo stava guardando con aria triste. «Non hanno voluto che nessun altro si prendesse cura del loro bambino appena nato.»

«Impressionante come l'amore di una brava donna tiri fuori il buono che c'è in un uomo...»

«Sì. Quindi non sarete sorpreso quando vi dirò che Cleveley ha acconsentito ad essere lo sponsor di Tam per il suo ultimo anno di apprendistato.»

«Ah! Con il sostegno del duca, non mi sorprenderebbe se la Venerata Società dei Farmacisti gli consegnasse semplicemente il sigillo, senza fare domande! Quindi presumo che Tam si sia rassegnato a svolgere la sua professione e a *non* essere il tuo valletto?»

«Sì. Non vedo l'ora di dare a Wantage la notizia che il signor Thomas Fisher risiederà qui come membro della famiglia. Mi accompagnerà Jeffries a Midanich.»

Il vecchio prese una zolletta di zucchero con le mollette d'argento e la lasciò cadere nel suo caffè, scegliendo le parole con cura mentre mescolava il liquido. «Se ricordo bene, sei a malapena riuscito a uscire vivo da quel paese. E non sono mai riuscito a tirarti fuori molto riguardo a quei tre anni che hai passato là, a parte che sei stato imprigionato e che è stato solo per l'intervento personale del re di Midanich...»

«Il margravio Leopold.»

«*Lui*... che sei stato rilasciato e sei fuggito in Olanda. A quel tempo avevi detto che niente e nessuno ti avrebbero convinto a rimettere piede in quel paese dimenticato da Dio. Quindi immagino che ritornarci sarà dannatamente pericoloso per te.»

«Sì, è vero.»

«E mi dici che Midanich adesso è nel bel mezzo di una guerra civile?»

«Credetemi, zio, la guerra civile è la minore delle mie preoccupazioni quando penso al mio ritorno a Midanich.»

Il vecchio appoggiò le mani sul tavolo. «E continui a non volermi dire che cosa ti è successo mentre eri là.»

«Meglio che voi non lo sappiate» rispose Alec. «Vi turberebbe e basta. Grazie al cielo non ve lo posso dire. Ho fatto un rapporto verbale al mio ritorno, ma non a Cobham, al capo dello spionaggio, lord Shrewsbury. E anche a lui non ho detto proprio tutto. Non potevo. Hanno interrogato anche Parsons.» Alec fece un sorrisetto sopra la tazza del caffè. «Oserei dire che la sua relazione non fu a mio favore. Dopo tutto, incolpava me per la sua espulsione dal paese. Una perdita di faccia terribile per un ambasciatore. Anche se... Non so cosa lo abbia irritato di più: il fatto di essere stato espulso o di aver passato due notti imprigionato nelle segrete del castello, senza mangiare. Almeno non lo hanno torturato.»

«E tu sì?»

«Sì. Mi hanno fatto fare una... umh... visita turistica personale dei sotterranei a volta del castello di Herzfeld. C'è una stanza delle torture, completa di strumenti medievali. Affascinanti, in modo raccapricciante...»

Plantagenet Halsey fissò il nipote negli occhi. «Lascia che sia qualcun altro a fare l'eroe.»

«Non lo pensate davvero. Sapete che devo andare.»

Il vecchio sospirò e annuì. «Sì, certo.»

Zio e nipote guardarono la porta, sentendo un trambusto fuori dalla sala da pranzo. Un momento dopo, le porte si spalancarono e due servitori inciamparono nei propri piedi per togliersi dalla strada di una risoluta quanto minuta anziana signora vestita di seta viola e con un forte profumo, i capelli grigi raccolti e festonati di perle e nastri. Era Olivia, duchessa di Romney-St. Neots.

«Vostra grazia, che onore vedervi questa mattina» disse giovialmente Plantagenet Halsey, alzandosi, anche se le ginocchia artritiche lo rendevano lento. «Vorrei solo che l'occasione della vostra visita fosse un po' meno seria.»

«Seria?» La duchessa si fermò di colpo e fissò il vecchio, che aveva completato il suo saluto con un inchino. «Non è... non è... seria. È... è... una *catastrofe*.»

Si fece avanti Alec. «Ovviamente» confermò, cercando di tranquillizzarla, e prese la mano che gli tendeva la duchessa, la tirò vicino e le baciò prima la mano e poi la guancia imbellettata. «Non vi dirò di non preoccuparvi. Dovete preoccuparvi. Ma se vi è di conforto, ho già cominciato i preparativi per partire per Emden.»

«Emden?»

«Il porto più grande di Midanich. Salperò alla fine della settimana.»

«Oh, mio caro ragazzo, perché è successa una cosa simile?» chiese la duchessa con gli occhi pieni di lacrime. «Perché la mia cara Emily è finita in quel posto dimenticato da Dio? Perché Cosmo l'ha portata là? Dovevano andare in Italia a trovare sua madre! Pensi... Quasi non riesco a dirlo perché mi ha tenuto sveglia tutte le notti da quando Cobham mi ha letto quell'orribile lettera... Ma pensi...» La voce scese a un sussurro. «Pensi che siano ancora... *vivi*?»

Alec le strinse la mano, dicendole fiduciosamente, perché riteneva che almeno quello fosse vero: «Sì. Sì, lo credo. E intendo fare tutto quello che è in mio potere per riportarli a casa sani e salvi. È una promessa.»

La duchessa sbatté gli occhi per liberarli dalle lacrime mentre guardava gli occhi azzurri di Alec, e per la prima volta in una settimana permise alle emozioni di averla vinta. Emise un sospiro di sollievo e annuì, volendo credere alle sue parole. Ma poi scoppiò in lacrime, si voltò e si lasciò abbracciare dal vecchio. Ci volle un po' prima che tornasse in sé. Si scusò per essersi lasciata andare e fu alquanto imbarazzata quando si rese conto di aver bagnato di lacrime il davanti del gilè di fine lana rossa di Plantagenet Halsey. Lui le disse burberamente di non preoccuparsi per una sciocchezza simile, le mise in mano il suo fazzoletto bianco di lino e la portò nel salotto adiacente, che guardava sul Green Park. Lì sedette con lei su un divano di seta a righe mentre Alec le versava una tazza di tè.

«Ho riletto parecchie volte la vostra lettera da quando l'ho ricevuta, a Bath» le disse Alec in tono colloquiale mentre le porgeva la tazza con il piattino e poi si appollaiava su una poltrona davanti a lei. Dalla tasca della marsina tolse un unico foglio di carta piegato e un astuccio di pelle di squalo verde che conteneva i suoi occhiali con la montatura di metallo. «Temo abbia sollevato più domande che risposte, quindi spero che non vi dispiaccia spiegarmi alcuni dei particolari che mi sconcertano?»

«Oh, caro, riesco a malapena a ricordare quello che ho scritto» si scusò la duchessa, sorseggiando il tè. «Ero in un tale stato di ansia che temo di essere svenuta quando Cobham mi ha comunicato che Emily era tenuta in ostaggio. Me l'ha detto... così! Come se fosse la cosa più normale al mondo...»

«Canaglia insensibile!» la interruppe Plantagenet Halsey, digrignando i denti.

«Più stupido che cattivo, nel caso di Cobham» rispose Alec, tranquillo. «Continuate, Olivia.»

La duchessa appoggiò la tazza sul piattino e continuò, sospirando: «Sì, è sia l'uno sia l'altro! Così, una volta che Peeble mi ha fatto rinvenire, Cobham mi ha praticamente sventolato la lettera sotto il naso, come se fossero sali! Ho capito a malapena una parola su cinque di quello che stava dicendo. Inoltre, che me ne importava della politica di quel posto, o di chi governa, o di chi abbia scatenato la guerra civile o di che cosa abbia fatto il nostro console inglese per aiutare... E non la smetteva di parlare! Puoi anche sorridere alla mia mancanza di interesse per una nazione di cui non so niente, ragazzo mio, ma non importa, quando sono le vite di Emily e Cosmo a essere in pericolo! Tutto quello che volevo sapere era se Emily e Cosmo erano al sicuro e stavano bene. E che cosa mi ha risposto Cobham? Mi ha mostrato... Mi ha mostrato... Perdonami, non mi sto comportando da persona forte, vero?»

Ficcò la tazza e il piattino in mano a Plantagenet Halsey e quando lui li prese, frugò nella borsettina di velluto per cercare un fazzoletto, finché il vecchio le ricordò gentilmente che le aveva dato il suo. Asciugatasi gli occhi e soffiato il naso, la duchessa tirò su col naso e continuò.

«Mi ha mostrato un ricciolo biondo, dicendo che era di Emily, inviato come prova che era effettivamente tenuta in ostaggio. E che chiedevano un riscatto. Ha detto che la cosa ragionevole, se puoi credere che abbia avuto l'audacia di usare la parola *ragionevole*, da fare sarebbe stata di prepararmi al... al peggio! Bene, ovviamente sono crollata un'altra volta! Quindi non devi prendere come vangelo i particolari della lettera che ti ho scritto. In verità tutto quello che so è che i miei carissimi nipoti sono prigionieri in una terra remota che è in guerra, e che io sono qui, incapace di fare qualcosa, impotente e frustrata e-e inutile. Sapevo che tu e Selina sareste tornati a Londra appena foste stati messi al corrente della drammatica situazione. Ed eccoti qui, ragazzo mio, che stai già facendo i piani per andare a salvarli. Non puoi sapere quanto-quanto... *rassicurante* sia avere te a risolvere la situazione; perfino Cobham dice che sei l'unico che può salvarli.»

A quel punto, Alec, che stava rileggendo il biglietto della duchessa, alzò gli occhi sopra il bordo degli occhiali, sorpreso. «L'ha detto Cobham... di me? Mi chiedo perché.»

«Stava solo ribadendo l'ovvio.»

Alec sorrise all'affermazione categorica di suo zio. «Grazie. Ma perché avrebbe dovuto dirlo Cobham?»

«Sono d'accordo con tuo zio» disse la duchessa. «Ma riguardo al perché Cobham dice le cose che dice, chi lo sa? Nemmeno Selina riesce a capirlo, ed è sua sorella. Non mi ha nemmeno permesso di leggere la lettera che ha ricevuto da Cosmo. Ha invocato un qualche editto ufficiale sui segreti di stato, che solo le persone di fiducia... *persone di fiducia*, davvero! e che necessitavano di sapere potevano avervi accesso. Se, anche lui, non fosse mio nipote, mi lamenterei con il Consiglio della Corona e lo farei rimuovere dal suo posto di capo del ministero degli esteri.» Sospirò, irritata. «È noioso essere imparentati praticamente con tutti!»

«Già» concordò Alec con un sorrisetto, un'occhiata a suo zio, sperando che il vecchio non si lanciasse in un discorso provocatorio, come aveva fatto fin troppe volte nella Camera dei Comuni, sui danni del nepotismo all'interno del governo, su quello che chiamava un sistema corrotto costituito da parenti sconsiderati che anteponevano la consanguineità alla capacità, a scapito della nazione. Grazie al cielo, suo zio rimase zitto, quindi Alec aggiunse: «Meglio lasciare Cobham dove non può fare troppi danni, Olivia. Cercherebbe semplicemente un altro incarico, dove potrebbe veramente causare problemi. Così come stanno le cose, non può fare un passo al ministero degli esteri senza avere Shrewsbury che gli respira sul collo. E dato che succede veramente poco d'importante nelle nazioni del nord di questo continente che possa preoccuparci...»

«Eccetto una guerra civile, un rapimento e domande di riscatto!» si inserì il vecchio, con un verso di derisione.

«*Touché*, zio» mormorò Alec e riportò lo sguardo, attraverso le lenti, sulla lettera della duchessa. «Dite qui che Emily e Cosmo sono prigionieri del principe Viktor e che c'è stata una richiesta di denaro e gioielli...» La guardò nuovamente sopra il bordo degli occhiali. «Francamente, trovo impossibile crederlo...»

«Che siano stati fatti prigionieri?» Lo interruppe in fretta la duchessa, un po' senza fiato, tornando a sperare.

Alec scosse la testa. «No, non questo. Che il principe Viktor abbia preso degli ostaggi e abbia chiesto un riscatto. Non è proprio il tipo di persona che lo farebbe. Ho passato del tempo con lui nei tre anni in cui sono stato a Midanich, e un comportamento simile non fa parte del suo carattere. Semplicemente non è nella sua natura. Ma d'altro canto era solo un ragazzo... È figlio del margravio, ed è ricco di suo. Quindi, chiedere un riscatto è atipico e, detto chiaramente, indegno di lui.»

«Forse è impazzito o è rimasto senza soldi?» suggerì Plantagenet Halsey alzando le spalle. «Il continente ha appena vissuto sette, o sono dieci? anni di guerra. Non può essere economico equipaggiare un esercito e mandarlo oltrefrontiera a far danni nell'orto del vicino.»

«Siate serio!» gli ordinò la duchessa, anche se il compendio del vecchio sulla Guerra dei sette anni la fece sorridere per la prima volta da quando era arrivata in casa di Alec.

«E c'è il fatto che sono quasi tutti consanguinei. Ovvio. Possono sposarsi solo tra di loro. La pazzia deve essere rampante nella storia della loro famiglia. Unita poi alla mancanza di soldi... Pazzia e povertà sono una combinazione letale. Niente da perdere se il cervello va in pappa. Oh, eccetto la vita. Ma se sei pazzo non ci pensi, no?»

«Per essere un uomo che aborre la politica di lord Cobham, vedete le cose in modo molto simile a quel bigotto» gli fece scherzosamente notare Alec, piegando la lettera e infilandosela in tasca, insieme agli occhiali nella loro custodia.

Quando il vecchio gli fece l'occhiolino, Alec alzò le sopracciglia nere, rendendosi conto solo in quel momento che suo zio stava facendo del suo meglio per provocare la duchessa, o, almeno, distrarla dai suoi pensieri sulla tragica situazione della nipote. Quindi lo assecondò, aggiungendo: «Ma immagino che sia normale. Dopo tutto siete uno di loro.»

«Alec? Stai accusando tuo zio di essere un pazzo, risultato di un incesto?»

Alec si inchinò. «Sì, vostra grazia. E confermando che anche Cobham deve esserlo.»

«Vostra grazia deve perdonare mio nipote, anche se sta dichiarando ciò che è dannatamente ovvio!»

«Smettetela, tutti e due!» ordinò la duchessa, picchiettando il ventaglio chiuso sul ginocchio del vecchio. «So che cosa state facendo voi due!»

«Davvero?» esclamarono insieme zio e nipote.

«State cercando di distrarmi dal fatto orrendo che Emily è nelle grinfie di un pazzo continentale! Ma io non mi lascerò distrarre! Per favore! Non scusatevi.» Si rivolse ad Alec. «Sii serio per un momento e dimmi sinceramente che sai, nel profondo del cuore, che questo principe Viktor non è quel tipo di folle mostro che rapirebbe una dolce ragazza e un uomo che non farebbe male a una mosca, per chiedere una fortuna in gemme e denaro. Puoi farlo?»

Alec non esitò. «Sì, posso farlo, ma...»

«Oh, grazie al cielo!» disse la duchessa sospirando rumorosamente e chiuse gli occhi, con una mano premuta sui piccoli fiocchi di seta applicati sul corpetto. Poi colse il *ma* e spalancò gli occhi. «C'è un *ma*?!»

«Sì. Viktor ha un fratellastro e una sorellastra maggiori di lui. Gemelli. Il principe Ernst e la principessa Johanna. Il principe Ernst è il margravio che menzionate nella vostra lettera, che occupa saldamente il nord. Il castello di Herzfeld è lì, su una collina davanti al porto. È una fortezza imprendibile. Enorme. Spesse mura perimetrali, un muro interno e un profondo fossato tra le due fila di mura. E al centro un magnifico castello, con torrette, torri e un labirinto di edifici.»

La duchessa abbassò le spalle, sconfitta. «Quindi credi che sia questo fratello, il principe Ernst, che tiene prigionieri Emily e Cosmo?»

«Sì, con tutta probabilità» disse Alec e sbuffò, esasperato. «Ma resterà una congettura finché non avrò parlato con lord Cobham e non avrò letto personalmente la lettera. Solo allora potrò capire meglio questo imbroglio e forse avere un'idea più chiara della situazione di Emily e Cosmo, e di che cosa devo fare per assicurarmi di riportarli a casa sani e salvi. Che c'è, Wantage?» chiese, quando il suo maggiordomo entrò silenziosamente nella stanza.

«Lord Cobham e sir Gilbert Parsons, milord.»

Alec ebbe appena il tempo di sorprendersi quando la duchessa esclamò: «Splendido! Ho chiesto io che venissero subito questa mattina. Sono in ritardo. Ora avrai le tue risposte, ragazzo mio, e poi potremo finalmente *fare* qualcosa!»

Alec si astenne dal dire che avrebbe preferito incontrare il capo del dipartimento degli affari esteri nel suo ufficio, e disse al maggiordomo: «Grazie, Wantage. Riceveremo qui sua signoria e sir Gilbert.»

«Sì, milord» rispose il maggiordomo e schiarendosi leggermente la gola aggiunse a bassa voce: «Il signor Jeffries vorrebbe dirvi una parola…»

«Dovrà aspettare» disse Alec fissando dalla finestra il cielo azzurro sopra il Green Park, oltre la spalla del maggiordomo. «E aspetteranno anche Cromwell e Marziran…»

«Se posso darvi un suggerimento, milord…?» insistette Wantage e continuò quando il suo padrone fece un cenno di assenso. «Dato che il signor Jeffries ora è il valletto di sua signoria, forse potrebbe occuparsi lui di portare i cani a fare una corsa nel parco?»

«Sì, forse sì» rispose placido Alec, ignorando il sorriso soddisfatto di Wantage.

Sapeva molto bene che Wantage era lieto che Hadrian Jeffries avesse sostituito Tam come 'gentiluomo di un gentiluomo' di sua signoria. Il maggiordomo non aveva mai approvato Tam Fisher. Ma dargli ora la bella notizia che Tam sarebbe tornato a St. James's Place come membro della famiglia e non come servitore poteva aspettare finché avesse parlato con Jeffries. Ma lord Cobham e sir Gilbert non potevano aspettare. Anche se non voleva dire che i suoi due fedeli levrieri avrebbero dovuto rinunciare al loro esercizio mattutino, per quanto desiderasse essere lui a togliere loro il guinzaglio per una corsa nel sole. Dare quel compito a Jeffries avrebbe di certo messo alla prova la tempra di quell'uomo: lasciare che una coppia di cani fin troppo amichevoli mettesse zampe e muso addosso alla sua persona immacolata. Forse avrebbe anche avuto la possibilità di sbirciare fuori dalla finestra per vedere come se la cavava il suo nuovo valletto, specialmente quando Cobham avesse continuato, *ad nauseam*, con il suo pomposo, verboso discorso sulla necessità di mantenere alto il buon nome del dipartimento.

«Grazie, Wantage. Oh, ci servirà altro tè. Meglio riempire la teiera grande.»

Quando il maggiordomo annunciò lord Cobham e sir Gilbert Parsons, il capo del dipartimento degli esteri, sorprendendo tutti, ma non Alec, non perse tempo in chiacchiere e andò diritto al punto.

«Bene, Halsey, è un dannato pasticcio! Che cosa possiamo fare, eh?»

QUATTRO

Venti minuti prima, lord Cobham era sceso dalla sua carrozza, mettendo piede sul marciapiede acciottolato di St. James Place per andare incontro alla portantina del paffuto sir Gilbert Parsons. I due erculei portatori avevano trasportato il corpulento occupante dalla caffetteria dietro l'angolo e furono sollevati quando fu loro chiesto di scaricare il passeggero all'inizio della breve strada. Voleva dire non doverlo trasportare fino al numero uno di St. James Place, su per i gradini e dentro la lussuosa residenza di città. Con un cenno di congedo, lord Cobham rispedì i due portatori alla loro postazione nell'affollata St. James Street e si rivolse al suo subordinato.

«Capirete l'importanza di quello che c'è in gioco, Parsons» disse Cobham senza preamboli, ancorando la punta del suo bastone dal manico d'avorio tra due sassi sporchi e chinandosi in avanti. Controllò la strada deserta da una parte e dall'altra prima di continuare sottovoce. «La mia reputazione e la vostra sinecura, se qualcosa dovesse andare storto. Capito?»

«Perfettamente, milord» rispose sir Gilbert in tono piatto, aggiungendo, senza emozioni: «Volete che vada a Midanich e assicuri il rilascio della nipote della duchessa di Romney-St. Neots e di suo nipote. Entrambi al momento sono prigionieri, per quanto abbiamo potuto accertare, nella fortezza del margravio, nella città di…»

«Non serve che mi ripetiate quello che so perfettamente!» tuonò lord Cobham. «E non voglio una lezione di geografia. Non potrebbe interessarmi meno se fossero tenuti prigionieri sulla luna. Dannazione!

Se è la luna il posto dove mi serve che andiate, allora è lì che andrete, dannazione!»

Sua signoria abbassò il mento sfuggente nella cravatta e fece sporgere il labbro inferiore. Sir Gilbert pensò che avesse l'aspetto di un merluzzo sorpreso, un merluzzo con cespugliose sopracciglia rosse. Secondo sir Gilbert, nemmeno una madre avrebbe potuto amare la faccia e la carnagione di lord Cobham.

«Il fatto è che la duchessa è mia zia. Non posso far arrabbiare i parenti. Fa male alla digestione» continuò sua signoria a voce più bassa, e tirò su col naso. «Vi mando all'estero per permettervi di riscattarvi dopo la *débâcle* diplomatica del '53. Devo ricordarvi che a causa della vostra espulsione e con Halsey che si è cacciato nei guai, sua maestà aveva perso i servizi delle truppe mercenarie di Midanich? Siamo riusciti a riaverle solo durante la recente guerra. Vi mando per due motivi: per mostrare a quella piccola nazione fasulla che non può scherzare con l'Inghilterra. E, cosa ancora più importante, perché possiate tener d'occhio Halsey. È lui quello che vogliono che tratti il rilascio della signorina St. Neots e Mahon.» Sospirò, frustrato, guardando fisso le nuvole grigiastre. «Dio sa perché...» Abbassò gli occhietti dalle nuvole per fissare il suo subordinato. «Voi lo sapete, Parsons?»

«No, milord. È un mistero anche per me. Che il margravio abbia richiesto Alec Halsey, dopo il suo intollerabile comportamento che mi ha fatto espellere e lo ha fatto incarcerare, francamente mi lascia perplesso.»

«Già, un vero mistero...» mormorò lord Cobham, poi disse, fissando negli occhi il suo subordinato: «Halsey può essere quello che hanno richiesto, ma io vi metto a capo della delegazione, perché confido che voi...»

«Grazie, milord. Cercherò...»

«... facciate quello che vi si ordina. E non mi fido di Halsey! Quell'uomo è un cane sciolto e fa quello che gli pare! Lui ha... degli *scrupoli*.» Lord Cobham fece una faccia disgustata. «Ipocrita bigotto!» Puntò un dito per aria, vicino al naso a patata di sir Gilbert. «Voi lo terrete sotto controllo, Parsons. E farete un lavoro migliore dell'ultima volta, se volete tornare alla vostra comoda scrivania! Mi avete capito?»

Sir Gilbert lo aveva certamente capito. Non desiderava altro che tornare alla sicurezza che gli garantiva il suo lavoro sedentario. Dopo l'espulsione da Midanich e dopo essere stato spedito a casa in disgrazia, non aveva avuto altri incarichi sul continente. Aveva passato gli ultimi dieci anni curvo sulla corrispondenza di altri nel dipartimento di cifratura. Tutti, da lord Cobham alla sua cara moglie, fino al suo parruccaio, avevano guardato alla sua retrocessione con un misto di imbarazzo e pietà. Per il pubblico, sir Gilbert era stato debitamente umiliato. In verità era felice di essere a casa e di avere un incarico all'interno del dipartimento degli affari esteri che lo annoiava a morte. Amava le sue comodità, specialmente le visite quotidiane alla sua caffetteria preferita al mattino e al suo ristorante preferito la sera. Ma dato che doveva la sua posizione e quindi la sua sussistenza alle grazie di lord Cobham, non aveva voce in capitolo sulla scelta se restare dietro a una scrivania o salpare per una missione diplomatica di salvataggio che puzzava di disastro prima ancora che la nave avesse issato le vele.

«Sì, milord» rispose Parsons, senza espressione. «Forte e chiaro come la campana di una chiesa.»

Lord Cobham studiò il suo subordinato, cercando un segno che l'uomo stesse parlando in modo sarcastico, ma sir Gilbert sostenne il suo sguardo con un'espressione debitamente neutra, quindi continuò, guardandosi alle spalle, come se temesse che qualcuno stesse origliando. Ma la strada senza uscita era vuota, non c'erano pedoni né cavalli, quindi non era necessario e, secondo sir Gilbert, era un gesto eccessivamente teatrale.

«A essere sincero, Parsons, il motivo per cui stiamo avendo questa discussione qui fuori, prima di andare da Halsey, è che il rilascio della signorina St. Neots e di sir Cosmo non è lo scopo primario della *vostra* missione. Lasciate quel compito a Halsey. Ciò che dovete fare voi è identificare, e mettervi in contatto con un membro della corte del margravio Ernst, un traditore…»

«Traditore?»

«No, non sta tradendo noi. Non l'Inghilterra. Un traditore della causa del margravio Ernst. Qualcuno che sta lavorando per promuovere l'ascesa al trono di suo fratello, il principe Viktor.»

«Chi è il traditore, milord?»

«Dannazione, Parsons! Se lo sapessi non chiederei *a voi* di scoprire la sua identità! Fate attenzione!»

Sua signoria alzò un braccio e poi lo lasciò cadere pesantemente lungo il fianco, dicendo, con un sorrisetto conciliante, come se stesse parlando con un idiota: «Ascoltate. Nel grande schema delle cose non importa quale dei fratelli trionfi, il margravio Ernst o il principe Viktor. L'importante è che la loro guerra civile finisca e presto. Se continuano a combattersi tra di loro non resteranno più truppe e a quel punto cosa farebbe l'Inghilterra?» Fece una pausa, abbastanza lunga da far aprire la bocca a sir Gilbert per rispondere, poi aggiunse con un grugnito: «Se qualcuno deve far fuori le truppe di Midanich, siamo noi, facendole combattere per l'Inghilterra, non per un bisticcio tra fratelli. E quando finirà la guerra civile, dovrà apparire che il governo di sua maestà abbia sostenuto la parte vincente fin dall'inizio del conflitto. Capite, Parsons?»

«E se si scoprisse che abbiamo puntato su entrambi i cavalli?» chiese sir Gilbert. «Se succedesse, sia il margravio Ernst sia il principe Viktor difficilmente considereranno un alleato affidabile il governo di sua maestà, vero, milord? Potrebbe rovinare i rapporti con quel paese per il fut...»

«Dannazione! Mi sembrate quel bigotto di Halsey, e non mi piace, Parsons! Ascoltate. Sua maestà e i ministri del governo di sua maestà crederanno al capo del dipartimento degli affari esteri e non alle farneticazioni di un dannato governante di nessuna importanza di un principato insignificante nel mezzo di Dio sa dove in Europa. Capito?»

Sir Gilbert non contraddisse il suo superiore. Riusciva a capire che volesse che l'Inghilterra puntasse sul cavallo giusto o, in quel caso, sul fratello giusto. Non era importante chi avrebbe vinto la guerra civile. Ma si chiedeva come avrebbe potuto scoprire l'identità del traditore senza essere scoperto lui per primo ed essere espulso, e per la seconda volta. E quello sarebbe stato il colmo!

«Non una maledetta parola di tutto questo a Halsey.»

«Sì, milord, abbiate fiducia in me.»

«Sarò il primo a darvi una pacca sulla schiena e a congratularmi quando sarete riuscito a prendere due piccioni con una fava.»

«Due piccioni? Una fava?»

«Ernst e Viktor! Usate il cervello, Parsons» spiegò lord Cobham. «Voglio dire dare a entrambi l'illusione che sua maestà li sosterrà per il posto di margravio. Ma se non riuscirete a farcela, sarà dura per voi da ora in poi. Lasciate che ci pensi Halsey a risolvere il problema spinoso del rilascio degli ostaggi. Con un po' di fortuna, si farà rinchiudere un'altra volta e sarà per il bene comune, cioè per il bene della *mia* reputazione e del *vostro* incarico.»

E il buon nome di Selina, pensò tra sé e sé, sapendo che la sua testarda sorella era sul punto di accettare la proposta di matrimonio di Alec Halsey. Nonostante fosse il fratello maggiore e capo della loro famiglia, era ben conscio che la sua posizione e le sue opinioni per lei non contavano nulla. Selina avrebbe fatto ciò che voleva lei; e lui non lo sopportava.

«Se, per un caso fortuito, Halsey dovesse riuscire a far rilasciare gli ostaggi,» continuò, cercando di non pensare alla recalcitrante sorella, «sarà un successo per il dipartimento e per me. Ed è quello che ci sarà scritto sul vostro rapporto, Parsons... Parsons?»

«Sì, milord. Scriverò un rapporto.»

«Certo che lo farete! Dannazione! E dovranno passare sul mio dannato cadavere prima che permetta a mia sorella di sposare uno come Halsey. Lei è una Vesey» aggiunse, dimenticando per un momento che stava parlando con un sottoposto, per strada, e che non si stava confidando con un membro del suo club. «Quell'uomo ha ucciso suo fratello, checché ne dica il coroner! Dannazione, non permetterò che contamini con il suo sangue la stirpe dei Vesey. Anche se mia zia vuole che un giorno assurga al ruolo di ambasciatore! Ah! Improbabile, anche questo. Ma non si può dirlo alle zie anziane, Parsons. Le donne non capiscono queste cose.»

«Verissimo, milord» disse sir Gilbert nel silenzio che seguì la tirata del suo superiore. «Potrò anche non aver visto Halsey per dieci anni, ma sulla mia scrivania sono passati documenti dei suoi superiori all'Aia e a Parigi riguardo alla sua disgraziata abitudine di farsi guidare dalla sua coscienza. E poi c'è la sua predilezione per la politica dei *boudoir*. Perdonatemi, milord, ma se Halsey avesse passato più tempo con i calzoni addosso invece che senza, non ci saremmo trovati in quel pantano... letteralmente; le segrete sono al di sotto del livello del mare. Mi è costata l'espulsione da Midanich.»

«Ciò che vi ha fatto espellere, Parsons, è la vostra stupidità. Chiedere a Halsey di tenere la patta chiusa quando era nel bel mezzo di una torrida relazione con la figlia del margravio era tutto quello che ci voleva per garantirvi l'espulsione. Ha trionfato lo stile licenzioso della diplomazia di Halsey. Vedete quella casa?» chiese lord Cobham, indicando con il bastone la palazzina indipendente con l'ingresso al centro della facciata, la prima casa di una fila in una strada isolata, con il retro che dava sul Green Park. «È lì che vive adesso. Con il suo ostinato zio. Uno stupido vecchio trombone che pontifica in parlamento sull'abolizione della schiavitù e l'educazione universale per i marmocchi. Farfugliamenti di un pazzo! Quell'uomo è una pistola carica pronta a sparare. Ma nessuno può toccarlo, perché è un deputato. Sì. Potete anche fissarmi con quello sguardo sorpreso, Parsons. È la triste verità. E temo di avere altre notizie stupefacenti...» Rabbrividì e chiuse gli occhi come per farsi forza per l'annuncio che sapeva avrebbe scandalizzato sir Gilbert. «Sua maestà ha ritenuto di innalzare Halsey al marchesato...»

«*Cosa?*» Sir Gilbert barcollò, facendo un passo indietro, come se l'avesse colpito il bastone di lord Cobham. «Plantagenet Halsey è-è un marchese? *Maledizione!*»

«No! No! Non lo zio! *Alec* Halsey, il vostro segretario. Ora è il *marchese* Halsey, e quindi sono obbligato, sì, *obbligato*, a mettere da parte il mio orgoglio e fare la cosa giusta, per rispetto al suo titolo, se non per la sua persona, e trattarlo come uno di noi. Riuscite a crederci, Parsons?»

«Non ci credo!» dichiarò sir Gilbert. «Il mio subordinato... un *nobile*?»

«Non vi va giù, eh» disse lord Cobham con una risatina davanti alla faccia di sir Gilbert: sembrava che avesse sentito un cattivo odore. «Scommetto che non avreste mai creduto che il vostro segretario sarebbe diventato un dannato lord, e che vivesse da lord, oltre a tutto.» Fece roteare il bastone, puntandolo su sir Gilbert e aggiunse, a bassa voce e con una smorfia sul viso: «Ma non dovete permettere alla sua nuova condizione di impressionarvi. Siete voi il capo della delegazione per Midanich. Questa è la vostra seconda chance, la vostra *unica* chance. Siete il diplomatico senior. Non permettetegli di dimenticare chi è al comando, solo perché è stato fatto nobile non significa che possa condurre la faccenda a modo *suo*. Capito?»

«Sì, milord. Non preoccupatevi. Ho imparato la lezione. Sventolerò le mie credenziali sotto il suo nobile naso, quando e se necessario» rispose sir Gilbert, squadrando la mascella.

«Bravo!» rispose lord Cobham, soddisfatto. «Vi ho detto tutto quello che considero importante in questa missione. Ma quello che dirò dentro quelle mura,» fece oscillare il bastone per indicare il numero uno di St. James Place, «sarà quello che Halsey vuole sentire. Tutto per depistarlo. Capito?»

Sir Gilbert non aveva idea di quale pista stesse seguendo sua signoria, anche se sospettava puzzasse di tradimento e doppiogiochismo, quindi annuì obbediente e confermò a parole il suo assenso quando lord Cobham lo fissò furioso.

«Allora, vediamo di farla finita con questa noiosa riunione» continuò lord Cobham, voltando i tacchi e percorrendo la stradina verso la residenza di Alec. Continuò a parlare, aspettandosi che il basso e rotondo sir Gilbert gli stesse al passo. «Mi aspettano al White per una mano di picchetto prima di cena. E voi, Parsons, dovete preparare i vostri *portemanteau*. Venite, forza! Non possiamo far aspettare lord Arrogante-Pezzo-Grosso!»

Sir Gilbert dovette quasi correre per tenere il lungo passo di lord Cobham, poi lo seguì sui tre bassi gradini e dentro il grande foyer a piastrelle bianche e nere, chiedendosi se il suo ora aristocratico segretario ricordasse chi era lui. Lo seppe immediatamente dopo aver messo piede nel salotto di lord Halsey.

. . .

«Una tazza di tè, milord, o preferite il caffè?» chiese educatamente Alec in risposta alla scortese esclamazione di lord Cobham al suo arrivo nel salotto.

«Eh? *Tè?*» rispose lord Cobham, immobilizzato nel bel mezzo del tappeto di Aubusson dalla cortese domanda, esattamente come si aspettava Alec. Sbattendo gli occhi, perse il tono belligerante e rispose, educatamente. «Tè. Sì. Una tazza di tè.»

Alec fece un cenno a Wantage, che era sull'attenti accanto al carrello del tè con un servitore in livrea, prima di guardare oltre lord Cobham all'uomo alle sue spalle. Alec lo riconobbe immediatamente e gli andò incontro con la mano tesa.

«Sir Gilbert! Che piacere vedervi dopo tutti questi anni. Avrei solo voluto che fosse in circostanze migliori. Vi trovo bene, signore.»

Che Alec lo salutasse con calore sincero e che avesse le buone maniere di rivolgersi a lui chiamandolo 'sir' fece fare un sorriso a sir Gilbert, mentre stringeva la mano dell'uomo più giovane come se fosse stato solo il giorno prima che si erano salutati sui gradini del palazzo del ministero degli esteri sullo Strand. Per un attimo, dimenticò tutto quello che gli aveva detto lord Cobham, e l'abitudine lo spinse a inchinarsi al titolo senza pensarci due volte.

«Congratulazioni per il nuovo titolo, milord» replicò sir Gilbert e, in risposta al complimento di Alec, si batté il davanti del panciotto di lana che tirava sulla pancia. «Troppi anni incastrato dietro a una scrivania portano a questo. Mentre voi, milord, non siete cambiato nemmeno un po'.»

«Tè? Caffè?»

«Caffè, milord. Grazie.»

«E come sta lady Parsons? Se ricordo bene le piaceva fare le frange …?»

Sir Gilbert sorrise, ancora più ben disposto nei confronti di Alec perché si era ricordato del passatempo di sua moglie, la sera, dopo cena, mentre gli uomini giocavano a scacchi. «Ah, lo ricordate! Maria ne sarà lusingata. Tanto più quando le dirò che *lord* Halsey ha chiesto delle sue frange.»

«Per l'amor del cielo, Parsons,» sibilò lord Cobham sottovoce, «datevi un contegno!»

«Per quanto riguarda il titolo,» continuò Alec tranquillamente, come se lord Cobham non avesse parlato, «potete dire a lady Parsons che sono stato persuaso ad accettare l'onore mio malgrado da chi ritiene di conoscere i miei interessi meglio di me!» Poi aggiunse, prima che la duchessa potesse protestare: «Permettetemi di presentarvi a sua grazia e a mio zio…»

«Zia Olivia?» chiese lord Cobham ad alta voce, sorpreso, mentre ficcava il bastone in mano a un servitore per prendere la tazza di tè che gli offriva il maggiordomo. Sbatté gli occhi guardandola quando sir Gilbert si spostò dopo essersi inchinato sopra la mano tesa della duchessa. «Perché siete qui?»

«Sembra che abbiate visto un fantasma, Cobham!» dichiarò allegramente Plantagenet Halsey, sorseggiando il tè. Aveva riempito nuovamente la tazza della duchessa e le disse, sottovoce: «Ecco, bevete. Ne avrete ancora più bisogno per superare questa riunione.»

La duchessa lo fissò furiosa, e gli avrebbe detto volentieri quello che pensava del suo modo di coccolarla, quando fu distratta da lord Cobham che disse al vecchio, con una smorfia e un'occhiata significativa dall'alto in basso: «Le mie scuse, zia Olivia, ma questa faccenda può essere discussa solo tra i membri del mio dipartimento. I particolari riservati nei documenti non possono essere divulgati a persone che non hanno il diritto di conoscerli. Se si dovessero venire a sapere, potrebbero causare un danno irreparabile ai rapporti con una corte continentale. Quello che diremo qui non deve arrivare alle orecchie dei nostri nemici. E i nostri nemici sono dappertutto!» Guardò il vecchio. «Devo insistere che voi, signore...»

«Non essere ridicolo, Clive!» disse sprezzante la duchessa. «Stiamo parlando di salvare i miei nipoti e tu dici scemenze boriose. Dov'è Shrewsbury? Perché non è qui?»

«È stato trattenuto altrove» rispose lord Cobham in tono più mogio. «Sembra che il capo dello spionaggio stia facendo da balia alla nipote ammalata. Niente di serio, così mi dicono. Pensavo che se ne occupassero le bambinaie. Ma che ne so io? Non ho nipoti... o figli se è per quello. Quindi ha lasciato a me l'incarico di trattare con...»

«Hai portato quella lettera, quella indirizzata a lord Halsey, oppure no?» gli chiese la duchessa. Quando lord Cobham annuì dietro la tazza di tè, la duchessa raddrizzò la schiena. «Beh? Dov'è? Forse hai il diritto di non farla vedere a me, ma di certo non a lui. Se c'è qualcuno che può capire qualcosa di questa farsa è Alec, ed è l'unico che può far qualcosa! Ed è più di quello che sta facendo il tuo dipartimento!»

Lord Cobham aprì la bocca per respingere quell'affermazione ma, visto che era sua zia che stava parlando, sapeva quando arrendersi alla forza maggiore. Alzò di nascosto gli occhi al cielo, rivolto al suo sottoposto, come per dire che era obbligato a dar retta ai capricci dell'anziana parente, consegnò ad Alec un foglio di carta piegato, con il sigillo rotto, dicendo formalmente: «È un documento riservato, Halsey.»

Alec prese la lettera e si appartò sul sedile della finestra per leggere senza distrazioni. Sentì suo zio fare qualche innocuo commento a sir Gilbert e la duchessa chiedere a suo nipote come progredivano i preparativi per equipaggiare uno schooner e poi si perse nella lettera di sir Cosmo Mahon.

Più leggeva, più capiva quanto fosse pericolosa la situazione a Midanich, e più riusciva a distinguere la verità dalla fantasia nel resoconto frenetico della duchessa. Era acutamente conscio del pericolo che stavano correndo Cosmo ed Emily, prigionieri in un paese sconvolto dalla guerra, ma la lettera dettata da Cosmo rese la consapevolezza molto più pressante. Desiderò di cuore di avere la capacità di volare, perché volare come un uccello, e a tutta velocità, gli avrebbe permesso di salvare Cosmo ed Emily entro pochi giorni, non settimane. La lettera di Cosmo ebbe l'effetto di farlo sentire completamente impotente, e di fargli capire che ogni ora prima della loro liberazione sarebbe stata interminabile.

Avrebbe voluto partire entro un'ora, ma sapeva che era impossibile. C'erano ancora tante cose da organizzare, non ultima la requisizione di una nave adatta con un capitano e un equipaggio disposti a viaggiare verso nord con quel tempo e in quella situazione pericolosa. E questo nonostante il pericolo che lo aspettava, tornando in una nazione da cui era riuscito a fuggire e in cui aveva giurato di non rimettere più piede. Sapeva esattamente che cosa lo aspettava al castello di Herzfeld. Era stato sottoposto a violenze che erano al limite della tortura; era stato testimone della pazzia che si annidava nell'ombra dentro quelle mura spesse ed era fuggito scampando alla morte per un pelo. Ora, dieci anni dopo, quegli eventi traumatici erano solo un incubo lontano. Se non completamente dimenticati, almeno erano stati repressi con successo tanto da permettergli di appoggiare serenamente la testa sul cuscino.

Eppure era lì, pronto a tornare a Midanich e, questa volta, ben conscio del male che lo aspettava. Non si sarebbe sottratto, non poteva. Due persone che gli erano molto care erano in pericolo e avevano bisogno del suo aiuto. Quindi, amen. Doveva andare. Se gli era passato per la testa che avrebbe forse dovuto sacrificarsi e prendere il posto di Cosmo per assicurarsi che lui ed Emily potessero cavarsela, aveva scacciato immediatamente quel pensiero, considerandolo irrilevante. Tutto quello che importava era assicurare il rilascio dei suoi amici. La sua paura era secondaria. Avrebbe trattato con il margravio e sua sorella quando fosse venuto il momento. Per il momento, doveva concentrarsi sul presente. Quindi posò gli occhiali sul naso ossuto e abbassò gli occhi sulla lettera scritta nitidamente da sir Cosmo Mahon.

Caro Alec [lesse]

Ti scrivo ciò che mi detta un ufficiale di corte. Non capisce l'inglese. E io non so scrivere in francese, lo sai. Quindi farò del mio meglio per inserire qui e là in questa lettera qualche frase per informarti di certi particolari. Il nostro console, Jacob Luytens, dovrà confermare sotto giuramento che ciò che ho scritto è la traduzione fedele e corretta del francese parlato dall'ufficiale, la cui lingua natia è il tedesco. E che tutto ciò che scrivo è il resoconto esatto della mia situazione. È un vero groviglio linguistico che tu, mio caro amico, non avresti difficoltà a sbrogliare. Il giuramento ci ha messi tutti in pericolo, se mai questa lettera arrivasse a persone sbagliate.

Il signor Luytens mi assicura che ti farà avere questa lettera. Devo fidarmi di lui.

Mi trattano bene, anche se vengo trattenuto contro la mia volontà. Mi hanno assegnato una stanzetta nel palazzo. Mi hanno confiscato l'orologio, i vestiti, i portemanteau, tutto quanto. Faccio un segno ogni giorno sul pavimento di legno della mia stanza, sotto il tappeto, quando si alza il sole. Non mi permettono di avere né penna né carta né libri. Una volta al giorno mi portano, sotto scorta, a camminare nel cortile, o sulla sommità delle mura interne dove non ci sono repellenti ricordi della guerra, a seconda di quello che desidero. Mi nutrono a colazione e a cena e il mio pitale è svuotato tutti i giorni. Anche se mi piacerebbe poter fare il bagno più spesso di ogni due settimane, in queste circostanze, immergermi in un bagno caldo è un piccolo lusso che ho imparato ad apprezzare.

Matthias, il mio valletto, ha il permesso di radermi ogni due giorni, e poi deve andarsene. Parliamo quando possiamo. Mi dice che non lo trattano male, anche se vedo che ha un occhio nero e dei lividi. Dice che le teste sulle picche lungo i parapetti sono quelle dei traditori o disertori, un avvertimento a chiunque si senta spinto a far sentire la propria voce o a scappare. È una cosa assolutamente medievale. Mi sembra di essere entrato in una scena dell'Amleto, il cui paese non è molto lontano da qui.

Il ciambellano di corte, Herr Haderslev, è venuto a trovarmi in due occasioni. Dice che il margravio mi darà udienza perché possa perorare la mia causa quando tornerà dai combattimenti con le forze di opposizione nel sud. Mi dicono che sarà l'ultima battaglia prima che arrivi l'inverno. Ho chiesto udienza con la sorella del margravio, la principessa Johanna. Ma il nostro console dice che la principessa vive da reclusa e non si vede mai durante le ore del giorno, a causa delle sue delicate condizioni. Non ha voluto dirmi quali siano queste condizioni.

Ho chiesto a Matthias se sapesse qualcosa riguardo al disturbo che tiene reclusa la principessa. Quando è venuto a radermi la volta successiva, mi ha detto che nessuno parla di quella che viene chiamata 'la verità taciuta'. Ha un nome lungo e complicato in tedesco, ma questa è la traduzione approssimativa. Ho chiesto al signor Luytens. Ha detto che scriverne sarebbe stato sufficiente ad avvertirti e che tu, in effetti, sai più di quanto potrebbe scoprire Matthias.
Vivo nella speranza che la principessa mi accordi udienza. Mio caro Alec, la speranza è l'unica cosa che mi è rimasta.

Ho visto il signor Luytens in tre occasioni. Gli unici contatti che mi sono stati permessi con il nostro console inglese, e in un mese. Se si trattasse solo del mio destino, mi arrenderei, ma è il pensiero di Emily che mi tiene sveglio di notte.

L'ultima volta che l'ho vista è stato quando ci siamo salutati a bordo della nave, in porto, e lei avrebbe dovuto aspettare il mio ritorno il giorno dopo per fare vela verso Copenaghen. Il nostro console mi assicura che le viene accordato il trattamento dovuto alla nipote di una duchessa inglese. Ma dato che non l'ha vista, temo che quello che mi dice non sia la verità. Me lo dicono i suoi occhi. Non so se è per risparmiarmi o per torturarmi, perché non sapere come sta, se è viva o… no, non posso scriverlo… mi fa impazzire. L'unica cosa che mi mantiene mentalmente lucido è sapere che la stimabile signora Carlisle è con lei.

Ho chiesto a Matthias di scoprire quello che può, ma quando ha tentato di fare qualche domanda, è rimasto a mani vuote. Vivono tutti nel terrore, non ultimi i servitori, che sono un gruppo di gente con la bocca cucita che non alza mai gli occhi dal pavimento. E dato che i movimenti del mio valletto sono limitati dalle guardie di palazzo, e non parla la lingua locale, purtroppo le sue informazioni sono scarse.

Confinato nella mia stanza e da solo, la mia mente vaga temendo il peggio, e non intendo dire la morte, carissimo amico. La morte sarebbe preferibile e un dono di Dio per una bella e giovane donna come Emily. Come ben sai, in tempo di guerra c'è chi perpetra atrocità sulle persone indifese, deboli e particolarmente sulle donne, e solo perché può.

Per favore, per amor di Dio, qualunque cosa tu faccia, non parlare delle mie paure a zia Olivia. Inventa la storia che vuoi, ma tieni alto il suo spirito. Deve continuare a sperare, come spero io, che ne verremo fuori, se non intatti, almeno vivi e vegeti. Quindi ti prego, Alec, non una parola finché non avrai visto personalmente le nostre spoglie mortali. E a quel punto, non dirle il peggio, ma raccontale qualche favola che le permetta di dormire la notte.

Il margravio Ernst ha dichiarato che nel suo paese è in corso una guerra civile. Ci sono truppe ovunque. Le sento marciare in cortile e sono solo le guardie d'élite del palazzo. Devo dirti che oltre le mura di questa impenetrabile fortezza, la guerra sta devastando le campagne. Il principe Viktor è stato dichiarato traditore della patria per aver preso le armi contro suo fratello e per aver chiamato a raccolta le truppe della sua natia Frisia. Qualunque frisone trovato con la divisa di Viktor è ucciso a vista. Non fanno prigionieri. Migliaia di persone sono state trasferite e rovinate a causa delle azioni senza pietà del principe Viktor, che è controllato da sua madre, la 'lupa', la contessa Rosine. Così me la descrivono. Il nostro console Luytens annuisce, d'accordo con l'ufficiale e non lo contraddice, quindi devo presumere che la pensi allo stesso modo.

Herr Luytens è andato a Emden ed è tornato con grande rischio per la sua persona. Dice che tutti i porti ora sono sotto il controllo dell'esercito, ma che Emden rimane aperto perché è attraverso quel porto che passano tutte le merci e quindi fornisce un prezioso introito per il paese, e ovviamente anche per gli sforzi bellici del margravio. E quindi dovrai sbarcare a Emden e con il riscatto, secondo i particolari che il nostro console ti farà avere in una lettera a parte. Qualunque sia l'importo, portalo!

Per essere sincero, caro amico, temo fortemente che Emily e io non lasceremo vivi questo posto se non accetterai l'ordine del margravio

Ernst di presentarti al castello di Herzfeld per trattare il nostro rilascio. Non accetterà nessun altro e nessun altro metodo.

Come prova della sua determinazione, e perché tu sappia che questa lettera è veramente autentica, accludo un ricciolo dei capelli di Emily che mi è stato consegnato. Ti sarà familiare, come a Natale.

Accludo anche un salvacondotto a nome di un certo barone Aurich, firmato dal margravio e con il suo sigillo. Il salvacondotto permetterà a te e ai membri del tuo gruppo di passare indenni da tutti i posti di controllo e di ricevere assistenza dalle truppe del margravio, nel caso ne aveste bisogno. Sta prendendo ogni possibile precauzione per assicurare l'arrivo di questo barone Aurich che, devo presumere, sia tu, anche se perché si rivolga a te in questo modo e a che scopo, lo sapete solo tu e lui.

Mio caro amico, mi dispiace veramente di mettere in pericolo anche la tua vita. Perdonami, ho macchiato la lettera frignando come una ragazza. Dio! Come sono sceso in basso, in quest'inferno!

Luytens porterà questa lettera, l'autorizzazione e la richiesta di riscatto nel portefeuille diplomatico fino a Emden e poi lo invierà attraverso l'Olanda. Il nostro console resterà a Emden in attesa del tuo arrivo. Hai quaranta giorni per arrivare e poi anche Luytens verrà arrestato. Essendo nativo di questo paese e non del nostro, non gli saranno riservate le stesse cortesie che ho ricevuto io, ma sarà gettato nelle segrete del castello. Mi dice che una sola persona è fuggita dalle segrete di Herzfeld… tu! Anche l'ufficiale che mi sta dettando la lettera parla di quella fuga con stupore.

Per l'amor di Dio, Alec, vieni in tutta fretta.

Cosmo Mahon

CINQUE

ALEC PIEGÒ LA LETTERA E SI TOLSE LENTAMENTE GLI OCCHIALI. Non andò immediatamente a raggiungere gli altri accanto al camino. Si voltò sul sedile e guardò la distesa del Green Park, senza vederla. Non notò i suoi levrieri che scappavano tra gli alberi spogli, con il suo valletto che li rincorreva invano. I suoi pensieri erano lontani mille miglia, oltre il Mare del Nord con Cosmo ed Emily, e la loro preoccupante situazione. Poi, in un attimo, represse i pensieri macabri. Doveva essere forte e ottimista, per loro e per Olivia, e perché doveva affrontare un'attesa di parecchie settimane senza sapere nulla, finché non fosse arrivato al castello di Herzfeld e avesse potuto vederli di persona.

C'era parecchio da organizzare prima di poter salpare. Il viaggio da Harwich a Emden era una traversata di quattro giorni, col mare calmo, prima di poter rimettere piede sul territorio di Midanich. E attraccare al porto di Emden era solo l'inizio, perché poi c'era il viaggio via terra fino a Herzfeld, con i venti gelidi che soffiavano dal Mare del Nord e la lentezza esasperante di un viaggio per terre desolate e paludose, prima in barca, sui canali, e poi a cavallo.

Gli avevano dato quaranta giorni. E ora aveva ancora meno tempo, perché la lettera di Cosmo era arrivata già una settimana prima. Non c'era tempo da perdere. Ed era un bene. La mancanza di tempo e la logistica del viaggio lo avrebbero tenuto occupato e gli avrebbero impedito di rimuginare inutilmente finché non fosse stato in viaggio. Quindi tornò accanto al camino, si versò una seconda tazza di caffè per darsi un momento per schiarirsi le idee, mentre gli altri nella stanza chiacchieravano educatamente aspettando la sua reazione alla lettera di Cosmo.

«Vorrei tenerla per un giorno o due, se posso» disse Alec a lord Cobham, indicando la lettera. «C'è parecchio da digerire e voglio essere sicuro di non essermi fatto sfuggire nessuno dei messaggi di Cosmo per me.»

«Messaggi? Ci sono dei messaggi?» Lord Cobham era chiaramente sorpreso e guardò sir Gilbert con aria di rimprovero. «Mi avete detto che i tizi in ufficio avevano controllato ogni singola parola della lettera, senza trovare niente di nascosto da riferire.»

«È così, milord» fece per spiegare sir Gilbert, quando Alec si intromise.

«Non potevano sapere che cosa cercare. Non è cifrata o scritta in codice perché Cosmo non li conosce. Eppure, ha fatto del suo meglio per informarmi di alcuni particolari. Per esempio,» continuò guardando la duchessa, «si riferisce al ricciolo di Emily dicendo *che mi è stato consegnato*. Non che è stato tagliato in quel momento. E aggiunge, *Ti sarà familiare, come a Natale*. Mi sta dicendo che il ricciolo inviato con la lettera non è nuovo. Due Natali fa, Cosmo mi ha mostrato una tabacchiera di porcellana, un regalo. Incorniciato nel coperchio c'era un ricciolo di capelli biondi.» Sorrise appena. «Non ho idea se fossero i capelli di Emily, e non l'ho chiesto.»

«Quindi quel ricciolo potrebbe non essere di Emily?» chiese speranzosa la duchessa. «Quei demoni potrebbero non aver tagliato i capelli della mia nipotina?» Quando Alec annuì, la duchessa chiuse gli occhi con un sospiro di sollievo. «Oh, grazie a Dio...» Ma un attimo dopo stava fissando furiosamente lord Cobham, poi, con la voce tremante di rabbia, aggiunse: «Mi hai detto che era di Emily! *Tu* hai detto che se potevano averle tagliato i capelli, cosa avrebbero potuto tagliarle ancora? Magari un dito, se non avessimo fatto quello che chiedevano!»

«Beh, zia, potrebbero tranquillamente farlo» protestò lord Cobham. «Quei continentali sono dei barbari, a dir poco, quindi stavo solo cercando di...»

«Cosa? Spaventare a morte una povera donna? Verme insensibile!» ringhiò Plantagenet Halsey. «Ho sempre pensato che aveste il cervello di una gallina. E questa faccenda lo conferma. E neanche un briciolo di sensibilità per di più.»

«Signore! Non avete il diritto di parlare in questo modo del capo del dipartimento degli affari esteri...»

«Oh, chiudete quel becco. Ne ho tutti i diritti!» Il vecchio interruppe sir Gilbert in tono così feroce che il piccoletto paffuto barcollò all'indietro con la tazza che tintinnava sul piattino.

«Oh, zitti! Tutti quanti!» ordinò la duchessa e guardò ansiosamente Alec. «Che altro dice Cosmo, ragazzo mio? Dice come stanno trattando... Come stanno trattando Emily? La sua salute? Li stanno trattando civilmente?»

«Cosmo è lieto che Emily abbia la compagnia della stimabile signora Carlisle, la qual cosa dovrebbe esserci di conforto» replicò Alec, rispondendo indirettamente alle domande perché non intendeva condividere con lei il contenuto della lettera.

«Sì! Sì, la signora Carlisle è con lei» disse la duchessa, con sollievo e un po' sorpresa, come se si fosse ricordata solo in quel momento dell'esistenza della donna. «Una donna eccellente, una mia seconda cugina. Povera in canna, ma ho sempre fatto per lei quello che potevo. Se c'è una cosa che so di Ellen Carlisle è che non è tipo da perdere la testa nei momenti difficili e certamente non è portata alle crisi isteriche.»

«Quindi è esattamente il tipo di donna di cui Emily ha bisogno in questo momento» disse Plantagenet Halsey in tono incoraggiante.

«Sì, avete ragione» confermò la duchessa e sorrise per la prima volta da quando era entrata nella casa di Alec.

«Quindi, posso tenere la lettera per un giorno o due...?» chiese Alec, ripetendo la domanda a lord Cobham.

«È molto irregolare,» disse sir Gilbert, scuotendo la testa con una smorfia di disapprovazione sul volto, «e non rientra nella politica del dipartimento degli affari esteri permettere a documenti importanti di uscire dall'ufficio.»

«Ma visto che ora è in casa mia,» disse lentamente e con pazienza Alec, «sicuramente significa che è fuori dal dipartimento?»

«Vorrei dissentire, Hal... milord» continuò sir Gilbert, che era nel suo elemento. «Lord Cobham rappresenta, a tutti gli effetti, il dipartimento, quindi il dipartimento è dovunque sia lui. Perciò, visto che la lettera è qui nel vostro salotto in presenza di sua signoria, è come se fosse in effetti nel dipartimento. Ma una volta che lord Cobham uscirà da questa stanza, e voi la tratterrete, la lettera non sarà più nel dipartimento. Sono stato chiaro?»

«Come il fango!» dichiarò Plantagenet Halsey. Guardò suo nipote e disse, con pesante sarcasmo: «E sei sopravvissuto per tre anni come subordinato di questo parolaio puntiglioso senza infilzarlo con la tua lama?» Quando Alec, per tutta risposta, si limitò ad alzare le sopracciglia, il vecchio scosse lentamente la testa. «Sono impressionato dal tuo autocontrollo, ragazzo mio.»

«Sir Gilbert ha ragione. Ma avete il mio permesso di tenere la lettera finché vorrete, Halsey» rispose altezzosamente lord Cobham. Tossì portandosi il pugno davanti alla bocca e continuò, tenendo lo sguardo fisso su Alec, anche se non poté evitare di dare un'occhiata nervosa a sua zia mentre parlava.

Nonostante il suo illusorio senso di importanza come capo del dipartimento degli affari esteri, con dozzine di uomini che dipendevano dai suoi favori per i loro mezzi di sostentamento, quando si trattava delle sue parenti, in particolare sua zia che era una duchessa, in loro presenza era poco più di un budino. Sentì una botta di caldo sotto la parrucca e le guance si infiammarono fino a intonarsi al colore delle sue folte sopracciglia rosse, man mano che l'indignazione di sua zia cresceva a ogni parola della sua spiegazione.

«Speravo di potervi informare della decisione del dipartimento in privato, ma sono sicuro che voi... ehm... preferiate che continui per potervi occupare appena possibile dell'organizzazione del viaggio. La lettera di sir Cosmo Mahon richiede la vostra presenza per trattare il rilascio suo e della signorina St. Neots e non menziona nessun altro. Ma, vista la serietà della situazione, ho deciso che sir Gilbert vi accompagnerà. O meglio, voi accompagnerete *lui*. Sir Gilbert è, e non devo rammentarvi i fatti, Halsey, un funzionario di grado elevato del dipartimento, con molti più anni di esperienza con quei tipi del continente. Era l'ambasciatore plenipotenziario e voi il suo subordinato come *Chargé d'affaires* quando eravate a Midanich, quindi...»

«Che-che cosa? Clive, è oltraggioso! Oltraggioso.»

La duchessa era balzata in piedi talmente in fretta che si era quasi ribaltata sui tacchi da cinque centimetri. Ma dato che Plantagenet Halsey aveva reagito allo stesso modo e ora era in piedi accanto a lei, riuscì ad afferrarla per il gomito prima che cadesse a faccia in giù. La duchessa lo notò appena, tanto era infuriata.

«Capisco che siate irritata, zia Olivia,» balbettò lord Cobham, cercando pomposamente di spiegarsi, «ma questi sono affari del dipartimento e non vi riguardano...»

«Non mi riguardano? Così la pensi tu! Mi riguardano eccome! E farò in modo che riguardino il Consiglio della Corona se tenti di sminuire il mio figlioccio con questa...»

«Vostra Grazia, Olivia, se potete permettermi di...» Fece per dire Alec, ma fu bruscamente interrotto.

«Alec Halsey è un marchese, un *marchese*, Cobham. Sai che cosa vuol dire, Clive? Certo che lo sai! È un gradino appena sotto un duca. E vorrei sottolineare che, nella scala di precedenza dell'aristocrazia, è molto più in alto di quanto tu potrai mai arrivare! E questa, questa *persona*,» continuò, agitando scortesemente il ventaglio davanti alla faccia rotonda di sir Gilbert, «è un signor *nessuno*, che ha tutta l'importanza di-di una mosca. E tu ti aspetti che *io* permetta a un signor nessuno di salvare mia nipote da un pazzo continentale? Beh, Clive, lo credi proprio?»

Mentre il cervello di lord Cobham lavorava per trovare una risposta che placasse la furia di zia, con il labbro inferiore che tremava incontrollabilmente, Alec si inserì nel silenzio improvviso, prima che suo zio aggiungesse del suo all'impetuosa tirata della duchessa. Disse, educatamente ma non senza un accenno di esasperazione, impaziente che la riunione si concludesse: «La decisione di lord Cobham è astuta, Vostra Grazia. Anche se non consideriamo l'esperienza e l'intima conoscenza che sir Gilbert ha della corte di Midanich, mandarlo come ambasciatore dimostra al nuovo margravio che il governo di Sua Maestà non porta rancore a Midanich. Dopo tutto, sir Gilbert ha lasciato la corte in circostanze difficili e io...»

«*Circostanze difficili*? Sono stato torturato e umiliato!» esclamò sir Gilbert.

Umiliato, sì, e Alec capiva l'umiliazione di sir Gilbert. Non capitava tutti i giorni che un diplomatico di alto rango fosse espulso da una corte straniera; un subordinato sì, ma mai l'ambasciatore. Ma la tortura? Era la prima volta che Alec ne sentiva parlare e guardò sorpreso sir Gilbert.

«Torturato?» chiese, preoccupato e aspettò che sir Gilbert si spiegasse.

Con tutti gli occhi addosso, sir Gilbert si agitò a disagio, rimpiangendo il suo sfogo aggressivo e insolito per lui. Di colpo, fu molto imbarazzato.

«Due notti rinchiuso senza cibo e poi ficcato in una carrozza diretta verso la costa e caricato a forza su una barca! Questa, a mio parere, è tortura.»

Alec pensò alla propria straziante esperienza, all'abuso che aveva sofferto per mano del principe Ernst e di sua sorella, la principessa Johanna, e la dichiarazione di sir Gilbert, al confronto, suonava così ridicola che non trovò niente da dire. Quindi inclinò la testa alla definizione dell'uomo e nascose un sorriso al pensiero che ci volesse l'idea del cibo, o della sua mancanza, perché il paffuto gentiluomo si animasse per la prima volta da quando era entrato nel salotto. Quando suo zio alzò gli occhi al soffitto, il sorriso di Alec divenne un sogghigno.

«Dovete aver letto dei libri molto blandi, se pensate che quella sia la tortura!» sbuffò Plantagenet Halsey, fissando la pancia di sir Gilbert.

«Statemi a sentire, Halsey...» disse lord Cobham ma fu interrotto prima di potersi lanciare in un'animata difesa del suo subordinato.

«Eppure, nonostante tali atrocità, sir Gilbert ha scelto di tornare a Midanich come rappresentante di Sua Maestà» continuò tranquillamente Alec. «Questo sicuramente farà capire al nuovo margravio che i torti passati sono stati dimenticati da Sua Maestà. Farà anche capire al margravio Ernst che non si scherza con voi, sir Gilbert, e con gli interessi sovrani dell'Inghilterra.» Alec guardò lord Cobham. «Senza dubbio è questo che intendevate dire a Sua Grazia, vero, milord?»

«Intendevo…?» ripeté lentamente lord Cobham, come uscendo da una trance. Si animò quando Alec continuò a guardarlo con un'aria di attesa. «Sì! Sì! Non avrei potuto dirlo meglio io stesso. È esattamente quello il mio ragionamento!»

«Non sarebbe proprio riuscito a dirlo» mormorò Plantagenet Halsey all'orecchio di suo nipote.

«Nessuno desidera più di me che dimostriamo a questo margravio che con noi inglesi non si scherza» confermò la duchessa, calmandosi un po'. «Sir Gilbert può far valere la sua importanza dove e con chi vuole, ma che importanza ha chi sia l'ambasciatore, quando tutto ciò che importa veramente è salvare Emily e Cosmo?»

Alec baciò la mano della duchessa, che aveva gli occhi umidi, e le sorrise.

«Il mio orgoglio non soffrirà di certo se sarà sir Gilbert a capo della delegazione» le disse sottovoce Alec. «È una scelta eccellente, come ambasciatore plenipotenziario. La sua nomina mi lascia libero di concentrarmi unicamente sulla situazione di Emily e Cosmo. Senza dubbio Cobham e sir Gilbert avranno elaborato un piano con l'aiuto del dipartimento e la benedizione di Sua Maestà. Forse offriranno al margravio un trattato commerciale favorevole o navi, o qualunque cosa desideri, per aiutarmi. Quindi, in effetti, tutti noi lavoreremo per ottenere lo stesso risultato, ma affronteremo il problema da angolazioni diverse. Questo non vi tranquillizza almeno un po'?»

«Un po'» ammise la duchessa facendo il broncio, rabbonita dalle rassicurazioni di Alec. Guardò il nipote, oltre la spalla di Alec, ironica. «Ovviamente è precisamente questo che volevi dirmi, vero, Clive?»

«E parola per parola» aggiunse Plantagenet Halsey che, per la sua impudenza, ricevette un colpetto nelle costole dal ventaglio della duchessa.

«Sì, sì, precisamente quello che stavo pensando e ciò che sir Gilbert e io abbiamo discusso prima di venire qua» mentì spudoratamente lord Cobham. «Vero, Parsons?»

«Ah sì? Ah! Sì!» confermò il suo tirapiedi, annuendo con vigore.

«Esattamente come pensavo di affrontare il problema quando arriveremo alla corte di Midanich. Halsey…»

«*Lord* Halsey» lo interruppe Plantagenet Halsey.

«Ehm, scusatemi. lord Halsey e io presenteremo le nostre credenziali e io aprirò le trattative commerciali con il margravio Ernst nella
speranza che tramite questi sforzi diplomatici possiamo assicurarci il
rilascio di quelle due brave persone» spiegò sir Gilbert. «E mentre io
sono in trattativa, lord Halsey è libero di ricorrere a strade diverse che
potrebbe essere necessario percorrere per liberare i sudditi di Sua
Maestà da una prigione straniera, nel caso in cui il dialogo tra le nostre
nazioni si dimostri men che soddisfacente.»

«Allora siete davvero un diplomatico, Parsons!» dichiarò Plantagenet Halsey, ma non era inteso come complimento. «Ciò che volete
dire è che mentre voi starete seduto sulle chiappe a bere caffè e a offrire
i vostri rispetti a un tiranno continentale, mio nipote rischierà la sua
vita cercando di penetrare in una segreta buia e umida?»

«Oh, non è così buia, zio» ribatté Alec. «Ma è umida. Ma non
dovete preoccuparvi, non dovrò irrompere in una segreta. A Cosmo
hanno assegnato una stanza all'interno del palazzo. Quindi, al
massimo, dovrò buttar giù una porta!»

«Ed Emily? Dov'è la sua stanza? È vicina a quella di Cosmo?»
chiese ansiosamente la duchessa. «La signora Carlisle ha una stanza per
sé o la divide con Emily?»

«E il riscatto?» chiese Alec, ignorando di nuovo la domanda diretta
della duchessa e sperando di distrarla prima di essere obbligato a
mentirle direttamente. Chiese della richiesta di riscatto del console
inglese. «Che cosa chiede la lettera del signor Luytens come riscatto?»

«Non serve che te ne preoccupi per il momento, ragazzo mio» gli
disse la duchessa, alzandosi di colpo per andarsene, allargando le
sottane di seta e lasciando pendere il ventaglio dal cordoncino di seta
al polso per potersi infilare i guanti di capretto. «Cobham e io ci
stiamo consultando per chiarire che cosa serve. Hai parecchio da fare
prima che partiamo per Midanich e questa, almeno, è una faccenda
cui posso pensare io, in modo che non ti debba preoccupare di questi
particolari.» Tese il braccio a lord Cobham. «Vieni, Clive. La tua cara
moglie ci sta aspettando per la cena, e…»

«Ma mi aspettano al club. Devo…»

«Il club può aspettare. Questo no.»

Lord Cobham capitolò immediatamente. L'unico indizio della sua
frustrazione fu il modo in cui strappò il bastone dalle mani del servitore, con un grugnito. Porse doverosamente il gomito a sua zia, si
inchinò in silenzio agli altri e la scortò alla carrozza. Sir Gilbert fu
lasciato ad aspettare nel vestibolo mentre un sotto-cameriere correva in
fondo alla strada per chiamargli una portantina.

Alec non aveva insistito che gli mostrassero la lettera di Luytens, anche se trovava molto strano che la duchessa non volesse discutere il riscatto con lui, né tanto meno mostrargli la lettera. Era solo lieto che finalmente se ne andasse per non dover aggirare altre domande su Emily e perché voleva occuparsi delle mille cose che richiedevano la sua attenzione prima di salpare. Ma proprio quando stava per scusarsi e andare a cercare il suo valletto, ripensò alle parole della sua madrina e guardò suo zio con un'espressione perplessa.

«Che cosa intendeva dire Olivia con *partiamo*?» gli chiese. «Ha appena detto che ho parecchio da fare prima che *partiamo* per Midanich.»

«Esatto» disse tranquillamente suo zio. «Vorrei tanto che Tam fosse qui per aiutarmi, o almeno per preparare un po' di quella lozione che mette insieme per aiutarmi con l'artrite, così da portarla con me.»

Ma Alec non si fece distrarre. «Che cosa intendeva dire?»

«Esattamente quello che ha detto. Che abbiamo parecchio da fare prima che la nave salpi.»

«Continuate a usare il plurale. Perché?»

Plantagenet Halsey diede una pacca sulla spalla al nipote. «Perché, mio caro ragazzo, noi verremo con te.»

SEI

«Non so in quale altro modo dirlo. Midanich è nel bel mezzo di una sanguinosa guerra civile. E non impreco anche se lo vorrei, tale è la mia frustrazione perché non riesco a convincervi di quello che ci... no, *mi* aspetta. Non *ci*, o *noi*, solo *mi*. Capito?»

«Sì, sì. Capito perfettamente» mormorò Plantagenet Halsey, concentrandosi su una lunga lista di cose che considerava necessarie per viaggiare all'estero in inverno. Guardò Hadrian Jeffries, che era all'interno dello spazioso spogliatoio del suo padrone, con le porte di diversi armadi di mogano aperte e le braccia piene di camicie di lino bianche. «Quando avete detto che avrebbero consegnato quel calzoni foderati di pelliccia?»

«Più tardi, questo pomeriggio, signore.»

«Quante paia ne avete ordinate per sua signoria?»

Il valletto guardò Alec ma rispose al vecchio. «Quattro paia, signore. Tre paia sono foderate di pelliccia. Il quarto paio è di un pesante tessuto di twill, e sua signoria dice che è abbastanza caldo per gli ambienti riscaldati dalle stufe olandesi.»

«Avete ordinato un paio di calzoni foderati di pelliccia anche per voi, spero?» chiese Plantagenet Halsey al valletto.

«Sì, signore. Sua signoria è stata tanto generosa da ordinarmi un completo e un mantello invernale.»

«Bene, ne avrete bisogno. Sua signoria conosce bene il clima da quelle parti del nord Europa, e dice che è dannatamente gelido, con venti di burrasca che soffiano continuamente dal Mare del Nord. E non c'è niente per impedire al vento di penetrare nell'entroterra perché il terreno è tutto piatto, senza rilievi. Sembra maledettamente inospitale, non credete?»

«Sì, signore» rispose Hadrian Jeffries con un raro sorriso, che scomparve all'istante appena parlò il suo padrone.

«Io sono ancora qui» disse semplicemente Alec.

«Ah, sei qui!» Plantagenet Halsey ammiccò e sorrise amorevolmente al nipote. «E parleremo quando la smetterai di darmi il tormento riguardo al viaggio, come fai da ieri mattina. Olivia St. Neots e io verremo con te e questo è tutto.»

Alec fece cenno al suo valletto di continuare il suo lavoro e andò nel suo spogliatoio, seguito dal vecchio. Cercò di frenare la sua irritazione e la sua preoccupazione e di parlare in tono conciliante.

«Anche se dovessi accettare che facciate entrambi parte della legazione, dovete capire quanto sia sconsiderato permettere a Olivia di venire, e inoltre dimostrerebbe uno scarsissimo riguardo da parte mia per la vostra sicurezza. Se dovesse capitare qualcosa a lei… o a voi…»

«Non cambierò idea, e hai le stesse probabilità di far cambiare idea a Sua Grazia quante ne hai di trovare un chicco di grano con il tuo nome inciso sopra. Non capisci che ha bisogno di qualcosa che le occupi la mente, proprio come te, come tutti noi. Tutto ciò cui riesce a pensare è che cosa stanno subendo quell'adorabile ragazza e quel giovanotto, imprigionati in un paese ostile che, sì, è in guerra. Quando mi ha parlato per la prima volta del suo piano, beh, ho reagito anch'io esattamente come te. Ma più ci pensavo più capivo che sarebbe stata una buona cosa, per lei e per me. Non possiamo restare qui a consumare le suole delle scarpe camminando avanti e indietro mentre tu vai a ficcarti in chissà quali pericoli. Oltre a tutto non mi hai dato la possibilità di spiegarti quello che intendiamo…»

«Mi dispiace, ma non posso permetterlo» lo interruppe bruscamente Alec appollaiandosi sul bordo del sedile sotto la finestra. Continuò prima che lo zio potesse interromperlo: «Non ho mai parlato di quello che mi è successo mentre ero a Midanich… perché sono stato imprigionato… come sono riuscito a fuggire dalla prigione della fortezza… perché non avrei mai voluto tornarci…»

«Mi avevi detto di non avere il permesso di parlarmene. Qualcosa riguardo ai regolamenti del dipartimento degli affari esteri e segreti di stato.» Plantagenet Halsey scosse la testa e ridacchiò. «Quel sir Gilbert Parsons conosce i regolamenti a memoria, compresi i punti e le virgole, vero? Piccola, pedante, testa di rapa! Devi aver rotto parecchie penne per la rabbia, a suo tempo, lavorando per lui!»

Il vecchio stava tentando di alleggerire l'atmosfera, ma un'occhiata ad Alec e capì di aver sbagliato tattica. Era ovvio che, anche dopo tutti quegli anni, l'esperienza in quella particolare missione diplomatica pesava ancora fortemente su suo nipote. Si vedeva dal modo in cui teneva le braccia rigide lungo i fianchi, con le lunghe dita che stringevano il bordo lucido dell'intelaiatura del sedile sotto la finestra, tanto che si vedeva il bianco delle nocche. Era come se si stesse sforzando di restare seduto e calmo mentre si sentiva tutt'altro che composto. E il fatto più eloquente era che suo nipote non riusciva a guardarlo negli occhi.

Plantagenet Halsey smise immediatamente di fingere di essere allegro. Si sedette accanto ad Alec e disse, con un tono di voce completamente diverso: «Sai che a me puoi dire tutto. Ti ascolterò e non ti giudicherò, mai.»

Alec si prese qualche momento per farsi forza prima di parlare. Ripensare ai fatti accaduti nel castello di Herzfeld aveva ancora il potere di farlo star male. Dopo la sua fuga aveva fatto tutto il possibile per relegare quelle difficili esperienze nei meandri più profondi della sua memoria, e con tutte le intenzioni di lasciarle lì. Leggere il biglietto di Olivia St. Neots, a Bath, sulla situazione in cui si trovavano Cosmo ed Emily aveva fatto riemergere la tremenda esperienza dall'oblio e l'aveva riportata in primo piano. E la cosa peggiore, quella che lo paralizzava e lo terrorizzava, era che sapeva esattamente che cosa lo aspettava a Midanich, e che se sperava di salvare Cosmo ed Emily avrebbe dovuto accettarlo; non c'era nulla che potesse fare per sottrarsi all'inevitabile.

E se ciò che era accaduto nelle sue ultime settimane al castello era traumatico dal punto di vista personale, i mesi che avevano preceduto il suo imprigionamento lo tormentavano ancora. Era diventato troppo amico dell'erede del margravio, il principe Ernst, e le cose si erano aggravate fino al punto di mettere in pericolo non solo la sua vita, ma anche quella di una contessa e del giovane figlio. Era stato così ingenuo e fiducioso, così arrogantemente sicuro di sé da non prevedere i pericoli di quello che sarebbe successo, prima a causa della sua amicizia con il principe Ernst e la sorella, la principessa Johanna, e poi a causa della sua relazione con la contessa. Dubitava comunque che chiunque avrebbe potuto prevederlo, tanto l'intrigo era sinistro e complesso. Ma ovviamente saperlo non gli era di conforto.

«Sì, lo so» rispose finalmente alle rassicurazioni di suo zio. «Grazie. Vorrei... Vorrei veramente potermi confidare con voi. Ma non è giusto gravarvi di questo peso. E, egoisticamente, non voglio che cambiate la vostra opinione su di me.»

«Non succederà mai!»

Alec sorrise davanti alla veemenza dell'immediata risposta di suo zio e si rilassò.

«Sapete che, mentre ero nella prigione di quella fortezza, era il pensiero di tornare a casa da voi che ha tenuto viva la mia determinazione? E il fatto di non volervi deludere.»

«Non mi hai mai deluso, ragazzo mio, ed è la verità. Avrei dovuto aggiungere che puoi anche *non* parlarmene, se vuoi. È completamente a tua discrezione.» Il vecchio aggrottò per un momento la fronte. «Quei due giovani corrono il pericolo di affrontare quello che hai sofferto tu?»

«Santo cielo, no!» lo rassicurò in fretta Alec. «Non per dire che quello che stanno affrontando non sia una prova difficile, ma spero, e devo continuare a sperare, che saranno trattati come prigionieri politici e che sarà loro riservata ogni cortesia. Sono solo l'esca. Sono io quello che vogliono i figli del vecchio margravio.»

«Figli?»

«Il principe Ernst e sua sorella, la principessa Johanna. Ernst è il nuovo margravio. Ma è sua sorella che comanda, attraverso lui.»

«Immagino che non gli sia piaciuto che tu sia scappato in quel modo, eh? Non sono abituati a essere sfidati, immagino.»

Quando Alec si mostrò sorpreso, Plantagenet Halsey spiegò.

«Hanno chiesto personalmente di te. Non è il modo solito di trattare il rilascio di prigionieri tra reami, no? Di solito è il sovrano che decide chi mandare a trattare con una potenza straniera a favore dei propri sudditi. In questo caso è la potenza straniera che ha richiesto te. Quindi, o il sovrano di quella nazione ha un rapporto particolarmente cordiale con te o, e temo che sia questo il caso, questo nuovo margravio si è dato tanto da fare perché ritiene che tu l'abbia offeso, o che abbia offeso qualcuno vicino a lui e ha colto al volo un'occasione unica di attirarti di nuovo là. Visto che sei stato imprigionato e sei riuscito a fuggire, direi che la seconda alternativa è quella giusta.»

«Non il margravio… sua sorella» disse bruscamente Alec. «La principessa Johanna.»

«Non mi sorprende.»

Il sorriso del vecchio fece solo aumentare il solco tra le sopracciglia nere di Alec. «No? Dovrebbe. È molto più complicato di quanto possiate mai immaginare.»

«Non sto cercando scuse per te. Non conosco le circostanze. Ma se ti dai alla politica dei *boudoir*, qualche volta ci possono essere degli errori di valutazione.»

«Errori di valutazione!? Bah!»

«Non lo dico solo perché sono il tuo affezionato vecchio zio…

Potrà anche sembrarti che io risalga ai tempi della bibbia, ma sono stato anch'io un giovane maschio vigoroso e ho avuto la mia bella fetta di avventure. Chiedi a Olivia St. Neots...»

«Buon Dio, voi e Olivia?»

Il vecchio si mise diritto, con le mani sulle ginocchia ossute. «Non vedo perché no!» rispose combattivamente. «Ma no» aggiunse in fretta. «Lei era una brava ragazza e io ero uno donnaiolo di prim'ordine. Quando eravamo entrambi molto più giovani, lei puntava il suo nasino in aria e si rifiutava perfino di notare che ero nella stessa stanza. E non aveva niente a che vedere con la politica. È stata saggia a starmi alla larga, *allora*.»

«Che cosa le ha fatto cambiare idea?»

Plantagenet Halsey scoppiò a ridere. «Pensi che abbia cambiato idea? Mi chiama ancora *ignobile individuo* quando pensa che nessuno stia ascoltando! Quella vecchiaccia!»

Alec nascose un sorriso all'idea di quel livello di intimità tra lo zio repubblicano e una duchessa radicata nel privilegio aristocratico, e ripeté la domanda.

Il vecchio alzò le spalle e rispose, semplicemente: «Tu. Più correttamente, tu hai cambiato la mia vita. Non potevo allevare un cucciolo e continuare con i miei modi da libertino, no? Non sarei stato un genitore responsabile o un buon modello. Ma quanti anni ci sono voluti perché Olivia St. Neots cambiasse idea su di me? Quanti anni hai? Quindi, vedi, avevo una certa reputazione una volta, e non esitavo a vantarmene, arrogante e idiota com'ero.»

Alec sbuffò, imbarazzato, passandosi una mano sui riccioli neri e alzò gli occhi al soffitto, prima di abbassarli sul pavimento. Guardò suo zio con un sorriso triste.

«Se solo si fosse trattato di amoreggiare piacevolmente in qualche letto, delle occhiate gelose dei mariti impotenti, e di me che facevo lo sbruffone, il diplomatico, l'amante inglese! L'unica parte che avete descritto correttamente è l'ultima. Permisi all'arroganza di avere la meglio su di me, sentendomi lusingato. E poi superai i limiti delle buone maniere. Quello che successe dopo è solo colpa mia. In mia difesa dirò che c'erano forze sinistre all'opera che non potevo controllare. Se non fossi stato un arrogante libertino e non mi fossi lasciato adulare, non sarei finito in un pasticcio senza via di uscita. Accidenti! Vi ho detto più di quello che intendevo.»

«Non agitarti. Per ora mi hai detto abbastanza. Come minimo, durante questa visita, avrai gli occhi ben aperti e saprai che cosa aspettarti, che sia o meno sinistro. Deve consolarti, almeno in parte.»

«Già, è vero...»

Plantagenet Halsey diede una pacca sulla spalla ad Alec e si alzò lentamente. Hadrian Jeffries era entrato due volte, solo per voltare sui tacchi e tornare nello spogliatoio. Non poteva permettere al valletto di farlo per la terza volta, quindi rimise la lista sul tavolo da toilette di Alec e disse, rivolto alla porta: «Sarà meglio che vada a vedere a che punto sono i miei bagagli e prima che arrivi il mio sarto con quei calzoni. Qual è più calda, la pelliccia di castoro o di orso? Non importa, mi fiderò del suo giudizio.»

«Zio! Non potete! Non potete venire con me a Herzfeld. Semplicemente non potete.»

«Non preoccuparti, ragazzo mio. Sua Grazia e io arriveremo solo fino al porto olandese di Delf-Delfzijl» gli disse Plantagenet Halsey. «È sulla riva sinistra dell'estuario del fiume Ems, di fronte a Emden. Ma tu lo sai già.»

«Sì, e mi meraviglia che lo sappiate voi.»

«Grazie alla tua madrina, che mi ha impartito una lezione di geografia su quella zona quando lei e Cobham discutevano su dove calare l'ancora. Sua Grazia avrebbe voluto far vela direttamente sul porto di Emden, ma Cobham non le avrebbe prestato la sua goletta se non avesse promesso di restare alla larga da Midanich. Quindi l'Olanda e Delfzijl è il punto più vicino dove il capitano ha il permesso di portarci.»

«Avevo pensato che saremmo salpati con il postale da Harwich a Helvoetsluys. Al confronto, andare con una goletta privata sarà decisamente più comodo e ci risparmierà come minimo una giornata in mare, tempo permettendo. Sir Gilbert ne sarà contento.»

«I semplici mortali viaggiano con i postali, non Olivia St. Neots. Tu credi che la tua lista sia lunga un braccio. La sua arriva fino a Pall Mall! Tra le cose che ritiene indispensabili c'è la sua portantina. Hai mai sentito una cosa simile?»

Alec ridacchiò. «Davvero? Mi chiedo se sappia che il mezzo di trasporto principale in Olanda, e a Midanich, sono le barche, nei canali. Ma se si sentirà più contenta sapendo di avere la sua portantina a bordo, così sia. Potrebbe essere un bel posto privato per star male, se soffre di mal di mare.» Tornò serio. «Se starete al sicuro a Delfzijl, allora sarò contento di avere la vostra compagnia durante il viaggio. Ma dovete promettermi di non permettere a Olivia di convincervi ad attraversare l'estuario e andare a Emden. Io sarò a tre giorni di viaggio di distanza, quindi non potrò aiutarvi. E non ho bisogno di preoccuparmi anche per voi e Olivia.»

«Tu concentrati su quello che devi fare e io mi occuperò di Sua Grazia.»

Alec strinse affettuosamente il braccio di suo zio. «Grazie.» Poi si voltò verso il suo valletto, che era in piedi sulla soglia con un paio di calzoni di maglia sul braccio e in mano un paio di scarpe da scherma di morbido capretto. «È arrivato *monsieur Poisson?*»

«Sì, signore. Il signor Wantage l'ha accompagnato nella galleria e io ho fatto portar su le vostre spade.»

«Un'ora di duro esercizio fisico ti aiuterà a liberare la testa dalla preoccupazione per un po' e a toglierti quella ruga dalla fronte» disse Plantagenet Halsey. «Niente di meglio per rilassare gli arti e schiarire la testa di un bell'incontro di scherma... beh, c'è un'altra cosa» aggiunse sottovoce, ammiccando mentre il valletto si ritirava nello spogliatoio, prima di andarsene anche lui.

ALEC SI ASTENNE DAL COMMENTARE LA BATTUTA MALIZIOSA DI suo zio e andò a cambiarsi per la scherma. E quando tornò nel suo spogliatoio, stanco e sudato, dopo un'ora di allenamento, sorprendentemente non stava pensando a Midanich, a Cosmo e Emily, e nemmeno a Selina. Ma un'occhiata allo spogliatoio, ai *portemanteau* di cuoio tutti allineati in una fila ordinata, con i coperchi aperti e pieni di vestiti e accessori personali per il viaggio, e la sua pace mentale svanì.

Tale era la sua preoccupazione per quello che lo aspettava che restò immobile in mezzo alla stanza, come fosse di pietra, senza rendersi conto che il suo bagno era pronto e che il suo valletto stava aspettando per aiutarlo a svestirsi. Ma un servitore urtò accidentalmente il lato della porta con un secchio di rame vuoto mentre usciva per prendere la scala di servizio e imprecò sottovoce, risvegliando Alec dalle sue fantasticherie. Si slacciò in fretta il panciotto, mormorando delle scuse.

«Scusatemi, Jeffries. I miei pensieri erano lontani miglia ...»

Hadrian Jeffries prese in silenzio il panciotto, poi la cravatta e infine la camicia del suo padrone. Tornò a prendere i calzoni, gli indumenti intimi e le calze quando Alec si fu immerso nell'acqua. Poi si tenne occupato nello spogliatoio con gli ultimi preparativi dei bagagli: i calzoni e i panciotti foderati di pelliccia che erano stati consegnati quella mattina, finché si sentì chiamare. Trovò sua signoria con una banyan di seta sopra i calzoni e una camicia di lino con il collo aperto, che frugava tra gli accessori da toilette sul ripiano di marmo del tavolino.

Alec prese un flacone di cristallo, poi una spazzola con il dorso di tartaruga e le setole di cinghiale, prima di giocherellare con gli accessori d'argento del suo astuccio di filigrana. Quando ne rovesciò accidentalmente il contenuto in mezzo a tutto il resto, per Hadrian Jeffries fu troppo e si fece avanti.

«Signore, sono sicuro che potrei trovare quello che state cercando.»

«Il signor Halsey ha appoggiato qui la lista… Non importa. Senza gli occhiali non riuscirei comunque a leggerla… Pensavo di aver lasciato una scatoletta e un paio di occhiali…»

«Non c'è bisogno di trovare la lista, signore. Posso dirvi esattamente che cosa c'è scritto. E i vostri occhiali e l'anello sono nel cassetto in alto, in mezzo» disse Hadrian Jeffries, chiedendosi perché Alec cercasse la lista, perché avesse improvvisamente dimenticato dove teneva gli occhiali e perché avesse menzionato la scatola dell'anello. Gli prudevano le mani dal desiderio di raccogliere tutti i piccoli accessori d'argento che aveva sparso. Invece, risistemò la spazzola e il flacone di cristallo esattamente dove li aveva messi in precedenza. «Metterò tutto in ordine immediatamente, signore. Se mi permettete…»

«Lasciate stare» ordinò gentilmente Alec. Mise la mano sul dorso della sedia Chippendale accanto al suo tavolo da toilette. «Sedetevi.»

Hadrian Jeffries si allontanò immediatamente dal tavolino da toilette e obbedì, testa alta e pugni sulle ginocchia. Guardò Alec sedersi sullo sgabello sul lato opposto e infilare le mani nelle tasche della banyan di seta.

«Innanzitutto, permettetemi di scusarmi per non aver avuto prima questa conversazione con voi» disse Alec, conscio dell'espressione guardinga del suo valletto, che sembrava quasi aspettarsi di essere rimproverato. «Speravo di tranquillizzarvi a Bath, poi le circostanze hanno deciso diversamente. E nelle prossime settimane ci sarà poco tempo, per voi e per me, di pensare a qualcosa di diverso dalla sopravvivenza. Vi rendete conto che ci saranno pericoli, e su fronti diversi? E non intendo solo dire dai soldati. I viaggi nel continente presentano sempre miriadi di difficoltà. Dal dover trattare con agenti doganali corrotti che vogliono la loro fetta, al cibo immangiabile, e poi ci sono le strade orribili. Anche se nel luogo dove stiamo andando, grazie al cielo, la maggior parte del viaggio si farà sui canali…»

Quando Alec fece una pausa, Hadrian Jeffries si rese conto di avere un'opportunità per rispondere.

«Sì, signore. Lo so. Ho un po' di esperienza di viaggio all'estero, in particolare dei viaggi via canale. Ho passato due anni a Utrecht.»

«Davvero?» Alec era sinceramente sorpreso. Non si era aspettato quella rivelazione. «Quindi parlate la lingua?»

«L'olandese? Sì, signore. Un po'. Abbastanza da farmi capire e forse un po' di più.»

«Bene, eccellente. Sarà utile. L'olandese è la lingua che parlano gli abitanti di Emden, il porto più trafficato di Midanich, e la nostra prima destinazione.»

Alec si fermò, ma quando il valletto non disse altro del tempo che aveva passato in Olanda, continuò, dicendo in tono di scusa: «Da quando Tam è impegnato con i suoi studi, siete subentrato in modo ammirevole per svolgere il suo compito. Ma eravate qui, impiegato in questa casa, prima che Tam diventasse il mio valletto, quando quell'incarico era ricoperto da John...?»

«Sì, signore.»

«Wantage mi dice che John vi aveva preso sotto la sua ala e che vi stava addestrando per essere il 'gentiluomo di un gentiluomo' quando ha deciso di andarsene?»

«Sì, signore, ma per favore scusatemi se vi dico che il signor Wantage non sa tutto» disse Jeffries e continuò quando Alec lo guardò sorpreso. «Ero il 'gentiluomo di un gentiluomo' prima di venire qua e diventare un sotto-cameriere.»

«Presumo che Wantage non lo sappia, ma John lo sapeva?»

«Sì, signore. John mi ha permesso di entrare al vostro servizio, e come sotto-cameriere. Ci avevano presentato allo *Stock and Buckle*...»

«La caffetteria su King Street dove si incontrano i servitori di rango superiore?»

«Esatto, signore. Quando ho mostrato a John le mie referenze per il signor Halsey, si è fatto garante per me con il signor Wantage.»

A quel punto, Alec tolse le mani dalle tasche e si raddrizzò, perplesso. «Referenze per mio zio? Le ha viste?»

«No, signore. Non l'ho ritenuto necessario, una volta ottenuto l'incarico... ehm... il posto di sotto-cameriere.»

«Avete ancora quella lettera?»

«Sì, signore.»

«Di dove siete, Hadrian? La vostra famiglia?»

A quelle domande, Hadrian Jeffries vacillò. Si era aspettato che Alec gli chiedesse chi aveva scritto la lettera di referenze. O, perlomeno, dov'era stato impiegato prima e da chi come valletto. Non si era aspettato domande così personali. Nemmeno il signor Wantage gli aveva chiesto della sua famiglia. E se si fosse accontentato di restare un sotto-cameriere non gli avrebbero mai fatto quella domanda. Ma quando John aveva lasciato il servizio, lui aveva colto al volo l'occasione di prendere il suo posto e si era fatto avanti. Il signor Wantage era più che favorevole, specialmente perché John aveva detto che avrebbero dovuto dargli il posto, anche se temporaneamente, per dimostrare a lui, e ovviamente al loro padrone, di che cosa era capace. E poi quell'occasione era sfumata per colpa di quel parvenu di Thomas

Fisher che, era chiaro a tutti gli altri servitori, non era mai stato un servitore di rango, men che meno il valletto di un nobile. Eppure, nemmeno un anno dopo, Tam Fisher non era più un valletto e lui, Hadrian Jeffries aveva ottenuto l'incarico... Beh, quasi...

Era ovvio che avrebbe dovuto aspettarsi quella domanda da lord Halsey, un nobile tutt'altro che convenzionale. Sapeva anche non avrebbe potuto essere evasivo o mentirgli, Alec Halsey era troppo acuto per lasciarsi ingannare da una risposta preconfezionata. Quindi Hadrian gli disse la verità.

«Edimburgo, signore. La mia famiglia è ancora là. Tutti quanti. Sono l'unico che è venuto a sud.»

Alec nascose la sua sorpresa e disse tranquillamente: «Avete perso l'accento scozzese. L'avete fatto apposta?»

«Sì, signore. Ho lavorato sodo per perderlo. Ma non per il motivo che credete.»

«Non so che cosa pensare, Hadrian. Il motivo per cui l'avete fatto è affar vostro, ma mi interessa sapere perché. Ma solo se volete dirmelo.»

Hadrian Jeffries annuì, rabbonito dal tono misurato di Alec.

«Vi porgo le mie scuse, signore. Voglio solo che sappiate che non era un tentativo di ingannarvi. Mio padre credeva che un uomo potesse migliorarsi solo con il lavoro duro e onesto e parlando bene... bene come quelli a sud della frontiera. Quindi abbiamo ricevuto lezioni di dizione per non sembrare scozzesi.» Per un attimo, Hadrian Jeffries si permise di sorridere. «Mio fratello maggiore Trajan si è rifiutato di perdere l'accento scozzese. Anche se veniva punito tutte le volte che apriva bocca. Trajan è uno scozzese fatto e finito, e nemmeno mille lezioni di dizione avrebbero potuto cambiarlo!»

«Non c'è niente di male nell'essere orgoglioso del proprio retaggio, Hadrian, o del proprio nome. Immagino che Jeffries sia un cognome che avete scelto?»

«Sì, signore» rispose un po' rigido il valletto. E aggiunse in fretta: «Ma Hadrian *è* il mio nome di battesimo.»

Alec sorrise. «Con un fratello di nome Trajan, non avevo dubbi. Avete anche dei fratelli chiamati Nerva, Antony e Marcus, per caso?»

«Nerva, signore? No, signore. Ci siamo solo Trajan e io.»

«Che peccato che vostro padre non abbia avuto cinque figli per chiamarli come i cinque buoni imperatori. Non importa. Sorelle?»

Hadrian Jeffries non aveva idea di chi o cosa fossero i cinque buoni imperatori ma poteva rispondere all'ultima domanda. «Sì, signore. Una sorella, Marcia.»

«Ovvio. Marcia era la madre di Traiano e moglie di Traiano padre. A vostro padre piace la storia dei tardi imperatori romani.»

Era una dichiarazione, non una domanda, ma il valletto gli rispose comunque.

«Sì, signore. È vero. Era uno studioso di latino. Ha frequentato l'università con una borsa di studio.»

Quando Hadrian Jeffries non disse altro sulla sua famiglia o sul suo nome, Alec lasciò perdere e passò ai fatti più recenti, dicendo a voce bassa: «Devo presumere quindi che non veniate da una famiglia di servitori?»

«Se intendete servitori in un grande casata, no, signore. Mio padre presta servizio, sì, ma di tipo diverso. È il capoufficio dell'avvocato principale delle *stables*. Le *stables* sono chiamate *chambers* qui a Londra, quindi è il capoufficio del parlamento a Edimburgo, capite?» spiegò ad Alec quando lo vide accigliarsi. «Sono l'unico membro della famiglia che sia entrato al servizio di una famiglia privata.»

Alec sospirò tra sé e sé. Come aveva fatto nel giro di nove mesi a finire con due valletti che non erano quello che apparivano a prima vista? Come temperamento potevano essere l'esatto opposto l'uno dell'altro, eppure le loro circostanze erano simili, nel senso che nessuno dei due era nato in una famiglia di servitori o era stato addestrato a fare il lavoro che si richiedeva loro specificatamente di svolgere. Anche se doveva ammettere che Jeffries era un valletto eccellente. Gli fece la stessa domanda che aveva posto a Tam.

«Siete un fuggitivo, Hadrian? Siete nei guai con la legge?»

«Io, signore?» Il valletto era offeso, ma aveva comunque eluso la domanda. «Chiedo scusa signore, ma perché lo pensate?»

«Non state usando il cognome che avevate alla nascita. Avete eliminato il vostro accento. E mi avete appena detto che venite da una buona famiglia, con un padre che riveste una carica di tutto rispetto nel sistema giudiziario in Scozia. Quindi è facile presumere che siate venuto a Londra per nascondervi...?»

«Non per nascondermi. Sono venuto a Londra in disgrazia» dichiarò semplicemente il valletto. «Mio padre e mio fratello sanno dove sono. Trajan scrive di tanto in tanto. Mio padre no. A mia sorella è stato proibito di contattarmi, anche se ogni tanto mi scrive lo stesso. Suo marito è un avvocato molto rispettato e non può permettersi di avere qualcuno come me come cognato. Più perché sono un valletto che per quello che ho fatto.»

«Quello che avete fatto...?»

Hadrian Jeffries deglutì. Era caduto nella sua stessa trappola verbale e visto come lo stava guardando sua signoria, l'unica cosa da fare era dirgli la verità.

«Negli anni in cui ero a Utrecht, ero il valletto del figlio di un avvocato nominato cavaliere. Il giovanotto non era particolarmente interessato agli studi e si dilettava con passatempi più piacevoli, se capite quello che voglio dire.»

«Sì, capisco.»

«Per farla breve: imbrogliò in un esame. Gli diedero una seconda chance, e a quel punto mandò me a fare l'esame al suo posto. Gli procurai una lode e questo lo fece notare dagli esaminatori. Non era all'altezza di passare l'esame, tanto meno di ottenere il voto migliore dell'anno! Quindi scoprirono il secondo imbroglio e fu scacciato in disgrazia dall'università. E io fui licenziato. Fu allora che venni a Londra.»

«Non avete pensato di studiare legge voi stesso?» chiese Alec. «È ovvio che siete portato.»

Il valletto si prese un momento prima di rispondere e quando tirò il fiato e poi esalò lentamente nel pugno chiuso, Alec ebbe l'impressione che Hadrian Jeffries avesse deciso di confidarsi. Quindi rimase adeguatamente serio e si preparò a non farsi sorprendere da niente che gli dicesse.

«Quello che ho, milord, è una perfetta memoria visiva» confessò Hadrian Jeffries. «Se leggo qualcosa che voglio oppure ho bisogno di ricordare, lo ricordo. Parola per parola. Se vedo una cosa che voglio ricordare, la ricordo, come un'immagine nella mente e potrei riferire tutti i particolari di quella scena come se fossi ancora in quella stanza, o in quella situazione. Marcia dice che è un dono di Dio. Mio padre crede che sia uno scherzo della natura. È così che riuscii a prendere quella lode. Ma non potrei alzarmi e discutere una questione di diritto più di quanto potrei volare! E non ho mai voluto essere un avvocato. Mi credete, vero, riguardo alla mia memoria visiva?»

«Sì. Avevo sospettato qualcosa del genere quando non avete mai portato con voi l'elenco delle cose da procurare per il viaggio quando andavate dai vari commercianti. E non l'avevate nemmeno quando siete andato a scovare i miei mobili da viaggio pieghevoli su in soffitta. È sempre rimasto sul mio tavolino. Finché è stato spostato, cioè. Forse quando mio zio l'ha preso per studiarlo?» Alec fece un sorrisetto. «Non che abbiate dimenticato l'esistenza dell'elenco, ma una volta mandato a memoria l'inventario non era più necessario, vero?»

«Sì, signore. Non vedevo il motivo di portarlo in giro una volta archiviato qui» disse, indicando la tempia.

«Mi perdonerete se vi dico di aver fatto ricontrollare l'inventario a Wantage mentre lo caricavano sui carri.»

«C'era tutto, vero?» chiese il valletto, quasi offeso. «Le due sedie pieghevoli, il letto ripiegabile, il *nécessaire de voyage*, il bollitore da viaggio, quattro fasci di candele di cera d'api, i tre *billets doux*, dieci sacchi di carbone, i quattro scaldini in ottone...»

Alec alzò una mano. «Sì. Sì. Tutte le cinquantotto voci...»

«Sessantadue. C'erano sessantadue voci nell'elenco. Spero che il signor Wantage non abbia contato male...»

«No, sono certo che l'intero inventario sia ora in viaggio per Harwich, inclusi gli scaldini d'ottone e i sacchi di carbone.» Alec sorrise. «Sono d'accordo con vostra sorella. La vostra straordinaria memoria è un dono e potrebbe rivelarsi utile. Ma ne discuteremo in un altro momento» aggiunse, accantonando il pensiero di come usare al meglio quella capacità mentre erano a Midanich. «Ciò di cui voglio parlare è la vostra occupazione attuale come valletto. L'impiego che avete scelto è qualcosa che volete fare oppure qualcosa che vedete solo come un'occupazione temporanea finché troverete qualcosa più consono a voi?»

«Non ho intenzione di andarmene per diventare un-un farmacista, o un-un medico o roba del genere, se è questo che vi preoccupa, signore.» Dichiarò Hadrian Jeffries con insolita durezza. «Non sono Tam Fisher!»

«No. È vero. Thomas Fisher è un farmacista, non un valletto» rispose con calma Alec, ignorando il tono derisorio del giovanotto. «Ve lo dirò adesso, in modo che possiate dormire sereno, oppure che possiate decidere che volete fare qualcosa di diverso dal rimanere in questa casa. Quando Tam ritornerà dal Somerset, non sarà come mio valletto, ma come mio pupillo. Non farà più parte della servitù, ma sarà un membro della famiglia. Pensate che sarà un problema, signor Jeffries?»

Hadrian Jeffries non esitò. «No, milord. Assolutamente no.»

«Bene. Quindi ditemi: quali aspettative avete per il futuro?»

«Aspettative? Futuro?»

Il valletto sbatté gli occhi, esitando. Non perché non avesse una risposta, ma perché nessuno glielo aveva mai chiesto, nemmeno suo padre, che aveva presunto che avrebbe fatto quello che aveva fatto il fratello maggiore prima di lui, come il nonno e il prozio prima di loro. Ma fin da quando riusciva a ricordare, Hadrian Jeffries aveva sempre desiderato una vita poco complicata, circondato dalla ricchezza, dal privilegio e da belle cose. Ma per una persona di umili origini, una vita del genere era solo un sogno. Eppure aveva osato continuare a sognare finché aveva trovato la soluzione. C'era una sola professione per lui: essere il valletto di un ricco gentiluomo, preferibilmente un nobile. E una volta deciso, si era dato da fare per raggiungere il suo sogno. Mai indolente, aveva passato anni a farsi strada verso i ranghi superiori dei servitori. Quindi era giustamente orgoglioso e aveva il diritto di non aspettarsi niente meno dell'incarico che aveva ora. Valletto di un pari del regno.

Quando Alec ripeté la domanda, aggiungendo con un sorriso ironico: «Sono sinceramente interessato, signor Jeffries» Hadrian Jeffries gli credette e condivise volentieri la sua filosofia.

«Ho sempre avuto un solo obiettivo, signore: servire. Eccellere nel ruolo del 'gentiluomo di un gentiluomo'. È questa la risposta. Mi piace questo lavoro. Il modo di vivere. E la routine. Se posso osare, direi che sono bravissimo nell'anticipare i bisogni e i desideri del mio padrone, e nel fare in modo che anche gli altri servitori facciano lo stesso. Mi piace l'ordine. La massima: ogni cosa al suo posto e un posto per ogni cosa, è verissima. E mi piace fare quello che gli altri considerano noioso. Mi piace separare, riporre e prendermi cura di abiti ben tagliati. Mi piace lucidare le scarpe e le fibbie e niente mi dà più soddisfazione di sapere che il mio padrone è curato e che i suoi colleghi lo considerano ben vestito.» Il valletto rivolse ad Alec un piccolo, curioso cenno con la testa e sorrise. «Mi piace in particolare essere il *vostro* valletto, milord.»

«Bene. E io sono altrettanto contento di avere voi come valletto, Jeffries» rispose Alec con un sorriso e si alzò; il valletto lo imitò. «E il posto è vostro finché lo vorrete…»

«Grazie, milord! Grazie. Non rimpiangerete la vostra decisione.»

«Ma voi potreste rimpiangere la vostra» disse Alec con una risata. «Qui a St. James Place ci potrà essere una routine, ma quando sono in viaggio è tutto un altro paio di maniche. Anche se…» Aggiunse con un sospiro di rimpianto. «In questo viaggio non dovrete preoccuparvi dei miei cani. Marziran e Cromwell resteranno qui con il signor Fisher.»

«Potrete stare sicuro che cercherò di fare in modo che ci sia ordine, signore; specialmente in paesi lontani. Non dovrete preoccuparvi del vivere quotidiano. E sono abbastanza competente in una quantità di lingue straniere da poter avere una conversazione rudimentale. O, come minimo, farmi capire.»

«Sì, è vero. È una capacità molto utile. Ma,» aggiunse Alec, riflettendo, «teniamo per noi queste vostre capacità linguistiche per ora. Potrebbe tornare a nostro vantaggio se crederanno che conoscete solo la lingua inglese. E meglio non parlare nemmeno della vostra memoria eccezionale. Sarà il nostro piccolo segreto. Wantage lo sa?»

«No, milord. Non ho parlato della mia… *capacità*, con nessun altro. Sono solo affari miei… e vostri, ora.»

«Grazie per esservi confidato con me. Devo avvertirvi, anche se sono sicuro che lo avrete già capito dalla mia conversazione con il signor Halsey, che stiamo per salpare per un posto pericoloso. Con Midanich in guerra siamo particolarmente vulnerabili nei confronti di entrambe le parti. Dovremo stare sempre all'erta.»

«Sì, signore, capisco. Non mi lascio intimorire facilmente.»

Alec sorrise. «Sono contento di avere avuto questa conversazione, Hadrian.»

«Anch'io, milord» rispose Hadrian Jeffries con un piccolo, curioso inchino. Guardò l'orologio sulla mensola del camino. «Non dovremmo prepararci per la cena, milord? È passata l'ora...»

Alec sorrise tra sé e sé per l'uso della prima persona plurale, ma disse tranquillamente, mentre toglieva la scatoletta dell'anello dal cassetto in mezzo: «Sì, è vero. Non dobbiamo far aspettare il signor Halsey. Ma prima, ditemi: avete guardato nella scatoletta, vero?»

Il valletto arrossì. «Sì, signore.»

«Grazie per avermi detto la verità. Anche se non mi aspetto altro che la verità... sempre.»

«L'ho fatto solo perché non avevo mai visto la scatola tra le vostre cose, signore, e quindi mi sono chiesto se per caso non fosse del signor Halsey. Ma...»

«... lui non possederebbe, né porterebbe mai, un pezzo di oreficeria così appariscente, vero?» lo interruppe Alec, aprendo il coperchio così che il valletto potesse dare un'altra occhiata al pesante anello d'oro nel suo letto di velluto: un sigillo con lo stemma inciso su una corniola montata su una spessa fascia d'oro. «Voglio che mandiate a memoria questo stemma, Hadrian. E quando saremo a Midanich, se questo anello non sarà al mio dito, dovrete sapere dov'è in ogni momento e proteggerlo con la vostra vita.»

Hadrian Jeffries prese la scatoletta e studiò l'incisione, passando delicatamente un dito sul disegno inciso sulla preziosa pietra arancio. Poi chiuse il coperchio e la restituì ad Alec con un cenno della testa. «Sì, signore. Con la mia vita. Potete contare su di me.»

«Grazie. E grazie per non aver fatto domande su questo anello» disse Alec, lasciando la scatola sul tavolo da toilette per togliersi la banyan. Prese la cravatta dal dorso della sedia e si mise davanti allo specchio per annodarla. «È una storia lunga e complicata che non vale la pena di ripetere. Ma il significato di quell'anello sarà chiaro appena metteremo piede nel principato... Oh, e prima che mi dimentichi» aggiunse dopo aver guardato per un momento il suo riflesso; Hadrian Jeffries sospettava che i pensieri del suo padrone fossero lontani mille miglia. «Potreste essere così gentile da consegnare al signor Halsey quella lettera di referenze? Sono sicuro che gli piacerebbe avere l'opportunità di rispondere a-a...?»

«Il signor Cale, signore. Il signor Joseph Cale. Avvocato generale recentemente andato in pensione. È stato così gentile da scrivere una lettera di referenze per me, quando altri non volevano farlo. Sospetto che sia stato influenzato da mia sorella... Marcia ha sposato il figlio del signor Cale ed è in ottimi rapporti con la famiglia di suo marito. Il signor Cale stravede per lei.»

Alec si fermò mentre annodava la cravatta. Joseph Cale. Un nome e un uomo di cui non sentiva parlare apertamente da quasi un anno. Calunnie volgari avevano collegato per l'eternità Cale alla contessa di Delvin, la madre di Alec. Giravano voci che Cale non fosse stato solo l'amante di sua madre ma che da quella torrida relazione, quando la contessa aveva da poco sposato il conte di Delvin, fosse nato un figlio. Alec era quel figlio e suo zio Plantagenet Halsey riteneva che Joseph Cale potesse essere il vero padre di Alec. Alec non ci credeva. Non poteva crederci. Non voleva avere niente a che fare con il signor Joseph Cale.

Alec non fece commenti, ma per Hadrian Jeffries fu ovvio che era irritato, per il modo in cui maneggiava la cravatta.

«Devo prendere la marsina, signore? Ho scelto quella color blu notte...»

«Una qualunque! Non ha importanza!» scattò Alec, pentendosene immediatamente. «Mi dispiace. Sì, certo, quella blu notte andrà bene. Jeffries. Un momento! C'è una cosa che ho dimenticato di menzionare.» Quando il valletto si voltò sulla porta, aspettando, con la banyan ripiegata sopra un braccio, Alec si sentì stupidamente imbarazzato. Era perché pensare alla relazione di sua madre e alle sue conseguenze gli faceva immediatamente e inesplicabilmente venire in mente Selina e le conseguenze della *loro* relazione: che aveva perso il loro bambino. Non avrebbe potuto sopravvivere a un altro evento tanto traumatico, se non fossero stati sposati. Doveva essere al fianco di Selina come marito, non come amante. Solo come marito e moglie avrebbero potuto consolarsi apertamente a vicenda, come genitori, con la coscienza a posto. C'era solo una soluzione... beh, ce n'erano due, ma non voleva vivere la sua vita senza Selina e non avrebbe mai potuto vivere come un monaco. Quindi significava sposarsi, e il più presto possibile.

Alec smise di guardarsi allo specchio, togliendosi dal viso l'espressione accigliata.

«Quando tornerò da Midanich mi sposerò. E quello comporterà dei cambiamenti, non solo per voi come valletto, ma per il resto della servitù. Pensavo doveste essere il primo a saperlo. Per favore, tenetelo per voi finché non avrò avuto la possibilità di parlare con il signor Wantage.»

«Sì, signore. Certo.» Hadrian Jeffries fece ad Alec un inchino elegante. «Posso essere il primo ad augurarvi tanta felicità, milord?»

«Certo, Hadrian. Grazie.»

Mentre guardava il suo valletto voltarsi e quasi saltellare nello spogliatoio, i pensieri di Alec erano pieni di Selina... Dov'era, che cosa stava facendo, quando avrebbe potuto vederla di nuovo. Non poteva immaginare che in quel preciso momento Selina Jamison-Lewis era a una sola strada di distanza a St. James Square e che non solo stava pensando a lui, ma stava discutendo di lui con sua zia, la duchessa di Romney-St. Neots.

SETTE

«Non accetterà mai.» Selina ne era assolutamente convinta.

«Non c'è bisogno che accetti se non lo sa» ribatté a voce alta la duchessa di Romney-St. Neots.

Era in piedi vicino all'altro lato del paravento, nella speranza di farsi sentire nonostante l'attività della *corsetière* e della sua assistente che stavano aiutando sua nipote a misurare un corpetto, una specie di bustino senza tessuto rigido e che si chiudeva sul seno con dei ganci.

«Non metterà piede sulla carrozza mentre andiamo a Harwich e, una volta che saremo in viaggio, ci sarà poco che potrà fare. Se voglio che mia nipote mi accompagni, è quello che farà.»

Ci fu un lungo silenzio, punteggiato da mormorii e dal fruscio della stoffa, e poi uno strillo quando l'assistente della *corsetière* inavvertitamente punse il braccio di Selina con uno spillo. Selina non sopportava più tutta quell'agitazione, fece segno alle tre donne di farsi da parte e uscì da dietro il paravento per prendere una boccata d'aria.

«Lasciami dare un'occhiata» disse la duchessa, e voltò Selina da una parte e dall'altra, ispezionando criticamente il capo di biancheria semifinito mentre la *corsetière* spiegava quello che avevano fatto e cosa restava da fare per soddisfare l'insolita richiesta della duchessa.

Madame la corsetière cominciò a parlare in un inglese esitante, ma quando la duchessa le fece, in francese, una domanda riguardo all'imbottitura del tessuto, continuò nella sua lingua natia. Spiegò che le due metà davanti del corpetto si sarebbero unite sul seno di Selina con gancetti di metallo. Avevano messo uno strato in più di imbottitura tra la fodera di cotone e la pelliccia di cincillà, ed era lì che, proprio come aveva chiesto la duchessa, avevano cucito delle piccole tasche, nascoste in modo che solo Selina avrebbe saputo che c'erano. Madame non fu così maleducata da chiedere che cosa dovevano contenere quelle tasche nascoste, ma sottolineò che la comodità dell'indumento sarebbe stata determinata dal peso del contenuto delle tasche.

La duchessa fu contenta del lavoro di *Madame*, e spazzò via le sue affermazioni che sarebbe stato difficile finire il corpetto in due giorni raddoppiandole il prezzo. Quando Selina si tolse l'indumento, la *corsetière* e la sua assistente se ne andarono, senza fiato al pensiero della somma che avrebbero ricevuto e per il compito che le aspettava.

«Mi chiedo se sappiano che intendete riempire quelle piccole tasche con dei gioielli.» disse Selina, infilando una banyan di seta sopra la sottoveste e le sottogonne con l'aiuto di Peeble, la cameriera personale di sua zia.

«Non ha importanza. Quello che importa è che tu sia completamente d'accordo con la mia richiesta» disse la duchessa, con un cenno della testa incipriata verso la porta del salotto, per segnalare a Peeble di lasciarle sole. «Non so per quanti giorni dovrai indossare quel corpetto, ma immagino che saranno almeno tre settimane. È un periodo molto lungo per addossarsi una simile responsabilità. Non potrai togliertelo, se non per fare il bagno, e non potrai perderlo di vista nemmeno allora.»

«Lo indosserei per dieci mesi per aiutare a liberare Cosmo ed Emily. Anche se non capisco perché volete tenerlo nascosto ad Alec. Nascondere i gioielli in questo modo è brillante.»

«Grazie, mia cara. Ogni tanto ho il mio momento di genialità» rispose la duchessa con un sorriso che durò pochissimo. Poi tornò seria. «Non voglio che lo sappia per gli stessi motivi per cui non voglio che sappia che viaggi con me finché non saremo a Harwich. Per lui sei la cosa più preziosa al mondo. Quindi pensi che accetterebbe che tu trasporti un tesoro nascosto nel corpetto, ovunque e tanto meno in una nazione in guerra? Mai! E non lo accetterei nemmeno io, in nessuna circostanza, eccetto questa. Ho un peso sulla coscienza al pensiero di usarti in questo modo, ma se ci fosse un'alternativa per assicurarci il rilascio di Emily la userei volentieri. Lo capisci, vero, bambina mia?»

«Certo, zia» la rassicurò immediatamente Selina con un sorriso. «Sono convinta che Alec sarà estremamente scontento quando si renderà conto che accompagnerò voi e il signor Halsey in Olanda. Ma non batterà ciglio per opporsi perché capirà che è la cosa giusta da fare. Voi non potete andare da sola, anche se avrete il signor Halsey come sostegno. Ma una volta che avremo raggiunto le acque olandesi, come faremo a persuadere Alec a portarmi con lui e a non lasciarmi indietro con voi?»

«Non avrà scelta. C'è il tuo nome sulle lettere di presentazione. Quindi sei un membro ufficiale della legazione inglese.»

Selina non riuscì a nascondere la sua meraviglia. «Come siete riuscita a convincere Cobham?»

Gli occhi della duchessa brillarono maliziosi e fece un sorriso complice.

«Oh, non l'ho convinto» tubò. «Ho convocato il capo segretario del dipartimento del nord, il signor Larpent. Gli ho detto una bugia, che questa vecchia stupida donna aveva versato il caffè sul documento originale e gli sarei stata perennemente grata se avesse scritto una lettera di presentazione a parte. E che non dicesse a Cobham del mio piccolo incidente. Che sarebbe stato il nostro segreto e che Cobham non avrebbe dovuto saperlo altrimenti sarebbe stato furioso con me! Ovviamente, un leccapiedi come Larpent non vedeva l'ora di tirar fuori penna e inchiostro per accontentarmi. Poi l'ho fatta firmare da un consigliere della corona. Il conte di Salt Hendon, per essere precisi. Sua nonna e mia madre erano prime cugine. Che c'è? Non ti scandalizzerai certo per la mia tattica!» ribatté quando Selina la guardò meravigliata e poi ridacchiò dietro il ventaglio. Fece spallucce e il broncio. «Non c'è una cosa che non mi abbasserei a fare per assicurarmi la libertà di Emily. E Cobham e io siamo d'accordo almeno su un punto. Che il margravio accetterà più facilmente che una parente abbia accesso a Emily. Ovviamente tuo fratello non aveva la minima idea che avrei scelto te come parente, altrimenti avrebbe giustamente rifiutato. La tua sicurezza...»

«Oh, non è della mia sicurezza che si preoccupa» la interruppe Selina, faceta. «Anche se non è del tutto vero. Avrei dovuto dire che gli interessa più il nome dei Vesey della mia sicurezza personale, o la mia felicità. Ma non ho paura» assicurò alla duchessa, prendendo la mano che la donna le tendeva, e si sedette accanto a lei sulla dormeuse. «Una volta che sarò di nuovo con Emily, sono determinata a non lasciare che ci separino. Dovranno strapparmi a forza da lei!»

Alla duchessa vennero le lacrime agli occhi davanti a tanta ardente sincerità e scostò gentilmente una ciocca di capelli dalla guancia arrossata di Selina. Sua nipote aveva l'aspetto di una bellezza fragile ed eterea, con zigomi delicati, pelle candida e capelli color albicocca. Ma sotto quell'apparenza da bambina smarrita aveva una naturale capacità di sopravvivenza, nata da un matrimonio combinato con un bruto violento. Sapeva anche che, nel profondo, Selina era un'incurabile romantica, fieramente leale a coloro che amava.

«Grazie, carissima. Mi sento meglio sapendo che andrai da lei» disse la duchessa. «E mi sta molto a cuore la tua sicurezza, quindi è essenziale che non dica a nessuno dei gioielli. La lettera del console inglese potrà aver chiesto un riscatto, ma non indicava di che tipo e i miei gioielli dovranno essere usati solo come ultima risorsa. Cobham ha suggerito, e io sono d'accordo con lui, che al margravio sia offerto un gesto di buona volontà, da un sovrano all'altro. Quindi gli invierò il mio bene più prezioso. Il tavolo da gioco meccanico dei fratelli Roentgen.»

«Quello con i ripiani che si voltano come le pagine di un libro?» chiese Selina e, quando la duchessa annuì, ricordò: «Prendevo in giro Cosmo perché usava quel meraviglioso tavolo come esca per attirare le donne. Aveva scoperto il gancio nascosto che rilasciava la molla, facendo salire come per magia dal centro del tavolo la scatola del back-gammon. Sfidò pubblicamente tutti a scoprire dove fosse. E sapete, nemmeno un quarto d'ora dopo e completamente all'oscuro della sua sfida, Alec entrò con Emily e non solo le dimostrò come funzionava il meccanismo, ma le spiegò anche dove trovare il fermo. L'espressione sconfitta sulla faccia del povero Cosmo ci ha fatto morire dalle risate!»

«Sì, lo ricordo bene» disse la duchessa con un sospiro. «Non ho mai visto Alec più sorridente e Cosmo così mogio!»

«Perdonatemi. Non volevo sconvolgervi» si scusò Selina quando la duchessa si asciugò rapidamente gli occhi con l'angolo di un fazzoletto di pizzo. «Offrire quel tavolo come segno di buona volontà è un'idea eccellente. Anche se i soldati dovessero perquisire i bagagli cercando gioielli e denaro, non si interesseranno a un tavolo, per quanto inge-gnoso, né oseranno confiscarlo se è destinato al loro sovrano.» Si voltò al suono delle tazze e dei piatti di porcellana che tintinnavano e vide Peeble che attraversava la stanza con un vassoio.

«Mettete qui il servizio da tè, e poi potete andare a preparare il mio vestito per la cena. E fate sapere a Evans di preparare anche il vestito della signora Jamison-Lewis. Non ti dispiace restare qui con me, vero?» continuò la duchessa, mentre versava a entrambe una tazza di tè, quando Peeble se ne andò con una riverenza.

«Assolutamente no. In effetti mi dà un posto dove vivere finché partiremo per la nostra avventura nautica.»

La duchessa passò a sua nipote una tazza di tè al latte. «Quindi hai finalmente deciso di vendere la casa che hai diviso con J-L?»

Selina scosse la testa. «Non venderla. Affittarla. Alec vuole che venda la casa di Hanover Square, ma Cleveley mi ha sconsigliato di farlo. Dice che devo mantenere una qualche forma di indipendenza. D'altronde mi ha anche consigliato di non sposare Alec.»

«Cosa?» La duchessa rimase così sbigottita che quasi rovesciò la tazza di tè. «Non è possibile!» Quando Selina confermò con un cenno della testa, la duchessa si raddrizzò e disse: «Come osa quell'ipocrita? La paternità avrebbe dovuto ammorbidirlo, specialmente alla sua età, o almeno, il matrimonio con Miranda. Non ha il diritto di interferire con la tua felicità.»

«Oh, sì è ammorbidito, non crediate. È innamorato cotto di lei e del figlioletto appena nato.»

«Il bambino ha... un bell'aspetto?»

Selina sorrise. «Intendevate chiedermi se assomiglia più alla sua bella mamma invece che al suo papà? State tranquilla. Il piccolo Thomas assomiglia moltissimo a Miranda. È stata una sorpresa.»

«Che assomigli a sua madre?»

«No, che sia riuscita a vedere che le assomiglia. Non avevo mai tenuto in braccio un neonato prima... Sono così piccoli... Capisco come i genitori si innamorino immediatamente dei loro figli...»

La duchessa colse la nota di malinconia e cercò di mantenere neutra la sua voce. «Pensavo che il fatto che ora Alec è un marchese fosse un motivo sufficiente perché Cleveley desse la sua benedizione.»

«Sì. Ma dice che visto che Alec ora è un pari del regno, deve sposare una donna che sia in grado di dargli un figlio, un erede. Sanno tutti che non sono stata in grado di dare un figlio a J-L e siamo stati sposati per sei anni.»

La duchessa sbuffò, sprezzante.

«Che stupidaggini! Che ne sa Cleveley, un uomo e non il tuo medico, della tua fecondità? Presuntuoso arrogante! A dire la verità, e ora posso dirlo senza tema di turbarti, ero contenta che il tuo matrimonio rimanesse senza figli.» Rabbrividì. «J-L era un mostro. Che tu dovessi sopportare violenze simili era già orribile! Portare un bambino in quella casa... Che fosse testimone dei maltrattamenti del padre nei confronti di sua madre... *Mai*.»

Selina deglutì e disse sottovoce: «Posso confidarvi qualcosa che non ho mai detto a nessun altro? Ovviamente Evans lo sa, ma nessun altro.»

«Mia cara, puoi dirmi qualunque cosa e non uscirà da qui; te lo giuro.»

Selina annuì. «Sì, lo so. Temo solo... Temo solo che la vostra opinione di me possa cambiare per quello che...»

«Ora sei tu che dici stupidaggini! Puoi dirmelo o no, ma lascia che sia io a giudicare.»

«Bene… Mi rendo conto che dovrò vivere per sempre con le conseguenze, ma l'ho accettato, e per i motivi che avete menzionato. Non volevo portare un bambino in un mondo così orribile, quindi ho usato un certo numero di *metodi*, per assicurarmi di non concepire.»

«Ma pensavo… Non hai avuto diversi aborti spontanei mentre eri sposata con J-L?» esclamò sorpresa la duchessa, poi aggiunse in fretta, poiché aveva violato la confidenza di un'altra: «Me l'ha detto tua cognata, in tutta confidenza.»

Selina scosse la testa. Per quanto tentasse, non riuscì a fermare le lacrime che le scendevano sulle guance.

«Ho mentito a J-L, e agli altri, e più di una volta, dicendo che ero incinta, mentre non lo ero. Avevo bisogno di una-una *tregua* dalle sue disgustose attenzioni. Non sono fiera di me, ma non mi dispiace che il mio esecrabile matrimonio sia rimasto senza figli.» Si asciugò in fretta le guance, tirò su col naso, diede un'occhiata a sua zia tenendo gli occhi bassi, e confessò tutto. «Alec e io ci siamo *riconciliati* solo un mese dopo la morte di J-L. Cioè noi… Cioè lui e io…»

«*Riconciliati* è un bel modo per dirlo» la interruppe tranquilla la duchessa. «Continua.»

«E poi, quando Emily, Cosmo e io eravamo appena arrivati a Parigi, scoprii che *ero* incinta. Per dirvi la verità, ero terrorizzata dal pensiero che il bambino potesse essere di J-L. E quindi, quando lo persi, l'emozione più forte che provai fu di sollievo… Sollievo per essermi liberata del figlio di quel mostro. E poi rimasi sopraffatta dal pensiero più orrendo. E se il figlio che avevo perso non fosse stato di J-L ma di Alec? E poi il medico che mi curò disse, dandomi il suo parere professionale, che avendo io usato metodi di prevenzione durante il mio matrimonio, potrei non essere più in grado di portare a termine una gravidanza. Quindi vedete perché ora non posso sposare Alec e perché sono… Sono così *terribilmente* depressa.»

Dopo la confessione, Selina crollò. Con una mano tremante, spinse la tazza sul tavolino e si lasciò abbracciare dalla duchessa, che la tenne stretta finché i singhiozzi si calmarono. Quando finalmente fu silenziosa e tranquilla, la duchessa la fece sedere diritta, tolse le setose ciocche rosse dal volto arrossato di Selina, le baciò dolcemente la fronte, le prese il volto tra le mani e la guardò negli occhi scuri.

«Oh, mia dolce ragazza, devi smetterla di punirti, subito» dichiarò la duchessa. «Non me ne importa un fico secco dell'opinione di un medico francese! Avrai dei figli, ne sono convinta.» Poi si appoggiò allo schienale e strinse le mani in grembo. «E se vuoi sapere la verità, dovrai sopportare altri aborti. È un triste fatto della vita che noi donne dobbiamo accettare. Io stessa ho avuto tre aborti spontanei prima di dare a Romney il primo figlio. E poi abbiamo avuto dieci figli, come ben sai. Non che ti auguri di avere una squadra di cricket, mia cara, ma evidenzia il fatto che quello che ti è successo a Parigi non è una cosa insolita e che dovresti lasciartela alle spalle.»

«Ma se...»

«No! Non ti permetterò di crogiolarti nei 'se'. E non lo farà nemmeno Alec, quando saprà il ridicolo motivo per cui hai rifiutato di sposarlo. Hai finalmente la possibilità di avere una vita serena e felice con Alec, e non lo rifiuterai una seconda volta. Mi hai capito?»

Selina annuì, obbediente, ma era tutt'altro che ottimista. Sospirò, sconsolata. «Potrebbe non chiedermelo più. Avevo cercato di parlare con lui a Bath, per spiegargli perché non ero riuscita a parlargli dell'aborto che avevo avuto a Parigi, ma non ha voluto ascoltare. Se aveste visto l'angoscia nei suoi occhi, sapreste che lui...»

«... era sconvolto per te» spiegò la duchessa. «Senza dubbio aveva appena appreso che eri incinta...» Quando Selina si morse il labbro inferiore e confermò quella dichiarazione con un cenno della testa, la duchessa sorrise comprensiva. «Non vedi? Ha scoperto tutto nello stesso istante, e in pubblico, che eri incinta, che avevi perso il bambino e che gli avevi nascosto entrambe le cose. E ti meravigli che fosse sconvolto?»

«Avrei dovuto dirglielo quando...»

«... avete passato quella settimana a Parigi, *riconciliandovi*?» Quando Selina abbassò gli occhi sul fazzoletto bagnato appallottolato in grembo, la duchessa fece un sorrisetto, dicendo, ironica: «Quando il tuo medico ti aveva prescritto di restare a letto dopo l'aborto, sono sicura che intendesse dire *riposo* a letto.»

«Avevo riposato a letto per un mese intero» disse Selina, con voce flebile. «Prima che Alec...»

«Basta riconciliazioni, Selina. Mi hai capito? Non voglio che tu e Alec dividiate ancora un letto fuori dal vincolo matrimoniale. Non solo ci possono essere *conseguenze*, ma dà scandalo. Specialmente quando entrambi siete tutt'altro che discreti.»

«Ma... Siamo stati discreti» la contraddisse Selina. «Non abbiamo praticamente mai lasciato l'appartamento. Noi...»

«Siete stati visti al Louvre da lady Russell, mentre vi *baciavate*. Quella donna è una pettegola inveterata. Naturalmente, ora sanno tutti quello che c'è tra voi due!» La duchessa sbuffò rumorosamente quando Selina osò cercare di nascondere un sorriso colpevole. «Basta volgari dimostrazioni pubbliche! Non sono degne di te... di *voi*.»

Selina abbassò gli occhi. «Sì, Vostra Grazia.»

«Con suo fratello non ancora freddo nella tomba, e le voci che circolano sul fatto che abbia avuto qualcosa a che fare con l'assassinio di Delvin, Alec non può permettersi che la società metta in giro voci su di lui... o su di te! Se non ci fossero in ballo le vite di Emily e Cosmo, oserei dire che questo viaggio misericordioso a Midanich sia un dono di Dio per voi due, almeno per lasciar calmare i pettegolezzi, lasciare che si concentrino su qualcun altro o qualcosa di diverso mentre siamo all'estero. Mi ascolti, Selina?»

«Sì, Vostra Grazia.»

«Bene. Sono serissima. Puoi pensare che sia una vecchia bacchettona, ma se c'è una cosa che so dei maschi vigorosi è che sono fertili. Non mi sorprenderebbe se tu fossi di nuovo incinta, dopo le vostre capriole a Parigi, e non lo sapessi ancora!»

Selina ansimò. «Zia Olivia! Vi assicuro...»

«Mi assicuri...?» La duchessa la guardò e alzò le sopracciglia arcuate. «Puoi veramente assicurarmi che non sei incinta, mia cara?»

Selina si prese un momento per riflettere e poi si stupì da sola quando rispose. «No. No, non posso.»

«Bene, allora! Quindi forse darai al mio consiglio l'importanza che merita.»

«Avete tutti i diritti di essere arrabbiata, zia» rispose Selina con aria avvilita. «Se non avessi invitato Alec a Parigi... se mi fossi affrettata ad andare a Berna incontro a Emily e Cosmo, invece di restare con Alec, ora non sarebbero prigionieri!»

«Non ti permetterò di prenderti la colpa. È un esercizio inutile. E la verità è,» aggiunse la duchessa alzandosi e scuotendo le sottogonne trapuntate, con Selina che la imitava, «che se ti fossi affrettata ad andare loro incontro, adesso saresti prigioniera con loro.» Prese a braccetto la nipote e si incamminò verso il salotto. «Vieni, facciamo qualcosa di utile. Dovremmo avere giusto il tempo prima di cena per controllare la mia collezione di gioielli e scegliere quelli da mettere in quelle piccole tasche nascoste. Il primo sarà una collana di rubini che una volta apparteneva a mia suocera. È un pezzo appariscente che non indosso mai. Ma non potrei liberarmene con la coscienza pulita senza un buon motivo.» Fece una risatina, con un sottofondo isterico, poi ridivenne immediatamente seria. «Non mi viene in mente un motivo migliore che offrirlo come parte del riscatto, non credi?»

«Sì, lo credo anch'io» confermò Selina con un sorriso comprensivo.

«Prego solo che il riscatto soddisfi i rapitori. Che Dio li aiuti se non bastasse! Detesto pensare... Oh mia cara ragazza, perché sta succedendo una cosa simile?» chiese la duchessa, la cui facciata di solidità cominciava a crollare. «La mia testa... La mia testa è piena di pensieri orribili!»

Selina la abbracciò.

«Per favore, zia. Non possiamo iniziare a immaginare che cosa può essere successo, altrimenti impazziremo. Dobbiamo solo fare la nostra parte e assicurarci che Emily e Cosmo siano rilasciati. Ho fiducia nel fatto che Alec riuscirà nell'impresa. Dobbiamo continuare a crederlo.»

«Sì. Sì, certo. Tu sei la voce della ragione e io… e io sono una stupida! Farò la brava e non lascerò vagare i miei pensieri.»

Selina le baciò la guancia.

«Faremo entrambe le brave.»

Non dissero altro. Eppure, nonostante i loro sorrisi fiduciosi e la loro determinazione a non riempirsi la testa di idee allarmanti, la loro conversazione insignificante, mentre frugavano nella considerevole collezione di gioielli e gemme rare della duchessa, nascondeva i loro pensieri, pensieri che erano tutti per Emily e Cosmo e su come venivano trattati. Era facile illudersi, sedute com'erano in un bel salotto a St. James Square a Londra, che Emily e Cosmo, nipoti di una duchessa, ricevessero tutte le premure necessarie in una corte straniera. L'autoillusione era tutta la speranza che restava loro, la realtà di Midanich era al di là della loro comprensione.

OTTO

CASTELLO DI HERZFELD, MIDANICH

SIR COSMO MAHON ERA PRIGIONIERO DA ABBASTANZA TEMPO DA conoscere ogni centimetro della sua cella, si rifiutava di chiamarla stanza. Ogni crepa nei pannelli di legno imbiancati; quante strisce di legno componevano il lucido pavimento in parquet; il numero di nodi della frangia del tappetino accanto al letto inserito nella parete. Contare era tutto quello che gli era rimasto, quello, e i ricordi di casa. Ma cercava di non pensare alla sua amata Inghilterra. Che cosa non avrebbe dato per rivedere la cupola di St. Paul ergersi verso il dolce cielo azzurro. Giurò che non avrebbe mai più data per scontata quella vista maestosa e che non si sarebbe più lamentato dell'incoscienza dei portantini che sfrecciavano attraverso il traffico di Londra mettendo in pericolo le vite dei loro passeggeri, del fatto che i parchi, specialmente il Mall, erano frequentati sempre di più da tutti i tipi di canaglie. E se il suo valletto avesse chiesto una giornata libera ogni due settimane per visitare la madre malata a Hoxton, gliel'avrebbe concessa. Era un tale sentimentale e così commosso dal pensiero dei famigliari e degli amici che spesso, di notte, nascosto dall'oscurità, si rannicchiava nel letto e piangeva come un bambino.

Di giorno si sforzava di contare le cose per cui essere grato. Erano poche, ma comunque qualcosa. Una stufa olandese in muratura, rivestita di piastrelle di ceramica blu e bianche, in un angolo, lo teneva al caldo, tanto che a volte apriva la piccola finestra a colonnine, nonostante i venti gelidi che soffiavano sempre all'esterno. Ed era grato per quella finestra, perché gli permetteva di vedere il passare dei giorni e delle notti, di vedere il cielo invernale, le stelle e la neve che cadeva.

Dava un senso di normalità alle sue giornate solitarie. Guardava gli abitanti del castello vivere la loro vita di tutti i giorni: i servitori che si affrettavano ad attraversare il cortile tra le diverse ali del palazzo, soldati che marciavano in formazione, lo stesso gatto arancio che cacciava un topo. A volte, se si concentrava sulla fila di finestre direttamente davanti a lui, vedeva del movimento; una volta si era aperta una finestra ed era apparso un volto. Ma invece di chiamare o cercare di attirare l'attenzione della persona che aveva guardato fuori, si era ritirato, come se non avesse voluto essere visto. Era stata una reazione istintiva che l'aveva portato a chiedersi se l'isolamento lo stesse facendo impazzire.

La neve era una benedizione. Quando lo accompagnavano a camminare lungo i parapetti non doveva più distogliere lo sguardo dalle teste in decomposizione infilzate sulle picche, grottesco promemoria di ciò che succedeva ai disertori e ai traditori. La neve ammantava di bianco questo macabro avvertimento. Ma forse stava diventando immune a quelle visioni repellenti? Anche se era un mese che non aggiungevano nuove teste alle picche. Anche quella era una benedizione.

Il suo valletto irlandese, Matthias, non era solo una benedizione, era un dono di Dio. Non sapeva come facesse Matthias a mantenersi ottimista, ma ci riusciva, e ricevere una visita da lui faceva meraviglie per il suo morale. Aspettava le sue visite e per il resto della giornata dopo essere stato rasato, dimenticava la malinconia, convinto che lo avrebbero salvato, che Alec stava arrivando.

E poi, dopo un mese di prigionia, prese una decisione irrazionale, nata dalla sua frustrazione per la situazione in cui si trovava. Una volta presa, non poteva tirarsi indietro. E avrebbe avuto conseguenze di portata molto più vasta di quanto potesse immaginare.

Aveva saputo da Matthias che tutti i maschi a corte dovevano avere il volto completamente glabro. Il decreto risaliva al nonno del margravio, il margravio Maxim, all'inizio del secolo. Maxim aveva preso quella decisione dopo aver saputo che l'imperatore russo Pietro 'il Grande' aveva emanato un decreto simile a San Pietroburgo, non solo per i nobili, ma per ogni servo della gleba maschio nella nuova capitale russa.

«È una cosa strana da fare, bandire barbe e baffi, non credete, signore?» chiese Matthias nel suo inglese musicale e a voce bassa, con un occhio alla guardia sull'attenti accanto alla porta. Si muoveva volutamente adagio mentre sistemava il rasoio e gli accessori accanto al catino di acqua calda saponata, in modo da avere tempo per un po' di conversazione, con il suo padrone, seduto accanto, che teneva la

vaschetta per la rasatura con motivi blu e bianchi pronta sotto il
mento. «So che non è di moda portare la barba o i baffi, ma se un tizio
vuol tenere il pelo sul viso, chi può impedirglielo? Non il suo re, certo.
In parlamento non passerebbe, vero, signore?»

«Certamente no» confermò sir Cosmo. «Se mai un simile ridicolo
disegno di legge arrivasse ai Comuni, non solo riderebbero del tizio
che lo presentasse, ma lo spedirebbero a Bedlam, dichiarandolo pazzo!»

«È quello che ho detto ai ragazzi di sotto. Ho detto che noi *inglesi*
abbiamo delle libertà e dei diritti. E, oltre alla libertà di parola,
possiamo leggere e anche scrivere quello che vogliamo! E abbiamo la
libertà di farci crescere i capelli in testa e sulla faccia, per tutto il tempo
che vogliamo, se ne abbiamo voglia. E nessuno può toglierci questo
diritto!»

Sir Cosmo ridacchiò. Non solo perché Matthias sottolineava
sempre il suo essere 'inglese' con un cantilenante accento irlandese, ma
anche perché non lo considerava incoerente, dato che, come la
maggior parte dei suoi connazionali, considerava l'occupazione dell'Ir-
landa un'invasione di cui avrebbero volentieri fatto a meno.

«Udite! Udite!» disse sir Cosmo, d'accordo con lui. «Ma sarà
meglio che tratteniate il vostro entusiasmo e freniate la lingua, altrimenti vi accuseranno di incitare la rivolta tra i vostri colleghi servitori.
Potrebbero rifiutarsi di lavorare e dirigersi alla frontiera per imbarcarsi
per l'Inghilterra, per sperimentare quelle libertà di prima mano.»

«Non sono dipendenti, e non possono fare quello che vogliono.
Sono schiavi, servi, senza alcun diritto.»

«Davvero? Ragione di più per tenerli nell'ignoranza. Poveri cristi. E
non voglio che la loro disaffezione vi si rivolti contro.»

«Non preoccupatevi, signore. Non penserebbero mai di rivoltarsi ai
loro superiori. Non hanno spirito combattivo. Non prenderebbero le
armi, esattamente come non si lascerebbero crescere la barba. Se capite
quello che voglio dire.»

«Sì, capisco. Ma bandire la barba e i baffi sembra piuttosto speci-
fico, e strano, non credete? Riesco a pensare a centinaia di altre cose
che preferirei bandire, se fossi un despota. Impedire a qualcuno di farsi
crescere la barba non rientrerebbe nella lista, potete esserne certo!»

«Sì, signore. Capisco. Potreste tenere la bacinella un po' più sotto il
mento? Ecco, così» disse Matthias mentre faceva schiumare il sapone
con il pennello. «Secondo Kurt, che è un secondo cameriere, ha a che
fare con la faccenda della 'verità taciuta'.»

«Sì...? Interessante… Siete riusciti a scoprire che cos'è questa *verità
taciuta*?»

«No, signore. Nessuno è in grado di dirmela, ma ho scoperto che

ha a che fare con il bando delle barbe e baffi. E che ha *tutto* a che fare
con il loro sovrano.»

Matthias non usò la parola margravio. Padrone e servitore avevano
deciso che anche se conversavano in inglese, ogni parola che avrebbe
potuto mettere in allarme la guardia, che parlava solo il locale dialetto
tedesco, riguardo al contenuto delle loro conversazioni, dovesse essere
sostituita con un'altra.

«Ma dato che io ho a che fare solo con i servi,» continuò Matthias,
«non saprei dirvi che cos'è quel *tutto*. Nessuno di loro è mai nemmeno
stato alla presenza del sovrano o di sua sorella, per essere precisi. I loro
servitori personali sono alloggiati in un'ala diversa, e stanno per i fatti
loro. Ora, se poteste abbassare il mento, signore, mi occuperò di quei
peli.»

Invece di fare quello che gli chiedeva il valletto, sir Cosmo tolse la
bacinella e si spostò, lasciando Matthias con un pennello coperto di
schiuma che gocciolava sul pavimento. La sorpresa del valletto, poi il
movimento veloce per riportare il pennello gocciolante sopra la bacinella di acqua schiumosa allarmarono la guardia che stava sbadi-
gliando, che si interessò immediatamente a quello che stava
succedendo.

Sir Cosmo spinse la bacinella verso il valletto, tolse l'asciugamani
dal davanti del panciotto e si alzò.

«Basta rasature, Matthias. Ho deciso di farmi crescere la barba!»

Matthias guardò stupito il suo padrone, chiedendosi se alla fine la
prigionia avesse avuto la meglio. Dopo tutto, lui poteva circolare e
parlare con la gente e vagare liberamente per i passaggi di servizio del
palazzo, il suo padrone no. Ma Matthias non era stupido. Si era reso
conto che la libertà di cui godeva serviva solo a capire se stesse facendo
qualcosa di improprio per il suo padrone, come ad esempio passare
biglietti segreti, o spedire lettere o contattare qualcuno. Cose che non
stava facendo. Sapeva che ogni suo movimento era spiato dagli uomini
al soldo del capitano, pagati per riferire ogni parola e ogni azione. Ma
Matthias sapeva anche che il suo caro padrone non godeva di una
simile libertà e che, anche se non maltrattavano lui, certamente
stavano maltrattando il suo padrone. Rinchiuderlo in una stanzetta
con la vista di un cortile interno molti piani più sotto, senza niente per
occupare la mente equivaleva a rinchiudere una scimmia in gabbia
senza compagnia e niente da fare, nemmeno un ramo da cui dondo-
larsi. La noia avrebbe fatto impazzire chiunque. E quella dichiarazione
improvvisa ne era una prova.

Sir Cosmo andò alla finestra, con la guardia un passo dietro di lui,
come se si aspettasse che il suo prigioniero si infilasse nella stretta aper-

tura per gettarsi di sotto. Certo sir Cosmo aveva perso un po' di peso, ma avrebbe dovuto perdere anche metà della sua altezza per passare da quell'apertura.

«Venite a sedervi, signore» lo invitò Matthias, facendo del suo meglio per tenere la voce neutra per non allarmare ulteriormente la guardia. «Non è il caso di fare gesti grandiosi, non con questa gente.»

Sir Cosmo si sedette sul duro sedile sotto la finestra voltato verso il suo valletto, dopo aver dato un'occhiataccia alla guardia, che si ritirò di nuovo accanto alla porta ora che il suo prigioniero era seduto.

«Matthias, permettetemi quest'unica piccola ribellione contro la mia incarcerazione. Non posso decidere niente su nessun aspetto della mia vita, ma questo mi basterà per tenere alto il morale. Coltiverò barba e baffi finché mi salveranno.» Si permise un sorriso. «Se non altro, sicuramente farà infuriare quelli che mi stanno trattenendo qui. Magari la faccenda arriverà perfino alle orecchie del loro sovrano, e forse mi concederà un'udienza.»

A Matthias servì meno di un minuto per rifletterci. Poi annuì. Rimise il rasoio affilato, la cote, le forbici e il pennello bagnato nella scatola da toilette di tartaruga. Si inchinò.

«Molto bene, signore. Spero solo che non vi faccia più male che bene. Ci vedremo tra due giorni. Potranno almeno permettermi di pettinarvi e sistemarvi i capelli.»

Fu l'ultima volta che sir Cosmo vide il suo fedele valletto. Contando le tacche sotto il letto, erano passati trentacinque giorni; glielo diceva anche la barba piena sul volto, che non poteva vedere perché non aveva accesso a uno specchio. E per la sua resistenza a farsi radere (nonostante le minacce di tenerlo fermo e farlo contro il suo volere), non solo gli fu rifiutato il permesso di vedere Matthias, ma anche il bagno settimanale, e gli ridussero i pasti a uno al giorno. Tutto quello che doveva fare per riavere i suoi privilegi era lasciarsi radere. Allora avrebbe potuto vedere Matthias, far lavare i vestiti e avere due pasti al giorno, nonché riavere il privilegio di fare il bagno.

Sir Cosmo resistette, nonostante la malinconia si facesse più profonda. Era un bene che fosse separato da Emily, perché non avrebbe voluto che lo vedesse in quel deplorevole stato, lui, sempre così curato. Che cosa doveva sembrare, con i capelli arruffati (aveva rinunciato da tempo a portare la sua logora parrucca), una barba malcurata e puzzolente come le bestie in una stalla?

Per la prima volta dopo tanto tempo si lasciò andare e pianse alla luce del giorno. Non gli importava che la guardia lo vedesse. Si infilò nella nicchia del letto, si tirò le coperte sudicie sopra la testa e maledisse la propria vanità. Dosi equivalenti di autocompatimento e disgusto unite alla demoralizzazione trasformarono il pianto in silenziosi singulti dolorosi. Con la mente affaticata dall'agitazione, cadde in un sonno profondo.

Lo svegliarono, scuotendolo, due ore dopo. Aveva degli ospiti. Il ciambellano di corte, il capitano della guardia e tre robusti soldati.

⚘

«MI STATE ASCOLTANDO, MONSIEUR? MONSIEUR MAHON?» GLI chiese il capitano Westover in francese. «È fondamentale che sappiate come comportarvi in presenza di Sua Altezza. Non dovete guardarlo negli occhi. Dovete sempre tenere gli occhi abbassati. Non dovete parlare a meno che vi rivolga direttamente la parola. *Monsieur Mahon?* Mi state ascoltando? Alzategli la testa! Alzategliela! Voglio vedergli la faccia!»

Afferrarono una ciocca dei capelli ingarbugliati e gli alzarono a forza la testa perché il capitano potesse guardarlo. A sir Cosmo si rivoltarono gli occhi nelle orbite e la bocca rimase aperta. Il barone Haderslev, che era di fianco al capitano, fece un passo avanti. La puzza del fiato del prigioniero lo fece arretrare e stringersi le narici prima di vedere la saliva schiumante che usciva dall'angolo delle labbra screpolate dell'uomo.

Il capitano Westover schioccò le dita guantate verso la guardia sull'attenti alla porta, indicandogli di avvicinarsi.

«Un secchio di acqua gelata! Subito!» abbaiò nel suo tedesco natio.

Il barone quasi non credeva che questo sporco e irsuto prigioniero fosse lo stesso disinvolto e affabile inglese che gli era stato indicato nell'anticamera il giorno in cui era morto il margravio Leopold. Guardò il capitano Westover per vedere la sua reazione, ma il capitano si era voltato per parlare con uno dei suoi soldati, lasciando il barone a fissare sir Cosmo, con la faccia che esprimeva una profonda vergogna.

La verità era che aveva dimenticato l'esistenza dell'inglese e che era prigioniero. Era stato talmente preso, prima con l'organizzazione del funerale del margravio Leopold e poi per la fastosa investitura del suo successore. Il giorno dopo la cerimonia, il margravio Ernst era partito alla testa del suo esercito per combattere le truppe ribelli del principe Viktor, e il barone e la corte lo avevano salutato dal ponte levatoio.

Il margravio Ernst, con l'armatura, il pettorale nero lucido e con lo stemma degli Herzfeld in oro. Una parrucca lussureggiante di riccioli sontuosi, fatta con i capelli lunghi di venti vergini bionde, copriva la sua pelata sotto un cappello a tricorno bordato di ermellino. I guanti di pelle erano tempestati di pietre preziose e la cappa allacciata su una spalla era di ermellino foderata di cincillà. Gli abiti sontuosi servivano solo a sottolineare l'ovvio. Il margravio aveva le ossa sottili ed era minuto come la sorella gemella. Non esisteva un abbigliamento maschile che potesse evitargli di apparire un *petit-maître*. Sarebbe sempre stato uno degli abitanti della luna di Platone, né maschio né femmina nell'aspetto.

Il barone si ricordò dell'esistenza di sir Cosmo solo quando Ernst tornò dalla battaglia, un mese dopo essere partito, con solo la metà delle sue truppe e una sola vittoria in tre battaglie. L'ultimo combattimento l'aveva visto fuggire, aiutato dal maltempo, verso la sicurezza del suo castello. Il principe Viktor si era accampato per l'inverno nel palazzo di Friedeburg, nel sud del paese, con un numero sempre crescente di sostenitori e truppe. Gli unici fattori che impedivano al principe Viktor di far valere il suo vantaggio erano il clima e le difese impenetrabili del castello di Herzfeld.

Dopo una riunione dei ministri, il margravio aveva trattenuto il barone per chiedergli notizie dell'eventuale corrispondenza dal console inglese riguardo al ritorno di Alec Halsey. Haderslev aveva tergiversato e aveva cercato immediatamente il capitano Westover. E ora erano lì, davanti al prigioniero, e il barone stranamente provava vergogna. Dopo tutto, l'inglese non aveva fatto niente di male. Il suo unico crimine era di essere il miglior amico di Alec Halsey. Era anche un gentiluomo, un membro della classe dirigente nella sua nazione, e avrebbe dovuto essere trattato di conseguenza, se il margravio non avesse deciso di odiare tutti gli inglesi dopo la fuga di Alec Halsey.

La vergogna del barone non gli impedì di guardare impassibile il capitano che brutalizzava l'inglese, ordinando di ficcargli la testa nel secchio di acqua gelata.

L'azione servì a due scopi: lavare la faccia del prigioniero e svegliarlo completamente. E per assicurarsi che stesse attento, il capitano disse a sir Cosmo che se non avesse risposto immediatamente alle sue domande, non si sarebbe trovato solo il naso pieno d'acqua, ma anche i polmoni. *Monsieur Mahon* aveva capito? E prima che sir Cosmo potesse reagire, il capitano fece un gesto e la testa di sir Cosmo fu ficcata sott'acqua una seconda volta, e abbastanza a lungo da farlo dibattere per la mancanza di aria.

Il barone risparmiò al prigioniero di respirare acqua quando mise una mano sul braccio del capitano. «Basta. Dategli qualcosa per asciugarsi.»

Il capitano fece un cenno a uno dei suoi uomini che gettò un asciugamano sul pavimento, davanti alle ginocchia del prigioniero.

Sir Cosmo ora era seduto sui talloni, senza bisogno di assistenza, e tirava profondi respiri per riempire i polmoni vuoti. Poi si asciugò la faccia e la barba e strofinò i capelli ingarbugliati. Restò dov'era, con gli occhi bassi, ma non rispettò l'ordine del capitano di restare in silenzio finché non gli avessero parlato.

«Emily... La signorina St. Neots, sta bene?»

«Non vi deve interessare, Monsieur...»

«È l'*unica* cosa che mi interessa!»

«Parlerete quando sarete interpellato...»

«Esigo che mi portiate da lei! Finché non la vedrò con i miei occhi, non vi crederò...»

«Basta pretese!» Ringhiò il capitano Westover e diede un forte schiaffo sull'orecchio a sir Cosmo per punirlo della sua insolenza. «Un'altra parola e vi farò cavare gli occhi, poi che cosa vedrete, eh, inglese?»

Sir Cosmo cadde, il mento colpì forte il pavimento e i denti gli tagliarono il labbro inferiore, facendolo sanguinare. Restò sdraiato sul pavimento, la poca forza di reagire che aveva era svanita con il sangue che gocciolava nella barba.

«Ho detto basta!» ringhiò il barone in tedesco. Si affrettò ad avvicinarsi a sir Cosmo, lo prese per il gomito e lo aiutò a rimettersi in ginocchio. «Ubbidite o non potrò aiutare né voi né la vostra compagna» gli sibilò all'orecchio in francese, prima di allontanarsi.

«Dov'è il suo valletto?» chiese il capitano a una delle guardie.

«Il valletto non verrà» rispose il barone. «Sua altezza vuole l'inglese così com'è.»

«Cosa?» Il capitano era talmente sconvolto da restare a bocca aperta. «Con tutto quel pelo sulla faccia?» chiese alla fine con voce flebile. «Ma... a nessuno è permesso di stare alla presenza di Sua Altezza in quel modo! Farsi crescere la barba è contro la legge. Io non infrangerò la legge e non vi permetterò di...»

«State superando i limiti, capitano» rispose bruscamente il barone Haderslev. «Solo se lo facciamo *noi* significa infrangere la legge, che è stata istituita dal nonno del margravio. Il nostro margravio, suo nipote, può infrangere la legge, o cambiarla, fare come vuole. Mi capite?»

Westover guardò il barone in un silenzio ribelle, poi annuì.

«Molto bene, *Herr Baron*» accondiscese. «Ma il prigioniero dovrebbe almeno fare un bagno e cambiarsi d'abito prima di essere ammesso alla presenza di Sua Altezza.»

Si sentirono voci nel corridoio oltre la stanzetta. I soldati ai lati della porta si misero sull'attenti, testa alta e occhi fissi in avanti. Il capitano Westover smise di parlare. Indicò ai due soldati in piedi sopra sir Cosmo di avvicinarsi; sapevano che cosa fare nel caso il prigioniero avesse mosso anche solo un muscolo del viso.

«Non c'è più tempo» sibilò il barone Haderslev guardandosi indietro, poi si fece avanti per salutare il suo sovrano.

La stanzetta fu di colpo piena di uomini. Attraverso la massa di capelli che gli ricadeva sugli occhi, sir Cosmo sbirciò il gruppo di stivali e scarpe con i tacchi; le scarpe rivestite di tessuto più adatte a una donna, o a un nobile ai tempi in cui Luigi XIV, basso di statura, regnava sulla Francia. Un paio di stivali spiccavano sugli altri. Erano di pelle nera lucidissima, fatti su misura per i piedi di chi li indossava, con la punta quadrata e speroni d'oro sui tacchi. Salivano sui polpacci e finivano proprio sopra le ginocchia con un grande risvolto che mostrava la fodera di pelle di leopardo. Una fila di fibbie d'argento sulla parte esterna assicurava gli stivali alle gambe. Sir Cosmo contò tredici fibbie. Era bravo a contare, in quei giorni. Lo calmava. Immaginò correttamente che stivali tanto lussuosi appartenessero al margravio, anche perché tutte le altre calzature erano due passi indietro. Sir Cosmo non osò alzare la testa, e tenne lo sguardo fisso su quel paio di stivali. Rimase in ginocchio, con la testa china e le mani giunte davanti a sé, in atteggiamento appropriatamente supplichevole. Eppure non riuscì a impedire alle spalle di scuotersi per una risata privata. Rideva tra sé e sé per l'enorme assurdità della sua situazione e perché, anche in isolamento e trattato con violenza, riusciva ancora a desiderare un bel paio di stivali.

«Alzategli la testa. Fatemi vedere la sua faccia.»

All'ordine del margravio Ernst, Westover fece un cenno a una guardia, che afferrò nuovamente una manciata di capelli di sir Cosmo, tirandogli bruscamente in alto la testa, ma questa volta finché il naso puntò verso il soffitto. Ci fu un sussulto collettivo dal gruppo di cortigiani. Nessuno di loro aveva mai visto un una barba piena. Non copriva solo le guance e il mento del prigioniero ma anche la gola.

Il margravio si portò un fazzoletto profumato alle narici e si avvicinò cautamente, affascinato. I cortigiani rimasero dov'erano, ma si chinarono inconsciamente in avanti, anche loro incantati.

«Ed è un nobile, dite?»

«Sì, Altezza» rispose il barone Haderslev.

Il margravio continuò a guardare sir Cosmo, incuriosito. Quando parlava, toglieva per un momento il fazzoletto dal naso, poi lo rimetteva a posto, tirando su col naso ogni volta che lo faceva.

«Il colore è diverso da quello dei capelli…»

Haderslev e Westover si scambiarono uno sguardo diffidente: nessuno dei due sapeva come rispondere.

«Capisce quello che dico?»

«No, Altezza. Parla francese e inglese ma non tedesco.»

Il margravio scosse la testa, deluso e con un languido movimento della mano ingioiellata indicò alla guardia di lasciar andare i capelli del prigioniero.

«Ed è un nobile, dite?» ripeté il margravio. «Halsey le parlava tutte e tre, e italiano, spagnolo e anche olandese.» Sbuffò, irritato, poi inalò a fondo il profumo di bergamotto spruzzato sul suo fazzoletto di pizzo.

«E questo è il *suo* miglior amico? Ne siete certi?»

«Secondo il console inglese sì, Altezza.»

«Vi ha detto qualcosa che non so già riguardo a Halsey?» chiese il margravio al suo capitano della guardia.

«No, Altezza. Cioè, io non so quello che sapete voi di *Herr Halsey*.»

Il margravio guardò il suo ciambellano.

«E voi? Vi ha detto qualcosa che valga la pena di ripetere?»

Suo malgrado, il barone arrossì, sentendosi in colpa, perché non voleva rivelare di aver completamente dimenticato l'esistenza di questo inglese. Quindi mentì. «Niente, Altezza.»

«Allora devo vedere che cosa posso fare per far parlare questo scimmione. Anche se non ho mai sentito uno scimmione parlare, in nessuna lingua…»

Quando il margravio guardò indietro, verso il gruppo di cortigiani, sorrisero tutti. Haderslev e Westover si scambiarono un'occhiata ironica, comunicandosi lo stesso pensiero… *sicofanti senza cervello*.

«Perdonatemi, altezza, ma io…» Cominciò a dire il ciambellano, ma fu interrotto.

«Halsey è per strada?» chiese il margravio. «Almeno *questo* potete dirmelo?»

Haderslev guardò il capitano Westover che disse, senza esitare: «Sì, Altezza. Ho ricevuto ieri un rapporto dal mio agente a Emden. Una vedetta ha fatto sapere che quando la nave di Halsey è entrata nell'estuario dell'Ems, è stata bloccata da una delle nostre e abbordata. Come sapete, abbiamo una flottiglia che pattuglia l'estuario, per scegliere le navi con un carico, per la maggior parte olandesi dirette a Delfzijl, e portarle sotto scorta a Emden, dove la merce viene confiscata.»

«E i nostri vicini olandesi? Contestano la nostra sovranità sull'Ems?»

«Non che io sappia, Altezza. Le navi nel porto di Delfzijl restano all'ancora. Ma devo ancora ricevere notizie dalle nostre spie ad Amsterdam per sapere se i nostri vicini hanno intenzione di mandare delle navi per difendere le loro rivendicazioni sull'Ems.»

«E Halsey? La sua nave è arrivata da sola o è stata scortata dalla sua arrogante marina inglese?»

«La nave è entrata da sola nell'estuario e, secondo il rapporto della vedetta, è arrivata senza scorta dall'Inghilterra.»

«Bene. Appena riceverete la notizia che è sulla terraferma, informatemi. La principessa Johanna desidera vivamente essere tenuta al corrente delle notizie del suo... del nostro amico.»

«Sì, altezza» rispose Westover. «Ho soldati dislocati in ogni villaggio lungo il canale, per mantenere la pace e individuare i traditori. Le truppe del principe Viktor possono essersi acquartierate per l'inverno, ma non sono lontane da...»

«Non mi interessano *lui* o i suoi frisoni!» sbottò il margravio, irritato. «Li spazzerò via fino all'ultimo uomo, a primavera. Ora mi devo preparare per l'arrivo del nostro ospite. Mia sorella vorrà sapere...»

Quando il margravio lasciò la frase in sospeso e il silenzio si dilungò, il barone si sentì costretto a fare qualcosa.

«Altezza, con il vostro permesso, il prigioniero deve essere rasato, secondo la legge, e forse dovrebbe farsi un bagno e avere abiti puliti, consoni al suo rango.»

«Sì, certo, ripulitelo» rispose il margravio, con un gesto disinteressato. «Ma lasciategli la barba, per ora. Potrà divertire la principessa...»

«La principessa?» Il barone era esterrefatto. Parlò senza pensare. «Certo Vostra Altezza non può voler assoggettare *Sua Altezza* a una simile barbarie?»

Il margravio alzò la testa. «*Herr Baron*. Forse conosco mia sorella meglio di voi?»

«Sì, Altezza» rispose docilmente il barone Haderslev. «Perdonatemi. Certo. Pensavo solo a lei...»

«Pensavate a lei?» rispose seccato il margravio. «Perché stavate pensando a lei? Non dovreste pensare a mia sorella, mai!»

Il barone scrollò le spalle e cercò di calmare il suo padrone. «Non stavo pensando a lei in quel modo o in qualsiasi modo. Era un modo di dire, altezza. Volevo solo dire...»

«Fuori! Fuori! Uscite!» strillò il margravio, non rivolto al barone, ma alle persone del suo seguito, che si agitavano irrequiete, ridacchiando tra di loro; alcuni addirittura osando indicare con il dito il prigioniero barbuto che restava in ginocchio, con lo sguardo fisso sul pavimento. «Via! Subito! Non voi, *Herr Baron*» aggiunse, quando Haderslev fece per seguire i cortigiani, che si spintonavano cercando di passare dalla porta tutti insieme. «Che c'è di tanto divertente, eh?» chiese al suo capitano della guardia.

«Assolutamente niente, Vostra Altezza» rispose con calma Westover. Le buffonate del gruppo di amici pittati e ingioiellati del margravio gli avevano cancellato il sorriso dal volto.

«È pericoloso?» chiese il margravio, agitando il fazzoletto nella direzione di sir Cosmo, come se si fosse ricordato solo in quel momento che il prigioniero era ancora nella stanza. «Diventerà... *violento?*»

Westover pensò che fosse strano che un generale che aveva comandato un esercito sul campo facesse una domanda simile, specialmente perché il prigioniero restava passivo con la testa china, ma non esitò a rispondere. «Non credo, Altezza.»

«Allora andatevene anche voi. Haderslev e quei due là possono restare.»

Il capitano Westover esitò, dando un'occhiata veloce al barone per vedere se anche lui ritenesse strana la richiesta. Dopo tutto, come capitano delle guardie del corpo del margravio, era compito suo restare con il suo signore e padrone, in ogni momento. Ma quando Haderslev non lo guardò negli occhi, né fece obiezioni, fece quello che gli era stato chiesto. Lasciò la stanza dopo un breve inchino. Ma non andò lontano. Aspettò e ascoltò dall'altra parte della porta.

«Allora, inglese» disse il margravio Ernst, rivolgendosi a sir Cosmo in perfetto inglese. «Ditemi tutto quello che sapete del vostro buon amico, Alec Halsey.»

NOVE

EMDEN, MIDANICH

ALEC ERA SUL PONTE DELLA GOLETTA *CAROLINE*, CON IL mantello di lana foderato di cincillà allacciato fino al mento e il tricorno di feltro calcato sui riccioli neri. Una nebbiolina sottile, un misto di pioggerella dal cielo e spruzzi di acqua di mare, che sbatteva forte sullo scafo, lo copriva dal cappello fino ai lucidi stivali. Ma non stava prestando attenzione al tempo. Il suo sguardo era fisso sulla città che stava emergendo dalla nebbia mentre il capitano manovrava con perizia per attraccare la nave a due alberi nel porto di Emden.

La goletta era scortata al mascone di dritta da uno sloop di origine francese, requisito da Midanich come preda di guerra nel recentissimo conflitto. Due fregate mercantili restavano nelle acque più profonde dell'estuario, dopo aver aiutato lo sloop a portare la goletta nel porto, per impedire alla *Caroline* di tentare di fuggire verso la sicurezza delle acque olandesi, e una costa raggiungibile a nuoto. Alec sospettava che anche le fregate fossero state confiscate e occupate da pirati al soldo del margravio.

Oltre due dozzine di barche da pesca ondeggiavano nelle acque gelide, con le vele e le bandiere che sbattevano violentemente alle spietate raffiche di vento che frustavano le acque torbide creando ondate che inzuppavano i loro robusti occupanti. Con quel tempo, e in quella stagione, quei barchini per la pesca delle aringhe erano normalmente ormeggiati e i pescatori a terra rintanati in casa per l'inverno. Alec presumeva che li avessero obbligati a salpare, come ulteriore deterrente per impedire alla *Caroline* di far vela verso l'Olanda. I sospetti di Alec furono nuovamente confermati quando uno dei pirati, ridendo, indicò attraverso le sartie la flottiglia di natanti e fece un commento dispregiativo su quel gesto inutile.

Ma la goletta che aveva trasportato Alec e il suo gruppo da Harwich attraverso il Mare del Nord non aveva intenzione di fuggire.

Lo sloop francese era andato incontro alla *Caroline* mentre si immetteva nello stretto canale a sud dell'isola di Borkum, alla foce del fiume Ems. I balenieri che risiedevano sull'isola avevano guardato con interesse lo sloop che sparava un colpo davanti alla prua della goletta inglese. La *Caroline* aveva riconosciuto l'avvertimento e aveva innalzato una bandiera civile, a segnalare che la nave non era militare, non aveva intenzioni bellicose e quindi avrebbe dovuto poter continuare per la sua rotta. Ma lo sloop era rimasto tra la goletta inglese e la costa olandese, avvicinandosi e abbordandola quando erano arrivati in vista di Emden. Gli uomini di equipaggio dello sloop francese erano poco più che pirati, al massimo corsari. E nonostante il capitano avesse dato la sua parola che la *Caroline* non si sarebbe diretta verso le acque olandesi, la città di Delfzijl era stata la loro destinazione originale, i pirati avevano voluto garanzie, quindi sei di loro erano rimasti a bordo mentre tre membri dell'equipaggio della *Caroline* erano stati portati sullo sloop come ostaggi.

La duchessa di Romney-St. Neots, Selina Jamison-Lewis, sir Gilbert Parsons e i loro rispettivi servitori erano stati costretti a tornare sottocoperta e a restare lì. Increduli e furiosi. Avevano tutti sofferto in modo più o meno grave di mal di mare durante i tre giorni della traversata, non vedevano l'ora di toccare terra ed erano riluttanti a ritornare nelle loro cabine, nonostante le minacce di morte.

La duchessa crollò tra le braccia di sua nipote al pensiero di tornare di sotto. Era quella che aveva sofferto di più e le guance pallide avevano ancora una sfumatura verdastra. I pirati minacciarono di malmenare lei e le altre donne presenti, se non avessero obbedito tutti immediatamente. Incredulo e veemente nella sua condanna del comportamento oltraggioso di un branco di ruffiani, Plantagenet Halsey si era fatto avanti per offrire la sua assistenza alla duchessa. Immediatamente erano apparse pistole e sciabole, sventolate minacciosamente in faccia al vecchio.

Alec era intervenuto e l'impasse si era risolta pacificamente. E senza bisogno di sfoderare la sua spada, che, per ragioni che solo i pirati conoscevano, non gli era stata confiscata dopo l'abbordaggio. I passeggeri tornarono riluttanti sottocoperta, dopo la sua calma rassicurazione che sarebbero stati più comodi non esposti al vento gelido e al nevischio. A lui, al contrario, avevano ordinato di restare sul ponte, perché parlava olandese e poteva tradurre le richieste dei pirati al capitano della *Caroline*, che parlava solo inglese.

Con sua sorpresa, permisero a Plantagenet Halsey di restare, e gli indicarono di mettersi accanto al nipote nel cassero di poppa. La scintilla di speranza che i pirati, dopo tutto, potessero essere persone ragionevoli si estinse quando Alec rivelò a suo zio che la sua presenza serviva solo a garantirsi la collaborazione di Alec. Se si fosse dimostrato recalcitrante, avevano ordine di gettare il vecchio fuoribordo.

«Che ci provino!» ringhiò Plantagenet Halsey, ma il suo tono ammetteva la sconfitta. Si strinse il mantello intorno alle spalle e lo tenne saldo intorno al collo. «Ci vorrebbero almeno tre di quegli sporchi mendicanti per alzare la mia carcassa scheletrica, tanto più poi per buttarmi fuoribordo. Pazzi.»

Alec fece una risata davanti alla spacconata di suo zio, ma non fece commenti e tenne lo sguardo fisso sul panorama. Quindi suo zio si unì a lui in silenzio accanto alle ringhiere sul lato di babordo, ignorando il morso del vento carico di particelle di ghiaccio che sbatteva sulle loro guance arrossate, come ignoravano i fischi del nostromo e l'attività alle loro spalle, mentre l'equipaggio correva per preparare le manovre di attracco.

Alec rifletteva sulla loro situazione e quello che intendeva fare una volta che fossero sbarcati e i passeggeri della *Caroline* fossero stati al sicuro e al caldo.

Non si era aspettato che una flottiglia avrebbe aspettato il loro arrivo, o che i suoi compagni di viaggio sarebbero stati obbligati ad andare a Emden. Si sarebbe preso a calci per non aver pensato a quella possibilità, perché era logica. Con Midanich in guerra, qualsiasi nave che solcasse l'estuario dell'Ems con un carico di valore era un potenziale bersaglio. Le normali vie di rifornimento erano state tagliate e dedicarsi alla pirateria era l'unico modo per compensare quello che mancava; la sua sola speranza era che non avessero mirato specificatamente alla loro nave perché c'era lui a bordo, ma che fossero come ogni altra nave requisita dai pirati al soldo del margravio. Era sicuro che gli agenti del sovrano di Midanich avessero ricevuto ordini di prendere prigioniero chiunque viaggiasse con lui, per assicurarsi la sua completa acquiescenza. Come se avere in ostaggio Emily e Cosmo non fosse sufficiente per ottenere un'obbedienza incondizionata.

Afferrò un po' troppo stretto il parapetto con le dita guantate mentre si sforzava di vedere la città portuale di Emden emergere dalla nebbia. Quella città medievale gli era così familiare. I tetti di terracotta aggrappati uno all'altro; le mura imponenti della fortezza a forma di stella che racchiudeva e proteggeva la città su tre lati; e i nove torreggianti mulini a vento, di mattoni e argilla, uno per ogni bastione trian-golare che si proiettava verso l'esterno dagli alti terrapieni della città. Allungate nel cielo invernale, come giganti protettivi, alte e fiere, le lunghe vele di tela dei mulini a vento giravano con regolarità mono-tona eppure confortante. Azionate dal vento incessante che soffiava dal Mare del Nord, erano i simboli maestosi della prosperità della città, la ricchezza e l'indipendenza dei suoi abitanti, mercanti, e si vedevano a miglia di distanza dalle pianure spazzate dal vento, piene di acquitrini e paludi. Il loro simbolismo era così potente che non solo apparivano sullo stemma della città, ma anche su quello di famiglia del margravio.

Quando aveva visto quei fari di prosperità e libero arbitrio quasi undici anni prima, Alec si era sentito pieno di spirito di avventura. Emden era la prima cosa che aveva visto di Midanich, e l'elegante architettura del porto e il suo aspetto ordinato lo avevano sorpreso e deliziato. Grazie alla forte influenza dei suoi abitanti olandesi, le case di Emden, di mattoni rossi e arenaria, si innalzavano per quattro o cinque piani ed erano strette in modo composto l'una all'altra lungo i numerosi canali che attraversavano in lungo e in largo la città. Quelle vie d'acqua erano le strade e le barche dal tetto basso, chiamate *trek-schuit*, erano i veicoli con cui si spostavano sia le merci sia la gente nella città ordinata. A parte gli enormi mulini a vento, gli unici altri edifici di una certa importanza, che gli erano stati orgogliosamente indicati al suo arrivo, erano la chiesa calvinista, con il suo imponente campanile, e la dogana al molo. La chiesa era vecchia di oltre cent'anni. E se era il simbolo della tolleranza religiosa della città per quegli olandesi che erano scappati dalla madre patria per sfuggire alla persecuzione degli spagnoli che l'avevano invasa, la dogana, con il suo tetto di rame e la caratteristica colombaia sotto il tetto, era il simbolo della sua ricchezza, ricchezza portata dai colonizzatori di lingua olan-dese, o da loro accumulata con il duro lavoro dopo essersi insediati.

Eppure, negli ultimi dieci anni, Emden era stata invasa prima dai francesi e poi occupata dagli inglesi durante la Guerra dei sette anni. Mentre cercava senza risultati segni evidenti dell'invasione (tutti i mulini a vento erano ancora in piedi, le case e gli edifici pubblici non mostravano segni esteriori di violenza), Alec si chiese che effetto avesse avuto sulla popolazione.

L'ultima invasione e la minaccia alla sovranità inglese risalivano a quasi vent'anni prima, quando il giovane pretendente aveva marciato su Londra, fallendo miseramente. Ricordava il panico che aveva scon-volto Londra, ovunque si parlava di un massacro. I comuni cittadini erano in preda al terrore e avevano compiuto sforzi straordinari per mettere al sicuro e difendere la loro proprietà e la loro famiglia. I cittadini di Emden dovevano aver patito qualcosa di simile, o peggio, perché il nemico era riuscito a conquistare la città e la maggior parte del resto del paese. E a peggiorare le loro disgrazie, ora gli abitanti erano in mezzo a un conflitto interno.

Alec si ritrovò a chiedersi, e non per la prima volta, a quale dei fratelli la città avesse giurato fedeltà: il nuovo margravio Ernst, o il suo fratellastro il principe Viktor. E a chi fossero fedeli i soldati acquartierati a Emden e i pirati che avevano requisito la *Caroline*. Supponeva che non avrebbe dovuto aspettare molto per scoprirlo. Esattamente come avrebbe scoperto presto se Jacob Luytens, il console inglese che risiedeva a Emden, e che considerava un amico, aveva ricevuto le sue lettere. Aveva inviato la più recente appena aveva saputo che sarebbe ritornato a Midanich. Sperava che una notizia simile avrebbe indotto il console inglese a rispondere ma, ancora una volta, non aveva ricevuto altro che silenzio.

Era stato Jacob Luytens ad aiutarlo a fuggire dal paese dieci anni prima, nascondendolo nel trabaccolo per la pesca delle aringhe di un cugino. Alec era restato sotto il peso delle reti da pesca finché la barca non era arrivata al largo dell'estuario, diretta a nord-ovest. Aveva voluto dare un'ultima occhiata alla città, e l'aveva vista scomparire all'orizzonte, il suo ultimo bel ricordo era stato il lento movimento delle vele degli alti mulini a vento. A quel punto le sue ginocchia avevano ceduto e si era accasciato, rincuorato.

Ora, mentre la *Caroline* veniva lentamente deviata verso il molo, controllata dalla sua scorta di pirati e dalla flottiglia di pescherecci, non erano l'eccitazione o il sollievo che gli facevano venire le ginocchia molli, era la paura. Era quel tipo di ansia nauseante che accompagnava la certezza di sapere che era quasi arrivato il momento di rendere conto delle conseguenze delle sue azioni impetuose di dieci anni prima. La sua vita sarebbe stata ancora una volta messa sottosopra e sapeva con assoluta certezza che il margravio Ernst e sua sorella Johanna avevano intenzione di fargli pagare la sua slealtà, e a caro prezzo.

Quello che non si era aspettato era che suo zio, la sua madrina e Selina fossero testimoni del suo ritorno e di tutto quello che comportava. Avrebbero dovuto essere dall'altra parte dell'estuario, in Olanda, al sicuro dai pericoli e all'oscuro di ciò che succedeva a Midanich. Specialmente di quello che sarebbe successo a lui. Anche se era sicuro che sarebbe stato in grado di nascondere loro la più repellente delle sue trasgressioni, c'erano cose riguardanti il suo ultimo soggiorno a Midanich che erano di pubblico dominio e che quindi sarebbe stato impossibile non rivelare.

Fece un profondo respiro. Amen. Non poteva, e non voleva, nascondersi dal suo passato.

Sforzandosi di non rivelare il turbamento interiore, si rivolse al vecchio.

«Zio! Ho bisogno che mi ascoltiate attentamente.»

«Affascinante!» esclamò Plantagenet Halsey, con l'attenzione rivolta altrove.

Stava guardando verso il molo, osservando gli uomini robusti che avvolgevano la spessa cima proveniente dalla goletta intorno a parecchi grossi argani fissati al molo, girando in circolo le sbarre dell'argano con tutta la loro forza, così da avvolgere strettamente la cima e trascinare la goletta verso la banchina. Plantagenet Halsey era ammirato dall'idea ingegnosa di portare una nave in porto con mezzi meccanici, senza l'uso del vento e delle vele.

«E io che pensavo che avremmo dovuto calare l'ancora fuori nel canale, e poi essere sbattuti qua e là sulle barchette, e dover remare.» Si voltò a guardare Alec e strofinò le mani guantate; il gesto non aveva niente a che fare con il fatto di riscaldarle. «Non vedo l'ora di scoprire come faranno a scaricare la portantina di Sua Grazia» aggiunse allegramente. «Forse possono sollevarla con lei dentro e portarla giù lungo la passerella. È stata abbastanza male da averne bisogno. Eh?»

«Forse. Anche se dubito che si sentirebbe meglio, sbattuta in giro su una portantina» disse Alec con grande pazienza. «Ho bisogno che mi ascoltiate…»

«Certo, ragazzo mio.»

«Qualunque cosa succeda quando mettiamo piede sulla terra ferma, per favore ricordate: io sono sempre Alec, vostro nipote.»

«Sì, certo che lo sei» rispose il vecchio. Anche se era ovvio, dal debole sorriso che accompagnò le sue parole, che non aveva idea di che cosa stesse parlando Alec. «Lo sarai sempre.»

«Non mi sto spiegando bene» si scusò Alec, a disagio. «Ma è importante che mi assicuriate che qualunque cosa succeda, qualunque cosa possiate vedere o sentire al mio riguardo, manterrete la vostra sorpresa e il vostro turbamento per voi… E sì, sarete sorpreso e turbato. Mi confiderò con voi, una volta o l'altra. Ma, per ora, e ancora per un po', ho bisogno che non reagiate, ma che accettiate tutto quello che dico e faccio senza fare una piega, come se sapeste già tutto quello che mi concerne.»

«Vuoi che menta?»

«Ovviamente no!» ribatté Alec. Si avvicinò a suo zio, tenendo una mano sul parapetto per farsi sentire sopra i comandi urlati e il trambusto tipico di uno sbarco. «Ciò che vi sto chiedendo è di non mostrare sorpresa, perché se lo farete, se metterete in dubbio qualunque cosa succeda da ora in poi, metterete in agitazione Olivia e Selina. Non voglio che nessuna delle due si agiti, e non voglio che Sir Gilbert faccia domande cui non sono pronto a rispondere, almeno finché Emily e Cosmo non saranno fuori pericolo. Quindi ho bisogno che vi mostriate sicuro.»

«Ah! Quindi la mancanza di reazioni da parte mia mostrerà fiducia, mentre resto nell'ignoranza?»

Alec sorrise. «Sì, qualcosa del genere.»

Plantagenet Halsey batté affettuosamente la spalla del nipote. «Meno male che ho fiducia in te. Tutto quello che vuoi. Non chiederò e non reagirò. Sul mio onore. Puoi contare su di me.»

Alec sorrise più liberamente e strinse la mano dello zio che gli toccava la spalla. «Grazie.»

«Inoltre, l'ultima cosa che voglio è causare ansia a Sua Grazia e alla tua bellezza dai capelli color albicocca. Anche se, e questa sarà l'ultima volta che te lo chiedo, non so perché tu mantenga le distanze dalla signora J-L. Non le hai detto più di due parole da quando siamo partiti da Harwich.»

«Non dovrebbe essere qui!» rispose bruscamente Alec, aggiungendo, prima di voltarsi per parlare con il suo valletto, che era uscito dalla stiva con un pirata alle spalle e una pistola puntata contro le costole: «E avete già infranto la vostra promessa. Niente domande! Che c'è Jeffries?»

«Sir Gilbert, milord, sta causando un... ehm... trambusto» riferì Hadrian Jeffries, in inglese, in tono tranquillo. «Mi hanno mandato a cercarvi perché gli riferiate ciò che desidera questo individuo.»

Alec nascose un sospiro. Indicò al pirata di fargli strada.

«Signore...!»

Alec si fermò mentre stava superando il valletto, lo guardò negli occhi e attese.

«Questo individuo ha il permesso di tagliare la gola a sir Gilbert se non obbedirà immediatamente» disse Hadrian Jeffries sottovoce. «A prescindere dai vostri sforzi per farlo ragionare.»

«Che avete detto? Parlate!» ordinò il pirata, ficcando la canna della pistola più a fondo nelle costole del valletto.

«Il mio servitore mi ha riferito che avete tremendamente sconvolto il coboldo da cui è posseduto il mio amico» disse tranquillamente Alec in olandese, e con una voce così blanda che ci volle tutto l'autocontrollo di Jeffries per non ridere forte all'oltraggiosa dichiarazione del suo padrone che il capo della legazione inglese era posseduto da uno spirito del mare. «Ora devo calmarlo prima che vi maledica tutti. E mettete via la pistola.»

«Quel barile d'uomo è posseduto da uno-uno spirito?» chiese timoroso il pirata, obbedendo senza esitazione all'ordine di Alec e guardandosi alle spalle come se si aspettasse che il coboldo gli stesse addosso.

«Sì. E se voi e i vostri amici marinai non volete essere maledetti per l'eternità, sarà meglio che preghiate che io riesca a calmare Meneer Klabautermann. Ora portatemi da lui.»

Il pirata sgranò gli occhi, terrorizzato.

«*Klabautermann*? Si chiama Klabautermann?»

«Sì. C'è qualche problema?» chiese Alec tranquillamente, sapendo benissimo che si stava approfittando della natura superstiziosa di tutti i marinai.

Si era ricordato una storia che gli aveva raccontato il capitano del peschereccio che lo aveva portato in salvo tanti anni prima, su uno spirito del mare che pescatori e marinai accettavano e temevano in ugual misura. Credevano che li aiutasse nei loro compiti mentre erano per mare. Ma oltre ad avere la capacità di salvare quelli che finivano fuoribordo, lo spirito poteva diventare cattivo, quando era necessario. Dato che non si faceva mai vedere nella sua vera forma, non era poi così difficile convincere questo pirata e i suoi compagni che sir Gilbert fosse posseduto. Dargli il nome tedesco dello spirito era stato un colpo di comico ingegno, e così pensò anche Hadrian Jeffries, riuscendo a malapena a reprimere la risata che gli gorgogliò in gola.

Nel panico, volendo placare il posseduto, il pirata si affrettò a seguire Alec che attraversava il ponte a grandi passi, gridando ai suoi compagni di restare indietro e di non entrare nella stiva. C'erano forze magiche al lavoro di sotto che dovevano essere placate.

Dimenticarono Hadrian Jeffries, lasciato sul ponte accanto a Plantagenet Halsey.

«Non so che cosa abbia detto mio nipote, ma di certo ha messo una paura del diavolo a quella canaglia e ai suoi amici» commentò il vecchio.

«La prontezza di spirito di sua signoria ha risparmiato a sir Gilbert di diventare esca per i pesci» disse soddisfatto Hadrian Jeffries.

«E quindi si comincia…» Mormorò Plantagenet Halsey, e con quel commento criptico si calcò il tricorno umido sui capelli sale e pepe e attraversò il ponte per raggiungere il resto del loro gruppo, che stava emergendo dal buio delle piccole cabine per affrontare una giornata d'inverno fredda e ventosa.

• • •

I PIRATI CONDUSSERO I LORO PRIGIONIERI INGLESI VERSO LA
stretta passerella, con le sciabole sguainate ma senza agitarle minacciosamente. Rimasero tutti alla larga, eccetto due di loro, dato che era
circolata la voce che l'inglese che assomigliava a un barile di birra forse
era posseduto da uno spirito del mare.

«Sapevo che questi tagliagole avrebbero finalmente cominciato a
ragionare una volta che aveste avuto il buon senso di dire loro esattamente chi rappresento» disse sir Gilbert ad Alec, con un sorriso
compiaciuto quando lo raggiunse sul ponte. «Non si scherza con i
sudditi di Sua Maestà.»

Alec sospirò tra sé e sé davanti all'illusione di sir Gilbert e al suo
ritrovato coraggio, ma non fece commenti, voltandosi per controllare
che fossero tutti presenti mentre aspettavano che sistemassero la passerella. Poi riferì loro, in fretta e a bassa voce, quello che dovevano fare
una volta a terra. Accettarono tutti, eccetto sir Gilbert, che fece
pomposamente notare: «Non avete aggiunto, ma sono sicuro che sia
stata una dimenticanza momentanea, che come capo della legazione,
guiderò io questa formazione; sono in possesso di tutti i necessari
documenti certificati da presentare ai funzionari. Una volta che anche
loro si saranno resi conto di chi sono e perché sono venuto, ho fiducia
che riceveremo la piena collaborazione di questi stranieri.» Fece un
sorrisetto ad Alec, aggiungendo: «Potrò anche non essere in grado di
parlare la lingua di questi pirati, ma la mia conoscenza del francese,
come ben sapete, milord, non è da disprezzare.»

«La vostra conoscenza del francese vi servirà senz'altro, sir Gilbert,
quando avremo raggiunto il castello di Herzfeld e la corte» rispose
pazientemente Alec. «Ma qui a Emden, la cittadinanza parla olandese,
la lingua dei mercanti. E i soldati di carriera parlano tedesco. Quindi,
se posso esservi d'aiuto…?»

Sir Gilbert per un attimo fu imbarazzato. «Come mio subordinato,
certo che potrete essermi d'aiuto, milord! Ora vediamo di scendere da
questa nave!»

Nonostante la debolezza e il pallore, la duchessa era decisa a far
capire ad Alec, una volta per tutte, che come marchese lui godeva della
precedenza su tutti gli altri a bordo, lei inclusa. E lo disse a sir Gilbert,
che l'ascoltò in silenzio, anche se la sua espressione le disse che le stava
semplicemente dando retta perché lo imponevano il rango della
duchessa e le buone maniere.

Ma quando Plantagenet Halsey le toccò il braccio, portandosi un
dito alle labbra per indicarle di desistere, fu l'espressione significativa
dei suoi occhi che le fece chiudere la bocca senza aggiungere altro.

E così percorsero la passerella, uno alla volta, tutti desiderosi di giungere a riva nonostante la pioggerellina costante e il vento continuo. Le signore avevano stretto i loro mantelli rossi di lana e i cappucci intorno alle sottane imbottite e ai cappelli, gli uomini con i loro cappelli di pelliccia o i tricorni calcati sulla fronte, mantelli di lana grigia che coprivano marsine foderate di pelliccia allacciate fin sotto il mento ispido, le mani coperte dai guanti ficcate dentro grandi manicotti di pelliccia che Alec aveva regalato a ciascuno dei passeggeri inglesi, maschi e femmine, sapendo che quell'accessorio invernale era essenziale in quella parte del continente, per tenere alla larga il freddo causato dal vento invernale del Mare del Nord, che penetrava fino alle ossa.

Il gruppetto camminò lungo il molo affollato e rumoroso guidato da soldati di pattuglia armati che stavano inviando una moltitudine di passeggeri, provenienti dai numerosi vascelli sequestrati, lungo uno stretto passaggio pedonale. I passeggeri inglesi si riunirono nella formazione concordata a bordo, in modo che la duchessa, Selina e le rispettive cameriere fossero le più protette, non solo dal maltempo, ma anche da urti e da gesti spiacevoli da parte di estranei, sia militari sia civili.

Sir Gilbert Parsons guidava il gruppo, un passo avanti ad Alec e Hadrian Jeffries. Seguiva Plantagenet Halsey con la duchessa di Romney-St. Neots al braccio, poi venivano Selina Jamison-Lewis e la sua cameriera personale. Dietro a loro la cameriera della duchessa e l'uomo di sir Gilbert, e in fondo due dei camerieri della duchessa più robusti, portati in quel viaggio perché potevano sollevare qualunque *portemanteau* o baule e riuscivano anche a sollevare la loro padrona nella sua portantina. Cosa ancora più importante, aveva confidato la duchessa a Plantagenet Halsey con un sorriso compiaciuto, la dimensione dei loro enormi pugni e i muscoli dei loro polpacci sarebbero stati sufficienti a tenere alla larga le legioni di ladri e borseggiatori che notoriamente infestavano il continente. Il vecchio aveva riso alla battuta, facendole notare che c'erano almeno altrettanti, se non più, criminali di quel tipo nella sola Londra e che lei non si era mai preoccupata di *loro*. Ma ora, guardando il molo e lo sciame di stranieri stracciati, per non parlare delle dozzine di soldati, i due camerieri grossi come gorilla sembrarono veramente una buona idea.

Il molo era largo appena a sufficienza per un carro o una carrozza da città trainata da un solo cavallo, ma veicoli simili non erano necessari. In quel remoto angolo del continente, tutto, dalla gente alle merci, viaggiava attraverso i tanti canali costruiti a tale scopo. Non era diverso per le merci scaricate direttamente dalle navi in porto oppure quelle che venivano portate su barchini dalle fregate ancorate in acque profonde. Cavalli robusti sotto la supervisione dei loro cavallanti camminavano avanti e indietro per il molo trascinando verso la dogana una chiatta dopo l'altra, cariche delle merci confiscate.

Di fianco al sentiero usato dai robusti cavalli c'era una stretta passerella pedonale verso la quale venivano indirizzati tutti i passeggeri. Il canale e la passerella costeggiavano otto case di mattoni di quattro piani, con i ripidi tetti a mansarda e decorazioni di gesso che proclamavano il loro carattere tipicamente olandese. E alla fine della fila c'era un imponente caseggiato di mattoni rossi con un tetto di rame verde e una torre dell'orologio con lo stemma di Midanich. Era la dogana, e a dividere un'ala dall'altra c'era un arco maestoso sotto il quale scorreva il canale diretto a un deposito centrale. Qui le chiatte venivano svuotate e il carico suddiviso per l'ispezione.

Balle di cotone, lana e tessuti stampati venivano aperte indiscriminatamente; i coperchi strappati dalle casse di legno, le imbottiture di paglia tirate fuori e aperte per mostrare il loro contenuto; i bagagli personali separati e buttati in mucchi crescenti, molti dei *portemanteau* e bauli di legno avevano le serrature divelte, gli abiti e gli oggetti personali considerati inutili venivano scartati e buttati nel fango e nella sporcizia sotto i piedi degli operai che cercavano le cose di valore. Sacchi di mais, farina e legumi secchi, casse piene di forme di formaggio e barili di birra e vino venivano trattati con più attenzione. Cibi e bevande erano una merce preziosissima per una città fortificata sotto assedio, specialmente nei brulli mesi invernali quando i pescatori erano confinati a terra e la cittadinanza doveva basarsi sulle derrate immagazzinate, che ora doveva dividere con le centinaia di soldati che occupavano la città.

A sovraintendere le ispezioni doganali c'erano uomini zelanti con cappotti grigi e semplici tricorni neri con appuntata l'insegna rotonda di ottone che Alec conosceva bene, e che indicava il loro status di agenti alle dipendenze della città. E a controllare i supervisori c'erano soldati con la baionetta in canna nelle uniformi di lana blu dai lucenti bottoni d'ottone, imponenti cappelli a mitra di lana rossa con una piastra anteriore fatta di ottone martellato. Erano soldati professionisti, granatieri in effetti, le loro abilità di combattenti in tempo di assedio erano preziose, e insieme ai loro colleghi soldati, i fucilieri, erano fonte di reddito per il loro margravio. Erano esportati proprio come qualunque altra merce in nazioni, come l'Inghilterra, che non avevano un esercito permanente e che avevano bisogno di soldati professionisti. Alec sapeva anche che i granatieri, esperti di tecniche d'assedio, normalmente erano acquartierati nel castello di Herzfeld e che il principe Ernst, ora il nuovo margravio, era il loro comandante in capo; per questo i granatieri erano ferocemente fedeli a Sua Altezza.

Quindi erano i granatieri del margravio che erano riusciti a occupare e a tenere la città più ricca di Midanich e il suo porto più grande, e ora li avrebbero tenuti fino al disgelo di primavera, quando il principe Viktor avrebbe tentato di occupare Emden. Chiunque controllasse Emden controllava Midanich e, in quel momento, per Alec era un vantaggio che ci fossero truppe leali al margravio al comando di Emden e a sovraintendere la dogana, per assicurare la salvezza di quelli che amava e doveva proteggere.

E quel momento sarebbe probabilmente arrivato prima di quanto avesse previsto, pensò, quando vide la fila serpentina di passeggeri infreddoliti e stanchi che si allungava lungo il molo, sotto l'arco e fin dentro il deposito centrale della dogana. Schiacciati uno contro l'altro e in grado di muoversi solo alla velocità della persona davanti a loro, i passeggeri venivano comunque punzecchiati, pungolati e incitati dai soldati che non avevano niente di meglio da fare che tormentare quei civili dalle facce tetre. Nessun adulto protestava e le conversazioni erano tenute al minimo, gli unici lamenti arrivavano dai bambini e neonati tenuti in braccio, infreddoliti e affamati, inconsapevoli della situazione spaventosa in cui si trovavano i loro genitori.

I passeggeri della *Caroline* si unirono alla coda di persone esauste e rimasero zitti, cercando di non dare nell'occhio, come aveva consigliato loro Alec a bordo. Il fatto che fosse inverno era stranamente un vantaggio, in quanto mantelli e cappotti lunghi nascondevano i tessuti lussuosi e i particolari ricamati dei loro vestiti, anche se niente poteva nascondere la fattura costosa dell'abbigliamento in vista, degli stivali e delle scarpe di pelle e tessuto delle donne, protette dal fango della strada dagli zoccoli con un alto plateau in tinta.

Era questione di arrivare in fondo alla fila senza attirare l'attenzione e l'ira dei militari. La gente ricca e i notabili erano le prede prescelte in tempi di conflitto perché avevano più da offrire e più da perdere. Potevano venir spogliati dei vestiti e dei loro beni e molti avrebbero fatto e detto di tutto per non essere spogliati della loro dignità. Con la città, in effetti tutta la nazione, in subbuglio, Alec li aveva avvertiti che non valevano le normali regole di civiltà e di status sociale. Tutto era possibile. C'era l'esercito al comando, e i soldati erano leali solo al margravio e alla sua famiglia.

Proprio mentre Alec stava rammentando al suo gruppetto di non dire o fare nulla che potesse attirare attenzioni indesiderate, un metro davanti a loro scoppiò una zuffa. Un funzionario della dogana aveva isolato un passeggero con un mantello troppo grande che si comportava in modo sospetto e gli aveva ordinato di fare un passo avanti per essere perquisito. La moglie non voleva lasciar andare il braccio del marito. Due bambini, aggrappati alle sue sottane, cominciarono a piangere. Sulla scena arrivarono altri soldati. La donna fu spinta da parte con violenza. Ci furono urla e grida quando cadde pesantemente sul marciapiede con i suoi bambini. L'uomo dal mantello troppo grande sguainò un coltello e si avventò sul soldato vicino a lui, solo per essere colpito forte dietro la testa con il calcio di un moschetto prima di essere trascinato via tra due soldati dentro le viscere scure del deposito.

Le persone intorno alla donna caduta e ai suoi bambini la aiutarono a rialzarsi, con la paura di essere trascinati via anche loro che zittiva le loro proteste. Uno degli uomini osò guardare in faccia uno dei soldati e per la sua insolenza fu picchiato sul volto. Mentre, barcollante, veniva tirato indietro in mezzo alla fila dai suoi compagni, con il sangue che colava da un taglio sulla fronte, arrivarono altri soldati con le baionette in canna. E in quel momento risuonò uno sparo dall'interno del deposito e la fila di passeggeri si immobilizzò, muta. Uno dei soldati che aveva trascinato via l'uomo dal mantello troppo grande tornò, disse qualche parola al capitano e fu congedato. Il capitano, a quel punto, voltò sui tacchi e camminò lentamente fino in cima alla fila, senza una parola o uno sguardo alla moglie dell'uomo, che era appena diventata vedova. Toccò ai suoi amici darle la straziante notizia. Il suo ululato di dolore si sentì per tutto il molo.

«Hanno sparato a quel tizio» disse, stupito, Hadrian Jeffries, con un'occhiata ad Alec per vedere se avesse capito bene. «Milord...? Gli hanno sparato per aver nascosto un sacco di carbone. *Un sacco di carbone...*»

«Sì» confermò Alec, con la freddezza nella voce che mascherava la sua rabbia. Si voltò verso suo zio e la duchessa, con gli occhi turbati. «So che mi sono già scusato sulla goletta, ma non ho parole per dirvi quanto mi dispiaccia che dobbiate subire tutto questo. Non mi aspettavo che i pirati ci abbordassero e, col senno di poi, avrei dovuto insistere che voi due passaste da Amsterdam. Ma questo,» indicò genericamente con la mano verso la fila di passeggeri e soldati di pattuglia in lento movimento, «per me non è una sorpresa, e posso affrontarlo senza problemi. Voi no. Né dovreste farlo. Ma una volta che avremo superato la dogana, avrete una casa calda dove starete al sicuro fino al mio ritorno. Ve lo prometto.»

«Non pensarci» disse noncurante Plantagenet Halsey per mascherare la sua preoccupazione. «Sua Grazia e io dormiremmo in una stalla se potesse aiutarti a liberare Emily e Cosmo. Vero, Vostra Grazia, eh?»

«In una stalla, sì. Ma con voi…?» rispose la duchessa, in tono di derisione, alleggerendo la situazione. Prima che il vecchio riuscisse a trovare una replica adatta, la duchessa si chinò verso Alec, dicendogli seria: «Ragazzo mio, non preoccuparti per noi. Questo non è niente a confronto di quello che i miei nipoti stanno sicuramente soffrendo. Quando penso a loro in quel castello, tutti soli, e guardo questi soldati, questi *bruti*… Almeno io, *noi*, abbiamo te per proteggerci, mentre loro… loro… Oh, dannazione» aggiunse, e gli occhi si riempirono di lacrime quando Alec la tirò vicina e le baciò la fronte. «Mi ero ripromessa di non piangere e non piangerò! Non crollerò! Non qui! Mai. Finché non li avrai riportati al sicuro… Ho sentito bene?» aggiunse, cambiando argomento, qualunque cosa pur di non mettersi a pensare alla nipote, specialmente ora che era in quella orribile, grigia città straniera piena di soldati stranieri, e nessuno di loro che parlasse una lingua civilizzata. «Ho sentito Jeffries dire che quel tizio che è stato trascinato via è stato ucciso per aver nascosto un sacco di carbone?»

«E vi sorprende?» la schernì Plantagenet Halsey. E per distogliere la mente della duchessa da sua nipote e dalla situazione in cui si trovavano in quel momento, anche se solo per qualche minuto, le disse, per provocarla: «Il nostro sistema giudiziario non è migliore. Impicchiamo la gente per molto meno!»

«Ma non gli spariamo così!» ribatté la duchessa, raddrizzando le spalle indignata, abboccando all'amo del vecchio. «Non senza un processo. Abbiamo le procedure di legge…»

«Procedure di legge? Bah! Un ragazzino ruba un pezzo di pane perché ha fame, non perché è un ladro! E che cosa fanno le nostre procedure di legge? Strappano il bambino dai suoi genitori e lo spediscono oltreoceano. Oppure, se è un borsaiolo che scappa con l'orologio di un sognatore a occhi aperti, è perché ha bisogno di impegnarlo per comprare del cibo, non perché vuole sapere l'ora! E qual è il risultato? Viene impiccato! Quindi non venite a parlarmi di procedure di legge, Vostra Grazia.»

«Che stupidaggini!» disse la duchessa indignata. «Come potete paragonare un soldato che spara a un uomo a sangue freddo, a un tribunale che delibera sulle azioni di un ladro!? Le proprietà devono essere al sicuro e i ladri meritano una punizione esemplare, altrimenti il nostro paese cadrebbe nell'anarchia. Avete fatto commenti idioti in passato, Plantagenet, ma questo li supera tutti! Tutta quell'acqua salata vi ha rammollito il cervello!»

«Va bene, Vostra Grazia, mettiamoci d'accordo sul fatto di non essere d'accordo» rispose in tono tranquillo il vecchio, e alzò un sopracciglio con un'espressione di scusa al nipote, essendosi reso conto che il suo trucchetto aveva avuto più successo del previsto. «E persino voi dovete ammettere che si è avventato sul militare con un coltello in mano. Solo un pazzo lo farebbe. E stava nascondendo il carbone sotto il mantello. E il carbone deve essere scarso in questo periodo dell'anno, quindi deve valere un bel po' e credo...»

«Almeno *noi* diamo ai ladri la possibilità di spiegare le loro azioni. A quel povero cristo non hanno dato nessuna possibilità, e ha una moglie e due bambini piccoli e una-una famiglia... Oh, Dio...»

«Sì, come la maggior parte dei ladri...» Mormorò Plantagenet Halsey e abbracciò la duchessa per confortarla, quando lei si voltò e si appoggiò a lui, piangendo. «C'è qualcosa che possiamo fare per quella vedova e i suoi marmocchi?» chiese sottovoce Plantagenet Halsey al nipote.

«Ci ho già pensato e ho provveduto» rispose Alec, e si distrasse quando una mano gli batté sulla spalla.

Era un funzionario della dogana. Alle sue spalle c'erano due soldati. Nel gruppo di Alec trattennero tutti il fiato in attesa. sir Gilbert, Hadrian Jeffries e Plantagenet Halsey erano gli unici a non essere terrorizzati. Sir Gilbert perché aveva il naso ficcato in un fascio di documenti, quindi era occupato in tutt'altro. Il valletto perché capiva quasi tutto quello che dicevano, anche se parlavano in un pesante dialetto. E Plantagenet Halsey perché nel corso della conversazione c'era stato uno scambio di gesti e l'ultimo, da parte di suo nipote, aveva fatto ridere e scuotere la testa al funzionario. Non capendo l'olandese, i soldati considerarono la risata e i sorrisi come un segnale che c'era poco da fare per loro e quindi se ne andarono, con il funzionario dietro di loro. Il gruppo di Alec riprese a respirare.

Plantagenet Halsey poteva anche non capire quello che si diceva, ma alcuni dei gesti erano sorprendentemente universali, ad esempio quello di fare far ruotare un dito sopra l'orecchio.

«Quindi gli hai detto che mi mancava qualche rotella, eh?» disse il vecchio, avanzando lentamente con il resto del gruppo quando la fila di umanità stanca avanzò di parecchi passi, portandoli ancora più vicini al posto di controllo della dogana. Non era minimamente offeso. «Se serve a farci superare più in fretta questo ostacolo e arrivare davanti a un bel fuoco caldo, farò il pazzo.»

Alec aspettò che la fila si fermasse di nuovo prima di guardare suo zio.

«Meglio essere considerato un lunatico che una spia. Almeno vi lasceranno stare, adesso, forse vi staranno alla larga.» Guardò la duchessa e aggiunse, in tono di scusa: «Staranno alla larga da entrambi.

Li ho informati che essendo la moglie del mio folle zio siete l'unica in grado di controllarlo durante i suoi... ehm... attacchi.»

«Se non è la verità...» Borbottò il vecchio, ridacchiando nascosto dal colletto rialzato.

La duchessa era troppo sbalordita per rimbeccarlo. Ma non fu la bugia di Alec al funzionario doganale che le fermò la lingua, fu il calore improvviso che sentì in volto. Stava arrossendo come una scolaretta, e alla sua età, e per una vecchia canaglia repubblicana. Il mal di mare doveva aver rammollito il cervello anche a lei! Non era il vecchio ad essere pazzo, era lei!

«Peeble! Il mio ventaglio! E i sali!» ordinò alla sua cameriera.

«Non preoccupatevi» disse Plantagenet Halsey, rivolto non alla duchessa, ma a Peeble, che era dietro di loro. «Sua Grazia cadrà solo nelle mie braccia! Ora credo che il mio ragazzo debba dirci qualcos'altro, quindi, signora moglie, dovete restare zitta.»

La duchessa chiuse gli occhi rabbrividendo. «Buon... Dio!»

Alec si permise un sorriso all'intermezzo che le interazioni comiche tra suo zio e la sua madrina stavano fornendo in una situazione altrimenti drammatica. Sapeva che il comportamento di suo zio era calcolato e che aveva distratto con successo, seppure per un breve momento, la duchessa e il resto del gruppo dalla situazione pericolosa in cui si trovavano. Guardò uno per uno i componenti del gruppo, volti sparuti per il freddo, ma sorridenti, e un po' meno circospetti. Eppure l'ansia tornò quando un gruppo di soldati passò davanti a loro e li sentirono terrorizzare altri passeggeri appena arrivati in fondo alla fila.

Se suo zio era riuscito a distrarli con le sue stupidaggini, allora lui poteva fare lo stesso, annoiandoli con tutti i minuti dettagli di quello che potevano aspettarsi una volta arrivati al posto di controllo. Era una tattica che aveva imparato proprio dall'uomo davanti a lui. Sir Gilbert era un maestro nel declamare sciocchezze amministrative, e in più occasioni di quante volesse ricordare, aveva annoiato Alec fino a intontirlo. Poteva tentare...

«Quando arriveremo al posto di controllo appena davanti a noi, ci chiederanno se abbiamo qualcosa di valore da dichiarare. E sir Gilbert...»

«Eh? Cosa?» borbottò sir Gilbert, togliendo il naso dal fascio di documenti che aveva tolto dal *portefeuille* che teneva stretto al petto ora che la pioggia aveva smesso di cadere. «Cosa? Sì! Sì. Continuate. Bello vedervi svolgere i vostri compiti come mio sottoposto e spiegare le procedure necessarie per assicurare che saremo in grado di completare le formalità necessarie a superare con successo il punto ufficiale di uscita. Dobbiamo essere preparati. Preparati a tutte le evenienze. Sono tempi difficili. Tempi difficili, davvero!»

«E,» continuò Alec come se Parsons non avesse parlato, «Sir Gilbert risponderà ai funzionari che non abbiamo niente da dichiarare o...»

«... sarà portato via e gli spareranno!» Lo interruppe allegramente Plantagenet Halsey. «È una grossa responsabilità per voi, eh, sir Gilbert, come capo della legazione.»

«Chiedo scusa, signore! Ma non trovo che il vostro umorismo sia...»

«... umoristico?»

«Smettetela!» Sibilò la duchessa. «Tutti e due!»

«Sto solo recitando la parte che mi hanno assegnato» bisbigliò il vecchio. «E vedo che lo fate anche voi. Ben fatto!»

«È sempre stata abitudine, tra paesi che hanno dei trattati in vigore,» spiegò molto pazientemente Alec, «permettere alle loro legazioni diplomatiche di entrare e uscire dai rispettivi paesi senza che il loro bagaglio fosse ispezionato. È anche abitudine permettere ai membri di una legazione di passare la dogana senza essere perquisiti...»

«Così potrebbero portare un intero servizio di piatti di Sèvres sotto le giacche o le sottogonne e i funzionari farebbero finta di niente?»

«Esattamente» rispose Alec alla domanda di suo zio. «E succede altrettanto spesso con tutti i tipi di merci, specialmente tessuti, pizzo e alcolici che vengono contrabbandati. Ci sono in atto procedure simili nei nostri porti. Ma ciò che succede in tempi di pace è spesso molto diverso da quello che ci si può aspettare in tempi di guerra, quando tutto è possibile.»

«Già» confermò sir Gilbert. «Sono sorpreso e seccato che il nostro signor Luytens non abbia ritenuto opportuno venire qua per accoglierci. È compito suo farci superare questi ostacoli, e senza danni.»

«Il console britannico» spiegò Alec agli altri. «Sì, Jacob Luytens dovrebbe essere qui. Potrebbe essere stato trattenuto per un mucchio di ragioni, o forse i suoi informatori non si sono ancora resi conto che la legazione inglese è arrivata, e non lo hanno informato. Anche se avrei pensato che, con la *Caroline* in porto, la notizia del nostro arrivo...»

La voce si spense quando fu colpito da un pensiero improvviso. Parlare delle procedure doganali gli rammentò la richiesta di riscatto, alla quale non aveva prestato molta attenzione dopo il colloquio a casa sua con lord Cobham. Ed era successo perché la sua madrina aveva considerato inutile che la leggesse. A voler essere cinico, avrebbe potuto pensare che fosse deliberato da parte della duchessa. Ma perché?

«Vostra Grazia. Signora Jamison-Lewis» disse bruscamente, guardandole. «Se avete qualcosa da dichiarare, come gioielli o monete, sarebbe saggio consegnarmeli adesso.»

«Gioielli? Monete? Perché pensi che dovremmo averli?» rispose la duchessa un po' troppo in fretta e con troppa veemenza. «Ci hai specificatamente avvertiti prima di partire da Londra che dovevamo lasciare a casa le cose di valore. Ciò che vedi alle mie orecchie è vetro, e anche la collana e l'anello. Non abbiamo un fermacapelli di diamanti tra tutte e due. Vero, Selina... *Selina*?»

«Sì, Vostra Grazia» rispose tranquillamente Selina, senza guardare Alec, con le mani dentro il manicotto strettamente allacciate e premute contro il corpino di velluto, quasi a proteggerlo. Un corpino che sotto aveva il corsetto con le tasche segrete piene di gioielli e pietre preziose tra gli strati imbottiti di cotone, abbastanza per comprare un palazzo baronale tedesco, se non addirittura uno *schloss*. «Nemmeno un fermacapelli di diamanti.» Beh, quello era vero.

Qualcosa nel tono della duchessa, e nel modo in cui rispose Selina, insospettì subito Alec. Ma non ebbe l'opportunità di interrogarle ancora perché sir Gilbert reclamò la sua attenzione. Erano finalmente arrivati in cima alla fila. Alec si voltò, riluttante, per fungere da interprete, e quindi non notò le due donne che si prendevano per mano, sostenendosi a vicenda dopo la bugia.

Ma Plantagenet Halsey notò il gesto, e si ripromise di scoprire esattamente che cosa significava. Ma non era quello il momento. Ora voleva solo che quell'attesa interminabile finisse, togliersi dal freddo e ripararsi in una stanza calda con una tazza di tè bollente. Era sicuro che anche tutti quelli intorno a lui desiderassero la stessa cosa. E poi successe qualcosa che avrebbe avuto enormi conseguenze per tutti loro e che chiarì perché il nipote gli avesse estorto quella promessa a bordo della nave. Eppure, la sorpresa di scoprire la verità dietro a quella promessa non avrebbe potuto essere più grande. Al diavolo la tazza di tè. Aveva bisogno di un brandy, e di sdraiarsi!

DIECI

Mentre aspettava di presentare il suo *PORTEFEUILLE* di pelle rossa pieno di documenti, sir Gilbert continuò a dilungarsi, ripetendo che voleva che Alec traducesse parola per parola, e non che facesse solo un riassunto. Ma Alec stava ascoltando con un orecchio solo, una tecnica che aveva perfezionato quando era un sottoposto di sir Gilbert tanti anni prima. I suoi occhi azzurri cercavano Jacob Luytens in mezzo alla folla oltre la barriera della dogana, dove due funzionari sedevano a un lungo tavolo di mogano, con un anziano segretario e il suo assistente che scrivevano sulle pagine di spessi registri.

I funzionari della dogana stavano controllando i documenti di identità di tre uomini davanti a loro nella fila. Erano tutti di mezz'età, mercanti a giudicare dai vestiti e dagli stivali sobri, e probabilmente residenti, dato che conversavano in olandese fluente. Questo permise ai funzionari di dire loro più di quello che i soldati, che parlavano solo il tedesco, avrebbero permesso, e che sarebbero stati molto sorpresi di sentire. Il funzionario fece un discorso che sembrava imparato a memoria, avvertendoli che in tutta la città era in vigore la legge marziale e che tutti i cittadini dovevano adeguarsi e obbedire immediatamente. Ma poi aggiunse una dichiarazione che Alec trovò veramente interessante. Che se gli uomini volevano sapere il reale stato delle cose a Emden, avrebbero dovuto cercare il loro parente che lavorava per gli inglesi e che era un frequentatore abituale della locanda *Golden Swan*. C'era una riunione, dopo il tramonto, che in quel periodo dell'anno significava non oltre le quattro del pomeriggio.

Alec sapeva di un solo uomo a Emden che lavorasse per gli inglesi: Jacob Luytens.

I documenti di identità dei tre uomini furono timbrati, piegati e restituiti prima che venissero scortati da due soldati a raccogliere i loro beni dai mucchi lungo in canale, a meno di cinquanta passi di distanza. Qui i residenti, i viaggiatori ricchi che potevano pagare i dazi imposti, e i poverissimi, che avevano ben poco da dichiarare ma che erano abbastanza in salute da essere messi al lavoro, stavano raccogliendo i loro averi. Non potevano però prendere tutto ciò che possedevano. Gli articoli considerati necessari allo sforzo bellico venivano debitamente confiscati.

Alec diede un'occhiata ai mucchi crescenti di beni confiscati che venivano scaricati dai rimorchiatori che continuavano ad andare avanti e indietro, sperando di riconoscere il carico della *Caroline*: le sue valigie, i bauli, le casse e gli averi dei suoi compagni. Ma non erano ancora arrivati. Quindi stava per prestare tutta la sua attenzione a sir Gilbert, che aveva sbattuto i documenti sul tavolo davanti ai funzionari della dogana, quando ci fu un tonfo, come se qualcuno o qualcosa fosse caduto o fosse stato gettato nel canale.

Si sentì un grido d'aiuto. Era decisamente qualcuno. I manovali che erano sul pontile smisero di dividere le merci e si affrettarono ad andare sul bordo. Uno dei cavallanti che si occupava dei cavalli che tiravano i rimorchiatori lungo il canale era finito nell'acqua gelida. Era sparito sotto la superficie. Un manovale afferrò un rotolo di corda da una bitta. Un altro saltò su una delle barche, poi sul tetto basso e strisciò sopra per sparire dall'altra parte. L'uomo con la corda si mise il rotolo in spalla e lo seguì.

La lunga fila di passeggeri si fece avanti, cercando di vedere, alcuni per un macabro interesse, ma la maggior parte perché era una distrazione dalla noia dell'attesa di passare. Si sentirono parecchi tonfi e grida di aiuto da un punto che non potevano vedere perché i cavalli e i rimorchiatori bloccavano la visuale. La folla divenne ancora più curiosa di vedere quello che stava succedendo e si spinse in avanti.

I passeggeri dimenticarono i soldati, rompendo i ranghi per correre verso il bordo del molo. Il capitano mandò un sergente con una squadra, non per aiutare a salvare quel povero sfortunato che stava annegando, o i suoi colleghi che cercavano di ripescarlo prima che congelasse a morte, ma per aiutare i loro camerati a far rientrare la folla sulla passerella. Vedere altri soldati che marciavano su e giù lungo la fila fu sufficiente perché la maggior parte dei passeggeri obbedisse, ma c'era chi era troppo rapito dal drammatico salvataggio e non sentì o ignorò il comando. E fu solo quando questi furono spintonati indietro o ricevettero un colpo col calcio del moschetto in una costola, cadendo sui ciottoli, che il resto dei passeggeri si affrettò a obbedire, mentre il caporale tuonava nel suo incerto olandese misto al natio tedesco dicendo loro che cosa sarebbe successo a quelli che non avessero fatto come ordinava.

Ma una ragazza con un semplice mantello di lana e stivaletti consunti ignorò il suo ordine e restò immobile, affascinata dal salvataggio del cavallante. Prima che suo nonno potesse tirarla indietro con lui, un soldato la prese per il braccio. Non la spinse verso la folla, ma la trascinò via e altri due soldati lo seguirono sogghignando.

Vedere la ragazza maltrattata fece decidere Selina. Non poteva restare immobile, aveva perso completamente la pazienza; doveva fare qualcosa, e in fretta. Diede un'occhiata ad Alec, per vedere la sua reazione, ma aveva la schiena rivolta al gruppo ed era occupato a tradurre la conversazione di sir Gilbert con i funzionari della dogana di Emden. Così decise di fare da sola. Più tardi si sarebbe meravigliata della propria impetuosità, ma era stata una reazione istintiva, nata dalla propria esperienza per mano di un marito violento. Né lei né nessun'altra donna con la quale fosse entrata in contatto avrebbe dovuto subire maltrattamenti maschili. Non le venne in mente che le sue azioni avventate avrebbero potuto mettere in pericolo tutto ciò che Alec aveva fatto per evitare che la legazione inglese diventasse bersaglio dei militari. Né si curò della sua sicurezza personale, dimenticando che aveva una fortuna in gioielli e monete nel corpetto. Per il suo naturale senso di giustizia, i deboli e le persone vulnerabili dovevano sempre essere protetti, tutto ciò che le interessava in quel momento era restituire la ragazza al nonno.

Selina uscì dalla fila. La duchessa ansimò, preoccupata. Plantagenet Halsey la richiamò. La sua cameriera le afferrò il mantello. Hadrian Jeffries fece un passo fuori dalla fila per vedere che cosa aveva intenzione di fare la signora Jamison-Lewis, la vide avvicinarsi ai soldati che avevano preso in custodia una ragazza e interruppe immediatamente lord Halsey nel bel mezzo di una frase, gettandosi tra sir Gilbert e il suo padrone.

Diversi passeggeri dietro la legazione inglese si voltarono all'unisono, obbligando l'intera fila a fare un passo indietro. Il nonno della ragazza, agitatissimo, vide Selina che si avvicinava ai soldati e la seguì.

Tutti quelli che erano testimoni di quella scena straordinaria ebbero lo stesso pensiero. Che cosa voleva fare quella donna? Che cosa poteva dire ai soldati? Era pazza? Forse. Non doveva avere tutte le rotelle a posto.

Neanche Selina sapeva esattamente che cosa avrebbe fatto e, col senno del poi, avrebbe concordato che le sue azioni sembravano quelle di una pazza. Ma non si fermò. Tolse le mani guantate dal caldo manicotto di pelliccia che lasciò ricadere dai nastri intorno alla vita, per afferrare il cappuccio, tenendolo stretto sotto il mento per coprire i capelli e tenere lontano il freddo.

Rialzando le sottogonne imbottite con la mano libera per evitare che l'orlo finisse nel fango, si precipitò lungo il bordo del canale, correndo per quanto glielo permettevano gli zoccoli sotto le scarpine, e intercettò i soldati con la ragazza prima che scomparissero nei locali della dogana.

Mezza dozzina di soldati annoiati che sorvegliavano il posto di controllo e pestavano i piedi per scaldarli, guardò con velato interesse la donna con il mantello rosso e un vecchio che inciampava nell'orlo tanto le era vicino, che affrontavano un caporale e due loro colleghi, che avevano tra di loro una ragazza paffuta. Quella ragazza sarebbe stata perfetta per alleviare le loro frustrazioni, e senza la paura di prendere la sifilide, cosa molto probabile con le prostitute che si offrivano in quel posto dimenticato da Dio e infestato dai topi. Forse si poteva costringere la donna con il mantello rosso a unirsi a lei. Dimenticarono per un momento le ossa gelate mentre si davano di gomito facendo commenti osceni e guardavano con entusiasmo il piccolo dramma che si stava svolgendo.

«Lasciatela andare!» ordinò Selina, indicando la ragazza, come se fosse sufficiente a farsi obbedire immediatamente. Ripeté l'ordine in francese, sperando che potessero almeno capire la lingua universale dei viaggiatori. Non la capivano.

La sua audacia fu una tale sorpresa per i soldati che si fermarono di colpo, ma non lasciarono andare la ragazza. Non avevano idea di che cosa avesse chiesto loro Selina, ma dal suo tono di comando e dalla sua espressione capirono che era indignata. Invece di arrabbiarsi, si misero a ridere.

Selina li ignorò e si rivolse alla ragazza spaventata.

«*Ne vous viendra aucun mal. Je le promets. Me comprenez-vous?*» (Non vi succederà niente. Lo prometto. Mi capite?)

«Madame, Sophie è sorda» rispose il nonno, alle sue spalle. «È il motivo per cui non ha sentito l'ordine di tornare in fila.»

«Non siete francese o tedesco…» Disse Selina, momentaneamente distratta dalla cadenza del vecchio.

«Yorkshire, in Inghilterra, *Madame*. Reverendo Shrivington Shirley, al vostro servizio, e questa è mia nipote Sophie…»

«Come comunicate con lei?» lo interruppe Selina. Non aveva tempo per le presentazioni, per quanto potesse interessarle la storia del reverendo o il suo nome.

«Le parlo con le dita, *Madame.*»

«Allora ditele di restare calma, che non permetterò che le facciano del male.»

«Grazie, *Madame.* Ha solo quattordici anni e...»

Il reverendo fu colpito forte all'altezza delle reni con il calcio di un moschetto e cadde in ginocchio, con gli occhi che si riempivano di lacrime per il dolore. Sua nipote tese una mano e cercò di liberarsi. Selina si voltò e aiutò il reverendo a rialzarsi, ringhiando verso il soldato che restava sopra di lui con il moschetto alzato.

«Lasciatelo stare! Non può farvi niente! Alzatevi, *Monsieur*» aggiunse con un sussurro feroce rivolta al vecchio. «Alzatevi... per lei! Dovete essere forte per lei!»

Aveva appena aiutato il nonno della ragazza a rimettersi in piedi che la agguantarono. Si divincolò e con il braccio non intralciato dalle pieghe del mantello colpì alla cieca, facendo cadere a terra l'alto cappello a mitra del soldato e causando scoppi di risa tra i suoi camerati.

Ma quando il cappuccio del mantello le ricadde sulle spalle, la risata dei soldati morì e la lasciarono andare immediatamente. La folla zittì, dalla paura, chiedendosi che cosa intendevano farle i soldati per aver colpito uno di loro, e dall'ammirazione per la bellezza di Selina, il bel volto incorniciato dai riccioli color albicocca che brillavano nella grigia luce invernale come se un faro si fosse acceso di colpo contro un cielo notturno.

Il caporale, che teneva la ragazza, la spinse contro il suo subordinato e fece a Selina un magnifico inchino, un po' ironico nell'esecuzione. Dai lineamenti delicati, la ricca fodera di pelliccia del mantello rosso e la ricchezza dell'abito di morbido velluto, capì che era una signora di rango e mezzi, cui bisognava portare rispetto. Ma qualcos'altro gli brillò negli occhi quando la percorse con lo sguardo dai rialzi delle scarpine fino ai capelli di oro rosso raccolti: desiderio. Selina lo vide e arrossì suo malgrado. Ma tenne la testa alta e non distolse gli occhi scuri dal caporale. Si sentì segretamente sollevata che avesse l'intelligenza e le buone maniere innate da non toccarla. Ma non si fidava di lui o dei suoi uomini, sapeva che le buone maniere non sarebbero durate molto e i suoi occhi scuri seguirono cauti il caporale mentre le girava lentamente intorno, parlando in una lingua che non capiva.

«Ecco una vera bellezza! Un trofeo meraviglioso!» dichiarò in tedesco il caporale ai suoi camerati. «Che ne dite di divertirci un po' con sua signoria, eh?»

«Sì, divertiamoci! Divertiamoci!» Ridacchiarono i suoi due compagni.

«Sapete» disse il caporale con tono esageratamente formale, «sospetto che sua signoria abbia della merce di contrabbando sotto le gonne. Altrimenti perché sarebbe stata così sfacciata da aggredirci in modo così poco signorile, se non stesse nascondendo qualcosa, eh?»

«Ma se fosse una dama non avrebbe bisogno di nascondere niente sotto il cerchio» disse in tono ragionevole il soldato che aveva il braccio intorno alla vita della ragazza. Indicò con un cenno della testa i funzionari doganali. «Quei rimbambiti di olandesi la lasceranno passare, come hanno fatto con tutte le altre persone di rango o mezzi, purché paghino il dazio dovuto, loro possano mettere la spunta sulla colonna, e ci passino quello che ci devono.»

«Per l'amor del cielo, Claus! A volte mi chiedo se c'è qualcosa in mezzo a quelle enormi orecchie a sventola!» Si lamentò a voce alta il caporale. Poi spiegò, lentamente. «Se sospettiamo che un cittadino nasconda della merce, che cosa ci ha detto che abbiamo il dovere di fare, il capitano?»

«Ci ha detto che abbiamo il dovere di perquisirli, signore!» rispose il camerata di Claus.

«Esattamente! Sotto i cerchi di una donna si possono nascondere merci di contrabbando di tutti i tipi. Come, solo la settimana scorsa, due dei nostri ragazzi hanno scoperto tre sacchetti di lino pieni di prezioso tè legati alle cosce della moglie di un mercante. E non era carina nemmeno la metà di questa principessa dal viso di porcellana. E in nome del nostro margravio, tutti devono contribuire allo sforzo bellico, ricchi e poveri, ma particolarmente i ricchi! Non mi sorprenderebbe se questa ragazza e quel vecchio appartenessero a questa bella signora» continuò il caporale, più che altro per autoconvincersi che quello che stava per fare era giustificato. «Senza dubbio dovevano creare un diversivo di modo che sua signoria potesse passare di nascosto la dogana senza che ci accorgessimo di quello che nasconde.»

Il soldato di nome Claus e il suo camerata si scambiarono un'occhiata, sgranando gli occhi. Repressero una risatina come due scolaretti maliziosi. Il camerata di Claus sbuffò. «Quello che nasconde! Ah! Questa sì che è divertente, signore!»

Il gioco di parole del caporale non era stato intenzionale, ma sorrise spavaldo come se fosse proprio quello che aveva inteso fare. Tornò serio e agitò una mano verso il subordinato che tratteneva ancora la ragazza.

«Mettila in una cella. Sarà un buon dessert. Poi manda due uomini a scortare dentro sua signoria. Il meno che possiamo offrirle è un po' di intimità, che non la vedano questi *schmutzigen bauern*» aggiunse con un cenno sprezzante del mento pesante verso la fila dei passeggeri esausti che stavano guardando furtivamente gli avvenimenti. «Beh? Che cosa state aspettando?» ringhiò rivolto ai suoi subordinati. «Ributtate a calci il vecchio in fila! E portate via la ragazza!»

«*Madame*! Per l'amor del cielo! Hanno intenzione di violentare mia nipote!» esclamò in inglese il reverendo Shirley mentre lo afferravano per la collottola. «E vogliono frugare sotto le vostre gonne! *Madame*! Dovete aiutarla...»

Claus diede un pugno nello stomaco al reverendo, togliendogli il fiato tanto che non riuscì a completare la frase.

Selina impallidì e rabbrividì davanti all'uso di tanta violenza gratuita, guardando i soldati che trascinavano via il reverendo Shirley. Diede un'occhiata alla ragazza, che lottava per liberarsi dalla presa del soldato e desiderò di poterla confortare, assicurarle che non avrebbe permesso che le facessero del male. Ma era inutile parlarle perché la ragazza non l'avrebbe capita e non poteva sentire. E nemmeno i soldati, che non parlavano una lingua civilizzata. E se avesse tentato di andare dalla ragazza, di abbracciarla, il caporale che era vicinissimo a lei l'avrebbe afferrata in un istante. Quindi rimase in silenzio e aspettò la sua occasione.

Non era preoccupata per sé. Un senso innato della sua posizione nel mondo, del suo lignaggio e dei legami della sua nobile famiglia le davano la malriposta fiducia che la minaccia del soldato fosse vuota. E se fossero stati tanto idioti da cercare di perquisirla, beh, era sicura che Alec li avrebbe fermati.

E poi lui lo fece.

Il caporale osò accarezzare un ricciolo dei capelli luminosi che era ricaduto sulla spalla di Selina e le respirò vicino all'orecchio; sapeva di cipolle ed era nauseabondo.

«Allora, *liebling*,» mormorò in tedesco, sicuro che non potesse capirlo, e per quello ancora più stimolato, «avete lo stesso bel colore anche tra le gambe? Lo scopriremo presto...»

Selina gli schiaffeggiò via la mano. Ben lungi dall'offendersi, il caporale si mise a ridere.

«Ah, siete piena di vita! Non è vero, ragazzi?»

Ma i due soldati non stavano ridendo. Non lo stavano nemmeno guardando, la loro attenzione era fissa oltre spalla destra del caporale. Il caporale stava per chiedere che cosa stesse succedendo quando sentì qualcosa di freddo e affilato solleticargli dietro l'orecchio. Ma fu la calma e misurata voce imperiosa che ottenne la sua immediata collaborazione.

«Spostatevi, lentamente. Mani in alto. Non cercate di prendere la spada o vi taglierò la gola. Andate a mettervi con i vostri compagni. Voi due! Lasciate andare la ragazza. Baionette a terra!» Il caporale e i suoi due subordinati non esitarono a obbedire. Libera, la ragazza rimase lì a chiedersi se il suo salvatore fosse un amico o un nemico. Ma quando lui inclinò la testa verso di lei con un sorriso e puntò lo stocco sulla folla riportandolo poi indietro, capì di essere libera. Sorrise a Selina, fece una breve riverenza al suo salvatore e scappò via a cercare suo nonno.

Nel frattempo, Selina era rimasta ferma di fronte ai due soldati, con il caporale alle sue spalle, sapendo che l'avevano salvata, senza però capire il tedesco parlato dal suo liberatore. Quando la ragazza si fu persa in mezzo al gruppo di spettatori, e il caporale si spostò per mettersi con i suoi subordinati, si voltò a ringraziare il suo soccorritore, sperando che almeno capisse dal suo sorriso, se non dal suo francese, che gli era grata.

E lì c'era Alec, con la spada sguainata e lo sguardo fisso sui soldati. Selina lo guardò confusa. Parlare in tedesco modificava la voce morbida in modo così completo che le ci vollero alcuni momenti per sovrapporre l'uomo che conosceva e amava a questo estraneo. Rimase lì, senza riuscire a muoversi. Ma Alec non glielo chiese. In effetti, non la stava nemmeno guardando.

LO SCONTRO DI SELINA CON I SOLDATI ERA DURATO POCHI minuti, ma per quelli coinvolti e per gli spettatori, il tempo aveva rallentato: ogni minuto un'ora. Poi il tempo aveva ripreso a scorrere quando, dal nulla, era apparso un gentiluomo alto, bello e moro, col tricorno e un lungo mantello foderato di pelliccia. Aveva la spada sguainata e la sicurezza del suo passo e del suo sguardo erano tali che la folla trattenne nuovamente il fiato, in attesa.

Il gentiluomo aveva appena disarmato il caporale e i suoi camerati, rimandato la ragazza da suo nonno e soccorso la bella donna, tra i sorrisi della folla, quando due dozzine di granatieri si precipitarono fuori dalla dogana e si sparpagliarono sul molo come un'onda blu che fosse schizzata dal canale. Caricarono con le baionette in canna. Vedendo quell'onda correre verso di loro, i passeggeri terrorizzati si spintonarono per mettersi in salvo. I soldati si fermarono quasi addosso a loro, voltarono la schiena e si misero spalla a spalla, formando una barriera impenetrabile tra la folla e il loro comandante. Mezza dozzina di loro aveva già circondato Alec e Selina.

Tutti aspettavano il comandante.

Con il molo blindato, il colonnello fece le cose con calma. La sua uniforme era impeccabile, i risvolti d'oro della marsina blu brillavano. Una gorgiera d'argento lucido, la fascia di seta bianca con un grande fiocco legata in vita, guanti dai risvolti bianchi in tinta, e il tricorno bordato d'oro proclamavano il suo rango. Gli stivali neri lucidi erano coperti da ghette allacciate sotto l'arcata del piede che salivano fino alle ginocchia. Si muoveva con la sicurezza del comandante e la certezza che la vita di tutta quella gente dipendeva interamente dalla sua volontà. Quindi la spada restava nel fodero e in mano teneva un bastone dal pomello d'oro.

«Abbassate la spada!» ordinò ad Alec, puntando minacciosamente il bastone. Ripeté il comando in francese, aggiungendo: «Per ordine di Sua Altezza il margravio, io, colonnello Henrik Müller, vi ordino di abbassare la spada!»

Alec rispose in tedesco. «Volentieri, *Herr Oberst*. Prima dovrete fare lo stesso, e ordinare ai vostri uomini di ritirarsi.»

Il colonnello fu sbalordito, non solo dal tedesco impeccabile di Alec, ma anche dalla sua spavalderia. Coprì la sorpresa con un sorrisetto malizioso. Fu quello che mostrò ai suoi uomini mentre si guardava intorno per assicurarsi che la coda di passeggeri fosse sotto controllo. Quel gentiluomo era un eroe avventato o un idiota eroico. In un modo o nell'altro aveva un istinto suicida. Fece appello a Selina.

«*Fräulein*, dite al vostro amico di riporre la spada o…»

«*Herr Oberst*, la casata degli Herzfeld gode della vostra completa lealtà?» lo interruppe Alec.

Il colonnello tornò a essere incredulo. Ma non esitò. «Certo!»

«E i vostri uomini? Sono tutti fedeli al margravio?»

«Fino all'ultimo uomo!»

«Molto bene, allora. Vi ordino, in nome di Sua Altezza, di ritirare i vostri uomini e di permettere a questa signora di ritornare dai suoi compagni…»

«Voi? Voi ordinate a *me* in nome… in nome del *mio* margravio?»

«Fate ciò che vi dico, o affronterete le conseguenze per aver disobbedito a un ordine diretto, *Herr Oberst*!»

Il colonnello Müller non credeva alle sue orecchie. E nemmeno i suoi uomini. Aspettavano tutti con ansia di vedere che cosa avrebbe fatto. Il capitano decise che quell'uomo era un idiota eroico. Perse la pazienza.

«Ascoltate, pazzo!» Sibilò, avvicinandosi ad Alec. «Sono io quello che dà gli ordini, qui! Se non rinfoderate la spada vi farò abbattere dai miei uomini! Capito? Ora scorterò questa donna a…»

«No, *Herr Oberst*.»

La spada di Alec arrivò sotto il mento pesante del capitano prima che l'uomo potesse sbattere le palpebre. La punta accarezzò la gola nuda, appena sopra le pieghe della cravatta. Avevano tutti gli occhi puntati su di loro; i soldati, attenti, con i muscoli tesi ma immobili, la folla che ondeggiava all'unisono; Selina rigida come una statua. Lo sguardo stupito del colonnello seguì la spada per tutta la sua lunghezza, fino agli occhi azzurri di Alec che lo fissavano. «Se alzo la mano siete un uomo morto» disse con la voce un po' acuta.

«E anche voi, *Herr Oberst*.»

Con la mano destra impegnata a tenere la punta della spada ferma sotto il mento del capitano, Alec usò i denti per sfilare il guanto di morbido capretto dalle dita della mano sinistra, con gli occhi che non lasciavano la sua preda. Una volta allentato il guanto, diede un piccolo strattone alla punta dell'anulare del guanto e lo lasciò cadere ai suoi piedi.

«Restate fermo, *Herr Oberst*» ordinò a bassa voce quando il granatiere abbassò il mento. «Non voglio farvi sanguinare, ma lo farò, se mi obbligherete.»

Lo sguardo del colonnello era sulla mano nuda di Alec, che era sparita tra le pieghe di suoi vestiti. Ma l'avvertimento gli fece alzare gli occhi, non per guardare la sua faccia, ma il fascio di carte, legate con un nastro nero, che Alec aveva tolto da una tasca interna della marsina di lana. Non furono però i documenti che tennero inchiodato lo sguardo del colonnello, ma il grande anello con sigillo intagliato sul lungo anulare della mano sinistra di Alec.

Il colonnello strinse gli occhi per guardare il sigillo, cercando di decifrare il semplice disegno. Distratto, non si era accorto che Alec aveva tolto la punta della spada dalla sua gola, permettendogli così di avvicinarsi a sufficienza per vedere il disegno intagliato nella corniola. Tre stelle a cinque punte, una delle quali all'interno delle mura di un parapetto triangolare, tutte su un semplice scudo, e sopra lo scudo una corona dalla quale spuntava la testa di un ariete. Il disegno era inconfondibile: lo stemma imperiale della casata degli Herzfeld. Inconfondibile anche la gemma arancio pallido. Le corniole erano originarie del paese, ed erano quindi state adottate dai margravi di Midanich come gemma ufficiale. Solo alla nobiltà era permesso portare gioielli di corniola e solo i membri della casata degli Herzfeld potevano avere un sigillo intagliato.

Il colonnello strizzò ancora gli occhi, come se facendolo quel sigillo ufficiale potesse trasformarsi in qualcosa di diverso. Ma era ancora lì quando spalancò gli occhi e li rimise a fuoco. Il significato di quell'anello era palese, eppure vederlo al dito di uno straniero sceso da una delle navi era talmente inaspettato che gli ci volle qualche momento per elaborarlo. Quello che sapeva era che quell'uomo, chiunque fosse, non era una persona qualunque. Apparteneva alla casata degli Herzfeld. Non importava quale fosse il suo rapporto con il margravio, e non era una domanda che il colonnello potesse fargli. Ma perché questo *edler Herr*, questo nobiluomo, non si era fatto riconoscere immediatamente appena arrivato sulla terraferma? Perché arrivare in incognito a Emden? L'equipaggio della sua nave aveva dovuto giurare di non rivelare il suo segreto? E anche il suo entourage? Ancora una volta, il colonnello sapeva di non poter fare quelle domande a un membro della casata degli Herzfeld, ma le circostanze erano strane, e con il paese alle prese con una guerra civile...

Certo! Di colpo fu tutto chiaro. Un rappresentante della famiglia del margravio non avrebbe mai viaggiato apertamente, non attraverso il paese, non con gli uomini di quel traditore del principe Viktor che si aggiravano furtivi negli acquitrini dall'altra parte delle alte mura, non finché avesse potuto rendersi conto di persona della lealtà delle truppe che tenevano la città al sicuro. Sarebbe stato indispensabile, per lui e per i membri del suo gruppo viaggiare per mare e intorno all'arcipelago e quindi restare sotto copertura finché avessero saputo se la città e i suoi funzionari erano leali al margravio Ernst. Era il motivo per cui aveva messo in dubbio la sua lealtà. Il motivo per cui gli aveva mostrato l'anello invece di dichiarare l'ovvio. Era una prova, per lui e i suoi uomini. Il colonnello sapeva ciò che doveva fare.

ALEC GUARDÒ SPIANARSI LA FRONTE CORRUGATA DEL colonnello e quando lo sguardo dell'uomo si spostò dall'anello al suo volto, capì di avere la lealtà incondizionata del soldato. Sospirò tra sé e sé, sollevato che la sua manovra avesse funzionato. Lentamente ringuainò la spada. Ora doveva solo completare l'elaborato sotterfugio. Quindi tese la pergamena.

«Credo che i miei documenti parleranno da soli, colonnello...?»

«Müller! Colonnello Henrik Müller» dichiarò il colonnello, mettendosi sull'attenti e salutando. «Vi porgo le mie scuse per l'insolenza, e per non aver riconosciuto...»

«Come avreste potuto, *Herr Oberst*? Il paese è in guerra. Sono tempi duri. Dobbiamo vigilare tutti. Non è facile sapere chi è un amico e chi è un nemico. Per favore,» aggiunse educatamente Alec, anche se aveva il cuore che gli rimbombava nelle orecchie quando il colonnello prese finalmente e con cautela la pergamena, «fate con calma. Verificate i documenti, se necessario.»

Aspettò e rimase a guardare mentre il colonnello Müller scioglieva il nastro di seta nera e apriva con attenzione la morbida pergamena. C'erano due documenti. Il primo era il salvacondotto firmato dal margravio Ernst che era stato inviato con la lettera di richiesta di aiuto di Cosmo. Il secondo era un documento più vecchio, di cui era a conoscenza solo un'altra persona, lord Shrewsbury, il capo dello spionaggio inglese. Un documento che aveva sperato di relegare a storia antica riponendolo, insieme all'anello con sigillo, in un cassetto in basso, chiuso a chiave, della sua scrivania, perché non rivedessero mai più la luce del giorno. La prigionia di Cosmo ed Emily aveva cambiato tutto. Il secondo documento era firmato dal margravio Leopold. Conferiva ad Alec il titolo di barone con tutti i privilegi connessi, e quel documento, insieme al sigillo, erano stati determinanti per la sua fuga da Midanich dieci anni prima. Alec sperava che funzionassero ancora, ma questa volta aveva bisogno che il documento e il sigillo facessero molto di più; questa volta non c'era solo la sua vita in gioco.

Mentre il colonnello leggeva, Alec diede un'occhiata alla mezza dozzina di soldati lì vicino che avevano seguito l'esempio del loro colonnello e si erano immediatamente messi sull'attenti, con il moschetto sopra la spalla. Poi guardò più lontano, verso la lunga fila di soldati dalle facce cupe, spalla a spalla, che fungevano da barriera insormontabile tra il loro colonnello e i passeggeri che erano sbarcati. Vide che anche loro si erano messi sull'attenti, moschetti al fianco e testa in alto, come pronti per l'ispezione. Non guardò Selina, anche se era acutamente conscio che lei stava fissandolo, muta e sbalordita, senza dubbio con cento, o forse una sola domanda sulla punta della lingua. Avrebbe voluto sorridere, trovare una minima ragione di sollievo nella situazione in cui si trovava. Ma il solo pensiero di confessare gli eventi successi durante la sua missione diplomatica gli faceva venire la nausea, anche dopo tutti quegli anni, e il suo umore si incupì.

Riportò lo sguardo sul colonnello Müller. Il sottile labbro superiore del soldato era coperto di sudore nonostante il freddo pungente. Alec immaginò che sotto la marsina militare e la camicia d'ordinanza anche il corpo fosse fradicio. Non capitava tutti i giorni che un soldato maneggiasse documenti firmati personalmente non da uno, ma da due monarchi; e il margravio Leopold era stato particolarmente riverito dai suoi sudditi. Alec poteva simpatizzare con il povero colonnello e non aspettò che trovasse altre parole di scusa.

«Ora che siete al corrente della situazione, colonnello Müller, sono certo della vostra collaborazione, e della vostra… lealtà.»

«Sì, *Herr Freiherr*! Certo, *Herr Freiherr*!»

«*Herr Baron* andrà bene.»

«Sì, *Herr Baron*! Certo, *Herr Baron*!»

«Bene, farete scortare i miei compagni al riparo da questo tempaccio» ordinò Alec. «Voglio un alloggio adeguato: una casa, non una locanda. Avrebbe dovuto pensarci il console britannico, *Herr* Luytens, e forse l'ha fatto. Scopritelo. I bagagli scaricati dalla *Caroline* devono passare la dogana senza ispezione ed essere consegnati appena possibile. Non voglio che i miei ospiti subiscano altri inconvenienti, oltre a quelli cui sono già andati incontro. Sir Gilbert Parsons, capo della legazione inglese, è mio ospite e deve essere trattato con la debita cortesia. E voi, colonnello Müller, vi occuperete personalmente dei bisogni della coppia di anziani.» Si permise di sorridere. «Lei è una duchessa inglese; lui soffre d'artrite e ha un pessimo carattere quando si arrabbia. Potrete avere un sacco di carbone per il vostro disturbo...»

«*Herr Baron*, non merito...»

«... se il bagaglio sarà consegnato intatto e non aperto. Darete assistenza al mio maggiordomo, *Herr* Jeffries, che sovraintenderà alle operazioni. Se non riceverà piena collaborazione, o se scoprirà che manca qualcosa, ve ne terrò personalmente responsabile, colonnello Müller. È chiaro?»

«Perfettamente, *Herr Baron*» rispose il colonnello. Piegò in fretta i due documenti e li legò di nuovo con il nastro nero. Li porse con un piccolo inchino. «Me ne occuperò immediatamente. *Herr...* Jeffries sarà trattato con ogni cortesia, e anche tutti gli altri membri del vostro gruppo. Troveremo *Herr* Luytens, e l'indirizzo della casa cui ha provveduto. Il vostro bagaglio non verrà toccato, da nessuno. Qualunque cosa desideriate è vostra. Qualunque cosa di cui abbiate bisogno è vostra, *Herr Baron*! I miei uomini e io siamo a vostra disposizione.»

Alec lo congedò con un gesto della mano, ansioso di porre fine a quel colloquio, e fece per raccogliere il guanto che aveva lasciato cadere, ma il colonnello arrivò prima di lui. E quando Alec tese la mano per prenderlo, il colonnello lo vide come un segnale che doveva rendere omaggio alla casata degli Herzfeld. Prese le dita di Alec e appoggiò riverentemente le labbra sul sigillo della famiglia Herzfeld. Come un sol uomo, i soldati si misero sull'attenti e salutarono, e il rumore dei tacchi degli stivali che battevano sull'acciottolato fu l'unico che si sentì per tutta la lunghezza del canale.

Fu con quel saluto che Alec si rese conto che il silenzio poteva essere assordante. I funzionari all'interno della dogana, che parlavano olandese, si erano allontanati dal calore delle loro stufe e sfidavano i venti gelidi per vedere che cosa fosse tutto quel trambusto, raggruppati accanto al posto di controllo. I cavallanti erano immobili accanto alle teste delle loro bestie robuste che si erano fermate sul sentiero battuto lungo il canale. Stivatori muscolosi, silenziosi e attenti, erano seduti sopra il carico ancora da scaricare dai rimorchiatori che ondeggiavano piano. E anche sopra la sua testa, in alto nella ragnatela delle complicate sartie dei velieri, i marinai erano appesi ai pennoni con le gambe dondolanti e osservavano l'azione dalla loro precaria posizione, con i gabbiani a far loro compagnia. In effetti, ogni uomo, donna e bambino fissava in silenzio il piccolo dramma che si stava svolgendo davanti a loro. Era come se il margravio stesso fosse venuto tra di loro. Per la maggioranza dei soldati, essere davanti a un rappresentante della casata degli Herzfeld equivaleva a essere alla presenza del loro sovrano, e non sarebbero mai stati più vicino di così al margravio. Tutti, civili e militari, pendevano dalle labbra di Alec.

Non avrebbe dovuto sorprenderlo, ma lo sorprese. E lo mise anche terribilmente a disagio. Ma sapeva che la scelta di lasciare il passato sepolto il più a lungo possibile e restare in incognito fino a quando fosse arrivato dall'altra parte del paese, al castello di Herzfeld, gli era stata tolta di mano nel momento in cui Selina aveva avventatamente affrontato tre soldati per una ragazza che avevano fatto prigioniera e un vecchio maltrattato. Tutto ciò che aveva voluto fare era evitare una catastrofe. L'arrivo di un reggimento aveva affossato i suoi piani per porre fine a una situazione pericolosa in fretta e in modo furtivo. Poi non aveva avuto altra scelta che rivelare la sua identità al colonnello. E tanti saluti al suo piano di entrare a Emden di nascosto!

Avrebbe voluto incolpare Selina per la sua imprudenza, per essere intervenuta in quelli che non erano affari suoi e per aver messo in pericolo la sua stessa vita, ma sarebbe stato meschino. Non era colpa di Selina. La scelta di restare in incognito gli era stata tolta nell'attimo in cui i pirati avevano abbordato la *Caroline* e aveva saputo che la città era soggetta alla legge marziale. Ma essere smascherato così pubblicamente, e con Selina come testimone, gli aveva strappato le ultime vestigia di autostima. Viveva da dieci anni con questa ombra scura che veniva dal suo passato ed era riuscito (o almeno lo aveva pensato) a conviverci, se non a mettersela completamente alle spalle. Ora che gli era scoppiata in mano non c'era modo di tornare indietro. Ma come spiegare quell'episodio del suo passato, in tutti i suoi incredibili particolari, e alla donna che amava, senza essere tacciato di essere un bugiardo e un imbroglione? Ci sarebbe voluta tutta la sua perizia diplomatica. Solo Selina poteva decidere il risultato.

Grazie al cielo, Selina non capiva una parola di tedesco, anche se sembrava irrilevante. C'era stato abbastanza, nei gesti e nelle espressioni, per non parlare dell'omaggio resogli dai militari, perché solo i ciechi e i sordi non capissero che era appena successo qualcosa di significativo, e che lui era al centro di tutto. Ma non era quello il momento

né il luogo per rendere conto dei suoi peccati, quindi tirò via sbrigati-
vamente la mano, con le guance rosse come il fuoco davanti a quel
gesto riverente, e si rimise in fretta il guanto per coprire l'anello e le
dita fredde. Avrebbe voluto girare sui tacchi e allontanarsi, invece offrì
con calma il braccio a Selina, dicendo tranquillamente: «Gelerete se
non vi porto immediatamente al coperto. Non avete idea di cos'è l'inverno se non lo avete passato qui, in questo desolato paese pieno di
paludi.»

Selina si rialzò il cappuccio e appoggiò la mano guantata nell'incavo del gomito di Alec. Non sapeva che cosa dire davanti a quello che
aveva appena visto, quindi fece una battuta: «Sapete, sono le prime
due frasi complete che mi dite da Harwich. No! Non è vero. Da Bath.
Visto che vi siete rifiutato di parlare con me sulle scale al Barr di Trim
Street.» E aggiunse, con un sorriso ironico, quando Alec restò muto:
«Forse dopo questo spettacolino, dovrei offrirmi anch'io di baciare
quell'interessantissimo sigillo che avete al dito? Oppure sono solo i
militari che vi devono rendere omaggio, chiunque *voi* siate, *Herr
Baron*?»

«Non contribuite anche voi a quest'assurdità!» esclamò Alec. «Non
sapete assolutamente niente di-di... niente!»

Sorpresa dall'insolito tono rude, Selina ringoiò il suo dispiacere e
tolse la mano. «No. No. Non so niente. Io...»

«Perdonatemi» la interruppe Alec, scusandosi sottovoce. «Io... Io
non sono in me...»

«Questo sì che è un eufemismo, se mai ne ho sentito uno!»

«Selina! Vi-vi racconterò... *tutto*... ma non *adesso*. Non *qui*.»

«Mi chiedo...» disse Selina guardandolo impassibile. «Avreste
sentito il bisogno di confessare *tutto* se non foste stato obbligato?»

Ad Alec sfuggì una risata, ma non esitò a rispondere. Le offrì
nuovamente il braccio, lieto che Selina lo prendesse. Continuarono
verso la dogana, con i soldati alle spalle e i rumori del molo che ripren-
deva vita.

«Sì, sì. Avevo tutte le intenzioni di confessare i miei peccati... *a
voi*,» dichiarò, «ma non *prima* del matrimonio. E ve lo avrei detto *en
passant*, solo una delle tante avventure di un presuntuoso giovane
diplomatico, niente di importante; niente per cui valesse la pena di
preoccuparsi.» Le sorrise. «E il tutto successo prima di fare la vostra
conoscenza...»

«Quando ero Selina Vesey? Prima del mio orrendo matrimonio?»

«Sì, eravate ancora una scolaretta quando mi assegnarono a questo
posto, come segretario di sir Gilbert.»

Camminarono in silenzio. Selina fissava, senza vederli, i funzionari della dogana che svolgevano il loro lavoro. Aveva avuto un lampo di intuizione.

«È stato il sequestro di Cosmo ed Emily che ha cambiato tutto, vero?»

«Sì.»

«Che-che cosa vi è *successo*? Che cosa sta succedendo... a *noi*?»

«È... difficile.»

«*Difficile*?» Selina si fermò e lo guardò in volto, con gli occhi scuri pieni di preoccupazione. «Ovviamente non posso cominciare a immaginare che-che... *difficoltà* abbiate affrontato durante la vostra missione qui, ma ho il presentimento che in questo orribile e deprimente posto, voi non siate l'Alec Halsey che conosco e amo...»

«Selina! Io-io... Sì! No! Avete ragione» confessò. «Qui io non sono il *vostro* Alec; non qui. Non finché avrò ottenuto quello per cui sono venuto: liberare Cosmo ed Emily. Avevo stupidamente sperato di risparmiare a voi, a Olivia e a mio zio, e sì, anche a me stesso, l'orrore di una confessione. Ora mi rendo conto che era una vana speranza. Una cosa impossibile. *Per favore*. Lasciate che vi porti via da questo freddo orribile, in un posto confortevole dove possiamo parlare.»

Selina annuì ma restò ferma ancora per un momento, ignorando l'attività intorno a loro e sir Gilbert che faceva una scenata ai funzionari doganali, pretendendo di sapere, in francese, che diavolo stava succedendo. Guardò Alec negli occhi e lo costrinse a guardarla.

«Credo di poter sopportare qualunque confessione vorrete farmi. Lo sa Dio, ne ho una anch'io da farvi, la confessione che non mi avete permesso di farvi a Bath e che avrebbe dovuto arrivare molto prima, quando siete venuto a Parigi...»

«Selina, non c'è bisogno...»

«Sì! Sì, è necessario! Ma avete ragione. Non è il momento giusto, nemmeno per la mia confessione. Ma...» Selina deglutì e gli premette una mano sul petto, sopra il cuore. «Potete assicurarmi che l'Alec che amo tornerà da me?»

«Sì» rispose Alec con un sorriso, resistendo al desiderio di accarezzarle la guancia. Non poteva permettersi di mostrare i suoi sentimenti in quel posto; le spie del margravio, e di Luytens, erano dappertutto. «È una promessa. Appena Cosmo ed Emily saranno al sicuro.» Non aggiunse: *Perché se non posso salvare loro, non posso salvarmi nemmeno io.*

UNDICI

Sir Cosmo stava per uscire dalla sua stanzetta per la prima volta in oltre due mesi. Eppure esitava. Si stava chiedendo se fosse tutto un trucco, affinché i suoi carcerieri avessero una scusa per punirlo. Appena fosse uscito in corridoio lo avrebbero afferrato, accusato di cercare di fuggire e sarebbe stato trascinato nelle segrete, dove l'avrebbero torturato e lasciato a marcire.

Nonostante l'aria fredda e umida del corridoio, sentì una goccia di sudore scivolare lungo la schiena. Aveva le mani legate ed era circondato da uno sciame di soldati, che rafforzavano la sensazione che la sua paura fosse giustificata. Forse lo stavano scortando nelle segrete e non, come gli avevano fatto credere, a cena con il margravio. Far nascere in lui una speranza lo avrebbe tenuto tranquillo fino a quando fosse stato troppo tardi per gridare e chiedere aiuto.

Ma anche se avesse gridato, chi lo avrebbe sentito? E a chi sarebbe importato? L'idea stessa che stesse per andare a cena con qualcuno, men che meno il monarca di quel posto dimenticato da Dio, gli fece curvare la schiena e scottare la fronte. Cominciò a tremare, non per la disperazione, ma ridendo in silenzio, il tipo di risata cui si abbandonavano i pazzi o gli eremiti, incomprensibile per gli altri. E più pensava a quello che gli aveva appena confidato il suo valletto, più diventava isterico per la paura, convinto che non avrebbe mai lasciato vivo il castello di Herzfeld.

✳

Qualche ora prima, quel pomeriggio, avevano permesso a sir Cosmo di fare un bagno, e non solo con una caraffa d'acqua e una bacinella. Era il primo bagno che faceva in un mese. Avevano portato nella stanza una vasca di rame, e una processione di servitori dal volto arcigno era andata avanti e indietro con l'acqua calda. Gli erano stati forniti sapone e spugna, e, per i capelli ingarbugliati, un pettine e un liquido alle erbe dal profumo speziato. Ma non gli era stato permesso di radersi. Quindi aveva lavato la barba folta con il resto del liquido.

Il margravio voleva parlare con lui del loro comune amico, Alec Halsey, ma aveva detto di non poterlo fare finché sir Cosmo avesse puzzato come una latrina. Da lì il bagno. E una volta che fosse stato presentabile, avrebbe raggiunto il margravio per la cena. Cosmo non riusciva quasi a credere che fosse possibile. Non lasciava quella stanzetta da due mesi. Mentre si crogiolava nell'acqua profumata, lo invase la paura. Forse era uno stratagemma che copriva uno scopo più sinistro?

Ma poi Matthias era apparso sulla porta, stringendo al petto un fagotto di vestiti.

Sir Cosmo era saltato fuori dal bagno, portandosi dietro metà dell'acqua, si era avvolto in fretta il lenzuolo da bagno intorno ai fianchi sottili e aveva salutato il valletto con le braccia aperte e la barba che gocciolava. Il caro, dolce Matthias, con il suo naso lungo e la faccia ancora più lunga, era una visione così gradita che gli si erano riempiti gli occhi di lacrime. Più di una volta, mentre era rannicchiato nello stretto lettino, disperato, si era convinto che non avrebbe mai più visto il suo devoto servitore.

Matthias era stato altrettanto felice e sul punto di piangere. Aveva lasciato cadere in fretta il fagotto di vestiti sul letto disfatto, nascondendo la meraviglia che con quella barba folta il suo padrone fosse a malapena riconoscibile. Ma non era solo la barba... sir Cosmo aveva perso tutto il grasso. Era magro, segaligno, il volto scavato e gli occhi infossati avevano un'espressione tormentata. Era un'espressione che Matthias aveva visto negli animali maltrattati che temevano di avvicinarsi perché di solito significava dolore e sofferenze.

Il valletto aveva tenuto per sé i suoi pensieri. Si era lavato in fretta le mani nell'acqua saponata del bagno, il che gli aveva dato un po' di tempo per controllare le proprie emozioni, e aveva visto le proprie unghie frastagliate e le nocche graffiate. Lui, il 'gentiluomo di un gentiluomo', fiero del proprio aspetto e pulizia, non aveva avuto modo di usare i propri accessori da toilette per tanto tempo che aveva smesso di guardarsi le mani. Ma che cos'era quel piccolo dispiacere in

confronto a quello che stava subendo il suo padrone? Lo stato misere-
vole di sir Cosmo gli faceva venir voglia di piangere.

«Siete una visione per questi occhi stanchi, mio caro Matthias!»
Aveva detto sir Cosmo con allegria forzata, e aveva fatto un passo
indietro per guardarlo dalla testa ai piedi. «Vi stanno ancora dando da
mangiare, vedo. Vi trattano bene?»

«Sì, signore. E io, voi... Sono felicissimo di vedervi, ecco. E avete
un aspetto magnifico, tutto considerato» aveva detto in tono ottimista
Matthias, cercando di imitare l'allegria del suo padrone. Ma aveva
fallito miseramente e si era voltato, cercando di mandar giù il nodo
che aveva in gola mentre si affaccendava a scuotere e poi a sistemare sul
letto la marsina, i calzoni, una camicia pulita, cravatta, mutande e
calze. «Ecco, signore, lasciate che vi aiuti a mettervi la camicia. Dei
vestiti puliti vi faranno sentire meglio. Anche se avrei preferito che mi
avessero permesso di radervi.»

«Ah! Sì, beh, *adesso* vorrei avervi permesso di radermi, parecchie
settimane fa» aveva confessato sir Cosmo con un profondo sospiro, ma
lo aveva fatto seguire in fretta da un sorriso, come se avesse potuto
togliergli il peso della depressione dalle spalle. «Comunque, se non
fosse per la barba, non avrei ricevuto la visita del margravio. Vi hanno
detto che è venuto a trovarmi? Sì! Mi stavano interrogando e mi
avevano ficcato la testa in un secchio di acqua gelata. Mi sono detto:
*ecco, è la fine! Non vedrò il nuovo giorno, né Emily o Alec, o voi, mio caro
Matthias, mai più.* E poi ecco che arriva il margravio con il suo
entourage. Immaginate! La mia stanzetta piena di gente...»

Quando sir Cosmo aveva smesso di parlare, Matthias gli aveva
porto le mutande di lino, chiedendo a bassa voce: «Perché è venuto a
vedervi, il margravio?»

«Non ne ho idea. Per invitarmi a cena, suppongo» aveva detto sir
Cosmo come se fosse scontato, poi aveva fatto una risatina nervosa.
«Sapevate che parla inglese? Sì, *inglese*, Matthias. Mi ha sorpreso tanto
che quasi dimenticavo di tenere gli occhi bassi. Un minuto prima tutti
quelli intorno a me parlavano in tedesco, che potrebbe tranquillamente essere un borbottio completamente senza senso, per quello che
ne posso capire io, e un momento dopo sento parlare la mia lingua
madre, e bene anche. In quel momento sono quasi crollato. Non
sentivo un suono così dolce da tanto tempo, fino ad ora, con voi,
Matthias...»

«Il margravio parla inglese? È una sorpresa.»

«Sì, stupefacente, vero? Ma non è l'unica cosa sorprendente della
sua visita» aveva continuato sir Cosmo mentre allacciava le stringhe
delle mutande di lino. «Non so ancora che aspetto abbia. Mi avevano

ordinato di tenere gli occhi fissi sul pavimento, sempre. Sul pavimento! Strana richiesta... non avere il permesso di guardarlo. Che senso ha indossare ermellini e corone d'oro, se la plebaglia, di cui io facevo parte fino a poco fa, non può ammirarlo imbambolata e sdilinquirsi? Mi fa credere che ci sia qualcosa che non va in quel tizio. È sfigurato dal vaiolo o dalle cicatrici di ferite di guerra? Forse ha solo un occhio o il naso è bulboso come una zucca, tanto che si può solo fissarlo a bocca aperta? Avete idea di che aspetto abbia?»

«No, signore. Sospetto che non avrò mai il privilegio di vederlo, nemmeno da lontano» gli aveva detto in tono tranquillo Matthias, slacciando la patta di un paio di calzoni di velluto prima di porgerglieli. «Ora sono *alloggiato*, se si può chiamare così una brandina in un angolo dietro le pentole e le padelle, nel retrocucina, dove si è fortunati se si riesce a vedere la luce del giorno. Ma non preoccupatevi per me. Me ne sto appartato e passo il tempo a lucidare tutto quello che deve essere lucidato.» Aveva abbassato la voce. «Che non è molto di questi tempi, visto che l'argento viene raccolto e fuso a scopi bellici, così dicono.» Aveva alzato nuovamente la voce. Aggiungendo, con una smorfia: «Almeno non devo passare tutte le mie giornate come quei poveri cristi, con le braccia immerse fino ai gomiti a lavar via il grasso da montagne di piatti e ciotole; è un lavoro puzzolente e massacrante.»

Sir Cosmo aveva alzato gli occhi mentre stava infilando le ampie pieghe della camicia dentro i calzoni, e aveva detto, con la voce un po' trepidante: «Non vi hanno... *maltrattato*, vero?»

Matthias non era stato maltrattato, e comunque una mano di botte non era la punizione peggiore che veniva inflitta al piano di sotto. Ricordava bene il suo primo giorno nelle cucine, un posto caldo e soffocante, con una temperatura e l'umidità di un'isola dei Caraibi. Un sottocuoco, un francese basso e con le gambe storte, disertore della Guerra dei sette anni, che non sarebbe mai più potuto tornare a casa, gli aveva dato un semplice avvertimento: tenere la testa bassa e restare alla larga, e, quando gli davano un ordine, obbedire senza fiatare. Poi aveva indicato uno degli uomini che mescolava i pentoloni, un vecchio con la schiena così curva da non poter guardare davanti a sé. Il sottocuoco gli aveva detto che quello stato era dovuto ai tanti pestaggi che negli anni gli avevano rotto le ossa. Ma quel disgraziato non era riuscito a tenere per sé le proprie opinioni e aveva continuato a maledire la sua sfortuna. Alla fine gli avevano tagliato la lingua.

Ma il francese aveva detto a Matthias di non preoccuparsi. Non uccidevano i servi. Gli tranciavano un dito del piede o della mano, o, se erano particolarmente recalcitranti, come l'uomo che mescolava il pentolone, gli asportavano la lingua... Niente di drastico, niente che potesse impedire loro di continuare la loro fatica quotidiana. Quindi Matthias doveva solo tenere la bocca chiusa e la lingua sarebbe rimasta tra i suoi denti!

«Matthias?» Sir Cosmo aveva ripetuto la domanda, più ansioso di prima. «Vi hanno picchiato?»

Il valletto aveva scosso la testa per liberarla dalle immagini cruente.

«No, signore. Mi hanno solo messo al lavoro. Sono utile. E faccio quello che mi dicono. Che è il modo migliore per tenere la testa sulle spalle e la lingua tra i denti.»

«Bene. Mi farebbe male pensare… Non riuscirei a continuare a vivere se sapessi che vi stanno maltrattando. Sono determinato a far sì che lasciamo vivi questo castello, Matthias.»

«Sì, signore. Sì. *Tutti e quattro*. Ho piena fiducia in lord Halsey, so che verrà a salvarci, e dovete crederlo anche voi.»

Sir Cosmo aveva annuito e abbassato la testa, per concentrarsi ad allacciare i sei bottoni di corno della patta, e perché il suo valletto non vedesse le lacrime che gli riempivano gli occhi. La prigionia lo aveva fatto diventare molle come un uovo à la coque. Oh, che cosa non avrebbe dato per un uovo à la coque e una fetta di pane e burro! Sapeva che menzionare il numero quattro era il modo diplomatico di Matthias di riferirsi a Emily e alla sua compagna, la signora Carlisle. E sapeva di essere un codardo per non aver chiesto di loro appena Matthias era arrivato. Ma non riusciva a parlare di Emily, perché lo portava a chiedersi come la stessero trattando. Che Matthias non avesse menzionato le due donne fino a quel momento poteva solo significare che c'erano brutte notizie, quindi era stato sollevato quando il suo valletto aveva posto fine alla sua preoccupazione.

«Signore, non ho niente da riferire sulla signorina St. Neots o la signora Carlisle. Come dicono: *nessuna nuova buona nuova*, no? Forse avrete la possibilità di chiedere di loro a cena? Potrebbero essere lì anche loro, vero signore?»

«Sì, sì, certo…» aveva risposto sir Cosmo, desiderando crederlo con tutto il cuore, ma sapendo che era solo una vana speranza. Aveva cincischiato con la cintura dei calzoni, borbottando per nascondere l'imbarazzo per le proprie lacrime: «I calzoni devono essere ripresi, spostare un bottone o due…»

«Sì, signore, è vero» aveva confermato Matthias. «La cintura è sempre stata un po' lenta. Avrei dovuto accennarlo a suo tempo, quando abbiamo scelto questo insieme.»

Era una bugia. I pantaloni erano stati perfetti quando li aveva indossati la prima volta. Normalmente, l'ingombro della camicia infilata in vita li rendeva addirittura un po' stretti, ma non ora. Una cosa era una camicia un po' più larga del solito, era un fatto trascurabile, ma i calzoni erano talmente larghi che sembravano fatti per un altro. Ed era così, erano stati fatti per l'uomo che il suo padrone era stato prima di mettere piede in quel posto dimenticato da Dio. Matthias sapeva che anche il panciotto e la marsina sarebbero stati troppo larghi per la figura emaciata del suo padrone, ma questo non gli aveva impedito di tenere aperto il panciotto di seta con un sorriso allegro. Poi aveva offerto a sir Cosmo la cravatta. Ma non c'erano specchi per aiutarlo ad annodare questo articolo alla moda, e il suo padrone era rimasto lì, a fissare quella striscia di stoffa sottile tra le dita tremanti.

Matthias gli aveva tolto gentilmente la cravatta dalle mani, gliela aveva messa al collo e l'aveva annodata. Il tremore alle mani del suo padrone gli avrebbe comunque reso difficile annodare correttamente la striscia di stoffa, quindi tanto valeva che non ci fossero specchi.

«Ho scoperto una cosa che vi interesserà, signore» aveva detto Matthias, per distrarre sir Cosmo dalle sue difficoltà sartoriali.

Il tono cospiratorio di Matthias aveva distolto sir Cosmo dalla depressione. Di colpo era diventato tutt'occhi e orecchie aspettando la rivelazione del suo valletto. Aveva dato un'occhiata alle guardie, che stavano entrambe sonnecchiando in un angolo, poi aveva riportato l'attenzione su Matthias, che gli stava annodando con cura la cravatta sotto il mento irsuto.

«Sì? Che cosa?» aveva sibilato sir Cosmo.

«Mi avevate chiesto di scoprire quello che potevo sulla *verità taciuta*» aveva detto Matthias. «Ma dato che la maggior parte della gente intorno a me non vede mai la luce, né tanto meno sa molto, e dato che nessuno di loro capisce l'inglese, avevo pensato di avere la stessa possibilità di un ragno nell'acqua di un bagno di scoprire qualcosa! Ma poi, un giorno, è venuta da me una delle guardie del reggimento del margravio. Pensavo che fosse la fine. Ma no. Non era lì per picchiarmi o arrestarmi. Aveva sentito che ero un inglese. Ovviamente non l'ho corretto. Per questi stranieri, un irlandese e un inglese, e se è per quello uno scozzese, sono la stessa cosa. Quindi questa guardia di palazzo mi prende da parte e mi dice di aver combattuto con l'esercito britannico nelle Fiandre durante la guerra appena finita… Come la sentite, signore? A posto e aderente?» aveva aggiunto, passando leggermente un dito lungo il bordo delle pieghe della cravatta che aveva annodato sotto il mento di sir Cosmo. «Non è troppo aderente? Chiedo scusa, ma è parecchio più difficile sistemare le pieghe con la barba… Ed è una gran bella barba, signore!»

Sir Cosmo aveva sorriso allungando il collo. «Grazie ma, appena saremo fuori da qui, uno dei vostri primi compiti sarà di liberarmi da questa seccatura fuori moda! Stavate dicendomi di questa guardia di palazzo che ha combattuto con noi nelle Fiandre... Che cosa voleva?»

«Nient'altro che passare un po' di tempo in mia compagnia, a parlare inglese. Sono stato contento di sentirglielo dire e piuttosto sorpreso che volesse far pratica di conversazione. Sogna di scappare in Inghilterra. Ha sentito tanto parlare del posto. Chi non vorrebbe scappare a casa, a casa nostra, dopo aver vissuto in questa barbara terra desolata, è quel che dico io.»

«Proprio così, Matthias» aveva confermato sir Cosmo. «Sogno di non lasciare mai più l'Inghilterra. Ed è quello che farò, una volta che uscirò da qui. *Mai.*» Aveva scosso la testa. «E se il vostro amico riuscirà a scappare oltre la Manica, lo prenderanno per un irlandese, se passa il tempo ad ascoltare voi! No. Non muovetevi. Restate dove siete. Penso che il nodo abbia ancora bisogno di essere sistemato.» Aggiungendo poi in un sussurro, mentre cincischiava con il pizzo della cravatta annidato tra i volant della camicia: «Se vi spostate e quei due si svegliano, potremmo non avere un'altra occasione di parlare liberamente. La vostra guardia che parla inglese... Gli avete chiesto di questa *verità taciuta?*»

«Sì. Ma non è tanto ciò che sa, ma come lo sa. Durante la guerra aveva fatto qualcosa di eroico e, per il suo eroismo, Hansen, si chiama così, è stato promosso a guardia del corpo personale del margravio. Per farla breve, un giorno ho chiesto a Hansen, nel modo più indifferente possibile, di questa *verità taciuta.* E lui me ne ha parlato, semplicemente, come se fosse una cosa risaputa. Mi sono chiesto se era perché stavamo parlando in inglese, quindi non era una trasgressione così grave come se me l'avesse detto nella sua lingua. Oh, c'è anche il fatto che mi ha detto che se l'avessi menzionata a qualcuno, o avessi rivelato che era lui che me l'aveva detta, mi avrebbe tagliato la lingua. E dato che questo succede piuttosto spesso qua in giro, so che la sua minaccia non era vana. Comunque, l'ho considerato un accordo equo e ci siamo stretti la mano.»

Sir Cosmo era esploso in una risata all'atteggiamento blasé di Matthias davanti a una simile minaccia e poi si era portato di colpo la mano davanti alla bocca per impedirsi di continuare a ridere, con un'occhiata furtiva verso le guardie. Una aveva aperto un occhio e poi lo aveva richiuso immediatamente, tornando a dormire. In tono molto più sommesso aveva detto: «Beh, mi pare un incentivo più che sufficiente per restare zitti, no?»

«Sì, eccetto il fatto che non ho promesso di non dirlo a *voi.* Hansen dice che si sa che la *verità taciuta* esiste nella casata degli Herzfeld, cioè la famiglia del margravio, da anni. Ma non se ne parla mai apertamente...»

«Ed è per quello che la si conosce come la *verità taciuta*?»

Matthias aveva sogghignato. «Proprio così, signore! Hansen dice che c'è sangue cattivo nella casata degli Herzfeld. E i membri della famiglia che ce l'hanno nelle vene non possono nasconderlo.»

«Il margravio Ernst...?»

«Sì, signore.»

Sir Cosmo aveva aggrottato la fronte. «Ma come si manifesta? Voglio dire, come si fa a sapere chi ha il sangue cattivo e chi no?»

«I capelli...»

«I *capelli*?» Sir Cosmo abbassò il mento. «Che cosa significa?»

«Scusate signore, volevo dire la *mancanza* di capelli. Lui, il margravio, non ha peli, *da nessuna parte.*»

«Niente peli?» Sir Cosmo era incredulo. «Che cosa significa, non ha nemmeno un *pelo*, da *nessuna* parte?»

«Sì, signore. Niente peli. Niente in testa, niente sul corpo, né ciglia né sopracciglia. Niente. Lui e sua sorella la principessa sono nati così.»

Sir Cosmo si era lasciato cadere sullo sgabello nella pozza di luce sotto la finestra. «Buon Dio... Non ho mai... Non ho mai sentito niente del genere. E voi?»

«No. Ma, con la moda delle parrucche, è difficile sapere chi ha i suoi capelli e chi è calvo. Voi potreste non avere un capello, signore, e chi lo saprebbe, eccetto chi si occupa della vostra toilette. Di certo chiunque altro non ne avrebbe idea.»

«Già, immagino...» aveva ammesso sir Cosmo, accarezzandosi inconsciamente la barba. «Però, anche se un uomo si rasasse la testa, o sua moglie avesse due peli in tutto, ed entrambi portassero la parrucca, si vedrebbe comunque che non hanno sopracciglia e ciglia!» Sir Cosmo era rabbrividito e aveva fatto una smorfia. «Agghiacciante, decisamente agghiacciante.»

«Ma almeno il margravio non è orribilmente sfigurato e non ha il naso bulboso e grande come una zucca, per quanto ne sappiamo, ed è quello che temevate, no, signore?»

«Sì, già...»

«E spiega una cosa» aveva aggiunto Matthias. «Perché c'è una legge che proibisce ai cortigiani di farsi crescere barba e baffi, visto che il loro monarca non può farseli crescere. Non mi meraviglia che sia venuto a guardare la vostra barba, signore.»

«Nessuna meraviglia, davvero! Scommetto che nessuno di quei tizi aveva mai visto una barba bella folta prima d'ora. Bene! Non mi ero mai ritenuto un esemplare da circo, o un ribelle, se è per quello, ma, con questa barba, lo sono diventato. E scommetto che se il ribelle principe Viktor dovesse vincere, annullerà la legge contro le barbe, e tutti gli uomini e anche la madre vedova se la faranno crescere!» Matthias aveva sorriso. Era bello vedere il suo padrone tornare se stesso. Ma il sorriso si era spento alla svelta quando aveva ripensato al resto della confidenza che gli aveva fatto Hansen riguardo la *verità taciuta*. Gli credeva perché aveva origliato una conversazione molto interessante tra il ciambellano di corte e un diplomatico straniero che aveva mancato l'opportunità di fuggire in patria mentre le frontiere erano ancora aperte. Conversavano nella lingua della diplomazia, il francese. E capitava che fosse una lingua che Matthias capiva. Quindi si era attardato più del necessario nell'anticamera di stato, origliando mentre raccoglieva lentamente i piatti pieni di avanzi di cibo. I due uomini stavano discutendo della *verità taciuta* e, al contempo, della sorella del margravio, la principessa Johanna.

Dopo la morte del padre, la principessa era decisa a riottenere il suo posto di diritto a corte. Non aveva intenzione di essere messa a tacere. Voleva la sua libertà. I suoi capricci e le scenate con il fratello risuonavano nei corridoi, oltre le porte sigillate del suo appartamento. I suoi ululati di disperazione echeggiavano attraverso le finestre della torre. Dato che ora era il margravio, il suo gemello aveva il potere di rescindere l'editto del padre che imponeva che non fosse mai liberata. Si era aspettata che la revoca fosse il primo atto ufficiale del fratello. Ma lui continuava a tenerla rinchiusa perché la *verità taciuta*, in lei, si era manifestata nella maniera peggiore: la mente della principessa era squilibrata.

Il diplomatico aveva contenuto la sua sorpresa e Matthias si era ritrovato ad avvicinarsi piano, quando il ciambellano di corte aveva rivelato che credeva che l'instabilità della mente della principessa potesse essere controllata. Il diplomatico aveva chiesto di sapere che tipo di medicinale veniva usato nel trattamento dei folli. A quel punto il ciambellano aveva fatto un gran sorriso. Non era un farmaco, ma una persona che riusciva a calmare l'umore nero della principessa. Aveva nominato quella persona e anche se il diplomatico non aveva riconosciuto il nome, Matthias aveva capito all'istante. Quel nome era stato l'ultima cosa che aveva sentito della conversazione. Aveva smesso di origliare quando un cameriere in livrea gli aveva dato uno schiaffo sull'orecchio, dicendogli di tornare al lavoro.

«Ecco, lasciate che finisca di vestirvi, signore» aveva detto il valletto, raccogliendo le idee, per riuscire a raccontare tutto al suo padrone. «Potrebbero venire a cercarmi da un momento all'altro e voi dovete essere pronto per quando vi manderanno a prendere.»

Sir Cosmo aveva obbedito e infilato le braccia nella marsina. Aveva permesso a Matthias di prestargli tutte le cure possibili, e avrebbe voluto non aver dato per scontato tutte quelle gentilezze, specialmente i servizi del suo valletto. Aveva giurato di non farlo mai più.

«Grazie Matthias. E grazie al cielo almeno per questo» aveva detto con un altro sospiro, questa volta di sollievo. «Se la cosa peggiore è che il margravio non ha le sopracciglia e le ciglia, e presumo che porti una parrucca, così sia. Lo guarderò negli occhi, se e quando arriverà il momento, e con sicurezza.» Si era sforzato di sorridere. «Chi lo sa, magari inviterà sua sorella a cena, solo per vedere la mia barba, e le permetterà di divertirsi un po', visto il suo isolamento.»

«Riguardo alla sorella, signore... C'è di più su questa *verità taciuta*, per quanto la riguarda. Non è in isolamento perché lo abbia *scelto*, ma perché *deve* restarci. Se capite quello che voglio dire...»

Sir Cosmo aveva completamente frainteso ciò cui alludeva il suo valletto, e aveva detto, irritato: «Solo perché non ha una testa piena di capelli, sopracciglia perfettamente arcuate e una fila di ciglia scure, non vuol dire che debba essere rinchiusa...»

«No, signore. Voglio dire... Non credo che sia rinchiusa per *quello*.»

«Per che cosa, allora?» Quando il valletto si era agitato a disagio, esitando, aveva aggiunto, paziente: «Matthias, che cosa mi stai nascondendo? Meglio che lo sappia. Come dicevano i romani: *praemonitus praemunitus*.»

«Scusate, signore?»

«Uomo avvisato mezzo salvato» aveva detto sir Cosmo, chiarendogli il significato delle parole latine. «Non voglio fare la figura dell'idiota a cena, dire qualcosa a sproposito, menzionare sua sorella; chiedere della-della signorina St. Neots, se questo può pregiudicare la nostra causa, e la sua.»

«Sì, signore, capisco. E avete ragione, sarà meglio che non facciate nessuna di queste cose: menzionare la principessa o la signorina St. Neots, perché...» E con poche frasi esitanti aveva ripetuto la conversazione che aveva origliato tra il ciambellano di corte e il diplomatico, senza omettere niente, nemmeno gli ululati e le urla, aggiungendo, speranzoso, quando aveva visto il suo padrone diventare bianco come un lenzuolo pulito: «Ma il ciambellano ritiene che la pazzia della principessa possa essere riportata sotto controllo.» Poi era andato verso l'alcova dove c'era il letto, per dare a sir Cosmo il tempo di riflettere su quello che gli aveva appena detto e perché vedere il suo padrone bianco come un lenzuolo gli aveva fatto pensare alle lenzuola in generale. Si era messo a togliere dal materasso il groviglio di coperte

sporche e di cuscini di piuma appiattiti. Poi aveva raccolto la biancheria che il suo padrone aveva scartato, la camicia e i calzoni, li aveva
avvolti nelle lenzuola luride, dicendosi che perlomeno avrebbe potuto
salvare la camicia con una bella lavata, e che il letto nudo gli avrebbe
dato la possibilità di ritornare con delle lenzuola pulite.

«Sotto controllo?» aveva chiesto dopo un po' sir Cosmo, scettico.
«Di che tipo di medicinale stiamo parlando? Laudano? O qualche suo
derivato per tenerla costantemente sedata? Povera creatura! Almeno ora
sappiamo perché questa *verità taciuta* non viene mai menzionata, o
menzionata solo sussurrando...»

«Non è un medicinale, signore,» aveva detto il valletto, stringendo
il fascio di biancheria sporca, «ma un uomo... un aristocratico. È lord
Halsey, signore...»

«*Alec*... Alec Halsey?»

«Sì, signore. Non ho udito male. Il ciambellano di corte e il
margravio sono convinti che lord Halsey sia la persona giusta per
controllare la mente sconvolta della principessa.»

Sir Cosmo aveva ricevuto un colpo enorme. Eppure credeva a ogni
singola parola detta da Matthias. La rivelazione chiariva perché avessero specificatamente chiesto ad Alec, e non a un qualunque altro
funzionario diplomatico del governo di Sua Maestà, di trattare i
termini per il rilascio del suo amico. Era un modo per farlo venire a
Midanich, le vite dei suoi amici erano l'esca che serviva per essere certi
che tornasse. Ma se quella risposta chiariva uno degli interrogativi che
sir Cosmo si era posto fino da quando era stato rinchiuso, apriva anche
tutta una nuova serie di quesiti.

Perché il barone e il margravio avevano riposto tutte le loro
speranze in Alec? Sapeva che Alec aveva passato un po' di tempo in
quella corte come tirapiedi del ministero degli esteri. Ma era passato
un mucchio di tempo. Che cosa rappresentava Alec per la principessa?
La principessa aspettava il ritorno di Alec da dieci lunghi anni? Era lei
il motivo per cui Alec era finito nelle segrete del castello, solo per
mettere in atto una fuga ardimentosa da una prigione da cui si diceva
fosse impossibile fuggire, e di cui quindi si parlava ancora? E, la cosa
più sconcertante: una volta che Alec fosse tornato, come avrebbe fatto
a controllare la pazzia della principessa?

E poi aveva capito, come se gli avessero dato una martellata in testa
e gli avessero ficcato la risposta nel cervello. Giusto per aumentare
quell'effetto, proprio in quel momento, si era sentito bussare forte alla
porta. Le guardie sonnecchianti si erano svegliate immediatamente e si
erano precipitate ad aprire. Nella stanza erano entrati marciando
quattro soldati della guardia di palazzo del margravio e, dietro di loro,

il loro capitano che teneva in mano una matassa di corda di seta. Era ora che sir Cosmo raggiungesse il margravio per la cena.

Matthias aveva lasciato cadere il fascio di biancheria ed era caduto in ginocchio davanti al suo padrone.

«Signore» lo aveva pregato, voleva che lo vedessero fare qualcosa, qualunque cosa, per evitare di essere nuovamente schiaffeggiato per aver perso tempo. «Allungate il piede! Devo sistemarvi le fibbie!»

Sir Cosmo aveva ubbidito meccanicamente, smettendo di rimuginare mentre la faccenda si chiariva nella sua mente. Sapeva perché il ciambellano di corte e il margravio volevano Alec a Midanich. Avrebbe dovuto capirlo immediatamente quando Matthias aveva riferito la conversazione tra il ciambellano di corte e il diplomatico straniero. Dopo tutto, nessuno conosceva Alec meglio di lui… Erano amici intimi da quando erano adolescenti, a Oxford. Guardò in basso verso il valletto.

«La mente di quella povera creatura non è l'unica cosa danneggiata. È il suo cuore, Matthias. La principessa soffre per il cuore infranto.»

DODICI

«RICORDATEMELO: QUANTE MIGLIA CI SONO DA QUI AD AURICH?» chiese Alec, studiando la mappa di Midanich stesa sulla superficie di un lungo tavolo con ancora i resti della cena. Quando non risposero immediatamente, guardò sopra il bordo degli occhiali, prima il colonnello Müller, poi Jacob Luytens, entrambi seduti di fronte a lui. «Dodici o quattordici?»

«Quattordici miglia» rispose Jacob Luytens.

Alec riportò lo sguardo sulla cartina militare che il colonnello Müller gli aveva fornito senza discutere appena l'aveva chiesta. Indicò delle annotazioni sulla mappa, appena a ovest del campanile di una chiesa. «Qui è indicato come incompleto, ma immagino che ora il canale e la sua alzaia arrivino fino ad Aurich?»

«Sì. È stato completato fino ad Aurich giusto l'estate scorsa, in tempo per la raccolta stagionale della torba» rispose Jacob Luytens. Indicò alcune aree sulla mappa. «Questo simbolo indica le torbiere a nord e a sud della città. Ci sono altre torbiere a nord-est, qui, vicino a Eversmeer. Era in programma l'allungamento del canale principale oltre Aurich, dopo il disgelo primaverile. Se Midanich vuole uscire dal Medioevo, abbiamo bisogno di vie d'acqua. Senza, non possiamo sperare di far arrivare le zolle di torba fin qua a Emden, e poi spedirle.» Si riappoggiò alla spalliera della sedia e sospirò, con un'occhiata risentita al colonnello Müller che aveva ancora in mano la tazza vuota che era stata piena di tè caldo, e che stava studiando attentamente la mappa. Non riuscì a nascondere il tono amaro. «Ma dubito che sarà il tempo a impedire il progresso, ma questo conflitto... se dovesse durare oltre la primavera, fino all'estate. E anche se non fosse così, potrebbe non esserci la manodopera necessaria per scavare le trincee, o i depositi di torba, a pensarci bene. La guerra ha bloccato le spedizioni di torba verso l'Olanda, il nostro principale mercato, e questo significa che il consorzio di investitori, di cui faccio parte, ha perso...»

«È una sfortuna, ma per il momento non è un problema mio» lo interruppe seccamente Alec.

Era stanco, fisicamente ed emotivamente, e non vedeva l'ora di togliersi gli occhiali. Voleva fare un bagno, per lavar via il sudiciume di quel giorno, e la sporcizia metaforica dell'inganno nei confronti del colonnello Müller e dei rappresentanti della città, quando non aveva negato di essere lì come rappresentante del margravio Ernst. Aveva passato la giornata a ispezionare le truppe, il cannone e gli uomini stazionati lungo i parapetti a forma di stella, e a parlare con i funzionari che si preoccupavano per il loro futuro. Il sotterfugio gli pesava, ma doveva continuamente rammentarsi che non c'erano solo le vite di Emily e Cosmo in gioco, ora, se il suo stratagemma non fosse riuscito, ma l'intero gruppo di persone che era venuto con lui dall'Inghilterra.

Un bagno caldo e il letto avrebbero dovuto aspettare. C'era ancora parecchio da fare se voleva partire per attraversare il paese la mattina seguente. Non poteva rimandare oltre. Ogni giorno che passava aumentava la sua ansia per la sicurezza dei suoi amici e anche quello dava un tono aspro alla sua voce normalmente tranquilla.

«Con tutto il rispetto, *Herr Baron*, non è un problema vostro, è un problema mio» dichiarò Jacob Luytens, e brontolò tra sé e sé: «Uno spreco di buon combustibile, tenerlo ammucchiato in un magazzino...»

Quel commento amaro e completamente egoista bastò a distrarre momentaneamente Alec dall'imminente viaggio. Studiò il mercante da sopra gli occhiali.

«Correggetemi se sbaglio, ma certamente avere una scorta di torba da questa parte dell'Ems è un dono di Dio per i cittadini di Emden quest'inverno? Con la città sotto assedio e i pochi rifornimenti che passano, a parte ciò che viene confiscato dalle navi abbordate nell'estuario, la torba per le loro stufe deve essere di conforto...?»

Alec lasciò la domanda in sospeso, con un'occhiata significativa alla *kachelofen*, l'alta stufa di mattoni rivestita di graziose piastrelle di ceramica blu e bianche. D'origine olandese, queste stufe si erano diffuse in tutto il nord Europa. Era nell'angolo della lunga stanza stretta e arrivava quasi fino al soffitto. Irradiava un calore costante molto più efficacemente di qualunque camino inglese, non solo per gli uomini seduti intorno al tavolo, ma ingegnosamente, tramite un sistema di tubi, riscaldava anche il resto di quella casa a quattro piani.

Situata sul miglior canale di Emden, quella grande residenza di arenaria colorata, con il tetto di coppi rossi, apparteneva al mercante, e console britannico, Jacob Luytens. Era lì che avevano portato Alec e il suo gruppo quando il console inglese era finalmente arrivato alla dogana per salutare i suoi padroni inglesi, senza dare spiegazioni per il suo ritardo. E dato che i suoi visitatori erano troppo stanchi per preoccuparsi di fare domande, Luytens aveva tranquillamente offerto delle stanze in quella bella palazzina finché fosse stato possibile approntare una casa adatta, a poche porte dalla sua, per la duchessa di Romney-St. Neots, Plantagenet Halsey e i loro servitori. La sua stufa di mattoni richiedeva un'alimentazione continua per almeno una giornata per raggiungere una temperatura tale da togliere il gelo dell'inverno dalle stanze e riscaldarle abbastanza da renderle abitabili.

«La distribuzione del combustibile è affare del consiglio di Emden» disse con calma Jacob Luytens, reprimendo la rabbia a beneficio del colonnello Müller. Ma non riuscì a evitare di aggiungere in fretta, nel suo olandese natio, quando Alec rimase impassibile: «Con tutto il rispetto, sapete che innanzitutto io sono un mercante, devo ottenere un guadagno. Già così, ho parecchio da recuperare dopo l'occupazione inglese durante la guerra. E adesso anche questo... una maledetta guerra civile! L'ultima cosa che ci aspettavamo... o volevamo. Se questa gente viene a sapere delle scorte, rischio di perdere il mio intero investimento.»

Alec non si lasciò commuovere. C'era qualcosa nel console britannico che lo metteva in guardia. Non riusciva a capire esattamente che cosa fosse e il fatto che Luytens non riuscisse a guardarlo negli occhi certamente rendeva le cose difficili tra di loro. Si erano lasciati da amici dieci anni prima, e Alec aveva pensato che l'amicizia fosse rimasta inalterata, nonostante la distanza e il tempo. Ma quando Alec gli aveva teso la mano per salutarlo, Luytens l'aveva presa con riluttanza, e senza l'entusiasmo normalmente associato all'incontro di amici che non si vedevano da tempo. E nemmeno cinque minuti dopo, il mercante aveva cominciato a fare domande riguardo al riscatto in gioielli e monete, un riscatto di cui Alec ancora non sapeva nulla, anche se le richieste insistenti di Luytens confermavano i suoi sospetti che sir Gilbert, con la benedizione di Olivia, avesse stretto un accordo alle sue spalle (e *quella* era un'altra delle cose di cui doveva occuparsi).

Ma ciò che lo sorprendeva e deludeva di più era che Luytens non aveva fornito nessuna rassicurazione che Cosmo ed Emily fossero al sicuro e che li stessero trattando bene. Alec aveva dovuto chiederglielo.

La risposta di Luytens era stata a dir poco sbrigativa e aveva solo aumentato l'ansia di Alec. O Luytens non sapeva nulla oppure ai suoi amici non stavano accordando le cortesie dovute ai prigionieri politici. Alec non aveva insistito per avere un rapporto, non con suo zio, la sua madrina e Selina a portata d'orecchio. E ora il mercante sembrava disposto a lasciar morire di freddo i suoi concittadini pur di ottenere un profitto?! Che cos'era successo all'uomo che aveva rischiato la sua stessa vita per salvare quella di Alec, tanti anni prima? La Guerra dei sette anni e ora la guerra civile l'avevano trasformato in un avido speculatore?

«Sapete meglio di chiunque altro a questo tavolo,» disse Alec a voce bassa, «che in tempi di guerra si devono fare sacrifici...»

«*Sacrifici*? Che ne sapete voi dei sacrifici, *Herr Baron*?» chiese Luytens, battendo i pugni sul tavolo, facendo tintinnare le stoviglie e svegliando il gatto di casa, bianco e nero, raggomitolato sul tappeto di fronte alla *kachelofen*, che scappò spaventato in corridoio appena la porta si aprì. «Quando è stata l'ultima volta che l'Inghilterra è stata occupata da una potenza straniera che ha terrorizzato i suoi cittadini? Quando è stata l'ultima volta che gli inglesi, che *voi* avete dovuto difendere il focolare domestico dai vostri vicini?»

«Non sono qui per discutere di storia con voi, Jacob» rispose Alec con calma.

Il colonnello Müller si era alzato quando Luytens aveva picchiato i pugni sul tavolo e aveva messo una mano sull'elsa della spada, ma si era seduto di nuovo quando Alec aveva scosso la testa. Il colonnello non capiva l'olandese. E neppure Plantagenet Halsey e sir Gilbert Parsons. Ma tutti e tre riconobbero la mancanza di rispetto nel tono e nel gesto.

«È tardi e vorremmo tutti andare a letto. Ma prima dobbiamo finire di organizzare i particolari di questo viaggio. Se credete di non essere stato adeguatamente compensato dal governo di Sua Maestà,» continuò Alec in inglese, a beneficio di sir Gilbert e di suo zio, che erano rimasti pazientemente in silenzio durante tutta la cena e la discussione condotta in tedesco, e, quando ci si ricordava, qualche parola di francese per cercare di includere i due anziani gentiluomini, «suggerisco che riferiate le vostre lamentele a sir Gilbert questa sera, o domani mattina presto, prima che io parta. Ma adesso, ho bisogno dei vostri suggerimenti per il viaggio verso il castello di Herzfeld.» Guardò significativamente in direzione del colonnello Müller, che non stava seguendo la conversazione, e poi riportò lo sguardo su Luytens. «Non ho bisogno di ricordarvi perché sono qui.»

Lasciò in sospeso la frase, per dare a Jacob Luytens il tempo di riprendere il controllo e per permettere a sir Gilbert di unirsi alla conversazione, se lo desiderava. Ma né sir Gilbert né suo zio dissero una parola. In effetti avevano entrambi detto ben poco dopo l'incidente sulla banchina, cosa insolita specialmente per sir Gilbert, che aveva passato l'intero viaggio per mare a pontificare. Un'occhiata a entrambi e sospettò che il loro silenzio fosse dovuto più allo sbigottimento che alle buone maniere; stavano ancora cercando di capacitarsi della rivelazione che il titolo di barone di Aurich gli era stato personalmente conferito dal margravio Leopold. Alec aveva educatamente rifiutato di rivelare il perché, il come e il motivo di quell'onore, anche se aveva mostrato loro con riluttanza l'anello baronale e i documenti relativi alla nomina, quando glielo avevano chiesto.

Qualche ora prima, quello stesso giorno, suo zio lo aveva tirato in disparte per riferirgli che, sulla banchina, sir Gilbert aveva tolto il naso dai suoi documenti diplomatici giusto in tempo per vedere il colonnello Müller prendere la mano di Alec per baciare l'anello. Quel fatto e vedere i soldati lungo la banchina che lo salutavano avevano scosso profondamente il diplomatico tanto che, senza pensarci, aveva lasciato cadere i documenti che aveva in mano sui ciottoli infangati. Il vecchio aveva ridacchiato e scosso la testa, ma Alec non aveva trovato niente di divertente in quell'inganno, e aveva continuato a scusarsi perché non poteva confidarsi con lui; non poteva ancora farlo. A quel punto Plantagenet Halsey gli aveva battuto la spalla, dicendogli di non preoccuparsi. Aveva piena fiducia in lui. Lungi dallo scaricargli la coscienza, aveva fatto sentire Alec ancora più in colpa. E questo, a sua volta, gli aveva fatto desiderare di mettere tutto in chiaro appena possibile.

Forse un'altra tazza di tè li avrebbe tenuti svegli, e restituito a tutti un po' di buonumore. Quindi alzò la sua tazza con un sorriso, un segnale alla governante seduta su una panca accanto alla stufa, a sferruzzare, di portare altro tè. Con un sorriso timido e una breve riverenza, la donna venne avanti a prendere la teiera per riempirla con l'acqua calda dalla pentola nella cucina accanto.

«*Aye*, siete stato generoso fino all'eccesso con il vostro denaro per il mantenimento dei vostri ospiti mentre saranno a Emden» concesse a malincuore Jacob Luytens, tornando al tedesco per includere il colonnello Müller. «Ringrazio Dio tutti i giorni che mia moglie e quattro dei miei figli siano fuori pericolo in Olanda. Erano andati a trovare la madre di Elsa quando hanno chiuso le frontiere. Ma ho la maggiore, Hilda, qui con me» aggiunse, con un cenno alla ragazza che era venuta a prendere la teiera. La guardò sparecchiare le ciotole e le posate usate, maneggiando abilmente i piatti impilati. «Hilda è una brava ragazza, un'eccellente cuoca e donna di casa. Terrà la casa pulita e calda e darà da mangiare al suo vecchio padre, finché non torneranno sua madre e i suoi fratelli.»

La ragazza sorrise, fece un'altra breve riverenza e uscì in fretta dalla stanza, tornando parecchie volte per raccogliere il resto dei piatti della cena e poi per mettere sul tavolo una pesante teiera piena di tè appena fatto e un piatto di profumati biscotti allo zenzero, sfornati quel pomeriggio. Poi si ritirò sul sedile accanto alla *kachelofen* e riprese a sferruzzare. Suo padre si occupò della grossa teiera e riempì le tazze a tutti, poi mise la lattiera e una ciotola di cristalli di zucchero, usati al posto dello zucchero in polvere, al centro del tavolo insieme ai biscotti. Ne prese uno dal piatto e lo alzò mentre offriva il piatto a Plantagenet Halsey, dicendo in un inglese incerto: «Zenzero. È molto buono. Prendetene due.»

«Visto che siete così fortunato, Jacob, certamente non vorreste rifiutare un po' di buona sorte ai vostri concittadini e alla milizia del margravio?» disse con voce tranquilla Alec, in tedesco, a beneficio del colonnello, così che Luytens non potesse ritornare sui suoi passi riguardo all'offerta che stava per essergli estorta. «Il colonnello Müller sarà molto grato di aver accesso alla scorta di torba. Visto che la offrite spontaneamente, il colonnello si assicurerà che sia distribuita in modo equo. Vero, colonnello?»

Il biscotto allo zenzero perse di colpo il suo sapore. Al mercante non piaceva che gli forzassero la mano. Ma non era sorpreso. Il suo amico inglese aveva la parlantina sciolta e un sorriso attraente, e la gente si faceva in quattro per aiutarlo. Gli aveva salvato la vita anni prima, in cambio di che cosa? Nei dieci anni da che lo aveva aiutato a scappare da Midanich, Alec Halsey aveva ereditato un titolo, ricchezze e una vita di agi mentre lui, Luytens, il console britannico di Midanich, aveva perso tutto per via delle guerre e dei cattivi investimenti. La vita era stata ingiusta, e non era colpa sua. Beh, presto le cose sarebbero cambiate. Gli avevano promesso una fortuna se fosse riuscito ad attirare Halsey a Midanich. Il barone Haderslev aveva detto che sarebbe stato poco meno di un miracolo. Beh, lui aveva compiuto quel miracolo, perché Halsey era lì, seduto al tavolo di casa sua a Emden. Era riuscito a farlo arrivare fin lì e poteva sicuramente compiere un altro miracolo e farlo tornare al castello di Herzfeld; mancava solo quel piccolo passo perché lui, Luytens, venisse riccamente ricompensato per la sua parte nella cattura e nell'imprigionamento di Alec Halsey.

Quindi, anche se non aveva nessuna voglia di sprecare della buona torba per una forza di occupazione (le scorte di grano e di altri beni di prima necessità di Emden si erano già pericolosamente impoverite dovendo alloggiare e nutrire i granatieri), un attimo di riflessione bastò per far capire a Luytens che se il colonnello avesse pensato che l'offerta della torba era spontanea, sarebbe stato un vantaggio per lui, quando avesse chiesto qualche favore in cambio.

«Ovviamente desidero che i nostri cittadini, e la milizia, stiano al caldo quest'inverno, *Herr Baron*» rispose Luytens, trattenendo la rabbia e facendo un piccolo cenno con la testa ad Alec. Guardò il colonnello. «Informerò il consiglio cittadino che sarebbe nel loro interesse, e un bene per l'intera comunità, consegnare le scorte di torba a voi e ai vostri uomini perché siano distribuite a tutti i residenti entro le mura della città.»

Il colonnello Müller guardò Alec. «Se posso permettermi...?» Quando Alec annuì, la bocca del colonnello si contorse in un sorriso spiacevole mentre si rivolgeva a Jacob Luytens. «Siete stato saggio a offrire spontaneamente la torba, *Herr* Luytens. Ora che so delle scorte, sarei stato obbligato a frugare ogni magazzino per cercare questa preziosa risorsa. In inverno, la torba è più preziosa dell'oro. Ma ovviamente, voi lo sapete. Ma forse non sapevate che nascondere risorse all'esercito del margravio, specialmente in tempo di guerra, è considerato alto tradimento? Il barone ha risparmiato a voi e alla vostra gente spese e sofferenze inutili. *Herr Baron*,» aggiunse, rivolgendosi ad Alec con un tono di voce completamente diverso, «vi do la mia parola d'onore che questo *dono* sarà distribuito prima alle persone bisognose, in particolare agli ospedali, agli orfanotrofi e alle chiese, poi alla gente della città e ai miei uomini. Non vi ringrazierò mai abbastanza. Voi, e Sua Altezza tramite voi, salverete molti dal morire di freddo quest'inverno.»

«Prego, colonnello, non servono ringraziamenti» dichiarò Alec, interrompendolo, arrossendo di fronte a tanta gratitudine. «L'unico ringraziamento che io, e Sua Altezza il margravio, chiediamo, è che agiate nel modo giusto perché si provveda alle persone più bisognose.»

Alec era sicuro che il colonnello si sarebbe comportato bene nei confronti della gente di Emden perché fondamentalmente era una brava persona. Avrebbe voluto che suo zio parlasse tedesco; i due uomini avrebbero trovato molto da discutere insieme, nonostante le loro opposte posizioni politiche.

«Ora, se potessimo tornare alla mappa» continuò, senza uno sguardo a Jacob Luytens, che, ne era certo, stava ribollendo per il risentimento e l'imbarazzo per essere stato chiamato a rendere conto delle sue azioni. La minaccia del colonnello di certo aveva solo aumentato la sua amarezza. «Controlliamo un'ultima volta la logistica del viaggio. Colonnello, siete stato in grado di soddisfare tutte le mie richieste?»

«Sì, *Herr Baron*.» Il colonnello Müller mostrò ad Alec le pagine di un piccolo registro rilegato in pelle, con una lista lunga e dettagliata. «Abbiamo approntato quattro *trekschuit*, i barconi da rimorchio. Due per voi e i vostri compagni di viaggio, un altro per i bagagli e le scorte e un quarto, una chiatta da carico, porterà le cinque slitte, requisite qui in città.»

«Slitte?»

«Sì, *Herr Baron*. Il canale termina ad Aurich, quindi da lì viaggerete via terra. E in questo periodo dell'anno le paludi potrebbero anche non essere completamente gelate, ma la strada sarà sufficientemente coperta di ghiaccio per sostenere le slitte, e a una bella velocità.»

«E i cavalli e i conducenti necessari...?»

«Ad Aurich ci sono cavalli, ma non ho molte speranze che i suoi cittadini siano in grado di fornirvi animali che abbiano la velocità e la resistenza di cui avete bisogno. La città è stata trattata malissimo dalle forze francesi di occupazione; hanno saccheggiato tutto ciò che aveva un valore. Quindi il bestiame è stato requisito o mangiato e hanno confiscato tutti i cavalli appena decenti. Ci vorranno parecchi anni perché quella e molte altre città, e la nostra gente, si riprendano da quell'occupazione. Ma,» aggiunse il colonnello, con un'alzata di spalle, «la guerra è la guerra, e ora non siamo più occupati da una potenza straniera.»

«No. Adesso ci facciamo la guerra tra di noi!» ribatté Jacob Luytens, alzando la tazza in un brindisi beffardo. «Dopo tutti quegli anni di occupazione da parte dei porci francesi, e poi da quegli arroganti degli inglesi, senza offesa per i presenti, si potrebbe pensare che abbiamo abbastanza sale in zucca da volere la pace a tutti i costi. Ma non il principe Viktor, bastardo traditore.»

Alec lasciò che Jacob Luytens si sfogasse, e poi ripeté la domanda con grande pazienza, come se il suo ospite non avesse nemmeno parlato: «E i cavalli e i conducenti, colonnello Müller?»

«Permettetemi di fornire entrambi. Il reggimento ha i cavalli che servono, frisoni, i migliori. Due per ogni slitta. Ho anche dei conducenti esperti nel maneggiare quel tipo di veicolo con questo clima. Vi assegnerò anche una compagnia per proteggere voi e i vostri compagni e le *trekschuit*. Seguiranno l'alzaia a piedi, davanti e dietro i cavallanti.»

Una compagnia comprendeva dai cento ai centocinquanta uomini e Alec fu sorpreso che ne servissero tanti. «Vi aspettate di incontrare l'esercito del principe Viktor in questo periodo dell'anno? Non mi avevate detto che i ribelli si sono ritirati molto a sud, fino a Leerhafe, per l'inverno?»

«Esatto, *Herr Baron*. L'ultimo comunicato riferiva di un battaglione di ribelli in marcia da qui...» Il colonnello indicò un punto sulla mappa alla periferia della città di Wittmund e tracciò una linea diretta a sud verso Leerhafe. «Possiamo dedurne che il principe si sia effettivamente ritirato a sud per l'inverno. Ma dobbiamo anche presumere che abbia lasciato indietro delle truppe, forse una compagnia, ad Aurich, che è riuscito a conquistare e a occupare un mese fa. Quella città è la più grande e la meglio fortificata ed è strategicamente necessaria, se vuole marciare su Emden in primavera. E quindi, con Aurich nelle mani dei ribelli, non è sicuro lasciare la protezione delle *trekschuit* e del canale, senza truppe leali al margravio per proteggere voi e i vostri compagni. Non prevedo che i ribelli lascino la sicurezza della città per impegnare in combattimento una compagnia dei miei uomini. Se fossi al comando delle truppe di Viktor, consiglierei una strategia di contenimento: tenere Aurich a tutti i costi. Permettere a un piccolo gruppo di viaggiatori di muoversi liberamente verso Wittmund non è tanto importante da rischiare di perdere la città. Ma,» il colonnello fece un mezzo sorriso, «rischierebbero lo scontro e delle perdite se sapessero che fate parte del gruppo, *Herr Baron*. È vitale che la vostra identità sia tenuta segreta in modo che non siate fatto prigioniero dai ribelli e diventiate così ostaggio del principe Viktor. Siete stato saggio a restare in incognito durante il viaggio per mare.»

«Allora suggerite che ci spostiamo di notte, mentre Aurich dorme?» chiese Luytens.

«No, non è possibile. Si deve passare la notte sul canale, al coperto.» Il colonnello sorrise ad Alec, scusandosi. «Anche se fosse possibile passarla in una delle locande di Aurich, ve lo sconsiglierei. La vostra chiatta, *Herr Baron*, sarà più confortevole, calda e di livello superiore a qualunque locanda.»

«Non ne dubito, colonnello. Sapete in quale città il principe Viktor ha installato il suo quartier generale?»

«Il palazzo di Friedeburg. È stato dai gradini di quel palazzo, e davanti a una folla festante, che Sua Altezza ha dichiarato che lui, e non il principe Ernst, era il quattordicesimo margravio del nostro paese.»

«Friedeburg? Lo conosco bene» dichiarò Alec, ignorando per il momento il fatto che il colonnello, *en passant*, aveva definito il principe Viktor 'Sua Altezza' per la prima e unica volta. Ma non si era accorto di aver sottolineato la sua dichiarazione con un sospiro stanco, mentre la mente riandava a ricordi da tempo soppressi.

Se c'erano ricordi felici del tempo passato a Midanich, erano tutti incentrati su Friedeburg, il palazzo estivo del margravio e il cuore culturale e artistico del principato. Le sue stanze per le udienze e i suoi salotti riccamente decorati erano affollati di studiosi, artigiani, cortigiani, artisti e musicisti, tutti alla ricerca di un patrocinio. E ovviamente, i diplomatici delle varie corti straniere passeggiavano nei corridoi e facevano la corte al margravio e alla sua famiglia, e passavano ore e ore a cercare di farsi ascoltare dai lacchè governativi che amministravano la burocrazia statale con precisione, se non con stile.

L'insieme degli edifici era di arenaria rosa e avorio, e di mattoni intonacati, con i tetti di rame, torrette eleganti e modanature dorate che ricordavano Versailles. Era lì che il margravio Leopold aveva risieduto con la seconda moglie, Helena, la contessa Rosine, ed era lì che lei aveva dato alla luce e allevato il figlio, il principe Viktor, ben lontano dal castello di Herzfeld, residenza ufficiale di stato del margravio. Quindi non fu una sorpresa per Alec sapere che il giovane principe aveva scelto Friedeburg per fare la sua dichiarazione e come quartier generale per la sua guerra contro il fratellastro.

Era stato proprio nei giardini di Friedeburg, con le sue numerose fontane che spuntavano dagli stagni e a ogni angolo una grotta artificiale appartata, che Alec aveva scelto di passare la maggior parte del suo tempo in una particolare estate, a discapito dei suoi doveri di segretario dell'ambasciata inglese. A quel tempo, la fiducia giovanile nelle proprie capacità era tale che si era autoconvinto che il tempo passato a fornicare nelle piccole grotte ornamentali con una principessa straniera fosse, in un certo senso, portare la diplomazia alla sua naturale conclusione di soddisfare entrambe le parti interessate all'accordo. Ciò che non era riuscito a capire, perché era stato un idiota arrogante, era che, anche prima che cominciasse, la relazione illecita era destinata a fallire, scoperta e condannata, come tutti gli accordi furtivi tra potenze straniere, a causa della sua stessa natura subdola e completamente immorale.

Come aveva osato presumere di potersela cavare, avendo una relazione illecita sotto il naso del margravio Leopold? Con sua somma vergogna, conosceva la risposta. Se avesse pensato con il cervello e non con quello che aveva nei calzoni, non si sarebbe innanzitutto mai imbarcato in quella torrida relazione. Era riuscito a mettere in pericolo non solo la sua stessa vita, ma quella di altri. Quella relazione e le sue conseguenze erano il motivo per cui ora si ritrovava in una nazione nella quale aveva giurato di non tornare e per cui le vite di Cosmo ed Emily erano in pericolo.

«*Herr Baron*» disse il colonnello Müller, guardando verso di lui e schiarendosi la gola per distogliere Alec dalle sue riflessioni autopunitive. «Anche se si presume che il principe Viktor e la maggior parte del suo esercito stiano trascorrendo l'inverno a Friedeburg, sarebbe negligente da parte mia non menzionare il fatto che restano accanite sacche di resistenza al nord tra gli abitanti dei villaggi. A loro non interessa che sia inverno, e non seguono le regole d'ingaggio.»

Alec si costrinse a tornare con la mente al presente e cercò di sembrare disinteressato. Sperava anche che riempire nuovamente la tazza di tè lo avrebbe aiutato a sviare la propria curiosità su come se la stessero cavando il principe Viktor e i suoi sostenitori nella guerra civile. E così, forse, confondere il colonnello Müller o Jacob Luytens e fare in modo che rivelassero per chi parteggiassero veramente: il nuovo margravio o sostenevano segretamente il principe ribelle? Quanto a lui, sperava nel principe Viktor. Se Midanich voleva prosperare nel secolo successivo, la sua unica speranza era il fratellastro di Ernst. Il paese aveva bisogno di Viktor. Il margraviato non sarebbe sopravvissuto oltre Ernst, senza Viktor. Alec sapeva meglio di chiunque altro al mondo che Ernst e Johanna avrebbero rovinato ciò che il padre era riuscito a ottenere per quella piccola nazione che confinava con l'Hannover. Perché, alla fin fine, Ernst e sua sorella erano poco più che scaltri malati di mente.

«Dev'essere un costante fastidio per un soldato di professione dover avere a che fare con contadini ignoranti che non conoscono le regole d'ingaggio» rimarcò Alec, sperando di provocare l'uno o l'altro e farlo reagire senza riflettere. «Il loro zelo sconsiderato li porta ad aiutare la causa ribelle lanciando incursioni e scaramucce. Eppure, proprio grazie al loro dilettantismo, sono votati al fallimento fin dall'inizio.»

«Ah! Fallimento?» Era Jacob Luytens. «Se falliranno non sarà per mancanza di impegno. La maggior parte di quei bifolchi ignoranti che tirano avanti alla meno peggio come pecorai, quando va bene, sta scommettendo gli agnelli della prossima stagione che Viktor sconfiggerà l'opposizione. Stupidi ottimisti! Sanno tutti che chiunque controlli questo porto, il gioiello mercantile della corona di Midanich, controlla il paese. E con comandanti fedeli come il colonnello Müller e i suoi granatieri, supereremo l'inverno e poi in primavera la ribellione sarà schiacciata. Non è vero, colonnello?»

«Questo è l'esito che speriamo, *Herr* Luytens. Ma con la maggior parte dei soldati del margravio che sverna al castello di Herzfeld o in questo porto, le vie d'acqua e il territorio circostante non sono sicuri, *Herr Baron*.»

«Allora i soldati che avete assegnato a questo viaggio saranno benvenuti, e necessari» rispose Alec, notando come il colonnello avesse abilmente riportato il discorso sul viaggio di Alec attraverso il paese, senza aggiungere esca alla tirata di Luytens sui ribelli e il loro capo.

«Il viaggio da qui ad Aurich...?» chiese Alec, sorseggiando il tè e riportando l'attenzione sulla mappa. «Quanto tempo ci vorrà?»

«Una giornata...»

«Una giornata?» Alec era incredulo. «Per percorrere quattordici miglia in barca ci vorrà un'intera giornata?»

«Sì, *Herr Baron*. Dovete ricordare che ci sono quattro barche, con un carico pesante. E che devono restare unite, altrimenti i miei uomini non potrebbero difenderle. Ma il viaggio in slitta da Aurich a Wittmund dovrebbe procedere molto più velocemente» continuò il colonnello Müller, tirando una linea immaginaria sulla mappa. «Qui il terreno è estremamente piatto, e quindi dovrebbe essere facile da attraversare, ma è anche molto paludoso, disseminato di pozze d'acqua infide.»

Diede un'occhiata a Jacob Luytens e tentò di nascondere la disapprovazione dalla voce. «Estrarre la torba ha solo peggiorato la situazione. La rimozione delle zolle ha causato la risalita di grandi masse d'acqua e ha reso inutilizzabile la terra. Lo so perché ero un ingegnere e l'ho visto succedere di persona in Olanda. Gli olandesi hanno perlustrato il loro paese in lungo e in largo per estrarre la torba e hanno creato laghi inutili dove una volta c'era buona terra da coltivare. E adesso quel paese chiede a noi la torba. È ironico, vero? Inoltre,» aggiunse con una scrollata di spalle, «qui il terreno è talmente piatto che una candela accesa di notte si vede per miglia, e il nostro nemico ci vedrebbe arrivare e si preparerebbe molte ore prima che arrivassimo.»

Jacob Luytens aprì la bocca per fare un commento riguardo la produzione di torba, ci ripensò, principalmente perché il colonnello aveva ragione, e aggiunse con un sorriso: «Abbiamo un detto: il terreno è così piatto che si può vedere il mercoledì chi verrà a trovarti la domenica.»

Il colonnello Müller annuì, senza rilevarne l'umorismo. «Purtroppo è vero, *Herr* Luytens.»

«E quanto tempo ci vorrà a raggiungere Wittmund in slitta?» chiese Alec, appoggiandosi allo schienale e togliendosi finalmente gli occhiali.

«Mezza giornata, *Herr Baron*» si scusò il colonnello. «Cioè, se il tempo tiene e se non incontriamo resistenza. Al nord, le sacche di ribellione più nutrite si trovano tra Aurich e Wittmund. La strada non è sicura e dall'inizio della guerra è poco battuta. Quindi questo viaggio ci permetterà di raccogliere le informazioni necessarie per i generali del margravio.»

«Avete detto 'noi', colonnello. Vi state offrendo volontario per guidare questa piccola spedizione e raccogliere le informazioni necessarie?»

Il colonnello annuì. «Non mi sto offrendo volontario, direi piuttosto che mi sto auto-assegnando il compito di proteggervi, *Herr Baron*. E, sì, mi darà l'opportunità di presentare di persona un rapporto al margravio.» Si rivolse a Jacob Luytens. «Lascerò la difesa di Emden nelle capaci mani del capitano Rall, durante la mia assenza. E questo pomeriggio abbiamo informato i consiglieri di questa decisione.»

«Allora la vostra presenza sarà benvenuta, colonnello» disse Alec. «Quando arriveremo a Wittmund, come proseguiremo per Herzfeld?»

«Se tutto va bene e raggiungeremo Wittmund senza incidenti, faremo anche il resto del viaggio in slitta. È di gran lunga il mezzo di trasporto più veloce.»

«Mezza giornata di viaggio?»

«Sì, *Herr Baron*.»

Alec represse un sospiro d'impazienza. Due giorni di viaggio per un tragitto che ne avrebbe normalmente richiesto al massimo uno, se fossero stati in estate e non in inverno, e se nel paese non ci fosse stata la guerra civile. Due giorni per tenere al sicuro i membri del suo gruppo di viaggiatori, e prima che potesse affrontare Ernst per trattare la liberazione di Cosmo ed Emily. Trattare? Rise tra sé e sé. Almeno fosse stato così semplice.

«È ora che mi ritiri per la notte» disse Plantagenet Halsey, raddrizzando lentamente le ginocchia artritiche, con una mano sulla spalla del nipote. «Venite, Parsons? Non capisco una dannata parola di quello che dicono, e per voi sarà lo stesso!»

Quando sir Gilbert annuì e cominciò a rimettere le carte nella borsa, il vecchio si rivolse ad Alec, che si era alzato in piedi anche lui, dicendo sottovoce: «Devi dormire un po', ragazzo mio, se devi partire domani mattina. Ma prima c'è qualcuno che desidera parlare con te…» Fece un cenno con la testa verso la porta e quando Alec guardò da quella parte e aggrottò la fronte vedendo Selina, il vecchio aggiunse, sussurrando indispettito: «Non ho dubbi che quell'anello baronale abbia dei poteri magici su questa gente, visto che pendono dalle tue labbra, e si prostrano davanti a te come se fossi il Re Sole venuto tra di loro. Quindi è un bene che tu abbia me, e lei, per farti restare con i piedi per terra e non darti tante arie! Sei stanco e sono stanco anch'io. Ma non tanto da non poterti dare un consiglio e farai bene a darmi retta. Ora, per l'amor del cielo, vai e fai la pace con lei! E non aspettarti un aiuto da quel dannato anello.»

TREDICI

Alec riuscì a fare un solo passo verso Selina quando si sentì tirare rudemente le falde della marsina di lana da sir Gilbert, che lo abbordò affermando che lui, come rappresentante di Sua Maestà e capo della legazione, aveva diritto ad avere un riassunto completo della conversazione avuta con quei *tipi stranieri*.

«Non sono il vostro lacchè questa volta, Parsons!» Sibilò Alec a denti stretti e strattonò la falda della marsina, liberandola.

Ma rimpianse immediatamente lo scoppio d'ira. Era stanchissimo e aveva passato troppe ore recitando la parte di *Herr Baron*, tanto da dimenticare che non era ciò che lui era, o che volesse veramente essere. Forse suo zio aveva ragione, l'anello baronale degli Herzfeld possedeva un qualche tipo di potere magico su di lui e sugli abitanti di Midanich. L'anello lo aveva aiutato a fuggire da Midanich dieci anni prima e lo stava aiutando ora ad arrivare da Cosmo ed Emily. Ma quali che fossero i suoi poteri soprannaturali, reali o immaginari, non vedeva l'ora di liberarsene, e questa volta per sempre. Ma per il momento doveva continuare con la messinscena; oramai ne dipendevano troppe vite.

Quindi, quando il colonnello Müller si riprese e fece un passo in avanti, furioso e offeso che quel paffuto ometto inglese avesse osato mettere le mani addosso a un membro della casata degli Herzfeld, Alec lo fermò con una parola. Fece a sir Gilbert un piccolo inchino, scusandosi e fece ricorso a tutta la sua pazienza per dire diplomaticamente:

«Sarò lieto di farvi un riassunto domani, quando il viaggio in barca ci darà tutto il tempo necessario. Ma per ora dovrete scusarmi.» Di colpo ebbe un'idea, vedendo la borsa che sir Gilbert stringeva possessivamente sull'ampio petto, e tese la mano, dicendo, con la fronte aggrottata ad arte: «E per facilitare la nostra discussione, sarebbe vantaggioso se fossi completamente edotto degli affari di Sua Maestà. Se non vi dispiace consegnarmi la borsa diplomatica, sir Gilbert.»

Il diplomatico strinse ancora più forte la borsa al petto. «Mi dispiace, signore! Mi dispiace eccome. Ci sono documenti, lettere riservate, memorandum…»

«Ragione di più perché io, come vostro subordinato, vi abbia accesso, in modo da essere completamente al corrente dei desiderata di Sua Maestà. E visto che voi state ritirandovi per la notte, non potete obiettare…?»

Lasciò in sospeso la frase e tenne tesa la mano, ma sir Gilbert non cedette finché il colonnello Müller si avvicinò di un passo alla schiena di Alec e Plantagenet Halsey gli sibilò all'orecchio: «Non siate ancora più stupido del solito, Parsons! A quel soldato alle spalle di mio nipote non importa niente di voi. Non capisce assolutamente la vostra posizione, o l'inglese, ma posso garantirvi che c'è una cosa che capisce, ed è la lealtà. Non avrebbe esitazioni a infilzarvi se non fate quello che vi ordinano.»

«Ma io sono il rappresentante di Sua Maestà! Ho dei diritti e degli obblighi. Io…»

«No! Non qui. Qui a nessuno interessa un fico secco di voi o, se è per quello, di Sua Maestà» disse il vecchio sbuffando. Fece una smorfia a suo nipote e batté la spalla di sir Gilbert quando il grasso ometto consegnò riluttante la borsa. «Ecco, visto, non è stato così doloroso, no?»

«Devo dirvi, signore, davvero non capisco che cosa stia succedendo in questo posto.» Sentirono sir Gilbert che si lagnava con il vecchio che lo stava guidando fuori dalla stanza con la mano appoggiata sulla schiena.

«Ah! Nemmeno io, Parsons. Nemmeno io.»

Nei pochi minuti da che era apparsa sulla soglia e Alec aveva preso possesso della borsa diplomatica, Selina era entrata nella stanza e ora stava comunicando a bassa voce con la figlia di Luytens, Hilda. E dai suoi sorrisi e dai gesti, cercava di farsi capire da una ragazza che probabilmente parlava tre lingue, tra cui non c'era l'inglese. Quindi Alec si sedette di nuovo e aspettò, con la borsa diplomatica in grembo, dimenticata, grato per la tregua e contento di osservare

Selina. Avrebbe potuto guardarla tutto il giorno. Non si era reso conto che, mentre la guardava, lui era a sua volta osservato.

Jacob Luytens sedeva al tavolo, dimenticato, intingendo un biscotto allo zenzero nel tè, osservatore silenzioso dello scambio tra sir Gilbert e Alec, e capendo tutto. Come capiva adesso, senza bisogno di traduzioni in una qualsiasi lingua, l'aspetto universale dell'amore... dell'essere innamorati. Guardò con grande interesse la luce che accese gli occhi azzurri di Alec, il volto che si addolciva e il piccolo sorriso che gli spuntò sulle labbra mentre guardava la bellezza inglese dai lineamenti fini con la pelle di porcellana e i capelli rossi fiammeggianti. E anche se il suo primo pensiero fu corretto, Alec Halsey era veramente profondamente innamorato di Selina Jamison-Lewis, il suo secondo pensiero fu predatorio: come usare questa interessantissima scoperta a suo vantaggio.

Luytens non si accorse che metà del suo biscotto era finito nelle profondità lattiginose del suo tè.

⚕

ALEC NON VEDEVA SELINA O LA SUA MADRINA E LE LORO DAME DI compagnia dal giorno prima, quando erano state scortate nella casa del console inglese dal colonnello Müller e dai suoi uomini. Olivia aveva continuato a star poco bene e Selina era rimasta con sua zia; avevano consumato i pasti in un salotto al piano di sopra, dove c'era quiete e tranquillità. Alla duchessa serviva un po' di tempo per riprendersi, non solo dal viaggio per mare, dall'abbordaggio della *Caroline* da parte dei pirati, dalle traversie al molo, ma anche dalla consapevolezza di essere in un paese straniero in guerra, per non parlare del freddo glaciale. Anche solo una di quelle ragioni sarebbe stata sufficiente per mandare a letto con l'emicrania anche la più stoica delle anziane matriarche dell'aristocrazia.

Fu la prima e unica volta in cui Alec fu lieto che Selina avesse accompagnato Olivia a Midanich. Il fatto che dovesse arrivare con lui fino al castello di Herzfeld era stato un colpo epocale, quando sir Gilbert gli aveva messo sotto il naso le lettere di presentazione firmate da lord Salt, citando i desideri di Sua Maestà. Documenti che erano ora in suo possesso nella borsa diplomatica e che avrebbe tranquillamente potuto gettare tra le fiamme, come se non fossero esistiti. Senza quei documenti, avrebbe potuto rifiutarle di andare oltre le mura della fortezza di Emden. Era stata la sua prima reazione alla notizia, tale era stata la sua rabbia. Ma una notte insonne, passata a riflettere e a valutare spassionatamente la faccenda, gli aveva fatto capire l'importanza di avere una donna con sé per occuparsi di Emily, durante la sua prigionia e dopo, una volta rilasciata. Avrebbe solo voluto, con tutto se stesso, che quella donna non fosse Selina.

※

CON UN SORRISO, UN CENNO DELLA TESTA E UNA RIVERENZA, Hilda fu in grado di far capire a Selina che aveva compreso ciò che voleva e uscì per occuparsene. Bastò perché Alec chiedesse scusa al colonnello, che stava raccogliendo le mappe dal tavolo, e a Jacob Luytens, che sorseggiava il tè in un silenzio contemplativo, e si avvicinasse all'amore della sua vita. Ma la coppia aveva avuto solo il tempo di scambiarsi un sorriso, quando Hadrian Jeffries si presentò sulla porta. Alec capì che il momento per una conversazione privata con Selina doveva essere rimandato di nuovo; doveva parlare con il suo valletto della sua giornata.

Jeffries aveva passato il pomeriggio al molo, a sovraintendere i soldati che caricavano le *trekschuit* per il viaggio a est verso Aurich, e dall'espressione del suo volto solitamente impassibile, Hadrian Jeffries aveva urgentemente bisogno di parlare con il padrone. Ciò che incuriosì Alec era che Jeffries non si era tolto il pastrano, i guanti e il manicotto e portava ripiegato sul braccio il mantello foderato di cincillà di Alec e il suo tricorno nero, come se si aspettasse che il suo padrone uscisse nella gelida aria della notte.

«Se volete scusarmi per qualche minuto, signora Jamison-Lewis» si scusò Alec.

«Sarò da Sua Grazia» dichiarò Selina, aggiungendo con un sorrisino di rimpianto: «Zia Olivia ha chiesto di voi. Desidera parlarvi e preferirebbe che fosse stasera piuttosto che domani mattina, quando, presumo, partiremo all'alba.»

Poi risalì la stretta scala verso la camera che condivideva con la duchessa di Romney-St. Neots, lasciando Alec a guardarla, con la sensazione di timore che tornava prepotente a stringergli lo stomaco, sapendo che l'uso del plurale era deliberato.

«Avete mangiato, oggi?» chiese al suo valletto, distogliendo infine lo sguardo dalla scala ora vuota. Hadrian Jeffries sembrava esausto.

«Con i soldati, signore, al molo. Un qualche tipo di stufato di cavolo, mangiato raccogliendolo con il pane raffermo, ma avevo fame.»

«È andato tutto bene?» chiese Alec sottovoce, tirando il valletto nel corridoio verso il davanti della casa, per poter parlare liberamente. Conversavano in inglese, ma sapeva che Jacob Luytens capiva bene la lingua, anche se non la parlava fluentemente.

«Abbastanza bene, signore. Cioè, c'erano tutti i nostri *porteman-teau*, i bauli e le casse e sono stati caricati senza problemi. E la cabina, che su una chiatta si chiama tuga, o almeno così mi dicono, è stata sistemata con tutte le comodità che abbiamo portato con noi: tappeti, pelli d'orso, bracieri a carbone e mobili. Sembra quasi che il viaggio debba essere lungo, signore?»

«Direi meglio lento. E apprezzeremo il caldo. C'è ben poca protezione tra noi e il Mare del Nord, e la terra a nord di qui è fatta di paludi e torbiere. Immagino che le *trekschuit* siano protette?»

«Sì, signore, protette con la loro vita, così ha detto il comandante ai suoi uomini. Quindi non c'è la minima possibilità che qualcuno si intrufoli.»

Alec pensò al riscatto che Luytens aveva menzionato e chiese: «Quindi qualcuno ha cercato di intrufolarsi, cercando qualcosa in particolare?»

«Sì, signore. Esatto. Un *incaricato* del console gironzolava sul molo mentre venivano caricate e attrezzate le chiatte, scusate le *trekschuit*. Faceva domande agli operai e ai soldati che sovraintendevano il carico, specialmente su che cosa contenevano le casse. Dato che non potevano dirglielo, ha cominciato a rovistare, come se ne avesse il diritto. Quando lo hanno affrontato, ha detto che stava agendo ufficialmente, come rappresentante del console. I soldati lo hanno trovato sorprendente e agli operai non importava proprio chi fosse, quindi gli hanno ordinato di andarsene, altrimenti si sarebbe trovato di fronte al plotone di esecuzione.»

«Siete certo che fosse al soldo di Luytens?»

«Sì, signore. L'ho visto qui in casa di primo mattino. Io non dimentico un volto o...»

«Grazie, Jeffries. Lo so» disse Alec con un sorriso quando il valletto si risentì. «E quell'altra faccenda di cui vi ho chiesto di occuparvi...?»

«La donna resa vedova al molo e i suoi due bambini? Sono con la sorella del defunto marito. Da quanto ho potuto capire dalla loro conversazione, la recente vedova aveva detto e ripetuto al marito che non sarebbe uscito niente di buono dal contrabbando. Fingevo di conoscere solo il tedesco, quindi parlavano liberamente in olandese davanti a me. E così ho saputo che la vedova era più sconvolta perché i suoi figli avevano perso il padre, la loro fonte di sostentamento, che non per sentimenti di natura più tenera che potesse provare per lui. La sorella del marito è stata ancora più diretta. Ha detto che il fratello morto era un *vrouwenklopper*...» «Picchiava la moglie?»

«Sì, signore. In effetti la sorella del morto è stata molto più schietta della moglie e ha detto che i soldati avevano fatto un favore a tutti, per citarla, signore, e ve ne chiedo scusa, *mettendo una palla di piombo in quel klootzak*, quello stronzo.»

«Se effettivamente il contrabbandiere di carbone era un violento che picchiava la moglie, è un bene che se ne sia liberata, anche se non sono d'accordo con il metodo usato! Le avete consegnato il denaro e il sacco di carbone?»

«Sì, signore. Le lacrime versate a quel punto erano sincere, e non la finivano di ringraziarvi per la vostra generosità. Dato che in casa faceva caldo come in un iceberg, in quel preciso momento un sacco di carbone valeva dieci volte quello che le avete regalato in monete d'oro.»

«Senza dubbio quando la casa sarà di nuovo calda riporteranno l'attenzione sulla fortuna che hanno ricevuto. Grazie, Jeffries. Avete agito molto bene.»

«Grazie, signore.»

Lo sguardo di Alec cadde sul mantello drappeggiato sul braccio del valletto e il cappello che aveva in mano e chiese l'inevitabile. «Stavo per congedarvi per la notte, e fare a meno dei vostri servizi per stasera, ma temo che abbiate dell'altro da dirmi, o da farmi fare stasera…?»

Hadrian Jeffries vide la stanchezza negli occhi del suo padrone e la sentì nella sua voce, e avrebbe voluto potergli preparare un bagno e mandarlo a letto. Ma sapeva che Alec non lo avrebbe ringraziato se non gli avesse rivelato ciò che stava succedendo fuori dalla porta di casa. Sapeva anche che Alec avrebbe voluto fare qualcosa, e prima che i soldati prendessero in mano la faccenda, come avevano fatto al molo, prima che perdessero la vita altri innocenti, per quanto i loro parenti e amici li considerassero inutili.

«Sì, signore» si scusò Jeffries scrollando il mantello. Lo tenne aperto e lo mise sulle spalle del suo padrone quando Alec si voltò per permetterglielo. «Chiedo scusa, ma ci sono due cose che non possono aspettare fino a domattina, in particolare perché partiremo all'alba.»

«Immagino che potrò sempre dormire sulla *trekschuit*…» Borbottò Alec, alzando il mento per permettere al valletto di allacciare il mantello sopra la cravatta. Cercò di svegliarsi, ficcò in mano a Jeffries la borsa diplomatica, prendendo al suo posto la sciarpa di maglia che gli tendeva il valletto e la legò al collo. «Che cosa c'è che non può aspettare fino a domattina?»

Jeffries gli porse un paio di guanti foderati di pelliccia.

«Ricordate il vecchio e la nipote che avete salvato al molo?» Quando Alec annuì, continuò: «Bene, signore, i servitori, qui in casa, mi dicono che è venuto un paio di volte oggi, e ogni volta è stato respinto senza che trasmettessero i suoi messaggi. E me l'ha confermato lui stesso quando gli ho parlato, poco fa.»

Alec alzò gli occhi dal guanto che stava lisciando sopra l'anello col sigillo. «Non avevo idea che fosse venuto. È qui, *adesso*?»

«Sì, signore, lui e la nipote, insieme. Sono qui dal crepuscolo.»

«Dal crepuscolo? Che cosa vuole?»

«Perorare la sua causa, come tutti gli altri, immagino, signore» spiegò Hadrian Jeffries. «È un inglese, un reverendo, e lui e sua nipote erano in viaggio dall'Inghilterra verso Hannover, passando per l'Olanda, quando la loro nave è stata abbordata, come la nostra, e portata qua attraverso l'estuario. Mi ha mostrato i suoi documenti, uno era una dichiarazione del molto onorevole reverendo Richard Osbaldeston, vescovo di Londra, e da quanto ho potuto vedere dando un'occhiata agli altri documenti, è chi dice di essere e dice la verità...»

«Un reverendo! Lo spero bene! Perché il vescovo di Londra in particolare?»

«La lettera del vescovo dà al reverendo Shirley, Samuel Shrivington Shirley per l'esattezza, l'autorità di sposare i cittadini inglesi all'estero...»

«Qualunque coppia inglese?» lo interruppe Alec, e maledisse la stanchezza che gli aveva fatto esprimere il suo desiderio senza riflettere, il pensiero istantaneo che il reverendo potesse sposare lui e Selina quella sera stessa, prima della partenza. Quell'idea non era solo assurdamente romantica, dubitava che la scusa di essere in un paese devastato dalla guerra sarebbe stata sufficiente perché Selina accettasse, specialmente con lui nel ruolo di *Herr Baron*. Avrebbe giustamente fatto qualche commento ironico su chi esattamente stesse sposando: il barone o il marchese? L'anello baronale, questa volta, non avrebbe funzionato a suo favore. E poiché si sentiva scottare le guance, dopo quella domanda impetuosa, e il suo valletto lo stava guardando incuriosito, gli fece cenno con la mano di continuare.

«Sì, signore, qualunque coppia appartenente alla Chiesa d'Inghilterra» rispose Hadrian Jeffries. «I matrimoni che il reverendo celebra all'estero sono riconosciuti legittimi in Inghilterra, esattamente come se gli sposi si fossero sposati in una chiesa inglese, sul suolo inglese. E dato che il reverendo Shirley mi ha ficcato la lettera sotto il naso, l'ho letta e posso confermare ciò che dice; ha la firma e il sigillo del vescovo. Da quanto dice, il reverendo Shirley ha sposato centinaia di coppie in questo modo, da Verona a Parigi, dall'Aia a San Pietroburgo. E ora, sembra, richiedono i suoi servigi ad Hannover.»

«Perché l'urgenza?»

«Dice che se non arriverà ad Hannover entro il prossimo mese, potrebbe vedersi revocata la licenza, perché c'è una coppia là, non nobile, ma imparentata con il vescovo, che richiede con urgenza i suoi servigi. Il reverendo non l'ha detto, forse perché era presente la nipote, ma sembrerebbe che la giovane futura sposa sia...» Jeffries abbassò la voce e disse lentamente: «... già in stato interessante.»

Alec chiuse gli occhi per un istante, per impedirsi di alzarli al cielo e sbuffare, e disse, con estrema pazienza: «Il reverendo Shirley si sarà reso conto di essere in un paese dove infuria la guerra civile? Che Emden è sotto assedio e che nessuno entra o esce senza rischiare di essere ucciso, se non dai ribelli che cercano un modo per entrare, dai granatieri che difendono la città fortificata? Per non parlare poi del fatto che è inverno, e che lui e sua nipote morirebbero congelati a un miglio da qui!»

«Sì, signore. Gli ho fatto presente questi fatti. Ma è irremovibile. Ed è il motivo per cui chiede che a lui e a sua nipote sia dato un salvacondotto come parte del nostro gruppo. Ed è il motivo per cui è ancora qui, dopo il tramonto, e aspetta di poter perorare direttamente la sua causa.»

«*Qui* dove, esattamente?»

«Fuori dalla porta d'ingresso...»

«*Fuori*? Lui e la nipote aspettano fuori, con questo freddo?»

«Sì, signore» rispose Hadrian Jeffries. «Non hanno nessun altro posto dove andare. Tutte le locande sono piene... Beh, almeno quelle rispettabili, e non può portare la nipote nell'altro tipo, visto che...»

«Sì, sì, va bene» rispose Alec con un sospiro impaziente. Aggrottò la fronte. «Ma perché vestirmi per il freddo? Certamente lui e la ragazza possono entrare per parlare con me?»

«Sì, loro potrebbero, signore, ma ci sono gli altri postulanti. Ce ne sono troppi.» Jeffries fece una smorfia. «Non vorreste invitarli a entrare nemmeno se poteste.»

«Postulanti?»

«Sì, signore. Si sono messi in fila prima del crepuscolo, ora che sanno dove risiedete. La fila è lunga mezzo miglio, forse di più, perché sono venuto a piedi dalla dogana e anche se non è lunga fin là, supera tre ponti sui canali, e in entrambe le direzioni.»

Quando Alec fissò il valletto come se stesse parlando per enigmi, chiedendosi se la stanchezza gli stesse confondendo l'udito oltre alla vista, Jeffries aggiunse, in tono di scusa: «Temo che potrebbe succedere il finimondo, se voi, se *Herr Baron*, non darà a questa gente un momento del suo tempo, o almeno non farà atto di presenza.»

«Finimondo?»

«Per il momento la fila è ordinata, e sembrerebbe che tutto quello che vuole questa gente è che ascoltiate le loro lamentele, ma mentre entravo in casa, ho visto una pattuglia attraversare il ponte e marciare in questa direzione. Dopo quello che è successo al molo ieri...»

«Sì, sì, capisco. Avete fatto bene a cercarmi.» Tese la mano guantata per prendere il cappello e se lo calcò sui folti capelli neri. «Chiudete a chiave quella borsa nel mio *nécessaire de secrétaire*, poi andate a cercare il colonnello Müller. Ditegli che mi serve lì fuori. L'ultima cosa che *Herr Baron* vuole avere sulla coscienza,» aggiunse tra sé e sé mentre scendeva le scale a passo svelto, «sono degli altri morti!»

Fece cenno al portiere sonnacchioso di aprire la porta e, aspettandosi il freddo, raddrizzò le spalle e infilò il mento nella sciarpa di lana morbida stretta intorno al collo. Come aveva previsto, quando mise piede sul primo gradino fu investito da una ventata di aria gelida che gli colpì le guance scarne e mandò una nuvola di vapore caldo nella notte nera quando respirò. Ciò che non si era aspettato fu quello che trovò uscendo. Quando gli occhi si adattarono al bagliore di una moltitudine di torce fiammeggianti tenute in alto nel cielo notturno per bagnarlo con una luce dorata, dalla folla si levò un grido di benvenuto che gli fece risuonare le orecchie e traballare la mente.

Fissando il mare di volti ansiosi rivolti verso di lui, stretti l'uno all'altro e tremanti di freddo, si sentì sopraffatto. «Buon Dio» mormorò. «Che cosa ho fatto...»

⚭

Mentre Alec usciva dalla porta d'ingresso della casa di Jacob Luytens, il socio del console inglese, che Hadrian Jeffries aveva correttamente riconosciuto al molo quello stesso giorno, entrò dalla porta di servizio e chiese immediatamente una ciotola di zuppa e del pane. Poi, senza essere invitato, si sedette su uno sgabello davanti al camino della cucina e mangiò in silenzio, dopo aver chiesto che avvisassero il padrone che lo volevano al piano di sotto per una questione urgente.

Jacob Luytens scese un quarto d'ora dopo; aveva aspettato che il colonnello Müller uscisse con il valletto di Alec per sedare i disordini nella strada accanto al canale. Non fu sorpreso di vedere il suo socio, e versò a entrambi una tazza di tè dalla teiera sulla stufa, facendo cenno con la testa alla cuoca di andarsene.

«Beh?» chiese Jacob Luytens quando il suo socio non parlò e continuò a bere il suo tè in silenzio. «Hai trovato il riscatto?»

«È là, di certo.»

«Come? Non l'hai con te?»

Il socio guardò il console come se fosse un idiota. «È in una cassa» dichiarò. «Come avrei potuto rubare una cassa sotto il naso di una dozzina di soldati, i funzionari della dogana e il domestico di *Herr Baron*, che ficcava il naso dappertutto e controllava ogni mio movimento?»

«Davvero? Allora dovremo soffiarglielo da sotto il naso durante il viaggio verso est.» Luytens digrignò i denti. «E se siamo fortunati ci sarà un'imboscata e allora *Herr Baron* e il suo servitore ficcanaso avranno quello gli spetta prima del previsto! Altrimenti, finirà comunque presto nel carcere del castello di Herzfeld.»

Il suo socio lo guardò sbalordito. «Non conosco quell'inglese e non posso dire che mi interessi, dopo quello che ci hanno fatto patire i suoi connazionali durante la guerra. Sono d'accordo con te. Ma stai per tradire un uomo che una volta chiamavi amico. Che si è seduto alla tua tavola e ha spezzato il pane con la tua famiglia. E il suo paese si fida di te, tanto da nominarti suo console...»

«Che cosa sei adesso? Il mio confessore?»

«No, sono tuo cognato, Horst Visser, e questo mi dà il diritto di dire quello che penso. Elsa sarebbe contraria.» Fece sporgere il labbro inferiore. «Rubare agli inglesi? Sì. Tradire un amico? No.»

Luytens gettò nel fuoco il goccio di tè rimasto sul fondo della tazza e tenne lo sguardo fisso sulle fiamme. Il suo tono di voce era atono: «Elsa e i ragazzi sono al sicuro ad Amsterdam. È tutto quello che conta. E ciò che faccio, che ho fatto, è per loro.» Guardò suo cognato. «E non basta nemmeno, ora che *Herr Baron* ha giudicato corretto privarmi del profitto della torba. Riesci a crederlo? Ha offerto l'intera scorta di torba a Müller, perché sia distribuita tra i bisognosi! I bisognosi! Accidenti a lui! Quindi è indispensabile che mettiamo le mani su quella cassa. Considerala una compensazione del mancato profitto.»

Horst Visser alzò la tazza, come per un brindisi.

«Non mi lamento di certo.»

«Riusciresti a identificare la cassa?»

Horst Visser annuì. «A parte la perdita del profitto della torba, perché hai preso l'inglese in antipatia, Jacob?»

Jacob Luytens alzò una mano come se non valesse la pena di rispondere, ma sapeva che suo cognato non avrebbe ceduto finché non avesse avuto una risposta, quindi disse a bassa voce: «Ha a che fare con Elsa. Una volta me l'ha spiattellato, me l'ha gettato in faccia, come uno schiaffo, mentre stavamo discutendo. Non ricordo nemmeno di che cosa stessimo discutendo. Ma ricordo molto chiaramente che cosa disse riguardo al suo penultimo figlio...»

«Peter?»

«Sì, Peter, ovvio, so come si chiama!»

«Allora perché non lo chiami per nome? È sempre stato così. Lo hai sempre chiamato 'suo figlio', come se non fosse tuo. Lo sa anche il ragazzo. Ed Elsa.»

«Perché non è mio. È *suo*... È il figlio di Halsey!»

Ci fu un momento di calma assoluta, quando tutto ciò che i due uomini sentirono era lo scoppiettio del fuoco e un ruggito lontano, come di tuono, o urla, o forse erano manifestazioni di gioia? Ci sarebbe potuta essere la guerra là fuori, per quello che interessava quei due.

Poi Horst Visser si alzò di colpo dallo sgabello e afferrò suo cognato per il collo. Lo spinse indietro, attraverso una fila di pesanti pentole e padelle che pendevano da ganci di ferro intorno all'orlo dell'enorme cappa e che, disturbate, dondolarono avanti e indietro colpendo entrambi gli uomini sulle orecchie. Horst non sentì nulla, mentre Jacob guaì quando una pesante padella di ghisa lo colpì sulla fronte. Ma Horst non si fermò. Spinse il cognato finché non poterono andare oltre, le spalle di Jacob sbatterono contro le piastrelle di ceramica che decoravano il contorno del camino e con le scarpe a pochi centimetri dalle ceneri incandescenti.

«Ritiralo, bugiardo! Ritiralo! Elsa non avrebbe mai infranto i suoi voti matrimoniali! Mai! Ti sbagli!»

Luytens fissò la faccia congestionata di Horst e il suo primo pensiero fu: perché veniva punito lui quando era Alec Halsey che avrebbe dovuto risponderne? Come sempre, quell'uomo sembrava cosparso di polverina magica! Ma dall'espressione selvaggia negli occhi di quel bruto di suo cognato, capì che lo avrebbe pestato a sangue se non gli avesse raccontato tutta la sordida storia. Quindi annuì, e Horst lo lasciò andare con riluttanza.

Horst fece un passo indietro, ma aveva ancora le mani strette a pugno. Quindi Luytens si prese un momento per sistemarsi la cravatta e raddrizzare il davanti del suo semplice panciotto di lana, sperando di dare a suo cognato il tempo di calmarsi. Era sicuro di avere un bozzo sulla fronte che il giorno dopo sarebbe diventato viola. Comunque, era meglio che ricevere un pugno di Horst in faccia e perdere un paio di denti. Poi si infilò le mani in tasca e sospirò.

«È quello che mi ha detto Elsa, Horst. Dio mi è testimone...»

«Lascia Dio fuori da questa storia!»

«Mi ha raccontato che il suo ragazzo, Peter, era di Halsey. Che avevano avuto una relazione. Che cosa potevo fare? Non crederle?»

«Sì! Deve averlo detto come reazione a qualcosa che hai detto o fatto. Elsa è una brava ragazza. Lo è sempre stata. E per qualche motivo che sa solo lei, ti ha sempre amato.»

«Calmati! Calmati! Lo so... *adesso*.» Si portò cautamente una mano alla fronte e fece una smorfia. Si stava già formando il bernoccolo. «Aveva saputo di me e Berta, e quindi aveva pensato di vendicarsi... E ha funzionato, per un po'.»

«Tu e le tue puttane! Dovrei dartele di santa ragione solo per quello!» Horst alzò la testa. «Avanti, dimmi il resto. Dimmi che tua moglie è una donna fedele, altrimenti...»

«Tieni i pugni a posto! Lei è casta.»

«Ah! Allora *non* ha avuto l'inglese tra le gambe, e Peter è figlio *tuo*, non di Halsey.»

«Sì, ma non cambia il fatto che Elsa volesse l'inglese! L'unico motivo per cui non l'ha fatto è perché *lui* l'ha respinta. Ecco qual è la verità! Mi ha detto che aveva tentato di sedurlo, ma che Halsey le aveva detto che per quanto desiderasse accettare la sua offerta e portarla a letto, lei era mia moglie e noi, lui e io, eravamo amici, e quindi ha educatamente rifiutato.» Luytens sputò nel fuoco. «Educatamente! Puah! Non ho dubbi che sia stato educato!»

«Quindi hai accusato tua moglie di infedeltà, tuo figlio di essere un bastardo e questo inglese di aver sedotto tua moglie, e niente di tutto questo è vero? E lo hai detto a me, suo fratello? Non solo sei un dannato bugiardo, ma anche un dannato stupido! Dovrei spaccarti il muso!» Horst Visser diede un calcio allo sgabello facendolo finire nel camino. «Al diavolo il riscatto! Spero che Elsa resti in Olanda e ti lasci qui a marcire!»

Quando si voltò per andarsene, Luytens gli afferrò il braccio.

«Resta! Sono un dannato idiota, Horst. Non puoi andartene! La settimana prossima, a quest'ora, saremo ricchi! *Ricchi*, Horst!»

Horst lo guardò con aria risentita mentre recuperava lo sgabello dal mucchio di ceneri e lo rimetteva a posto. Non gli era mai piaciuto Jacob Luytens. I suoi genitori pensavano che il mondo cominciasse e finisse con lui. Se ne andava in giro come se stesse sempre lavorando e pieno di piani per il futuro. Ma Horst sapeva che viveva della fortuna accumulata dai genitori e che i suoi piani erano solo macchinazioni. Horst ed Elsa venivano da una famiglia di stretta fede calvinista. Lavoro duro, vita sana e il risparmio li avrebbero ripagati, non gli intrighi, i furti e i tradimenti. Comunque, la guerra e i tempi duri avevano reso Horst pragmatico. Si era convinto che rubare agli stranieri era solo un modo per riprendersi ciò che loro avevano per primi strappato a Midanich e alla sua gente. No. Non gli turbava la coscienza prendersi il riscatto dell'inglese. Ma lo turbava essere complice del tradimento dell'inglese e dei suoi amici.

«Trova un modo di mettere le mani su quel riscatto senza che ci sparino» disse alla fine Horst. «Non so che cosa c'è in programma per il tuo amico inglese al castello, ma mi auguro che tu non ci abbia niente a che fare o, se è così, che non ti scoprano! Mia sorella e i suoi figli hanno ancora bisogno di chi li mantenga.»

Jacob Luytens alzò le spalle, noncurante. «Non ti preoccupare. Starò attento e quello che succederà ad Halsey sarà solo colpa sua. Se l'è cercata.» Poi diede una manata al cognato mentre lo accompagnava alla porta di servizio. «Chi lo sa! Magari *Herr Baron* se la caverà, proprio come l'ultima volta... Ha la fortuna del diavolo dalla sua. Spero che un po' di quella fortuna si attacchi anche a noi. Ne avremo bisogno per prenderci quel tesoro. Eh, Horst? La settimana prossima a quest'ora saremo uomini ricchi!»

Horst Visser voleva credere a suo cognato. Non gli credeva, ma non aveva niente da perdere e tutto da guadagnare. Non vedeva l'ora che arrivasse la settimana successiva.

QUATTORDICI

«Sta bene? Non è stato aggredito e ferito, vero? Selina? Selina, che cosa sta succedendo dabbasso? Parla!» Era la duchessa di Romney-St. Neots, appoggiata a un mucchio di cuscini di piuma nel grande, semplice letto di legno al centro della stanza, con uno scialle di lana bordato di ermellino sulle spalle e una bella cuffietta da notte ornata di nastri e rifinita con un bordo di pizzo arricciato che le copriva i capelli. Non era stata bene per quasi tutta la giornata, quindi era rimasta a letto, con i postumi del mal di mare, a bere tè leggero tra una cucchiaiata e l'altra di sciroppo di zenzero e un decotto di ingredienti noti solo al suo farmacista, che le somministrava la sua paziente cameriera, Peeble. Non era sicura se quei rimedi la stessero aiutando o stessero ritardando il suo ritorno in salute, ma Peeble insisteva che prendesse la medicina, e lei stava troppo male per discutere.

La duchessa detestava star male. Detestava ancora di più essere impotente. E detestava essere segregata in un paese straniero, in una città piena di truppe che parlavano una lingua che le urtava le orecchie e che per lei non aveva alcun senso. Era preparata a sopportare la mancata conoscenza della lingua inglese, ma l'aveva scandalizzata scoprire che quasi nessuno parlava il francese universalmente conosciuto. Era in una terra di bifolchi ignoranti! Avrebbe voluto essere a casa. Voleva il suo letto e il suo cibo e i suoni di Londra fuori dalla sua finestra. Era sicura che sarebbe morta lì. E poi pensò a Emily e Cosmo e si rimproverò mentalmente per il suo egoismo. Ma il pensiero di Emily, e di quello che doveva star subendo in un posto perfino più squallido di dov'era lei, le procurò lacrime e preoccupazione, e il cuore cominciò a battere troppo in fretta, e il ciclo di nausea, apprensione e autocompatimento ricominciò di nuovo.

Quindi valeva la pena di prestare attenzione a qualunque cosa fornisse una distrazione. E ciò che stava succedendo fuori dalla sua finestra, giù nella strada che correva parallela al canale, era una forte distrazione. Eppure la rendeva altrettanto ansiosa perché sentiva urlare e il suo figlioccio era lì in mezzo a una folla di tagliagole, ladri e soldati fuori controllo, se quello che aveva visto al molo mentre aspettavano di passare dalla dogana era un'indicazione del tipo di gente che abitava questa incivile città fortificata.

«Selina! Smettila di farmi soffrire! Sta bene? Dimmi che sta bene!»

Selina si allontanò con riluttanza dalla finestra e lasciò ricadere le tende. Sentiva di colpo freddo, nonostante indossasse un corpetto imbottito appesantito da gioielli e monete. Ma l'aria gelida della notte invernale che filtrava dal davanzale le aveva gelato le ossa. Quindi si affrettò verso la stufa di mattoni e allargò le dita al calore che ne irradiava. Servì, ma c'era qualcosa di poco soddisfacente nel non poter vedere un fuoco scoppiettante, che le avrebbe dato la sensazione di avere le mani più calde, anche se sapeva che era una stupidaggine senza senso.

«Sì, sta bene, zia» rassicurò la duchessa con un sorriso stanco. «Se la sta cavando bene, considerando che c'è una gran folla di gente che gli parla tutta assieme e gli agita delle carte in faccia. Il suo valletto ha già le braccia piene di quelle che credo siano petizioni e quindi lo sta seguendo anche un soldato, per raccogliere pezzi di carta di tutti i tipi. Dio solo sa che cosa pensano che possa fare per loro!»

«Parecchio, se lo spettacolo al molo significa qualcosa» borbottò la duchessa. «Quel soldato gli ha baciato l'anello, vero? Non l'ho immaginato?»

Selina rise e scosse la testa. «No, non l'avete immaginato. Anche se sospetto che Alec vorrebbe che fosse tutto un brutto sogno da cui potersi svegliare. Sapete che non è tipo da gradire salamelecchi. Anche se sarebbe il primo a sostenere il principio di *noblesse oblige*.»

«Ha avuto l'impudenza di rifiutare un marchesato inglese, la prima volta che gli è stato offerto, eppure qui, in questo posto abbandonato da Dio, mi dicono che è un barone della reale casata degli Herzfeld.»

«Sono sicura che essere il barone Aurich non è niente rispetto a essere il marchese Halsey» commentò Selina, ironica, sapendo che Alec tollerava con riluttanza il titolo e le cerimonie.

«Ovvio, Selina!» Replicò la duchessa, che non aveva percepito la nota ironica nel tono di sua nipote. «L'idea stessa è assurda. Un marchesato inglese è di gran lunga superiore, sotto tutti gli aspetti, a un baronato straniero, che non avrebbe un gran valore alla corte di San Giacomo, nonostante l'origine tedesca del re. Comunque,» continuò con un broncio, sistemando le spalle sui cuscini e lisciando le pieghe della sovraccoperta ricamata, «sono decisamente seccata che non abbia confidato a me, a nessuno di noi, che era stato onorato in questo modo durante la sua missione qui tanti anni fa.»

Selina lasciò il calore della stufa e si sedette sul bordo del materasso, guardando sua zia.

«Sembra essere una cosa di cui non va fiero e che avrebbe tenuto per sé, se avesse potuto scegliere. Ma qui, presentarsi come *Herr Baron* funziona a suo e nostro vantaggio. Senza dubbio spera, come noi, che *Herr Baron* abbia più possibilità di far liberare Cosmo ed Emily.»

«Sì, sono sicura che tu abbia ragione. E almeno sembra avere i soldati dalla sua parte... Oh! Che cosa sta succedendo adesso? Vai a vedere! Vai a vedere!»

La duchessa rimandò Selina alla finestra quando si alzò un secondo, assordante grido di gioia.

Guardando in strada, l'interesse di Selina fu attirato da Alec che, sul bordo del canale, un po' in disparte dalla folla, stava conversando con il vecchio e la nipote che avevano visto sulla banchina. Fu così sollevata di vederli sani e salvi dopo quello che era successo, e lieta che avessero cercato Alec e che lui stesse loro dedicando un po' del suo tempo. Sperava potesse fare qualcosa per loro. Passò un minuto, forse due, e poi un soldato accompagnò la coppia dentro casa. Alec li seguì, ma non entrò immediatamente. Si fermò sul gradino più in alto e si voltò a guardare la folla. E quando alzò una mano verso la moltitudine che sciamava verso di lui, lo acclamarono tutti insieme. L'orda, perché in quale altro modo si poteva definire un centinaio o più di uomini accalcati tutti insieme lungo una strada stretta sotto il bagliore delle torce tenute in alto, ammutolì e poi si fece avanti, tenuta a freno da una fila di soldati che usavano le baionette come barriera.

Alec si rivolse alla folla con il colonnello Müller al suo fianco. Anche il colonnello disse qualche parola, su invito di Alec. Poi parlò ancora Alec. Selina non riusciva a sentire che cosa dicesse, perché la finestra era chiusa. Non che avrebbe capito qualcosa, perché era sicura che stesse parlando in tedesco o in olandese, o forse in entrambe le lingue. La facilità con cui parlava le lingue straniere non cessava mai di stupirla. Si alzò un ultimo grido di gioia quando Alec sollevò nuovamente la mano, poi lui e il colonnello scomparvero all'interno, con Hadrian Jeffries e un soldato al seguito, le braccia piene di carte e pergamene.

Selina restò a guardare ancora per un po' mentre i soldati disperdevano la folla, dapprima riluttante ad andarsene, ma che si rese conto molto in fretta che non avrebbe ottenuto altro quella sera; con la temperatura che scendeva rapidamente era indispensabile essere al coperto appena possibile, o correre il serissimo rischio di morire congelati.

Selina si voltò verso l'interno della stanza quando sentì bussare piano, nonostante la duchessa l'avesse già chiamata più volte chiedendole che cosa stesse succedendo fuori. Come dal nulla comparve Peeble che andò ad aprire e fece entrare il visitatore con una veloce riverenza, prima di scomparire nuovamente nell'angusto spogliatoio che divideva con la cameriera e compagna di Selina, Evans.

«Dovreste già dormire entrambe» commentò Alec gentilmente mentre chiudeva la porta e avanzava nella stanza. Si era tolto il mantello, la sciarpa e il cappello e si stava togliendo i guanti di capretto. «Ma sono lieto che siate sveglie. Olivia, posso salutarvi adesso, dato che non vorrei svegliarvi domani prima che sorga il sole.» Lanciò un'occhiata a Selina mentre infilava i guanti nella tasca della marsina e continuò a fissarla con un sopracciglio alzato, dicendo scherzosamente, quasi com'era sua abitudine: «Spero che non vi dispiaccia questa intrusione nella vostra stanza, signora Jamison-Lewis?»

Selina strinse le labbra per nascondere un sorriso e fallì miseramente, sentì le guance che arrossivano e abbassò le palpebre. Santiddio! Quindi tutto quello che le ci voleva adesso era che Alec alzasse un sopracciglio guardandola per trasformarla in ragazzina eccitata?! La loro intimità le mancava più di quanto si fosse resa conto. Ma era solo una parte dell'equazione. Il timbro dolce della sua voce e quel sopracciglio alzato erano un invito alla riconciliazione, e non avrebbe potuto essere più felice che finalmente Alec l'avesse guardata senza il solito cipiglio, costante da quando erano partiti da Harwich, anche se la prendeva ancora in giro ponendo l'enfasi sul suo odiato nome da sposata. Prima che potesse pensare a una replica giocosa, la duchessa, che era troppo assorta nei suoi problemi per notare lo scambio tra i due, disse, nel silenzio della stanza: «Non dire stupidaggini, ragazzo mio! Non è la camera di Selina. È la mia, la *nostra*, finché non sarà pronto per noi qualcosa di più adatto di questa scatola di scarpe. Ovviamente, sei il benvenuto nella camera di questa vecchia signora. Ora vieni qua e lasciati guardare!» Ordinò, sedendosi e battendo sul copriletto accanto a lei. Quando Alec ubbidì, e le baciò la fronte prima di appoggiare una natica sul bordo del materasso, la duchessa gli coprì la mano con la propria e lo guardò da vicino. «Selina dice che sei stato fuori a *parlare* con una folla scatenata. A quest'ora tarda! E con questo freddo! Stavo quasi aspettandomi che ti aggredissero, se non loro, i soldati intervenuti contro di loro, o contro di te, o contro entrambi! Dopo quell'orribile episodio al molo, che come minimo sparassero.» «Non era una folla scatenata, era una delegazione.» «Tutti con una petizione per *Herr Baron*?» chiese Selina, sedendosi, senza essere invitata, dall'altra parte del letto.

Alec annuì. «Sì. Il mio infelice valletto, beh, sarà infelice dopo il lavoro che l'aspetta questa notte. Povero Jeffries! L'ho incaricato di leggere tutte le petizioni e compilare una lista, con l'aiuto di uno degli uomini del colonnello. Intendo controllare la lista e leggere una o due petizioni, quando vi avrò salutato e augurato buonanotte.»

«Ma... Ce ne devono essere dozzine, se non un centinaio?» chiese Selina allarmata.

«Sì, oserei dire di sì. Anche se preferirei non sapere il numero esatto, altrimenti potrei addormentarmi prima ancora di cominciare.»

«Che cosa speri di ottenere leggendole stanotte?» chiese la duchessa irritata, stringendogli un po' troppo forte la mano senza accorgersene. «Sei esausto. Quello che ti serve è dormire.»

«Sì. Dormirò. Domani. Sulla *trekschuit*. Sarà un modo più gradevole di passare il tempo che non guardare un panorama piatto, aspettando che dalla nebbia appaia l'ennesimo mulino a vento o il campanile di una chiesa.»

La duchessa non voleva lasciarsi calmare e aggiunse, in modo indisponente: «Ti sei dato a questo ruolo di *Herr Baron* con un tale entusiasmo, che sono sicura che potrai sfruttare l'esperienza quando ritorneremo in Inghilterra e prenderai finalmente il tuo posto nella camera dei Lord come marchese Halsey.» Tirò su col naso e aggiunse, maliziosamente: «Ti farò perfino fare un anello con sigillo con lo stemma degli Halsey, se è quello che ci vuole...»

Alec nascose un sospiro di irritazione davanti alla gelosia della sua madrina. Non era inaspettata, visto che gli inglesi, dal ragazzino che tirava il carretto alla duchessa, avevano un senso di superiorità innato nei confronti dei loro vicini europei, nonostante il fatto che la grande maggioranza delle persone non si fosse mai mossa dal proprio villaggio. Essendo un'isola, l'acqua forniva una barriera che permetteva l'isolamento e favoriva la paura dell'ignoto. E non esisteva una barriera più grande della lingua. Era acutamente conscio che la sua madrina non aveva mai viaggiato oltre le sponde dell'Inghilterra e che quindi era così lontana dal suo ambiente, come se avesse preso casa su un'isola nel mezzo dell'Atlantico! Alec non dubitava che fosse spaventata, oltre che frastornata. Quindi mitigò la sua reazione, specialmente perché non aveva voglia di rispondere a domande su come avesse acquisito il titolo di barone, non prima di aver avuto la possibilità di parlarne a Selina, e in privato, una cosa che non poteva rimandare per sempre.

«Senza dubbio riporterò con me in Inghilterra ogni granello di esperienza, ma voi e io sappiamo che non mi serve il titolo per aumentare la mia autostima, o un anello con sigillo, se è per quello» rispose con calma. «Ciò che so, e sapete anche voi, mia cara Olivia, è che qui in questo posto, il mio marchesato inglese non serve a Emily e Cosmo. E se essere *Herr Baron* può servire a farli liberare, allora sfrutterò la mia posizione in tutti i modi possibili.»

La duchessa si mise immediatamente a piangere, sentendosi in colpa per la propria irritabilità.

«Perdonami. È ovvio che devi farlo. Mi sto comportando come una vecchia noiosa, e non voglio» aggiunse con rimorso, asciugandosi in fretta gli occhi con il fazzoletto che le aveva messo in mano Selina. «Certo che devi fare tutto quello che serve, essere chiunque devi essere per salvare i miei nipoti da questo orribile posto! È tutto quello che voglio e che ho mai voluto.» Tirò su col naso e si sforzò di sorridere. «È un peccato che *Herr Baron* non possa esaudire il mio desiderio e tirare *me* fuori da qui!»

«Oh? Prima di aver visto che cosa può offrire Emden?» scherzò Alec. «Che peccato che io debba partire domani mattina, perché speravo di potervi accompagnare per una passeggiata lungo i bastioni, per mostrarvi il panorama desolato. Neppure una collina in vista e paludi fin dove può arrivare lo sguardo. Ma i mulini a vento sono veramente spettacolari. Una vera meraviglia di ingegneria, una cosa di cui la gente di qui è esageratamente fiera. Eppure sono sicuro che non vi dispiacerà rinunciare a una simile escursione per veder esaudito il vostro desiderio» aggiunse, e le baciò la mano tenendole poi le dita per confortarla, con un'altra occhiata a Selina. «Perché domani ve ne andrete. Non da questa casa. Dal paese.»

La duchessa si mise seduta, sorpresa. Non riuscì a contenere la sorpresa e la felicità. «Domani? Lasciare il paese? Davvero? Ma per andare dove...?»

«In Olanda, come avevamo programmato. Temo che significherà un altro breve viaggio sulla *Caroline*» si scusò Alec. «Solo dall'altra parte dell'Ems, a Delfzijl, che dovrebbe richiedere solo poco più di un'ora, una volta salpati. Mio zio, i servitori e tutto il vostro bagaglio verranno con voi.»

La duchessa si lasciò ricadere sui cuscini con un sospiro di sollievo, portandosi una mano al petto. «Oh, grazie a Dio.»

«E lo farà anche sir Gilbert, anche se dovrò farlo arrestare e portare a bordo con la forza» aggiunse Alec. «È troppo pericoloso per lui restare a Midanich. Il colonnello Müller l'ha chiarito perfettamente. Mi dice che tutte le legazioni straniere hanno già chiuso. Gli ambasciatori e i loro seguiti hanno caricato tutto quello che potevano sulle carrozze e sono scappati oltre frontiera, nell'Hannover, oppure hanno preso l'ultima nave per Copenaghen, appena è scoppiata la guerra civile. I pochi diplomatici che erano rimasti si sono ritrovati in mezzo ai combattimenti e sono stati catturati, o dal margravio o dal principe Viktor. Sono prigionieri di guerra. E quindi non è questo il momento per fare aperture diplomatiche, di nessun tipo.»

«Scommetto che avevate già deciso molto prima di lasciare l'Inghilterra di sollevare sir Gilbert dal suo incarico e lasciarlo in Olanda, se non fossimo stati abbordati dai pirati» disse Selina, senza nascondere la sua soddisfazione. «Al diavolo le direttive di Cobham!»

A quella esclamazione, Alec si voltò a guardarla e disse, senza mezzi termini, con un'occhiata significativa alla sua madrina per includerla: «Esattamente come voi due avete cospirato alle spalle di Cobham per farvi includere nella legazione al castello di Herzfeld. C'è la firma di lord Salt sui vostri salvacondotti, non quella di Cobham. Quindi, sì, le direttive di sua signoria possono andare al diavolo. E così, sembrerebbe, anche le mie e tutte le preoccupazioni per la vostra sicurezza personale.»

«Milord... Alec!» Balbettò Selina, vedendosi affrontare in modo così diretto. «Non potete incolpare zia Olivia, perché io...»

«La decisione è stata interamente mia» la interruppe la duchessa. «E Selina...»

«Per favore, Olivia. Il tempo delle scuse è passato da un pezzo. Non voglio discuterne ora» disse Alec seccamente, fissando Selina, che continuava a guardarlo allo stesso modo, anche se con un'espressione di sfida, nonostante il rossore alla gola la dicesse lunga sul senso di colpa che provava per averlo ingannato. «Volevo solo far capire, a entrambe, che non dovete nascondermi niente in questo posto pericoloso. La posta in gioco è troppo alta. Quindi, se c'è qualcosa di cui volete parlarmi, ad esempio il riscatto...»

«C'è il tavolo da gioco meccanico di Roentgen, da offrire in dono al margravio come gesto di buona volontà da un monarca all'altro» disse la duchessa. «È molto più prezioso delle monete e dei gioielli, non credi?»

«Sì. Ma non è il tavolo da gioco che Luytens ha menzionato quando ha toccato l'argomento con me. Ha detto, esattamente come voi adesso, monete e gioielli...» Quando la sua madrina si agitò a disagio contro i cuscini, senza guardarlo negli occhi, aggiunse a bassa voce: «Se avete un riscatto di quel tipo, sarebbe meglio che lo tenessi io al sicuro. Non dovreste averlo vicino a voi, in nessun modo. Non potrò mai sottolineare a sufficienza che siamo in un paese in guerra. Qui non si applicano le normali regole di civiltà. Avete visto che cos'è successo al molo. Hanno sparato a un uomo per aver nascosto un sacco di carbone.» Alec si chinò per guardare da vicino la duchessa.

«Olivia...»

«Oh, va bene!» Confessò la duchessa, lamentandosi, piena di sensi di colpa. «Ho portato con me monete d'oro e gioielli.»

«Grazie per avermelo *finalmente* detto» rispose Alec, con il fantasma di un sorriso.

«Lo sai che non riesco a nasconderti niente quando mi guardi in quel modo!» Continuò la duchessa, ancora di malumore. «Ho solo fatto quello che mi hanno chiesto. E noi, Cobham e io, non volevamo correre il rischio di non portare il riscatto, nel caso in cui il tavolo da gioco non fosse stato considerato un regalo accettabile. Selina porterà con sé i gioielli domani...»

«Zia. Vostra Grazia. Pensavo fossimo d'accordo...» La interruppe Selina, ma la ignorarono.

«E tu la smetterai di incolpare lei» continuò la duchessa come se la nipote non avesse parlato. «L'idea di farla venire con te per aiutarti a salvare Emily è stata solo mia. Le ho proibito di dirlo a te e a Cobham. Lui sarebbe stato noioso e avrebbe tirato fuori tutti i motivi ragionevoli per cui lei non poteva lasciare l'Inghilterra. Non ultimo quello di essere sua sorella! Una scusa ridicola. E anche tu avresti fatto lo stesso. Se non fosse per Emily...»

«Sì, per Emily, sono d'accordo con voi» rispose Alec, interrompendola. «Dobbiamo pensare a che cosa è meglio per lei. E avere Selina come sostegno quando saremo al castello sarà esattamente ciò di cui avrà bisogno. Ma questo non mi impedirà di parlarvi del mio dispiacere, cara signora Jamison-Lewis,» disse rivolgendosi direttamente a Selina, «domani, a bordo della *trekschuit*.»

«Bene. Sono contenta che sia tutto sistemato» disse allegramente la duchessa.

Non aveva nessuna intenzione di permettere a Selina di rivelare dov'era nascosto il riscatto, perché si aggrappava all'idea che i suoi gioielli e le monete potessero non servire. Quindi che motivo c'era di rivelare una cosa non necessaria e che avrebbe solo aumentato il carico di preoccupazioni di Alec? Sapeva anche di essere egoista. Lei sarebbe stata fuori dal paese e quindi molto lontana dal suo dispiacere se mai fosse arrivato il momento per lui di scoprire la verità. Per il momento, era lieta di essere riuscita a distrarlo e impedirgli di fare altre domande. Sperava di continuare a distrarlo e quindi fece una domanda pratica:

«Allora, come hai fatto a persuadere il colonnello a lasciarci andare domani? *Herr Baron* lo ha di nuovo minacciato con la spada per farsi ubbidire?»

L'angolo della bocca di Alec si sollevò in un mezzo sorriso. «Niente di così eroico o idiota. Anche se è stato piuttosto drammatico, con ben oltre duecento uomini che convergevano su questa casa agitando documenti e chiedendo a forza di poter riferire le loro lamentele a *Herr Baron*.»

«Quei pazzi! Cosa pensavano che potessi fare tu per loro, che i loro stessi capi, civili e militari, non potevano fare? Sciocchi!» Sbuffò la duchessa. Rabbrividì disgustata e poi raddrizzò le spalle. «Non mi sorprende che ci sia la guerra civile in questo paese, se si permette alla gentaglia di parlare; è l'inizio della fine. Selina mi ha riferito che i soldati sono riusciti a disperderli. Ma solo dopo che tu hai parlato con loro. Spero che tu abbia fatto loro un bel discorsetto e abbia detto loro di tornarsene nei loro letti.»

La sfuriata di Olivia riuscì a far ridere Alec; sapeva che cosa avrebbe detto suo zio riguardo all'aristocratica sfiducia e alla paura della duchessa quando i membri delle classi inferiori si riunivano in numero superiore a tre. Per non dire poi del parlare di loro come se fossero bambini bisognosi di correzione, e non esseri umani con lamentele legittime. Ma tenne per sé le critiche di Plantagenet Halsey e disse con un sorriso: «Sì, ho fatto loro un... ehm... bel discorso, ma non è stato severo. Ho detto loro quello che volevano sentirsi dire.»

«Ed è il motivo per cui vi hanno acclamato e se ne sono andati in modo pacifico» dichiarò Selina, e allungò cautamente la mano sopra il copriletto.

«Sì» disse Alec, prendendole la mano con un sorriso. «Ma non stavano acclamando me, ma *Herr Baron*.»

Selina sorrise comprensiva. Sorrise ancora di più perché le stava tenendo la mano. «Ovvio, ma mentre siamo a Midanich, sono una cosa sola, no?»

«Già, immagino di sì...»

«Che cosa volevano? Che cosa hai detto loro?» chiese la duchessa e, ansiosa di scoprire la risposta alle sue domande non fece caso al fatto che Alec e Selina si stessero tenendo per mano e che questo significava sicuramente una riconciliazione, e avrebbe dovuto essere una notizia più importante per lei che non una folla scatenata fuori dalla sua finestra. «Perché acclamavano *Herr Baron*?»

«Ho ordinato che aprissero il porto per permettere loro di partire e ritornare nelle loro case con le loro famiglie.»

«Hai l'autorità per farlo?»

«Il barone Aurich sì. È il rappresentante personale del margravio e quindi ha piena autorità sui consiglieri e sul comandante militare e, in assenza dei suoi nobili parenti, è *de facto* il comandante supremo, qui. Quindi il colonnello Müller e i suoi uomini gli devono obbedienza.»

«Buon Dio! Davvero?» La duchessa era sbalordita. «Puoi davvero farlo?»

«Quella gentaglia, come l'avete chiamata, mia cara Olivia, non è una massa senza volto. Sono mercanti, banchieri, uomini d'affari, viaggiatori e artigiani, che si sono trovati in mezzo a questo conflitto senza volerlo. Sono sfollati, vittime di questa guerra civile. Quando il margravio ha ordinato di chiudere le frontiere per impedire agli uomini di fuggire, e alle forze ostili di entrare, questa gente è rimasta intrappolata. Alcuni erano venuti a Emden per affari, altri per visitare i famigliari. La maggior parte di loro si faceva gli affari propri a bordo di navi nell'estuario, o più al largo, vicino alle isole lontane dalla costa, e sono stati abbordati dai pirati e dai corsari, proprio come noi, e sono stati portati qua con le loro navi. Tutto ciò che vogliono è quello che volete anche voi. Andarsene da qui e tornare a casa dalle loro famiglie.»

«E le loro petizioni?» chiese Selina.

«Richieste di compensazione, richieste di un mezzo qualsiasi per poter tornare a casa sani e salvi. Informazioni su dove vivono. E Jeffries e il segretario di Müller le stanno vagliando e compilando una lista, nella speranza di facilitare il lavoro dei funzionari della dogana e sveltire i procedimenti che li riguardano. E questo mi ricorda» aggiunse, nascondendo uno sbadiglio dietro il pugno, prima di rivolgersi a Olivia. «Dato che la *Caroline* è la nave più grande in porto, ho dato il permesso affinché venga usata per traghettare i passeggeri a Delfzijl. E mi dicono che c'è gente, famigliari bloccati in quel porto che aspettano il permesso di venire a Emden, per riunirsi, qui, alla loro famiglia. Quindi ci sarà uno scambio di passeggeri.»

«Oh, che bello che abbiate permesso a queste famiglie di riunirsi per il Natale!» esclamò Selina, dando una piccola stretta alle dita di Alec, che alzò gli occhi. «Ho visto il vecchio e sua nipote, quelli del molo, tra la folla. *Herr Baron* sta aiutando anche loro?»

«Sì. Il reverendo Shirley e sua nipote mi... *ci* accompagneranno fino alla costa orientale e poi proseguiranno per l'Hannover. È il meno che possa fare per loro.» Fece un sorrisetto. «Particolarmente perché è felicissimo di esaudire il mio desiderio.»

Selina stava per chiedergli di che desiderio si trattasse, specialmente perché la stava guardando con un'espressione negli occhi azzurri che le fece sospettare che lei fosse in qualche modo coinvolta, quando si sentì grattare educatamente alla porta. E, ancora una volta, come se fosse in grado di anticipare l'arrivo di un visitatore nella stanza della sua padrona, Peeble si materializzò per andare ad aprire. Sulla soglia c'era Hadrian Jeffries, con l'aspetto stanco, che non era venuto per le petizioni o altre cose che richiedessero l'attenzione del suo padrone, ma con l'annuncio, molto gradito, che c'era un bagno pronto per sua signoria, pieno d'acqua calda profumata. Quindi Selina non poté fargli la domanda fino al giorno dopo e poi ricevette la risposta nella maniera più sorprendente.

QUINDICI

LA MATTINA SEGUENTE, ALLO SPUNTARE DELL'ALBA, CON IL CIELO notturno che da nero diventava grigio e con una coltre di nebbia che nascondeva l'acciottolato delle strade di Emden, un distaccamento militare venne a prendere Selina Jamison-Lewis e la sua dama di compagnia. Avvolte nelle pellicce dalla testa ai piedi, con le mani guantate infilate nei grandi manicotti di pelliccia e i piedi negli stivaletti foderati di pelo, le due donne e i loro bagagli furono portati, in carrozza e sotto scorta, a una chiatta in attesa. Passarono sotto parecchi ponti bassi, allontanandosi dalle alte case della città strette l'una all'altra su un lato del canale principale, e dall'altro lato superarono gli orti a coltivazione intensiva per la maggior parte dell'anno, ma che ora, in inverno, erano incolti.

Quando ormeggiarono la chiatta, fu all'estremità di un lungo pontile alla bocca del canale più largo, che permetteva l'accesso all'estuario dell'Ems e al mare. Qui la *Caroline* e altri vascelli più piccoli si stavano preparando per salpare. I passeggeri stavano già aspettando di imbarcarsi. Alcuni erano rimasti all'aperto per tutta la notte e ora erano accalcati intorno ai falò, con i bagagli vicini. I portuali correvano avanti e indietro dalle navi, giostrandosi tra rifornimenti ed equipaggiamento per la navigazione. Il porto di Emden era nuovamente aperto al traffico nei due sensi, e permetteva così a quelli che erano rimasti intrappolati fuori per mesi di ritornare a casa e a quelli obbligati a restare a Emden di partire.

E mentre l'attività continuava sul lato est del pontile, Selina ed Evans furono fatte scendere lontano dal clamore, accanto a una fila di *trekschuit* che venivano approntate per un viaggio, ma per una strada diversa, non per mare ma attraverso il paese. Anche qui i portuali lavoravano freneticamente, arrampicandosi sopra le chiatte, dando gli ultimi ritocchi alle reti di corda che trattenevano i bagagli mentre i cavallanti, con pesanti cappotti e stivali chiodati, fumavano lunghe pipe di argilla e controllavano i finimenti e le redini dei loro robusti cavalli. I ragazzi correvano con le torce ovunque servisse luce. I soldati, nei loro tipici cappotti di lana blu, i cappelli a mitra e le ghette bianche sui lucidi stivali neri, moschetti con la baionetta innestata sulla spalla e zaini sulla schiena, restavano sull'attenti ad ascoltare il loro comandante che tuonava ordini sopra il frastuono.

Scendendo sulla terra ferma, Selina notò tutta l'attività con un'occhiata circolare e cercò di fissare oltre i velieri lo specchio d'acqua più vasto dell'estuario, ma la nebbia fitta lo rendeva impossibile. Quindi si allontanò dal rumore che proveniva da un punto più distante del molo, con una fitta di tristezza, sapendo che la duchessa di Romney-St. Neots, Plantagenet Halsey, sir Gilbert Parsons, e i loro servitori sarebbero saliti presto sulla *Caroline* per il viaggio verso ovest, l'Olanda e la libertà. Lei, al contrario, avrebbe viaggiato verso est in un territorio che non conosceva, ma conscia che stava collaborando al salvataggio di Emily e Cosmo. Inoltre stava intraprendendo questo viaggio con l'amore della sua vita, e questo lo rendeva più che sopportabile. Non vedeva l'ora di passare un po' di tempo, e di riconciliarsi, con lui. Era speranzosa e anche un po' eccitata alla prospettiva, il che rendeva abbastanza dolceamara la separazione da sua zia e dallo zio di Alec.

Fece un cenno al capitano che stava pazientemente aspettando di scortare lei ed Evans in testa alla processione di cinque grandi *trekschuit*.

Ogni chiatta era legata a due robusti cavalli sotto il controllo dei cavallanti, che si tolsero deferenti il cappello quando passò Selina. La prima *trekschuit* davanti alla quale passò era carica di quattro, o erano cinque? slitte e i loro equipaggi. I cavalli necessari per tirare le slitte erano vigorosi e quelli che Selina presumeva fossero i conducenti delle slitte li stavano facendo camminare a coppie su e giù per il pontile. Le slitte sarebbero servite per la seconda parte del viaggio a est di Aurich. Le due chiatte seguenti erano cariche di materiale sotto teloni assicurati con le funi, mentre la quarta e la quinta chiatta erano attrezzate per i passeggeri. Lo capì perché avevano una forma diversa rispetto alle prime tre. Avevano uno scafo più lungo e avevano una lunga e bassa tuga in legno con il tetto a volta, dotata di finestre con le tendine lungo i lati di babordo e tribordo, e una serie di bassi gradini su entrambi i lati che dal ponte scendevano in una cabina.

Gli occupanti di questi vascelli dovevano ancora salire a bordo e stavano soffiandosi sulle mani guantate e pestando i piedi, riscaldandosi accanto al fuoco che bruciava dentro un grosso fusto. Non riconobbe nessuno di quegli uomini e immaginò correttamente che fossero i servitori e i lacchè degli occupanti della prima chiatta. Più tardi avrebbe scoperto che tra di loro c'erano un cuoco e il suo assistente. La seconda *trekschuit* era equipaggiata con una piccola cucina per fornire i pasti ai passeggeri e agli ufficiali dei soldati incaricati di proteggere il convoglio di chiatte, e la vita di *Herr Baron* e dei suoi compagni di viaggio.

Accanto a un secondo fuoco acceso in un mezzo barile, di fronte alla *trekschuit* principale, c'era il console inglese, Jacob Luytens, e accanto a lui un uomo robusto con le guance pesanti che Selina aveva già visto a casa del console. Con loro c'erano il reverendo Shrivington Shirley e sua nipote Sophie, e dietro a loro, un po' più in là sul molo, un secondo contingente di elegantissimi soldati, anch'essi con il cappello a mitra dei granatieri, che stavano ricevendo gli ultimi ordini dal loro comandante. Il colonnello Müller osservava tutto ciò che succedeva, con il colletto del cappotto militare di lana blu rialzato fin sopra le orecchie e il tricorno di feltro nero calcato sulla fronte.

Il capitano che scortava Selina le rivolse un inchino elegante prima di marciare verso il colonnello e salutare. Il colonnello alzò gli occhi proprio nel momento in cui la nipote del reverendo vide Selina, spalancò gli occhi e sorrise, sinceramente felice di vederla. Diede uno strattone alla manica del nonno, che abbassò gli occhi, e gli fece segno in direzione di Selina, poi corse verso di lei e fece una riverenza. E quando Selina tolse una mano dal manicotto e la tese verso la ragazza per salutarla, Sophie lo prese come un invito ad abbracciarla.

Selina fece una risatina davanti al benvenuto entusiastico della ragazza. Ma Evans era tutt'altro che divertita da una tale sfrontatezza da parte di una persona di rango sociale inferiore.

«Sospetto che non abbia idea della mia importanza, Evans» disse scherzosamente Selina e fece un passo indietro sorridendo. Tenne comunque una mano sul braccio della ragazza e continuò a guardarla negli occhi mentre puntava il manicotto sopra la spalla della ragazza, in modo che non si spaventasse, e notasse il colonnello prima che le arrivasse vicino, dato che non poteva sentirlo. «Non voleva mancarmi di rispetto con il suo abbraccio, *Monsieur le Colonel*» gli assicurò in francese, pensando che intendesse rimproverare Sophie per la sua sfacciataggine.

Se aveva imparato qualcosa sugli arcigni abitanti di Midanich era la loro rigida adesione al rango sociale e al protocollo. Lo aveva fatto notare a Plantagenet Halsey, dicendo che, al confronto, gli inglesi erano praticamente repubblicani, cosa che avrebbe dovuto renderlo felice. Al che lui aveva risposto che lei era una benedetta piantagrane e che se Selina avesse potuto menzionare il nome di un membro della famiglia Vesey, o anche quella degli Halsey, lui escluso, con un solo ossicino repubblicano in corpo, si sarebbe mangiato il cappotto di pelle di foca!

«È giovane e la sua sordità potrebbe impedirle di esprimere la felicità in modo convenzionale.»

«Sì, *Madame*. Probabilmente avete ragione» dichiarò il colonnello Müller con un inchino formale. «Per favore venite con me. *Herr Baron* desidera scambiare due parole prima della nostra partenza. Non preoccupatevi per la vostra cameriera» aggiunse quando Selina si guardò alle spalle e poi passò il grande manicotto a Evans. «Non starà a disagio ancora per molto. Saliremo a bordo tra un quarto d'ora.»

«Grazie, colonnello» rispose Selina, offrendogli la mano guantata quando lui mise piede per primo sulla chiatta e le tese la sua in modo che potesse passare senza incidenti dal pontile alla barca.

Continuò a tenerle le dita finché Selina fu stabile e si afferrò alla ringhiera di ottone dei gradini che scendevano nella cabina. Poi andò davanti a lei verso una tenda dall'altra parte della tuga e lì aspettò, in silenzio e arcigno come sempre, pensò Selina con un sospiro. Si chiese se sorridesse mai, perché aveva un volto amichevole, e i suoi occhi avevano un nonsoché che faceva pensare a qualcosa di più di un'occupazione che comportava esercitazioni militari e impartire ordini. Ma sapeva che la vita di un soldato non era facile, quindi forse le sue esperienze di guerra e questo recente conflitto civile, che doveva essere sconvolgente per qualunque soldato, gli assillavano la mente. Qualunque fosse la sua indole, era lieta di avere lui e i suoi uomini a proteggerli durante il viaggio in territorio aperto che si diceva fosse infestato di ribelli e abitanti ostili al nuovo margravio del paese. Ma ciò di cui era particolarmente felice era la stima che il colonnello aveva nei confronti di Alec come *Herr Baron*. Senza dubbio quell'uomo avrebbe dato la sua vita al servizio di Alec, e questo glielo faceva piacere, nonostante la sua indole, arcigna o meno che fosse.

Lo seguì lentamente, meravigliata dall'interno della *trekschuit*, che era ingannevolmente ampia e opulenta e non ciò che si era aspettata in una chiatta nell'ambiente severo di Emden, dove l'interno delle case era più in sintonia con i pratici mercanti olandesi che non con gli eccessi delle corti reali austriaca e francese. Ma non questa *trekschuit*.

Con la linea del tetto ampia, bassa e leggermente convessa, dall'alzaia aveva immaginato che lo spazio fosse angusto. Ma poteva stare in piedi diritta, con il cappuccio a fisarmonica del mantello tirato indietro. E anche se la tuga non era troppo ampia, c'era spazio sufficiente sui due lati per una panchina che correva per tutta la lunghezza delle finestre, e accanto ai gradini da dove erano scesi c'era uno stretto tavolo tra le panche per consentire ai passeggeri di sedersi uno davanti all'altro e fare una partita a carte, giocare a scacchi o a dama, e offrire un posto dove appoggiare le tazze di tè. Le panche erano coperte da cuscini di velluto rosso. Le pareti erano dipinte in azzurro con cornici dorate intorno alle finestre, ornate con tende in damasco rosso e oro trattenute da pesanti cordoni dorati, per dare modo ai passeggeri di guardare all'esterno.

La tuga era anche confortevolmente calda, in un angolo c'era una stufa d'ottone a carbone, il cui tubo di scarico, anch'esso d'ottone, usciva attraverso il soffitto dipinto, e sul pavimento c'erano dei tappeti. In fondo c'era una lunga tenda che scendeva dal soffitto fino al pavimento, dello stesso tessuto di quelle delle finestre, e fu davanti a questa tenda che il colonnello Müller si fermò, bussando sulla pannellatura di legno per annunciare la sua presenza. Lo invitarono a entrare e lui tenne scostata la tenda per consentire a Selina di entrare prima di lui.

Ma lo sguardo di Selina non si era ancora staccato dal soffitto. Era dipinto come un cielo azzurro punteggiato da morbide nuvole abitate da cherubini alati. Era talmente estroso, e così adatto al resto dell'arredamento, che Selina fu sicura che quella chiatta non era mai stata usata a scopi commerciali, ma da qualche ricco gentiluomo come imbarcazione da diporto. Stava ancora pensandoci quando si riscosse trovando il colonnello che le teneva pazientemente scostata la tenda, ed entrò in fretta, scoprendo nuovamente qualcosa che non si aspettava.

Si trovò in quello che sembrava lo spogliatoio di un gentiluomo. Lo spazio era attrezzato con una serie di mobili da campo, da una brandina pieghevole, munita di trapunta di piuma e cuscini, a un portacatino pieghevole di lucido mogano con una bacinella di porcellana decorata. Era in un angolo accanto a una sedia di mogano sulla quale era drappeggiata una marsina di velluto scuro. Nell'angolo opposto c'erano alcuni bauli, uno sopra l'altro, e vicino alla testata della brandina c'era un tavolino pieghevole sopra il quale era disposto un *nécessaire* per scrivere, sulla cui superficie apribile di feltro verde era distribuito tutto il necessario per sigillare le lettere, con la cera accuratamente disposta vicino al calamaio dal coperchio d'argento.

Selina colse tutto con un'occhiata, ma non notò Alec in piedi accanto alla finestra, dove il suo valletto stava inserendo una spilla d'argento tra le pieghe della cravatta, perché il suo sguardo rimase fisso sul catino per radersi. Era pieno di acqua saponosa, con un rasoio dal

manico d'avorio aperto appoggiato sul bordo. Per qualche inesplicabile
motivo, la visione di quegli accessori personali di un uomo le fece
stringere la gola. Voltò la testa verso la spalla, con le guance in fiamme
mentre la mente si riempiva di immagini di lei che faceva l'amore con
Alec a Parigi. Di colpo, il mantello di lana nera foderato di pelliccia fu
troppo pesante e caldo.

«Grazie per aver portato da me la signora Jamison-Lewis, colonnello» disse Alec, allontanandosi dalla finestra dove stava fissando il
panorama oltre il canale. Era ancora in maniche di camicia sopra la
quale c'era un panciotto di fine lana nera senza maniche, intonato ai
calzoni; i riccioli neri erano accuratamente pettinati e intrecciati, e
legati con un nastro di satin bianco. Prese un fascio di lettere e le tese
al soldato, continuando in tedesco: «Queste sono le ultime. Ora ci
sono tutti quelli che hanno bisogno di un passaggio sicuro per
l'Olanda. Immagino che ci siano state poche difficoltà nel restituire le
proprietà confiscate?»

«Nessuna difficoltà, *Herr Baron*» rispose tranquillamente il colonnello Müller, con un piccolo inchino. «I funzionari della dogana qui a
Emden tengono i registri in modo eccellente. È stato tutto rintrac-
ciato, eccetto forse per i generi alimentari, che sono finiti nei magazzini comunitari per aiutare a nutrire le bocche in più create da una
guarnigione acquartierata qui per l'inverno.»

«Il loro piccolo contributo allo sforzo bellico, allora» disse Alec,
gettando da parte l'asciugamano che aveva usato per asciugarsi le
guance appena rasate. Fu momentaneamente distratto dal suo valletto
che si affrettò a raccogliere l'asciugamano e la mantellina, prima di
riporre i rasoi, lo spazzolino da denti e la polvere dentifricia, il tutto
giostrando con la bacinella senza versare una goccia dell'acqua saponosa. «Non voglio vedervi per parecchie ore, Jeffries» disse fermamente
in inglese. «Trovatevi un angolino dove rannicchiarvi e dormire un
po'.»

«Non è necessario...»

«Sì, è necessario» disse Alec aspramente. «Ora andate.» Aspettò
che Hadrian Jeffries uscisse usando la scala posteriore, poi si rivolse al
colonnello, ancora in tedesco. «Vorrei scambiare due parole in privato
con la signora Jamison-Lewis. Nel frattempo, gli altri passeggeri
possono salire a bordo, ma mettete uno dei vostri uomini davanti alle
tende. Non vogliamo essere disturbati, a meno che ci sia un attacco su
vasta scala delle forze di opposizione. E quando giudicherete che il
convoglio e i vostri soldati sono pronti, potrete dare ordine di
partire.»

Fece un cenno di congedo al colonnello e il soldato salutò e uscì, lasciando ricadere la tenda di damasco contro la parete e chiudendo fuori il mondo.

Era la prima volta da mesi che Selina e Alec erano soli.

Inspiegabilmente, Selina si sentì intimidita in sua compagnia, senza sapere che cosa dire. Nonostante le notti passate camminando avanti e indietro davanti al camino nel suo spogliatoio, a provare e riprovare le parole esatte da dirgli quando fosse arrivato il momento; ora le sembrava che la lingua non volesse aiutare le labbra, e senza uno sfogo soddisfacente, le doleva la testa per tutti i pensieri che non riuscivano a tramutarsi in parole e che le si affollavano dietro gli occhi, o almeno così le sembrava.

E non era d'aiuto che Alec restasse in silenzio accanto al tavolo, a guardarla, giocherellando con l'anello con sigillo, girandolo e rigirandolo sul lungo dito, sottolineando il fatto che certamente lì, in quel posto, in quel paese straniero, lui era innanzi tutto *Herr Baron*, un titolo straniero che gli era stato conferito ed era rimasto segreto per tutti quelli che contavano nella sua vita, e riguardo al quale non aveva dato a lei e a nessun altro una spiegazione soddisfacente sulle circostanze che lo avevano portato ad ottenerlo. Quindi anche lui aveva ancora parecchio da spiegare, forse addirittura più di lei.

Quando Alec la colse a guardare l'anello con una smorfia sul viso, se lo tolse e lo mise in un angolo del sottomano di feltro verde, senza distogliere lo sguardo da lei. Poi tese la mano e fu sufficiente per farla avanzare nella stanza, lasciando che le prendesse la mano. Eppure, non riusciva ancora a trovare le parole giuste, anche se fu in grado di muovere la lingua ed esclamare: «Vi ho disturbato!»

«Assolutamente no, signora Jamison-Lewis.»

L'uso del suo nome da sposata la riscosse dall'imbarazzo, com'era intenzione di Alec. Nascose un sorriso quando involontariamente Selina sospirò, alzando gli occhi al cielo.

«Oh, quando la smetterete di chiamarmi con quel nome *odioso*?» si lamentò.

Alec fece una smorfia di indifferenza e alzò una spalla, sapendo che l'avrebbe fatta infuriare ancora di più, e aggiunse, nel modo più casuale che riuscì a fingere: «Oggi, se volete.»

La mano di Selina in quella di Alec tremò, e lei fece il broncio.

«Lo voglio! Lo desidero *moltissimo*!»

Il broncio di Selina fu quasi la sua fine. Era facile farla agitare. Alec lo imputava alla giovinezza. Dopo tutto aveva solo ventiquattro anni, undici anni meno di lui. E poi c'era il suo matrimonio con un marito manesco, un quarto della sua vita passato con un mostro aveva lasciato delle cicatrici, fisiche e mentali, e una sfiducia nei confronti degli altri,

anche le persone amate, e perfino nei confronti di Alec, che la amava.
Ma lui era rimasto assente e aveva preferito ignorare quel matrimonio
durante tutti gli anni di abuso, quindi era solo naturale che Selina
fosse risentita, anche se non l'aveva ancora ammesso nemmeno a se
stessa. Alec era convinto che il tempo e la pazienza avrebbero permesso
loro di superarlo. Tempo per lei, pazienza per lui.

«Allora lo faremo... Stasera» disse tranquillamente, con i lineamenti perfettamente composti, ma con un luccichio negli occhi
azzurri.

Selina non aveva idea di che cosa stesse parlando. Il suo tono tranquillo e la curiosità le tolsero la voglia di litigare. «Stasera? Che cosa
faremo stasera?»

«Ve lo dirò. Ma prima dobbiamo parlare, e prima che mi
addormenti.»

Selina si accigliò, e il broncio sparì quando subentrò la preoccupazione. «Sì. Sì, avete bisogno di dormire. Lo vedo nei vostri occhi... la-
la stanchezza. Forse sarebbe meglio che dormiste un po', potremo
parlare dopo...?» suggerì incerta.

Quando Alec annuì, senza rispondere, apparentemente completamente assorbito dalla mano di Selina nella propria, lei deglutì. Le
aveva girato la mano e stava spingendo indietro la morbida pelle della
muffola che le copriva l'avambraccio per scoprire la pelle del polso. Poi
le alzò la mano e premette dolcemente le labbra lì, e Selina parlò in un
sussurro, senza far caso a quello che diceva, distratta dalla pressione
della sua bocca sulla pelle calda: «Oserei dire che siete stato alzato tutta
la notte a controllare quelle petizioni in modo che gli uomini in attesa
vicino alle navi fossero in grado di partire senza problemi?»

«Sì» rispose Alec, con l'ombra di un sorriso, guardandola negli
occhi scuri prima di baciarle il polso una seconda volta e dire gentilmente: «E per tutto il tempo passato a scrivere e a firmare salvacondotti, aspettavo che il crepuscolo vi portasse da me. Per poter parlare.»

«Sì, parlare» aggiunse Selina, senza fiato ed eccitata. «Dobbiamo
parlare perché... perché...»

Perse completamente il filo dei pensieri quando Alec le tolse lentamente il guanto, rovesciando la pelle, mettendo in mostra la morbida
fodera di cincillà e il polso, prima, e poi il morbido cuscinetto alla base
del pollice, poi il palmo e, finalmente, le dita fino alle punte, completamente concentrato su quel compito. Il gesto di toglierle il guanto era
così suggestivo che era come se la stesse denudando. Selina fissò la testa
china di Alec, riccioli nero-blu tirati indietro, e poi il lungo naso
sottile, la bocca; era tutto quello che riusciva a fare per impedirsi di
svenire. E tutto quello che aveva fatto era baciarle il polso e toglierle

un guanto! Ricorrendo a tutto il suo autocontrollo, disse, in tono più severo di quanto intendesse: «È importantissimo che parliamo!»

«Sì» rispose tranquillamente Alec. Continuando a tenere il guanto, le disse di alzare il mento per poterle slacciare il bottone d'argento del mantello. «Fa troppo caldo in questo spazio limitato per guanti e mantello, per eleganti che siano. Forse vorreste sedervi per questa chiacchierata?»

Si voltò per appoggiare il mantello sullo schienale della sedia da campo di mogano, accanto alla marsina. Poi lasciò cadere il guanto sul sedile, tendendo la mano per l'altro, che Selina si tolse in fretta, consegnandoglielo. Poi Alec si sedette sul bordo del letto da campo, con le mani sulle ginocchia e un cenno allo spazio accanto a lui.

«Volete parlare per prima?»

Selina si sedette dove le aveva indicato e si guardarono in faccia.

«Grazie. Sì. Anche se dovrete perdonarmi perché è tutto un po' confuso nella mia testa. Aspetto da un'eternità di potervelo dire.»

«Per favore, fate con calma. Non ci aspettano ad Aurich fino a stasera, anche se spero che ci diano da bere e da mangiare lungo il percorso.»

Selina annuì, ma la ruga tre le sopracciglia era un'indicazione sufficiente che il suo tentativo di alleggerire l'atmosfera era caduto nel vuoto, tanta era la sua preoccupazione. Quindi Alec non disse altro e aspettò pazientemente.

Come cominciare la confessione, perché quello era. Che cosa voleva dirgli di preciso? Si chiese Selina, stringendo le labbra, con la bocca secca e accantonando il desiderio che Alec la prendesse tra le braccia e la baciasse come si deve. Ma non si mosse, tenendo le mani in grembo, appoggiate sulle sottane di cotone trapuntato, con la schiena diritta e il corpo girato per guardare Alec seduto di fianco a lei.

Che la stesse guardando con qualcosa di più della stanchezza negli occhi azzurri era sconcertante. C'era un luccichio, o era una scintilla? che le ricordava i tempi passati, come la prima volta che le aveva detto che l'amava, che voleva sposarla e che sarebbe stato suo, e solo suo. O quando avevano fatto l'amore la prima volta nel boschetto e Alec aveva dichiarato di nuovo che l'amava. Ma questo era diverso. Questa era arroganza. O fiducia in se stesso? O entrambe le cose? Era un'espressione che diceva: io so, e avrò, quello che voglio. Per un attimo Selina si chiese se fosse *Herr Baron* e non Alec l'uomo seduto di fianco a lei, ma respinse in fretta l'idea. L'istinto le diceva che era Alec, l'uomo che amava, e che se mai c'era stato un momento per togliersi il peso, era proprio quello, e che Alec l'avrebbe ascoltata e non l'avrebbe giudicata.

E poiché quel bacio sul polso e l'espressione dei suoi occhi azzurri

avevano avuto il potere di far vorticare i suoi pensieri e battere forte il
cuore, la spiegazione le uscì tutta d'un colpo, senza che quasi sapesse
quello che stava dicendo ma sapendo che i suoi pensieri la stavano
conducendo a un argomento che non avevano affrontato da quando si
erano separati a Bath, quando lui non le aveva permesso di spiegarsi. E
mentre parlava, il luccichio negli occhi di Alec si intensificò e i suoi
lineamenti si addolcirono, tanto che c'era un sorriso che aleggiava sulle
sue labbra, che lasciava Selina incerta se stesse sorridendo comprensivo
o sorridendole come se lei stesse dicendo un mucchio di stupidaggini.
Non aveva idea di che cosa stesse pensando Alec, ma sapeva che la
stava ascoltando, e con attenzione. In quel momento, ci sarebbero
potuti essere cannonate e soldati che si infilzavano con le baionette su
entrambi i lati del canale e lui non li avrebbe sentiti, solo il suono della
voce di Selina. E quindi lei si lasciò andare e gli confessò quello che
non aveva confessato a nessun altro. E sapeva che con quella confessione, stava mettendo a nudo la sua anima e che non sarebbe più stato
possibile tornare indietro, che il suo futuro era completamente nelle
mani dell'uomo che amava.

«Vi devo una spiegazione» disse. «Riguardo alle accuse rivoltemi a
Bath dall'odiosa lady Rutherglen. Per voi furono un brutto colpo. Lo
lessi sul vostro viso e poi il vostro comportamento nei miei confronti
rivelò tutta la vostra angoscia. Ora mi rendo conto che se mi fossi
confidata con voi appena arrivaste a Parigi da me e non avessi
permesso al mio-mio *egoismo* di convincermi a non farlo, che le spiegazioni potevano aspettare un altro giorno perché volevo che la vostra
visita fosse festosa, non ci troveremmo in questa situazione.

«Non avreste saputo da altri dell'aborto, ma da me. E sì, vi ho
negato il diritto di piangere la perdita del nostro bambino con me, e so
che ho sbagliato. E mi dispiace profondamente e provo *rimorso* per
aver preso quella decisione. Ma lo feci perché in quel momento non
volevo piangere. Volevo che fossimo felici a Parigi. Volevo provare
tutte quelle cose che gli innamorati provano quando sono liberi di
amare, e vivere, e finalmente stare insieme senza ostacoli. Se vi avessi
parlato della perdita del nostro bambino… come avremmo potuto
passare una settimana spensierata, dopo aver ricevuto una notizia
simile? E sarebbe stata lì, una grossa nuvola nera, durante tutta la
vostra visita.»

«Non avete forse sentito la necessità che qualcuno, io, vi togliesse
un po' del peso del lutto?» le chiese gentilmente.

Selina scosse la testa. «No. Sono perfettamente in grado… Beh,
pensavo di essere perfettamente in grado di sopportare quel dolore da
sola. Non volevo che vi preoccupaste…»

«Oh, mia cara, sapete che io…»

«Per favore! Per favore, aspettate a giudicare finché non avrò finito! Grazie» aggiunse quando Alec annuì e chiuse la bocca. «Ho ripensato parecchio al mio comportamento sconsiderato, dopo Bath. Mi sono chiesta perché non fossi riuscita a dirvelo, a coinvolgervi. Ma è sempre stato così per me dopo il mio matrimonio, quando voi ve ne siete andato. Occuparmi da sola di-di *situazioni* e *conseguenze*. Non incolpo voi. Non dovete pensarlo, mai!»

Gli rivolse un sorrisino e sospirò, aggiungendo: «La colpa del mio comportamento sconsiderato e crudele ricade completamente sul mio odioso marito. Quando mi maritarono a J-L, mi resi subito conto che non avrei potuto permettermi di provare… di provare *niente*. I lividi guariscono e scompaiono e si può accettare lo stupro all'interno di un matrimonio se si riesce a credere che sia un diritto del marito pretendere dalla moglie ciò che è suo, per quanto lei non voglia. È la legge, dopo tutto. Avrei dovuto essere una moglie docile. Non lo sono mai stata. Sopportavo le sue visite nel mio letto lasciando che la mia mente vagasse lontano. In quel modo non ero io quella che subiva l'abuso, era qualcun'altra.

«Il miracolo è che non sia raggrinzita e non sia morta dentro. Ma se mi fossi permessa di *provare* qualcosa, se avessi permesso al mio cuore di assorbire tutta quella miseria, mi sarei uccisa, o avrei ucciso J-L, o entrambi, solo per essere libera. Quindi feci l'unica cosa che potevo fare: indurire il mio cuore. Diventò di pietra. Era meglio così, non provare sentimenti. Era l'unico modo per poter sopravvivere a sei anni di ignobili maltrattamenti. Divenni insensibile a tutto, e la vita divenne sopportabile. E quella diventò la cosa più importante per me: che la vita fosse *sopportabile*.»

Selina alzò gli occhi dalle mani, dove aveva concentrato lo sguardo e gli sorrise, ma senza veramente vederlo. Se lo avesse visto, avrebbe notato che Alec aveva gli occhi pieni di lacrime.

«Ma… Perché la mia vita fosse sopportabile, non dovevano esserci figli in quel matrimonio. Potevo indurire il mio cuore, badare a me stessa, ma come avrei potuto proteggere un bambino da un simile mostro? Permettere a me stessa di avere il figlio di J-L mi avrebbe distrutto. Quindi prendevo delle precauzioni. Non vi serve conoscere i dettagli, o dove mi procuravo quelle sostanze e il metodo. Ma lo facevo. E non mi pento di averlo fatto per impedire il concepimento. Sono colpevole delle accuse rivoltemi da lady Rutherglen. E ho mentito per proteggermi. Ogni tanto, annunciavo una gravidanza, solo per avere un po' di tregua dalle visite di J-L. Ma potevo mantenere la finzione solo per qualche mese. E poi perdevo il bambino, sfortunatamente, secondo gli altri. E poi il ciclo di abusi ricominciava da capo...»

Selina alzò le spalle e si morse il labbro pensierosa mentre fissava il paesaggio dalle finestre, con la mente piena delle immagini di un matrimonio violento che aveva cercato a lungo di sopprimere. Ma era l'ultima volta in cui avrebbe dovuto mettere a nudo la sua anima, parlare di quel capitolo della sua vita. Poi avrebbe voltato pagina, avrebbe cominciato una nuova vita, con Alec. Era decisa.

Fu riportata al presente, al fatto di essere una passeggera su un'imbarcazione e che avevano finalmente cominciato il loro viaggio verso est, quando la *trekschuit* urtò il lato del pontile mentre la staccavano dagli ormeggi e manovravano per portarla nel canale, tirata da due robusti cavalli che non si vedevano. Non avrebbe potuto essere più felice di essere in movimento. Che quel viaggio significasse lasciarsi alle spalle la protezione delle mura fortificate di Emden per avventurarsi allo scoperto in territorio nemico non era importante, perché quel viaggio li avrebbe portati un passo più vicini a Emily e a Cosmo, e alla loro liberazione. Vedere i granatieri in formazione marciare lungo l'alzaia dava un po' di conforto. I soldati sarebbero rimasti vicini alle *trekschuit* finché le chiatte avessero superato le tre chiuse e i quattro ponti per lasciarsi alle spalle la città, e poi avrebbero marciato oltre i cavalli, per fornire una prima linea di difesa per il convoglio, mentre un'altra compagnia faceva da retroguardia.

Anche Alec fu momentaneamente distratto dal movimento della *trekschuit*, dal suono delle voci dall'altra parte della tenda che si alzavano per l'eccitazione che il viaggio fosse finalmente cominciato, e dall'attività fuori dalla finestra. Ma sapeva che il viaggio sarebbe stato lento e tedioso e che ci sarebbe voluta un'ora prima che il convoglio di chiatte raggiungesse la periferia e l'ultima chiusa, prima di lasciarsi la città alle spalle. Inoltre preferiva osservare Selina, distratta, ammirare il suo bel profilo e i riccioli albicocca che uscivano da una cuffietta bordata di pizzo sotto il cappellino di velluto con la visiera, legato con un fiocco di lato, sotto il mento.

E mentre aspettava pazientemente che la sua distrazione finisse e che continuasse la sua confessione, si asciugò in fretta gli occhi umidi con un fazzoletto di lino bianco. Poi raddrizzò collo e spalle, come preparandosi a sopportare altro peso da una confessione che aveva già avuto il potere di piegargli la schiena. E fu un bene, perché quando finalmente Selina distolse gli occhi dal paesaggio, fu per guardarlo negli occhi, e nei suoi occhi scuri c'era solo desolazione.

«Scusatemi. Sono-sono contenta di essere finalmente in movimento... Io... Non c'è un modo indolore di dirvelo... Ma sapete già che ho perso il bambino… Era impensabile per me scoprire di essere incinta pochi mesi dopo la morte di J-L» continuò. «Il mio primo pensiero fu che avevo in grembo il suo mostro, e ne fui sconvolta. Ma c'era un'altra possibilità. Una possibilità molto più gioiosa, che osai sperare potesse essere quella giusta. Che il bambino fosse-fosse vostro. Che avessi concepito quando ci eravamo riconciliati nel boschetto. E poi… E poi, a Parigi, l'aborto.»

Gli tese una mano e sorrise mestamente quando Alec l'afferrò saldamente e appoggiò le loro mani unite sul proprio ginocchio. «Avevo pensato di dirvelo. Ma alla fine decisi che non era necessario, che sarei riuscita meglio ad affrontare il dolore da sola e che non serviva che lo sapeste. E, egoisticamente, ciò che desideravo più di tutto era passare il nostro tempo insieme a Parigi facendo l'amore. E se ve lo avessi detto, non solo avremmo passato quella settimana con una grossa nuvola che incombeva su di noi, vi avrei anche dovuto confessare tutto. E questo significava parlarvi della prognosi deprimente del medico: che non avrei mai potuto avere un figlio. Credeva che l'aborto mi avesse lasciata sterile…»

Quando sentì la mano di Alec scattare involontariamente e vide che stringeva i denti per non interromperla, aggiunse in fretta: «Mi rendo conto adesso che l'opinione di quel medico era solo quello, un'opinione. Non poteva sapere con certezza che fossi rimasta sterile, ed è quello che mi assicura la zia Olivia. È stata molto energica nel dirmi che avrei dovuto permettervi di decidere da solo se volete sposarmi, nonostante la diagnosi del medico. E ha ragione, ho permesso ad altri di persuadermi riguardo a ciò che è meglio per *voi*. Solo voi sapete ciò che è meglio per voi, per noi e il nostro futuro, e sono… Sono veramente d-dispiaciuta di avervi procurato dolore e sofferenza, ma vedete, è perché il mio cuore…»

Alec non riusciva più ad ascoltarla senza fare nulla. Non ora che le lacrime le rigavano le guance.

«Tesoro! Amore mio! Carissima ragazza! Per l'amor del cielo, dovete smetterla di torturarvi con…»

«Per favore! Per favore, non interrompetemi! Devo raccontarvi il resto. *Devo*. È la parte più importante… La cosa che voglio dirvi più di tutto.»

Quando Alec le lasciò andare le mani e si tirò indietro, strinse le labbra e annuì, Selina sorrise tra le lacrime e si asciugò in fretta le guance con il dorso di una mano tremante prima di dire, a voce bassa ma ferma: «Vi ho detto che avevo dovuto indurire il mio cuore durante il matrimonio, per rendere la mia vita sopportabile. Ma ciò che non avevo compreso era che dopo essere rimasta in quel modo per sei lunghi, strazianti anni, c'è voluto un po' per riprendere il mio modo *naturale* di sentire, e per-per *ammorbidire* il mio cuore, farlo ritornare al suo stato naturale, a com'era prima che diventassi l'onorevole signora George Jamison-Lewis. Essere in grado di fidarmi e amare di nuovo come prima del matrimonio, permettere a un altro, a voi, di far parte della mia vita era diventato un problema quasi insormontabile.»

Gli toccò la guancia liscia e sorrise guardandolo negli occhi azzurri. «Ma vi voglio disperatamente nella mia vita. Vi amo con tutto il mio cuore, così com'è, danneggiato o meno. Ma è nuovamente di carne e sangue e batte come quando avevo diciotto anni e vi incontrai per la prima volta. Lo scapolo più bello di Londra, ma certamente il meno accettabile.» Ridacchiò quando Alec fece una smorfia esagerata. «I miei genitori, Cobham, i miei amici, tutti quanti mi facevano la paternale, erano tutti contro di voi, ma io sapevo, *io sapevo*, nel mio cuore, che eravate l'unico. Quella convinzione non è mai venuta meno. Vorrei essere ancora quella ragazza di diciotto anni. So di poter tornare a esserlo, col tempo. Perché il mio cuore non è più di pietra. Batte forte e sincero, e solo per voi.» Aggiunse poi con un sorriso timido: «Mi piacerebbe veramente molto che mi chiedeste di nuovo di essere vostra moglie, e vi darei la risposta che voi, che noi, entrambi vogliamo sentire...»

Per un tempo che sembrò lunghissimo, ma che in realtà durò solo un minuto, Alec la fissò negli occhi senza parlare. Poi le slacciò lentamente il nastro del cappellino, glielo tolse attentamente dai capelli e lo mise da parte. Selina lo guardò incerta, cercando un indizio sul suo volto. Ma Alec si concentrò sui suoi riccioli elastici, poi sulle labbra leggermente dischiuse prima di fissarsi sui suoi occhi scuri. Sorrise e la tirò vicino, così vicino che Selina colse il suo odore maschile, misto al bergamotto, pepe e sapone delle guance appena rasate, e trattenne il respiro.

«E il mio cuore batte forte e sincero, solo e sempre per voi» ripeté Alec e le sollevò la mano per baciarle le dita, poi il palmo, e poi appoggiò le loro mani unite sul ginocchio. Sorridendole negli occhi umidi, le chiese: «Acconsentite a diventare mia moglie, qui, oggi, da questo giorno in poi, Selina Margaret Olivia Vesey?»

Il respiro nella gola di Selina si trasformò in un singhiozzo quando Alec usò il suo nome da nubile, e gli ultimi sei anni furono spazzati via. Si sentiva eccitata come quando le aveva fatto la stessa, importantissima domanda la prima volta, subito dopo il suo diciottesimo compleanno. Annuì e sorrise, e fece una risatina tra le lacrime. «Sì! Sì, vi sposerò! Lo voglio più di ogni altra cosa. Quindi sì, qui. Oggi. Tra un'ora, se potete organizzarlo!»

Alec provò un enorme sollievo ed esplose in una risata. «Tra un'ora? Vorrei che fosse possibile, lo vorrei con tutto il cuore! Ma sarà oggi. Questo ve lo posso promettere.»

Con quella rassicurazione, le prese il volto tra le mani calde, piegò la testa e la baciò teneramente e deliberatamente. E quando Selina si arrese, quando la sua bocca si aprì sotto quella di lui e le mani trovarono un punto d'ancoraggio nelle pieghe delle maniche della sua camicia di cotone bianco, Selina emise un piccolo gemito di desiderio, misto alla contentezza. Era tutto ciò che bastava per accendere la passione di Alec. Quindi si abbandonarono a un lungo, sontuoso bacio, amorevole quanto appassionato, che non lasciò dubbi sulla profondità dei loro sentimenti e delle loro intenzioni.

SEDICI

«TÈ!» ESCLAMÒ ALEC QUANDO RIEMERSE PER RESPIRARE.
Selina sorrise timidamente e annuì e quando Alec le restituì il
sorriso, e le accarezzò la guancia arrossata con il pollice, Selina abbassò
gli occhi e il mento, agitata e ancora scossa dalla confessione, dalla
dichiarazione di Alec, per aver accettato, e, infine, dal bacio. Alec
capiva. Anche lui era sopraffatto da quanto era appena successo.
Quindi cercò di metterla a suo agio con una banalità. Preparare una
tazza di tè sarebbe servito a calmare entrambi e forse a dare un po' di
tregua alle loro emozioni prima di lanciarsi anche lui nella propria
confessione.
Si alzò dal letto da campo e le baciò dolcemente la fronte prima di
andare a frugare nell'angolo dove erano impilati i bauli. Sollevò un
bauletto di pelle e lo appoggiò sul letto dov'era stato seduto. Era un
nécessaire de voyage che gli aveva lasciato sua madre e dentro c'era
tutto l'occorrente per preparare e bere il tè: un servizio da tè di
porcellana francese, uno scaldino a candela per tenere il tè in caldo
nella teiera abbinata e un barattolo di porcellana pieno della sua
miscela preferita di tè verde. Fece spazio sul tavolino da campo e
cominciò a togliere gli oggetti dal *nécessaire*, dicendo, nel modo più
tranquillo che riuscì a fingere: «Tutto quello che ci serve è l'acqua
calda e alcuni dei deliziosi biscotti allo zenzero di Elsa dalla cucina
della chiatta…»
«Manderò Evans a prenderli» si offrì Selina, tornando alla realtà,
come aveva voluto Alec.
«Sì, chiedete a Evans» disse Alec con un sorriso, voltando la testa,

prima di continuare a sistemare le stoviglie, dandole il tempo di riprendere il controllo, proprio come stava facendo anche lui.

Selina armeggiò con i capelli, risistemando qualche forcina per raccogliere i riccioli che erano sfuggiti, sperando di non avere il viso tanto arrossato da tradire i suoi sentimenti, di modo che la sua compagna non facesse domande e non si preoccupasse più di quanto già facesse per il fragile stato emotivo della sua padrona. Ma la presenza di altri, che sentiva conversare dall'altra parte della tenda, nella tuga, avrebbe comunque permesso solo banali chiacchiere.

Quindi entrò nella cabina principale, oltre la tenda, e Alec andò alla finestra, indossò la marsina di lana scura sopra il panciotto e la camicia come meglio poteva senza l'aiuto del suo valletto, e guardò il panorama.

Le alte case in stile olandese ai bordi del canale erano immerse nella luce fredda del mattino mentre i raggi del sole faticavano a illuminare una cupa giornata invernale. La *trekschuit* si stava lasciando alle spalle l'oscurità, muovendosi lentamente verso est, verso le mura fortificate e le chiuse che li avrebbero portati fuori dalla città e nelle gelide lande desolate. Quella sarebbe stata l'ultima volta che vedeva Emden, ne era convinto. Ma aveva avuto la stessa certezza dieci anni prima, eppure era lì, in un posto in cui non avrebbe mai pensato di tornare. Scosse la testa pensando agli scherzi del destino. Alla faccia dell'ultima occhiata! E tanti saluti al destino.

Ora doveva prepararsi a confessare a Selina il motivo per cui era stato attirato a Midanich e da chi. Proprio come Selina aveva messo a nudo la sua anima, anche lui avrebbe fatto la stessa cosa; lei si meritava altrettanta cortesia e rispetto. Non potevano cominciare la loro vita coniugale sotto una nuvola nera; la stessa nuvola nera fatta di dubbi e inganni che aveva tormentato Selina a Parigi e che ora, metaforicamente, si era trasferita sulla testa di Alec.

Eppure, nonostante la sconsolante confessione che aveva davanti, l'emozione che prevaleva era la completa felicità. Era pieno di una contentezza che non sperimentava da tanto tempo. L'assenso di Selina alla sua proposta significava che finalmente avrebbero potuto cominciare a programmare il loro futuro insieme. E l'avrebbe sposata quel giorno stesso, il reverendo Shrivington Shirley li avrebbe dichiarati marito e moglie a bordo della *trekschuit*, appena avessero attraccato ad Aurich.

Sperava solo che Selina tornasse presto, e con l'acqua calda per il tè, per avere qualche probabilità di riuscire a restare sveglio ancora per un'ora. Il letto da campo diventava sempre più invitante, ma restò fermo davanti alla finestra. Sapeva che se si fosse sdraiato, anche solo per qualche minuto, si sarebbe addormentato immediatamente; era così stanco, dopo aver passato tutta la notte sveglio. Per qualche secondo invidiò Hadrian Jeffries, rannicchiato nel suo angolo. E poi il soldato di turno scostò la tenda e lì c'era la sua promessa sposa. Il suo sorriso fece sparire immediatamente la sua stanchezza e Alec le sorrise a sua volta.

Dietro Selina c'era un giovanotto con un grembiule da cucina sopra l'uniforme, con una grossa pentola di acqua bollente. Appoggiò la pentola sul treppiede sopra il tavolo, salutò e prese congedo. La tenda si chiuse, mentre il soldato tornava al suo posto, di guardia a *Herr Baron*.

«Sembra che anticipino ogni vostro desiderio, l'acqua stava già bollendo» gli disse Selina.

«Certamente non *ogni* desiderio» disse Alec con un finto cipiglio, notando che lei aveva le mani dietro la schiena, ma fingendo di non vederlo. «Dove sono i biscotti preferiti di *Herr Baron*?»

«Ci sono» rispose Selina con un sorriso malizioso, mostrando una biscottiera di ceramica bianca e blu, ma continuando a tenerla stretta al petto. «Potrete averne uno quando risponderete a una semplice domanda.»

Alec ridacchiò.

«È così che intendete piegare vostro marito al vostro volere? Minacciandolo di negargli i deliziosi biscotti allo zenzero di Elsa?»

Selina fece il broncio e Alec vide l'esitazione negli occhi scuri.

«Non è una minaccia» disse poi a voce bassa e mise la biscottiera sul tavolo accanto alle tazze, indietreggiando poi per sedersi sul letto. Lo guardò versare l'acqua sulle foglie di tè nella bella teiera. «Chi è Elsa?»

«Elsa?»

«Avete detto 'i deliziosi biscotti allo zenzero di Elsa.' Due volte. La figlia di Jacob Luytens si chiama Hilda. Pensavo fosse stata lei a preparare i biscotti allo zenzero che abbiamo mangiato ieri.»

«Sì. Da una ricetta passata di madre in figlia.»

«Chiamate Elsa la madre di Hilda? Non signora Luytens? Dovete conoscerla molto bene.»

La mano di Alec che teneva la pentola piena di acqua bollente si fermò a mezz'aria. Non era la natura della domanda che lo sorprendeva, ma il tono di Selina. Aveva percepito l'incertezza e ne conosceva il motivo. Appoggiò la pentola sul tavolo e si voltò a guardarla.

«La conoscevo, Selina» le rispose a bassa voce. «E non in senso biblico.»

«Non volevo insinuare…»

«Sì. È quello che stavate facendo.» Quando Selina non protestò, con le labbra strette e fissandolo negli occhi, aggiunse pazientemente: «Non l'avete incontrata perché lei e il resto dei suoi figli sono in Olanda. Dato che il porto ha riaperto, si spera che siano in grado di attraversare l'estuario e tornare a casa. E non vedo lei o i suoi figli da dieci anni. Dall'ultima volta che sono stato qui, in effetti. Lei, insieme a suo marito, mi hanno aiutato a fuggire, e per questo sarò loro eternamente grato.» Le rivolse un sorrisetto sghembo. «Mia cara, li chiamano tutti 'i biscotti allo zenzero di Elsa.' È una ricetta tramandata da un'antenata che si chiamava Elsa.»

Selina spalancò gli occhi scuri e aprì la bocca, sorpresa. Quando Alec continuò a sorriderle, comprensivo, il volto si arrossò e lei si sentì stupida.

«Chiedo scusa» disse sinceramente. «Non volevo avanzare dubbi sul carattere di quella donna. È solo che... sapendo qualcosa del vostro passato... e avendo sentito le storie sul tempo che avete passato sul continente... Anche mentre ero sposata non potevo fare a meno di sentire i pettegolezzi... No! Non è tutta la verità. *Volevo* sentirli.» Lo guardò, con l'incertezza negli occhi. «Qualunque notizia potessi avere su di voi era meglio di niente.»

«Voi eravate sposata, io no» le rispose Alec tranquillamente, restando accanto al servizio da tè, aspettando che il tè fosse pronto. «Sembrava fosse la fine di ogni possibilità di stare insieme. Quindi non potevo permettermi di pensare a ciò che avrebbe potuto esserci tra di noi. Decisi di vivere la mia vita. Ma lontano da Londra e da voi. Sì. Ho avuto molte relazioni. Non ho intenzione di mentirvi al riguardo, né ora né mai. Ma la maggior parte di quei pettegolezzi, i particolari licenziosi che potreste aver sentito, riguardavano eventi della mia vita successi molto prima che vi conoscessi.» Le rivolse di nuovo quel suo sorrisetto sghembo. «Per essere precisi, quegli eventi scandalosi sono accaduti proprio qui, a Midanich, quando ero molto più giovane e molto meno saggio. Quando ero, in mancanza di una descrizione migliore, un libertino arrogante e idiota.»

Quando Selina lo guardò come se gli fosse spuntata un'altra testa, Alec rise e scosse la sua, stranamente confortato dal fatto che lei non lo ritenesse capace di arroganza o idiozia o, sperava, di essere un libertino. Ma non impedì all'imbarazzo di infiammare le sue guance magre per quello che stava per confessare a lei, e a nessun altro.

«È per colpa di quell'arroganza e di quell'idiozia, per non parlare del completo disprezzo delle conseguenze mentre soddisfacevo i miei desideri, che i nostri cari amici sono rinchiusi e sono dovuto tornare in un posto dove avevo giurato di non tornare mai. E hanno messo in pericolo tutto ciò che ho di più caro al mondo: voi, i miei carissimi amici e la mia famiglia.»

Si voltò per versare il tè nelle tazze, dandole un momento per assimilare ciò che le aveva detto. Mise uno dei biscotti di Elsa sul piattino accanto alla tazza e glielo porse. Poi frugò in una cassa di provviste che aveva fatto portare a bordo dal suo valletto e trovò ciò che cercava: i cristalli di zucchero di Emden.

«Sfortunatamente abbiamo usato la maggior parte dello zucchero di canna durante il viaggio e quello che restava è stato sequestrato dalla dogana. Ho chiesto che fosse riportato sulla *Caroline* perché lo usino Olivia e lo zio Plant. Quindi dobbiamo accontentarci dello zucchero locale, in cristalli. Ma io preferisco il tè senza zucchero, e sembra che non ci sia panna...»

Fece cadere una piccola quantità di cristalli spezzettati in un piatto d'argento, mise le mollette sopra il mucchietto e lo appoggiò sul letto da campo vicino a Selina. Quando lei lo ignorò, Alec non fu sorpreso. Era sicuro che la sua attenzione fosse concentrata sul suo passato e che stesse aspettando che lui proseguisse con la sua sconvolgente confessione, specialmente perché lui aveva incolpato il suo comportamento passato per la prigionia di Emily e Cosmo. Alec sorseggiò il tè e si prese un momento per goderne il sapore sulla lingua e il calore mentre gli scendeva in gola, e per farsi forza prima di dire nel suo solito tono misurato: «Prima che mi tuffi a testa bassa sul motivo per cui una relazione scabrosa avuta in passato ci ha portato alla situazione difficile in cui ci troviamo adesso, vorrei scusarmi per il mio comportamento a Bath. La mia reazione alla notizia dell'aborto è stata tutt'altro che signorile. Mio zio aveva ragione. Sono stato egoista e sconsiderato. Non accadrà mai più. Ma,» aggiunse con un sorriso gentile, mettendo la tazza sul piattino, «se dovessimo mai trovarci di nuovo in una situazione simile, io sarò lì a condividere il vostro dolore, sempre. Anche se ho grandi speranze che quando concepirete, e concepirete ancora, voi, mia cara, dovrete sopportare il fardello di una gravidanza portata a termine e del parto.»

«Oh, ammetto che dopo aver origliato durante il travaglio di Miranda, sono tutt'altro che ansiosa di provare i dolori di un parto.» Selina rabbrividì, ma poi sorrise guardandolo sopra l'orlo della tazza. «Eppure Miranda dice che tutto ciò che c'è di spiacevole viene dimenticato nell'istante in cui si prende in braccio il bambino. E dopo aver tenuto in braccio il piccolo Thomas... Beh, è proprio un bambino veramente perfetto, vero?»

«Sì, ma non vi è nemmeno mai piaciuto viaggiare» aggiunse Alec, per riportarla al presente. Avrebbe preferito continuare a discutere i meriti del neonato della duchessa di Cleveley, ma la confessione non ancora fatta era un peso insopportabile e voleva solo farla finita, temendo la reazione di Selina, ma talmente stanco che perfino quello stava passando in secondo piano rispetto al bisogno di dormire. «Eppure siete su una barca in un canale, a centinaia di miglia da casa. E il viaggio non è così spiacevole, vero?»

«Detesto il rollio continuo delle onde del mare, ma ho deciso che mi piace questo tipo di barca. E forse potrei perfino consentire a un viaggio in chiatta per la campagna inglese, se foste incline a venire con me. È piuttosto riposante, e senza dubbio vi farebbe addormentare in meno di uno schiocco di dita.» Selina sorseggiò ancora il tè, ricordò che non era zuccherato e vi lasciò cadere in fretta un pezzettino di cristallo, lo mescolò e mentre aspettava che si sciogliesse, mordicchiò il biscotto allo zenzero. «Questi biscotti sono veramente deliziosi... Perdonatemi. Stavo parlando a vanvera e voi stavate per parlarmi del vostro... arrogante e idiota libertinaggio ...?»

Il sorriso di Alec svanì e Selina vide nel cambiamento dell'espressione che il momento delle battute era finito. Quindi assunse un'espressione consona e si preparò a qualunque rivelazione stesse per farle. Eppure Alec riuscì comunque a sbalordirla.

«Spero che teniate conto del fatto che quando accettai il posto di segretario di Sir Gilbert alla corte di Midanich, ero più giovane di voi adesso. Gli uomini restano ragazzi finché possono farlo, e nessuno più dei maschi giovani e vigorosi con troppo tempo a disposizione e parecchie opportunità per fare sport, in tutte le sue forme. Quindi la mia immaturità giocò un ruolo nel motivo per cui fui tanto idiota da pensare di potermela cavare senza conseguenze comportandomi a quel modo. Ripensandoci, direi che proprio non pensavo alle conseguenze. Venire qua non era l'incarico che avrei voluto. E, a quanto pare, nessun altro nel Ministero degli Esteri voleva l'incarico. Quindi ero un bel po' più che seccato perché me lo avevano affibbiato. La mia prima impressione del posto fu più o meno come la vostra e quella di zia Olivia mentre attraversavamo l'estuario dell'Ems. Vaste distese di paludi su ambo i lati, piatte e interessanti quanto un foglio bianco. Ah, ma in estate il paese si trasforma. Perfino qui, in questa vasta distesa selvaggia, c'è abbondanza di vita selvatica, tantissimi uccelli acquatici e cigni, e le pecore pascolano nei prati. Ma è nella parte meridionale e verso Hannover che ci sono posti bellissimi. Fitte foreste piene di cervi, piccoli villaggi pittoreschi e ordinati, e castelli, meglio dire *Schloss*, caratteristici e affascinanti...

«Perdonatemi» aggiunse sbuffando e ridendo, dandosi uno scrollone mentale. «Quella che era cominciata come una confessione si è trasformata in una lezione di geografia. Basti dire che mi innamorai del paese e della sua gente, in particolar modo del palazzo di Friedeburg, la residenza estiva del margravio, dove la corte passava la maggior parte dell'anno, e quindi anche sir Gilbert e io. Quel palazzo è tipicamente continentale, dentro e fuori, con un sacco di divertimenti e distrazioni per il segretario di un'ambasciata con troppo tempo a disposizione.»

Fece una pausa, aspettandosi che Selina facesse una battuta sul tipo di distrazioni che potevano interessare un maschio vigoroso di poco più di vent'anni. Quando lei rimase in silenzio, con un'espressione di educata curiosità sul volto, Alec continuò, pacatamente: «Fu a Friedeburg che incontrai per la prima volta il figlio maggiore ed erede del margravio, il principe Ernst. Non ricordo esattamente quale fu l'elemento catalizzatore della nostra amicizia. Penso che sia successo all'accademia di scherma. Avevamo la stessa età e gli piacque che fossi sincero e competitivo come lui. Mi cercava. Gli interessava imparare l'inglese per via degli stretti rapporti tra i loro vicini, lo stato di Hannover, e l'Inghilterra. Lo affascinava il fatto che un principe-elettore di Hannover fosse diventato il re d'Inghilterra. Credo gli piacesse pensare di poter fare la stessa cosa, se l'avessero invitato a farlo!»

«Diventai il suo insegnante d'inglese e, ogni volta che eravamo insieme, insisteva che conversassimo il più possibile in inglese. Nel giro di sei mesi, lo parlava correntemente. E non deve sorprendervi, perché si aspettava che io stessi con lui quasi tutti i giorni. C'era chi a corte, in special modo il ciambellano, disapprovava il fatto che l'erede del margravio Leopold passasse il suo tempo con l'umile segretario dell'ambasciatore inglese. E c'era sir Gilbert, che mi proibì semplicemente di frequentare il principe. Il suo era un pregiudizio che nasceva dalla patologia di Ernst, che riteneva una manifestazione di un male più profondo...»

«Patologia?»

«Il principe non ha capelli, né peli, né sul viso né altrove. A quanto pare anche suo nonno soffriva della stessa patologia, e fu lui a emanare l'editto che tutti i gentiluomini di corte fossero ben rasati.»

«Ma poiché indossare la parrucca ed essere ben rasati sono la moda corrente per la maggior parte degli uomini, la sua condizione non può aver sollevato molti commenti» ragionò Selina. «Quanto a un male più profondo... Certo era solo un pregiudizio da parte di sir Gilbert?»

«Sì. Sir Gilbert non poteva sapere dei demoni che possedevano Ernst, ma quei demoni non avevano niente a che fare con la sua mancanza di capelli o peli, beh, almeno è quello che credo. In verità, ero segretamente contento che sir Gilbert si fosse intromesso per porre fine alla nostra amicizia, che cominciava a soffocarmi. Osservavano ogni mia mossa e la riferivano al principe. Non potevo parlare con nessuno, maschio o femmina, senza che Ernst mi interrogasse sui miei rapporti, veri o immaginari, con quella persona. Spiegai al principe che non potevo più passare tanto tempo in sua compagnia, che dovevo tornare al mio lavoro, agli ordini dell'ambasciatore inglese. Stupidamente gli dissi che sir Gilbert mi aveva proibito di stare in sua compagnia. In capo a due settimane, consigliarono a sir Gilbert di lasciare la corte. Quando si rifiutò, fu espulso dal paese. Col senno del poi, mi resi conto che era la scusa che Ernst stava cercando per liberarsi di sir Gilbert, di modo che niente potesse intralciare la nostra... La nostra... *amicizia*.

«Viaggiai verso il castello di Herzfeld, al nord, come parte del seguito del principe, quando lui vi si recò come capo dell'esercito per passare in rivista le truppe. Non potevo rifiutare quell'onore. Pochissimi stranieri visitano il castello di Herzfeld, il quartier generale dell'esercito e luogo di addestramento del vasto esercito del margravio. E fu mentre ero ospite al castello che conobbi l'altro lato di Ernst, il lato scuro, problematico, che non c'era a Friedeburg...» Alec si accigliò, si schiarì la gola per liberarsi dell'emozione e continuò. «Notai il cambiamento che subentrava prima ancora di aver superato la saracinesca del castello. Era malinconico, distratto. Trattava male i suoi uomini. Non parlava né con me né con gli altri. Uno dei suoi ufficiali mi confidò che era sempre così quando tornavano al castello. Disse di non preoccuparmi, che dopo qualche giorno Ernst sarebbe tornato come prima.

«Ero al castello da tre settimane ed Ernst continuava a rimanere chiuso in se stesso. C'erano giorni e notti in cui non lo vedevo per niente. E poi c'era quella giornata in cui Ernst tornava quello che avevo conosciuto a Friedeburg. In quelle occasioni dava sontuosi banchetti e chiedeva che lo intrattenessimo. Il suo seguito doveva essere allegro e arguto e dimenticare gli episodi di tetraggine del suo padrone. Tutti facevano del loro meglio per soddisfare i suoi desideri. Nessuno negava al figlio del margravio ciò che voleva. Anch'io facevo del mio meglio. Poi, una notte, nell'ultima settimana del mio soggiorno, cambiò tutto...

«Mi svegliai nel bel mezzo della notte scoprendo di non essere più sotto le coperte e che non ero solo. Qualcuno mi stava toccando. Non era il tipo di contatto inteso a svegliare un dormiente. Era molto più... intimo. Era il tipo di carezza usata da un amante per eccitare... Nel mio stato di dormiveglia, al bagliore arancio del fuoco, vidi qualcuno con la camicia da notte, coi capelli biondi che ricadevano liberi sul materasso, inginocchiato sul letto accanto a me.

C'era qualcosa di familiare, ma non riuscivo a ricordare dove ci fossimo già incontrati. Ma il mio cervello non stava veramente pensando... Selina!» disse di colpo, con un tono di voce completamente diverso, guardandola negli occhi. «Dovete ricordare, non ero un santo a quei tempi. Una bella donna entra nel mio letto, chi sono per mandarla via? Avevo partecipato volentieri altre volte, senza fare domande. Ma quella volta... C'era qualcosa di decisamente... *strano*. Eppure le permisi di sedurmi...» Sbuffò, imbarazzato. «Non mi importava che mi avessero legato al letto. Pensavo facesse parte del gioco...»

Selina rabbrividì. «Legato al letto? *Gioco*? 'Strano' è un eufemismo! Ma vedo dal vostro rossore,» aggiunse, acuta come sempre, «che essere legato al letto fu la cosa meno strana riguardo a questo particolare... *incontro*.»

«Sì, avete ragione,» disse umilmente Alec, bagnandosi la gola con un goccio di tè, e continuò. «Quando io... Quando lei... Per dirla semplicemente: una volta che ebbi finito, chiesi che mi slegasse per restituirle il favore. Ma lei non rispose e rimase a lungo sdraiata immobile accanto a me, tanto a lungo, in effetti, che mi riaddormentai...»

Selina lo guardò sorpresa. A volte, no, non a volte, *spesso* trovava gli uomini incomprensibili.

«Vi siete addormentato? Avete *dormito*, ancora legato? Davvero?»

Alec sembrò imbarazzato. «Sì. Era notte ed ero stanco.»

«Già. È ovvio» disse Selina, mordace. «Dover restare lì sdraiato e permettere a una completa sconosciuta di dargli piacere stancherebbe chiunque!»

«Non lo sto inventando. È ciò che successe. Ma se preferite che non ve ne parli...»

«Sì, preferirei che non lo faceste!» ribatté Selina, schiena rigida, mani in grembo che stringevano la tazza. «Ciò che il vostro io ventitreenne faceva sotto le lenzuola, a quante donne avete permesso di darvi piacere non sono affari miei. Spero solo che non siate stato completamente egoista. Anche se...» Lo guardò inclinando la testa, con un sorrisino consapevole. «Siete sempre stato estremamente attento ai miei bisogni, quindi presumo che siate stato un amante attento fin dall'inizio delle vostre avventure di dongiovanni.»

«Selina, questo, chiamiamolo *incontro*, non è ciò che credete. Era cominciato come un piacevole divertimento, ma si è trasformato presto in qualcosa di veramente repellente... Vi ho detto che mi sentivo soffocato dall'amicizia del principe Ernst, che era posseduto da demoni di cui non sapevo nulla; che il suo umore era peggiorato drasticamente una volta giunti al castello di Herzfeld. E tutto ciò si manifestò in quella particolare notte in cui lui e sua sorella, la principessa Johanna, vennero nella mia stanza da letto...»

«Il principe Ernst e sua sorella vennero *entrambi* nella vostra camera?» Quando Alec annuì, Selina sbuffò. «Perché all'improvviso la cosa non mi sorprende?»

«Avete tutti i diritti di ritenere barbari gli uomini che approfittano delle donne per il loro piacere, per farne ciò che vogliono, senza tener conto dei loro desideri e spesso contro la loro volontà, dopo la vostra terribile esperienza nel letto nuziale, quando eravate sposata a J-L» disse a voce bassa. «Ma ci sono rari casi in cui è il maschio a essere la preda...»

La preda? Selina sbiancò. *Si erano approfittati di lui?* La sua reazione immediata fu di incredulità. Non aveva mai preso in considerazione la situazione contraria. E sapeva meglio di chiunque altro che simili rapporti sessuali non avevano niente a che vedere con il dare e ricevere piacere, e tutto a che fare con il potere, l'umiliazione e il dominio. Oh sì, quando ci pensava in quei termini, riusciva facilmente a credere ciò che Alec aveva cercato di confessarle, senza dirlo. Le spezzava il cuore che l'amore della sua vita, che era un uomo così gentile, che aveva sempre trattato lei e i suoi bisogni carnali con la massima riverenza, fosse stato lordato in quel modo, tanto che avrebbe voluto piangere. Ma non pianse. Non doveva piangere, per il bene di Alec. Era sicura che se lo avesse fatto la sua confessione si sarebbe fermata lì. Sapeva istintivamente che doveva permettergli di confessare tutto, perché solo così Alec sarebbe stato in grado di mettersi quell'episodio alle spalle e riavere un po' di pace.

Quindi permise che il silenzio tra di loro continuasse prima di guardarlo negli occhi. Ciò che vide riflesso la fece pentire e desiderare di aver tenuto la bocca chiusa, senza dar voce alla sua meschina gelosia. Deglutì. si chinò in avanti e gli toccò il ginocchio.

«Perdonatemi» gli disse gentilmente. «So che avete dei buoni motivi per dirmelo, non per provocarmi o farmi sentire inadeguata. Questa confessione ha richiesto molto coraggio. Quindi, per favore, parlate. Vi prometto che sarò più cauta.»

Alec annuì, le coprì la mano con la propria e continuò.

«Ammetto di aver partecipato con piacere al primo rapporto. Ma quando fui svegliato la seconda volta, non solo mi ritrovai ancora legato al letto, la donna che mi aveva sedotto non era più lì. Il suo posto era stato preso da un essere completamente diverso. E guardando negli occhi quella-quella creatura, capii che ero stato legato per tanti motivi, ma che il piacere non era uno di quelli! Scusatemi. Ho bisogno d'aria.»

Salì i gradini posteriori e spalancò la porta. Entrò una folata di aria gelida che riempì lo spazio caldo dietro la tenda, e Alec respirò a fondo. Anche dopo tutti quegli anni, il ricordo di quella notte aveva il potere di causargli la nausea.

Selina sentì il freddo sul collo nudo, e sentì delle voci, ma non si voltò né si spostò dal letto da campo. Rimase a bocca chiusa con le mani che continuavano a stringere forte la tazza che aveva in grembo. E poi la porta si chiuse lasciando fuori il freddo e l'attività sul ponte e Alec tornò nella stanza, ma non da lei. Rimase in piedi accanto alla finestra.

Selina capì che non vedeva l'attività oltre il vetro, dove la gente del posto, infagottata in strati e strati di vestiti per combattere il freddo, aveva lasciato il calore dei focolari per affollarsi sulle porte dei cottage e guardare la processione di chiatte che passava, accompagnata da abbastanza soldati da dar battaglia a un piccolo esercito. Osservare la vita di tutti i giorni continuare fuori dalla finestra servì a calmarla.

«In qualche modo, vi addossate la colpa. Di aver forse dato al principe qualche indicazione che la vostra amicizia potesse essere più di ciò che era» si sentì dire Selina, con una calma che smentiva il tumulto interiore, nel tentativo di tenere sotto controllo il senso di indignazione. «Io incolpavo me stessa di essere una cattiva moglie. Ma ciò che è accaduto non è colpa vostra, come non era colpa mia. Non l'avete detto, ma forse dovreste. Siete stato violentato, Alec. E non è una cosa per cui dovreste provare vergogna, ma è così...»

Alec fece una smorfia sentendo quella parola, ma non negò. Come avrebbe potuto? Selina aveva detto la pura verità, eppure lui era stato troppo a disagio, si era vergognato troppo per dirlo. Non solo a causa del senso di emasculazione, ma perché non aveva voluto sminuire ciò che lei aveva sofferto per mano di un marito violento e sadico. Selina aveva sopportato anni di abusi. Il suo era stato un solo rapporto brutale. E il dolore fisico patito in quell'occasione non era niente in confronto a quello che doveva ancora succedere...

Appoggiò la tazza e il piattino di Selina, le prese le mani e la guardò negli occhi scuri.

«Mia cara, voi siete l'unica persona della mia vita che può capire, che potrà mai capire, la situazione indicibile in cui mi sono trovato. Ero l'oggetto di un'ossessione malata e quell'*episodio* fu l'inizio della fine della mia pace mentale. Sapevo di dovermene andare dal paese. Se non fossi stato un donnaiolo, idiota e arrogante, avrei preso la prima nave in partenza dal porto di Herzfeld. Invece feci qualcosa che troverete non solo stupido, ma arrogante all'estremo.»

Selina spalancò gli occhi, trattenendo il fiato.

«Come siete riuscito a fuggire dal quel posto orrendo? Che cosa avete fatto?»

«Fuggire dal castello fu facile. Uscii a cavallo la mattina seguente senza prendere congedo dal principe Ernst, e ritornai a Friedeburg. Non avevo idea di cosa fare, o di cosa potevo fare, riguardo a quello spregevole episodio. Dovevo solo mettere più distanza possibile tra me e quel posto, e quei due. Ed ero deciso a purgare ogni ricordo di quella notte dalla mia mente. Quindi feci l'unica cosa che allora pensavo potesse servire...»

Quando esitò, Selina pensò a tutti i modi in cui avrebbe potuto cancellare un'esperienza così indicibile, eccetto quella che le confessò. E quando lo fece, si raddrizzò di colpo, sbalordita.

«Mi buttai a capofitto in una torrida relazione con una donna sposata di alto rango, a corte.»

«*Torrida?*»

«Sì, torrida e vergognosa» disse francamente Alec. «Che, in qualche modo perverso, mi restituì la mia virilità, che era stata severamente compromessa, o così almeno pensavo, dopo l'atto abbietto perpetrato contro di me da Ernst e da sua sorella. Quali che fossero i demoni che mi spingevano, speravo che la relazione fosse scoperta da suo marito e dalla corte. E, ovviamente, incontrarsi in uno spazio pubblico quale i giardini del palazzo, non solo significava che era estremamente probabile essere scoperti, ma aggiungeva pepe alla relazione. Ma servì anche a distruggere la mia amante, e pagammo entrambi, e a caro prezzo.»

«Pepe?» La testa di Selina pulsava a ogni rivelazione, ma riuscì a dire, in tono volutamente ironico: «Spero che scopare quella dama sia servito a rassicurarvi sulla vostra virilità.»

Alla faccia della cautela! Ma aveva diritto al sarcasmo stizzoso, visto come si era comportato. Ma era troppo stanco per spiegare che qualunque giovanotto di ventitré anni, libero da impegni, avrebbe accolto senza pensarci due volte l'opportunità di far l'amore con una bella donna su base quotidiana; non era il suo cervello a decidere. E nel suo caso, aveva qualcosa da dimostrare. Invece, le disse, pazientemente: «Tesoro, è successo molti anni prima che vi incontrassi e mi innamorassi di voi. Vi ho già detto che da giovane ero un libertino, idiota e arrogante. E credetemi, ho pagato per la mia stupidità e la mia sfrenata lussuria, e anche lei. A nostra insaputa, i nostri *appuntamenti* erano osservati attentamente. Il margravio era debitamente informato dell'adulterio di sua moglie. Sì, io stavo, come avete indelicatamente ma correttamente detto, scopando la contessa Rosine, la seconda moglie del margravio Leopold, molto più giovane di lui.»

«Di tutte le donne che avreste potuto scegliere per riacquistare

fiducia nella vostra virilità avete scelto la *moglie* del margravio?»
Tutt'altro che offesa, Selina esplose in una risata. Si premette le dita
sulla bocca per frenarsi e quando riuscì nuovamente a parlare, esclamò:
«Buon Dio, eravate davvero un libertino idiota e arrogante!»
Alec arrossì come un gambero.

«Perché non pensiate che fossi l'unico idiota arrogante a fornicare
con la moglie del margravio,» continuò senza mezzi termini, «dirò che
la contessa Rosine aveva avuto altri amanti, e suo marito ne era a conoscenza. Non era la relazione che lo infastidiva, ma l'intensità e la
completa mancanza di discrezione, ed era solo colpa mia. Il margravio
Leopold non voleva uno scandalo pubblico, ma è esattamente ciò che
ottenne quando i nemici della contessa decisero di agire mentre lui era
lontano dalla corte.

«Ernst ritornò dal castello di Herzfeld prima del ritorno di suo
padre dal casino di caccia. Fu informato dal ciambellano di corte che il
comportamento della contessa Rosine aveva superato i limiti della
decenza morale e che si doveva fare qualcosa. Era una mossa eminente-
mente tattica. Il ciambellano di corte e il principe Ernst odiavano la
contessa Rosine. Erano anni che complottavano per estrometterla. La
scoperta pubblica della nostra relazione era l'opportunità per liberarsi
di ciò che consideravano l'indebita influenza della contessa sul margravio. Ernst riunì i fidati consiglieri del padre e un seguito dei suoi stessi
sostenitori, e con il ciambellano andarono a fare una passeggiata nei
giardini. Nessuno, eccetto loro, conosceva il motivo di quella passeggiata all'aria aperta. Così, quando questo *entourage* ci colse sul fatto, la
sorpresa fu autentica.»

Selina non riuscì a frenarsi. «Come avete potuto essere così sciocc-
chi? Non c'erano indizi su quello che stava per succedervi? Non vi
rendevate conto che lei aveva dei nemici o non le importava? E voi
avreste dovuto essere più discreto, almeno per il bene della contessa!»

La voce di Alec era stridula per la vergogna. «Credetemi, amore
mio. Sono tutte domande che mi sono fatto più e più volte mentre ero
prigioniero nelle segrete del castello di Herzfeld. Ma più di tutto, mi
chiedevo come avessi potuto essere così scioccamente ingenuo da farmi
coinvolgere nei complotti famigliari della casata degli Herzfeld. Sapevo
che a Ernst non piaceva la sua matrigna, ma non avevo idea che consi-
derasse il fratellastro Viktor una minaccia per la sua successione. Era
convinto che la contessa stesse complottando per farlo diseredare, a
favore del fratello più giovane. Più tardi ricordai che, durante le nostre
conversazioni in inglese, si era interessato alla storia personale dei
nostri re hannoveriani. Lo impressionava in particolare che il nostro
primo Re Giorgio avesse fatto esiliare e incarcerare sua moglie, Sofia

Dorotea di Celle per un supposto adulterio e che non le fosse mai stato più permesso di rivedere i suoi figli, o diventare regina d'Inghilterra.» «Che cosa successe alla contessa, e a voi? Lo spregevole Ernst l'ebbe vinta?»

Alec sospirò. Anche se non fosse stato già esausto per la mancanza di sonno, il peso di quella confessione gli stava risucchiando le ultime vestigia di forza. L'estrema stanchezza rese asciutta la sua voce normalmente calda.

«Sì. Il modo molto pubblico in cui fu rivelato alla corte l'adulterio della contessa, che avesse la temerarietà di prendere uno straniero come amante, e un uomo molto più giovane del margravio, fu considerato un disonore ancora maggiore per la casata degli Herzfeld. Per l'onore della famiglia, e per ristabilire il rispetto per il margraviato, Leopold non aveva alternative, doveva fare ciò che chiedevano Ernst e il ciambellano di corte. La contessa Rosine e il giovane figlio furono esiliati nella casa della sua famiglia, lo *Schloss* Rosine, e fu loro ordinato, proprio come a Sofia Dorotea di Celle, di restarvi a vita. Suo figlio, Viktor, fu spogliato dei suoi titoli, ma non, grazie a Dio, della legittimità, e gli fu almeno permesso di restare con la madre. Aveva solo undici anni.»

«Questo ragazzino è il principe Viktor che ha dichiarato guerra al nuovo margravio e si è dichiarato il legittimo successore di suo padre, il margravio Leopold?»

«Proprio lui.»

Selina si alzò dal letto da campo in un fruscio di sottogonne imbottite. Non riusciva più a restare ferma e aveva bisogno di sgranchirsi le gambe. Camminò avanti e indietro nel piccolo spazio tra la sedia di Alec e la bassa finestra della chiatta, prima di andare a mettersi davanti a lui.

«Avete pensato che se non fosse stato per la vostra relazione con sua madre, questa guerra civile forse non ci sarebbe mai stata? Che siete voi il catalizzatore, che è per voi che Viktor è in guerra con suo fratello? Vuole riottenere i suoi diritti di nascita e l'unico modo è di strapparli a Ernst! Oh, Alec!»

Non aggiunse *come avete potuto?* ma era come se l'avesse fatto, vista l'espressione sul suo bel volto. La sua reazione non lo sorprese. Sapeva che Selina, proprio come lui, aveva un profondo senso della giustizia. Quindi, ovviamente, aveva preso le parti di Viktor, la parte innocente in quella sordida storia. Era naturale che si identificasse con il ragazzino, tradito da sua madre e da Alec, l'amante della madre, che non avevano pensato alle conseguenze delle loro azioni, e anche da suo padre, che l'aveva punito per punire l'infedeltà di sua madre.

Alec le prese le dita e le baciò il dorso della mano, prima di alzare gli occhi e dire, rassegnato: «L'intero episodio è stato certamente un brutto momento della mia vita. Secondo solo a quando fui respinto come marito accettabile dai vostri genitori, e vedervi sposata a Jamison-Lewis. E dato che ora conoscete i sordidi dettagli della mia brutalizzazione al castello di Herzfeld, potete capire perché non mi importava affatto di essere scoperto e di cadere in disgrazia. Gli uomini possono riprendersi da simili scandali volgari; alcuni godono della notorietà causata da relazioni del genere. Pure io. Per cinque minuti. Poi mi resi conto di che cosa significasse per la contessa e suo figlio. Non importava che avesse partecipato di sua volontà alla relazione e ne conoscesse i rischi, non meritava una simile umiliazione pubblica. E Viktor non meritava di essere punito per i peccati di sua madre. Che io fossi stato il catalizzatore della catastrofe quasi mi distrusse. Ed ero rassegnato alla punizione che ricevetti.»

«Che cosa vi successe?» gli chiese gentilmente Selina, accarezzando la mascella squadrata con il dorso della mano. «Che cosa hanno fatto per punirvi, amore mio?»

Alec la tirò seduta sulle sue ginocchia, con le mani intorno alla sua vita e Selina gli mise le braccia al collo, rannicchiandosi contro di lui.

«Tornai al castello di Herzfeld, questa volta non come ospite, ma come prigioniero di Ernst. Per marcire per sempre nelle segrete, per quanto lo riguardava. Vedete, il ciambellano di corte non gli aveva rivelato l'identità dell'amante della contessa Rosine. Aveva tenuto deliberatamente nascosta quell'informazione, così che quando Ernst si fosse imbattuto nella contessa nei giardini, il colpo fosse devastante. E lo fu. Ero già l'oggetto di una malsana ossessione per Ernst e sua sorella, quindi scoprirmi a fornicare con la donna che odiavano più di chiunque altro fu il peggior tradimento possibile. Erano pazzi di rabbia e decisi a punirmi, e in modo terribile.»

«Ma siete riuscito a fuggire, non solo dalle segrete, ma da Midanich. Come?»

Sentirono bussare sui pannelli di legno dall'altra parte della tenda e la domanda di Selina rimase senza risposta, anche se lei fu quasi sul punto di dire all'intruso di andarsene. Come minimo voleva ignorarlo, tale era il suo bisogno di sentire il resto della confessione di Alec. Ma quando bussarono di nuovo e in modo più insistente, la sua educazione le dettò come comportarsi e si alzò con riluttanza dalle ginocchia di Alec. Si lisciò le sottane mentre Alec si rimetteva al dito l'anello con sigillo e diceva al visitatore di entrare.

Il colonnello Müller si fece avanti nello spazio privato, si inchinò e si scusò per l'intrusione.

«Che c'è, colonnello?» chiese Alec in francese, di modo che Selina seguisse la conversazione. «*Madame* Jamison-Lewis è riuscita a farmi conversare con lei abbastanza a lungo che il tempo è volato e siamo arrivati ad Aurich?»

«No, *Monsieur Baron*. Sfortunatamente ci sono ancora molte ore di viaggio. Sono venuto a informarvi che abbiamo lasciato la protezione delle mura della città e ora siamo in territorio aperto. Dobbiamo essere vigili. Ho consigliato ai passeggeri di questa chiatta, e di quella che ci segue, di restare tutto il tempo in cabina, a meno che sia assolutamente necessario uscire. Non si può essere troppo cauti, con i ribelli, sia militari sia civili, che sono stati ripetutamente avvistati nelle vicinanze solo la settimana scorsa. Ma non preoccupatevi, *Madame*» aggiunse con un breve inchino a Selina. «I miei uomini proteggeranno queste *trekschuit* e le vostre vite con la loro.»

«Vi credo, colonnello» dichiarò Alec con un sorriso. «Grazie. Ora, se volete entrambi scusarmi, credo di aver bisogno di sdraiarmi e riposare per qualche ora, prima di crollare. Parleremo di nuovo molto presto, signora Jamison-Lewis.»

Il colonnello si inchinò e, visto che aveva scostato la tenda per consentire a Selina di uscire dalla stanza privata di *Herr Baron* prima di lui, Selina non ebbe altra scelta che fare una riverenza e congedarsi. Fu solo quando arrivò dall'altra parte della tenda con gli altri passeggeri che si rese conto che nonostante le rivelazioni, Alec non le aveva parlato dell'unica cosa che tutti, dal suo valletto a suo zio, volevano sapere. Come era diventato il barone Aurich. Visto ciò che ora sapeva, era più stupita che mai.

DICIASSETTE

Alec dormì, profondamente e serenamente, per parecchie ore. Era esausto e la pace del suo sonno era favorita dall'essersi purgato l'anima con Selina e dal dolce movimento ondeggiante della chiatta mentre veniva lentamente trainata lungo il canale. E quando sognò, sognò di Cosmo e di tempi più felici.

E mentre Alec sognava di Cosmo, il suo miglior amico sognava di lui. Ma i suoi erano incubi. Si svegliò di soprassalto e si sedette sul letto, madido di sudore, con le mani sul viso, le dita che frugavano, cercando freneticamente di togliersi la mordacchia fissata sulla testa. E mentre lottava con quella gabbia di ferro, la lingua, spessa e pesante e secca, non riusciva a muoversi, quindi non poteva chiedere aiuto. Più si faceva prendere dal panico più la mordacchia diventava stretta, finché boccheggiò, senza fiato, con le dita fredde e scivolose, la testa in fiamme, e il morso che sporgeva dentro la bocca premette così forte sulla lingua che gli vennero dei conati di vomito. Ma per quanto si sforzasse di trovare la chiusura, per quanto le dita afferrassero la gabbia di metallo, non riusciva a togliersi lo strumento di tortura che Alec l'aveva obbligato a indossare.

Gli ci volle un intero minuto per rendersi conto che erano le sue stesse mani che gli coprivano la bocca, e non la museruola di ferro fatta per umiliare pubblicamente le donne che rimbrottavano i loro mariti. E Alec non era lì, non era mai stato in quella stanzetta, e a ogni giorno che passava, da quando aveva partecipato alla cena del margravio, Cosmo dubitava sempre più che avrebbe mai rivisto da vivo il suo amico.

Sapere di non indossare una mordacchia gli diede un grande sollievo, ma arrivarono anche lacrime di frustrazione e paura. Non per se stesso, ma per Emily e la sua compagna, la signora Carlisle. Si sdraiò di nuovo sulle lenzuola attorcigliate e abbracciò il cuscino, riandando con la mente alla cena del margravio. Era stata tre giorni prima ed era la prima volta che usciva dalla sua stanza in un mese.

La cena si era tenuta nella sala dei banchetti del castello, una stanza rivestita di pannelli di quercia, il soffitto a travi dorate, un gigantesco camino centrale di pietra, dove sonnecchiavano cinque cani lupo. Sulle pareti c'erano armi medievali di tutti i tipi e i ritratti dei margravi defunti nelle loro divise militari. In alto, sopra la piccola balconata dove, nascosto alla vista, suonava un quartetto d'archi, c'erano teste impagliate di bestie esotiche: elefanti, orsi, leoni, antilopi, rinoceronti, zebre, cervi, cinghiali; trofei di partite di caccia, lì a Midanich e in lontani avamposti del Sacro Romano Impero. Il margravio, i comandanti del suo esercito, i suoi amici maschi e i cortigiani erano seduti a tre lunghi tavoli lungo tutte le pareti eccetto una. Le mogli, figlie e amanti non potevano partecipare a quelle cene, e anche tutti i servitori erano uomini.

Mangiavano su piatti d'oro e bevevano da calici di cristallo, come se fosse un giorno d'estate e il cibo fosse abbondante. Non, come aveva consigliato il ciambellano di corte, seduto nel posto più lontano dal suo padrone, con moderazione, in previsione del lungo inverno e tenendo presente il fatto che il castello era sotto assedio.

I soldati armati della guardia personale del margravio erano sull'attenti dietro le sedie dall'alto schienale dei commensali. Il loro capo, il capitano Westover, aveva il posto d'onore dietro la sedia del margravio, quasi un trono in realtà, e teneva gli occhi sempre vigili puntati sui presenti e non, come tutti gli altri, su un insieme di tappeti nella grande area vuota al centro della stanza, dove si stavano esibendo i membri di un circo itinerante. L'illustre ospite e i commensali si distraevano alle loro buffonate, ma ne erano anche annoiati, dato che la troupe si era già esibita per tre sere di seguito e le loro routine stavano diventando stantie come il pane del giorno prima.

Sir Cosmo fu scortato in quel clamore e alla luce viva delle candele, con le mani legate davanti a lui. Non più abituato alla conversazione a voce alta, alle risate e agli urli degli intrattenitori che saltavano e rimbalzavano, e agli applausi del pubblico, Cosmo chiuse stretti gli occhi e fece del suo meglio per combattere il panico che sentiva crescere dentro di sé. Era passato tanto tempo da quando si era trovato in mezzo a un tale baccano che si chiese come fosse sopravvissuto nelle affollate strade di Westminster e Parigi. Quando lo presero per il gomito e lo portarono al centro della stanza, tenne la testa bassa, non perché glielo avevano ordinato, bensì perché stava quasi per perdere i sensi.

La troupe di circensi si sparpagliò per consentire a questa nuovissima e intrigante forma di divertimento di passare. Furono le conversazioni improvvisamente basse e sommesse che fecero alzare la testa a sir Cosmo. Sbatté gli occhi alla luce. E quando l'ambiente intorno a lui si mise a fuoco, si trovò in piedi a poco più di un metro dal tavolo centrale e dalla figura centrale, seduta su una sedia dall'alto schienale, vestita con un'abbagliante marsina di filo d'oro e d'argento. Tuttavia non fu tanto la magnificenza dell'abbigliamento che stupì sir Cosmo, ma l'uomo in sé. Immaginò, correttamente, che fosse il margravio Ernst che era venuto a vederlo nella sua stanza, ma che non aveva avuto il permesso di guardare negli occhi, ammirandone quindi solo i lucidissimi stivali. Da quanto gli aveva confidato il suo valletto sull'incapacità del margravio di farsi crescere capelli e peli, e che quindi soffriva della *verità taciuta*, si aspettava di trovarlo strano, forse orribile da guardare. Niente era più lontano dalla verità.

L'aspetto del margravio Ernst contrastava nettamente con quello degli uomini dal volto carnoso, sopracciglia cespugliose e guance pesanti seduti intorno a lui. Aveva i lineamenti fini, zigomi alti e una fronte ampia. Le sopracciglia erano un tratto sottile. I grandi occhi azzurri erano incorniciati da ciglia annerite e la bocca a bocciolo di rosa portava ancora le tracce di rossetto. E se questo non fosse bastato a distinguerlo dai suoi compagni, aveva una carnagione di crema e pesca, leggermente incipriata, che ricordò a Cosmo sua cugina Selina. E a incorniciare quel bel volto, perché era più femminilmente bello che virilmente attraente, c'era una parrucca lunga di riccioli biondi che ricadevano sulle spalle, intrecciati con nastri di seta e decorati con fermagli di diamanti.

Come per convincersi che fosse un uomo e non una donna che fingeva di essere un uomo, Cosmo guardò le mani del margravio, perché di certo avrebbero rivelato il suo sesso, se nient'altro di ciò che era visibile poteva farlo. Se aveva il pomo d'Adamo prominente di un uomo, non si vedeva, coperta com'era la gola dal fine lino e dal pizzo della cravatta. Ma le mani di un uomo erano generalmente più grandi, le unghie più piatte e i palmi più squadrati di quelle di una donna. Ma Cosmo fu nuovamente sorpreso, e confuso. Le mani di Ernst erano lunghe, le dita affusolate ed eleganti, e dato che erano coperte da

gioielli e dai morbidi volant di pizzo che ricadevano dai polsi, era difficile decidere il sesso di quelle lisce mani bianche.

Sir Cosmo osò fissare apertamente il margravio, ed Ernst lo fissò a
sua volta, come tutti gli uomini seduti intorno ai tre tavoli. Non ci
volle molto a Cosmo per rendersi conto che era lui ora a fornire il
divertimento serale ai commensali. Lo stavano osservando come se
fosse il più recente esemplare in mostra al Tower Zoo, e tutto per via
della barba e dei capelli lunghi. E quando due cortigiani chiesero il
permesso di avvicinarsi al prigioniero, il margravio Ernst acconsentì
con un gesto languido della mano. La sua bocca si curvò in un bel
sorriso e i suoi occhi azzurri non lasciarono lo sguardo di Cosmo per
un solo momento.

Sir Cosmo si costrinse a non sussultare quando i due cortigiani
osarono toccargli cautamente la barba, strofinando i peli corti tra il
pollice e l'indice e confermando alla compagnia riunita, quando tornarono ai loro posti, che la barba del prigioniero era effettivamente
ruvida come i peli del petto di un uomo.

Cosmo non capiva il tedesco, ma qualunque cosa avessero detto
diede inizio a un'animata discussione tra la compagnia, anche se il
margravio non aggiunse mai la sua voce alle altre. Prese il suo calice e
bevve, senza mai togliere gli occhi dal prigioniero. Che cos'altro poteva
fare Cosmo, se non restare silenzioso e remissivo? Aveva da tempo
rinunciato all'idea di ricevere la considerazione e il rispetto che avrebbero dovuto essere accordati a un gentiluomo del suo paese, e si era
rassegnato a essere solo un altro prigioniero di guerra, e trattato come
tale in quel principato dimenticato da Dio.

Quindi, quando il margravio ordinò che gli togliessero dai polsi la
fune di seta, e che al prigioniero venisse data una sedia perché si
sedesse al tavolo davanti a lui, fu naturale che sir Cosmo fosse diffidente. Esitò a sedersi, finché un soldato non lo afferrò per il braccio e
lo spinse sulla sedia, per poi prendere posizione alle sue spalle. Gli
misero di fronte un piatto e trovarono un calice vuoto che riempirono di vino. Ordinarono ai servitori di portare dei vassoi di cibo ma
quando glieli offrirono, sir Cosmo li rifiutò. L'odore di quelle salse
ricche e l'aspetto dei grossi tagli di carne arrostita gli facevano rivol-
tare lo stomaco. La sua dieta quotidiana da prigioniero era composta
da brodo, pane, formaggio, aringhe sottaceto con purea di cavoli e
una fetta di carne una volta la settimana. Quindi era sicuro che qualsiasi altro alimento non sarebbe andato d'accordo con il suo stomaco
delicato e lo avrebbe fatto star male immediatamente. Ma bevve dal
calice, e il vino, il primo da mesi, fu una delizia liquida sul suo
palato.

«Non potete certo credere, dopo tutto questo tempo, che il vostro amico stia venendo a salvarvi, sir Cosmo Mahon?»

Cosmo riuscì ad appoggiare il calice sul tavolo con la mano ferma, nonostante la sorpresa di sentirsi parlare in inglese. Ma la sua sorpresa non era dovuta alla capacità del nobiluomo di parlare la sua lingua; lo sapeva già. Fu il timbro della voce. Era caldo, ricco e profondo. Lo aveva dimenticato. Quindi non una donna in abiti maschili.

«Sì, Vostra Altezza. Lo credo ancora.»

Il margravio strinse le labbra davanti a quel tono sicuro.

«Non credo» disse cupo. «Perché dovrebbe? Per il mio paese è un fuggitivo. Sa che cosa lo aspetta se metterà piede in questo castello.»

«Ciò nonostante, Vostra Altezza, lui verrà. E voi dovete saperlo, altrimenti non sarei ancora vostro prigioniero.»

Il margravio ridacchiò, ma non era divertito. «Che pazzo siete, sir Cosmo Mahon! Non sapete nemmeno ciò che è successo al vostro amico l'ultima volta che è stato qui, vero?»

«No, Vostra Altezza, non lo so.»

«L'ho fatto torturare.»

Sir Cosmo sussultò a quella parola, ma non rispose.

«Non mi credete?»

Sir Cosmo pensò alle teste mozzate sulle picche lungo i bastioni e al fatto di essere stato rinchiuso in una stanzetta per quasi due mesi senza nessuna compagnia, oltre ai soldati che lo sorvegliavano. E alla volta in cui gli avevano tuffato la testa in un secchio di acqua gelata e lo avevano quasi affogato, tutto perché obbedisse. Oh, sì, riusciva tranquillamente a credere che questo sovrano fosse capace di far torturare qualcuno.

«Sì, Vostra Altezza, vi credo.»

«Non vedo perché avrebbe dovuto scegliere voi come migliore amico» si lamentò il margravio, appoggiandosi allo schienale e guardando il suo ostaggio da sopra il bordo del calice. «Non c'è niente di attraente in voi. Siete ordinario. Avete un naso anonimo, gli occhi troppo piccoli. I vostri lineamenti non saranno mai immortalati nel marmo. E con quella foresta che vi copre il viso sembrate uno scimmione. Non siete certamente degno dell'attenzione di Alec Halsey.»

«Scusatemi, Vostra Altezza, ma mi avete scambiato per una donna. Per Alec Halsey, io sono un amico, non un amante.»

«Amante?» Il margravio fece una smorfia. «Fin troppo vero. Non riesco a immaginare che possiate interessargli come amante.» Si chinò in avanti e chiese in tono confidenziale, come da un amico all'altro, con gli occhi improvvisamente brillanti: «Ditemi: ha molte amanti? Ha una mantenuta? Ha sposato una donna inglese? Ci sono figli? Bastardi, forse? O preferisce ancora montare le mogli degli altri?»

«Sono domande a cui non posso rispondere, Vostra Altezza.»

«Certo che potete» continuò il margravio, nello stesso tono confidenziale che avrebbe dovuto ispirare fiducia ma che fece sembrare a sir Cosmo di avere la pelle coperta di formiche. «Siete il suo migliore amico. Gli amici sanno queste cose. Gli amici si confidano. E il suo miglior amico saprebbe tutto questo e anche di più.»

«E anche se lo sapessi, non potrei dirvelo, Vostra Altezza» si scusò sir Cosmo.

Il margravio agitò languidamente una mano ingioiellata, accantonando quelle onorevoli intenzioni. I soldati dietro le spalle di sir Cosmo scambiarono quel gesto per il segnale che aveva finito di parlare con il prigioniero, afferrarono sir Cosmo per le braccia e lo tirarono in piedi.

«Rimettetelo seduto! Rimettetelo seduto, idioti!» Strillò il margravio in tedesco e si alzò dalla sedia così in fretta da rovesciare il suo calice. Il vino si sparse sul tavolo. Tutti quelli seduti cessarono di colpo di parlare e si alzarono all'unisono. Il margravio Ernst indicò con un lungo dito ingioiellato l'ultima guardia della fila lungo la parete. «Tu! Sì, tu! Vieni qua e resta in piedi dietro al prigioniero. Voi due, sparite dalla mia vista!» Voltò la testa per guardare il capitano della guardia, che stava rimettendo a posto la sedia. «Westover! Ditemi perché siete il mio capitano, quando permettete a degli imbecilli di farmi da guardia! No! Non rispondete! Ma quei due sono congedati. Prendete le loro uniformi e metteteli a lavorare negli alloggi a spalare lerciume!»

Scosse le falde della marsina di filo d'oro e d'argento e si sedette di nuovo, seguito da tutti gli altri.

«Non potete dirmelo perché non lo sapete,» continuò in inglese, come se non fosse successo niente, «o perché siete un pazzo testardo? Qual è la verità?»

«Nessuna delle due, Vostra Altezza» rispose educatamente sir Cosmo. «È perché gli amici non tradiscono le confidenze.»

«Ah! Fate a modo vostro, allora! Avete la bocca cucita, mentre la vostra compagna non sa quando stare zitta!»

«Emily?» Sir Cosmo disse il nome sibilando e il suo movimento improvviso sulla sedia fece sì che il soldato gli appoggiasse pesantemente la mano sulla spalla, nel caso avesse deciso di saltare in piedi. «La-la signorina Mahon sta bene? Le vengono accordati rispetto e comodità? Posso sapere come se la sta cavando, Vostra Altezza?»

«Oh, oh! Adesso vi svegliate! Bene, se volete un rapporto sulla vostra compagna, sarà bene che siate più collaborativo e rispondiate alle mie domande.» Il margravio alzò le sopracciglia disegnate. «Se sarete molto bravo, potrei lasciarvela vedere…»

«Grazie, Vostra Altezza.»

Il margravio Ernst sorrise maliziosamente. Guardò i suoi ospiti e si rivolse a loro nella propria lingua. «Guardate come si anima questo scimmione quando menziono la sua compagna! Che bestie sono questi inglesi! È un bene che siano stati tenuti in gabbie separate, altrimenti potremmo di certo aspettarci il primo bebè peloso!»

Ci fu un attimo di silenzio e poi uno degli ospiti fece una risata forzata e gli altri si unirono a lui, dandosi di gomito e incitandosi l'un l'altro a ridere più forte alla fiacca battuta del loro monarca. Il barone Haderslev cercò di catturare lo sguardo del capitano Westover mentre sbuffava mentalmente, ma il capitano era assorto nei suoi pensieri.

Stava pensando che il figlio non sarebbe mai stato all'altezza del padre, né come uomo né come monarca. Il margravio Leopold era stato un sovrano eccellente, un soldato coraggioso e un amministratore giusto e capace. E anche se il figlio Ernst era un soldato feroce e coraggioso, capace di guidare i suoi uomini in battaglia, non era l'amministratore o il capo di stato onorevole che era stato Leopold. Si mormorava spesso dell'inadeguatezza di Ernst come monarca e del tempo crescente che passava visitando la sorella debole di cervello, la principessa Johanna. Ma non bastava per deporre un margravio che veniva da una lunga linea di principi Herzfeld che regnavano per grazia di Dio. Westover aveva giurato fedeltà a Ernst, come aveva fatto con il margravio Leopold, e avrebbe onorato quel giuramento fino al suo ultimo respiro.

E mentre Westover era convinto che fosse la volontà di Dio che Ernst fosse il margravio, il barone Haderslev, che aveva servito il vecchio margravio ed era ora un vecchio anche lui, si chiedeva per quante ore, giorni, settimane, forse mesi avrebbe dovuto sopportare le stupidaggini di Ernst prima che il suo fratellastro Viktor assaltasse il castello e si prendesse il trono. Non che sostenesse in modo particolare le pretese di Viktor al trono. Dopo tutto, era il prodotto di un matrimonio morganatico e quindi non poteva ereditare legittimamente. Ma più tempo passava in compagnia di Ernst, più Haderslev era favorevole a gettare al vento la legittimità e scegliere un monarca che fosse sano di mente e non sotto l'influenza di una sorella che era stata rinchiusa fin dal suo quindicesimo compleanno. Quando era in vita, Leopold era riuscito a controllare Ernst e di certo aveva tenuto Johanna sotto chiave…

Forse l'inverno avrebbe permesso ai nobili di farsi coraggio e organizzare un colpo di stato. Ma Haderslev sapeva che sarebbe stato impossibile senza il sostegno o la resa del capitano, ostinatamente fedele, e delle sue guardie di palazzo.

«Haderslev! Haderslev! State sognando a occhi aperti?»

Era il margravio e il barone Haderslev si affrettò a bandire i suoi pensieri sovversivi e si alzò.

«Dov'è la compagna di questo scimmione? Mandatela a prendere!» Ernst si voltò verso sir Cosmo con un sorriso radioso e continuò in inglese. «Mentre vanno a prendere la vostra compagna, forse ora mi direte qualcosa di più del nostro amico...?» Quando sir Cosmo annuì, il margravio sospirò soddisfatto e unì le dita, con i gomiti sul tavolo, chiedendo: «Parlatemi della sua amante, o di sua moglie, o di entrambe. Mia sorella non vede l'ora di sapere con chi sta fornicando, e quindi mettendo in ridicolo i voti pronunciati nei suoi confronti, come suo marito.»

Sir Cosmo era sicuro di aver capito bene ma si chiese se traducendo in inglese il margravio non avesse fatto confusione. Quindi lo corresse educatamente.

«Chiedo scusa, Vostra Altezza, ma Alec Halsey non è sposato e non lo è mai stato.»

«Ah! Allora non lo conoscete affatto, e non potete assolutamente essere il suo migliore amico, se non vi ha confidato che in effetti è sposato, sposatissimo, con mia sorella la principessa Johanna. Si sono sposati qui nel castello, con mio padre e il ciambellano di corte come testimoni dell'unione. Vero, barone?»

Ripeté in tedesco al ciambellano di corte ciò che aveva appena detto al prigioniero, e sir Cosmo si voltò a guardare il barone, che si inchinò e annuì, confermando la dichiarazione del suo monarca. Sir Cosmo guardò i commensali che aveva intorno e, dato che nessuno di loro sembrò sorpreso e continuarono a mangiare e a bere, si voltò nuovamente verso Ernst e disse a voce bassa: «Se è veramente così, Vostra Altezza, allora sì, avete ragione. Non si è confidato con me, né, se è per quello, con nessun altro in Inghilterra.»

Il margravio sembrò compiaciuto, ma poi strinse le labbra in una smorfia.

«Vi dirò io allora ciò che non vi ha detto lui. Mio padre gli conferì un titolo nobiliare la mattina prima della cerimonia, perché non poteva permettere a un comune cittadino di entrare a far parte della famiglia per matrimonio, e poi sono stati uniti in matrimonio qui, nella cappella del castello. E che cosa ha fatto lui? Come ci ha trattati? Ha abbandonato la mia povera sorella. È fuggito nella notte, lasciandola con il cuore infranto. E così è rimasta. Un simile trattamento della sua sposa, *mia sorella*, è imperdonabile. Eppure, *lei* lo perdonerebbe e lo rivorrebbe come marito, lo so, se lui le offrisse le sue scuse al suo ritorno. Ah! Che cosa pensate adesso del vostro miglior amico, sir Cosmo Mahon?»

Sir Cosmo non sapeva che cosa rispondere. Stava ancora cercando di comprendere la notizia strabiliante che Alec aveva sposato la sorella del margravio e poi l'aveva abbandonata. Il suo amico non sarebbe mai stato così disinvolto riguardo a una decisione così epocale, né sarebbe stato così crudele da sposarsi e poi abbandonare la sua sposa, era troppo gentiluomo per un simile comportamento. A meno, cioè, che fosse stato obbligato a una simile unione. L'idea sembrava appartenere al regno della fantasia, finché Cosmo ricordò dov'era e con chi era e come fosse stato rinchiuso per più di due mesi, aspettando che Alec venisse a salvarlo. Non avrebbe mai più rifiutato di credere a qualcosa che sembrava potesse solo uscire dalla penna di uno scrittore di favole. Ne stava vivendo lui una in quel momento, e stava diventando più strana giorno dopo giorno.

E seduto davanti a quel bell'uomo con i suoi riccioli biondi, circondato dalla sua corte di soldati e sicofanti che si abbuffavano di cibo come se ce ne fosse in abbondanza, Cosmo si rese conto di due cose: lui non era impazzito, era sano di mente come il giorno in cui era stato arrestato in anticamera. Secondo, ed era la cosa più allarmante, il margravio era decisamente debole di mente, ed era evidente in particolare quando si parlava di Alec. Era proprio da Alec diventare l'oggetto di un'infatuazione! Ma non era solo la sorella che era ossessionata! Erano passati più di dieci anni da quando Alec era stato in quel paese, e in compagnia di quel nobile, eppure il margravio ne parlava come fosse successo il giorno prima. Il tempo era passato per tutti, sembrava, eccetto che per il margravio Ernst.

«Venite avanti, venite avanti!» Stava dicendo il margravio all'ultimo ospite a entrare nella sala dei banchetti, al che sir Cosmo si distolse dalle sue riflessioni per voltarsi a guardare, aspettandosi di vedere Emily. «Ecco la vostra compagna, sir Cosmo. Come vedete, è stata trattata bene, e le vengono accordate tutte le cortesie dovute alla sua posizione come nipote di una duchessa inglese. Venite avanti, mia cara! Avvicinatevi!»

Il sorriso di sir Cosmo si gelò e il suo cuore mancò un battito a quella riunione.

Quella povera creatura non poteva essere Emily! Era stata condotta nella stanza legata a una catena, attaccata alle manette che aveva ai polsi, ma fu la testa che sir Cosmo fissò inorridito, perché era racchiusa in una gabbia di ferro. Sapeva di che cosa si trattava. Era una mordacchia, ne aveva visto una esposta nella Torre di Londra. Si diceva fosse appartenuta a un nobile di tanto tempo prima, usata per soggiogare le mogli che i mariti ritenevano essere bisbetiche. Gli avevano detto che quel barbaro marchingegno era ancora in uso in alcune parti della Scozia e del continente. Non aveva mai visto niente di così orrendamente medievale e non era riuscito a credere che un simile strumento di tortura avesse mai visto la luce del giorno. Ma eccone uno lì, a Midanich, e in uso.

La creatura fissava da dietro la gabbia di ferro, grandi occhi scuri sgranati per la paura, guardandosi attorno. Ma quando vide sir Cosmo il suo sguardo divenne fisso e i suoi occhi si riempirono di lacrime riconoscendolo. Sir Cosmo ruppe in lacrime in risposta e si coprì la faccia con un braccio per reprimere i singhiozzi e asciugarsi in fretta le lacrime.

«Ah, il nostro scimmione è entusiasta di vedere la sua compagna!» Annunciò il margravio con un applauso, seguito immediatamente dagli applausi degli altri commensali.

Senza chiedere il permesso e senza pensare a dov'era, sir Cosmo andò dalla donna, prendendole le mani. La fissò, cercando di riconoscere nella sua espressione terrorizzata una qualche somiglianza con la sua Emily. La donna sbatté le palpebre e lo fissò, come volendo la sua completa attenzione e sorrise quando sir Cosmo annuì, capendo. Vide che il marchingegno si protraeva nella bocca e le teneva ferma la lingua di modo che non potesse parlare. E anche se non poteva dirlo a parole, Cosmo sapeva ciò che lei stava cercando di dirgli e sapeva chi era. Non era Emily; quello lo aveva capito subito guardandola negli occhi, scuri e non azzurri. Ma finché la povera creatura non aveva sorriso, non era stato sicuro della sua identità. Era la signora Carlisle, la compagna di Emily che in qualche modo aveva preso il suo posto. Avrebbe pianto, per lei, e di gioia perché non era Emily a essere torturata in quel modo detestabile. E con l'enorme sollievo per Emily, venne il senso di colpa e la preoccupazione per la sua compagna.

«Come vedete è ben nutrita e sana, ma dato che non ne voleva sapere di tenere la bocca chiusa,» si lamentò il margravio, «mia sorella ha trovato il modo di farla smettere completamente di parlare.»

«Di certo cinque minuti con quel marchingegno sarebbero stati sufficienti per imparare la lezione, Vostra Altezza?» chiese sottovoce sir Cosmo, cercando disperatamente di mascherare le sue emozioni.

«Oh, sta a mia sorella deciderlo. Ma non volete abbracciare la vostra amica, sir Cosmo? Sono sicuro che non morderà!» Ernst sorrise alla propria battuta e poi la ripeté in tedesco ai suoi cortigiani, che risero di nuovo, ma questa volta con sincero buon umore. «Abbracciatela! Non abbiate paura! Abbracciatela, vi dico!» ordinò in inglese alla coppia. «Voglio vedere il mio scimmione e il mio uccello in gabbia che si abbracciano!»

Sir Cosmo prese lentamente la signora Carlisle tra le braccia e la tenne contro di sé. La donna si chinò contro la sua spalla. E rimasero così per parecchi secondi, dimentichi di quello che li circondava e di come apparivano al mondo, godendo del gentile tocco di un altro essere umano. Il margravio era in piedi e applaudiva, insieme agli altri commensali, come se fosse lo spettacolo migliore che avessero mai visto, come se la coppia fosse un fenomeno da baraccone.

Quando la signora Carlisle cominciò a singhiozzare, sir Cosmo le sussurrò all'orecchio: «Fate la brava. Fate ciò che vi dicono. Continuate a sperare. Lord Halsey ci salverà entrambi. Ve lo prometto.» Si tirò indietro per vederle chiaramente il viso. «Ditemi. Lei è al sicuro?»

La signora Carlisle annuì.

«È nel castello?»

La signora Carlisle scosse la testa.

«È fuggita?»

La signora Carlisle scosse la testa e spalancò gli occhi.

Anche sir Cosmo spalancò gli occhi, speranzoso e sussurrò in fretta: «È scappata prima che vi portassero qua al castello?»

Questa volta la signora Carlisle sorrise. Fu costretta ad allontanarsi quando il suo guardiano tirò la catena attaccata ai polsi. Ma sir Cosmo la seguì, le prese le mani e gliele baciò, aggiungendo, senza fiato, con le lacrime che gli scendevano sulle guance: «Che Dio vi benedica, mia cara signora. Grazie. Grazie di tutto cuore.»

Il margravio si era stancato della compagnia di sir Cosmo e di quella dei suoi compagni e indicò ai commensali di andarsene, chiedendo al barone Haderslev di andare da lui.

«Anche voi, Westover.» Fece un cenno verso sir Cosmo e disse loro nella loro lingua natia: «Fate rimuovere quella cosa rognosa dalla sua faccia. Non mi interessa come lo fate. O permetterà al suo valletto di raderlo, o lo farete tener fermo dai vostri uomini e gliela toglierete in qualunque modo vorrete, Westover. Mi avete capito?»

«Sì, Vostra Altezza. Sarà fatto immediatamente.»

«E fate in modo che resti senza. Conoscete la legge.»

«Sì, Vostra Altezza.»

«Non possiamo permettere che la principessa Johanna si metta in testa delle idee su questo pazzo. Lui non è Alec Halsey, nemmeno lontanamente. Non deve mai più rivederlo…»

«La principessa *ha visitato* il prigioniero?» Era il barone Haderslev. La sua incredulità fu presa per stupore.

«*No*, Haderslev» ringhiò irritato il margravio. «Dove avete il cervello?»

«Le mie scuse, Altezza» bofonchiò il ciambellano di corte, sperando di non essersi tradito. «Ovviamente la principessa non potrebbe mai interessarsi a uno scimmione del genere.»

«No, ovviamente no. Ed è un bene che io non permetta alle mogli, sorelle e figlie e a ogni altra donna di partecipare ai miei banchetti. Perché di certo la vista dell'amico del mio amico sarebbe stata una visione sconvolgente anche per loro, come per mia sorella.»

Il margravio girò sui tacchi per andarsene, quando ebbe un'idea. Si voltò a fissare spassionatamente il prigioniero, mentre sir Cosmo veniva scortato fuori dalla sala.

«Secondo i miei calcoli, Halsey ha meno di due settimane per farsi vivo prima che al suo peloso miglior amico e a quella femmina cinguettante tocchi esalare il loro ultimo respiro, vero?»

«Sì, Vostra Altezza. Undici giorni per l'esattezza.»

«Bene. Se Halsey non sarà qui per allora, tagliate loro la gola. Due bocche in meno da sfamare dovrebbero far contento il cuoco.»

DICIOTTO

Alec fu svegliato di colpo da una scarica di moschetto vicino alla *trekschuit*. Il convoglio era sotto attacco.

Si alzò di corsa dal letto da campo e sbirciò cautamente fuori dalla finestra, con la schiena contro la pannellatura di legno, la testa girata e il collo teso di modo che contro il vetro ci fosse solo il suo profilo. La cupa giornata invernale stava lentamente diventando notte e una fitta nebbia copriva il terreno paludoso oltre l'alzaia, che era inspiegabilmente deserta. Eppure il rumore scoppiettante, inconfondibile, dei colpi di arma da fuoco continuava, fuori e sopra di lui.

Si disse che i soldati dovevano essere sul lato opposto della chiatta, e che la stavano usando come copertura mentre sparavano nella nebbia oltre il colmo del tetto. Quelli che rispondevano al fuoco avevano la nebbia a loro favore. Tra una raffica e l'altra si sentivano ordini urlati mentre i soldati ricaricavano i moschetti. La sparatoria proseguiva. Ci fu un grido sorpreso. Il tonfo di qualcosa di pesante che colpì il tetto sopra la testa di Alec lo fece guardare in alto per un attimo, come se si aspettasse che un soldato gli piombasse addosso attraverso il tetto. Altri ordini furono abbaiati. Altri colpi di arma da fuoco.

Alec si chiedeva che cosa stesse succedendo dall'altra parte della tenda; se Selina fosse al sicuro; se i passeggeri fossero riusciti a trovare un rifugio. Da dov'era, appiattito contro la parete, arrivare alla tenda avrebbe significato passare davanti alla finestra e quindi essere in bella vista, anche se solo per un momento, e non era la linea d'azione più ragionevole in battaglia. Quindi arretrò, fuori dalla visuale, con l'intenzione di girare attorno al letto da campo e, se necessario, strisciare fino alla tenda. Il rumore di stivali lungo il ponte della chiatta, seguito dalla porta posteriore che si spalancava sbattendo, lo gelò sul posto. Era Hadrian Jeffries.

Occhi sgranati e capelli al vento, con il pastrano di pelle di foca che ondeggiava intorno alle caviglie, il valletto scese precipitosamente i bassi gradini e si lanciò immediatamente contro Alec. Afferrò il suo padrone per le falde ricamate della marsina, lo tirò indietro, lo abbrancò come se Alec volesse resistere e lo gettò sul pavimento, sparpagliando i mobili da campo mentre la spalla di Alec urtava forte le assi. Poi si gettò sopra il suo padrone, come uno scudo umano e gli ordinò di restare fermo.

«Per l'amor del cielo, Jeffries! Non sono…»

Alec non riuscì a finire la frase. Fu interrotto da uno schianto assordante quando il legno andò in pezzi e il vetro esplose. Schegge di legno e frammenti di vetro volarono per tutta la stanza, ricadendo sopra padrone e servitore, mentre la palla di piombo attraversava la tuga e usciva dalla parete opposta.

Ci fu un momento di silenzio sbalordito mentre entrambi gli uomini aspettavano altri colpi di moschetto, ma dato che la battaglia sembrava essersi spostata indietro lungo il canale, Hadrian Jeffries si alzò e offrì la mano ad Alec per aiutarlo a rimettersi in piedi.

«Mi dispiace, signore. Non c'era tempo per le spiegazioni» si scusò il valletto, ancora senza fiato, togliendosi la polvere dagli abiti. «Vi ho visto alla finestra e…»

«Prego. Non ce n'è bisogno» dichiarò Alec, con il respiro affannoso per il colpo. Nella luce del tardo pomeriggio che ora entrava da un grosso buco sul lato della tuga, vide che le maniche della sua marsina luccicavano di frammenti di vetro e cominciò cautamente a togliersi l'indumento. Hadrian Jeffries venne in suo aiuto. «Grazie, Hadrian. Non per questo» disse con una risata mentre il valletto gli toglieva la marsina, lieto di essere sopravvissuto a un incontro così ravvicinato con la palla di un moschetto. «Ma per avermi ammaccato la spalla! Che cosa sta succedendo là fuori?»

«Avevamo appena attraccato alla chiusa di Aurich…»

«Siamo *già* arrivati ad Aurich?»

«Sì, signore. Avete dormito per tutto il viaggio.»

«Buon… Dio. Dovevo essere proprio stanco.»

«Sì, signore. Non so chi stia sparando là fuori. C'è un po' di confusione. Tra la nebbia e la luce morente, nessuno sa per certo quello che sta facendo. Hanno mandato alcuni soldati in città attraverso la palude ed è stato allora che si sono sentiti i primi colpi. Sono tornati di corsa, riparandosi dietro le chiatte. Sembra che i ribelli ci stessero aspettando e ci abbiano teso un'imboscata.»

Al rumore improvviso di mezza dozzina di uomini che urlava e di una colluttazione, come se stessero invadendo la chiatta, entrambi gli uomini guardarono verso il buco nella parete che permetteva non solo alla luce, ma all'aria gelida di circolare nel piccolo spazio privato che era stato caldo e accogliente. Dei soldati oltrepassarono velocemente la finestra distrutta e poi ci fu nuovamente silenzio per qualche momento. Abbastanza perché Alec chiedesse: «Dove sono gli altri passeggeri? La signora Jamison-Lewis?»

«*Herr* Luytens e il reverendo Shirley stavano giocando a carte l'ultima volta che ho controllato. Ma la signora Jamison-Lewis, la sua compagna e la ragazza sorda erano andate tutte a fare una passeggiata lungo l'alzaia, circa mezz'ora fa.»

Alec impallidì.

«Volete dire che lei è *là fuori*... in mezzo a *tutto questo*?»

«Sì, signore...»

«Buon Dio, *no*.»

«... da qualche parte sull'alzaia, stavano camminando nella direzione da cui siamo venuti» spiegò in fretta Hadrian Jeffries, seguendo Alec che aveva scostato violentemente la tenda e stava andando a grandi passi nell'altra sezione della tuga. «Sono andati due soldati con loro e sono sicuro che la signora Jamison-Lewis e le sue compagne siano fuori dalla linea di fuoco...»

«Davvero?!» esclamò Alec, conciso. «Chi diavolo ha avuto la stupida idea di permetterle... di permettere loro di lasciare la protezione della chiatta, quando si sa che le paludi brulicano di ribelli? Dov'è Müller?» chiese, dando una rapida occhiata allo spazio deserto. Intravvide due figure accucciate sotto il tavolo. «Chi è là? Siete voi, Luytens? Shirley?»

«State giù, milord! State giù!» Piagnucolò il reverendo Shirley in tono acuto. «Ci stanno attaccando! Ci...»

Alec ignorò i due che si nascondevano e stava per andare all'altra porta quando fu spalancata e la soglia si riempì di persone che urlavano, piangevano, gridavano ordini e cercavano tutte insieme di entrare nella cabina, al sicuro.

«Fate largo! Fate largo!»

Un soldato scese agilmente i gradini, arrivò al tavolo e spazzò via con una manata tazze, piatti, carte da gioco, pipe d'argilla e giornali, mandando tutto a volare sul pavimento. Il trambusto fece uscire Jacob Luytens e il reverendo Shirley dal loro nascondiglio, chiedendo che cosa stesse succedendo, con una mano sopra la testa per evitare di essere colpiti, e inciampando sui piatti e le tazze rotti.

Il soldato che aveva sgombrato il tavolo fu seguito dal cognato di Jacob Luytens, Horst Visser, che teneva in braccio Selina, svenuta. Dietro di loro veniva Evans, sostenuta per il gomito dal capitano della chiatta, poi la nipote del reverendo Shirley che appena vide il nonno si affrettò a raggiungerlo e cominciò freneticamente a fare segni con le mani. Dietro, un altro soldato che restò sui gradini, con il moschetto imbracciato.

Alec non vide niente e nessuno, solo Selina.

Il cappuccio del suo mantello rosso di lana era ricaduto sulle spalle, lasciando in mostra i riccioli color albicocca, scomposti, e il volto pallido come un cencio. Il mantello era tutto storto, tanto che cadde dalle spalle, con l'orlo infangato che strisciava sul pavimento, quando Horst Visser la appoggiò gentilmente sul tavolo, con Evans che si affrettava a metterle l'enorme manicotto di pelliccia sotto la testa.

Si sentì chiamare un medico. Qualcuno. Chiunque avesse delle conoscenze mediche. Uno degli ufficiali, forse?

Alec non stava ascoltando.

Che cos'era successo? Parlarono tutti insieme. Soldati. Ribelli. Nebbia troppo fitta per vedere. Il convoglio aveva perso almeno sei soldati. Uno dei cavalli che trainavano la chiatta era stato ucciso dal fuoco incrociato. Chissà quanti ribelli erano morti o stavano morendo nella palude. Tutti, si sperava.

Alec non sentiva nulla.

Sali, bende. Una cassetta di pronto soccorso. Qualcuno porti del vino, del tè dolce, qualcosa per far riavere la bellezza. La cucina funzionava ancora sull'altra chiatta? Chi poteva andare? Il soldato che aveva sgombrato il tavolo si offrì volontario.

Alec sentiva le singole parole, ma non riusciva a capirne il senso. Fissava Selina immobile sul tavolo e i suoi piedi non volevano obbedire al suo cervello e andare da lei. Vide il davanti del vestito macchiato di fango, o era sangue? Il gancio e gli occhielli del suo corpetto erano stati strappati dalle cuciture e i molti strati di morbido cotone trapuntati che componevano l'indumento si erano aperti come le pagine di un libro. E al centro di questo disastro di cotone, un foro aperto che mostrava una grande massa rossa brillante che si muoveva con l'alzarsi e il ricadere del seno nudo.

Gesù... era il suo cuore? Con una ferita simile non c'era speranza di sopravvivere. *A che diavolo serviva un medico? O le bende o una tazza di tè dolce? Perché stavano dicendo stupidaggini mentre l'amore della sua vita stava morendo sul tavolo davanti a loro?*

Doveva fare qualcosa, qualunque cosa e non restare lì, a fissarla.

Alec si rianimò, spinse da parte la piccola folla, ringhiando di stare lontani dal tavolo e lasciare Selina a lui. Le afferrò le dita, premette le labbra sul dorso della sua mano guantata e si mise in ginocchio accanto al tavolo. Le mise una mano fresca sulla fronte e fissò il volto pallido, incredulo.

«Buon Dio, per favore, *per favore*, lasciatela vivere» pregò a voce alta, portandosi alla fronte la mano di Selina. «Non permettete che accada. La nostra vita insieme deve ancora cominciare...»

«Milord, lei...» Cominciò a dire Evans, ma poi chiuse la bocca quando la sua padrona si riprese al suono della voce di sua signoria.

Le palpebre di Selina fluttuarono e lei voltò lentamente la testa sul manicotto e aprì gli occhi. Vedendo Alec, sospirò e sorrise.

«Oh, siete in salvo. Bene. Penso di essere svenuta quando... Non importa. Janet sta bene? La ragazza?»

«Sono qui, milady» rispose immediatamente Evans dall'altra parte del tavolo. Prese la mano libera di Selina e riuscì a dire in tono calmo: «Sto bene e anche la ragazza. Stiamo tutte bene.» Guardò Alec, che si era alzato in piedi e si premeva una mano tremante sulla bocca, troppo sopraffatto per parlare, e fissava Selina come se fosse tornata dal regno dei morti. «Milord, uno dei soldati che era con noi è stato colpito... ucciso» spiegò e quando Alec distolse gli occhi da Selina per guardarla, facendole cenno con la testa di continuare, disse: «Il sangue sui nostri vestiti è quello del soldato. Si era chinato per raccogliere un nastro per capelli che si era sciolto a causa della forte brezza ed era caduto sul bordo del canale. Non è riuscito a restituirlo. La pallottola è entrata da dietro trapassando il cranio di quel povero ragazzo e poi è passata sul davanti del corpetto di milady. Vedete, lei era in piedi di profilo, altrimenti il colpo avrebbe attraversato anche lei. Se l'è cavata per un pelo, grazie a Dio. Penso che i gioielli siano serviti... I gioielli potrebbero aver impedito alla pallottola di fare danni...»

«Gioielli?» ripeté Alec, senza capire.

«Il riscatto... i gioielli di Olivia» aggiunse Selina, cercando di mettersi seduta. E quando Alec, meccanicamente, la aiutò a mettersi diritta, lei lo ringraziò, aggiungendo: «Non ricordo di essere svenuta. Deve essere stato quando la pallottola mi è passata sibilando davanti... Alec, ho freddo.»

Dapprima, Alec non sentì la dichiarazione di Selina. Stava fissando la massa rossa brillante annidata sul suo seno sinistro, e cercava di dare un senso a ciò che gli avevano detto e ciò che stava vedendo. *I gioielli di Olivia? Riscatto? Che cosa c'entravano?* E poi poco per volta si riprese e con la lucidità mentale tornò anche la vista. Da vicino, ora che Selina era diritta, vide che la massa rossa si era spostata e che non era viva. Era una collana di rubini che fuoriusciva da un taglio in una tasca dentro il corpetto danneggiato. E non era l'unico gioiello nascosto tra gli strati di cotone del corpetto. Da un taglio faceva capolino l'ansa di un filo di perle e c'era anche il luccichio di qualcosa d'oro. Se non si sbagliava di grosso, il corpetto di Selina conteneva un tesoro: i migliori gioielli della sua madrina.

Il suo sospiro di sollievo si sentì in tutta la stanza, e anche l'imprecazione di rabbia appena mormorata all'ingenua doppiezza delle due donne più importanti nella sua vita. Come avevano potuto Selina e Olivia? Ma represse in fretta i suoi sentimenti. Ciò che importava era che Selina stesse bene. Qualcosa riguardo all'avere freddo gli penetrò finalmente nella mente, e fu allora che si rese conto che era praticamente nuda dalla gola alla vita. Diede in fretta un'occhiata in giro, alla gente che c'era intorno e una singola parola li fece voltare tutti, a guardare altrove e non il tavolo. Fissò il suo valletto.

«Jeffries, andate a scuotere il letto per togliere i vetri e sistematelo. Portate Herr Visser. Insieme dovreste essere in grado di spostare la pila di bauli contro il buco nella parete. Impedirà almeno che entri l'aria gelida finché sarà possibile coprire la finestra con delle assi. Voi» aggiunse, rivolgendosi alla guardia accanto ai gradini. «Scoprite che cosa sta succedendo. E trovate il capitano. Reverendo? Immagino che vostra nipote non sia ferita, anche se non dubito che sia sconvolta per ciò che ha appena visto?»

«Sophie si riprenderà in fretta, milord» rispose il reverendo Shirley, lievemente distratto perché sua nipote continuava a tirargli il paramano, insistendo che riferisse a sua signoria ciò di cui era stata testimone mentre era sull'alzaia. Il reverendo Shirley le rispose a segni ed ebbero una breve conversazione prima che l'uomo dicesse a voce alta ad Alec: «Quando avrete un momento, appena potrete, devo parlare con vostra signoria. Ovviamente quando la signora Jamison-Lewis sarà sistemata... Ha una certa importanza, legata al tragico incidente che ha visto il giovane soldato perdere la vita.»

«Sì, sì, certo» rispose Alec, a sua volta distratto, mentre guardava Evans sistemare il mantello di Selina in modo da coprire il danno irreparabile al corpino e al corpetto. «State bene?» chiese alla cameriera. «C'è del sangue sulle vostre sottane... non siete stata ferita, vero?»

«Oh, no, milord. Penso di avervi detto che è il sangue di quel giovane soldato» rispose Evans, raggiungendolo dall'altra parte del tavolo. «Ero di fianco al soldato, dall'altra parte quando... Era poco più di un ragazzo, milord» aggiunse, scoppiando poi in lacrime. Ma si

riprese in fretta. «Perdonatemi. Deve essere il colpo. Quel povero
soldato... il colpo che ha mancato di poco... Starò subito meglio.»

Alec le mise un braccio sulle spalle tremanti, proprio quando
Jeffries infilò la testa oltre la tenda e fece un cenno, a indicare che la
stanza era pronta per quanto possibile. Horst Visser tenne la tenda
scostata e aspettò.

«Porterò la vostra padrona dall'altra parte, sul mio letto da campo»
disse a bassa voce a Evans. «Ha bisogno di un cambio d'abiti. Manderò
a prendere i suoi bauli, e una volta che si sarà sistemata e avrete
entrambe bevuto una tazza di tè, per favore svuotate il corpetto dal suo
contenuto. Ho una cassaforte. Sospetto che vi sentirete entrambe
meglio quando vi sarete liberate da quel peso e da quella
responsabilità.»

Evans sospirò di sollievo. «Sì, milord, è proprio vero! E devo dire a
vostra signoria,» continuò, seguendo Alec mentre portava in braccio
Selina fino al suo letto da campo e la faceva sdraiare, «e mi dispiace per
la mia slealtà, milady, ma ero contraria fin dall'inizio al piano pericoloso di Sua Grazia. Sapevo che non ne sarebbe venuto niente di buono.
C'era il pericolo, ovviamente, ma la mia maggiore preoccupazione era
che indossare un corpino così pesante giorno dopo giorno sarebbe
stato faticoso e avrebbe potuto danneggiare la salute di milady.»

Selina la guardò a bocca aperta. «Evans! Non avete mai detto
niente!»

«Dubito che vi avrebbe fermato» borbottò Alec. E quando Selina
arrossì, sentendosi in colpa, le diede un buffetto sotto il mento per
dimostrarle di non essere più arrabbiato per l'elaborato stratagemma
messo in atto da lei e dalla duchessa.

«Ma ora, adesso,» continuò Evans, ignorando la sua padrona e
rivolgendosi esclusivamente ad Alec, «sono veramente contenta che
portasse quei gioielli nel corpino, milord, perché se non fosse stato
così, lei potrebbe non essere più con noi, e nemmeno il vostro ba...»

«Janet! *Basta*» la interruppe Selina prima che Evans potesse rovinare la sua sorpresa, una notizia che avrebbe condiviso con Alec una
volta sposati; doveva essere il suo regalo di nozze per lui. «Il colpo vi fa
straparlare. Sono scossa, ma sto perfettamente bene... *dappertutto*.»

«Sì, certo» disse Alec con voce un po' stridula, non perché non
capisse i sentimenti di Evans, ma per non far piombare tutti nella
malinconia e nelle recriminazioni, visto ciò che avevano passato. E
poiché era intento ad alleggerire l'atmosfera, non colse gli accenni di
nessuna delle due donne, ma ammiccò a Selina e disse a Evans, con un
sorrisetto sghembo, anche se in tono cupo: «Non preoccupatevi, Janet,
non ci saranno più intrighi strampalati, beh, non senza che io ne sia a

conoscenza, una volta che farò della vostra padrona la marchesa Halsey, potete starne certa!»

«Sono veramente lieta di sentirvelo dire, milord» rispose formalmente Janet Evans e con un sorriso mentale di soddisfazione si voltò temendo che sua signoria la vedesse arrossire all'uso del suo nome di battesimo.

Selina fece il broncio, sistemandosi meglio sotto le falde della sua cappa di lana foderata di pelliccia. Non aveva niente a che vedere con il vento invernale che fischiava attraverso la finestra distrutta, nascosta ora da una pila di bauli, ma con il disagio di essere stata scoperta da Alec a trasportare un tesoro sulla propria persona, e averglielo tenuto nascosto.

«Intrighi?» disse, in tono petulante, per nascondere il senso di colpa. «Strampalati? Alec! Come potete dire una cosa simile quando...» E poi si rese conto di colpo dell'assurdità di preoccuparsi di una simile inezia quando era arrivata a un pelo dal perdere la vita nel fuoco incrociato della battaglia. Era così felice di essere viva. Rise e afferrò le dita di Alec quando lo vide aggrottare la fronte con finta disapprovazione, prendendolo in giro. «Sospetto che fare di me la vostra marchesa sia solo un trucco per far sì che vi chiami 'milord'!»

«Oh, come avete fatto a scoprirmi?» Alec ridacchiò e la baciò sulla fronte, dicendo scherzosamente in modo che solo lei potesse sentirlo: «Ma mi aspetto di meritarmi quel titolo, in un modo o nell'altro... Lo sentite?» aggiunse raddrizzandosi e si mise un dito sulle labbra per farle stare zitte.

Le due donne non sentivano niente. Si guardarono in faccia e poi guardarono Alec per capire.

«Non si sente più sparare.»

Tutti e tre si chiesero quanto sarebbe durata la tregua.

ERA PASSATA UN'ORA DA QUANDO AVEVANO SPARATO L'ULTIMO colpo. Ora era buio, il cielo era scuro come la pece. Una fitta coltre di nebbia copriva il suolo, e bloccava la vista del cielo notturno che Alec sapeva essere punteggiato, in estate, di stelle scintillanti e illuminato da una luna brillante. La nebbia invernale, densa come zuppa, impediva di vedere qualunque cosa oltre l'alzaia. Da qualche parte, lì vicino, c'era la città fortificata di Aurich. Costruita su una collinetta artificiale, contro le inondazioni, e protetta dalle invasioni da alte mura, la città aveva una bella chiesa, il cui campanile si vedeva per miglia e forniva un punto di riferimento sia per i viaggiatori sia per i contadini. C'era anche una piazza, e grandi giardini dove gli alberi da frutto fiorivano in primavera, ed era al mercato di Aurich che gli allevatori portavano il loro bestiame. Alec lo sapeva bene, come sapeva di essere il barone Aurich; come avrebbe potuto dimenticare quel posto?

Aveva lasciato Selina a cambiarsi in privato nella sua stanza, aveva ordinato al resto dei passeggeri di restare all'interno della tuga e aveva fatto in modo che fossero loro portati acqua calda per il tè e carbone per la stufa di ceramica. Poi si era buttato il mantello foderato di pelliccia sopra la marsina di lana, calcato il tricorno sulla fronte, infilato i guanti e aveva lasciato la sicurezza della *trekschuit* per andare a cercare il capitano Müller. Hadrian Jeffries e uno degli aiutanti di campo di Müller erano andati con lui; il soldato con una lanterna per illuminare il cammino.

I soldati pattugliavano l'alzaia lungo il convoglio e, alle due estremità di quella sezione di strada, i soldati non in servizio avevano montato le tende, c'era un fuoco a fornire luce e calore per bollire l'acqua. I cavalanti avevano impastoiato i loro cavalli da tiro e quelli che il giorno dopo avrebbero trainato le slitte, e avevano installato il loro campo, una volta nutrite e abbeverate le bestie, con le coperte assicurate sulle groppe per combattere il freddo della notte.

Alec camminò in mezzo ai tre campi e parlò sia con i soldati sia con i cavalanti, ascoltando i loro racconti sulla battaglia di quel pomeriggio con i ribelli. Scoprì che sette soldati avevano perso la vita per difendere la *trekschuit* e che due dei cavalli avevano dovuto essere abbattuti dopo essere stati gravemente feriti nel fuoco incrociato. Fu sorpreso di sapere che i ribelli erano riusciti a superare la linea e avevano saccheggiato le provviste da una delle *trekschuit*. Quando chiese che cosa avessero preso, le risposte furono vaghe. Un paio di casse e qualche sacco. E quando osservò che trovava interessante che i ribelli avessero preso di mira una chiatta in particolare, e non tutte e cinque, nessuno poté avanzare alcuna ipotesi sul perché. Quindi non fu sorpreso quando chiese dove fosse il colonnello Müller e gli uomini non poterono dirgli nemmeno quello.

Non mancò di notare che a ogni domanda i soldati si innervosivano sempre più, un fante in particolare si agitò tanto da consigliare rispettosamente ad Alec che sarebbe stato meglio che *Herr Baron* tornasse alla sua *trekschuit*; nella nebbia dove era difficile vedere la punta del proprio naso, i ribelli potevano essere ovunque e forse stavano ascoltando la loro conversazione. Ed era il motivo per cui nessuno voleva dargli informazioni. Non dubitava che i ribelli avrebbero considerato la cattura di *Herr Baron* un colpo da maestri, e a quel punto uno dei suoi compagni gli disse di *chiudere il becco*.

Ne seguì una discussione tra quel fante e un altro, non in tedesco, ma nel dialetto di Midanich, il che perlomeno significava che quegli uomini venivano dalle zone limitrofe, non dal sud del paese. Evidentemente pensavano che Alec e il suo valletto non avrebbero capito e quindi gli uomini erano rilassati e liberi nei loro commenti. Alec non fece notare in alcun modo che li capiva mentre augurava loro buona notte e si faceva accompagnare dall'altra parte dal soldato con la lanterna, per ispezionare il convoglio di chiatte.

Fuori dalla portata d'orecchi, Hadrian Jeffries disse in inglese, a bassa voce, ad Alec: «Avete capito di cosa stavano discutendo, signore?»

«Sì, e voi?»

«No. Non stavano parlando in tedesco, ma in un dialetto che ho già sentito sulle banchine di Emden tra i portuali. Mi spinge a chiedermi se siamo finiti nell'accampamento nemico, se capite che cosa intendo dire.»

Alec aveva una piega arcigna intorno alle labbra. «Sì. Che abbiano scelto di discutere nel dialetto locale è illuminante. Per ora ce lo terremo per noi. Non vale la pena di turbare gli altri...»

Quando arrivarono davanti alla chiatta saccheggiata, Alec ordinò al soldato di tenere in alto la lanterna per poter vedere dove mettere i piedi. Era sul ponte con il suo valletto e guardava il soldato alzare la lanterna per vedere oltre i loro piedi e se possibile scendere, quando continuò la loro conversazione in inglese.

«Gli uomini hanno menzionato moschetti e polvere da sparo. Voi eravate sulla banchina a sovraintendere il carico dei nostri bagagli e dei rifornimenti sulle chiatte... Ricordate di aver visto caricare casse di moschetti e barili di polvere da sparo?»

«No, signore. Se l'avessi visto lo ricorderei, e anche quanti barili!»

Alec sorrise. «Sì, è quello che pensavo. Ovviamente non è insolito che dei soldati attraversino un territorio noto per essere occupato da soldati ribelli portando una scorta di armi e munizioni. Comunque una chiatta carica di moschetti e barili di polvere da sparo sufficienti per un piccolo esercito suggerirebbe il contrabbando...»

«A favore dei ribelli?»

«Quello è stato il mio primo e unico pensiero, specialmente perché questa chiatta è l'unica cui si sono interessati i ribelli.» Alec abbassò la testa per far passare il cappello mentre scendeva i gradini per entrare nella cabina. Chiese al soldato di far luce sulla porta aperta. C'erano un chiavistello e un grosso anello per un lucchetto. Ma né la porta né il chiavistello avevano subito danni. «Quindi non un'effrazione...»

Con Hadrian Jeffries alle spalle, seguì il soldato all'interno della cabina, con la lanterna tenuta in alto e ispezionò gli angoli e le zone indicate. Il pavimento era coperto da un fine strato di polvere, forse polvere da sparo rovesciata, e in quella polvere c'erano impronte di stivali e graffi dovuti a un oggetto pesante che era stato trascinato da un lato all'altro della tuga. Ma, a parte qualche balla di tessuto contro la parete in fondo, la cabina era stata ripulita dell'intero carico. Sorprendentemente, c'erano anche piume sparse ed escrementi d'uccello, di un'anatra, o forse un'oca? Alec raccolse una delle piume.

«Interessante» disse senza sorpresa, controllando la piuma. «Una piuma di piccione, Jeffries. Qualche idea sul perché i ribelli abbiano rubato una gabbia di piccioni?»

«Per fare un pasticcio?» rispose il valletto, poco convinto. «Hanno portato a bordo diversi animali e volatili, insieme ai sacchi di alimenti.»

«Caricati su questa chiatta? Avrei immaginato che i prodotti alimentari necessari al cuoco fossero stivati nella chiatta con la cucina.»

«Sì. Sì. Avete ragione, signore» rispose Jeffries, con un'espressione assorta, riandando con la mente agli eventi di quella mattina, quando avevano caricato le chiatte. «Ripensandoci, signore, gli animali e i prodotti alimentari *sono stati* caricati sulla seconda chiatta, quella con la cucina. Ero occupato ad assicurarmi che tutti i nostri bauli e i mobili da campo fossero sistemati sulla prima chiatta, e non ho fatto molto caso a ciò che succedeva sulle altre. Ma ricordo ora che il carico di questa chiatta è stato maneggiato solo dai soldati. Non hanno permesso ai portuali di avvicinarsi alle casse; erano costantemente sotto sorveglianza. Mi dispiace, signore. Avrei dovuto notarlo.»

«Perché mai? Eravate esausto dopo essere stato alzato tutta la notte ad aiutarmi con quei lasciapassare per i viaggiatori che desideravano tornare in Olanda, e non c'era niente di insolito nel fatto che i soldati sorvegliassero il carico. I militari hanno il controllo di tutto e tutti. Torniamo alla nostra chiatta, a scaldarci. Nemmeno questo mantello riesce a tener lontane per molto queste temperature artiche.»

Alec fece segno al soldato di ritornare sul ponte.

«Ma perché c'erano piccioni qui, con la polvere da sparo e i moschetti?» chiese Hadrian Jeffries, seguendo Alec. «Non vi sembra uno strano assortimento?»

«No, se è proprio quello che si vuole prendere» rispose Alec con calma. «Ha senso avere tutto nello stesso posto... in un'unica chiatta. E i ribelli sono stati molto specifici su quello che volevano prendere. Avrebbero potuto saccheggiare tutte le chiatte, prendere il cibo, ostaggi, denaro e gioielli e i nostri sacchi di carbone. Tutto bottino di prima scelta. Eppure tutto ciò che hanno preso, lo hanno preso da questa chiatta e da nessun'altra. Sono rimaste solo quel paio di balle di tessuto.»

«Probabilmente avrebbero preso anche quelle, se ne avessero avuto il tempo!» Replicò il valletto, in tono beffardo.

«Oh, ma hanno avuto tutto il tempo» dichiarò Alec con sicurezza. «Credo abbiano avuto tutto il tempo necessario. Non hanno versato nulla, niente che dimostri che avevano fretta di afferrare la merce e scappare. Il lucchetto non era rotto né la porta era forzata. Se avessero avuto fretta, certamente sarebbero andati a tentoni, avrebbero inciampato, avrebbero lasciato cadere qualche sacco? Rotto qualche cassa? Gli escrementi d'uccello e le piume indicano che gli uccelli erano innervositi, nient'altro. Non mi sorprende, dato il rumore della sparatoria. Ma sono sicuro che sono stati trattati con cura. E dato che non è rimasto niente di valore, qui o fuori, sul ponte o sull'alzaia, direi che hanno ricevuto tutto l'aiuto necessario...»

«... dagli uomini del colonnello Müller?» Hadrian Jeffries stava praticamente sibilando.

«Niente nomi, Jeffries» disse Alec senza cambiare tono, continuando a conversare in inglese e facendo un cenno di saluto al soldato quando voltò la testa sentendo menzionare il colonnello. «Non vogliamo avvertire i nostri amici in uniforme che li abbiamo scoperti.»

«Li abbiamo scoperti, signore?»

Alec si fermò alla base dei bassi gradini che portavano sul ponte e si voltò a guardare il suo valletto. Il soldato proseguì, lasciandoli al buio.

«Non ho modo di sapere se siano coinvolti tutti o solo alcuni dei soldati che proteggono il convoglio, o nemmeno se sia effettivamente coinvolto anche il loro colonnello» disse Alec sottovoce, nell'oscurità. «Anche se, vista la facilità con cui la chiatta è stata ripulita del suo contenuto...»

«Pensate che la battaglia sia stata messa in scena a nostro beneficio... beh, a vostro beneficio, signore?» chiese sorpreso il valletto, con un'occhiata alla pozza di luce oltre i gradini.

«Sì. O a beneficio di quei pochi soldati fedeli al margravio, e in modo da non destare sospetti in nessun modo finché il carico non fosse al sicuro oltre le linee dei ribelli. Venite, sarà meglio che sbarchiamo prima di destare noi stessi dei sospetti con il nostro interesse per questa chiatta. Attento alla testa» lo avvertì Alec, abbassandosi con una mano sul tricorno e risalendo i bassi gradini per uscire nella notte fredda.

«Signore! Ma perché i piccioni?» chiese Jeffries, fermandosi sui gradini. «Presumo non sia per usarli per fare un pasticcio?»

Alec si voltò a guardare la faccia del valletto, di colpo illuminata dalla luce della lanterna quando il soldato guardò giù facendola dondolare.

«No, non per il pasticcio» disse Alec con un sorriso. «Hanno troppo valore e sono troppo importanti per finire in un pasticcio di carne. Avete mai sentito parlare della posta tramite piccioni viaggiatori, Hadrian?»

«Piccioni che portano messaggi? Sì. Ci sono piccionaie in tutta l'Olanda proprio per questo scopo.»

«E qui. La piccionaia principale di Emden è nel solaio della dogana. Avete notato le aperture e le piattaforme di atterraggio sotto i cornicioni?»

«Pensate che i piccioni stivati in questa chiatta siano stati rubati alla dogana? Perché?»

«Qualunque città sotto assedio ha bisogno di un mezzo di comunicazione efficiente e veloce con il mondo esterno. Si possono inviare uomini a cavallo o a piedi, per nave o, nel nostro caso, con una *trekschuit*, ma sono tutti sistemi lenti e pericolosi. Devono attraversare il territorio nemico o, nel caso di una barca, riuscire a sfuggire ai pirati all'entrata dell'estuario dell'Ems. È più facile che un messaggio giunga a destinazione, e in modo più veloce, se portato da un piccione viaggiatore. Togliete a una città il mezzo per comunicare ed è ancora più isolata e un passo più vicina alla resa.»

«È ingegnoso. Rubare quei piccioni dalle loro piccionaie avrà richiesto una bella organizzazione. Quindi secondo me non è stata un'imboscata ma un'operazione militare pianificata e il buon colonnello doveva esserne a conoscenza. A meno che sia stato vittima anche lui dell'imboscata e rapito dai ribelli, perché non è qui, vero, e...»

«Tutte domande che potremo rivolgere al colonnello Müller» disse Alec in tedesco mentre usciva sul ponte, trovando l'ufficiale in questione che lo aspettava. «Ah! Colonnello. Ci stavamo giusto chiedendo dove foste, se foste sopravvissuto all'attacco dei ribelli. Ed eccovi qui, sano e salvo. E vedo che avete anche cambiato i galloni.»

Il valletto capì ciò che aveva detto Alec in tedesco, solo non ne capì il significato, o il perché del suo tono improvvisamente vivace, finché non arrivò in cima alle scale, sul ponte e alla luce della lanterna. E lì c'era il colonnello Müller, e dietro di lui mezza dozzina di soldati. E tutti avevano le spade sguainate e puntate minacciosamente nella direzione di Alec.

DICIANNOVE

«Molto divertente, *Herr Baron*» replicò il colonnello Müller alla battuta tutt'altro che sottile di Alec sul cambio di galloni, e quindi di fazione nella guerra civile, anche se non respinse l'asserzione. Indicò ai suoi uomini di riporre le spade. «Torneremo alla vostra chiatta, *Herr Baron*, dove fa caldo, e dove potete essere al riparo dagli *elementi*.»

Fece un cenno ad Alec di precederlo e di seguire il soldato con la lanterna e, con Hadrian Jeffries subito dietro al suo padrone, li seguì giù dalla chiatta. Sull'alzaia i soldati si schierarono intorno al padrone e al suo servitore.

«Consiglierei a voi e al vostro uomo di non tentare di fare niente di stupido per il resto del viaggio, altrimenti...»

«Non è necessario dirlo, colonnello» disse stancamente Alec.

«... non sarete voi a soffrire le conseguenze della vostra resistenza, ma quelli a voi cari. Capito?»

«Capito, colonnello ma, lo ripeto, non è necessario.»

«Generale. Generale Müller del reggimento del principe Viktor.»

Alec gli rivolse un inchino plateale. «Mi correggo, generale. Accettate le mie scuse e le mie congratulazioni, anche se sospetto che siate stato un generale dell'esercito del principe fin dall'inizio della guerra civile...?»

L'unica conferma che diede il generale Müller fu un cenno della testa. Stava per far entrare *Herr Baron* nella sua cabina quando uno dei suoi uomini si avvicinò, salutò e si fece avanti per sussurrare una notizia urgente. Ci fu uno scambio serrato tra soldato e superiore e poi il soldato se ne andò, dopo aver ricevuto istruzioni, sparendo nella fitta nebbia da dove era apparso. Müller mandò avanti la guardia con i due prigionieri e passò mezz'ora prima che scendesse i bassi gradini ed entrasse nella cabina di Alec.

ALEC ERA IN PIEDI NELLA PARTE DI TUGA CHE ERA STATA separata con una tenda per il suo uso privato. La tenda di damasco usata a quello scopo era stata strappata via e quindi lo spazio non era più privato e c'erano due soldati di guardia alle due entrate dal ponte. Stava ispezionando il danno al bustino, o *corpetto* come l'aveva chiamato Selina, causato dalla pallottola vagante che aveva ucciso il soldato che aveva cavallerescamente cercato di recuperare il suo nastro. La pallottola aveva attraversato la superficie del tessuto, spelando gli strati esterni, come una grattugia per noce moscata ne rimuove delicatamente il guscio esterno, e toccando appena la trapuntatura, riuscendo però a strappare le cuciture e far uscire il cotone, danneggiando così irreparabilmente l'indumento. Secondo i suoi calcoli, se il proiettile fosse passato un paio di centimetri più in alto, sarebbe entrato nel seno di Selina.

Ignorò quel pensiero orribile e ispezionò la manifattura dell'indumento, ammirando la genialità della progettazione intesa a nascondere il carico prezioso. L'imbottitura trapuntata, insieme alle tasche dalle cuciture intricate aiutavano a rendere uniforme la superficie, nascondendo il contenuto e il corpetto non sembrava diverso da qualunque altro capo di biancheria femminile, eccetto i ganci e gli occhielli che tenevano insieme i due lati sul seno... Quando il pensiero vagò nuovamente verso l'inimmaginabile, Alec appoggiò il corpetto sul lettino da campo e cercò la cassaforte che aveva lasciato a Selina perché vi depositasse i gioielli. E fu in quel momento che vide il generale Müller. Era stato così assorbito dalla sua ispezione da non sentirlo entrare nella cabina.

Müller si tolse i guanti e li mise dentro la corona del suo tricorno, che poi consegnò a un subordinato dicendo con un cenno della testa verso il corpetto sul letto: «C'è mancato poco...»

Alec non aveva voglia di discutere degli indumenti intimi di Selina con quell'uomo... con nessun uomo. E quando Müller prese l'indumento e lo esaminò, con le dita che frugavano nelle piccole tasche nascoste, per convincersi di aver trovato tutto il tesoro nascosto, Alec si sentì il viso diventare rosso per l'imbarazzo e per una rabbia irragionevole.

«Un metodo ingegnoso di nascondere un tesoro» commentò Müller, continuando a tastare i morbidi strati di cotone. «Idea vostra?»

«No» rispose bruscamente Alec, con le dita che gli prudevano dalla voglia di strappargli il corpetto dalle mani.

«Come pensavo. Siete troppo cavalleresco per mettere in pericolo la vita di una donna. Comunque,» continuò Müller rigirando il corpetto, «se i gioielli e le monete non fossero stati nascosti in questo modo, fornendo uno strato protettivo, l'esito avrebbe potuto essere molto diverso...»

Alec era andato alla finestra accanto al tavolo e stava guardando il panorama, per non vedere il soldato che continuava a maneggiare il corpetto di Selina. Si chiese se Müller lo stesse deliberatamente stuzzicando, sperando che facesse qualcosa che poi avrebbe rimpianto. Si disse di restare calmo, che era un pensiero irrazionale. Era solo un corpetto... Eppure apparteneva a Selina... Contò fino a dieci prima di ritrovare la voce. Riuscì solo a dire un secco 'sì'.

«Voi non potete saperlo, ma uno dei rubini è stato scheggiato dalla pallottola che ha ucciso il sergente Schmitt» gli disse Müller. Lasciò finalmente ricadere il corpetto sul letto e raggiunse Alec alla finestra. «Anche se, sorprendentemente, c'è pochissimo sangue sul corsetto, visto che la sua testa...»

Alec lo interruppe.

«Preferirei non discuterne oltre. Il vostro soldato ha perso la vita, vittima di questa guerra, ed è un fatto increscioso. Per il suo bene, spero che sia stato ucciso all'istante.»

«È così.»

«Bene. Forse potete anche dirmi come sta la signora Jamison-Lewis? L'ho lasciata per darle un momento per cambiarsi e mi aspettavo di ritrovarla al mio ritorno, con il resto dei passeggeri.»

«La signora Jamison-Lewis e gli altri sono trattenuti su un'altra chiatta, riscaldata, e sono nutriti e assistiti con tutte le cure possibili, date le circostanze.»

«Mi fa piacere saperlo, generale. Non vi ritengo un uomo irragionevole. Forse ora sarete così gentile da accompagnarmi da loro.»

«Voi e io ceneremo qui» dichiarò il generale Müller e fece segno ai due soldati che aspettavano lì vicino di preparare la tavola con stoviglie, posate e calici. «Sarete lieto di sapere che le donne del vostro gruppo se la stanno cavando bene dopo quanto è successo sull'alzaia. La nipote del reverendo era agitata ed è stato necessario darle una dose di laudano. Uno dei miei aiutanti è anche un medico. Si è offerto di visitare la signora Jamison-Lewis... Per favore, *Herr Baron*, non vi allarmate» aggiunse Müller, alzando la mano con un gesto rassicurante quando Alec strinse i pugni. «Sta perfettamente bene. Ha rifiutato la visita ma ha accettato un linimento per la contusione al ginocchio...»

«Contusione?»

«La sua compagna dice che è svenuta per lo spavento quando il soldato è morto davanti a lei e...»

«Non me lo aveva detto...» Cominciò a dire Alec, poi si fermò. «La signora Jamison-Lewis significa molto per voi, *Herr Baron*, vero?»

«Sì. Siamo fidanzati.»

Il generale Müller chinò la testa. «Accettate le mie felicitazioni. E i miei ringraziamenti per avermi detto la verità.»

«Non ho motivi per nascondervi questa informazione. Credo di essere un buon giudice dei caratteri, e quindi ritengo che ci accorderete il rispetto che meritano le nostre circostanze.»

Müller indicò la panca dall'altra parte della tavola imbandita. «Per favore, non volete unirvi a me? Dovete essere affamato, visto che non mangiate dall'alba.»

Alec si sedette dove gli aveva indicato e si mise il tovagliolo in grembo. «Non quanto voi. Assicurarvi che tutte quelle casse di moschetti, barili di polvere, per non parlare delle gabbie dei piccioni fossero portate dentro le mura di Aurich deve avervi fatto venire un bell'appetito.»

Müller sorrise per la prima volta dal ritorno dalla città. Alzò le falde della giacca dell'uniforme e si sedette davanti ad Alec, poi indicò ai suoi subordinati di cominciare a servire la cena.

«Stufato di manzo e un po' di pane fresco, cortesia dei cittadini di Aurich per il loro *Herr Baron*.»

«Niente pasticcio di piccione sul menu...?» Quando la battuta fece scuotere la testa al soldato che sorrise, Alec aggiunse, mentre prendeva il cucchiaio: «La mia ipotesi è che quegli uccelli valgano più dei moschetti e della polvere messi insieme...?»

«Verissimo, lord Halsey. Posso chiamarvi con il vostro titolo inglese? Il titolo di marchese vi si confà meglio di quello di barone Aurich. Anche se siete stato molto utile a me, e a sua altezza, come *Herr Baron*. Ma prima mangiamo! Abbiamo tutta la notte per parlare.»

«Come desiderate, generale» rispose cordialmente Alec. L'aroma del sugo caldo gli aveva ricordato che in effetti aveva fame, e che non era il caso di cercare di trattare a stomaco vuoto la sua libertà, e quella dei suoi compagni.

I due uomini mangiarono lo stufato in silenzio, godendosi entrambi il suo calore e il sapore. Quando gli offrirono una forma di pane fresco, Alec la accettò con piacere, e ne strappò un pezzo, intingendo il pane bianco e morbido nel liquido ricco di cipolle e spezie. Con una seconda porzione nella ciotola, Alec chiese, in tono leggero: «Vi dispiacerebbe dirmi come mai un ufficiale di alto rango dell'esercito del margravio ha tradito e si è unito ai ribelli?»

«Non sono un traditore, lord Halsey» rispose Müller nello stesso tono calmo, raccogliendo il sugo con un pezzo di pane, come aveva fatto Alec. Mangiò prima di rispondere. «Sono un fedele ufficiale dell'esercito di Midanich, e ho servito il mio sovrano, il margravio Leopold, durante la guerra dei sette anni, distinguendomi. Sono ancora leale al mio sovrano e alla mia nazione. Solo, non ritengo che il figlio maggiore sia in grado di regnare.»

«Non in grado di regnare? Ma certamente non negherete che il principe Ernst si sia dimostrato un grande soldato?»

«È vero, ma i grandi soldati non sono necessariamente dei buoni regnanti in tempo di pace, come certamente saprete. Da soldato fedele, le mie parole sembreranno sediziose, ma dato che le mie azioni hanno travalicato le parole, poco importa ciò che dico adesso. Ciò che mi preme è il futuro del mio paese, e che sia governato da un uomo giusto e sano di mente.»

Alec appoggiò il cucchiaio e lasciò che il soldato che aveva vicino togliesse la ciotola e la rimpiazzasse con un piatto e posate pulite. In mezzo al tavolo posero un vassoio con anguilla e aringhe e un altro con carote e patate, con i cucchiai da portata accanto perché i commensali potessero servirsi da soli. Alec aspettò che il generale Müller finisse lo stufato. Quando il soldato alzò gli occhi, Alec lo fissò, dicendo a bassa voce: «Non credete che il principe Ernst sia giusto o sano di mente...?»

Müller non esitò a rispondere.

«Non lo credo, lord Halsey. Finalmente posso parlare liberamente, qui ad Aurich, circondato dai miei commilitoni dell'esercito ribelle. Un tempo conoscevate intimamente il principe e la sua famiglia. Avete ricevuto un titolo nobiliare dal margravio Leopold. Lo dimostra l'anello con sigillo che portate. Ma siete intelligente e astuto e avete vissuto lontano da Midanich per dieci anni. Sareste ritornato qui per vostra libera scelta con il principe Ernst come margravio? Non credo. Siete qui solo perché siete stato obbligato, nel tentativo di liberare i vostri amici inglesi.»

Alec fu sorpreso. «Conoscevate fin dall'inizio la mia missione o è qualcosa che avete appreso di recente?»

«È stato il console inglese a rendermi edotto delle vostre ragioni per ritornare a Midanich. Luytens non era una persona affidabile.»

«Il mio governo e io siamo al corrente dell'abitudine di Luytens di stare alla finestra finché non sia chiaro quale delle due parti gli può rendere di più.» Alec aggrottò di colpo la fronte. «Avete usato il passato parlando del console britannico. C'è qualcos'altro che dovrei sapere di lui, a parte la sua mancanza di principi?»

«Ci siamo occupati di lui e di suo cognato in modo appropriato» disse seccamente Müller. «È tutto quello che dirò per ora. Per quanto riguarda i vostri amici imprigionati nel castello, è incerto se siano o meno ancora vivi» aggiunse, quasi scusandosi. «Ciò nonostante, siete deciso ad andare da loro. Ammiro la vostra determinazione, anche se penso che la vostra impresa fosse condannata in partenza, proprio perché il principe è mentalmente instabile. Il fatto che siate tornato in questo paese dimostra che siete fin troppo coraggioso, o un po' pazzo anche voi. E questo mi spiegherebbe un mucchio di cose. Ma... credo nella prima alternativa. E quindi brindo al vostro coraggio, anche se ritengo che la vostra missione sia, come ho detto, senza speranza.»

«Dovremo concordare di non essere d'accordo, perché io credo, *devo* credere, che sarò in grado di liberare i miei amici. Sono stati rinchiusi solo per i loro rapporti con me. Se volete essere così gentile da rispondermi: come siete giunto alla conclusione che il principe Ernst è mentalmente instabile? Durante il mio ultimo soggiorno in questo paese era in grado di nascondere le sue difficoltà mentali alla maggior parte dei cortigiani, con l'aiuto della sua cerchia intima e in particolare di suo padre.»

Il generale Müller spiegò.

«Per un certo periodo, ho fatto parte di quella cerchia intima, come *aide-de-camp* in diverse campagne. Chiamatelo istinto. Ma c'erano volte in cui mi sembrava di servire due uomini completamente diversi, tanto la sua mente era volubile. È diventato più evidente al castello di Herzfeld, nei mesi precedenti alla morte del margravio Leopold. Il principe si era rinchiuso in se stesso e restava nei suoi appartamenti. Sempre più condizionato da sua sorella, finché fu chiaro a quelli più vicini a lui che le sue decisioni venivano prese da sua sorella. Lui non vorrebbe essere comandato da lei, ma è troppo debole per opporsi ai suoi desideri. Perfino il margravio Leopold, nelle le sue ultime settimane di vita, era troppo debole di mente e di corpo per resisterle.»

«Eppure, sapendo che il figlio maggiore non era sano di mente, ne ha fatto il suo erede. C'era un tempo, quando io ero a corte, in cui si sperava che Leopold avrebbe ignorato Ernst a favore del figlio avuto dalla contessa Rosine.»

Il generale Müller fu sinceramente sorpreso. «Ernst è il figlio di una principessa bavarese. La madre del principe Viktor, la contessa Rosine, non è di sangue reale e quindi i figli avuti da quel matrimonio erano esclusi dalla successione. Midanich non è il solo stato tedesco in cui sono in vigore leggi ereditarie medievali come questa.»

«Eppure voi e altri siete diventati dei traditori e vi battete per mettere il figlio di una cittadina comune al posto di suo fratello?»

«Sì. È l'unica alternativa che ci resta se vogliamo portare il nostro paese fuori dal medioevo e vederlo sopravvivere nel prossimo secolo. Con Ernst sul trono, saremo sicuramente invasi ancora una volta, dall'Olanda o dalla Prussia. Ed è anche possibile che veniamo incorporati nell'elettorato di Hannover del vostro re. Non possiamo permetterlo. Ma succederà se Ernst resterà il margravio.»

Alec bevve un po' di vino e riportò la conversazione sugli occupanti del castello di Herzfeld, dicendo, nel modo più casuale che riuscì a fingere, anche se era sicuro di conoscere la risposta: «Mentre eravate *aide-de-camp*, avete mai incontrato la principessa Johanna?»

Müller scosse la testa.

«Non eravate curioso?» gli chiese Alec.

«Curioso, sì. Ma non abbastanza da tentare di passare oltre i suoi guardiani. Non vi dirò niente di nuovo, dicendovi che è sotto costante custodia da quando era adolescente. E dato che i suoi servitori vivono nella paura di avere la lingua tagliata se osano menzionare il suo nome o tanto meno parlare di lei ad altri, si sa ben poco di lei. Nei circoli di corte si sussurra da tempo che sia diventata debole di mente dopo aver avuto il morbillo. Io non lo credo...»

«No? Perché?»

«Il morbillo non c'entra nulla. È nata pazza.» Dichiarò il generale Müller senza battere ciglio, fissando Alec sopra l'orlo del bicchiere. «Come sua madre prima di lei. Anche se non è possibile confermarlo visto che è morta quando ha partorito i gemelli. Ma voi dovreste sapere meglio di chiunque altro, eccetto suo padre e suo fratello, com'è veramente la principessa Johanna. Voi l'avete sposata. A meno che il documento di matrimonio che mi avete mostrato, e la vostra nobilitazione, siano dei falsi, e non lo credo.»

«Non sono dei falsi. E dato che stiamo parlando francamente, e il mio collegamento con quella famiglia non può più influenzare il risultato degli avvenimenti qui ad Aurich, posso dirvi che sono stato costretto a quell'unione...»

Il generale Müller scoppiò in una risata così fragorosa che uno dei suoi subordinati, sull'attenti accanto alla porta, fece due passi in avanti, pensando che il comandante fosse stato attaccato con le posate, o che perlomeno fosse stato insultato dal suo ospite, o gli avesse lanciato del vino in faccia. Ma quando vide che il generale era sinceramente divertito, arretrò in fretta, con le guance rosse e senza guardare i commilitoni, che sogghignavano divertiti per la sua impetuosità.

«Mio caro lord Halsey!» disse il generale tra uno scoppio e l'altro di risa, asciugandosi gli occhi umidi con il tovagliolo. «Se avessi pensato il contrario, non avrei esitato a mettervi contro un muro e farvi fucilare, già da un po'. Ma continuate, vi prego» disse smettendo di ridere e tornando serio. «Non vi interromperò di nuovo. Capisco che ricordare un episodio simile vi turbi, e mi scuso per la mia frivolezza. Ma sono curioso di sapere come siate arrivato a sposare una creatura simile.»

Alec annuì, si schiarì la voce e continuò.

«Mentre ero rinchiuso nelle segrete, a Herzfeld, Leopold mi diede due alternative e, dato che desideravo vivere, sposare la principessa era l'unica scelta. Ovviamente, il matrimonio non è legale, nonostante la mia *forzata* partecipazione alla cerimonia. Come inglese e protestante, non posso sposarmi in seno alla chiesa cattolica. Ma tutto ciò che stava a cuore a Leopold era che la principessa credesse che io fossi legato a lei per sempre. Penso che sperasse che quel matrimonio in qualche modo potesse calmare la sua mente turbata e le permettesse di trovare un po' di pace.

«Per quanto riguarda poi la mia nobilitazione... è legale. Conferitami dal margravio prima della cerimonia. Ripeto, non la volevo, ma Leopold non avrebbe fatto sposare un cittadino comune a sua figlia.»

Fu la volta di Alec di sorridere e scuotere la testa. «Era un vecchio autocrate. Sapeva bene che la sua prole non era sana di mente, ma questo non gli impedì di accertarsi che lo sposo ne fosse degno. Eppure la sua seconda moglie era una cittadina comune...»

«Sì, la contessa Rosine è una cittadina comune, ma non è una persona *comune*. Vero, lord Halsey?»

Alec sostenne il suo sguardo, nascondendo la sorpresa davanti al tono tagliente della voce del soldato, come se Müller potesse ritenersi personalmente offeso se Alec non avesse accettato la sua dichiarazione. E se avesse confermato, certo avrebbe rivelato di conoscere la contessa meglio di quanto avrebbe dovuto? Si rese conto in fretta che il commento era retorico quando il soldato riempì i loro calici e il generale tornò a mangiare ciò che aveva nel piatto.

«Dite che bastava solo che la principessa ritenesse legale il suo matrimonio con voi,» disse il generale dopo qualche minuto di silenzio, «ma il principe? Lo credeva anche lui?»

Alec posò la forchetta sul bordo del piatto e incrociò apertamente lo sguardo del militare.

«Il principe Ernst era a favore dell'unione, ma alla cerimonia parteciparono solo la principessa Johanna, suo padre, io e il cappellano di Leopold. Questo risponde alla vostra domanda?»

Il soldato non smise di guardare Alec negli occhi, come se stesse soppesando le sue parole. Alla fine, sbatté le palpebre e tornò a mangiare. Quando il piatto fu pulito, disse: «Grazie per la vostra sincerità, lord Halsey. Mi fareste la cortesia di dirmi come siete riuscito a fuggire…»

«Dal matrimonio? Dal castello? O da entrambi?»

Müller rise di nuovo divertito. «Da entrambi. Ma sono sicuro che vi siete già reso conto che sono più interessato a come siete fuggito dal castello. In ogni modo, mentre finiamo la cena, intrattenetemi con il resoconto della vostra fuga dalle grinfie della vostra sposa folle!»

«Se mi farete prima la cortesia di spiegarmi in che modo pensate che io sia stato utile a voi e al principe Viktor nella mia qualità di *Herr Baron*.»

«Molto bene. In cambio mi rivelerete come siete riuscito a fuggire da un castello impenetrabile, un'azione tentata molte volte nella storia, ma mai con successo… fino a voi. La vostra fuga è così miracolosa che è entrata a far parte del folklore del nostro paese; i soldati stazionati al castello hanno cercato più volte di replicare la vostra audace fuga, senza risultato.» Müller alzò il suo calice. «D'accordo?»

Alec toccò il calice di Müller con il proprio e bevvero entrambi. «D'accordo.»

Il generale Müller spinse da parte il piatto e si sistemò contro lo schienale della panca, con le dita lente intorno allo stelo del suo calice.

«Vi dirò, lord Halsey d'Inghilterra, barone Aurich di Midanich» cominciò. «Non sono mai stato più felice del giorno in cui siete arrivato al porto di Emden. Sapevo che eravate per strada. Uno dei pescatori ci aveva portato la notizia che la *Caroline* era stata catturata, quindi vi aspettavamo. Con il vostro arrivo, arrivava la speranza e un piano; senza di voi non sarei qui ora a godermi questo pasto e l'esercito ribelle che occupa Aurich avrebbe avuto una quantità di cibo sufficiente solo per una settimana per superare l'inverno. La maggior parte dei barili di polvere da sparo era piena di granturco e altri generi alimentari. I moschetti armeranno i contadini che vivono più lontano e che sono vulnerabili agli attacchi dei soldati di Ernst. E senza i suoi piccioni viaggiatori, Emden è a tutti gli effetti tagliata fuori dalle comunicazioni con il castello di Herzfeld, il quartier generale del margravio, il loro posatoio. Ora la questione è solo quando, e non come, occuperemo Emden, il gioiello occidentale della corona di Midanich. La caduta di Emden sarà la fine di Ernst come margravio. E dobbiamo ringraziarne voi.»

«Me?» Alec era dubbioso. «Attribuite troppi meriti a *Herr Baron*. Tutto ciò che ho fatto è stato sbarcare e mostrare l'anello con sigillo degli Herzfeld; è stato un atto di autodifesa, e per proteggere i miei compagni di viaggio, niente di più.»

«Oh, non vi permetterò di essere così modesto!» disse il generale, battendo il palmo della mano sul tavolo per sottolineare le sue parole. «Rivelandovi in quel modo, non avevate modo di sapere come sareste stato ricevuto. Emden sarebbe potuta essere sotto il controllo delle forze ribelli, e voi avreste potuto essere preso in custodia, rinchiuso come un premio da riscattare, per ottenere delle concessioni da parte del margravio, nel caso in cui l'andamento della guerra fosse stato sfavorevole ai ribelli. Eppure vi siete coraggiosamente mostrato come *Herr Baron*, e la fortuna ha voluto che la città fosse sotto il controllo delle truppe del margravio e che i suoi cittadini fossero fedeli alla casata degli Herzfeld.»

«Come voi?»

«Sì, come me, fino al momento in cui ho potuto agire nell'interesse del principe Viktor» spiegò Müller. «Ed è il motivo per cui sono stato fin troppo lieto di seguire i vostri piani. La mia dimostrazione di fedeltà davanti alle truppe e ai funzionari della dogana di Emden è servita a fugare ogni possibile voce che io fossi una spia ribelle.»

«Cosa che eravate.»

Müller annuì e bevve, allungando il calice per farselo riempire da uno dei soldati accanto a lui. Indicò all'attendente di riempire anche il calice di Alec, ma quando quest'ultimo rifiutò, disse, alzando le spalle: «Moderazione in quasi tutto, eh, lord Halsey?! Approvo, vi approvo.» Il generale si sporse in avanti, con il calice nell'incavo delle braccia incrociate. «Con la forza della vostra personalità avete riportato l'ordine in una città sull'orlo della ribellione. Ve ne rendete conto? Se non foste arrivato in quel momento, e poi sistemato le cose come avete fatto, ci sarebbe stato uno spargimento di sangue da riempire i canali, non c'è dubbio.»

Alec era scettico. «Lo pensate davvero?»

«Non solo lo penso. Ne sono sicuro! Perché sono io quello che era sul punto di ordinare ai ribelli all'interno della città di prendere le armi. E poi siete apparso voi e ci avete regalato il nostro miracolo. Il vostro secondo miracolo, in effetti.»

Alec fece una smorfia e rise imbarazzato a quell'elogio così esagerato. «Siete sicuro che non dovreste smettere di bere, generale? Penso che il vino vi abbia ottenebrato la mente.»

Müller scosse la testa. «No. No. Siete troppo modesto. Ma è quello il problema con gli uomini troppo modesti. Non danno abbastanza valore ai loro pregi, e spesso li vedono come debolezze, cosa che ovviamente non sono. E dato che io non sono modesto, adesso ve lo posso dire, che mentre voi gestivate la situazione a Emden, come *Herr Baron*, io gestivo voi.»

«Potrò anche essere modesto, *Herr General*, ma non sono uno stupido» ribatté Alec. «Eravate fin troppo lieto di obbedire ai miei ordini, senza fare domande. Già in sé era una circostanza molto sospetta.»

«D'accordo. Ma non dubitate, se i vostri ordini non fossero stati di mio gradimento e se non fossero serviti alla causa ribelle, l'esito sarebbe stato molto diverso. Certamente non sareste qui seduto a godere della cena alla mia tavola. Ho usato a mio vantaggio il vostro senso della giustizia, il vostro desiderio di fare la cosa giusta. Vi ho permesso di essere *Herr Baron*, di fare le vostre buone azioni, di far aprire il porto e permettere ai mercanti e alle loro famiglie, che erano stati bloccati a Emden a causa della guerra civile, di ritornare a casa in Olanda, o da qualunque altra parte fossero venuti o fossero diretti. Sono un uomo ragionevole. Sua altezza è un uomo ragionevole. La nostra causa è ragionevole. Non vogliamo un inutile spargimento di sangue. Questo paese e la sua gente hanno già sofferto abbastanza durante la Guerra dei sette anni e quelle precedenti. In effetti, il vostro paese ha scacciato le forze francesi di occupazione, e poi ha usato Emden per i suoi scopi.

«Io non potevo far aprire il porto. Poteva farlo solo un ordine diretto del margravio. E poi siete arrivato voi, il cognato del margravio, un membro della casa regnante, ed è stato facile convincere i miei subordinati e i consiglieri municipali che la vostra parola era quella del margravio. Aprire il porto era prioritario per la causa dei ribelli, e, alla fine, lo avete fatto voi per noi.»

«Immagino che lo spettacolo della gente che agitava le petizioni fuori dalla casa di Luytens la notte prima della nostra partenza sia stato inscenato dalla signoria vostra?»

Müller alzò una spalla. «Vorrei poter rispondere di sì. Perché sarebbe stato un colpo di genio, ma no. Era essenzialmente una dimostrazione spontanea, iniziata dal vostro prete inglese e dalla sua nipote sorda. Ma ha attecchito, come un incendio nella prateria in estate. E poi sì, abbiamo soffiato sul fuoco del dissenso.»

«Presumo che il principe Viktor abbia raccolto le sue forze dall'altra parte dell'Ems, dove stavano solo aspettando l'opportunità che il porto fosse aperto per attraversare e occupare Emden?»

Gli occhi del generale brillarono.

«Precisamente! C'è un grosso contingente in attesa a Delfzijl.

Indossano abiti civili ed entreranno nel porto sulle navi cui voi avete permesso di partire con i cittadini diretti in Olanda. I soldati si infiltreranno nella città, distribuiranno le armi e quando i tempi saranno maturi, si solleveranno. E mentre Emden si arrende o brucia, le navi veleggeranno verso Herzfeld, navi con cannoni, armi, uomini e rifornimenti alimentari per l'esercito ribelle appostato appena fuori dal castello. Tutto ciò che rimane è che la signoria vostra ci indichi il modo per entrare nel castello e giustizia sarà fatta... su Ernst e sui suoi sostenitori a corte.»

Alec annuì, ma aveva sentito solo la prima parte di quello che aveva detto il generale perché alla notizia che alcune delle navi partite dal porto di Emden erano dirette a nord, verso Herzfeld, aveva avuto un brutto presentimento.

«Müller, ditemi che avete mantenuto la vostra parola e avete permesso alla mia madrina e a mio zio di partire con la *Caroline* e di sbarcare a Delfzijl.»

Quando il generale esitò, dando un'occhiata ai due soldati più vicini a lui ed essi si avvicinarono, con la mano sull'elsa della spada, come aspettandosi che *Herr Baron* reagisse con violenza, Alec ebbe la sua risposta, senza che fosse detta una parola. Alzò le mani, sentendosi stupido e furioso con se stesso per aver creduto che Müller avrebbe onorato la sua promessa. Era ovvio. Perché avrebbe dovuto liberare le due persone che, con Selina, Alec amava di più al mondo, quando potevano essere molto più utili come ostaggi perché collaborasse?

«Siete venuto in un paese in guerra» dichiarò Müller. «Voi e i membri del vostro gruppo eravate consci dei pericoli, fin dall'inizio. La *Caroline*, il suo equipaggio e i passeggeri stanno andando a Herzfeld, insieme a un certo numero di vascelli più piccoli. Una vera e propria flottiglia ribelle. Non verrà fatto del male a vostro zio, alla duchessa e all'ambasciatore inglese, finché voi collaborerete...»

«Non verrà loro fatto del male? Li avete messi in pericolo trasformando la loro goletta in una nave da guerra! Non potete parlare della loro sicurezza e crederci, quindi è inutile che tentiate!»

Alec ne aveva avuto abbastanza di parlare e di restare in compagnia di quel soldato. Doveva vedere Selina, per accertarsi che stesse bene dopo la prova subita e assicurarsi che gli altri passeggeri fossero trattati bene. Non si fidava più a lasciare il benessere delle persone di cui si sentiva responsabile nelle mani di altri, in particolare di persone con un programma politico.

«Vi sarei grato se mi permetteste di vedere gli altri passeggeri, per accertarmi che siano al sicuro e che non abbiano bisogno di niente prima di ritirarci per la notte, *Herr General*» disse Alec nel suo modo più formale, appoggiando il tovagliolo sul tavolo e alzandosi, chiaro segnale che la conversazione era finita. Anche il generale Müller appoggiò il tovagliolo. Si alzò con un sospiro. Gli era piaciuto cenare con Alec, la sua compagnia. In effetti ammirava l'inglese e avrebbe voluto che potessero essere amici, anche se sapeva che, date le circostanze, era poco probabile. Lord Halsey, *Herr Baron*, o comunque volesse chiamarsi, era troppo nobile, troppo condizionato da ciò che era giusto, invece che da ciò che era opportuno e necessario. E quindi avrebbe giudicato lui, Müller, per le sue azioni piuttosto che per le circostanze che le avevano causate. E quindi Müller lo considerava un debole e non aveva tempo per dargli delle spiegazioni. Diede ad Alec la risposta necessaria invece di quella corretta o giusta.

«Non posso permetterlo, lord Halsey. Resterete qui, sotto custodia, finché sarà ora di partire, alle prime luci dell'alba. Vi manderò il vostro valletto quando sarà ora di vestirvi, e di preparare un piccolo *portemanteau* per il viaggio. Purtroppo le slitte non possono portare tutti i vostri begli accessori da viaggio, che quindi resteranno qui. Darò ordine che siano distribuiti tra i miei uomini, perché ne facciano buon uso. Anche se sarete lieto di sapere che ho trovato un po' di spazio nella slitta da carico per il tavolo meccanico. Ci sono bottini di guerra che vale la pena di tenere e sua altezza apprezzerà un regalo tanto generoso da parte del governo inglese.»

Alec fissava fuori dalla finestra; non valeva la pena di commentare e quindi Müller gli rivolse un inchino formale e si voltò per andarsene. Poi qualcosa sul letto da campo catturò la sua attenzione.

«Non avete chiesto dei gioielli e delle monete trovate nascoste nel corpetto dalla fattura ingegnosa della signora Jamison-Lewis.»

«Presumo che anche quelli siano bottino di guerra.»

Müller accennò un sorriso. «Sì, è così. E la vostra cassaforte ora è sotto custodia. Ci sono tutti i pezzi.» Quando Alec sembrò perplesso, Müller aggiunse: «Dovete ringraziare la ragazza sorda. Potrà anche non sentire, ma ha gli occhi acuti. Ha visto Horst Visser rubare parecchi pezzi che erano caduti dal corpetto quando la signora Jamison-Lewis è stata colpita. Ha giustamente informato il nonno, che lo ha giustamente detto a me. Quando non siamo riusciti a trovare Horst Visser, ho inviato una squadra di ricerca. Il folle è stato catturato mentre camminava verso Emden con il suo bottino, e ce ne siamo occupati.»

Alec poteva ben immaginare come, quindi non fece domande, ma Müller glielo disse comunque, e riuscì a sorprenderlo e a sconvolgerlo.

«Non c'è tempo per i razziatori, in tempo di guerra… in qualsiasi momento. Avete visto che cos'è successo all'imbecille che aveva tentato di rubare un sacco di carbone al molo. Ne abbiamo fatto un esempio. Non c'è posto nemmeno per i traditori. Luytens vi ha tradito. Mi ha offerto il tavolo meccanico, ed è così che ho saputo della sua esistenza. Si è anche offerto di dividere i gioielli e le monete con me. Ha detto che voi non avevate idea di quel riscatto e che era stata una sua idea, non il prezzo richiesto dal principe Ernst per le vite dei vostri amici. Sì, pensavo che sareste rimasto sorpreso, come ha sorpreso me. Ma non vi sorprenderà sapere che considero peggiore di un ladro quella canaglia egoista, traditrice e senza valori. Ma non sono un uomo crudele. Vi assicuro che le loro morti sono state veloci e indolori.»

«Non indolori per le loro famiglie!»

«Avrebbero dovuto pensare alle loro famiglie *prima* di tradire e rubare! Ora dovrete scusarmi, c'è parecchio da fare prima della partenza.»

«Ho una richiesta, *Herr General*.»

Müller si fermò sulla scala e aspettò.

«Vorrei sposarmi, stasera.»

VENTI

Müller tornò nella cabina, palesemente sorpreso. Si stava chiedendo se avesse sentito correttamente, ma quando l'inglese continuò semplicemente a guardarlo, sorrise.

«Che romantico siete!»

«Il prete inglese che c'è a bordo ha acconsentito a sposarci» gli disse Alec.

«Ma... non siete già sposato con la principessa Johanna?»

«No, ve l'ho spiegato» disse Alec, pazientemente. «La cerimonia nuziale era uno stratagemma da parte del margravio per tenere tranquilla sua figlia.»

«L'adorabile signora Jamison-Lewis è al corrente del vostro precedente matrimonio? Ah! Non glielo avete ancora detto. Da qui l'urgenza di sposarla senza ulteriore ritardo. Intendete dire alla vostra sposa solo *dopo* averla sposata che eravate *già* sposato? È questo il modo di cominciare la vita matrimoniale?»

«Aurich ha una bella chiesa, nella quale il reverendo Shirley può celebrare le nozze» continuò Alec, ignorando l'ironica domanda del generale.

«Questi, in effetti, sono tempi incerti. Ma potete stare certo che per noi valete più da vivo che messo contro un muro e fucilato, se è questo che vi preoccupa.»

«Ho promesso alla signora Jamison-Lewis che ci saremmo sposati stasera.»

«Allora sarò io a darle la delusione. La città è sotto assedio, e ora è vietato entrarvi, persino a me. La nostra piccola flotta di chiatte e i soldati che ci proteggono devono cavarsela da soli. Forse sua altezza accetterà la vostra romanticissima richiesta prima di emettere la sua sentenza riguardo alla parte che avete avuto nella guerra del margravio?»

«La mia parte? Non vi ho preso parte, in nessun modo. Sono qui in missione diplomatica per trattare il rilascio dei miei amici, nient'altro» ribatté Alec. «E, come avete detto voi stesso, ciò che ho fatto a Emden ha aiutato, non ostacolato, il tentativo del principe Viktor di ottenere il margraviato.»

«Non ho dubbi che sua altezza ne terrà conto» ammise il generale. «Anche se, purtroppo, nel momento in cui avete teso la mano verso di me, con l'anello con il sigillo degli Herzfeld al dito, siete diventato uno dei protagonisti di questa guerra civile.» Il generale si inchinò educatamente. «Ma non tocca a me giudicare, è compito di sua altezza. Domani avrete l'opportunità di presentargli il vostro caso. Per ora, vi suggerisco di riposare un po'. Vi sveglieranno prima dell'alba e partiremo al sorgere del sole.»

Alec seguì il generale sui gradini. Non poté nascondere l'ansia che colorava la sua voce. «Stiamo andando a Herzfeld, come programmato?»

«Ci andremo, ma non immediatamente.»

«Io *devo* andare al castello. Se non sarò lì in tempo, i miei amici...»

«Lord Halsey, sarà meglio che accettiate che la vostra situazione è cambiata» rispose il generale dalle scale, mentre due soldati all'imboccatura incrociavano le baionette, impedendo ad Alec di seguirlo. «I vostri programmi di viaggio non contano. Ciò che importa è vincere questa guerra. Il vostro fato è nelle mani di sua altezza il principe Viktor, non del principe Ernst. Per quanto riguarda i vostri amici rinchiusi nel castello...» Müller sporse il labbro inferiore e fece una smorfia noncurante. «Per quanto ne sappiamo, sono già morti.»

«Non ci credo. Non lo crederò mai!»

«Potete credere ciò che volete. Ma sarà meglio che vi prepariate. La preghiera è l'unica cosa che vi resta... e che resta a loro. Buona notte.»

ALEC PASSÒ UNA NOTTE AGITATA E GLI SEMBRÒ CHE LO svegliassero proprio quando era riuscito a cadere in un sonno profondo. Era Hadrian Jeffries e fuori era ancora buio. Il suo valletto aveva preparato un cambio d'abiti ma si scusò perché non era in grado di raderlo. Per ordine del generale Müller a tutti gli uomini era stato proibito di radersi.

«Come mi ha spiegato uno dei soldati, signore, gli ufficiali dell'esercito ribelle hanno messo da parte i rasoi e hanno cominciato a farsi crescere barba e baffi come gesto di sostegno e solidarietà per il loro condottiero, il principe Viktor, che porta i baffi in spregio al decreto di corte che bandisce barba e baffi.»

Alec sbuffò e si trattenne a stento dal ribattere che non era sicuro che il principe Viktor fosse grande abbastanza da avere il pelo pubico, per non parlare dei baffi. Quindi la vestizione proseguì in silenzio, finché Jeffries gli stava allacciando le cinghie sugli stivali di pelle sopra il ginocchio e Alec gli chiese: «Non vedo la mia spada. Immagino sia stata confiscata insieme ai miei rasoi?»

«Sì, signore. Ce l'ha uno degli aiutanti del generale Müller» rispose Jeffries, aiutando Alec a infilarsi il cappotto di pelo di foca. Gli porse i guanti. «Ho sentito che dicevano che l'avreste presentata pubblicamente al principe come gesto di sconfitta dell'esercito del margravio…?»

Alec represse il desiderio di sbuffare un'altra volta e spiegò, infilandosi i guanti: «Offrire la propria spada al capo delle forze nemiche è effettivamente il tipico gesto plateale di capitolazione. Ma visto che io non sono il comandante dell'esercito nemico, non significherà che l'esercito del principe Ernst si sta arrendendo e che il principe Viktor diventerà margravio, quindi è perlomeno un gesto vano. Secondo me il generale Müller spera che un tale spettacolo drammatico serva a rafforzare la fiducia tra le truppe del principe Viktor. Esattamente come il suo trattamento cinico nei confronti di Luytens e Horst Visser servirà a instillare la paura nei locali, per impedire loro di fare razzie, anche nel peggiore degli inverni e nelle circostanze più tetre, per non rischiare di essere fucilati… Scusate, lo sapevate?»

«Sì, signore. Non c'è bisogno che vi scusiate. L'*aide-de-camp* del generale Müller l'ha annunciato ieri sera a cena, quando il reverendo Shirley ha fatto notare la loro assenza. Disumano, se volete il mio parere.»

«L'ha annunciato alla presenza delle signore?»

«Sì. Mi dispiace, signore. È così» rispose Jeffries e si ritrasse istintivamente quando Alec imprecò sottovoce.

«C'era anche la nipote del reverendo?»

«Sì, signore. Ma il nonno non le ha rivelato esattamente ciò che era successo ai due uomini. È ciò che ho sentito dire dalla signora Jamison-Lewis alla sua compagna quando ha chiesto se la ragazza avesse capito ciò che aveva detto il soldato. Sospetto che il reverendo le abbia detto una bugia.»

«Spero che abbiate ragione.»

«Poi siamo stati distratti dall'andirivieni dei soldati con i nostri effetti personali. Ci hanno fatto scegliere ciò che volevamo portare con noi; doveva stare in un *portemanteau* e questo ha tenuto tutti occupati per quasi tutta la serata e ha distolto i pensieri dalla difficile situazione.»

Alec si permise un sorriso. «Senza dubbio la signora Jamison-Lewis ha inveito contro la prepotenza del generale?»

Hadrian Jeffries alzò gli occhi mentre premeva il coperchio dello straripante baule di cuoio in cui aveva infilato tutti gli effetti personali di Alec che era riuscito a farci stare.

«Sì, signore.»

«E lui ha accettato di buon grado questo maltrattamento verbale?»

«Sì, signore.»

Alec si avvicinò per aiutare il valletto a chiudere il baule.

«Bene. L'avrà fatta sentire meglio. I nostri compagni di viaggio hanno bisogno di essere rassicurati e, se non è possibile, di essere distratti dalla nostra situazione incresciosa.» Alec lasciò andare il coperchio del baule, ora che i ganci erano chiusi, ma non si allontanò dal suo valletto, dicendo sottovoce: «Hadrian, non vi mentirò. Visto il barbaro trattamento del generale Müller di Luytens e Visser, non so come ci accoglierà il principe Viktor. Ma a prescindere da ciò che succederà a me, chiederò al principe la libertà per il resto del mio gruppo. Non credo che sarà irragionevole, se vorrà il mio aiuto per prendere d'assalto il castello di Herzfeld...

«Voglio che vi occupiate della signora Jamison-Lewis e della sua compagna. La *Caroline* arriverà al porto di Herzfeld e chiederò che siate tutti portati lì e che otteniate un salvacondotto, anche se solo dall'altra parte dello stretto fino in Danimarca. Almeno sarete fuori pericolo.»

«E voi, signore? Certamente potrete venire con noi?»

«La mia priorità è salvare sir Cosmo e la signorina St. Neots. Spero di riuscire a farlo quando il principe Viktor invaderà il castello, con il mio aiuto. Quindi capite perché vi sto chiedendo di occuparvi della signora Jamison-Lewis e della signora Evans?»

«Non deluderò né voi né loro, signore.»

Alec tese la mano e, quando il valletto la afferrò saldamente, trattenne la mano del giovane per un momento.

«Grazie, Hadrian. Sono in debito con voi. Sinceramente.»

Hadrian annuì, un po' commosso e cercò di sorridere. «Non mi sarei perso questo viaggio per niente al mondo, milord.»

Alec fece un passo indietro quando la porta della cabina si aprì ed entrarono due soldati.

«Spero di sentirvelo ripetere quando saremo al sicuro in alto mare, durante il nostro viaggio di ritorno. Ma ciò che mi serve che facciate ora,» continuò in inglese, sapendo che i soldati non lo capivano e guardandoli prendere il suo baule e andarsene, «è di continuare a fingere di non essere intimoriti o ansiosi per la situazione in cui ci troviamo. Non voglio che gli altri abbiano paura o si preoccupino. Dobbiamo far credere che tutto va come dovrebbe e goderci il viaggio in slitta come se stessimo facendo una gita sul Tamigi gelato. Pensate di riuscirci?»

«A dire il vero,» confessò Hadrian Jeffries, seguendo Alec sul ponte, «non avrò bisogno di fingere. Non sono mai stato su una slitta, quindi non vedo l'ora di provare.»

Sbarcarono dalla *trekschuit* e attraversarono l'alzaia, con Alec che avrebbe tanto voluto essere eccitato come il suo valletto all'idea del viaggio, mentre controllava l'attività legata alla loro partenza alla luce scarsa dell'alba. Ma sulla sua mente pesava il fatto che il tempo per Cosmo ed Emily stava per finire. Era a soli due giorni di viaggio dal castello, ma nella situazione in cui si trovava, non era più vicino a loro che se fosse rimasto a Emden.

❀

Oltre l'alzaia, in un campo coperto di ghiaccio, i soldati pattugliavano indossando lunghi cappotti e pesanti stivali, con un occhio vigile sul gruppetto di passeggeri avvolti nelle pellicce, il mento affondato nelle sciarpe calde, stretti insieme in attesa di essere avviati verso le slitte allineate fianco a fianco. A ogni slitta erano attaccati due magnifici, robusti cavalli frisoni. Alti circa quindici spanne, con spalle e zampe possenti, una testa dall'aspetto nobile e pelo nero come la pece, la razza era indigena di Midanich e, insieme ai soldati ben addestrati, un prezioso bene d'esportazione.

La struttura di legno di ogni slitta era appoggiata su due tavole lisce e lucide che le permettevano di scivolare senza sforzo e velocemente sul terreno ghiacciato. L'interno era abbastanza grande da portare due passeggeri e una piccola quantità di bagagli; un tettuccio di cuoio, teso sopra delle canne, forniva riparo dal vento e dalla neve ghiacciata. Ma dato che, davanti, era aperta agli elementi, ciascuna slitta era dotata di uno scaldino di ottone per i piedi e ai suoi occupanti era stata fornita una pelle d'orso sotto la quale rannicchiarsi. Non c'era una protezione simile per il guidatore, seduto di fronte a loro su un sedile di legno.

Una slitta non aveva il tettuccio. Era carica dei bagagli dei passeggeri e della cassa contenente il tavolo da gioco meccanico. I soldati stavano caricando gli ultimi bauli sotto la supervisione di un ufficiale e avevano pronti un telone e delle funi per assicurare il carico per il trasporto. Alcuni ufficiali erano già a cavallo, tra di loro il generale Müller.

Alec guardò più lontano, oltre il paesaggio piatto, verso la città costruita su una collinetta artificiale, con la sua gente e i soldati ribelli al sicuro dentro le sue mura fortificate. Gli edifici di mattoni rossi erano velati dalla nebbia mattutina e il campanile della chiesa di Aurich emergeva da quella nuvola bassa.

La chiesa riportò i suoi pensieri a Selina e la cercò, proprio mentre davano l'ordine ai passeggeri di salire sulla slitta loro assegnata. Vide il reverendo Shirley e la nipote indirizzati verso la terza slitta e fu contento che Müller non li lasciasse indietro, ad Aurich. Si chiese che cosa avesse spinto il generale a portare con loro il vicario e la ragazza, dato che di certo la loro presenza era più un ostacolo che un aiuto. Forse per usare anche loro come ostaggi? Vide Evans, aiutata da un soldato, salire sulla seconda slitta e Hadrian Jeffries che veniva scortato a sedere accanto a lei.

Fu allora che sentì il proprio nome, si voltò e vide Selina sulla prima slitta, che agitava una mano guantata. La salutò anche lui agitando una mano. Selina era già a bordo e rannicchiata sotto la pelle d'orso. La raggiunse sotto il tettuccio a volta, infilandosi sotto la coperta accanto a lei, riparato dal freddo, poi un soldato rimboccò la pelle e sollevò il poggiapiedi e, con un cenno al guidatore, la slitta fu pronta.

Alec cercò subito la mano di Selina sotto la coperta e la tenne stretta, come se avesse bisogno di un ancoraggio, come se temesse che l'avrebbero in qualche modo portata via se l'avesse lasciata andare. Guardando il volto di lei, delicatamente arrossato, e i grandi occhi scuri, per un attimo fu sopraffatto dall'emozione e non seppe che cosa dirle. Della loro difficile situazione, dell'esecuzione di Luytens e di suo cognato, che ringraziava Dio che lei fosse viva e stesse bene e non avesse sofferto troppo dopo essersi trovata in mezzo al fuoco incrociato dei ribelli e dei soldati leali al margravio, perché l'amava tanto e non avrebbe saputo come continuare a vivere senza di lei. I suoi occhi azzurri dovevano averle detto tutto quello che aveva bisogno di sapere dei suoi pensieri, perché Selina gli sorrise comprensiva e si chinò prima per baciargli la guancia ispida e poi la bocca, prima di accoccolarsi contro di lui, con la testa sulla sua spalla.

Fu allora che il generale Müller si fermò accanto alla slitta, in sella a un magnifico stallone frisone nero, alto ben più di quindici spanne, con la lucente criniera nera intrecciata di nastri. Un animale da primo premio e un cavaliere fiero. «Godetevi il viaggio, lord Halsey» disse Müller, rivolgendosi ad Alec in tedesco. «Se tutto va bene e non incontreremo resistenza lungo la strada, ci sarà un cambio di cavalli tra due ore a Wittmund. Poi ci saranno altre due ore di viaggio prima di arrivare a destinazione. Tempo in abbondanza per ammirare il panorama invernale, passare qualche ora in privato con la vostra innamorata e contemplare il futuro, per quello che è.» Guardò Selina, aggiungendo con un sogghigno e ammiccando, prima di salutarla toccandosi il cappello di pelliccia e facendo voltare il cavallo per dare l'ordine al convoglio di muoversi: «Vedete, anch'io sono un romantico.»

Alec non gli credette. E strinse più forte la mano di Selina.

PER LA PRIMA METÀ DEL VIAGGIO IN SLITTA ANDARONO VERSO est, verso il sole che sorgeva, nascosto dietro a basse nuvole grigie. La nebbia persisteva ancora quando raggiunsero il villaggio di Wittmund. Il generale aveva fatto i conti giusti. Due ore di viaggio attraverso un paesaggio piatto di paludi gelate e torbiere abbandonate, senza incontrare un'anima, viva o morta. Era come se niente e nessuno abitasse quella parte del mondo. Ma quando arrivarono in vista del villaggio notarono alcune cascine isolate vicino alla strada, alla periferia del paesetto. I loro abitanti aprirono la tenda dell'unica finestra o la porta al vento gelido per scorgere per un momento il gruppo di viaggiatori, in particolare le slitte trainate dai magnifici cavalli frisoni neri e i loro ricchi occupanti con i cappelli di pelliccia, rannicchiati sotto le coperte di pelle d'orso. Ma quelle stesse porte si serrarono all'istante quando il convoglio, protetto davanti e dietro da soldati armati a cavallo, passò oltre senza guardare né a destra né a sinistra.

C'era poco che indicasse che c'era una guerra civile in corso in quel remoto angolo dell'area a nord-est di Midanich. Alec si disse che forse non c'era niente per cui valesse la pena di combattere perché in una zona paludosa così desolata, con pochi abitanti, c'era poco da razziare oltre al bestiame tenuto al chiuso in quel periodo dell'anno. Ma quando i cavalli rallentarono avvicinandosi alla cittadina, fu chiaro che Wittmund non era sfuggita indenne al conflitto. Un mulino a vento al margine della cittadina aveva le vele danneggiate e c'erano segni degli scontri tra le opposte fazioni nel legno spezzato e scheggiato delle imposte, e le pareti imbiancate erano piene di pallottole di piombo. Ancora più rivelatori erano i cumuli freschi di terra coperta di ghiaccio. Tombe senza nome. Alec contò almeno venti cumuli mentre le slitte entravano lentamente in paese. Si chiese quale esercito questi semplici contadini considerassero un nemico.

Ӿ

MÜLLER INVIÒ UNA PATTUGLIA IN AVANSCOPERTA, PER SCOPRIRE se ci fossero forze ostili. Ma il posto sembrava deserto, i suoi residenti e il bestiame rinchiusi dietro gli usci serrati, per tener fuori l'inverno e una guerra abbandonata fino al disgelo primaverile. Le slitte furono guidate fino a una locanda dall'altra parte del villaggio e lì Müller e i suoi uomini smontarono. Il generale e due dei suoi *aide-de-camp* sparirono all'interno mentre il resto del plotone restava a proteggere le slitte.

Un'ora dopo, con i cavalli freschi e i passeggeri ristorati, il convoglio partì di nuovo. Durante la fermata, le donne erano state separate dagli uomini e portate per prime nella locanda, tutte sotto scorta. Poterono usare i servizi, per quello che erano, e fu loro offerto tè caldo o birra, poi furono nuovamente scortate ai loro rispettivi veicoli, senza l'opportunità o il tempo per fare conversazione. Visto che il freddo era pungente e che la locanda era poco più di una baracca, andò bene a tutti. Offrì loro anche un momento di divertimento, quando Alec tornò dalla locanda e trovò Selina rannicchiata sotto la pelle d'orso con ancora sul bel volto un'espressione di completo disgusto, che aveva cercato senza successo di nascondere quando era uscita dalla locanda.

«Non ditemelo. Lasciatemi indovinare che cosa avete trovato più spaventoso là dentro» disse Alec, salendo accanto a lei e mettendosi la pesante pelliccia in grembo per poi rimboccare i lembi sotto le gambe di entrambi. «È stato l'odore di escrementi animali che pervadeva tutto, mischiato con quello dello stufato di radici, o forse la mancanza di... amenità adeguate?»

«Intendete dire il loro secondo miglior secchio?»

«Secondo?»

«Non tengono il loro secchio migliore per il mangime?»

Alec scoppiò a ridere.

Selina sorrise. Le piaceva sentirlo ridere. Tolse la mano guantata da sotto la coperta e gli mostrò un piccolo contenitore vuoto di porcellana, somigliante a una salsiera, decorato con un motivo a fiori e foglia d'oro, prima di rimetterlo in fretta nel suo nascondiglio sotto il sedile, accanto al suo *nécessaire de voyage* rivestito di pelle di squalo.

«Potrò anche detestare i viaggi,» mormorò con le guance arrossate, non tanto per il freddo ma per l'atto impulsivo di mostrargli un oggetto così personale, «ma so *come* viaggiare. I bisogni maschili sono così facili da soddisfare... *in tutti i sensi.*»

Lungi dall'offendersi, Alec sorrise e le baciò la tempia.

«Verissimo, mia cara. Ma le donne sono molto più ingegnose nel superare gli ostacoli.»

«Non tutti» rispose misteriosamente Selina e sospirò di sollievo quando i cavalli cominciarono a muoversi e il loro viaggio continuò, sperando di non doversi spiegare.

Gli aveva mostrato la sua *bourdaloue*, sperando di distrarlo. Non voleva dirgli che, nonostante le condizioni primitive trovate all'interno della locanda l'avessero sorpresa e disgustata, e che senza dubbio gli odori pungenti avevano aumentato il suo disagio, ciò che la tormentava era in realtà nausea mattutina. Aveva avuto gli stessi sintomi quando si era svegliata quella mattina e non aveva niente a che vedere con gli odori: vegetali, animali o altro. La reazione di Evans era stata di profonda gioia e le aveva detto che quella nausea mattutina era una buona cosa, che il bambino stava prosperando e poi un attimo dopo che non vedeva l'ora che lei informasse sua signoria, perché avrebbero dovuto sposarsi senza indugio, e che il reverendo Shirley, con l'autorità conferitagli dal vescovo di Londra, avrebbe potuto celebrare le nozze. Selina stava troppo male per discutere, a parte dire che, senza dubbio, il più grande desiderio di Evans sarebbe stato esaudito.

Ma guardando il suo bel profilo, mentre si lasciavano alle spalle il villaggio di Wittmund e il convoglio cominciava il viaggio verso sud (glielo diceva il sole che si affacciava da dietro le nuvole), decise che Alec aveva abbastanza preoccupazioni senza aggiungervi anche le sue condizioni. A prescindere da quanto quella notizia lo avrebbe reso felice, non poteva essere così egoista. Erano in un paese ostile, dove gli uomini morivano per le loro convinzioni; un giovane soldato era stato ucciso proprio davanti ai suoi occhi. E anche se aveva fatto del suo meglio per togliersi quell'immagine straziante dalla mente, l'aveva comunque scossa. Come la morte violenta di Luytens e di suo cognato. Ma pensava specialmente a Cosmo ed Emily, tenuti prigionieri nel castello dove alloggiava anche la sorella pazza del suo sovrano. Sì, la sua bella notizia poteva aspettare, per il momento. Specialmente perché non sapevano che cosa li aspettasse alla loro destinazione finale.

Quindi si accoccolò vicino ad Alec, e sorrise quando lui le mise il braccio intorno e la tirò più vicina perché fosse più comoda. Selina guardò contenta la squallida campagna che spariva dietro di loro, il paesaggio che cambiava: dalle pianure infinite di campi gelati senza una casa o un albero in vista, a un panorama in cui gli alberi invernali affiancavano la strada, i rami neri e nudi coperti di neve che si univano sopra la stretta carreggiata. C'erano borghi di linde case di mattoni rossi, grandi mulini a vento sul bordo di canali gelati, campi incolti coperti di neve, tutto grazioso e pittoresco e senza i danni causati della guerra. Era come se la guerra non avesse toccato una sola zolla di terra in quella parte di Midanich.

Nessuno fu sorpreso più di lei quando si svegliò nel tardo pomeriggio, con il convoglio che si muoveva lentamente sopra un ponte che univa le due sponde di un ampio canale. Dall'altra parte del ponte c'era una portineria con un cancello di ferro dipinto in nero e oro, aperto per i visitatori. Due soldati, moschetto in spalla, erano sull'attenti davanti a una garitta su entrambi i lati del cancello. Salutarono il generale Müller mentre oltrepassava il cancello alla testa del convoglio.

Quando Selina cominciò a muoversi e si mise diritta, Alec tolse il braccio che l'aveva tenuta contro di lui e si mise eretto anche lui. Entrambi guardarono la fitta foresta ai lati del canale mentre la slitta scivolava sul ponte. Era più difficile vedere che cosa c'era oltre il guidatore, ma presto i cavalli svoltarono a sinistra nella corte interna, delimitata su due lati da una serie di lunghi, bassi edifici a due piani di mattoni rossi e, in fondo, da un grande complesso di scuderie. Oltre le scuderie c'erano altri edifici, con la fitta foresta sullo sfondo, che sembravano essere gli alloggi degli ufficiali, e che davano su un accampamento con molte tende occupate dalla fanteria regolare. C'era anche la solita scorta di cannoni e palle di cannone associata a un grande esercito. I soldati erano occupati in tante attività diverse e ad Alec sembrava stessero preparandosi per andare a combattere, e presto.

E mentre Alec era occupato a osservare l'accampamento militare, l'attenzione di Selina era concentrata nella direzione opposta, oltre un secondo ponte e un altro cancello decorato, questo però era chiuso e sorvegliato.

Il ponte superava un fossato che si allargava in un piccolo lago che circondava il castello sull'isolotto che, con le sue decorazioni, era ciò cui Selina supponeva assomigliassero i castelli delle fiabe. Non per le sue dimensioni perché l'edificio in sé, con le finestre che scendevano fino al livello dell'acqua, non era più ampio di una grande villa Queen Anne di mattoni rossi in Inghilterra. Erano i suoi vari componenti, che si vedevano quasi solo sul continente, che lo differenziavano dai castelli e dalle case inglesi. Il tetto d'ardesia a mansarda, molto spiovente, coperto da una spolverata di neve, la grande torretta circolare con i suoi quattro livelli di finestre; e all'apice della torretta un tetto d'ardesia, a forma di campana con motivi dorati, che aveva incastonato un grande orologio, che senza dubbio batteva le ore. A un lato di questa torretta decorativa c'era l'ingresso principale, col portone sormontato da un frontone di marmo scolpito che sembrava rubato a un tempio greco, con le sue figure classiche. Sopra sedevano due gargouille che guardavano malevoli quelli che arrivavano al portone. In più, questo fiabesco castello, sembrava galleggiare sul lago parzialmente ghiacciato, perché i muri di mattoni scomparivano sotto il livello dell'acqua.

Era così grazioso, così incantevole e invitante che per parecchi momenti non solo Selina, ma anche gli altri passeggeri delle slitte fissarono senza muoversi lo strano *schloss* e dimenticarono la loro difficile situazione. Finché, cioè, una compagnia di soldati, sotto il comando del loro capitano, marciò dall'accampamento per assistere gli ufficiali e le loro cavalcature, staccare i finimenti, scaricare i bagagli e aiutare i passeggeri a scendere a terra, e ricevere gli ordini del generale Müller.

Il generale smontò e, dopo aver consegnato le redini e impartito gli ordini al suo subordinato, andò da Alec che stava aiutando Selina a scendere dalla slitta.

Fece un breve inchino formale alla coppia. «Benvenuti allo *Schloss* Rosine...»

«Rosine?» Alec guardò accigliato il generale. «Questa è la casa della contessa Rosine?»

Müller osservò attentamente Alec, poi diede un'occhiata a Selina. «Sì, lord Halsey. La sua casa ancestrale, dove il principe Viktor ha passato la sua infanzia e la casa di... mia moglie.»

Il cipiglio di Alec si fece più severo, trovava ambigua la frase del generale. Non poté fare a meno di chiedere: «Vostra moglie?» Aggiungendo, perché non voleva apparire scortese o completamente idiota: «Allora siamo a solo un'ora a cavallo dal castello di Herzfeld?»

«Esatto.»

«Perché non abbiamo viaggiato verso est da Aurich, invece che verso nord fino a Wittmund prima di svoltare verso sud? Sicuramente la strada è più diretta in quel modo?»

Müller fu impressionato dalla conoscenza di Alec della geografia del paese. «È vero. Ma gran parte delle truppe del principe Ernst occupa Friedeburg, ritenendo che sua altezza e le forze ribelli siano di stanza nel palazzo fino al disgelo, cosa non vera. Sono qui.»

«Qui? Il principe Viktor e la maggior parte delle sue truppe sono qui, nello *Schloss* Rosine?» Alec era sorpreso. Ma osservando la quantità di soldati e i preparativi in atto nell'accampamento oltre le scuderie, capì che il generale Müller stava dicendo la verità.

«Sì, e con il vostro aiuto, occuperemo il castello e metteremo fine a questa guerra prima che l'inverno cominci veramente. Ora dovete scusarmi entrambi» disse in tedesco prima di rivolgersi a Selina in perfetto francese, con un profondo inchino: «*Bienvenue au Château de*

Rosine, Madame Jamison-Lewis. Spero che il viaggio sia stato piacevole. Almeno quello in slitta è stato tranquillo. L'insieme di edifici che vedete dietro di noi non è solo il quartier generale ufficioso dell'esercito, ma anche la corte del principe Viktor, quindi, ci sono alloggi confortevoli per i vari funzionari di corte, dignitari stranieri e nobili fedeli alla nostra causa con le loro famiglie. Sono sicuro che troverete il vostro alloggio accettabile e la compagnia piacevole. La maggior parte dei nobili parla francese. E spero che mentre siete con noi, vi considererete un'onorata ospite di sua altezza il principe Viktor, e di mia moglie, sua madre, la *comtesse* Rosine. Per favore scusatemi se ora vi lascio di fretta. Non vedo mia moglie e il mio figliastro da mesi.»

Alec e Selina guardarono in silenzio il generale inchinarsi, voltarsi e andare verso il castello; e tale fu la sorpresa di scoprire che il soldato altri non era che il marito dell'ex-amante di Alec di tanti anni prima, la contessa Rosine, moglie morganatica e vedova del margravio Leopold, che rimasero impietriti.

E quella non era la rivelazione più sorprendente che li aspettava all'interno dello *Schloss* Rosine.

VENTUNO

A METÀ MATTINA DEL GIORNO SEGUENTE, UNA CARROZZA PORTÒ
Alec e Selina per il breve tratto fino al castello, anche se sarebbero
bastati pochi minuti a piedi attraverso il ponte. Seguiva un'altra
carrozza, inviata a prendere i loro servitori, il bagaglio che avevano
avuto il permesso di portare con loro da Aurich, e il tavolo da gioco
meccanico.

Oltrepassarono due sentinelle all'ingresso e furono accompagnati
all'interno da un funzionario di corte in livrea, e nel vestibolo un po'
spoglio furono accolti da un giovane e solenne gentiluomo di media
statura con una mascella larga e baffi così rigogliosi e cespugliosi che
Selina non riuscì a fare a meno di fissare il suo labbro superiore, aspettandosi di vederlo prendere vita e strisciare via. Era così rapita da non
sentire il discorso di benvenuto, fatto in francese a suo beneficio.

L'uomo disse alla coppia che, su ordine della contessa Rosine, avevano
assegnato loro un appartamento all'interno dello *château*, aggiungendo, confidenzialmente che era stato necessario qualche gioco di
destrezza perché gli alloggi del castello erano pieni fino a scoppiare ora
che la corte ribelle aveva preso residenza lì.

Hadrian Jeffries, Janet Evans e i bagagli furono mandati avanti con
un servitore in livrea e il ciambellano di corte voltò sui lucidi tacchi e
chiese ad Alec e Selina di seguirlo. La corte e la contessa li stavano
aspettando nella Galleria di Marte al primo piano.

Selina sentì una parola su cinque, tanto la sua attenzione era fissa
sui baffi del giovane nobiluomo. Aprì in fretta il ventaglio e lo sventolò
accanto al viso per nascondere il sorriso che stava nascendo. I

mustacchi cespugliosi le fornirono un po' di divertimento dopo gli eventi traumatici dei giorni precedenti. Fino a che, cioè, captò l'annuncio del ciambellano di corte che stavano per entrare in una stanza piena di cortigiani, prima tra tutti la contessa Rosine. La prospettiva di trovarsi a faccia a faccia con la donna che era stata l'amante di Alec al tempo del suo soggiorno al palazzo di Friedeburg le fece battere forte il cuore. Non aveva mai incontrato una delle sue amanti né aveva mai desiderato farlo. Quando era sposata a George Jamison-Lewis aveva sentito mormorare degli exploit di Alec all'estero, era piuttosto famoso. Ma ciò che succedeva nelle corti del continente era agli antipodi rispetto alla società inglese e a lei. Mai, nemmeno nelle sue fantasie più sfrenate, avrebbe immaginato uno scenario simile: essere lì, sul continente, in una corte straniera e sul punto di fare la riverenza a un'ex-amante del suo promesso sposo. Non sapeva se ridere o piangere, quindi scelse di ridere.

«Pensate che tutti gli uomini a corte portino un ermellino sotto il naso?» chiese scherzosamente ad Alec, sollevando le sottane di velluto e seta trapuntata, appena il ciambellano di corte girò sui tacchi, chiedendo alla coppia di seguirlo sulle scale.

«Purtroppo, sì!» Fu la risposta secca di Alec, che teneva lo sguardo fisso sulla schiena del giovane e serio nobiluomo.

«Vi state facendo crescere anche voi i baffi?» lo stuzzicò Selina, anche se sapeva bene che avevano rifiutato di restituirgli i rasoi e quindi il suo valletto non era stato in grado di raderlo. Le guance e il mento erano decisamente non rasati e cominciavano a mostrare un principio di barba. Pensò che se le avessero proibito di usare le sue spazzole di tartaruga e l'aiuto di Evans per sistemarsi i riccioli, anche lei sarebbe stata di cattivo umore. Ma sapeva anche che Alec, come lei, doveva essere in ansia per l'incontro con la contessa Rosine. Bene, pensò. Era giusto così. Quindi continuò a stuzzicarlo. «Mi piacerebbe baciare un uomo coi baffi, solo una volta. Per vedere com'è. Sono sicura che devono fare il solletico e che mi agiterei e comincerei a ridere. Mi farete provare?»

«No! Ma ci saranno parecchi giovanotti, qui, che non vedranno l'ora!»

Quando il silenzio si prolungò, Alec si fermò sull'ultimo gradino, si voltò e la fissò, senza quasi rendersi conto della sua stupida risposta al giocoso sfottò di Selina. Era stato occupato a chiedersi come sarebbero stati ricevuti, non solo dal principe Viktor ma, ed era ancora più importante, dalla contessa Rosine. Quando, sulla *trekschuit*, aveva confessato il suo sordido passato a Selina, lei aveva dichiarato che se non fosse stato per la sua relazione con la madre del principe Viktor, non ci sarebbe stata la guerra civile. C'era più di un granello di verità in quella dichiarazione e lo assillava. Quindi la contessa incolpava lui per ciò che era successo a lei e a suo figlio come conseguenza della loro relazione? Voleva vendetta, come il principe Ernst? Madre e figlio avrebbero aiutato od ostacolato il suo tentativo di liberare Cosmo ed Emily? Ma più di tutto voleva proteggere Selina da quanto di spiacevole poteva nascere da quell'incontro ed era frustrante sapere di non esserne in grado. Da lì la sua insolita irritabilità.

Il suo sguardo fisso fece dire a Selina, con un sospiro di rimpianto: «Ah, amore mio, vorrei che aveste detto di sì…»

Alec vide la luce scherzosa svanire dagli occhi di Selina, insieme al suo sorriso, quando lei abbassò gli occhi sulle stecche chiuse del ventaglio e capì che il suo commento insensibile l'aveva ferita. Così, invece di seguire il ciambellano di corte oltre il corridoio, verso una porta a due battenti, dove stavano di guardia due soldati con immacolate uniformi cerimoniali, la tirò verso un'alcova e tra le sue braccia.

«Perdonatemi» disse, baciandole la fronte. «La mia apprensione non ha ragione d'essere. So che qualunque cosa succeda in quella stanza, avremo sempre l'un l'altro. Niente e nessuno significa più di voi, per me. È sempre stato così, fin dal vostro diciottesimo compleanno. Certamente lo sapete?»

Selina annuì e gli sorrise. «E ciò che vi è successo in passato resterà là, se lo permetterete. È come vi comportate oggi, e come vi comporterete in futuro che mi importa, che dovrebbe importare a *noi*. Quindi se entriamo in quella stanza con questo in mente, so che sarete in grado di affrontare e superare qualunque cosa questa gente pretenderà da voi… D'accordo?»

Alec la baciò dolcemente sulla bocca. «D'accordo…» Poi fece un passo indietro e le pizzicò scherzosamente il mento, con un sorriso. «Ma mi rifiuto di farmi crescere i baffi. Su questo non sono d'accordo!» Le prese la mano e la condusse fuori dall'alcova, dandole una piccola stretta. «Il mio naso è abbastanza lungo senza attirarvi ulteriormente l'attenzione.»

«Oh, ma a me piace molto il vostro naso ossuto» rispose Selina ridendo quando Alec sbuffò.

Ma il sorriso svanì di colpo quando guardò oltre Alec, verso la porta che era stata spalancata. Luce brillante, calore e il ronzio di conversazioni a bassa voce li chiamavano.

ENTRANDO   NELLA   GALLERIA   DI   MARTE,   FURONO
immediatamente avvolti da una cortina di aria calda. Una grande stufa
rivestita di piastrelle di ceramica blu e bianche nell'angolo in fondo
alla stanza era responsabile per la temperatura estiva e spiegava perché i
presenti potessero indossare i loro migliori abiti di seta e marsine lucci-
canti senza bisogno di velluti pesanti, pellicce, mantelli e manicotti. I
quattro candelieri e gli specchi a tutta parete lungo un muro, che
riflettevano la luce delle candele e quella proveniente dalle finestre sul
lato opposto, aiutavano a scacciare l'inverno da quella stanza di ricevimento.

C'era almeno un centinaio di persone presente. Tutti erano davanti
alle portefinestre che davano sul lago semighiacciato e permettevano di
vedere l'accampamento militare. Stavano osservando i soldati dell'esercito ribelle del principe Viktor che facevano le manovre su un campo
da parata coperto di ghiaccio che scricchiolava sotto i loro piedi.

Di primo acchito, questi cortigiani non erano diversi dalle dame e
dai gentiluomini che Alec aveva visto più e più volte nelle varie corti in
tutta Europa. Sempre vestiti per impressionare, nelle loro sete migliori,
parrucche impomatate, scarpe col tacco e avvolti da profumi
inebrianti, occupavano le loro giornate amoreggiando e tessendo intrighi. C'erano scherzi, risate e osservazioni spiritose, sul tempo, sull'abbigliamento di una matrona, la pancia di un gentiluomo, la noia di
stare a corte, anche se era tutt'altro che noioso. E sempre quella vena
di cinismo, e il bisogno, la voglia di essere notati, e la cupidigia di
aspettarsi che i propri sforzi fossero ricompensati. Così era la vita di
corte.

Ma, sebbene i cortigiani che si allontanavano dalle finestre in
gruppi sembravano quelli delle corti europee, con le signore che sven-
tolavano i ventagli sulle scollature quadrate e gli uomini che mostravano una gamba ben tornita nelle calze bianche di seta, con la
tabacchiera in mano, il loro atteggiamento era decisamente diverso.
Non c'erano sguardi furbeschi o bocche arricciate mentre osservavano i
nuovi arrivati. I loro sguardi erano fermi, le voci basse e dal tono serio.
E Alec suppose che era quello che avrebbe dovuto aspettarsi, visto che
la guerra era alle porte e non lontana centinaia di miglia.

Come in una scena teatrale a lungo provata, i cortigiani presero
silenziosamente posto ai due lati di una pedana su cui c'era una sola
sedia enorme: un trono. Con i cuscini di velluto blu bordati di treccia
d'oro e l'alto schienale di legno, che arrivava fin quasi al soffitto decorato, scolpito e dipinto con lo stemma della casata degli Herzfeld, il
suo scopo era chiaro.

Solo al margravio era concesso sedere su quella rappresentazione cerimoniale del suo potere e quel trono era stato portato via a forza dalla rutilante sala delle udienze del palazzo di Friedeburg. Lì nello *Schloss* Rosine era un potente simbolo del sostegno a un diverso margravio, che i nobili riuniti, le centinaia di soldati che marciavano su e giù nel campo da parata e, Alec pensò, migliaia di connazionali nelle città e nei villaggi in tutto il paese, riconoscevano nel principe Viktor Fredrick Leopold Rosine Herzfeld.

E proprio quando Alec e Selina cominciavano a chiedersi dove fosse l'occupante di quel trono riccamente ornato, da dietro la folla uscì una donna vestita di velluto nero e seta bianca, con lussureggianti capelli scuri e occhi scintillanti. Non era nel primo fiore della giovinezza, ma era bella e splendeva di vitalità. Vista di fronte, i *pannier* nascondevano la sua condizione. Fu solo quando mise una mano sul ventre arrotondato, sotto il seno, che fu ovvio. La contessa Rosine, vedova del margravio Leopold e ora moglie del generale Müller era in avanzato stato di gravidanza.

La contessa fece qualche passo verso il centro della stanza, si fermò e aspettò che Selina e Alec andassero da lei. Non servì che l'usciere di corte annunciasse la sua presenza, o che la folla si dividesse, che le donne facessero la riverenza e i gentiluomini si inchinassero come un sol uomo, perché Selina capisse chi era. Furono il suo sorriso e la luce nei suoi occhi quando vide Alec che le dissero che lì c'era la sua ex-amante, e che, contrariamente ai timori suoi e di Alec, era molto felice di vederlo.

Alec si inchinò e Selina fece la riverenza e, quando la contessa Rosine tese una mano paffuta ad Alec, lui le baciò le dita. Poi si fece da parte, ma non prima che Selina cogliesse il sorriso privato che i due si scambiarono. Gli anni passati svanirono per la coppia e per un momento fu come se la contessa e il diplomatico inglese fossero ancora i giovani amanti nel giardino.

Quel momento arrivò e passò in un attimo, ma il sorriso indugiò. Era un sorriso che riconosceva un passato condiviso, eppure non c'era animosità né rimpianto, solo affetto duraturo. Selina ne fu affascinata. Ma ciò che la sorprese ancora di più fu non essere gelosa di quella donna. Il sentimento più forte era di sollievo, perché grazie a quel sorriso lei aveva capito che la contessa teneva ancora ad Alec e quindi non gli avrebbe mai fatto del male. Tutto sarebbe andato bene. Sarebbero stati protetti lì allo *Schloss* Rosine, se non altro perché la contessa ricordava con piacere il passato che aveva condiviso con Alec.

Quindi, quando la contessa fece in modo di parlare da sola con lui, Selina accettò lo stratagemma e si allontanò al braccio di uno dei cortigiani, per bere del vin brûlé e guardare i ritratti degli antenati Rosine che ornavano le pareti tra gli alti specchi.

La contessa Rosine parlò voltando leggermente il capo e apparvero immediatamente servitori in livrea con vassoi di rinfreschi per i cortigiani. Lei rifiutò il vassoio, senza mai distogliere lo sguardo da Alec anche se si prese un momento per guardare Selina che si allontanava con il ciambellano di corte.

Aveva notato immediatamente che la donna inglese era molto carina, i capelli un'invidiabile massa di riccioli di un vibrante color rame che andavano dove volevano per quante forcine cercassero di domarli. Vide anche che era giovane, forse una decina di anni più giovane del suo ex-amante, quindi molto più giovane di lei, più o meno dell'età di suo figlio. Con una fitta di invidia, riportò lo sguardo su Alec, appoggiò una mano sul ventre e gli offrì il braccio. Avrebbero fatto una passeggiata nella galleria, per poter essere soli e non essere ascoltati.

In fondo alla stanza, accanto a una finestra, la contessa voltò le spalle al panorama e guardò Alec. Parlarono in tedesco, la lingua natia della contessa.

«A rischio di sembrare trita, sono successe molte cose nei dieci anni da quando ci siamo visti l'ultima volta.»

Alec sorrise.

«Non trita, Vostra Altezza. Solo un eufemismo.»

«Chiamatemi Helena.»

Alec perse il sorriso. «Non sarebbe… *politico*, vero, Helena?»

La contessa rise nascondendo il volto con il ventaglio. «No davvero!» Abbassò il ventaglio e alzò la testa per guardarlo negli occhi. «Ma c'è stato un tempo in cui la politica era l'ultima cosa cui pensavate…»

Alec alzò un sopracciglio. «Non era certo colpa mia.»

«Non riesco a credere che siate tornato. Ho pensato tante volte di scrivervi, ma… Per dirvi che cosa? Come spiegarvi…» La contessa alzò le spalle, sorrise e sospirò senza saperlo. «Gli uomini invecchiano bene. Beh, alcuni almeno. Voi, ad esempio. Ma siete sempre stato il più bello degli uomini, anche quando eravate molto più giovane e così-così… virile. Oserei dire che quello non è cambiato.» Quando Alec arrossì, la contessa rise più forte. «Ah, sì! Questo l'avevo dimenticato. Voi inglesi siete così modesti. È incantevole!»

Alec si passò la mano sul principio di barba che aveva sulle guance e mormorò, imbarazzato: «Non mi trovo particolarmente *incantevole*. Il viaggio e il motivo per cui sono qui hanno lasciato il segno.»

«Sì, lo immagino» disse seriamente la contessa, senza più traccia di allegria nella voce. «Il nostro paese è in guerra, salvo brevi intervalli, da quando siete fuggito in Inghilterra. E questa guerra, la guerra che porrà fine a tutte le guerre, è stata particolarmente brutale. Ma prima che ne parli, prima che mio figlio, e mio marito, arrivino dopo aver passato in rivista le truppe, volevo avere questi pochi minuti con voi da solo per scusarmi per ciò che vi ho fatto passare...»

«Scusarvi? Con-con *me*? Ciò che mi avete fatto passare?» ripeté Alec, incredulo. «Vostra Altezza, Helena, sicuramente non avete niente di cui scusarvi.»

«Sì, invece. Se non fosse stato per me non sareste stato gettato nelle segrete di Herzfeld e obbligato a sopportare... *Verdammt*! Avevo promesso a me stessa che non avrei pianto ed eccomi qui a piangere pochi secondi dopo la mia confessione. Deve essere questa miserabile gravidanza.»

Alec le prese la mano e la baciò in fretta, e disse con un sorriso triste: «Se qualcuno deve scusarsi sono io. E ora sono io quello trito. Se non fosse stato per la mia sventatezza, alimentata dalla passione, voi e vostro figlio non sareste stati esiliati e...»

«No. Non è la verità. No! È la verità, ma non è stata la vostra sventatezza che ci ha fatto esiliare» confessò la contessa. Si asciugò le lacrime. Negli occhi le apparve una luce indulgente e fece un sorrisetto. Agitò il ventaglio. «È stata la *mia* sventatezza. E fu intenzionale. Oh, vi desideravo moltissimo come amante, fin dalla prima volta che vi vidi. Leopold lo sapeva e mi accontentò, come faceva sempre. Ma questa volta era diverso, perché voi eravate diverso. Per la prima volta con un amante permisi ai miei sentimenti di avere la meglio su di me. E *quello*, no, a Leopold non piacque affatto. Era un marito più vecchio *comprensivo* ma poteva anche essere geloso. Ma poiché voleva che nostro figlio e io fossimo al sicuro, e sapeva che il mio piano avrebbe funzionato, lasciò che la nostra relazione continuasse.»

«Piano?»

«Sì, piano. Il mio piano di far esiliare me e mio figlio dalla corte.»

«*Volevate* che vi bandissero?»

Era una novità per Alec e la sua sorpresa fece arrossire la contessa sotto i cosmetici. Aveva sperato che, dopo tutti quegli anni, lui se ne fosse reso conto da solo e che lei non avrebbe dovuto spiegargli il suo calcolato sotterfugio, ma non aveva calcolato, o forse negli anni aveva semplicemente dimenticato, che quest'uomo viveva secondo un rigido codice d'onore e si aspettava che i suoi amici si comportassero allo stesso modo. Sembrava non gli fosse mai passato per la mente di essere stato imbrogliato da lei e dal margravio Leopold. Aveva preso per buona la loro appassionata relazione: una coppia così spinta dalla passione che soddisfare il bisogno fisico veniva prima di tutto e tutti nella loro vita. C'era un granello di verità, ovviamente, ma lui non l'avrebbe mai tradita. Non c'erano secondi fini nelle sue azioni, solo puro desiderio e godimento, e per lei era stato un potente afrodisiaco e se n'era sentita adulata. Ma oltre a goderne carnalmente, lei aveva altri motivi per impegnarlo in una relazione molto pubblica che era diventata uno scandalo di corte, e glielo disse.

«Sì, volevo che mi esiliassero. E, cosa ancora più importante, volevo che Viktor fosse mandato via con me. Sapevo che se non avessi portato via mio figlio dalla corte, lontano da Ernst, la sua vita sarebbe stata in pericolo. Anche Leopold lo sapeva. Ma non potevo semplicemente andarmene e venire qua a vivere con il nostro ragazzino. Avrebbe solo reso Ernst più sospettoso e avrebbe pensato che stessi complottando contro di lui. Leopold e io dovevamo fargli credere di essere lui ad aver istigato il nostro esilio e con la benedizione di Leopold. Doveva convincersi che suo padre fosse furioso con me, che non gli importasse più di me e che era sua intenzione punirmi usando nostro figlio.»

«Quindi avete usato la sua amicizia, o per meglio dire, la sua ossessione per me come elemento scatenante per il vostro esilio?»

«Sì» confessò la contessa, mortificata.

«Beh, almeno questo risponde alla domanda e infligge un bel colpo al mio orgoglio, sul motivo per cui avevate scelto me, quando avreste potuto avere ogni altro uomo, a corte» dichiarò Alec, sbuffando irritato davanti a una simile duplicità, al pensiero di essere stato una pedina nella partita fin troppo seria tra la contessa e Leopold da un lato, e Ernst dall'altro. Ma l'irritazione non durò molto. Le sorrise e si inchinò: «Sono pieno d'ammirazione per la vostra astuzia.»

«Non pensiate nemmeno per un momento che sarebbe andato bene chiunque altro. Vi desideravo come amante, non dubitatelo. Dal primo momento in cui vi vidi nei corridoi di Friedeburg. Eravate così-così...»

«... ingenuo?»

«... virile, e giovane.»

«Sì. E questo faceva di me un credulone, Vostra Altezza. Non importa. Non rimpiango la nostra relazione, solo il suo esito, specialmente per me. Anche se ora che so che farci scoprire nella grotta artificiale era esattamente ciò che avevate programmato e che avete raggiunto il vostro scopo di far esiliare voi e vostro figlio, posso finalmente assolvermi, dopo essermi sentito in colpa per dieci anni.»

La contessa sembrò sconvolta. «Vi siete sentito in colpa così a lungo? No!»

«No, solo una fitta occasionale, di tanto in tanto. Forse, se avessi saputo di essere stato la vostra lussuriosa pedina, sarei stato più circospetto e non avrei sentito il bisogno di purgarmi l'anima con tanta facilità.»

La contessa lo vide guardare dall'altra parte della stanza e fissare per un attimo Selina che era davanti al ritratto di Ivan, il generale conte Rosine, nonno della contessa, con il ciambellano di corte. Parecchi nobili che parlavano bene il francese si erano uniti a loro per conversare.

La contessa fremeva dalla voglia di chiedergli della bellezza dai capelli tizianeschi, ma prima doveva fargli capire perché l'aveva usato spudoratamente e poi non aveva fatto niente per risparmiargli le torture di Ernst nel castello di Herzfeld. A voler essere sincera, era lei che aveva una decade di senso di colpa che le pesava sulle spalle e di cui voleva liberarsi con una confessione.

«Voi e io sappiamo di cosa è capace Ernst. Non potevo permettermi il rischio che alla morte di Leopold si scatenasse contro mio figlio, vedendolo come un rivale al trono.»

«Ma non è esattamente ciò che è successo?» ribatté Alec.

«Era una profezia scontata, e lo sapete!» Replicò la contessa.

Alec chinò la testa. «Perdonatemi. Sì, lo so. E non vi biasimo per aver voluto portare lontano Viktor. È stato molto meglio per lui crescere qui, lontano dalla corte. Lontano dagli occhi e quindi dai pensieri di Ernst.»

La contessa annuì, lieta che capisse. Inconsciamente, si accarezzò la pancia con una mano rassicurante quando sentì il bambino muoversi. «Sì. In questo modo ha potuto godersi l'infanzia, essere istruito e preparato per la posizione che un giorno avrebbe ereditato.»

«Ereditato?» Alec era sorpreso. «Pensavo che Viktor fosse escluso dalla successione per via della sua nascita.»

«Sì, e avrebbe continuato a essere così, se non fosse stato per due ragioni. Comincerò con la seconda. Negli ultimi anni della sua vita, Leopold aveva cambiato opinione» spiegò la contessa. «Capirete immediatamente quando vedrete mio figlio. È il ritratto di suo padre e di suo nonno. Un vero Herzfeld. Per Leopold fu un forte incentivo a riconoscere Viktor nella linea di successione.»

«Quale monarca non vorrebbe gli succedesse un figlio che gli somiglia?» dichiarò Alec. «Specialmente un uomo con l'arroganza e la statura di Leopold. Deve aver ringraziato Dio quotidianamente, e voi, per avergli dato almeno un figlio che non solo gli assomigliava, ma che era in possesso di tutte le sue facoltà mentali!»

«Sì. Vedo che capite» rispose sollevata la contessa, senza notare il tono ironico della voce di Alec, «ma per moltissimo tempo, Leopold non aveva voluto ammettere che i figli della sua prima moglie non erano sani di mente, che erano, in effetti, pazzi come la loro madre.

Leopold aveva sposato la principessa e l'aveva messa incinta prima che la pazzia si manifestasse pienamente. Fu utile che soffrisse anche di una malattia che comportava la mancanza di pelo, ovunque, perché quella *verità taciuta* divenne la scusa usata sul perché lei restasse nelle sue stanze. Quindi, quando Johanna cominciò a mostrare gli stessi sintomi della madre, Leopold usò la *verità taciuta* come scusa per rinchiudere anche lei. Dapprima, come sapete, gli attacchi di pazzia di Ernst avvenivano solo a Herzfeld, quando era con Johanna. Ma dopo-dopo l'inferno che avete dovuto subire al castello, questa non è una novità per voi, vero?»

«No» disse Alec a voce bassa. Non desiderava rivivere quei momenti, né voleva discuterne con lei, quindi le chiese: «Leopold è morto a Herzfeld, e non a Friedeburg?»

«Leopold era andato a Herzfeld per passare in rivista le truppe e per conferire a Ernst il Minotauro di Midanich, la più alta onorificenza militare del paese. Io andai con lui. Erano parecchi mesi che non godeva di buona salute, ma era deciso ad affrontare Ernst. Aveva ricevuto dei rapporti, rapporti segreti, dall'interno del castello, sul fatto che Ernst si stava sempre più appoggiando a Johanna perché gli dicesse che cosa fare. Ma la situazione era molto peggio di quanto ritenessimo possibile. Vedere suo figlio in quello stato... La salute di Leopold si deteriorò ulteriormente...»

La contessa rabbrividì a quel ricordo. «Ripensandoci, fu una mossa stupida. Leopold si era infilato in una trappola. Lui, un seguace degli insegnamenti di Machiavelli, non aveva tenuto conto delle fazioni all'interno della corte, con i loro obiettivi politici. Volevano che fosse Ernst il successore perché potevano manipolarlo a loro piacimento, mentre Viktor era un'entità sconosciuta. E c'è chi, nello stesso consiglio di Leopold, non vuole accettare che un cittadino comune, Viktor, succeda al margraviato, nonostante l'instabilità mentale di Ernst.»

Fissò Alec negli occhi. «Sospettiamo che la morte di Leopold non sia stata naturale. Che sia... Che sia stato prima avvelenato e poi, vicino alla fine, *soffocato.*»

«Buon Dio! Assassinato?» Quando la contessa annuì, Alec la guardò accigliato. «Mi dispiace, non ne avevo idea.»

«Non lo sanno in molti. Renderlo noto non servirebbe ai nostri scopi. Sarebbe visto come un patetico tentativo di Viktor di screditare Ernst. Per il momento Ernst è il margravio. Per la maggioranza conservatrice, per il clero e per i soldati della sua guardia personale lui è il margravio perché la successione è stata ordinata da Dio. Anche quando

Viktor vincerà questa guerra, e la vincerà, dovrà conquistare i sostenitori di Ernst se vogliamo una pace duratura. E per farlo, Ernst dovrà cadere sulla propria spada. È per questo che voi siete fondamentale.» «Io?» Alec era sbalordito. «Che cosa potrei mai fare…» «Perché pensate che Ernst abbia fatto rinchiudere il vostro amico? Perché ha chiesto che siate voi in persona a chiedere il suo rilascio?» Strinse il braccio di Alec attraverso la manica di velluto della marsina e spalancò gli occhi. «Perché *lei* vuole vedervi. Lui fa ciò che *lei* vuole. *Lei* vuole voi, ha sempre voluto *voi*. Siete l'unico che può separare Ernst da Johanna, che può attirarla fuori dalle tenebre e quando lo farete… Nessuno vuole un margravio pazzo, per quanto possano essergli stati leali in passato. Il generale Müller crede che sia l'unica chance che abbiamo, e lo pensa anche mio figlio.»

Alec non era solo sbalordito, era scettico. E ciò lo fece sembrare brusco e incredulo.

«Conoscono entrambi la verità su Johanna? Avete riferito loro ciò che vi avevo confidato? E vi hanno *creduto*?»

«Certo. Se si può credere che i figli che Leopold ha avuto dalla prima moglie abbiano la pazzia che scorre nelle loro vene, non è difficile credere al resto, no? Ed è la ragione per cui noi… noi tre, crediamo che avrete successo dove altri hanno fallito, morendo nel tentativo. Secondo noi, solo vedervi ritornare da lei, perché è quello che penserà, sarà sufficiente perché Johanna getti al vento la cautela. L'unico che dovrete convincere è il capitano Westover, capitano delle guardie del corpo del margravio. È possibile che abbia già dei sospetti, ma come altri prima di lui, come il generale Müller, potrebbe non essere in grado di conciliare ciò che vede e ciò che razionalmente non ritiene possa essere vero, anche se lo è! Quindi Johanna deve manifestarsi davanti agli occhi di Westover.»

«Credo di preferire il ruolo di pedina lussuriosa a quello di pedina sacrificale!» ribatté Alec, anche se non contestò il piano. Dopo tutto, aveva tutte le intenzioni di presentarsi al castello e affrontare Ernst, per far rilasciare i suoi amici. Se, facendolo, fosse riuscito ad attirare Johanna dal suo mondo di ombre ed esporre Ernst per ciò che veramente era, beh, avrebbe fatto quel favore a Viktor e al suo generale. «Ma farò ciò che mi state chiedendo solo se vostro figlio mi assicurerà che i miei amici saranno salvi e al sicuro.»

La contessa gli baciò impulsivamente la guancia, più che felice. «Grazie. Ho detto a Henrik che non ci avreste delusi. Non lo biasimo per il suo iniziale scetticismo, ma ora che vi ha conosciuto e ha passato un po' di tempo in vostra compagnia, è pronto ad ammettere che avevo ragione a fidarmi di voi fin dal principio.»

Alec sapeva a chi si stava riferendo, ma lo chiese comunque, sperando che gli avrebbe parlato del suo matrimonio. «Henrik?» «Mio marito. Il generale Müller. Sa tutto di noi. Ho pensato che fosse giusto dirglielo.»

Alec aggrottò le sopracciglia sopra il lungo naso. «Giusto? Quando glielo avete detto?»

La contessa fece spallucce e disse tranquillamente: «Sa di voi dalla prima volta che sono finita a letto con lui, cinque anni fa. Ma ci siamo sposati solo due mesi fa.» Appoggiò la mano sul ventre rotondo. «Non avrei potuto nascondere ancora a lungo questo bambino, quindi ho dovuto fare a meno del normale periodo di lutto per Leopold.» Sorrise ad Alec. «Mi sono ravveduta dopo aver incontrato il mio severo Henrik. Mi ha avvertito che non avrebbe tollerato infedeltà e che se avessi osato guardare un altro uomo mi avrebbe messo sulle sue ginocchia e sculacciato! Lo immaginate! Per non parlare di ciò che avrebbe fatto al mio amante. Come potevo non innamorarmi di un uomo simile?» Si avvicinò e premette il ventaglio aperto sul petto di Alec, confidandogli: «Ma ovviamente non potevo permettergli di riposare sugli allori. Quindi gli ho promesso che avrei fatto la brava, eccetto nel caso in cui voi foste tornato nella mia vita. Sì! L'ho fatto. Ma non avrei mai pensato, nemmeno in sogno, che sareste tornato. Ha ferito un po' il suo orgoglio...»

«*Ferito*?» sbuffò Alec. «Tutta la mia simpatia per il vostro generale. È stato estremamente crudele da parte vostra, Helena. Ciò che mi meraviglia è che non mi abbia messo contro un muro e fucilato la prima volta in cui ci siamo incontrati.»

«È perché lui è come voi. Ha degli scrupoli e principi morali e non agirebbe mai senza una buona ragione. Non avete niente da temere. Dice che gli piacete.»

«Sono lieto di sentirvelo dire. Mi piace anche lui, nonostante non sia particolarmente contento del modo in cui dispensa la giustizia, anche se c'è una guerra in corso.»

«È un soldato. Fa ciò che deve. È anche ferocemente leale verso mio figlio, e crede che sia lui il futuro del nostro paese. E questo me lo fa amare ancora di più. Ah! Eccoli che arrivano!» Annunciò con un sorriso, voltandosi quando la porta si aprì e l'usciere si fece avanti per annunciare sua altezza il principe Viktor, e il nobilissimo generale barone Müller. «Venite!» ordinò la contessa ad Alec, prendendolo a braccetto. «Voglio presentarvi agli altri due meravigliosi uomini della mia vita.»

Il principe era un giovanotto alto e snello con capelli tra il color sabbia e il rosso lunghi fino alle spalle e baffi dello stesso colore. Aveva scintillanti occhi azzurri e gli zigomi eleganti di sua madre. Ma sotto tutti gli altri aspetti era l'immagine di come Alec supponeva fosse stato suo padre Leopold quando era un bel giovanotto di ventidue anni. La somiglianza era abbastanza marcata da far sì che Alec mostrasse la sua sorpresa, e la contessa Rosine gli strinse il braccio, annuendo.

Vestito con un'uniforme militare blu e oro, con gli ordini appuntati a sinistra sul petto e una fascia cremisi che scendeva diagonalmente dalla spalla destra e dalla quale pendeva una croce militare sul fianco, il principe entrò spavaldamente nella stanza e cercò immediatamente sua madre. Testa alta, una mano guantata sull'elsa ingioiellata della sua spada, c'era un'aura di comando intorno a lui, di qualcuno conscio del suo posto all'apice della società e che sapeva che anche tutti gli altri ne erano consapevoli. Si aspettava e riceveva assoluta fedeltà. Eppure c'era un'energia positiva intorno a lui e una tale passione per la vita che chiunque entrava nella sua orbita era contagiato dal suo stesso entusiasmo. Ed era il motivo per cui gli uomini e le donne nella stanza si fecero avanti e circondarono il condottiero che avevano scelto, con applausi e sorrisi.

Alec aveva visto l'ultima volta il principe Viktor quando era un ragazzino di undici anni, dalle spalle strette. Ricordava chiaramente l'ultimo giorno passato insieme, perché avevano fatto navigare il modellino di barca del ragazzo in uno dei molti laghetti ornamentali nei giardini del palazzo di Friedeburg. In maniche di camicia, si erano tolti le scarpe e le calze, avevano arrotolato i calzoni di seta fin sopra le ginocchia e avevano camminato nell'acqua che arrivava ai fianchi del ragazzino. La contessa si era irritata ed era rimasta seduta, con le sue dame di compagnia intorno, sulla riva erbosa, facendo il broncio e dicendo ad Alec che sicuramente lui e suo figlio avrebbero avuto qualche disavventura o che avrebbero perlomeno contratto una febbre per la loro stupidaggine. Alec e il giovane principe l'avevano ignorata. Era una calda giornata estiva e Alec capiva dal sorriso del ragazzo che era felice e grato di avere una scusa qualunque per togliersi la marsina di corte che limitava i suoi movimenti. Alec non ricordava com'era cominciato, ma poco dopo lui e Viktor si stavano spruzzando a vicenda, ignorando la contessa che pestava il piedino davanti alle loro ragazzate, finché furono completamente fradici, dimenticando completamente il modellino di nave.

E ora il ragazzo era cresciuto, era diventato un giovanotto alto che aveva dato inizio a una guerra civile e che, se tutto fosse andato secondo i piani, e con l'aiuto di Dio, sarebbe stato presto il sovrano di quel paese. Ora era abbastanza alto da guardare Alec negli occhi e lo fece quando Alec si raddrizzò dopo l'inchino formale. Ciò che fece dopo sorprese Alec fino a lasciarlo ammutolito, la prima volta da molto, molto tempo in cui non riuscì a trovare le parole. Ma che fece scoppiare una tempesta di applausi tra i cortigiani, che ora formavano un anello intorno al principe Viktor, il generale Müller, la contessa e Alec.

Il principe Viktor si fece avanti e abbracciò Alec, come fosse uno zio preferito che non vedeva da tempo, poi gli prese saldamente la mano, con gli occhi umidi e lucidi.

«È bello rivedervi, *Herr Baron*. Vorrei che le circostanze fossero migliori, ma forse, se il mio paese fosse in pace, non avrei avuto l'opportunità di ringraziarvi...»

«Vostra-Vostra Altezza, non serve...»

«Per favore, permettetemi di ringraziarvi. Avete reso a mia madre e a me un enorme servizio tanti anni fa.» Viktor sorrise alla contessa. «Ho avuto un'infanzia meravigliosa crescendo qui e lei mi dice che è in gran parte dovuto al vostro sacrificio. Quindi, vi prego, accettate con buona grazia i miei ringraziamenti e permettetemi di confermare formalmente l'onore che vi era stato conferito da mio padre. Il generale Müller mi ha informato di ciò che avete fatto per i nostri cittadini a Emden e anche solo per quello vi nominerei nuovamente barone Aurich.» Guardò la mano di Alec e aggrottò la fronte. «Ma non portate l'anello? Lo avete ancora, spero?»

«Sì, Vostra Altezza» rispose Alec e frugò in fondo a una tasca della marsina, consegnando al principe la scatoletta di velluto. «Pronto da restituire al suo legittimo proprietario.»

«Voi, *Herr Baron*, siete il suo legittimo proprietario» dichiarò Viktor. Tolse l'anello dalla scatola e lo infilò all'anulare della mano destra di Alec. «Ecco qual è il suo posto, finché vivrete.» Diede una stretta alla mano di Alec prima di lasciarla andare e fare un passo indietro, con un piccolo inchino e un sorriso. Poi si voltò a osservare la cerchia di cortigiani e annunciò il titolo di Alec, e il suo tono e lo sguardo dicevano che si aspettava che si inchinassero e facessero la riverenza al barone Aurich, cosa che i cortigiani si affrettarono a fare. Soddisfatto, fece poi un annuncio alla compagnia riunita che non solo provocò un altro applauso ma fu punteggiato di sospiri e mormorii di eccitazione misti a trepidazione: «Dopodomani, cavalcherò verso Herzfeld con il generale Müller, il barone Aurich e le nostre truppe. Prenderemo il castello e porremo fine a questa guerra così che la nostra gente possa finalmente vivere in pace. Nessuno dovrà più inchinarsi davanti a un tiranno o a una potenza straniera. Midanich reclamerà il suo posto di diritto all'interno del Sacro Romano Impero.»

Alzò una mano, ringraziando per l'applauso e per zittire i cortigiani perché lo ascoltassero. E quando ottenne la loro completa attenzione, fece cenno ad Alec di venire avanti, poi voltò la testa e parlò al generale Müller, che gli rispose parlandogli all'orecchio, con lo sguardo fisso su Selina che era in mezzo ai cortigiani accanto al ciambellano di corte. Il principe andò immediatamente da lei e con un inchino le offrì il braccio. Poi la portò da Alec, e la coppia si scambiò appena uno sguardo, entrambi imbarazzati per essere al centro di tanta attenzione.

«Oggi non penseremo alla guerra! Oggi festeggeremo» continuò il principe. «Oggi il mio buon amico, il barone Aurich, si sposerà e ci sarà un banchetto e balli e faremo festa fino a notte!»

Quando scoppiò l'applauso, Selina guardò Alec con aria interrogativa, perché non aveva capito una parola. Il principe aveva parlato in tedesco.

Alec si chinò a parlarle, per farsi sentire sopra il frastuono: «Questo sarà l'ultimo giorno del resto delle nostre vite in cui si rivolgeranno a voi come signora Jamison-Lewis.»

Selina fissò il volto sorridente di Alec sbattendo le palpebre, incerta sul significato della frase, quindi lui glielo disse, e Selina ansimò, e sorrise dicendo con una nota di meraviglia nella voce: «Ci sposeremo... *qui*?»

Alec annuì e le tese la mano. Lei la prese, con le lacrime che brillavano sulle ciglia.

«Il mio solo rimpianto,» continuò Alec baciandole la mano e suscitando altri applausi, «è che la nostra famiglia, mio zio, vostra zia, Cosmo ed Emily, non siano qui per condividere questa giornata con noi.»

Selina annuì proprio mentre il principe distoglieva l'attenzione da sua madre e dal generale Müller per rivolgersi a lei e ad Alec in francese.

«Il generale Müller mi informa che avete portato un regalo per me da parte del vostro re Giorgio. Con il vostro permesso vorrei svelare il regalo al ricevimento di nozze, perché mi dicono che offrirà un momento di divertimento a tutta la corte. Anch'io ho un regalo per entrambi voi. Ma questo regalo non può aspettare fino alle nozze.» Sorrise e alzò le sopracciglia con uno scintillio malizioso negli occhi. «Sono sicuro che specialmente voi, *Madame* Jamison-Lewis, apprezzerete il suo conforto e il suo sostegno prima e durante la cerimonia. E mia madre dice che è molto crudele da parte mia negarlo a entrambi. E quindi non aspetteremo un momento di più.»

Fece un cenno al ciambellano di corte che a sua volta lo fece a due camerieri in livrea che si avvicinarono al cerchio di cortigiani e ruppero la fila continua facendo spostare i nobili a destra e a sinistra, aprendo un corridoio per il ciambellano di corte che si posizionò al centro del cerchio per fare un annuncio. Selina e Alec si guardarono per un attimo e poi fissarono ansiosamente lo sguardo sulla porta della sala delle udienze che si stava spalancando. Non avendo avuto nessuna indicazione di che cosa potesse essere il loro regalo di nozze, erano aperti a qualsiasi possibilità. Eccetto una.

Il regalo non era un oggetto o un animale ma una persona: Emily. Non era mai sembrata più adorabile o più felice e sorrideva da un orecchio all'altro. Dopo una riverenza rivolta a tutti i presenti e poi al principe Viktor e alla contessa Rosine, volò verso Selina e Alec in una nuvola di cotone stampato e sottogonne trapuntate e abbracciò Selina.

«Oh, sono così felice che siate finalmente arrivati!» Annunciò e guardò Alec che la stava fissando come se fosse un'apparizione. «Mi siete mancati entrambi terribilmente. Questo non è un posto veramente magico?»

La sorpresa di Selina fu tale che le cedettero le ginocchia, scivolò fuori dall'abbraccio di Emily e crollò al suolo svenuta.

VENTIDUE

ERANO PASSATE DUE ORE DALL'IMBARAZZANTE SVENIMENTO DI Selina davanti all'intera corte ribelle per il colpo di aver visto Emily. Alec l'aveva afferrata prima che colpisse il pavimento e lei si era svegliata tra le sue braccia, assicurandogli di star bene, ma chiedendosi se Emily fosse uno spettro. E lì c'era la sua bionda cugina, accucciata accanto a lei sul pavimento che le teneva la mano. Tante domande le si erano affollate nella mente e aveva visto che anche Alec era sorpreso e confuso quanto lei e pieno di domande. Ma erano circondati dai cortigiani e non le era stato permesso di muoversi finché il medico di corte le aveva dato il permesso.

Poi era stata aiutata a salire su una portantina e due portatori robusti l'avevano sollevata e portata nelle sue stanze nella torretta, con Emily che la seguiva accanto ai portatori.

Ad Alec non era stato permesso di andare con lei. Gli sposi dovevano restare separati fino alla cerimonia. Rassicurato dal medico di corte che Selina era incolume e che si sarebbe ripresa completamente, e da Selina stessa, Alec aveva permesso al principe Viktor, al generale Müller e a parecchi cortigiani di portarlo via. Il principe aveva detto che aveva delle questioni da discutere con Alec riguardo all'assalto della fortezza del suo fratellastro e il generale Müller aveva aggiunto la sua voce, dicendo che voleva che Alec dicesse loro come era riuscito a fuggire dalle segrete del castello di Herzfeld tanti anni prima.

Nell'appartamento della torretta, Selina fu assistita da una mezza dozzina delle cameriere della contessa e da Evans, che svolazzava nella stanza canticchiando sottovoce, felicissima che la sua padrona sposasse finalmente lord Halsey; Selina sospettava che se anche avesse avuto solo un sacco da indossare per la cerimonia, la sua compagna sarebbe stata altrettanto contenta. Per come stavano le cose, tutto ciò che aveva da indossare era un abito da giorno di velluto con le sottogonne trapuntate, stropicciate quasi irrimediabilmente dopo essere state ficcate nell'unico *portemanteau* che era stato loro permesso di portare per il viaggio in slitta. Non il più ricco o il più bello dei vestiti per una cerimonia nuziale. Ma a Selina non importava. Stava finalmente per sposare Alec, ed Emily era incolume.

Era ancora stordita a quel pensiero mentre era seduta su una chaise longue, al caldo vicino al camino, fresca di bagno con una banyan di seta sopra la biancheria e una coperta di lana sulle ginocchia, ad ascoltare Emily che chiacchierava del tempo passato allo *Schloss* Rosine. Sua cugina era sana e salva, e all'apparenza incolume. La cosa più sorprendente era che sembrasse inconsapevole del pericolo, della morte e delle privazioni che esistevano a causa della guerra civile oltre le mura ben protette di quel santuario.

Selina poteva pensare a diverse parole per descrivere la loro situazione e il paesaggio invernale, per non parlare delle ultime due tormentate settimane, e le parole usate da Emily, *magico* e *incantevole* non erano tra quelle. Ma non voleva disilludere la giovane cugina. Né aprirle gli occhi su ciò che succedeva oltre le mura di quell'oasi di pace protetta dalla presenza di centinaia di soldati. Avevano tutti bisogno di ritemprarsi lo spirito e quale modo migliore di una festa di nozze? Aveva sempre immaginato che il suo matrimonio con Alec sarebbe stata un'occasione gioiosa, ma non aveva mai sognato che avesse luogo in un paese straniero, nel bel mezzo di una guerra. Ma era sicura che quel giorno e quella notte sarebbero stati la celebrazione di tutto ciò che di bello c'era nelle loro vite. L'umore felice di Emily li avrebbe aiutati a ottenerlo.

Eppure Selina non riuscì a reprimere la sua curiosità. Doveva sapere come Emily fosse finita allo *Schloss* Rosine e non al castello di Herzfeld con Cosmo. Era sicura che Alec glielo avrebbe chiesto alla prima occasione, nonostante il ricevimento di nozze.

«Oh, è semplice, ma complicato da spiegare» disse Emily tranquillamente, per nulla turbata. «E farò del mio meglio per non fare confusione.» Si sistemò contro i cuscini ricamati del sedile sotto la finestra. «Arrivati al porto di Herzfeld, Cosmo andò al castello con *Herr* Luy… Luytens? Sì, *Herr* Luytens, il console britannico. La signora Carlisle e io restammo a bordo. Cosmo non aveva voluto saperne di farsi accompagnare da noi. Aveva detto che sarebbe rimasto assente solo qualche ora. Lui e *Herr* Luytens dovevano consegnare un plico di pomposa corrispondenza diplomatica. E sembrava veramente pomposa, nella sua cartella di pelle rossa con le scritte d'oro. Penso che venisse dal re... E mentre Cosmo era via, la signora Carlisle e io avremmo dovuto prepararci per proseguire il viaggio oltre lo stretto verso la Danimarca.

«Cosmo aveva detto che era tutto organizzato. E la nave era in porto. Ce l'aveva anche indicata. Così aspettammo, e aspettammo e *aspettammo*. Ma al mattino del giorno dopo ci decidemmo a sbarcare con il bagaglio e le valigie di Cosmo e andare al molo pronte per il breve viaggio in chiatta fino alla nuova nave. E mentre eravamo sul molo ad aspettare con i nostri bagagli, vedemmo uno stranissimo spettacolo.»

Emily si chinò in avanti, con gli occhi spalancati.

«Soldati! Troppi per contarli! Invasero il molo come formiche ed erano anche altrettanto silenziosi. E proprio come le formiche, scomparvero nelle crepe e negli anfratti sotto i nostri occhi, perché un minuto prima erano lì e quello dopo... puff... spariti! Si erano nascosti sottocoperta a bordo delle navi e al buio nei magazzini. Fu vedere questi soldati che fece decidere alla signora Carlisle che anche noi dovevamo nasconderci. Disse che se non si sbagliava di grosso, eravamo sul punto di essere prese in mezzo a una scaramuccia tra due forze rivali. E non fu mai detta cosa più vera! È stata la cosa più eccitante che abbia mai visto, Selina!»

Emily ridacchiò dietro al ventaglio a quel ricordo; Selina era pietrificata al pensiero che la sua giovane cugina potesse essere così indifferente davanti all'evidente pericolo in cui lei e la sua compagna si erano trovate. Ma restò in silenzio e la lasciò continuare.

«Quindi ci nascondemmo dietro ad alcune grosse balle. Erano piene di tessuti, o cotone, o forse era lana. Non importa, erano grandi ma potevamo comunque vedere quello che succedeva lungo il molo guardando dallo spazio tra le balle. Arrivarono altri soldati, ma questi uomini marciavano in formazione, con i moschetti in spalla e un capitano che sbraitava degli ordini. Ovviamente non avevamo idea di cosa stessero dicendo perché era tutto in tedesco. Questi soldati salirono solo su una nave, quella con cui eravamo arrivate con Cosmo. Mentre i soldati che avevano invaso il molo come formiche, che poi scoprii essere in effetti i soldati del principe Viktor, restavano nascosti.

«Fu solo quando i soldati che ispezionavano la nave cominciarono a camminare su e giù per il molo, interrogando gli operai che stavano lavorando, rovesciando le casse e spingendo da parte le balle, che la signora Carlisle capì che non stavano cercando i soldati nascosti ma noi. Perché altrimenti avrebbero ispezionato solo una nave, proprio quella su cui eravamo arrivati noi, e nessuna delle altre? Lei aveva una sensazione *nelle ossa*... furono le sue parole esatte, che ci fosse qualcosa che non andava. Specialmente perché Cosmo non era ancora tornato. Ora, ripensandoci,» rifletté meravigliata, ed era la prima volta che le veniva in mente, «temo che la signora Carlisle si sia sacrificata perché io potessi fuggire...» Guardò Selina e sorrise esitante. «Quegli uomini, al castello, la tratteranno con il rispetto dovuto alla compagna di una signora, vero, Selina? La tratteranno bene come hanno trattato me, qui allo *Schloss* Rosine, giusto? Dovrebbero... Sono sicura che lo faranno... E se ci fosse qualche difficoltà, so che Cosmo andrebbe in suo aiuto e si assicurerebbe che le accordino tutto il rispetto dovuto. Vero, Selina?»

Selina le restituì il sorriso e cercò di sembrare rassicurante. Anche se non credeva a una parola di ciò che disse. Era stupita di come potesse dare senza fatica una risposta così superficiale da rassicurare sua cugina, perché non se la sentiva di dirle cosa temeva potesse veramente essere successo a Cosmo e alla signora Carlisle.

«So, sappiamo entrambe, che se Cosmo ne è in grado, farà tutto ciò che può per proteggere la signora Carlisle. Si assicurerà che le siano fornite tutte le comodità e ogni considerazione... Quindi, se ho capito bene, la signora Carlisle si è consegnata a questi soldati, e loro non si sono resi conto che ti avevano lasciata lì?»

Emily annuì con entusiasmo.

«Sì! È esattamente così. Si è presentata a quei soldati dicendo di essere me e perché non avrebbero dovuto credere che stava dicendo la verità? E quindi hanno lasciato quasi subito il porto con lei. È stato allora che gli altri soldati sono usciti dai loro nascondigli e, con mia grande sorpresa, con loro c'era la contessa. Era lei che stavano proteggendo. Non l'avevamo assolutamente vista tra di loro quando erano arrivati sul molo perché indossava un mantello con il cappuccio ed era circondata da un gruppo di soldati. È stato vederla che mi ha fatto decidere a mostrarmi.»

«Mostrarti a questi altri soldati, quelli che avevano invaso il molo come formiche e poi si erano nascosti e che avevano in custodia la contessa?» ripeté Selina, cercando di chiarire nella sua mente la storia complicata di Selina.

«Sì. Ma non era loro prigioniera. Quei soldati l'avevano aiutata a fuggire dal castello dove la tenevano prigioniera. E quando vidi un ufficiale, che poi si dimostrò essere il generale Müller, andare da lei, abbracciarla e baciarla, felicissimo di vederla, e lei di vedere lui, ho capito che avrei potuto chiedere il loro aiuto.» Sospirò felice e fissò il ricco arredamento, rivivendo quel momento. «Vederli riuniti è forse la scena più romantica cui abbia mai assistito! Migliore di qualunque spettacolo teatrale.»

«Romantico» ammise Selina. «Ma perché pensavi che ti avrebbero aiutata?»

Emily rise ancora, nascondendo la bocca dietro il ventaglio.

«Oh, Selina, non essere stupida! Tu, specialmente tu, devi sapere perché. Perché le coppie innamorate non possono essere cattive, no? Essere innamorati rende felici le persone e vogliono che tutti intorno a loro condividano la loro felicità, e che siano felici anche loro. Si vedeva che il generale Müller e la contessa Rosine erano molto innamorati e tanto felici di vedersi che sarebbero stati ben disposti verso di me. E mi hanno trattato molto bene. Vuoi una tazza di tè?»

«Sì. Sì, hai ragione» ammise sottovoce Selina, meravigliata dall'ingenua intuizione di Emily. «E sì, una tazza di tè andrebbe bene. Grazie, carissima.»

Selina guardò Emily saltare giù dal sedile e scuotere le sottane mentre due cameriere portavano il carrello del tè verso la chaise longue, facevano una riverenza e se ne andavano, lasciando Emily a servire il tè. Cercò di mantenere neutro il tono di voce quando chiese: «Quindi sei venuta qui allo *Schloss* Rosine in compagnia del generale Müller e della contessa Rosine, ed è qui che sei stata presentata a sua altezza il principe…?»

«Oh, no. Noi… Viktor… Sua altezza… Noi siamo stati presentati alla periferia di Herzfeld. Stava aspettando di scortare sua madre qui, a casa loro» spiegò Emily, trafficando con il servizio da tè. Di colpo un pensiero le attraversò la mente e lei alzò gli occhi dalla teiera d'argento, sgranando gli occhi azzurri. «Sai che la vostra sarà la seconda cerimonia nuziale cui partecipo in due mesi, e nella stessa cappella in cui tu e Alec vi scambierete i voti. Il generale Müller e la contessa Rosine si sono sposati quasi subito dopo essere arrivati qua da Herzfeld. E proprio come te e Alec, hanno passato la loro notte nuziale qui, nell'appartamento della torretta. È stata una cosa affrettata e piuttosto segreta, perché il generale doveva partire per Emden a capo del suo reggimento come parte dell'esercito del margravio, proprio il giorno dopo. E perché…» Emily abbassò gli occhi, arrossendo imbarazzata, e parlò sottovoce, continuando a sistemare tazze e piattini. «Perché la contessa era incinta di cinque mesi e non sapevano quando o se il generale sarebbe tornato.»

«Quindi era importante che si sposassero proprio allora, così che potesse andare a combattere sapendo di avere una moglie e un figlio da cui tornare. È ironico, ma è in tempi di guerra che il desiderio di vivere e tutto ciò che è importante per noi, emergono con forza.»

Emily porse a Selina una tazza di tè e mise lattiera e zuccheriera sul tavolino davanti a lei.

«Sono così felice che tu e Alec finalmente vi sposiate, e questo pomeriggio. È ciò che volevate da tanto tempo e adesso, finalmente, ci siamo! Spero solo... Spero che con questa guerra, con tutto ciò che ci sta succedendo attorno, riusciamo tutti a sopravvivere... Oh! Selina! Oh! Sono così contenta che tu e Alec mi abbiate trovato!»

Selina mise da parte la sua tazza e aprì le braccia per accogliere Emily, che per la prima volta permise alla sua maschera spensierata di cadere e non riuscì a frenare le lacrime. Emily le cadde tra le braccia e restò lì, rannicchiata contro sua cugina sulla chaise longue, con la mano fresca di Selina tra i capelli biondi. Finché Emily finalmente si rialzò e chiese, timorosa: «Pensi... *Credi* che Cosmo e la signora Carlisle siano ancora *vivi*?»

«Sì! Certo che lo credo!» rispose immediatamente Selina, perché lo credeva veramente. «Come Alec e io abbiamo sempre saputo che ti avremmo trovato viva e in buona salute. E, così, troveremo anche Cosmo. Ne sono sicura.» Sorrise e cercò di sembrare allegra. «E sono sicura che si starà occupando anche della signora Carlisle.»

«Ma se sono ancora dentro al castello...» Emily si interruppe. «Ho sentito qualcosa di quel posto, abbastanza da essere molto lieta di essere qui e non là, anche se sua altezza e la contessa hanno cercato in tutti i modi di non parlarne. So che Alec è stato prigioniero là per qualche tempo, e che è riuscito a fuggire dalle segrete, e mi dicono che di per sé è un vero miracolo. E tutti quelli che parlano di Herzfeld lo fanno con estremo disagio.»

Selina guardò Emily e le prese la mano. «Ho fiducia che Alec e il principe e le truppe che porteranno con loro a Herzfeld libereranno Cosmo e la signora Carlisle, e li porteranno al sicuro. Devo crederlo, e anche tu. Ora cerchiamo di non continuare a pensare a cose tristi, per oggi» aggiunse, obbligandosi a sorridere. «Sto finalmente per sposare l'uomo che amo, questo pomeriggio, con somma gioia di Evans, che non riesce a smettere di canticchiare per l'eccitazione all'idea di vedermi come lady Halsey, e tu, mia cara, sarai accanto a me come damigella. Per non parlare poi del banchetto meraviglioso che ci sarà. Quindi abbiamo tutto ciò che serve per essere felici e almeno potremo regalare un pomeriggio e una sera che non dimenticheranno mai ai nostri uomini che domani cavalcheranno verso il pericolo, d'accordo?»

Emily annuì entusiasta.

«Senza dubbio in questo momento stanno pensando a poco altro se non a godersi un pomeriggio di buon cibo e buone bevande, anche se sono sicurissima che Alec sarà così nervoso alla prospettiva di presentarsi davanti al reverendo Shirley e a un'intera corte di nobili stranieri, che non riuscirà a pensare ad altro. Ora dobbiamo bere il tè e prepararci. Ma prima, perché non mi mostri l'abito che hai deciso di indossare?»

Nonostante la sua dichiarazione fiduciosa, che risollevò immediatamente lo spirito a Emily, Selina non credeva alle proprie parole. Gli uomini non stavano sicuramente pensando a matrimoni e ricevimenti, ma di certo si stavano, giustamente, preoccupando del modo di infiltrarsi e occupare il castello di Herzfeld. E aveva ragione.

«NON CAPISCO... NON PUÒ ESSERE VERO!»

Era il generale Müller. Ed era incredulo e quindi furioso. Era in piedi al lato opposto del grande tavolo sulla cui superficie c'era una mappa dettagliata del castello di Herzfeld e delle sue fortificazioni, con le nocche appoggiate sul tavolo ma lo sguardo fisso su Alec.

Il generale, Alec e il principe Viktor erano gli unici occupanti della sala del gabinetto, con la sua vista sul campo da parata. Armi medievali adornavano una parete, un'altra era coperta dal pavimento al soffitto da un casellario contenente rotoli di pergamena con le mappe, vecchie e nuove, di Midanich e degli elettorati vicini. Nel centro della stanza c'era il tavolo con la grande mappa.

I generali del principe e i suoi consiglieri erano stati congedati. La scusa era stata che l'ora del matrimonio si stava avvicinando in fretta e lo sposo avrebbe dovuto avere un po' di tempo da solo con i suoi aiutanti per raccogliere le idee e il coraggio. La verità era che Alec non aveva bisogno di coraggio. Non vedeva l'ora di essere davanti al reverendo con Selina, ma ciò che doveva confidare al principe e a Müller riguardava il loro assalto al castello di Herzfeld del giorno dopo, e quindi era segreto.

Il principe, che si stava mordicchiando un pollice, concentrato mentre studiava la mappa tracciando con gli occhi la disposizione delle mura nordoccidentali del castello a forma di stella che correvano parallele alla costa, alzò gli occhi allo scatto del generale Müller. Disse piano: «Alec Halsey non mente, *Herr General*.»

Müller si riscosse immediatamente e mormorò delle scuse, che Alec accettò di buona grazia, parlando altrettanto piano. Quando il silenzio si dilungò, il principe distolse l'attenzione e lo sguardo dalla mappa e guardò prima il marito di sua madre poi il vecchio amante, sorrise tra sé e incrociò le braccia sul panciotto di seta e fili d'oro, senza riguardo per l'opera meticolosa del suo valletto e il ricamo delicato. Una marsina altrettanto abbagliante, negli stessi colori, era appoggiata su una delle sedie dall'alto schienale e accanto alla sedia c'era il valletto del principe, pronto a occuparsi della giacca e di qualunque altra cosa fosse necessaria per assicurare che il suo regale padrone fosse al massimo dell'eleganza sartoriale per il matrimonio. Nella stanza c'era anche Hadrian Jeffries, sull'attenti tre sedie più in là, con un incarico simile riguardo alla marsina di Alec e alla scatoletta di velluto contenente due fedi d'oro, e con le orecchie ben aperte per ascoltare la conversazione. Che i valletti fossero presenti a una conversazione molto privata tra un principe, un generale e un nobile straniero non era considerato degno di nota dai primi due; dopo tutto erano solo dei lacchè. Eppure, Alec guardò più di una volta in direzione di Hadrian per controllare se stesse facendo attenzione. Lo fece in quel momento, prima di spostare lo sguardo sul principe quando gli parlò.

«Per favore, *Herr Baron*, potreste ripetere ciò che avete appena detto e poi spiegarvi? Ammetto di essere sbalordito, anche se non posso non credervi.»

«Certo, Vostra Altezza» rispose Alec in tono pacato. Si schiarì la voce, si tolse gli occhiali e ripeté ciò che non aveva detto ad anima viva da quando era fuggito da Midanich dieci anni prima. «Non sono scappato dalle segrete di Herzfeld. Né con la forza, né con la magia, né con qualunque altro mezzo a mia disposizione. Ci sono solo due modi per lasciare quel… *posto*. Uno è morire. L'altro è essere liberati. Fortunatamente per me è intervenuta la seconda alternativa e fu Leopold a venire in mio soccorso. E fu Leopold a diffondere la voce che ero riuscito a orchestrare la mia fuga con l'astuzia e la temerarietà.»

«Perché?» chiese Müller, ancora scettico. «Perché perpetuare il mito della vostra fuga? Perché permettere questo mito, che uno straniero fosse stato capace di trovare il modo di fuggire da una segreta che per almeno un secolo era stata ritenuta, e ora scopriamo che era vero, senza alcuna via di uscita?»

«Posso solo pensare che volesse dare una falsa speranza alle famiglie di coloro che avevano i loro cari rinchiusi tra quelle cupe mura, che avessero qualche possibilità di fuga, cosa non vera» rispose Alec senza esitazioni. «Era una speranza crudele, ma comunque una speranza. Ma non è quella la ragione per cui Leopold lo fece. Gli serviva una spiegazione plausibile per la mia fuga, una che Ernst e Johanna potessero accettare e che non implicasse lui o la contessa.»

«E perché il margravio Leopold si sarebbe dato tanta pena per voi,

Herr Baron?» chiese il generale Müller, anche se aveva già un'idea di quale sarebbe stata la risposta. Voleva comunque sentirlo dire da Alec.

Quando Alec esitò a rispondere, il principe Viktor lo fece per lui, perché sentiva la riluttanza di Alec a dichiarare la verità davanti a lui, e perché non voleva suscitare l'ira del generale. C'entrava la contessa Rosine, ma sua madre non gli aveva mai nascosto nulla. Sapeva tutto delle sue relazioni amorose e del matrimonio aperto con il suo anziano padre. E sapeva che Alec Halsey, quando era un giovane diplomatico, era stato uno degli amanti di sua madre e che l'aveva resa felice, proprio come sapeva che il generale Müller amava sua madre e la rendeva felice adesso. Ma sentiva anche che il generale era, anche se solo un po' e senza che ce ne fosse bisogno, geloso della storia che questo bell'inglese condivideva con la contessa.

«Perché fu mia madre a chiederlo a mio padre, Henrik» disse piano il principe. «Ma voi lo sapevate, come sapete tutto della contessa e di *Herr Baron*. Proprio come sapete che fa parte del passato e lì resterà. *Herr Baron* sposerà la donna che ama tra meno di due ore e la donna che *voi* amate, mia madre, darà alla luce vostro figlio tra meno di un mese; se Dio vorrà in un paese finalmente in pace.»

Alec era pieno d'ammirazione per la padronanza di sé del giovane e capì in quel momento, senza alcuna riserva, che nel principe Viktor la gente di quel piccolo margraviato ai margini del Sacro Romano Impero aveva un valido successore del padre, il margravio Leopold. Anche il generale Müller lo sapeva, da mesi, se non da anni, e fu adeguatamente contrito.

«Perdonatemi, Altezza» ammise il generale Müller, chinando leggermente la testa davanti al giovane principe. Poi, con un gesto conciliatorio, chinò la testa anche verso Alec. «Vi prego, accettate le mie scuse, *Herr Baron*. Voi siete stato giusto e ragionevole. E io solo ingiustamente invidioso... Non dubiterò più di voi o della vostra storia. Per favore, continuate, *Herr Baron*.»

Alec inclinò la testa e continuò.

«Il mito della mia fuga attecchì perché nessuno osò fare domande a Leopold. Se aveva detto che era ciò che era successo, così era. Tutto ciò che gli importava, però, era che Ernst lo credesse. E se Ernst lo credeva, lo avrebbe creduto anche Johanna.»

«Lo hanno creduto tutti, *Herr Baron*» dichiarò il generale Müller. «La vostra fuga dal castello di Herzfeld è diventata una leggenda, e voi un eroe agli occhi di molti, in particolare di quelli tra la nostra gente scontenti e stanchi che il nostro paese fosse un luogo di passaggio per le potenze straniere e che avevano manifestato contro quella che vedevano come la capitolazione del margravio nei confronti degli interessi stranieri.»

«Una metafora, se volete, dell'impossibile che supera il probabile. Alec Halsey era Midanich, le segrete del castello di Herzfeld il giogo dell'invasione straniera, la sua fuga un miracolo che tutti bramavano.»

«Proprio così, Altezza» ammise Müller con un raro sorriso. «Quindi come siete riuscito a fuggire dal castello, *Herr Baron*?»

«Leopold venne a farmi visita nelle segrete» spiegò Alec, senza riuscire a frenare il rossore che salì alle guance magre. Tutto quel parlare di leggende ed eroi lo metteva a disagio. «Con lui c'era uno dei suoi attendenti personali con un pesante travestimento. Ci scambiammo di posto, l'attendente e io, e io uscii con Leopold, con quel travestimento. Attraverso un labirinto di alloggi sotterranei mi condusse a una grata di ferro. La aprì e mi mostrò delle scale che portavano alle fognature, in profondità sotto gli alloggi militari. Poi mi diede le indicazioni, una torcia e i documenti che vi ho presentato, *Herr General*.»

Alec si rimise gli occhiali per guardare la mappa da vicino e mise un dito su un punto lungo la linea costiera nordoccidentale.

«Qui. Ecco perché ho menzionato queste mura che danno sull'oceano. Con la bassa marea l'entrata delle fognature è visibile, ma la vedono in pochi, perché bisognerebbe essere su una barca, in mare, in quel particolare momento del giorno. Anche se la bocca del tunnel è alta solo a sufficienza per camminare chini, una volta dentro, si amplia tanto che perfino l'uomo più alto potrebbe facilmente camminare eretto. Ed è abbastanza largo da permettere a venti uomini di non sentirsi stretti. Con la bassa marea, gli scarichi restano al centro del canale e lasciano i lati asciutti. Con delle torce i vostri soldati non avrebbero difficoltà a percorrere il tunnel fino alla grata di ferro. Non si può mancarla, perché c'è una scala.»

«Proponete che porti un'unità in questo scarico e penetri nel castello in questo modo?» chiese il generale Müller.

«No. Condurrò io le truppe nello scarico» disse il principe Viktor, riportando l'attenzione sulla mappa.

Passò un dito diagonalmente attraverso il profilo dettagliato del castello dal muro nordoccidentale esterno e il generale e Alec seguirono il movimento. Il dito oltrepassò il centro degli edifici del palazzo e proseguì fuori oltre il fossato e poi fuori ancora attraverso le mura difensive sudorientali, fino alla cittadina di Herzfeld. Lì si fermò e batté il dito sul gruppetto di edifici.

«I nostri soldati hanno occupato la città qualche settimana fa, prima della neve, e ora bivaccano lì, con i cannoni e i moschetti, aspettando ordini.» Guardò Alec e poi Müller. «Dovremmo avere un contingente di uomini, non più di un centinaio, pronti a fare irruzione nel castello, ma solo dopo che avrete assicurato l'accesso. E una volta dentro e in grado di farlo, apriremo i cancelli e li faremo semplicemente entrare.» Ridacchiò. «Prenderemo esempio da mio padre e creeremo il nostro mito di come meno di cento soldati abbiano assaltato Herzfeld e ci abbiano dato la vittoria, ponendo fine alla guerra.»

Alec capì immediatamente. «La vittoria sarà montata ad arte. Avverrà solo dopo aver tolto il castello a Ernst. Un colpo di stato senza spargimento di sangue, se volete.»

«Esattamente. È ciò che dovrà succedere. È stato sparso abbastanza sangue fraterno e voglio che questa guerra finisca prima che l'inverno cominci sul serio, e che gli uomini da entrambe le parti comincino a morire congelati nei rispettivi accampamenti. Il generale Müller arriverà alle porte con parecchi dei suoi uomini e voi come ostaggio; Ernst non ha idea che il suo colonnello sia un traditore, quindi nessuno avrà sospetti e sarà fatto entrare immediatamente. E mentre vi porteranno davanti a Ernst, gli uomini con voi spariranno in silenzio negli alloggi dei soldati e apriranno la grata per consentire a me e ai miei uomini di entrare nel castello. Una volta che i soldati con me si saranno sparpagliati per tutto il palazzo e i terreni del castello, vi troverò, potete starne certo. Ciò che serve, poi, è che il capitano delle guardie si arrenda. Quando lo farà, l'intero corpo di guardia del palazzo farà lo stesso, e con Ernst lasciato senza difese... Dovrà arrendersi... Si arrenderà.»

«Come intendete convincere Westover, Altezza?» chiese il generale Müller. «Le informazioni che abbiamo raccolto indicano che è caparbiamente fedele a Ernst, come lo era al margravio Leopold.»

Il principe Viktor diede un'occhiata ad Alec e disse: «Se *Herr Baron* reciterà bene la sua parte, Westover non avrà altra scelta che arrendersi. Aprirà finalmente gli occhi.»

Il generale Müller aggrottò la fronte, sorpreso. Eppure sapeva a che cosa stava alludendo il principe. Si rivolse ad Alec. «Pensate di riuscire in quello che nessuno è ancora riuscito a fare? Far uscire la principessa Johanna dalle tenebre, davanti a un pubblico?»

Alec gli rivolse un sorrisetto sghembo e disse, spavaldo: «Sono riuscito a fare un miracolo una volta, fuggendo da un luogo da cui non si può fuggire, quindi perché non rifarlo?»

«Ah! Usando la magia?»

«Sì, se dobbiamo attirare il diavolo fuori dalle tenebre.»

«Io non ho mai... Non ho mai *visto* Johanna» ammise in tono sobrio il principe. «Ho solo la parola di Müller al riguardo, e la vostra,

Herr Baron. Credo a entrambi, e vi crede anche mia madre. Ma mi perdonerete se darò voce al mio scetticismo. Continua a essere difficile credere alla verità della sua esistenza, di che cosa sia veramente. Potete capirne il motivo, vero?»

«Perfettamente» risposero all'unisono i due uomini e, sorpresi, inclinarono le teste l'uno verso l'altro, con un sorriso.

«Credo che Leopold sapesse fin da quando erano nella culla che i suoi gemelli erano fuori dall'ordinario» disse sommessamente Alec. «Man mano che crescevano e diventavano più uniti, per lui divenne impossibile separarli, fare qualcosa per il loro singolare attaccamento. E poi, quando Johanna si ammalò... Era già troppo tardi. A quel punto, tutto ciò in cui vostro padre poteva sperare era che, col tempo, Ernst riuscisse a liberarsi dalla sua influenza, almeno tanto da poter governare. Ma poi l'ossessione di Ernst nei miei confronti e la gelosia di Johanna per la nostra amicizia dimostrarono chiaramente a Leopold che Ernst non sarebbe mai guarito.»

«Ma il margravio Leopold era testardo, Altezza» disse il generale Müller, d'accordo con Alec, rivolgendosi al principe. «Si rifiutava di ammettere di aver messo al mondo una creatura simile. Si svegliava ogni mattina credendo che quello fosse il giorno in cui Ernst avrebbe finalmente bandito Johanna. Non importava che il suo ciambellano di corte e il miglior amico di suo figlio, io, gli dicessimo che non era possibile. Non importava che le prove fossero lì, davanti ai suoi occhi, quando andava a far visita agli appartamenti di Johanna e vedeva sua figlia con i suoi occhi. Lei si vestiva con tutta la magnificenza possibile, circondata dai suoi servitori muti, schiavi intrappolati nei suoi appartamenti con lei. Lei intratteneva, o meglio torturava, qualche povero cristo di uomo, portatole da Ernst perché lo usasse come un giocattolo, e che sarebbe morto prima del mattino, perché la verità non trapelasse. Quegli uomini non contavano, la loro morte non era un problema, perché li trovava tra le classi più infime e nessuno si preoccupava per la loro sparizione.»

Il generale tirò il fiato e cercò di calmarsi. Né il principe né Alec lo interruppero, anche se si scambiarono un'occhiata, che indicava chiaramente che si rendevano entrambi conto che Müller parlava per esperienza personale, era stato testimone di quei fatti. Fu come se avesse letto nelle loro menti, o avesse colto la loro occhiata, perché confermò il loro sospetto dicendo a bassa voce: «Ci furono solo due casi in cui Johanna si lasciò persuadere da Ernst a mostrarsi fuori dai suoi appartamenti. Una volta, con me. Fortunatamente avevo già dei sospetti quindi non reagii e, per fortuna, scoppiò un incendio in alcune stanze non lontane dall'appartamento di Ernst, quindi lei fu obbligata a rientrare nell'ombra quando i servitori si precipitarono nella stanza per allertare il principe del pericolo.» Guardò Alec. «La seconda volta è stato con voi, *Herr Baron*. Ma con voi fu molto più subdola...» «Già» lo interruppe Alec. «Non credo che serva al nostro scopo farmi rivivere quello spiacevole episodio, *Herr General*. Vostra Altezza.» Entrambi gli uomini furono d'accordo e non dissero altro su quell'argomento. Il generale aggiunse: «Ma ciò che proponete di fare una volta entrato nel castello e portato davanti a Ernst, cioè persuadere Johanna a uscire dalle tenebre, non solo sarà spiacevole per voi, *Herr Baron*, ma anche pericoloso.»

«Anche per voi, *Herr General*. E per sua altezza» rispose Alec con calma. «E siamo d'accordo che è l'unico modo per aprire veramente gli occhi del capitano Westover. Quindi attueremo il piano come previsto, e avremo successo. Abbiamo tutti troppo per cui vivere.»

Il principe batté sulla spalla di Alec e la strinse affettuosamente. «È vero, amico mio! E quindi, a tal proposito, finiamo di vestirci e andiamo nella cappella! Io per primo non vedo l'ora di passare un pomeriggio e una sera a far festa senza pensieri!»

«Ci sono due cose che restano irrisolte, altezza» si scusò Alec. «La prima, la più importante, è salvare il mio buon amico sir Cosmo Mahon, il suo servitore e la signora Carlisle, la compagna della signorina St. Neots. Oramai sono trattenuti contro la loro volontà da quasi tre mesi. Dio sa in che stato saranno, se sono ancora...» Alec dovette ingoiare il nodo che aveva in gola prima di continuare: «... se sono ancora vivi.»

«Non abbiamo ricevuto informazioni che indichino il contrario, *Herr Baron*» gli disse gentilmente il generale Müller. «E abbiamo agenti all'interno delle mura del palazzo di Herzfeld che sono riusciti a far uscire molti rapporti dopo la morte del margravio Leopold, e vi assicuro che nessuno ha menzionato la morte di un inglese o di altri prigionieri stranieri.»

Alec fece cenno di aver capito. «Grazie, generale. Questo mi rassicura. Conto che voi, Altezza, farete in modo che i vostri uomini localizzino e salvino lui e gli altri, e li tengano al sicuro finché il castello sarà saldamente in mano ai vostri uomini?»

«Sì, *Herr Baron*, certamente. *Fräulein* St. Neots mi ha parlato così spesso di suo cugino sir Cosmo Mahon che mi sembra già di conoscerlo. Potete star certo che farò di tutto per scoprire dove si trova.» Il principe lanciò un'occhiata al suo generale e aggiunse: «Ciò che Müller non ha aggiunto, ma che ritengo dobbiate sapere, è che il vostro caro amico, anche se è ancora vivo, non è stato trattato bene. Dovete prepararvi al fatto che possa non essere più lui.»

Alec sobbalzò: «È stato torturato?»

Il principe chiuse la bocca e annuì.

Alec si passò la mano sulla bocca e respirò profondamente. «Grazie per avermelo detto.»

«La seconda cosa...?» Il principe lo invitò a continuare.

«So che la flottiglia è partita da Emden e dovrebbe arrivare nel porto di Herzfeld da un giorno all'altro» disse Alec. «La mia madrina, che è la nonna della signorina St. Neots, e mio zio sono a bordo della *Caroline*. E con loro anche l'inviato speciale inglese a Midanich, sir Gilbert Parsons. Voglio che sia mandata una barca a intercettare la nave e che la mia famiglia sia trasferita, insieme agli eventuali altri civili, e portata lontano dal pericolo. Vostra Altezza, questa condizione non è negoziabile. Devono essere trasferiti, altrimenti domani io non andrò al castello, ma sul molo, e remerò io stesso, se necessario, per andare a salvarli.»

Il generale Müller e il principe si scambiarono un'occhiata. Fu il generale a parlare.

«Mi dispiace che i membri della vostra famiglia siano stati coinvolti in questa guerra, *Herr Baron*. Ma non rimpiango di aver requisito la *Caroline* per i nostri scopi. Come sapete, ho asportato la piccionaia e quindi le comunicazioni con Emden sono interrotte, e il principe Ernst non si renderà conto che la città è stata conquistata e occupata dalle forze ribelli. Cosa ancora più importante, non saprà che una flottiglia si sta dirigendo verso di lui, con cannoni e uomini, se dovessero servire. E quindi il cannone che punta verso il mare dalle mura del castello di Herzfeld non sarà pronto a sparare e i granatieri non si aspetteranno...»

«Non potete esserne sicuro. Per quanto ne sappiamo, la flottiglia è già stata avvistata dalla costa e il cannone è pronto a sparare.»

«Ma anche se le avessero avvistate» rispose pazientemente il generale, «le navi battono bandiera inglese e quindi non sembreranno ostili. Al castello di Herzfeld non sapranno che le cosiddette navi inglesi portano cannoni e soldati da Emden.»

«Se tutto va secondo i nostri piani, *Herr Baron*, non ci sarà bisogno delle navi, in special modo della *Caroline*, per conquistare il castello. Sarà nostro, e sarà dichiarata la pace, lì e sul molo, dove ho pronti i soldati. Una delle navi con i cannoni a bordo ha avuto istruzioni di sparare un certo numero di colpi di avvertimento vicino al castello, ma solo quando la maggioranza della flottiglia sarà entrata in porto. La *Caroline* getterà semplicemente l'ancora nel porto, il suo carico, gli uomini e le attrezzature sbarcheranno a tempo debito e in tutta sicurezza.»

Alec non si lasciò convincere. «Ammetto che probabilmente sarà ciò che succederà. Ma non possiamo esserne sicuri, e voglio la vostra parola che manderete una barca alla *Caroline* per far sbarcare i civili e portarli a riva sani e salvi, e che saranno tenuti al sicuro finché sarà possibili riunirci.»

Quando il principe e il generale non si affrettarono ad accettare la sua richiesta, l'aiuto arrivò da una parte inaspettata.

«Lord Halsey! *Herr Baron*! Mi offro volontario. Permettetemi di andare a prendere Sua Grazia e il signor Halsey e le persone che devono sbarcare dalla *Caroline*.»

Era Hadrian Jeffries. Si fece avanti quando tutti e tre i nobili accanto alla mappa si voltarono a guardarlo. Alec era l'unico a non essere sbalordito nel sentire un servitore parlare, e un servitore straniero per di più, senza essere stato interpellato, e dal fatto che parlasse un tedesco accettabile.

«Lo fareste davvero, Jeffries?»

Il valletto annuì, con il nervosismo che gli mutava il tono della voce, vedendosi fissare come se avesse delle macchie di cibo sul davanti del panciotto. E nessuno lo fissava in modo più truce del valletto del principe, a sua volta un gentiluomo.

«Sì, milord. Dovrebbe andare qualcuno che Sua Grazia e il signor Halsey conoscono» spiegò Hadrian Jeffries, tornando all'inglese. «Ritengo che saranno apprensivi, essendo già stati rapiti e portati per mare contro la loro volontà, e non, come si erano aspettati, per essere sbarcati in Olanda al sicuro.» Non permise al suo sguardo di sostare sul generale Müller, colui che aveva causato l'angoscia della duchessa e del vecchio. «Non vorranno trasferirsi su una barca se a chiederlo è una persona ugualmente sconosciuta. Ma se ci fossi io in quella barca e fossi in grado di consegnare una breve missiva di vostra signoria, credo che verrebbero volentieri con me, in qualunque posto scegliate.»

«Grazie, Hadrian» disse Alec con un sorriso. «Mi avete tolto un enorme peso dalle spalle. Se il principe vorrà accettare, ve ne sarò grato...»

«È un'idea eccellente!» esclamò il principe, anche lui in inglese. Quando Alec e il suo valletto lo fissarono, stupiti, scoppiò a ridere. «Il mio inglese non è buono, ma lo capisco meglio di quanto lo parli.» Si chinò verso Alec e ammiccò. «Ma per favore, non ditelo alla signorina St. Neots. Ci piace conversare in francese. Bene! È tutto sistemato» continuò nella sua lingua, includendo Hadrian Jeffries nella conversazione. «Il vostro valletto viaggerà con noi domani. Manderò un piccolo drappello di soldati con lui al molo e porteranno una barca fino alla *Caroline*, caricheranno quelli che devono essere caricati e torneranno qui con loro, al sicuro. D'accordo?»

Alec si inchinò al principe. «D'accordo... e grazie.»

Il principe batté le mani e poi le strofinò insieme. «Bene! E ora dobbiamo affrettarci a vestirci, altrimenti la vostra sposa arriverà all'altare prima di voi ed è una cosa che non si fa. Non vogliamo che lei e la congregazione pensino che siete uno sposo riluttante, vero, *Herr Baron?*»

Alec non riusciva a pensare a niente che fosse più lontano dalla realtà.

VENTITRE

Lo stavano svegliando da un sonno profondo. Non voleva svegliarsi. Era esausto. Era sicuro di aver appoggiato la testa sul cuscino solo cinque minuti prima. Con gli occhi ancora chiusi, si tirò la coperta fin sotto il mento. Poi allungò una mano attraverso il letto, sentì la pelle calda accanto a lui e sorrise. Ora ricordava perché era così stanco. Spostò il corpo nudo sotto le coperte per accoccolarsi contro il calore del corpo nudo di Selina. Aveva delle curve meravigliose. Si rannicchiò, con la faccia affondata nei riccioli scomposti, che profumavano di gigli, e con un gran sorriso sul volto ricadde in un sonno profondo.

Lo scossero nuovamente, svegliandolo.

Una voce gli sibilò all'orecchio che era ora.

Oh Dio, era proprio necessario? Che ora era di preciso? Perché aveva accettato? Di certo proprio quella mattina, tra tutte, la mattina dopo la sua notte di nozze avrebbero dovuto lasciarlo al sonno profondo necessario dopo aver celebrato l'amore e il desiderio con gusto e vigore, fino a essere soddisfatto. Aveva bisogno di qualche altra ora con sua moglie tra le braccia, solo per assaporare quel fatto. Sua moglie. Selina era sua moglie. Lui era suo marito. Selina e lui ora erano sposati e quel fatto ebbe il potere di fargli dubitare che gli eventi del pomeriggio e della sera precedenti fossero veramente accaduti.

Li avevano portati davanti al parroco inglese, il reverendo Samuel Shrivington Shirley, e si erano scambiati i voti matrimoniali davanti a oltre un centinaio di nobili stranieri vestiti con le loro migliori sete, pellicce e velluti. Accanto a lui, come testimone, un principe reale in un abito d'oro e baffi altrettanto dorati e una mezza dozzina di generali baffuti pieni di decorazioni, medaglie e fronzoli dorati sull'attenti alle sue spalle. Poi aveva condotto Selina fuori dalla cappella, nell'aria frizzante di una bella giornata invernale, salutati dal rumore assordante dei colpi di moschetto e di cannone sparati in loro onore. Avevano camminato nella corte interna coperta di neve, tornando al ponte da fiaba sopra il fossato ghiacciato, fino alla sala dei banchetti, tra due file di soldati in alta uniforme sull'attenti. Dietro di loro seguivano Sophie Shirley come damigella ed Emily, al braccio del principe Viktor, entrambe con un mazzo di fiori di seta in mano. La contessa Rosine aveva rifiutato la portantina e aveva voluto far parte del corteo, appoggiandosi al braccio del marito e li aveva seguiti a passo lento: la gravidanza avanzata la costringeva a camminare con attenzione nella neve. E dietro a questo piccolo corteo nuziale, i nobili della corte straniera, che erano rimasti pazientemente seduti per tutta la cerimonia, celebrata prima in inglese e poi in tedesco a loro beneficio, e che ora volevano vino, canzoni, e il divertimento associati a un matrimonio tra nobili.

Alec non ricordava se avesse o meno mangiato quello che gli avevano messo davanti. Probabilmente sì. I piatti venivano e andavano. I bicchieri di cristallo venivano riempiti, svuotati e riempiti ancora; non aveva idea di quanto avesse bevuto, se aveva bevuto. Era solo felice. Non ricordava quando fosse stato più felice. La sua felicità e, ne era sicuro, anche l'esuberanza con la quale tutti quelli che erano nella stanza si univano ai bagordi, erano state più acute per via di quello che li aspettava il giorno dopo. La maggior parte degli uomini presenti sarebbe partita per il castello di Herzfeld prima dell'alba, tutti con un compito particolare da svolgere e tutti con la speranza che prima del calar del sole il castello sarebbe stato nelle mani dei ribelli, il margravio Ernst detronizzato, e suo fratello, il principe Viktor, riconosciuto da tutti come il nuovo margravio di Midanich.

Per il momento, però, tutto ciò che era importato era mangiare, bere e divertirsi. E a quello scopo, una volta finiti i discorsi, il principe Viktor aveva chiesto che portassero il regalo del re inglese e che si aprisse la cassa in mezzo alla stanza. Poi aveva chiesto allo sposo se volesse fare gli onori di casa, svelando lo straordinario regalo. Alec aveva accettato e chiesto a Emily di assisterlo mentre dimostrava il funzionamento del tavolo da gioco a sua altezza e agli altri ospiti. Selina gli aveva stretto la mano, comprensiva, con le lacrime agli occhi davanti a quel gesto, perché l'ultima volta che avevano dimostrato il funzionamento di quella meraviglia dell'ingegneria meccanica, Cosmo era con loro, ed era stato lui a mostrare orgoglioso il meccanismo a

Emily. Tenerla occupata durante tutta la dimostrazione l'avrebbe distratta e non avrebbe permesso che continuasse a pensare a Cosmo e alla sua situazione, che era ben presente nelle loro menti.

La cassa era stata debitamente portata nella sala dei banchetti da quattro servitori in livrea che l'avevano posata con attenzione sul pavimento di legno. Quelli seduti in fondo alla stanza si erano alzati in piedi per vederci meglio, mentre gli altri avevano allungato il collo da dietro i ventagli che fluttuavano e sollevato gli occhialini per vedere meglio il regalo. Erano stati tutti curiosi. Ma quando la cassa era stata aperta e avevano estratto una cassa di legno lucido, nessuno ne era rimasto impressionato. Poi erano uscite quattro gambe di lucido legno tornito, che erano state avvitate al loro posto con cura, permettendo alla cassa di restare sollevata e diventare un tavolo. Ancora niente di speciale.

Eppure il principe aveva avuto gli occhi sgranati per l'eccitazione ed era rimasto appollaiato sul bordo della sedia, ansioso di vedere che cosa sarebbe successo dopo. Che Emily stesse ridacchiando dietro il ventaglio, con le spalle curve, aveva aumentato l'eccitazione del principe fino a fargli trattenere il fiato.

Quando avevano voltato il primo ripiano, Alec ed Emily avevano ottenuto l'attenzione di tutti i presenti nella sala dei banchetti. Non avevano mai visto niente del genere. Quel tavolo da gioco, che poteva essere ritirato in una cassa dall'aspetto così comune e portato dovunque, era costituito da molti ripiani di legno lucido che si potevano voltare come le pagine di un libro e che, una volta stesi piatti, a ogni giro mostravano una diversa tavola da gioco. Prima c'era un tavolo di feltro per qualsiasi tipo di gioco delle carte. Voltando il ripiano, c'era una superficie rivestita di pelle, per scrivere le lettere. Non solo, ma con un dito, Emily aveva sollevato un angolo della pelle, mostrando un cavalletto che una volta fissato avrebbe permesso di appoggiare un libro e leggerlo senza che la persona seduta al tavolo dovesse tenerlo in mano.

Mentre Emily voltava i ripiani, Alec forniva il commentario, in tedesco e poi in francese e infine in inglese, un'impresa che da sola aveva meravigliato i presenti. E a ogni ripiano girato sempre più ospiti avevano spostato più vicine le sedie, o si erano avvicinati sfacciatamente al tavolo, restando in piedi dietro ad Alec ed Emily per dare un'occhiata più da vicino a quella meraviglia meccanica.

Ovviamente, le rivelazioni più sorprendenti erano state lasciate per ultime, quando Emily aveva voltato un ripiano per creare un tavolo che al centro aveva una scacchiera e, a ogni lato del legno intarsiato, aveva fatto scivolare i coperchi per mostrare due cassetti nascosti dove erano riposti i pezzi degli scacchi. Non c'erano solo le pedine degli scacchi ma anche quelle del backgammon.

Alec aveva spiegato come funzionavano i cassetti. Emily aveva messo i pezzi sopra la scacchiera e Alec aveva invitato il principe ad avvicinarsi per dare un'occhiata più da vicino a quella invenzione meravigliosa. Il principe era venuto avanti, con il piacere evidente sul suo bel volto. Era stato così preso dal suo regalo da parte del re inglese che era riuscito a malapena a contenersi. Aveva voluto che avvicinassero al tavolo due sedie di modo che lui e Alec potessero fare una partita a scacchi.

Ma sua altezza non avrebbe preferito una partita di backgammon? Aveva chiesto Emily mentre riponeva i pezzi degli scacchi, senza chiedergli il permesso. Il principe aveva annuito. Certo! Ma non vedeva una superficie sulla quale giocare a backgammon. Emily poi aveva invitato il principe a premere un particolare punto della scacchiera con un dito, ma di farlo molto delicatamente, per non spaventare i presenti.

Il principe aveva fatto ciò che gli chiedeva e appena fatto aveva sentito la superficie del tavolo che cedeva. Era stata tale la sua sorpresa che aveva fatti un salto indietro, temendo che il tavolo stesse per crollare. Non era stato così. Era successo l'esatto opposto. Una sezione del tavolo si era alzata dal nulla e si era aperta come per magia diventando una tavola da backgammon. Il principe aveva fatto un altro passo indietro per la meraviglia, poi era corso verso il tavolo per assicurarsi che non fosse un trucco di qualche tipo.

Era stato così rapito, così eccitato, che con l'aiuto di Emily aveva ripiegato la tavola da backgammon, solo per il piacere e l'eccitazione di vederla saltar fuori di nuovo come per magia.

La corte aveva applaudito. Il principe aveva invitato i suoi cortigiani a venire avanti e ispezionare il tavolo, e tale era stato l'interesse che il principe aveva dimenticato che doveva esserci un ballo. Finché la madre glielo aveva ricordato, congedandosi per il resto della serata. Il bambino era particolarmente attivo e lei aveva bisogno di riposare. Prima che il generale la scortasse nelle sue stanze, la contessa aveva baciato la guancia della sposa, poi quella dello sposo, e aveva augurato loro una lunga e felice vita insieme. E con un luccichio malizioso negli occhi aveva ordinato a suo figlio di permettere alla felice coppia di congedarsi per la notte ben prima che il ballo finisse; avrebbero potuto fare un uso più piacevole del tempo limitato che restava loro prima che Alec dovesse unirsi al principe, il suo generale e l'esercito in marcia verso Herzfeld il mattino seguente.

Quel pensiero fece uscire Alec dallo stato sognante di dormiveglia.

Sbattendo gli occhi nella semioscurità, si appoggiò a un gomito e si tolse i lunghi riccioli neri dagli occhi. Le tende di velluto dalla sua parte del letto erano state scostate e legate, permettendogli di vedere che la stanza era illuminata da un candelabro sul tavolo e dal bagliore arancio del fuoco nel camino, e che due lacchè stavano versando acqua profumata in un semicupio davanti al fuoco che stava divampando.

Un terzo lacchè stava rassettando la stanza, mentre il suo valletto rovistava intorno, raccogliendo capi di abbigliamento scartati, sparpagliati in tutta la stanza. Anche metà delle coperte era nello stesso stato. Per parte della notte avevano dormito, no, *non* avevano dormito, davanti al camino. Il suo sguardo andò al sedile sotto la finestra, ai cuscini in disordine; non avevano dormito nemmeno lì.

Si lasciò ricadere sui cuscini con un sorriso e fissò il baldacchino a pieghe per cinque secondi almeno, supremamente felice. Resistendo alla tentazione di baciare sua moglie, per non svegliarla, si rassegnò all'inevitabile, gettò indietro le coperte con un sospiro e quasi saltò giù dal letto. Voleva andare verso il semicupio, a soli sette passi di distanza, ma fu bloccato da Evans, in piedi davanti a lui con un vassoio col tè.

Alec era nudo ed Evans restò pietrificata.

«Buongiorno, Evans» disse in tono tranquillo Alec, prese come se niente fosse il vassoio dalle sue mani strette, lo posò sul comodino, poi le girò intorno e andò a fare il bagno.

«Buon-buongiorno, milord» fu finalmente in grado di squittire Evans, con la gola secca, ancora pietrificata, ma con una conoscenza più approfondita di quanto avrebbe mai pensato del signore e padrone della sua carissima Selina.

🜨

Hadrian Jeffries stava chiudendo le fibbie degli stivali da cavallerizzo di Alec quando Selina entrò nello spogliatoio, indossando la coperta come la toga di un senatore romano, la massa dei suoi riccioli scomposti che le ricadeva sulle spalle come una nuvola color albicocca, con in mano una tazza di tè.

Alec alzò gli occhi dal valletto e sorrise. «Buongiorno, milady.»

«Buongiorno, milord.» Selina gli tese la tazza di tè con un sorriso timido. «Evans pensava poteste aver voglia di una tazza di tè prima di partire.»

Alec prese la tazza. «Premuroso da parte sua.»

«Evans pensava anche che sarebbe una buona idea che vi dessi adesso la notizia, prima della vostra partenza. Dice che vi darà qualcosa cui pensare, oltre a ciò che dovrete affrontare in quell'orribile castello.

Che vi darà la forza necessaria se sarete costretto a sormontare l'insormontabile.»

«Allora sarà meglio che diamo retta al consiglio di Evans; finora
non vi ha mai deluso.»

Quando Selina annuì, senza continuare, Alec si rese conto che
qualunque cosa dovesse dirgli, voleva dirgliela in privato. A Hadrian
Jeffries non servì che lo dicessero. L'aveva pensato anche lui, quindi si
alzò in piedi e, con un breve inchino ad Alec e senza nemmeno sfiorare
con gli occhi sua signoria, fece per congedarsi. Ma Alec si rivolse direttamente a lui, mentre Selina andava alla finestra, attirata dal rumore
della partenza nel cortile acciottolato fuori dalla torretta: il movimento
delle ruote e degli zoccoli dei cavalli e degli stivali degli uomini sui
ciottoli, comandi urlati e gente che parlava.

«Dite a sua altezza che arriverò tra un paio di minuti.» Tese la
mano e quando il valletto la afferrò, disse: «State attento. Tenete la
testa bassa. Non fate l'eroe. Ho bisogno di voi, vivo. Sua Grazia e mio
zio hanno bisogno di voi, vivo. Non permettete a Parsons di fare il
prepotente con voi. Siete voi responsabile per la sicurezza della mia
famiglia. Se per qualsiasi ragione riterrete che la situazione sia troppo
pericolosa, probabilmente è perché è così. Quindi cercate un riparo,
restate al sicuro, voi e loro, e aspettate rinforzi. Gli uomini del generale
Müller vi troveranno, prima o poi.»

«Sì, signore. È ciò che farò. Non vi deluderò.»

Alec sorrise. «Sono sicuro che non mi deluderete. Grazie.»

«Signore! Scusatemi. C'è un'ultima cosa che ho dimenticato di
fare, ed è necessaria.» Andò in un angolo buio a prendere una spada
nel suo fodero e un cinturone di pelle. Appartenevano ad Alec, confiscati a Wittmund dal generale Müller. Jeffries ora li stava restituendo
con un piccolo inchino. «Con i complimenti del generale, milord.»

Selina aspettò che il valletto finisse di aiutare Alec ad agganciare il
cinturone con la spada sotto la marsina e se ne andasse, prima di allontanarsi dalla finestra. Aveva osservato i soldati che si preparavano nella
semioscurità sotto il bagliore arancio di una dozzina di torce; ufficiali
in sella ai loro magnifici cavalli frisoni con le divise rutilanti; carri
pieni di rifornimenti e una dozzina e più di lacchè che correvano
avanti e indietro tra i veicoli, i cavalli e i soldati, per soddisfare le
richieste dell'ultimo momento. Tutto convogliava il senso dell'enor-
mità di quello che li aspettava, che aspettava questi uomini e Alec, e
ciò che l'esito di quella giornata avrebbe significato per tutti loro.
Herzfeld distava solo un'ora. All'alba sarebbero stati nel pieno dei
combattimenti, pronti a morire per la loro causa. Era sicura che quelli
lasciati indietro con lei nello *Schloss*, le donne, i vecchi, i bambini e gli

infermi, avrebbero sentito il ruggito dei combattimenti e ciascuno degli assordanti colpi di cannone e avrebbero vissuto con loro ogni sconvolgente momento.

Era forse da chiedersi perché volesse che quel giorno fosse finito prima ancora di cominciare?

Alec le andò incontro a metà della stanza e la abbracciò. Le baciò la fronte, poi le appoggiò contro la sua per un momento, e restarono in silenzio, felici di quel momento di quiete. Ma l'attività e il rumore di sotto si intromisero in fretta ed entrambi furono presi da un senso di urgenza. Per Selina non c'era altro modo di dire ciò che aveva in mente, quindi lo disse e basta: «Sono incinta.»

Alec ridacchiò, incredulo. «Così in fretta! È il miglior stratagemma cui ha potuto pensare Evans per farmi restare?»

Selina fece un passo indietro, stringendosi addosso la coperta, e lo guardò negli occhi azzurri. Non c'era umorismo nei suoi occhi scuri, o nel suo tono di voce.

«No. È la verità. Ho concepito a Parigi, quando siete venuto a stare con me. Non abbiamo fatto l'amore da allora… Fino alla notte scorsa.» Sorrise esitante quando Alec continuò a fissarla, stordito e muto. «Pensiamo, Evans e io, e sono sicura che il medico confermerà i miei calcoli, e io sono molto brava con i numeri, come sapete, che il bambino nascerà a metà estate. Quindi avremo tutto il tempo per tornare a casa, a Delvin. Vostro figlio dovrebbe nascere nella tenuta, non credete? Non ve lo sto dicendo per farvi restare con me. Voglio-voglio che salviate Cosmo e riportiate qui lui, mia zia e vostro zio, beh, adesso è anche *mio* zio, che gli piaccia o no, da Emily e me. Poi potremo fare insieme l'annuncio, sia riguardo al matrimonio, sia riguardo al-al bambino. Evans e io pensavamo però che doveste sapere che qualunque cosa vi aspetti al castello di Herzfeld, qualunque cosa spiacevole dobbiate affrontare, avete noi, vostra moglie e vostro figlio che vi amano, ad aspettarvi.»

Selina sorrise tra le lacrime, con la gola secca, quando Alec, troppo commosso per parlare, cadde in ginocchio e l'abbracciò con il volto affondato nella coperta. Con una mano sui riccioli scuri, Selina lo tenne gentilmente contro di sé e lasciò che le lacrime le scendessero sulle guance.

Fu così che un lacchè trovò la coppia. Era stato mandato dal principe per chiedere al barone Aurich di sbrigarsi. Il sole, per pallido che fosse, sarebbe sorto l'ora seguente. Il tempo era favorevole, il cielo sgombro di nuvole e avrebbero marciato con il sole direttamente di fronte. Il servitore diede un'occhiata nello spogliatoio silenzioso e si ritirò in silenzio come era entrato, riferendo che il barone stava arrivando. Ciò che aveva visto erano solo affari della coppia, e di nessun altro, nemmeno del futuro margravio; ma era un ricordo di cui avrebbe fatto tesoro per il resto dei suoi giorni.

T UTTO ANDÒ SECONDO I PIANI DISCUSSI E CONCORDATI CON IL principe Viktor mentre studiavano la mappa. In effetti, tutto andò talmente bene che il generale Müller, perfettamente rasato (non avrebbe potuto entrare nel castello con i baffi perché si sarebbe tradito), con Alec come ostaggio, si guardarono in faccia sorpresi quando una delle porte chiodate della saracinesca si aprì lentamente e a loro, più quattro degli assassini più abili del generale, fu concesso di entrare nel castello di Herzfeld.

M ENTRE LA SQUADRA DEL GENERALE M ÜLLER VENIVA SCORTATA dai membri della guardia personale del margravio attraverso la corte interna, deserta in modo inquietante, con solo un gatto arancio come testimone, il principe Viktor e più di quaranta soldati stavano facendosi silenziosamente strada lungo la riva sabbiosa alla base del bastione nordoccidentale del castello, un imponente muro di mattoni rossi dello spessore di oltre tre metri e che si innalzava per dieci metri. Il Mare del Nord si era ritirato a sufficienza con la bassa marea da fornire un'ampia striscia di spiaggia di sabbia bagnata e lì, come aveva riferito Alec al principe, c'era il buco nel muro, la bocca di un condotto di scarico, non più alto di un uomo accucciato, dal quale Alec era fuggito dieci anni prima. Per modesto e inutile che potesse apparire, quel condotto di scarico era il tallone d'Achille di una fortificazione ritenuta impenetrabile e che era stata violata una sola volta, più di cent'anni prima.

E proprio come aveva descritto Alec, una volta dentro il condotto, con le torce accese, il passaggio era accessibile, anche se scomodo. Con il principe Viktor in testa, i soldati si mossero in fretta per quel tratto del condotto, ai due lati di un profondo canale che durante l'alta marea portava via ogni genere di rifiuto dal castello. Si arrampicarono su una serie di bassi gradini a spirale e si trovarono in un tunnel molto più grande che permise loro di rimettersi eretti. Erano arrivati nelle casematte, una serie di tunnel e stanze collegati tra di loro che correvano sotto i bastioni e sotto la costruzione principale del palazzo. Quella galleria in particolare portava dritta alle segrete. Trovarono la pesante griglia di ferro, sprangata come previsto.

Lì l'aria era forse meno umida ma era insopportabilmente fetida.

Alec aveva mancato di menzionare, ed era qualcosa che probabilmente aveva deliberatamente dimenticato, e il principe ne capiva il perché, la puzza indescrivibile e soffocante. Abbassando le torce per gettare luce sugli stivali, il principe e i suoi uomini si trovarono sprofondati fino alla caviglia negli escrementi umani, e nelle ossa e la carne putrefatta di vittime di tortura recentemente mutilate.

Più di un soldato si voltò e vomitò, spargendo il contenuto del suo stomaco sulle pareti del tunnel. I soldati si affrettarono a sistemare le cravatte e le sciarpe per coprirsi i nasi e i mustacchi, per provare a bloccare gli odori prepotenti. Il principe ordinò di alzare le torce e ai suoi uomini di guardare in alto, di restare zitti e pronti. Tutti fecero del loro meglio per ignorare la puzza che saliva, cercando di sentire eventuali segni di vita sopra di loro, e aspettarono in silenzio, anche se impazienti, che i loro camerati li trovassero, per far scorrere la sbarra e alzare la grata.

ALEC FU SCORTATO ATTRAVERSO I TERRENI DEL CASTELLO IN mezzo a due degli uomini del generale. Davanti a lui il generale Müller e due delle guardie del corpo del margravio facevano strada al gruppetto, senza sospettare nulla. Quando il gruppetto svoltò in un corridoio all'interno dell'edificio principale del palazzo, due dei soldati di Müller che marciavano dietro ad Alec, rimasero indietro senza far rumore e sparirono nell'ombra. Uno dei soldati ai lati di Alec prese il loro posto e il generale si mise di fianco ad Alec. Lo stratagemma funzionò. Quando le guardie del corpo si fermarono davanti a un portone decorato di bronzo e legno di noce, dove c'erano due guardie a ciascun lato di due servitori in livrea, non si accorsero che gli uomini di Müller ora giravano liberi nel castello.

I due assassini si fecero strada verso le casematte, nelle segrete, uno per ispezionare le celle, cercando sir Cosmo, mentre l'altro cercava una particolare pesante grata di ferro. Quella grata veniva aperta solo quando i lacchè avevano bisogno di liberarsi di rifiuti umani e dei corpi delle vittime di tortura, o dei prigionieri che erano morti nelle loro celle, per cause naturali o innaturali. Avrebbero dovuto trasportare i rifiuti attraverso il tunnel fino al condotto di scarico, per poi scaricare i corpi e le parti di corpo umano nel canale, sapendo che quando la marea si fosse alzata, il mare sarebbe entrato con forza e avrebbe portato via le sfortunate vittime, verso una tomba d'acqua senza nome. In pratica, i lacchè non vedevano l'utilità di fare fatica e spesso aprivano la grata e rovesciavano il contenuto dei loro secchi direttamente nel tunnel. Quando la puzza diventava insopportabile e le esalazioni nocive risalivano attraverso la grata, solo a quel punto si preoccupavano di spostare i rifiuti umani e altro lungo il tunnel, fino allo scarico.

Quindi, quando uno degli uomini di Müller marciò verso un lacchè e sbraitò l'ordine che l'aria era troppo putrida da respirare e che si doveva pulire il tunnel, il lacchè che sonnecchiava in un angolo buio fuori dalle celle, tornò di colpo in vita, corse via e tornò con una serie di lunghe chiavi. L'assassino lo seguì, trovò la pesante grata, aprirono l'anello, tolsero la sbarra e sollevarono la grata. Per i suoi sforzi, il lacchè si guadagnò la gola tagliata. Il principe Viktor e i suoi uomini entrarono silenziosamente nelle segrete, il corpo senza vita del lacchè fu gettato giù per il buco, poi la grata fu rimessa a posto, però senza la sbarra.

LA GRANDE SALA DELLE UDIENZE DEL CASTELLO ERA RUMOROSA E affollata di nobili che si erano riuniti per l'udienza mattutina del margravio. I cortigiani erano riuniti in gruppetti e conversavano, camerieri in livrea si muovevano tra i velluti stropicciati e le pellicce malridotte, con vassoi carichi di cibo per la tavola del margravio. Soldati della guardia personale del margravio, dal volto impassibile, erano sull'attenti accanto alle porte e lungo una parete dove un enorme arazzo raccontava nei dettagli la gloriosa storia militare di Midanich.

Il capitano delle guardie era fermo in silenzio e con l'espressione cupa accanto alla sedia del suo padrone, sempre vigile. I mormorii quotidiani di scontento stavano diventando sempre più forti man mano che le scorte di cibo diminuivano. La settimana prima avevano scoperto un complotto per assassinare il margravio. La settimana prima ancora, un consigliere era stato scoperto mentre cercava di corrompere i soldati perché permettessero a lui, a sua moglie e a suo figlio di fuggire dal castello con il favore delle tenebre. I rapporti che aveva ricevuto confermavano che i ribelli del principe Viktor avevano occupato la città di Herzfeld e ora controllavano tutto il sud del paese. Senza notizie da Emden (non era arrivato un solo piccione nell'ultima settimana), si presumeva che anche la città mercantile fosse caduta in mano ai ribelli, e se non dei ribelli, allora delle truppe straniere alleate con il principe Viktor.

E se tutto ciò non fosse stato sufficiente per mettere alla prova le risorse e la pazienza del capitano Westover, il più leale dei servitori del margravio, c'era il fatto inquietante che sua altezza passava sempre più tempo lontano dai suoi doveri e dalla corte, rinchiuso con sua sorella negli appartamenti a lei riservati, appartamenti che erano proibiti a Westover e che restavano interdetti a tutti eccetto al principe e alla principessa, e al suo seguito di servitori muti. E, in quei momenti, questo rendeva quasi impossibile il compito principale di Westover, proteggere in qualunque momento la persona del margravio.

Il barone Haderslev era dell'opinione che all'arrivo del disgelo primaverile, il ruolo di margravio di Ernst sarebbe arrivato a una fine brutale quando il castello fosse stato obbligato ad arrendersi al principe Viktor. Ma il capitano Westover aveva giurato di servire e proteggere il suo margravio, lo aveva fatto sotto il regno del margravio Leopold, e lo avrebbe fatto per il suo erede legittimo, Ernst, e avrebbe protetto lui e sua sorella con la propria vita. Westover era ostinatamente leale: credeva nel diritto divino dei re e che dio avesse designato il principe Ernst a regnare dopo il padre, e che quindi solo Dio potesse destituirlo. E lo disse al ciambellano di corte. Avrebbe sostenuto il diritto di Ernst a regnare finché avesse avuto fiato in corpo e finché i suoi soldati avessero avuto fiato in corpo, soldati che gli erano fedeli fino all'ultimo uomo.

✤

Con il cuore che batteva furiosamente, ma con i lineamenti spigolosi perfettamente impassibili, lo sguardo di Alec ispezionò la sala delle udienze, dal soffitto dipinto e dorato fino alla lunga galleria dal lato opposto del grande arazzo, dove alle donne di corte era permesso di guardare i procedimenti da dietro le grate, e poi dall'altra parte della stanza, alla pedana rialzata, dove il margravio sedeva, quando era in sede, su un'enorme sedia d'ebano, o dietro un tavolo al momento dei pasti. Ricordava come se fosse successo solo il giorno prima, quando, da giovane sottosegretario sbarbatello, aveva accompagnato sir Gilbert Parsons come membro della delegazione inglese. E proprio come allora, la sala era affollata di nobili che curavano i propri interessi. Il che sorprese Alec, visto che il castello era sotto assedio. Ma niente era come sembrava, specialmente quel giorno.

Quando si fecero largo a spallate tra la folla, tra le teste che si voltavano interessate per vedere perché si chiedesse loro di fare strada, Alec, il generale Müller e la loro scorta furono colti di sorpresa dall'odore acre della plebe mal lavata. Puzza di sudore, abiti spiegazzati,

parrucche malamente incipriate che sembravano stanche e bisognose
di cure, erano indicatori palesi che nessuno di quegli uomini usciva dal
castello da mesi. E con il cambiare del tempo e la guerra ora alle porte,
niente e nessuno era entrato nel castello.

Ma Viktor non voleva un inutile spargimento di sangue, o che
soldati da ambo le parti morissero per ottenere ben poco. Se fosse
riuscito a usurpare la posizione di Ernst come margravio con un pacifico colpo di stato, la nazione sarebbe stata di nuovo in pace. Ma per
farlo, gli serviva che le guardie di palazzo si facessero da parte, e
contava che a quel punto i nobili leali a Ernst si sarebbero inchinati a
lui senza lottare.

Notando le espressioni tormentate sui volti smunti di questi gentiluomini maleodoranti, e i loro sguardi furtivi, Alec era sicuro che quale
che fosse la lealtà che questi uomini avevano provato per Ernst quando
era assurto a margravio era quasi completamente scomparsa nel tempo
trascorso dalla morte di Leopold. Potevano parlare tra di loro, indossare i loro migliori velluti, anche se bisognosi di una bella lavata, e
fingere che tutto fosse normale all'interno del feudo di Ernst, ma era
ovvio che rimanevano in quella sala perché costretti dalla paura;
quando fosse venuto il momento, Alec era sicuro che Viktor non
avrebbe avuto nessun problema a ottenere fedeltà dai capi delle più
importanti famiglie di Midanich.

Il colonnello Müller (perché lì, nel castello, non era un generale),
comunque, non guardò né a destra né a sinistra verso i nobili che lo
circondavano, e avanzò con decisione, ignorando gli odori acri che gli
assalivano il naso e tenendo il mento quadrato ben sopra la cravatta di
lino. Teneva una mano guantata sull'elsa del suo stocco e sottobraccio,
al sicuro sotto il mantello, c'era il cofanetto di gioielli che appartenevano ad Olivia, duchessa di Romney-St. Neots, che Alec intendeva
usare per attirare la principessa Johanna fuori dalle tenebre.

Müller era pronto a ogni eventualità e quando il principe Viktor
avesse ritenuto che fosse il momento giusto per mostrarsi in quella
sala, avrebbe difeso il figliastro con la propria vita; e così anche l'inglese accanto a lui. Quindi rimase all'erta quando il ciambellano di
corte gli bloccò la strada; il barone Haderslev congedò il servitore in
livrea con un cenno della mano e, con una rapida occhiata ad Alec che
gli disse che non aveva idea di chi fosse, disse a denti stretti: «Questo
non è il momento migliore, colonnello!»

«È bello essere tornato, *Herr Baron*» rispose a voce alta e in tono
calmo Müller. «Come finalmente potete vedere da solo, il viaggio da
Emden è stato tranquillo, nonostante le strade ghiacciate, nebbia fitta

come la zuppa di cavolo di vostra madre e i barbari ribelli in agguato in ogni capanna da qui a Wittmund!»

Davanti a loro si sentì un guaito, qualcuno scoppiò in una risata e poi anche i nobili si misero a ridere, la risata poco sentita si diffuse tra la folla, che non aveva idea di chi o di che cosa stesse ridendo, ma che sapeva che era meglio ridere per non essere presi di mira.

Müller aggrottò le sopracciglia sopra il naso importante e il suo sguardo andò alla pedana, ma la folla che avanzava, spalla a spalla, curiosa e trepidante, ne bloccava la vista.

«Che cosa sta succedendo?» chiese Müller con un tono di voce completamente diverso.

«È una pazzia. *Pazzia*» sibilò Haderslev, guardandosi alle spalle e facendo capire ad Alec che temeva che lo sentissero e quindi temeva che la sua slealtà lo smascherasse come traditore. «Sareste dovuto restare a Emden finché qual…»

«Portateci da sua altezza, Haderslev. Qui c'è Alec Halsey, il barone Aurich.»

Il barone Haderslev barcollò all'indietro, come folgorato. Non riusciva a crederci. Si portò una mano al petto, come se sentisse di colpo un gran dolore. Fissò Alec con gli occhi sgranati, terrorizzato, e poi lo riconobbe. «Mio Dio! *Siete* voi! Siete venuto!? Non avrei mai pensato…» Guardò Müller. «Non avremmo mai pensato che veniste!»

Alec vide l'occhiata e capì immediatamente. «Perché non avrei dovuto? Il vostro padrone tiene in ostaggio il mio miglior amico. Ma forse era solo uno stratagemma, dire a Ernst che sarei venuto per Cosmo, anche quando pensavate che non lo avrei fatto, per portare a termine un piano più vasto?»

L'ultima parte della frase era diretta al generale Müller, che confessò tranquillamente. «Sì, per tenere il margravio occupato fino a quando fossimo riusciti a convincere Westover a capitolare, o avessimo trovato un modo di infiltrarci nel castello. Ovviamente,» aggiunse con un sorriso sarcastico, «la certezza della contessa che avreste risposto alla chiamata e che sareste venuto a chiedere il rilascio del vostro amico non è mai venuta meno.»

«Non potrò mai perdonarvi di aver permesso a Ernst di usare il mio miglior amico come un giocattolo, e tutto per i vostri scopi» dichiarò Alec con rabbia repressa. «Capisco che lo abbiate fatto per un fine più alto. Ma non mi fa accettare ciò che avete fatto. E ora, eccoci tutti qui!» Aggiunse amaramente, e poi si rivolse al ciambellano di corte. «Presumo che Westover sia intrattabile come sempre, altrimenti lo avreste fatto sapere a Müller.»

«Sfortunatamente è così, *Herr Baron*» si scusò Haderslev. «Westover è incrollabilmente fedele.»

Alec gettò sulla spalla una falda del mantello di lana grigia e si tolse i guanti. Sentiva di colpo caldo in quella stanza affollata e puzzolente. «Allora non c'è nient'altro da fare. Westover dovrà aprire gli occhi. E subito. Ma prima sarà meglio che facciate sgombrare la sala. Non si mostrerà mai davanti a un pubblico.» Fece cenno con la testa alle grate della galleria. «Da là avrete un posto in prima fila. Accertatevi che lo abbia anche Westover. Non ci sarà il bis.» Tese la mano verso Müller. «Prenderò io il cofanetto adesso.» Quando ebbe in mano il cofanetto di gioielli e Haderslev non se ne andò, lo congedò con una mano. «Fate strada, *Herr Baron*. Il tempo è essenziale, se volete evitare una lotta sanguinosa.»

Haderslev esitò, guardando il generale Müller come a chiedergli ulteriori spiegazioni. Quando quest'ultimo non rispose, girò sui tacchi e con un gesto e un comando urlato, ordinò a quanti gli stavano davanti di fare spazio.

Müller e Alec lo seguirono, senza più guardarsi. Scoprirono, proprio come lo avevano scoperto il principe Viktor e i suoi uomini qualche minuto prima, che sir Cosmo Mahon, dopo tutto, non era tenuto rinchiuso nelle segrete del castello.

⚭

SIR COSMO E IL SUO VALLETTO MATTHIAS ERANO A UN METRO DI distanza, in piedi davanti alla pedana, con la testa china. In modo che non potessero fuggire, non che fosse probabile, visto che avevano a malapena la forza di stare in piedi, la sala era piena di soldati e due delle guardie del corpo del margravio erano sull'attenti dietro a loro. Entrambi gli uomini erano rassegnati. Erano prigionieri da quasi tre mesi. Sembravano tre anni. Gli abiti sudici di sir Cosmo non gli andavano più bene, le calze, una volta bianche, erano grigiastre e piene di smagliature. I capelli non solo erano arruffati, ma anche infestati di pidocchi e si vedevano le piaghe dovute alla malnutrizione. Ma nessuno dei due aveva una minima traccia di barba, mento e guance erano perfettamente rasati.

L'unica cosa che teneva in piedi sir Cosmo era Matthias, che lo stava sostenendo tenendolo per il gomito. E la sola cosa che impediva a Matthias di tremare per la disperazione era che il soldato alle sue spalle era il suo amico Hansen, e Hansen aveva promesso, quando fosse arrivato il momento, di porre fine alla loro vita nel modo più veloce e indolore possibile. Aveva mostrato a Matthias il pugnale che teneva nello stivale e gli aveva assicurato che teneva sempre la lama affilata come un rasoio.

Il margravio stava facendo colazione e per divertirsi e divertire i cortigiani, aveva offerto ai prigionieri il loro ultimo pasto. Voleva che mangiassero, che si godessero quel momento. Ma dato che nessuno dei due uomini era minimamente interessato al piatto di frutta stufata e noci posto davanti alle loro scarpe graffiate, e che stavano fissando immobili il pavimento, senza apprezzare quanto veniva loro offerto, Ernst si stava infuriando sempre più davanti a quella sfida. Ogni tanto gettava loro una noce, per ottenere una reazione, scatenando le risate dei cortigiani, ma i due uomini erano troppo svuotati da ogni speranza perfino per reagire a quel tormento puerile. Stava quindi per dare l'ordine di portare gli inglesi nelle segrete, per lasciarli lì a marcire, quando la folla si divise al centro.

Verso di lui stava avanzando l'unico uomo che contava.

Ernst era così incredulo che si bloccò a metà della frase. I prigionieri non gli interessavano più, né pensò più a loro. Lasciò cadere la forchetta e rimase a fissare a bocca aperta, e con l'espressione sul volto di qualcuno che avesse visto uno spettro. Non aveva mai pensato che sarebbe arrivato quel giorno, nonostante lo avesse desiderato e avesse pregato ogni giorno che succedesse dopo la fuga di Alec Halsey, dieci anni prima.

La vanità suscitò il suo primo pensiero. Non era vestito in modo adeguato a un'occasione simile. Avrebbe dovuto indossare la sua marsina migliore, quella con le applicazioni d'oro. E i suoi stivali migliori, quelli di pelle nera e seta con i bottoni rivestiti che salivano fin sopra il ginocchio. E la parrucca non era abbastanza elaborata. E non aveva fatto caso alla faccia. Non aveva rossetto e cipria e le sopracciglia non venivano ridisegnate fin dal giorno prima. Non essere al massimo dell'eleganza sartoriale per quella riunione lo rese irritabile e petulante. Il suo secondo pensiero fu che avrebbe dovuto sentirsi furioso, addirittura sanguinario, per il fatto che quell'uomo avesse l'audacia di avvicinarsi a lui come se fosse stato solo il giorno prima erano seduti insieme, con i piedi su uno sgabello, a godersi il porto e qualche risata. Ma non provava rabbia, solo apprensione. Non voleva che sua sorella venisse a sapere del ritorno di Alec Halsey, non finché fosse stato pronto a dirglielo, altrimenti avrebbe monopolizzato il suo tempo, e non le aveva forse detto e ridetto che Alec Halsey era innanzitutto *suo* amico? Amico di Ernst, non di Johanna.

Quando il capitano Westover si fece avanti e gli parlò all'orecchio, qualcosa sul ciambellano di corte che stava sgombrando la sala dai cortigiani, Ernst lo congedò, impaziente, senza distogliere lo sguardo da Alec. Non avrebbe permesso a niente e a nessuno di rovinargli quel momento.

«Sì! Sì! Mandateli fuori. Mandate fuori *tutti*. E mandate via anche loro!» ordinò Ernst gesticolando con una mano coperta dai volant di pizzo verso la fila di guardie sull'attenti lungo la parete coperta dagli arazzi. «E andatevene anche voi!»

Dato che Ernst non accennò ai due prigionieri, questi vennero ignorati, insieme alle guardie in piedi dietro di loro. Ma poi Hansen sussurrò al suo collega che se voleva guadagnarsi dei punti di merito con il loro capitano e il ciambellano di corte, perché non dava una mano per far uscire i nobili che tardavano a congedarsi; lui, Hansen, avrebbe tenuto d'occhio i prigionieri. E la seconda guardia se ne andò, con grande soddisfazione di Hansen, che diede un colpetto amichevole sulla schiena a Matthias, dicendogli all'orecchio: «Prendete il gomito del vostro padrone. Ce ne andremo senza farci notare. Muovetevi lentamente e tenete gli occhi bassi.»

E mentre Hansen faceva spostare lentamente sir Cosmo e il suo valletto verso la galleria e la salvezza, i suoi colleghi stavano facendo uscire i cortigiani dalla porta; i nobili non vedevano l'ora di andarsene da quella stanza. Il barone Haderslev, con il generale Müller e Alec accanto a lui, si avvicinarono alla pedana e al margravio. Si erano appena raddrizzati dopo un inchino rispettoso, quando Ernst tornò di colpo in vita. Balzò in piedi, facendo cadere rumorosamente la sedia dall'alto schienale sul pavimento, e agitando un dito in aria urlò al suo capitano delle guardie: «Westover! Arrestatelo! Arrestate questo traditore! Arrestate il barone Haderslev!»

VENTIQUATTRO

Il capitano Westover esitò. Non credette nemmeno per un attimo che il ciambellano di corte fosse un traditore. Quella breve esitazione fu tutto il tempo che servì ad Alec per arrivare alla pedana, posare il cofanetto di gioielli davanti a Ernst e appoggiare le mani di piatto sul tavolo. Poi si chinò verso di lui e parlò con un tono di voce che lasciò tutti a bocca aperta.

«Haderslev non è un traditore e voi lo sapete, Ernst» lo ammonì dolcemente, come si fa con un bambino. «Siete solo di malumore per conto vostro perché non avevate mai pensato di rivedermi. Ma sono qui! Sono tornato! Non siete contento di vedere un vecchio amico?»

Il labbro inferiore di Ernst tremò, dopo il rimprovero. Indicò Haderslev.

«*Lui* ha detto che non sareste venuto! *Lui* ha detto che non vi avrei mai più rivisto!»

Alec girò intorno al tavolo, si sedette sul bordo e fece oscillare una gamba, con fare indifferente.

«Ma io sono qui! Solo perché il barone aveva detto che non sarei venuto non significa che sia un traditore» cercò di persuaderlo Alec. Indicò con un cenno brusco della testa gli altri che erano nella stanza. «Mandateli via» disse dolcemente. «Poi potremo parlare... Solo voi e io... È passato troppo tempo e sono sicuro che avrete tanto da dirmi...»

Ernst era indeciso. Guardò l'entrata principale, da dove stava uscendo l'ultimo dei nobili, e poi la grande porta intarsiata di bronzo che si chiudeva alle loro spalle. Ora anche le guardie erano dall'altra parte della porta. Poi guardò il barone Haderslev, che si stava torcendo le mani e accanto a lui riconobbe il colonnello Müller. Pensava di averlo mandato a Emden... E vicino alla galleria c'erano i due prigionieri inglesi, e una guardia. Perché erano ancora lì? Non voleva nessuno di loro lì, in quel momento; voleva solo parlare con Alec, che era venuto fin dall'Inghilterra per vederlo... No! Era venuto a prendere il suo amico inglese! Perché avrebbe dovuto fingere il contrario? Perché avrebbe dovuto ascoltarlo? Ma Alec non aveva mai rivolto lo sguardo agli inglesi. Era come se non fossero nemmeno lì. Alec teneva gli occhi puntati su di lui, e solo su di lui.

Voleva, no, *aveva bisogno* di restare da solo con lui, di parlare con lui. Solo loro due. Si sentiva così solo ora che papà non c'era più... E doveva parlare con lui prima che Johanna avesse sentore del suo ritorno, perché allora sarebbe arrivata in un attimo e avrebbe monopolizzato il tempo di Alec come faceva sempre, e lui non avrebbe potuto dire una sola parola... Stava diventando sempre più insistente e lui stava esaurendo le scuse per tenerla rinchiusa. Detestava non avere il controllo... Era il margravio... Nessuno aveva il diritto di dirgli che cosa fare. Nessuno.

E poi Westover si avvicinò e raddrizzò la sedia e rovinò le sue riflessioni. E quando il capitano continuò a incombere accanto a lui, si irritò oltre misura. Per quanto la presenza del capitano fosse sempre stata un conforto, sempre lì quando ne aveva avuto bisogno, come un vecchio giocattolo prediletto, per qualche inesplicabile motivo adesso, in quel preciso momento, con Alec Halsey che gli sorrideva, e gli chiedeva di restare da solo con lui, non voleva Westover o nessun altro accanto a sé. Voleva solo stare con Alec, proprio come ai vecchi tempi. Proprio come prima che Johanna si mettesse in testa che in qualche modo era colpa di Ernst se Alec l'aveva abbandonata. Beh, lei non era l'unica che era stata abbandonata!

«Fuori, Westover! Portateli con voi! Non voglio nessuno...»

«Altezza, non posso lasciarvi! Devo restare...»

«Fuori! Fuori!» Strillò Ernst.

«Ma altezza, ha una spada...»

«... e la userò su di voi se non ve ne andate!»

«Altezza, io devo proteggervi!»

«Allora proteggetemi da qualche altra parte! Sparite dalla mia vista! E se ne fate parola a mia sorella, ci sarà la vostra testa su una picca! Capito?! Non una parola a lei!»

Westover lo guardò sbalordito. «Non una parola, altezza. Non senza il vostro permesso!»

«Venite, capitano» disse a bassa voce il generale Müller, arrivato alle sue spalle. «Ritiriamoci nella galleria.»

Alec si slacciò il cinturone e lo tese: «Ecco, prendetelo.»

«Ecco. Non potete fare obiezioni adesso che è disarmato» disse il barone Haderslev all'orecchio di Westover. «Se restate vicino all'entrata potrete ancora vedere che cosa succede attraverso la grata. Sarete a pochi passi di distanza.»

Westover capitolò. Diede un'occhiata ad Alec che rimaneva inerte accanto al margravio, poi fece un profondo inchino e girò sui tacchi. Il generale Müller lo precedette. Aveva visto i due prigionieri con la loro guardia andare di nascosto nella galleria e ora li seguì, li trovò che cercavano di arrivare alla porta ritagliata nella pannellatura e chiese loro di rimanere dov'erano.

Hansen si mise immediatamente davanti a sir Cosmo e Matthias, facendo loro scudo ed estraendo la spada.

«Sto portando al sicuro queste due persone innocenti! O me lo lascerete fare oppure dovrete abbattermi, qui dove sono! Ne ho avuto abbastanza del modo di applicare la giustizia di sua altezza!»

«Aspettate! Restate!» ordinò il generale Müller, sussurrando e guardandosi alle spalle, con una mano alzata e la spada ferma nel fodero. Quando Hansen rimase dov'era, gli chiese: «Chi sono questi due uomini?»

«Sono inglesi. Un Lord e il suo servitore.»

«Sir Cosmo Mahon?» chiese Müller, sorpreso, osservando l'aspetto sudicio e trasandato di entrambi i prigionieri. Quando Hansen annuì senza dire altro, aggiunse: «Sarete più al sicuro con me, fidatevi. Il margravio sta per essere superato dagli eventi.»

Hansen esitò, indeciso, cercando di capire se fosse uno stratagemma volto a fargli ringuainare la spada, prima di farli arrestare. Fu sir Cosmo che decise per lui. Gli mancarono le ginocchia e crollò. Matthias afferrò il suo padrone e Hansen, che aveva ancora la spada sguainata, aveva solo una mano libera e non era in grado di aiutarlo. In due passi, Müller superò la guardia e prese sir Cosmo per l'altro gomito. Aiutò Matthias a farlo sedere, con la schiena appoggiata ai pannelli di legno, prima di rialzarsi e guardare in faccia Hansen.

Tese la mano alla guardia, che rinfoderò immediatamente la spada e la prese.

«Il principe Viktor ha bisogno di soldati come voi, *Herr...?*»

«Hansen Bootsman, *Herr Colonel*» disse la guardia del corpo, mettendosi sull'attenti. Non riuscì a nascondere un sorriso. «Sì, *Herr Colonel*, ne sono certo.»

«Sono il generale Müller. Ma ci preoccuperemo più tardi delle formalità, per ora, proteggete questi uomini con la vostra vita. Quando tutto sarà finito parleremo delle vostre prospettive di carriera.»

Müller tornò accanto al barone Haderslev, che era alle spalle del capitano Westover.

Il capitano della guardia di palazzo studiò Müller, preoccupato. «Che cosa significa tutto ciò, colonnello? Che cosa sta…»

«Non guardate me! Voltatevi e osservate!» Sibilò Müller. «Osservate e *ascoltate*.»

I tre uomini guardarono attraverso la grata e ascoltarono, senza riuscire a credere ai loro stessi occhi e alle loro orecchie.

❦

ALEC ASPETTÒ FINCHÉ FU DA SOLO CON ERNST NELLA CAVERNOSA sala delle udienze prima di superare la distanza tra di loro. Con Alec così vicino, Ernst cominciò a tremare, ma non si allontanò. Il suo labbro inferiore ricominciò a tremolare e gli occhi si riempirono di lacrime. Le mandò via rapidamente sbattendo gli occhi perché voleva essere sicuro che il suo amico perso da tanto tempo fosse ancora lì, che non fosse solo un brutto sogno. Istintivamente tese una mano e mise quasi le dita sulla guancia di Alec, quando questi gli prese la mano e la tenne saldamente nella propria.

«Ora che vi sto tenendo la mano,» disse Alec con un sorriso amichevole, «riuscite a credere che sia veramente qui con voi?»

Ernst annuì, tirando su col naso, ma poi liberò la mano e disse in tono arrabbiato, ma senza veramente accalorarsi: «Non siete venuto a vedere me. Siete venuto a salvare il vostro peloso amico inglese. E siete quasi arrivato troppo tardi! È già praticamente morto, quindi non è più tanto utile come amico, no? Dovrei farlo uccidere comunque, solo per darvi una lezione, per averci abbandonato… per aver abbandonato *me*.»

«Non riesco a credere che intendeste ucciderlo, e solo per vendicarvi di me?» mentì Alec.

A fatica era riuscito a imporsi di non guardare Cosmo, anche se si era accorto di lui e del suo valletto e della guardia in piedi dietro a entrambi. Presumeva che Müller li avesse portati via, in qualche posto sicuro; si sarebbe occupato di Cosmo una volta riuniti, una volta che questa creatura e il mostro che nascondeva dentro fossero rinchiusi per sempre. Per ora non si poteva permettere di pensare a nessuno e a niente altro che a quel nobile dai lineamenti fini di cui teneva la mano. Gli sorrise in modo tanto amorevole che fu sicuro che Ernst avrebbe creduto alla bugia che aveva fatto tutta quella strada solo per il piacere della sua compagnia, al diavolo l'amico inglese e la guerra.

«Spero che mi abbiate portato un regalo degno di un margravio?» disse Ernst, petulante. «Sono il margravio adesso, sapete?»

«Sì, lo so. E sì, vi ho portato un regalo.»

Alec aprì il cofanetto e ne rovesciò il contenuto sul tavolo, accanto al candelabro. Ne uscirono fili di perle, anelli d'oro, spille, fibbie incrostate di diamanti e orecchini d'oro tempestati di pietre preziose. C'erano pezzi con diamanti, smeraldi, rubini e zaffiri. C'era anche una grossa manciata di gemme sfuse e poi c'era la collana di rubini che Alec aveva scambiato per il cuore di Selina quando era stata colpita dal fuoco incrociato ad Aurich.

Gli occhi di Ernst si accesero di palese cupidigia e lasciò che le sue dita accarezzassero quel mucchietto prezioso. Scelse una fibbia, poi trovò un particolare anello di diamanti, lasciò cadere la fibbia sul mucchio e si infilò l'anello su un dito snello. Tese la mano per ammirarlo.

Quando Alec guidò lentamente la mano di Ernst verso la luce del candelabro e gli girò dolcemente il polso coperto di pizzi così che le sfaccettature del diamante scintillassero, il generale Müller, il barone Haderslev e il capitano Westover si spostarono più vicini alla grata, tanto da avere il naso che quasi usciva dai buchi dello schermo, tutti affascinati come Ernst. E quando Alec si spostò più vicino a Ernst, sfiorandolo quasi col petto, il generale Müller e il barone Haderslev trattennero il fiato.

Alec guardò le fattezze delicate di Ernst, incorniciate dalla sovrabbondanza di riccioli biondi di una parrucca che gli arrivava oltre le spalle, e i vividi occhi azzurri che lo guardavano con qualcosa di simile all'adorazione e si obbligò a continuare la sua recita. Sapeva che la mossa seguente avrebbe potuto decidere il fato di Cosmo, e il proprio. Così, mentre la sua voce restava dolce e tenera, ogni fibra, ogni nervo del suo essere era teso allo spasimo. Era come se avesse gli stivali inchiodati al pavimento di legno. Aveva la mascella serrata e i pugni chiusi; quelli dietro lo schermo lo vedevano, ma non Ernst.

«È un bell'anello, vero?» mormorò all'orecchio di Ernst. «Un bell'anello per una bella donna. Sarà perfetto per il dito di Johanna. Ma pensate che le piacerà? È abbastanza prezioso per vostra sorella? Guardatelo attentamente e ditemi che ne pensate, Ernst. Ditemi se questo anello è degno di una principessa...»

Ernst fissò l'anello di diamanti, il modo in cui catturava la luce nelle sue molte sfaccettature. Come scintillava alla luce della candela e inglobava i colori circostanti. Luce e colore turbinarono davanti a lui.

E quando la mano si spostò fuori dalla luce, come per magia, perché era sicuro che si muovesse per volontà propria, il suo sguardo rimase fisso sul diamante. E per tutto quel tempo continuò ad ascoltare la voce di Alec all'orecchio. Il tono dolce e profondo lo cullava come l'acqua calda del suo bagno, e quando la mano si alzò fino all'altezza del mento di Alec, il suo sguardo scivolò senza sforzo dal diamante al volto di Alec, al principio di barba scura che punteggiava il mento squadrato, alla curva della sua adorabile bocca, poi più su fino alle linee spigolose dei suoi zigomi. Il volto del suo amico era più magro. Più vecchio. C'erano rughe agli angoli degli occhi. Occhi azzurri, ma molto più scuri dei suoi. I suoi capelli erano sempre stati così folti? Sapeva che quando non erano raccolti con un nastro ricadevano ondulati oltre le spalle. Aveva dimenticato che i capelli del suo amico erano neri, con una sfumatura blu, come le ali di un corvo. Johanna era sempre stata invidiosa di quei capelli...

«Non vi siete rasato... Tutti devono radersi...» Riuscì a mormorare Ernst. «È la legge...»

«No, non rasato» ripeté Alec con la voce bassa, rassicurante. «È così che mi preferisce lei. Le piace quando porto i capelli sciolti sulla schiena... Le piace anche la mia colonia. È legno di sandalo con un accenno di pepe... Ricordate...? Ricordate come vi fa sentire... Come vi faccio sentire io...?»

Ernst cadeva sempre più profondamente sotto l'incantesimo del tono di voce carezzevole. Ondeggiò mentre respirava il suo odore... Era passato tanto tempo da quando aveva sentito un profumo così- così... *maschile*. Gli riportò alla mente ricordi di tanto tempo prima, di giorni spensierati passati in compagnia del suo amico inglese. I giorni d'estate al palazzo di Friedeburg, passati a nuotare nel lago, a tirare di scherma, a cacciare nelle foreste, ad amoreggiare nei corridoi e ai balli con le figlie dei nobili di corte. Per un po' era riuscito a dimenticare quel posto buio, e le pretese della sua gemella. Alec lo aveva aiutato a dimenticare e a ottenere nuova fiducia in se stesso. Aveva osato pensare che sarebbe stato capace di vivere senza che Johanna gli dicesse che cosa fare, completamente senza Johanna. Era tale la sua fiducia che aveva invitato Alec al castello di Herzfeld quando era giunta l'ora di tornare ai suoi doveri con l'esercito di Midanich. Con Alec al suo fianco avrebbe avuto la sicurezza e la forza per resistere a Johanna, per sostenere ciò che voleva *lui* dalla vita e non ciò che lei gli diceva di volere.

Avrebbe dovuto sapere che non era possibile. Avrebbe dovuto sapere che appena Johanna avesse visto il suo amico inglese, lei lo avrebbe voluto tutto per sé. Se solo lei gli avesse permesso di tenere quest'unico amico le cose sarebbero andate diversamente. Ma Johanna sapeva come fargli credere che ciò che voleva lei era ciò che anche lui voleva. E con Alec Halsey era effettivamente così. Lo aveva convinto che potevano condividerlo. I gemelli condividevano tutto, perfino quelli che amavano. Non condividevano forse loro padre? E avevano sempre condiviso i loro amanti. Qual era lo scopo dell'amore, dell'essere felici di essere amati se non si poteva condividerlo con la persona che si amava di più al mondo? E lei amava suo fratello più di quanto amasse chiunque altro. Sicuramente era lo stesso anche per lui? Non avrebbe potuto vivere se lui non l'avesse amata tanto quanto lo amava lei. Non poteva essere tanto crudele da tenere il bell'inglese tutto per sé. Ernst si arrese, si arrendeva sempre. Ma questa volta rifiutò di essere relegato al ruolo di spettatore. Si sarebbero divisi l'inglese in tutto e per tutto, e in tutti i modi, altrimenti lui non l'avrebbe lasciata entrare nella sua stanza. Lei era stata d'accordo, e lui non avrebbe potuto essere più felice.

Ma poi l'inglese era fuggito, e mentre lui incolpava Johanna, Johanna incolpava lui. Quindi era riluttante a condividerlo, ora che era tornato. Non voleva nemmeno che sua sorella sapesse che Alec Halsey era tornato. Voleva mantenere il segreto il più a lungo possibile. Ma sapeva che era una speranza vana. Sua sorella aveva un desiderio smodato di vendicarsi dell'inglese per averli abbandonati. Anche dopo tutti quegli anni, e quando era nei suoi momenti peggiori, quando inveiva contro il loro padre e lui perché la tenevano rinchiusa, quando lui le aveva promesso che alla morte del padre l'avrebbe lasciata libera, era Alec Halsey che incolpava per i suoi mali passati e presenti. Se fosse rimasto. Se fosse stato un buon marito. Se l'avesse amata quanto lei amava lui. Se Ernst fosse stato più uomo invece di essere una donnicciola. Se lei fosse stata il figlio maggiore e non una femmina, lei e non Ernst avrebbe regnato su Midanich. Se solo non fosse stata costretta a vivere nell'ombra. Se solo avesse potuto mostrarsi a lui, lì, in quella stanza. Se. Se. Se. Se. *Se...*

«CHE COSA CI FATE VOI QUI?» sbraitò JOHANNA, rivolta ad Alec. «Vorrei che non foste mai tornato! Vorrei che foste annegato! Morto di freddo. Che vi avessero pugnalato, mutilato, tutto, ma non qui, adesso!»

«Ah! Eccola» mormorò Alec soddisfatto. «È bello vedere anche voi, altezza. E sapere che vi sono mancato *tanto*.»

«Mancato? *Mancato?* Non ho mai pensato a voi dal giorno in cui ve ne siete andato!»

«Forza. Potete fare di meglio» la rimproverò scherzosamente Alec, tenendole la mano e girandole lentamente intorno, spostando entrambi verso la grata di legno e mettendosi in modo che quelli che li stavano guardando potessero vedere e sentire ogni parola. «A dire il vero, avete pensato a ben poco d'altro. Avete tessuto la vostra tela e atteso nelle tenebre, aspettando l'opportunità di vendicarvi. Povero Cosmo. Non sapeva proprio a cosa stava andando incontro venendo qua.»

«Stupido *lui.* Se non era al corrente del dolore che ci avete causato, è colpa vostra. La sua sofferenza è *tutta* colpa vostra.»

«Sì» disse mestamente Alec, tirandola più vicina a sé.

Le sue parole e il suo tocco raffreddarono la sua rabbia e Johanna annullò spontaneamente la distanza tra di loro. I suoi occhi frugarono il volto di Alec, con la bocca che tremava al pensiero che l'avrebbe baciata, doveva farlo, ma le sue parole smentivano i suoi pensieri e le sue azioni.

«Vi *odio* così tanto.»

«Sì, dovete odiarmi» mormorò Alec carezzevolmente, piegando la testa, avvicinando la bocca a quella della donna. «Siete un mostro e una spregevole disgraziata, eppure, nonostante tutto, avete sofferto a modo vostro e per quello mi dispiace. Sono qui per porre fine alle vostre sofferenze. Mi capite, altezza?»

«Chiamatemi Johanna» lo implorò la donna, mettendogli finalmente le braccia al collo e premendosi contro di lui. «Sono Johanna. Sono *sempre* stata Johanna.»

La bocca di Alec era così vicina che sentiva il suo respiro sulle labbra. Le sue narici fremettero sentendo il suo profumo speziato e tutto ciò che voleva, disperatamente, era di averlo nella sua bocca.

«Allora, *Johanna*, fate di me ciò che vi piace... È ciò che volete, no?» Quando lei annuì, muta, con lo sguardo fisso su di lui, Alec sorrise. «Allora sono vostro, comandate...»

Incapace di resistere un momento più a lungo, Johanna lo tirò verso di sé e appoggiò la bocca a quella di Alec.

Alec chiuse gli occhi, svuotò la mente, e accettò l'inevitabile. Dove non c'era scelta, c'era soddisfazione. Era così che doveva essere... Per liberare Cosmo, per liberarsi dal passato, per dare a Ernst la pace e liberarlo dal mostro che comandava lui e, suo tramite, Midanich. Così si permise di soccombere alla fantasia, di farsi cogliere dal momento, di rendere quel bacio appassionato e divorante come se fossero veramente amanti. Johanna doveva credergli, e gli credette.

Si lasciò andare contro di lui, il bacio era tutto ciò che aveva sognato potesse essere, come era stato dieci anni prima, quando era andata nella stanza di Alec, lo aveva sedotto, preso con la forza e aveva reso Ernst parte del tutto. E perché l'aveva abbandonata, lei aveva inteso punire lui e tutti quelli cui lui teneva. Ma ora, con quel bacio, tutto il suo spirito combattivo, tutto l'odio, tutto il tormento e tutti gli artifici erano spariti.

«*UNA-UNA DONNA?* GOTT IM HIMMEL! UNA DONNA!»

Era il capitano Westover e le parole uscirono sibilate mentre guardava la coppia che si scambiava un bacio appassionato. Indietreggiò barcollando, incredulo, col respiro affannoso, come se gli mancasse l'aria. Era confuso, livido, si sentiva tradito. E non aveva intenzione di accettarlo. Non aveva passato cinque anni come capitano delle guardie di palazzo, a proteggere il margravio Leopold e la famiglia reale degli Herzfeld per essere truffato da una femmina, per quanto nobile fosse il suo lignaggio, anche se era la figlia di Leopold. Lei non aveva diritto a regnare. Era proibito. Ed era contro natura che una donna se ne andasse in società, governasse una nazione, vestendosi e comportandosi come un uomo! Dare ordini agli uomini come se fosse uno di loro. Come aveva potuto essere così cieco? Perché non l'aveva capito da solo? Fissava Haderslev e Müller, sconvolto e tremante.

Il generale lo prese per il braccio e lo spinse più avanti nella galleria, in modo da non farsi sentire dalla coppia. La sua voce non era più alta di un sussurro e le sue parole roche, per la scossa che anche lui aveva preso. Mai in vita sua avrebbe pensato di vedere la creatura manifestarsi alla luce delle candele, davanti ai suoi occhi. Era pieno di ammirazione per l'abilità di Alec Halsey di attirare il mostro fuori dal suo covo di ombre.

«Ora che l'avete visto con i vostri stessi occhi, Westover, e che avete sentito, sicuramente capirete perché il principe Ernst non può continuare a essere il margravio.»

Capire? Westover capiva e come! Ora capiva perché il principe Ernst non poteva farsi crescere il pelo sul volto, perché barba e baffi erano stati banditi. Non aveva niente a che fare con la *verità taciuta* ma era perché, essendo una donna, questo cosiddetto Ernst non poteva ovviamente farsi crescere la barba! Nessuna meraviglia che avesse un bel nasino, grandi occhi azzurri, e portasse lunghe parrucche bionde intrecciate di nastri. Ridacchiava e spettegolava anche come una donna. Ora capiva perché *Ernst* si circondasse sempre di un gruppo di damerini e idioti dalla faccia pallida, tutto perché lui, no, *lei*, non apparisse così poco virile. Spiegava perché non si fosse mai sposato, non avesse mai guardato due volte una femmina, anche quando praticamente gli si gettavano addosso, per avere la possibilità di diventare la consorte reale. Ora capiva perché Leopold, sul suo letto di morte, si era lamentato del fatto che se la sua famiglia doveva continuare dopo di lui, sarebbe stato attraverso il principe Viktor, il figlio nato da una cittadina comune.

E c'era una sola spiegazione per ciò cui aveva assistito. Westover si rivolse al barone Haderslev, che aveva seguito il generale e il capitano nella galleria.

«È pazza, vero?»

Il barone annuì, con le lacrime agli occhi. Non riusciva a parlare.

Westover estrasse la spada, con la lama che tremava tra le sue mani.

«Bene. Adesso so che cosa devo fare.»

«Aspettate! Fermo!» Lo implorò Haderslev, e l'avrebbe seguito, ma fu fermato dal generale Müller che usò la propria spada per bloccarlo.

«Lasciatelo fare, barone» mormorò mellifluo il generale. «Lasciategli fare ciò che avrebbe dovuto essere fatto tanto tempo fa.»

«Lo ucciderà» piagnucolò il barone.

Il generale Müller fece un sorrisetto sghembo.

«Lo spero sinceramente. Mi risparmierebbe il disturbo.»

⚱

FINÌ TUTTO PRIMA CHE ALEC SI RENDESSE CONTO DI COS'ERA successo.

Johanna emise un gemito, si accasciò e crollò contro il suo petto. Alec la afferrò prima che gli scivolasse dalle braccia e finisse sul pavimento e la tenne contro di sé, senza rendersi conto che era stata pugnalata alle spalle e il colpo le aveva attraversato il cuore.

Ma capì che c'era qualcosa di terribilmente sbagliato quando lei non rispose alla sua voce, o al suo tocco. La testa di Johanna ricadde all'indietro, con le palpebre che fluttuavano, e la parrucca bionda scivolò di lato. Fu allora che vide la grande macchia che si espandeva e il sangue sul davanti del panciotto color zafferano, e capì che era morta.

Alzò gli occhi, uscendo dalla nebbia mentale che lo aveva avvolto da quando la principessa Johanna si era manifestata, e vide il capitano Westover, con il volto rosso dalla rabbia e la spada insanguinata in mano. Il soldato pulì la lama tra le dita coperte dal guanto e schizzò via sprezzantemente il sangue che si sparse sul pavimento. Ma non ringuainò la spada. Fissò Alec con beffardo disprezzo e fece un passo verso di lui.

Alec si chiese se sarebbe stato la prossima vittima di Westover. Era ancora stordito per ciò che aveva appena dovuto fare per aprire gli occhi di Westover e fargli capire la verità. Si era aspettato che il capitano reagisse, ma non con intenti assassini. E poi Westover parlò e Alec si rese conto che il soldato, nonostante ciò cui aveva appena assistito e la conversazione che aveva udito, non aveva ancora capito tutta la verità. Ma non avrebbe dovuto sorprenderlo. Perché anche con i fatti completamente svelati, andava oltre la comprensione dei più capire precisamente la natura e la forma del mostro con cui avevano avuto a che fare.

Dopo aver deposto a terra con gentilezza il margravio, Alec affrontò con calma Westover, dando un'occhiata alla galleria da dove stavano uscendo il barone Haderslev e il generale Müller. Il ciambellano di corte corse attraverso la stanza e si lasciò cadere in ginocchio accanto al corpo del margravio, ed emise un tale lamento che fece rizzare i peli sulla nuca ad Alec. Il vecchio, prostrato per il dolore, si gettò sul corpo e singhiozzò.

«Non così. Mai così» gridò piangendo il ciambellano di corte, mettendosi in ginocchio.

Sistemò la parrucca bionda del margravio in modo che incorniciasse meglio il volto delicato, poi raddrizzò la marsina, lisciando le grinze, come se fosse importante. Poi prese le braccia del margravio e le incrociò attentamente sul petto, così che il suo padrone defunto sembrasse solo addormentato. E continuò a piangere e a mormorare tra sé e sé. Alla fine baciò la fronte del margravio prima di appoggiarsi sui talloni con la testa piegata in preghiera.

Era straziante guardare le attenzioni del ciambellano verso il corpo del margravio e Westover non era dell'umore per assistere a quel dolore servile. Ordinò al barone di alzarsi e di raggiungere Alec e il generale Müller. Ma quando Haderslev ondeggiò e le sue ginocchia scivolarono, Alec si avvicinò e lo aiutò.

Tra le lacrime, il barone alzò gli occhi su Alec che lo stava sostenendo tenendolo per il braccio. «Ernst era un ragazzo buono e dolce, che non voleva far del male a nessuno, ma…»

«… era debole, e infettato dalla malvagità della sua folle sorella» lo interruppe Müller, senza una briciola di simpatia. «Johanna era un demonio. Ha ucciso suo padre e stava lentamente uccidendo suo fratello.»

«Barone, voi sapete meglio di chiunque altro che Ernst era stato dominato e tormentato da sua sorella fin quasi da quando erano nella culla» disse Alec. «Anche dopo morta non lo lasciò mai. Ora, almeno, dopo la sua stessa morte, può finalmente essere libero, e in pace.»

Haderslev annuì. «Sì. Sì. Finalmente. Ironico che ci sia voluta la morte per separarli...»

Alec alzò un sopracciglio. «Ironico? *Herr Baron*, credetemi, quello è stato il particolare meno ironico in tutta questa tragica faccenda.»

Westover agitò minacciosamente la spada.

«Venite qua! Voglio delle risposte prima di farvi rinchiudere tutti!»

«Westover, il vostro margravio è morto» dichiarò con calma Müller. «E voi lo avete ucciso. L'unica persona che sarà rinchiusa sarete voi, se non rinsavite e non vi rendete conto di che cosa sta succedendo intorno a voi!»

«Müller, dov'è sir Cosmo? È al sicuro?» lo interruppe Alec, frugando la galleria con gli occhi.

«È dietro la grata, protetto da un grosso bruto di guardia. Non temete. È al sicuro.»

«Devo andare da lui...» Cominciò a dire Alec e fu bloccato dallo stocco di Westover puntato tra le pieghe della sua cravatta.

«Voi non andrete da nessuna parte» dichiarò Westover.

«Ci sono tre uomini dietro quella grata, e almeno due di loro hanno bisogno di assistenza.»

«Non si muoverà nessuno finché non avrò delle risposte» ringhiò Westover, camminando su e giù davanti ai tre uomini, con gli occhi folli e domandandosi quale sarebbe stata la sua prossima mossa. «A un mio comando questa stanza si riempirà di guardie.» Puntò lo stocco verso il cadavere e chiese a tutti: «Da quanto tempo sapevate di lei, eh?»

«Non esiste una *lei*, Westover» rispose Müller con un sospiro impaziente quando Alec e Haderslev rimasero in silenzio. «Quello è il corpo del principe Ernst, margravio di Midanich. E lo avete ucciso voi.»

«*Ucciso?* Quella è una donna!» Westover puntò lo stocco verso Alec, parlando però con il generale Müller. «Il modo in cui lei lo guardava, lo baciava, gli parlava... Per che cosa mi prendete? Lui non avrebbe mai baciato così un uomo, nemmeno con un moschetto puntato alla tempia. Ah! Pensate che sia completamente idiota? So che cosa sta succedendo qui. Quello non è il principe Ernst ma la sua folle sorella Johanna, che fingeva di essere il nostro margravio!»

«Come siete perspicace, capitano» rispose con calma Alec, anche se non poté impedirsi di arrossire quando disse: «Ho in effetti condiviso un momento appassionato con la principessa Johanna. Ha sempre provato un affetto irrazionale nei miei confronti. Avevamo sperato che se fossi riuscito ad attirarla fuori dall'ombra i vostri occhi si sarebbero aperti e avreste capito l'esatta natura dei… mmh… *rapporti* tra il principe Ernst e sua sorella.»

«Rapporti? Non mi interessa. Tutto ciò che conta è che quel cadavere non appartiene al principe Ernst. È una donna vestita da uomo, e io non ho giurato di servire e proteggere una donna pazza! Ditemi che cosa ne ha fatto di suo fratello, o che cosa ne avete fatto voi, altrimenti, che Dio mi aiuti, vi farò torturare tutti finché lo farete!»

«Ma, capitano, vi assicuro che questo è il corpo del principe Ernst» rispose mestamente il barone Haderslev. «La principessa Johanna è morta quando aveva quindici anni ed è sepolta nella cripta di famiglia giù nei sotterranei. Era pazza, fin quasi dalla nascita, anche se ci vollero molti anni al margravio e alle donne che si occupavano di lei per rendersi conto del livello della sua pazzia, che si manifestò in pieno quando divenne una donna, e nel modo più spregevole. Divenne una sgualdrina, che permetteva alle sue guardie, ai suoi servi, a qualunque uomo colpisse la sua fantasia di montarla. Cercò perfino di sedurre il suo stesso padre. Un mostro! E usò i suoi modi da puttana per sedurre e comandare Ernst. Creatura immonda e disgustosa. Fu un dono di Dio quando contrasse il morbillo e morì, a quindici anni.»

«Palle! Chiunque, dal lavapiatti fino a voi, il ciambellano di corte, Haderslev, sa che la principessa Johanna era una prigioniera, e vivissima! Ha le sue guardie, i suoi servitori e suo padre e suo fratello le facevano visita regolarmente nelle sue stanze. Ciò che non so, e che voi mi direte, è quando è stato fatto lo scambio, quando è morto sua altezza, o quando è stato ucciso, e le avete permesso di prendere il suo posto!»

«Per bella che sia la vostra teoria, Westover,» disse Müller, «non è la verità. Vorrei che lo fosse. Sarebbe tanto più facile farvi entrare i fatti in quella testa dura! Tutto ciò che dovete fare è accettare che il principe Ernst era pazzo esattamente come sua sorella… Beh, certamente lo era dalla morte di Johanna.»

«Sta dicendo la verità, Westover» gli assicurò il barone Haderslev. «Nonostante la pazzia di Johanna e il suo comportamento da sgualdrina, il principe Ernst fu sconvolto dalla sua perdita. Non sapeva come continuare a vivere senza di lei. Noi, il margravio Leopold e io, speravamo che col tempo, Ernst si sarebbe ripreso. Che con la morte della principessa Johanna avrebbe finalmente capito di essere libero. E per moltissimo tempo, specialmente quando era al palazzo di Friedeburg, sembrò che il principe Ernst fosse guarito. Ciò che non sapevamo allora, ma che fu evidente solo dopo qualche anno, era che quando Ernst tornava qui, qui al castello, era per passare del tempo con la sua gemella. La verità era che aveva rifiutato di credere che fosse morta. E quindi la mantenne in vita. E più tempo passava qui, nelle sue stanze, più la sua mente veniva sopraffatta da quella della sorella morta, finché lui… Lui… Quando era nelle stanze della principessa, lui *diventava* lei.» Il barone scosse mestamente la testa e fece appello ad Alec. «È così, vero, *Herr Baron*?»

«Sì» rispose Alec sottovoce. «È precisamente così…»

«Se siete ancora scettico,» disse Müller in tono irriverente a Westover, «tirategli giù i calzoni e guardategli l'uccello!»

Westover non ebbe il tempo di accettare l'offerta di Müller. Un'esplosione assordante scosse la sala delle udienze. Ci fu una seconda esplosione. E poi un'altra.

«Santiddio! Che cosa sta succedendo?» esclamò il barone, afferrando la manica di Alec.

Il generale Müller riconobbe il rumore di un cannone da nave quando lo sentì. Quel suono significava che la flottiglia ribelle era arrivata sana e salva in porto, mentre una delle navi rimaneva al largo, come programmato, e sparava colpi di avvertimento vicino al castello.

«Lo sentite, Westover?» disse compiaciuto il generale e rise. «Questo è il suono della vittoria!»

Era proprio il fuoco dei cannoni. E tutti e quattro gli uomini si rifugiarono in fretta nella galleria. Ma il fuoco dei cannoni era cessato, sostituito dalle urla e dai grugniti di uomini che combattevano corpo a corpo e dal rumore sordo degli stivali quando altri soldati riempirono i corridoi fuori dalla porta. Alla fine, gli sforzi congiunti di una mezza dozzina di soldati ribelli riuscirono a far cedere la serratura e la porta della stanza delle udienze si spalancò rumorosamente, sbattendo contro le pareti rivestite di pannelli di quercia. Si sentì un'ovazione. I soldati si riversarono nella sala, con le spade sguainate, pronti a combattere con chiunque si fosse opposto. E a guidare la carica finale c'era un giovanotto con i capelli e i baffi color dell'oro.

Con somma meraviglia del principe Viktor e dei suoi soldati vittoriosi, la stanza era vuota, salvo il corpo senza vita del suo fratellastro, il principe Ernst Leopold Herzfeld, quindicesimo margravio di Midanich.

⚭

CORRENDO PER METTERSI AL RIPARO, ALEC DEVIÒ E SI UNÌ ALLE tre figure silenziose in fondo alla galleria. Un soldato dalle spalle larghe proteggeva due uomini accasciati contro la parete con le gambe tirate verso il mento, uno che fissava silenzioso le tavole del pavimento, mentre l'altro fissava il suo compagno. Con un cenno al soldato, Alec si accucciò accanto a loro. Quando Matthias tentò di rialzarsi, Alec gli mise una mano sul braccio e scosse la testa, quindi il valletto rimase accanto al suo padrone.

Alec notò lo stato degli abiti sudici dei due uomini, i capelli arruffati e il modo in cui i vestiti pendevano larghi, e dovette ingoiare la sorpresa e il senso di colpa davanti a ciò che il suo miglior amico e il suo valletto avevano dovuto sopportare, prigionieri del principe Ernst. L'uomo seduto davanti a lui sembrava un mendicante di un qualunque vicolo in una città europea, così diverso dal sir Cosmo Mahon che conosceva. L'uomo azzimato che era particolarmente fiero delle sue lunghe dita morbide e delle unghie lucide. Quindi fu lo stato delle mani del suo amico, coperte di sporcizia e piaghe, e le unghie spezzate che rappresentarono il punto di rottura per Alec. Perse infine il controllo delle sue emozioni, si coprì il volto con le mani e pianse in silenzio. Ma si asciugò in fretta gli occhi con una manica e si ricompose a sufficienza da mettere una mano sulla spalla di Cosmo e dire dolcemente: «Cosmo, Cosmo, mio caro amico. Sono Alec. Sono venuto a portarti a casa.»

Fu Matthias che rispose quando sir Cosmo non lo fece.

«Dovete perdonarlo, milord... Sì, so chi siete... È così da una settimana. Fissa nel vuoto e non dice una parola. Prima era l'uomo più coraggioso... Aspettava questo momento, quando sareste venuto a prenderlo...» Anche il valletto perse il controllo e scoppiò in lacrime, lacrime di gioia al pensiero che le loro vite fossero state risparmiate, che erano stati salvati. Ringoiò le lacrime. «Perdonatemi, milord. Non volevo piangere come un bambino. È solo che... Siamo così felici di vedervi. Vero, signore?» disse, rivolto a sir Cosmo. «Non siamo sopraffatti dalla gioia perché lord Halsey è qui? Perché è finalmente venuto a prenderci...»

Alec tentò nuovamente di comunicare con Cosmo. Gli prese dolcemente il volto tra le mani, alzandolo finché i loro occhi furono allo stesso livello. Guardò negli occhi vuoti di sir Cosmo con un sorriso. «Emily non vede l'ora di incontrarti, Cosmo. E anche Selina. Ti stanno entrambe aspettando. Vuoi vedere Emily e Selina, vero?»

Cosmo sbatté gli occhi e quando si concentrò sugli occhi azzurri di Alec, questi tolse le mani.

«Emily?» chiese, come in sogno. «Emily è-è *salva*?»

Alec annuì. «Sì, Emily è al sicuro. E sta veramente molto bene.»

«E-e Selina?»

«Sì, entrambe. Sono a circa un'ora di viaggio da qui. Ti porterò da loro.»

«E Matthias e Hansen. Devono venire anche loro.»

«Certamente.»

«Io, Hansen!» Si intromise il soldato dalle spalle larghe. «Io parlo inglese. Io vengo, anch'io.»

«Ma la povera signora Carlisle non potrà venire con noi.»

Quando le spalle di Cosmo cominciarono a scuotersi, Alec si rese conto che stava piangendo, quindi guardò Matthias per avere una spiegazione. Il valletto faticò a trovare la voce.

«La signora Carlisle è morta, signore. Non sappiamo com'è successo. Hansen dice che si è buttata da una finestra…»

«Dio santo, quella povera donna…» Mormorò Alec.

«Non lo diremo a Emily» disse Cosmo a Matthias. «Emily non deve saperlo, Matthias!»

«No, signore» rispose gentilmente Matthias. «Non glielo diremo, vero, milord?» aggiunse, guardando Alec.

«Ovviamente no. Non diremo a Emily com'è morta, lo prometto» confermò Alec, ancora sconvolto al pensiero che la donna che aveva coraggiosamente preso il posto di Emily per consentirle di mettersi in salvo fosse morta.

«Ora usciamo!» dichiarò Hansen, indicando la porta ritagliata nei pannelli di rivestimento. «Usciamo prima di essere catturati! Venite!»

«Non credo che sia necessario» disse Alec in tedesco, con un'occhiata alle sue spalle quando si sentì un'acclamazione spontanea salire dai soldati dall'altra parte della grata. Vide il generale Müller che aveva Westover sotto custodia, con Haderslev al seguito, che uscivano dalla galleria. Era talmente preso dagli eventi nella sala delle udienze, che fu lento a rispondere al proprio nome, finché non si rese conto chi era che lo stava chiamando.

«Alec? Alec? Sei tu?» chiese Cosmo, sinceramente sorpreso, vedendo il suo miglior amico come se fosse la prima volta. «Alec! Alec! *Sei* tu! Sei venuto!»

«Sì! Sì, carissimo amico, sono io,» rispose Alec con un sorriso tra le lacrime, aggiungendo, con autoironia, «mi dispiace che ci sia voluto un po' più tempo di quanto avessi sperato per arrivare. Non è il posto più facile per viaggiare, vero? Barche, chiatte e una corsa accidentata su una vecchia slitta!»

«Non preoccuparti. Ora sei qui, ed è la cosa più importante, vero?» disse Cosmo, con qualcosa delle sue vecchie maniere nel tono di voce, e diede un colpetto nelle costole al suo valletto. «Visto. L'avevo detto. L'avevo detto che sarebbe arrivato. Ve l'avevo detto che Alec non ci avrebbe mai abbandonato.»

Il valletto e Alec si scambiarono un'occhiata e Matthias disse con un sospiro: «Sì, signore, è proprio così. Quanti scellini vi devo?»

«Circa un anno di stipendio, ma non preoccupatevi. Ci penserà Alec a pagare il malloppo, vero?»

«Sì, volentieri. E per essersi preso cura di te, due volte tanto e anche di più!»

Cosmo strinse il braccio di Alec. «Alec. Mio caro, caro amico, non riesco a dirti quanto sia felice, *eccezionalmente* felice di vederti!»

«Il sentimento è pienamente reciproco, mio carissimo, coraggiosissimo amico.»

I due uomini piansero l'uno nelle braccia dell'altro, grati di essere vivi, di essersi ritrovati e di sapere di avere un futuro. Rimasero in quel modo finché Cosmo si staccò di colpo, sussurrando spaventato: «Che cos'è questo rumore?»

Acclamazioni e hip, hip, urrà! riempivano la sala delle udienze.

«Niente di cui preoccuparsi» gli assicurò Alec, dandogli una stretta di mano rassicurante. «La gente di Midanich sta celebrando l'alba di un nuovo giorno. E lo dovremmo fare anche noi.» Si alzò e tese la mano per aiutare l'amico ad alzarsi. «Vieni. Andiamo a casa...»

EPILOGO

«PENSI CHE SI RIPRENDERÀ?»

«Sì, col tempo, e molte cure. Lo porterò con noi a Delvin. L'aria di campagna, il buon cibo e poi un bambino da far divertire come amorevole padrino, tutte queste cose lo aiuteranno.» La duchessa di Romney-St. Neots strinse un po' troppo forte il braccio di Alec mentre passeggiavano nella Galleria di Marte, usata dai nobili abitanti dello *Schloss* Rosine per il loro esercizio quotidiano durante i mesi invernali. Era la dodicesima notte, per cui la stanza era piena di luce e tutti gli ospiti si erano riuniti per una serata di divertimento e giochi.

«Ancora non ti ho perdonato per aver sposato Selina senza tuo zio e me!»

«Potremo avere un'altra cerimonia quando ritorneremo a Londra, se lo volete...»

«No, ti sto solo prendendo in giro, ragazzo mio» rispose la duchessa, con gli occhi di colpo pieni di lacrime. «Non so dirti quanto-quanto mi abbiate reso *felice*, tu e Selina... E non solo me, tutti noi! E pensare che sarai padre in estate... Un desiderio di lunga data finalmente realizzato.»

«Per entrambi, mia cara Olivia. Anche se a volte mi chiedo ancora se sia tutto vero.»

Guardarono entrambi Selina, seduta a un lungo tavolo, che al centro aveva una tavola da *Cavagnole* meravigliosamente dipinta. Al tavolo con lei c'erano Cosmo, Emily, Plantagenet Halsey, sir Gilbert Parsons e un certo numero di nobili della corte. Il margravio Viktor teneva il banco e aveva in mano il sacchetto di seta contenente le olivette d'avorio tinte di verde che scuoteva di tanto in tanto prima di estrarne una con un gesto plateale, che non mancava mai di carpire una risata dai giocatori e dal pubblico.

«Perché stanno facendo quel gioco? È talmente noioso!» disse la duchessa, sprezzante. «Ma sembra che si stiano tutti divertendo come se fosse la cosa più interessante che abbiano mai sperimentato in vita loro. Immagino che la stagione delle feste natalizie si presti alla baldoria, e anche se vorrei essere tornata a Londra, qui l'atmosfera è magica, ora che la guerra è alla fine e che possiamo dormire pacificamente nei nostri letti.»

«Dopo gli avvenimenti degli ultimi sei mesi, perfino una noiosa partita di *Cavagnole* viene accolta con entusiasmo. Sono solo felici di essere vivi, Olivia. Lo siamo tutti.» Poi, per stuzzicarla, aggiunse: «Siete solo cinica perché l'episodio più eccitante della vostra vita è successo a bordo della *Caroline*, quando veleggiavate verso Herzfeld con un carico di soldati ribelli e mio zio minacciava tutti quanti perché non osassero toccarvi un solo capello!»

La duchessa strinse le labbra, pronta a negarlo. Ma poi sorrise tra sé e sé, ricordando quel particolare episodio a bordo della nave quando la fregata francese più vicina alla *Caroline* aveva aperto il fuoco sul castello. Era saltata tra le braccia del vecchio alla prima esplosione, e lì era rimasta; Alec aveva ragione. Ciò nonostante, raddrizzò le spalle e mentì: «Sciocchezze! Sarei fin troppo lieta di sbarazzarmi di quell'orribile uomo e far vela per Copenaghen.»

«Intendete sempre portare Emily a vedere sua madre?»

«Sì. Sono arrivata fin qui. D'altra parte non ho scelta. Emily desidera vederla. E, a dire il vero, non vedo mia figlia da anni. Inoltre, la allontanerà da Viktor.»

«Anche lui è già mezzo innamorato di lei.»

«Lo so! Che pasticcio. L'ultima cosa che voglio al mondo è che diventi la consorte del margravio. Che Dio ci aiuti se dovesse succedere.»

Alec alzò le spalle. «Midanich è bella in primavera… e il palazzo di Friedeburg è incantevole…»

«Non incoraggiarla… e nemmeno lui! Il tempo e la distanza porranno fine a questo romanzetto invernale, ne sono convinta.»

«O lo renderanno più forte…» Ribatté Alec. «Tempo. Distanza. Età. Nessuno di questi fattori conta se uno è innamorato. Oh, e mi dispiace deludervi, ma niente di ciò che gli ho detto è riuscito a dissuaderlo. Mio zio mi dice che è suo dovere accompagnare voi ed Emily a Copenaghen…»

«Cosa?!»

«... per accertarsi che entrambe ritorniate a casa in tempo per la nascita di nostro figlio» finì Alec senza badare all'interruzione, con un'occhiata alla sua madrina e un sorriso privato quando la vide arrossire. «Non vuole perdersela, né il battesimo. Come voi, è veramente deluso di essersi perso la cerimonia nuziale.»

«Non lo accetto! Che prepotente!» borbottò la duchessa. Anche se l'irritazione era più che altro diretta a se stessa per essere segretamente euforica per lo spirito cavalleresco di Plantagenet Halsey. Per distrarre l'attenzione da sé, concentrò lo sguardo su sir Gilbert e si lamentò: «Non riesco a credere che tu stia permettendo a quel rospo di prendersi il merito dell'accordo commerciale con Midanich. Parsons non merita quell'elogio, né lo merita Cobham. Ma tu sì. Sei tu quello che ha negoziato le condizioni con il nuovo margravio.» Alzò maliziosamente gli occhi sul figlioccio. «Se ti facessi avanti, sono sicura che otterresti quella carica di ambasciatore...»

Alec scoppiò in una risata che gli valse l'attenzione di metà della sala.

«Ah! Mi chiedevo quando l'avreste tirato in ballo! La vostra perseveranza meriterebbe una medaglia. No, mia cara Olivia. In effetti, mille volte no. Sarò perfettamente contento di trascorrere il tempo in campagna, a Delvin.»

«Non ti credo!»

«Che cosa non credete, zia? Che piccole bugie vi sta raccontando lord Halsey?» chiese Selina, avvicinandosi e prendendo a braccetto il marito. Lo guardò con amore. «Non che vi creda capace di mentire, milord... A proposito, ho vinto.» Alzò un sacchetto di velluto pieno di monete d'oro. «Abbastanza da comprarmi un villaggio tutto mio, sembrerebbe. Anche se donerò il malloppo al fondo di beneficienza dei soldati.»

«Un'idea eccellente, amore mio. Io donerò la stessa cifra. Vostra zia non mi crede quando dico che sarò felice di condurre una vita rustica a Delvin per il prossimo futuro.»

«Oh, certamente fino alla nascita del bambino» confermò Selina. Poi dimostrando un'assoluta mancanza di lealtà verso il marito, confidò alla zia: «A dire il vero, ho forti dubbi che durerà fino alla fine della gravidanza. Prevedo che saremo a Londra ben prima di Pasqua.»

«Selina! Sciagurata! Non vedo l'ora di non fare altro che restare seduto sul terrazzo con Cosmo, a guardare le mie pecore.»

«A guardare le pecore? Oddio ragazzo mio, mi sembra una cosa piuttosto monotona» esclamò Olivia, ridacchiando insieme alla nipote.

«Io resto del mio parere» ribatté Selina, rise e quando Alec fece una smorfia, lo baciò sulla guancia.

Prima di poter rispondere a tono, ci fu un po' di trambusto alla porta, e i presenti che erano seduti si alzarono per dare il benvenuto all'ultimo membro della famiglia del margravio Viktor, il suo fratellastro di tre settimane, Carl Philip Rosine Müller, creato conte di Emden il giorno della sua nascita, il giorno in cui avevano occupato il castello di Herzfeld. Era in braccio all'orgoglioso padre, con la contessa Rosine al suo fianco. Andarono da Alec e Selina, con la famiglia e gli ospiti che si stringevano per dare un'occhiata al bambino che dormiva.

«Abbiamo un favore da chiedervi, *Herr Baron*» disse la contessa Rosine, lanciando un'occhiata a suo marito, che le sorrise. «Saremmo onorati se voleste essere il padrino di nostro figlio.»

«Dovete dire di sì!» intervenne il principe Viktor, mettendosi dall'altra parte di Alec e stringendogli la spalla. «Certo che dirà di sì.»

«Se è quello che desiderate, allora sì» accettò Alec. Guardò il generale Müller e la contessa. «Ne siete certi?»

«Certi?! Non ci sono dubbi. Il mio fratellastro deve avere il barone Aurich come padrino. Non è vero, *Herr General?*»

«Sì, è ciò che vogliamo entrambi» confermò il generale Müller. «Anche senza tener conto dei desideri del mio figliastro.»

«Allora è tutto sistemato. E per celebrare questa fausta occasione, balleremo» annunciò Viktor.

Applaudirono tutti e i servitori liberarono in fretta il centro della stanza dai tavoli da gioco, sedie e sgabelli. I musicisti, che stavano suonando piano in sottofondo, accordarono i loro strumenti e sistemarono gli spartiti di una serie di contraddanze. I nobili scelsero i compagni, Viktor prese la mano di sua madre per il primo ballo ed Emily scelse in fretta Cosmo, all'inizio riluttante a farsi coinvolgere, finché Emily gli sussurrò qualcosa all'orecchio che lo fece ridere e scuotere la testa, acconsentendo.

«Penso che Cosmo si riprenderà del tutto, Selina.» Alec sorrise, guardando il suo miglior amico guidare Emily verso la fila di ballerini. «Ci vorranno mesi per rimettergli un po' di carne addosso, ma era la sua mente che mi preoccupava... Ma penso che guarirà, con il nostro aiuto.»

Selina lo prese a braccetto e si rannicchiò addosso a lui. «Sì, e anche voi.»

Alec si accigliò guardandola. «Pensate che io abbia bisogno di guarire?»

Gli occhi scuri di Selina brillarono. «Non di guarire. Ma di stare completamente bene. Di ritornare a essere voi stesso. Gli altri ovviamente pensano che tutto vada bene perché avete quel tipo di faccia...»

«Tipo di faccia...?»

«... che fa sì che i genitori vi vogliano come padrino per i loro figli. Vi rendete conto che questa è la seconda volta che venite nominato padrino in meno di sei mesi!? Prima il bambino di Cleveley, Thomas, e ora il piccolo Carl Philip. Direi che dimostra che avete il tipo di faccia che riflette ciò che c'è qui dentro» disse, mettendo la mano sul panciotto di velluto nero e broccato d'argento, sopra il suo cuore. «Voi ispirate fiducia, compassione, lealtà, onore, amore... Che altro potrebbe volere un genitore dal padrino del suo bambino?»

Alec strinse a sé Selina e la baciò, non curandosi di essere in una stanza pubblica piena di gente. «Mia cara lady Halsey, e io che pensavo che vi foste innamorata di me per il mio bell'aspetto; vostro fratello Talgarth mi chiama Apollo...»

Selina si strinse a lui. «Sì, ma ora che vi ho tutto per me, per sempre, è ciò che avete nel cuore che importa, ed è per quello che so che andrà tutto bene.» Poi aggiunse sfacciatamente: «Ma è per come siete fatto che non crederò nemmeno per un attimo che sarete felice di restare a contare le vostre pecore. Scommetto che alla prima lettera che arriverà per chiedere il vostro aiuto, o un parere, sarà 'Addio Kent, e come posso aiutarti, Londra?!' Ma questa volta sarà diverso...»

«... perché voi sarete lì con me, nella carrozza, ad aiutarmi.»

«Sì» rispose dolcemente Selina e lo baciò di nuovo, prendendogli la mano e posandosela sull'addome. «Ci saremo entrambi...»

NOTE DELL'AUTRICE

PERICOLO MORTALE è un'opera di fantasia e il Margraviato di Midanich è una mia invenzione. Comunque, la sua collocazione geografica, il clima, la gente, la politica e gli usi e costumi del periodo (intorno al 1760), si fondano su ricerche approfondite. Ho collocato Midanich in quella che è geograficamente conosciuta come Frisia orientale, nel nord della Germania. Midanich confina con la Repubblica Olandese (Olanda) a ovest e l'elettorato di Hannover a est, con vari stati germanici del Sacro Romano Impero lungo i suoi confini meridionali. È vicina anche al Regno di Danimarca e, nel diciottesimo secolo, a qualche giorno di viaggio per mare dall'Inghilterra. La Germania come la conosciamo ora non esisteva nel 1700. Midanich rappresenta uno dei tanti principati o stati germanici a quel tempo indipendenti oppure parte del Sacro Romano Impero.

Se volete saperne di più su Midanich (e c'è una cartina) e sulle ricerche che hanno dato origine alla storia, visitate la sezione relativa a Deadly Peril su Pinterest (pinterest.com/lucindabrant*). Un buon punto di partenza per saperne di più sulla regione della Frisia Orientale è la sua pagina su Wikipedia.

DIETRO LE QUINTE

Andate dietro le quinte di *Pericolo Mortale*—esplorate i posti, gli oggetti e la storia del periodo su Pinterest.

www. pinterest.com/lucindabrant

Le avventure di Alec Halsey continuano in …

I GIALLI DI ALEC HALSEY, QUARTO VOLUME

ESTATE, 1764. Alec e Selina stanno ansiosamente aspettando la nascita del loro primo figlio nella loro tenuta nel Kent. Dovrebbe essere un periodo festoso per la famiglia, ma la morte di un giovane bracconiere in quello che appare un omicidio per vendetta costringe Alec a indagare. E quando i restauri dell'enorme residenza portano alla scoperta di un luogo di sepoltura segreto, insieme ai resti viene alla luce anche uno spaventoso segreto di famiglia. Viene nuovamente messo in discussione tutto ciò che Alec pensava di sapere sulla propria nascita, insieme al suo legame speciale con l'irascibile zio Plantagenet.

FIVETREES – KENT, ESTATE 1764

La bestia giaceva morta ai loro piedi.

Il sangue, rosso brillante, usciva dalla ferita in piccole bolle dove la freccia aveva squarciato la carne, perforando un polmone e penetrando nel cuore. Quando era stata colpita, la bestia aveva alzato la pesante testa, sorpresa. Poi si era voltata ed era fuggita, frenetica, dal pascolo aperto verso la sicurezza del bosco fitto.

Un ultimo scatto vitale nella luce morente di un giorno d'estate.

Due dei tre giovani le diedero la caccia, facendosi strada tra le felci, evitando rami, scivolando sulle foglie fradice e nel fango, pronti a correre fino a farsi esplodere i polmoni. Quella bestia era loro e non se la sarebbero lasciata sfuggire.

Cento metri nella densa foresta e la trovarono crollata accanto a un tronco coperto di licheni, che esalava l'ultimo respiro.

Si avvicinarono con cautela, non completamente convinti che un animale così possente potesse essere sconfitto da una singola freccia di balestra. Temevano che potesse avere ancora in sé la forza di combattere e che si sarebbe rialzato in un ultimo atto di sfida. E se l'avesse fatto e loro fossero stati troppo vicino, li avrebbe sventrati e si sarebbero ritrovati feriti e sanguinanti.

Ma la bestia non si riprese.

Incoraggiato, uno dei ragazzi tese il piede infangato e toccò con l'alluce il corpo inerte. Quando non ci fu reazione, si spostò più vicino e premette il piede nella ferita. Il sangue fuoriusciva dalla ferita e si raccoglieva intorno alla freccia, gocciolando sul tappeto di foglie morte. Il suo amico afferrò un bastoncino e, tenendolo con il braccio teso, lo ficcò nel fianco della bestia. E, come il suo amico, quando la bestia non reagì, si spostò più vicino, e la stuzzicò di nuovo, e una terza volta. Ogni volta più forte della precedente.

Avevano stuzzicato la bestia morente perché si alzasse di nuovo, dimenticando la cautela dopo la sua fine. E ora che era morta e fissava il mondo senza sbattere gli occhi, erano coraggiosi e trionfanti. Mai, nei loro tredici anni di vita avrebbero mai sognato di essere così vicini a un animale simile. Bestie del genere si intravedevano solo all'alba e al crepuscolo, e anche allora non erano alla portata dei comuni mortali. Loro e la mandria erano proprietà, e prede da cacciare per divertimento, di re e nobili.

Ed eccoli lì, ragazzi del villaggio, senza un paio di scarpe in due, cacciatori vittoriosi. E avrebbero voluto gridare il loro trionfo dalla cima degli alberi.

Era un desiderio stupido, che non potevano soddisfare. Erano trasgressori, in quel bosco, in quella tenuta e, a quella particolare ora, quell'intrusione era un crimine da impiccagione. Non che chi era stato colto sul fatto fosse mai stato impiccato. Un avvertimento da parte del guardacaccia era sufficiente a tenerli lontani, almeno per qualche settimana. Ma questa volta non ci sarebbe stata solo una diffida. Questa volta avevano ucciso, e il cervo più prezioso di sua signoria. Questa volta, se fossero stati scoperti, avrebbero penzolato alla fine di una corda.

Quel pensiero condiviso, come se fosse una rivelazione sorprendente di cui si erano resi conto solo in quel momento, fece fare un passo indietro ai ragazzi. Si fissarono e poi, senza preavviso, si sorpresero a vicenda scoppiando a ridere. Era quella specie di risata nervosa, acuta, che deriva dal panico assoluto. Ma nessuno di loro voleva ammettere di essere spaventato, o mostrare di curarsi in alcun modo delle conseguenze delle loro azioni. E, con loro enorme sollievo, non erano obbligati ad ammettere nulla.

Un terzo ragazzo, il capobanda, e quello che aveva scoccato la freccia mortale, si spinse avanti e ordinò loro di restare zitti. Avevano dimenticato di aver sentito delle voci, all'interno del bosco? Potevano essere i loro fratelli che cercavano di catturare un paio di lepri o una coppia di pernici. E se fossero stati Adams, il guardaboschi e i suoi assistenti, che avevano l'abitudine di aggirarsi all'alba e al tramonto? Volevano essere presi e impiccati?

Il sorriso sparì dalle facce dei suoi amici. Scossero obbedienti la testa e chiusero la bocca, guardandosi furtivamente intorno, come se quegli uomini fossero stati dietro di loro.

Il capobanda mise da parte la balestra e si appoggiò a un ginocchio davanti alla bestia. Non la toccò, né la stuzzicò. Non era nemmeno guardingo. Appoggiò dolcemente una mano sul suo fianco e accarezzò con il palmo la pelliccia morbida, piegando la testa come in preghiera.

Conosceva quel cervo. Non era una bestia ordinaria. Era il re della sua specie. Lo statista più anziano tra i cervi maschi adulti di sua signoria. Da vicino, era più grande di quanto avesse stimato, il collo grosso e forte, le corna grandi e pesanti. A sedici punte, era un palco degno di essere messo in mostra nel salone grande, insieme agli altri palchi di bestie meravigliose uccise dai nobili antenati durante i secoli. Ma questo meritava un posto d'onore sopra l'enorme focolare di sua signoria. Ma lord Halsey, signore e padrone di questo parco dei cervi e delle migliaia di ettari che lo circondavano, non avrebbe avuto il privilegio di reclamare il suo stesso cervo. E nemmeno i suoi vicini proprietari terrieri.

Questa preda non era un mero trofeo di cui un nobile potesse vantarsi. Questa preda non era per il marchese Halsey. Lui, Hugh Turner, reclamava questo magnifico cervo a nome dei poveri e dei diseredati, di quei poveracci che erano stati sfrattati dalle terre comuni che avevano coltivato e sulle quali avevano fatto pascolare il loro bestiame per centinaia di anni. Questa bestia era per la comunità, e ogni comunità nel regno, lasciata senza nulla e nessun posto in cui andare quando il famigerato Black Act li aveva derubati dei loro mezzi di sostentamento. E mentre loro morivano di fame, i cervi di sua signoria mangiavano ciò che una volta aveva nutrito i maiali dei poveri, e ingrassavano. Anche i proprietari terrieri locali ingrassavano, e diventavano più prosperi e spavaldi e cacciavano nelle terre di sua signoria senza tema di ritorsioni. Già, perché chi avrebbe osato accusare gli accusatori?

Battere questi uomini al loro stesso gioco era l'unica risposta.

Colpirli dove faceva più male: le loro tasche e le loro pance. Questa bestia doveva essere un esempio. Per dimostrare una tesi. Per mostrare a sua signoria e alla sua cricca di proprietari terrieri che se trattavano con disprezzo e indifferenza i loro inferiori, allora, proprio come questo cervo che camminava fiero nel suo dominio, come se il mondo gli appartenesse, anche loro avrebbero scoperto di non essere invulnerabili.

Gli amici di Hugh non erano sicuri di capire che cosa intendesse dire con quei discorsi appassionati sui poveri e i diseredati. E non avevano idea di che cosa fosse il Black Act. Ma l'eccitazione e l'emozione dell'uccisione, quelle erano un'altra storia. E si strofinavano le mani allegramente, pensando a tutti i soldi che avrebbe portato loro la cacciagione. E poi, come sempre, Hugh rammentò loro il patto.

«Non un penny» sibilò, rimettendosi in piedi e voltandosi a guardarli. «Eravamo d'accordo, ricordate? Nic? Will?»

I ragazzi si guardarono l'un l'altro e Will disse ciò che entrambi pensavano.

«Aye. Sì. Ma questo dev'essere grande il doppio e deve valere almeno due volte tanto e con abbastanza carne per tutti...»

«No. Non siamo comuni ladri. Questa bestia dev'essere un simbolo. Non dev'essere morta invano.»

«Non è invano se nutre un villaggio!» protestò Nic.

«E pensa a tutti i soldi che potremmo ottenere vendendo la sua carne.»

Hugh fece un passo avanti, minaccioso. «Qualche volta mi chiedo se voi due abbiate mai ascoltato una sola parola che vi ho detto! E ho detto no!»

«Sì, abbiamo sentito. Davvero. Ma i tempi sono cambiati. Da quando il nuovo lord è venuto a vivere tra di noi, il mondo è cambiato, no?»

«Non è che le famiglie adesso muoiano di fame» si inserì Nic. «C'è abbastanza lavoro su alla Hall per tutti noi.»

«E papà calcola che con tutte le migliorie che sta facendo sua signoria, ci sarà abbastanza lavoro fino a quando scaveranno le nostre fosse.»

«Sally dice che la marchesa si interessa sinceramente a tutto!»

«E che cosa ne sa quella sciocca di tua sorella?» lo sbeffeggiò Hugh. «È una lavandaia.»

«Lei sente delle cose» borbottò Nic.

Hugh li guardò, poi mise le braccia conserte.

«Un momento prima mi dite che dovremmo fare a pezzi la bestia per nutrire un villaggio che muore di fame e un attimo dopo dite che sua signoria ci ha fatti diventare tutti grassi e felici e che abbiamo lavoro fino a quando esaleremo l'ultimo respiro. Allora, quale delle due?»

Quando i suoi amici aprirono la bocca, confusi, Hugh scosse la testa e sorrise. Mise loro le braccia intorno al collo e li tirò vicini.

«Direi che su una cosa siamo tutti d'accordo» sussurrò in tono cospiratorio. «Non vogliamo che ci becchino. Quindi facciamo quello per cui siamo venuti e andiamocene prima che arrivi la notte.»

«Il palco?»

«Il palco.»

«E tutto il resto?»

«Sembra uno spreco lasciarlo a marcire.»

Hugh lasciò andare i suoi amici con una pacca sulla schiena e si raddrizzò.

«Il vecchio Bill. Lui saprà che cosa fare con il resto. Lo sa sempre. Potreste perfino riceverne una porzione quando scoprirà chi gli ha procurato questa manna.»

Si diceva che il vecchio Bill fosse stato un bracconiere per tutta la vita, finché una tagliola gli aveva amputato una gamba, tolto i mezzi di sostentamento e lo aveva obbligato a restare al chiuso. Ora fungeva da intermediario nella distribuzione delle prede illegali. Non che qualcuno lo avesse mai visto. Ma tutti sapevano dove trovare il suo cottage nella foresta. Presa quella decisione, i ragazzi ritrovarono il sorriso. Ma quei sorrisi sparirono di nuovo altrettanto in fretta.

Non molto lontano, tra gli alberi, c'erano uomini che si chiamavano l'un l'altro. Non potevano essere una banda rivale di bracconieri, o il guardaboschi di sua signoria e i suoi assistenti. I primi non avrebbero fatto il minimo rumore mentre li seguivano e nemmeno i secondi se volevano avere la speranza di catturare gli intrusi sulle terre di sua signoria. Quindi, chiunque fossero, dovevano cercare qualcosa o qualcuno.

Il rimbombo di un archibugio fece sobbalzare e tremare i giovani. Su Hugh ebbe l'effetto opposto: sorrise. Cercò di calmare i suoi amici.

«È Adams. Quello è un colpo di avvertimento. Ed è l'unico che sparerà. Dobbiamo sbrigarci.»

«Cosa? Sa che siamo noi?» sibilò Nic.

«No, non precisamente noi. Ma sta facendo sapere agli intrusi che ci sono dei cacciatori…»

«Lo squire Ferris?»

Era stato Will a pronunciare il nome. Quando Hugh annuì, Nic e Will si guardarono intorno freneticamente, come se l'uomo fosse proprio dietro di loro. Sir Tinsley Ferris era il più grande proprietario terriero dopo lord Halsey. E anche se le sue terre erano un quinto dell'estensione di quelle di sua signoria, era il magistrato locale. Significava che aveva potere di vita e di morte su tutti quelli sotto di lui, tutti, cioè, eccetto sua signoria. Ferris era temuto e odiato in ugual misura.

Hugh sbuffò e tornò al cervo caduto.

«Non ditemi che avete paura di un altro bracconiere?» li stuzzicò, ricacciando indietro la sua paura ma non il suo odio. «È ciò che è Ferris, no? Queste sono le terre di sua signoria, eppure Ferris e i suoi amici cacciano qui da anni. Significa rubare, secondo tutti, no?» Quando i suoi amici annuirono, aggiunse, con un sorriso ironico: «Adams ci ha fatto un favore scaricando il suo fucile...»

«... per farci sapere che lo squire era in giro?» lo interruppe Nic, meravigliato.

«È quello che penso. Direi che quell'archibugio ha anche disperso la mandria. Non credo che farà piacere al vicino di sua signoria.»

Nic e Will sorrisero al pensiero di sir Tinsley che tornava a casa a mani vuote, frustrato e infuriato.

Hugh si mise in ginocchio sul tappeto di foglie ed estrasse dal cervo la freccia insanguinata. La tese a Nic.

«Mettila nella faretra» ordinò. «E portami il coltello e la sega.»

Nic prese la freccia ma rimase inchiodato sul posto.

«Hai ancora intenzione di prendere il palco? Non c'è tempo adesso di fare ciò che serve.»

«Certo che c'è. Non sono vicini come credi.»

«Non riusciremo a portarlo via abbastanza in fretta» aggiunse Will.

Hugh voltò la testa. I suoi amici erano entrambi pallidissimi. Resistette alla voglia di sbuffare di nuovo e disse seccamente: «Allora lo porteremo solo fin là, dietro quel ceppo e lo nasconderemo. Lo copriremo con le foglie secche e torneremo domani. Ma prima devo tagliar via la testa, no? Ehi! Che dia... Nic! Nic?»

Alle parole *tagliar via la testa*, Nic aveva gettato a terra la freccia ed era scappato nel bosco.

Hugh avrebbe voluto urlare che era un frignone vigliacco, ma avrebbe sicuramente rivelato la loro posizione. Invece cercò in fretta la freccia, ficcandola nella sua faretra e tornò con il coltello e il seghetto. Prima di inginocchiarsi di nuovo, fissò Will.

«Hai intenzione di comportarti anche tu come una ragazzina e scappare?»

«Credo che tu abbia bisogno di me per tenere fermo il palco mentre seghi.»

Hugh si rilassò. «Aye, è così.» Alzò il coltello. «Meglio metterci al lavoro.»

Will cercò di comportarsi da uomo, ma non aveva mai visto scuoiare una preda appena uccisa di quelle dimensioni, tantomeno una testa segata in due. Conigli e polli, sì, perfino una pecora, ma lo schianto dell'osso che veniva spaccato e il rumore dei muscoli fatti a pezzi era un affare disgustoso e Hugh fu quasi subito immerso fino ai gomiti nel sangue e nei tendini, con il davanti della camicia imbrattato. La goccia che fece traboccare il vaso fu la vista del cervello e le dita di Hugh che si muovevano all'interno della testa dell'animale. Will lasciò andare le corna, barcollò e vomitò.

Hugh era così concentrato nel suo compito e nel completarlo più in fretta che poteva che notò che Will non c'era solo quando dovette alzare in fretta una mano per afferrare un corno prima che tutto cadesse e la sega scivolasse. Si fermò. Will era accanto a un albero lì vicino, squassato dai conati di vomito. Non c'era tempo da perdere mentre vomitava l'anima. Il cervo e il suo palco di corna erano quasi divisi.

Hugh mise da parte la sega. Gli serviva un coltello per tagliare la pelle in modo più netto. Mentre controllava il suo lavoro e teneva il palco con una mano, cercò con le dita il coltello che aveva lasciato cadere sul tappeto di foglie accanto al ginocchio. Quando non lo trovò immediatamente, distolse gli occhi dalla testa scuoiata e decapitata del cervo e si guardò attorno. Fu a quel punto che intravide uno stivale e un guanto.

Si voltò e alzò gli occhi. Fece una smorfia quando riconobbe chi era.

«Perché... Che cosa ci fate qui?»

La mano guantata gli afferrò il mento e gli tirò indietro la testa finché il naso puntò verso il cielo, esponendo la gola bianca e il pomo d'Adamo prominente.

Hugh spalancò gli occhi, guardandosi freneticamente intorno, con la mente che vorticava, chiedendosi a che gioco stesse giocando il suo aggressore. Era tenuto fermo contro una gamba coperta da uno stivale e la mano guantata sotto il suo mento teneva uniti i suoi denti. Per la sorpresa non pensò a difendersi, e con la bocca tenuta chiusa in quel modo non poteva protestare. E poi capì. In quel secondo, con la testa tirata indietro finché pensò che il collo si sarebbe spezzato, capì quali erano le intenzioni del suo aggressore. Non vide il coltello, né lo sentì.

L'ultimo pensiero di Hugh Turner non fu per sua madre, o suo padre, o suo fratello. Pensò a Tabitha.

Congiunti Mortali

TRADUZIONE DI MIRELLA BANFI

Lucinda Brant

NEW YORK TIMES & USA TODAY BESTSELLING AUTHOR

www.ingramcontent.com/pod-product-compliance
Lightning Source LLC
Chambersburg PA
CBHW020700110726
47901CB00001B/259